처음 배우는

일본 여성 문학사

〈근현대편〉

이와부치 히로코 · 기타다 사치에 편저/이상복 · 최은경 역

어문학사

처음 배우는 일본 여성 문학사 〈근현대편〉

초판 1쇄 발행일 • 2008년 11월 20일

편　저 • 이와부치 히로코 · 기타다 사치에
역　자 • 이상복 · 최은경
펴낸이 • 박영회
표　지 • 강지영
편　집 • 배혜영
책임편집 • 강지영
펴낸곳 • 도서출판 어문학사
　　　　 132-891 서울특별시 도봉구 쌍문동 525-13
　　　　 전화: 02-998-0094 / 팩스: 02-998-2268
　　　　 홈페이지: www.amhbook.com
　　　　 e-mail: am@amhbook.com
　　　　 등록: 2004년 4월 6일 제7-276호

ISBN 978-89-6184-036-1 93830
정　가 • 18,000원

※ 잘못 만들어진 책은 교환해 드립니다.

우리가 사는 21세기는 다양화와 전문화의 시대라 일컬어지고 있다. 각 분야에서 보다 넓고 깊이 있는 시선이 요구되고 있는 것이다.

일본문학사에서도 마찬가지로 남성우월의 사회적 관습과 인습의 영향 아래 남성문학자들만이 주무대를 장식해 왔다. 그로 인해 여성문학자들은 제대로 평가받지 못한 채 음지에 방치되어 온 감이 없지 않다. 최근에는 이러한 이유로 여성학이나 여성문학 연구의 필요성이 제기되어 본격적인 연구의 움직임도 일어나고 있다.

이와 때를 같이하여 본 역서 『처음 배우는 **일본여성문학사 근현대편**』은 그러한 다양화되고 전문화되어 가고 있는 일본문학 연구에 있어서 필독서이자 참고서라고 할 수 있겠다.

본 역서는 19세기 후반, 즉 메이지시대 초기부터 21세기 현재에 이르기까지의 일본여성문학사를 시대별로 정리해 놓았다. 구성을 보면, 각 장마다 시대와 장르별로 요약 서술하여 쉽게 이해할 수 있도록 배려하고 있다. 상세한 시대적인 배경 설명을 통하여 그 시대성을 파악할 수 있게 하였으며, 소설·단가·하이쿠·시·평론·번역·희곡 등 문학의 전 장르를 망라하여 여성문학자들의 전반적인 흐름과 개인의 활약상까지 상세히 일목요연하게 잘 정리하여 소개하고 있다.

본 역서를 통독하고 나면 열악한 환경과 역사적 조건 속에서도 당당하게 이름을 남긴 다수의 여성문학자들의 발자취에 새삼 감탄하게 되리라 생각한다.

일본여성문학자들은 '여성'이라는 이유로 많은 제약을 받으면서도 굴하지 않고 새로운 문학 세계를 시도하고 개척해 나갔다. 본 역서는 그러한 여성문학자들의 역할을 재확인하는 기회를 제공해 주리라 생각한다. 아울러 보다 깊이 있는 일본문학 연구를 위한 하나의 시도와 초석이 될 수 있을 것이라 믿는다.

이상복·최은경

일러두기

본 역서의 번역상의 기준에 대해서는 다음과 같이 정한다.

1. 잡지, 신문, 출판사는 가능한 한국어로 표기한다.

　　예)중앙공론, 마이니치신문, 여학잡지

2. 단행본과 잡지는 『 』, 신문은 「 」로 표시한다.

3. 장음은 단모음으로 표기한다.

　　예)오사카, 모리 오가이

4. 연호의 사용은 다음과 같이 정한다.

　　明治(메이지), 大正(다이쇼), 昭和(쇼와), 平成(헤이세이)

5. 본문 내용은 한국 외래어 표기법에 따른다.

6. 문장속의 각주는 모두 역자주이다.

|목 차|

7

제3장 다이쇼 초기에서 말기까지의 여성문학

제4장 쇼와 초기부터 패전까지의 여성문학

제6장 쇼와 50년대부터 현재까지의 여성문학

제1장

메이지 초기부터
20년대까지의 **여성문학**

1. 시대 배경

에도江戸에서 메이지明治로

서양 강국의 개국 요구와 국내의 산업 재편이라고 하는 막부 말의 내외 위기 속에서 격한 정쟁의 끝에 서남웅번西南雄藩[1]의 존황도막파 尊皇倒幕派[2]가 승리함으로 막번 체제는 붕괴했다. 1868년 7월 에도는 도쿄로, 9월 8일 게이오慶應는 메이지明治로 바뀌었다. 메이지 신정부는 부국강병과 문명개화를 기치로 1869(메이지2)년에는 '판적봉환版籍奉還'[3], 1871(메이지4)년에는 '폐번치현廃藩置県'[4]을 단행하고 중앙집권적인 통일국가의 틀을 만들었다. 나아가 1872(메이지5)년에는 '학제', 1873(메이지6)년에는 '징병령' '지조개정조례地租改正条例'[5]를 공포하고 교육, 군사, 재정의 기반을 갖추었으며 신분제도의 폐지, 직업의 자유, 척산흥업殖産興業[6] 등의 근대화 정책을 추진했다. '사민평등'의 사회를 만든다고 하는 '메이지 유신'은 긴 봉건제 지배로부터의 해방으로 받아들여졌다. 하지만 한편으로는 메이지 10년대까지 특권

---

[1] 조신朝臣과 반反 막부의 주동 세력인 사쓰마번薩摩藩 조슈번長州藩 등 서남의 번을 일컫는다.

[2] 열강에 대한 대처능력이 부족한 막부 정권을 타도하고 천황을 받들어 부국강병을 이루자는 취지의 사상을 지지하는 파.

[3] 1869년에 행해진 지방제도개혁. 다이묘의 영주권을 천황에게 돌려준다는 의미로 이를 통해 메이지 정부는 형식상 중앙집권이 되었다.

[4] 1871년에 행해진 지방제도개혁으로 전국의 번藩을 부府, 현県제로 개편하여 중앙집권화가 완전히 달성되었다.

[5] 메이지 정부가 단행한 조세제도 개혁으로 지조개정은 토지개혁제도로서의 의미를 가진다. 이 개혁으로 인해 일본에 처음으로 사적소유권이 확립되었다.

[6] 메이지 정부가 서양제국에 대항하여 산업 자본주의 육성으로 국가의 근대화를 추진한 제도를 말한다.

을 빼앗긴 구사족의 반란과 기대가 배반당한 불만과 급격한 위에서의 개혁에 대한 반발로 민중의 봉기가 격발했고, 자유민권운동도 점차 격화되어갔다. 신정부는 이런 국내의 저항을 진압하고 지배를 확립하면서 대외적으로는 서양과의 불평등조약개정을 목표로 하며, 조선과 중국에는 침략적 정책으로 다가섬으로서 결국에는 청일전쟁으로 향하게 된다.

높아지는 여자 교육열

남녀 구별 없이 교육을 받을 수 있게 한 '학제' 공포는 여성사에 있어서 획기적인 의의를 갖는 것이었다. 학제 공포 때 여자의 소학교 취학률은 남자가 40%인데 반해 20%에도 미치지 못했지만, 1887(메이지20)년에는 30% 가까이로 늘었고 1900년대에는 90%대에 달했다. 학제에 앞서 1871년에는 최초의 여자 유학생 쓰다 우메코津田梅子 등 5명의 소녀가 이와쿠라 도모미岩倉具視의 구미사절단에 동행하여 미국 유학을 떠나게 되었다.

1872년 다케바시竹橋에 관립 도쿄여학교(77년 폐교)가 개설되어 남자의 하카마袴[7]를 입은 여학생

그림 1-1 여자 유학생
시마다 후리소데島田振袖로 출발한 그녀들은 미국에서 바로 본넷, 양장으로 갈아입게 되었다. 왼쪽에서부터 나가이 시게코永井繁子, 우에다 데이코上田悌子, 요시마스 료코吉益亮子, 쓰다 우메코津田梅子, 야마가와 스테마쓰山川捨松.

---

7) 일본 옷의 겉에 입는 주름 잡힌 하의를 말한다. 세로로 길게 쪼개진 치마로, 길이는 복사뼈까지 내려고 색깔은 주로 흰색이나 하늘색 또는 자주색이다.

이 새로운 풍속으로 등장하여 화제가 되었다. 1875(메이지8)년에는 간다神田에 도쿄여자사범학교가 개설되었다. 사립여학교로서는 1870 (메이지3)년의 메리 기다에 의해 설립된 요코하마의 학교(현재 펠리스 학원)를 비롯하여 쓰키지築地의 A로쿠반六番여학교(현재 조시女子학원), B로쿠반여학교(신에이新栄여학교로 개칭), 가이간海岸여학교(아오야마青 山여학원으로 개칭), 간다의 아토미跡見여학교, 고지마치麹町의 사쿠라 이여숙桜井女塾, 메이지여학교, 유시마湯島의 립쿄立教여학교(현재 립쿄 여학원)가 차례로 창립되었다. 이들 사립여학교의 대부분이 미션계의 경영에 의한 것이었다. 여학교 교육이 보급됨에 따라 여학교와 여생 도를 비난·공격하는 풍조도 강해졌고, 여자 교육의 목적을 현모양 처에 두는 정부의 방침이 정해지자 통제 또한 강해졌지만 그 속에서 도 신세대의 여성들은 교육을 통해서 새로운 능력과 가능성을 개척 해 갔다.

성행한 남녀동권론

명육사明六社에 결집한 후쿠자와 유키치福沢諭吉 등 지식인들은『명 육잡지』에서 낡은 사상을 비판하고 서구의 자유와 인권사상을 소개하 면서 남녀동권론을 역설했다. 모리 아리노리森有礼는『처첩론妻妾論』 (1874~75년)에서 '부부의 일체는 인륜의 대본이다.'라고 했고 나카무 라 게우中村敬宇는『선량한 어머니를 만드는 설善良ナル母ヲ造ルノ説』 (1875년)에서 국가에 있어서의 어머니의 역할을 강조했지만, 남녀의 교양에 관해서는 '동권이 되어야 한다.'고 주장했다. 계몽사상과 우 에키 에모리植木枝盛 등의 자유민권사상, 크리스트교 등의 남녀평등사

상은 유신과 함께 성장해 온 기시다 도시코岸田俊子(나카지마 쇼엔中島湘煙), 가게야마 히데코景山英子, 시미즈 도요코淸水豊子(시킨紫琴)를 비롯하여 당시 여성들에게 큰 영향을 줄 수밖에 없었다.

법제도와 여성의 지위

1872년의 창기娼妓해방령, 1873년의 아내로부터의 이혼 신청 승인, 1880(메이지13)년 공포된 '형법'에서의 첩의 삭제, 이러한 개정에도 불구하고 여성의 실태는 해방과는 먼 것이었다. 국제적 압력 속에서 창기해방령은 나오지 않았지만, 이듬해에는 창기 '본인의 진의'에 의한 영업은 인정한다고 하여 공창제도가 신속하게 정비되었다. 또 여성에 대해서는 형법 '간통죄'를 두고 엄중하게 관리하는 '성의 더블 스탠더드'의 법제가 근대 조기早期에 재편성되었다. 여성으로부터의 이혼 청구도 '부형 혹은 친척의 첨부'를 필요로 했다. 1890(메이지23) 년에 공포되어 2년 후에 시행될 예정이었던 민법은 프랑스법의 영향을 받았기 때문에 일본의 실정에 적합하지 않다고 해서 연기되었고, 대신하여 가부장적 가족제도를 관철한 메이지 민법(1898년)이 제정되었다.

『울며 사랑하는 자매에게 고한다泣て愛する姉妹に告ぐ』

1889(메이지22)년 대일본제국헌법 발포, 이듬해 제국의회 개설에 의한 천황제국가가 성립되었다. 헌법과 동시에 공포된 중의원 의원 선거법에서는 선거권, 참정권은 직접 국세 15엔 이상을 납입하는 25세 이상의 남자로 한정하기로 했고 여성은 제외되었다. 헌법에서는

언론집회결사의 자유는 '법률의 범위 이내'로 하여 '집회 및 정사법政
社法'(1890년)에서 여성은 일체 정치상의 권리가 금지되었지만 중의원
방청규칙안의 여성 방청금지에 관해서는 도쿄부인교풍회矯風会를 중
심으로 한 여성들의 신속한 반대에 의해서 철회되었다. 시미즈 시킨
清水紫琴은 『여학잡지女学雑誌』에 『울며 사랑하는 자매에게 고한다』를
실어 이 안에 반대하는 여성 독자에게 절절하게 호소했다. 또 교풍회
와 시킨 등은 형법의 간통죄 개정을 위해서 대안을 넣은 '일부일처건
백一夫一婦建白'의 서명을 원로원에 내는 전국적 운동을 전개해 갔다.

여성의 노동

일본의 자본주의 기간산업인 제사, 방적공업을 담당한 것은 여성
들이었다(생사生糸, 제차製茶는 수출액의 80%를 차지했다). 1870년 개업
한 관영도미오카제사장官営富岡製糸場에서는 사족士族의 딸 요코다 에이
横田英 등 400여 명의 전습여공이 일했는데, 노동 조건이 열악했기 때
문에 이후 제사 여공의 무권리적 노동의 원형을 보였다고 일컬어진
다. 1882(메이지15)년에는 전국 공장의 반수 이상이 제사공장으로, 전
공장 노동자의 7할이 여공이었다. 노동 시간은 10시간 이상, 기숙사
에 갇혀서 남자의 반 이하인 하루분의 식사비 정도의 저임금으로 일
했다. 로쿠메이칸鹿鳴舘8)에서는 매일 밤 야회복을 입고 무용과 남녀
교제로 시간을 보내는 여성이 출현하는 한편, 그 문명개화를 지지하
기 위해서 방대한 여성노동자가 배출되었다. 또 에도 시대와 다름없

---

8) 메이지 정부가 개설한 내외국인 교류를 위한 사교장을 일컫는다. 서양풍의 2층 건물로
1883년, 지금의 도쿄 히비야공원 근처에 완성되었다. 정부요인, 화족과 외국사신에 의
한 야회, 무용회가 행해졌으며 구화주의歐化主義의 상징적 장소라 할 수 있다.

이 농어촌의 여성들은 아침 일찍부터 밤늦게까지 험한 노동에 종사했다. 도시에서는 여의, 간호사, 전화교환수, 소학교 교사, 속기사, 기자로서 활약하는 여성들도 출현했다.

근대의 시작은 여성의 기복 심한 앞날을 예지하게 하는 것이었지만, 여성들은 자유평등의 근대 이념을 스스로의 해방으로 해석하여 인습과 심한 통제의 그물망을 뚫고 가능성을 확대해 가려고 하는 노력을 한순간도 멈추지 않았다.

(기타다 사치에北田幸惠)

〈칼럼〉 최초의 여자 유학생

　1871(메이지4)년 11월 12일, 후리소데振袖[9) 모습의 소녀들이 이와쿠라 사절단에 동행하여 미국 유학을 위해 요코하마항을 출발했다. 8살의 쓰다 우메코, 9살의 나가이 시게코永井繁子, 12살의 야마가와 스테마쓰山川捨松, 15살의 우에다 데이코上田悌子와 요시마스 료코吉益亮子 5명으로, 일본 최초의 여자 유학생이었다. 스테마쓰捨松라는 이름은 버리고捨てる 기다린다待つ라는 뜻의 이름으로, 부모님의 마음을 담아서 개명한 것이었다. 환송하는 사람들 속에서는 이런 가녀린 소녀들을 외국에 보내는 독한 부모라고 비난하는 소리도 있었다. 그녀들은 홋카이도 개척사 파견의 유학생 모집에 응모하여 모인 구막부의 신하旧幕臣의 딸들로, 파견의 조건은 유학기간 10년, 여비, 생활비, 학비, 용돈을 지급하는 것이었다.

　출발 직전 5명은 궁중을 방문하여 황후로부터 양학 수업의 뜻은 실로 신묘神妙의 일로 뜻을 이루어 귀국하려면 '부녀의 규범'이 되도록 열심히 공부하라는 의미의 문서를 받았다. 사절단은 불평등조약개정의 예비교섭과 구미 문물, 제도의 조사를 목적으로 했다. 특명전권대사 이와쿠라 도모미, 부사副使 기도 다카요시木戸孝允, 오쿠보 도시미치大久保利通, 이토 히로부미伊藤博文, 야마구치 나오요시山口尚芳, 서기관, 수행원 외 유학생 나카에 초민中江兆民, 가네코 겐타로金子堅太郎 등 59명을 포함한 총 100여 명의 대사절단이었다. 일본 교과서에도 게재되어 잘 알려져 있는 쓰다 우메코 등 여자 유학생은 5명뿐이었고, 동시에 출발한 남자 유학생은 그 10배나 되었지만 그다지 화제가 되지 않았다. 당시 미국만 해도 일본인 유학생은 200명이 넘었기 때문이다(히사노 아키코久野明子『로쿠메이칸의 귀부인 오야마 스테마쓰鹿鳴館の貴婦人 大山捨松』). 쓰다 우메코 등의 유학이 화제가 된 것은 여성으로서는 처음인, 그것도 소녀들의 유학이었기 때문이다.

---

9) 주로 미혼 여성의 예복으로 쓰이는 일본 옷. 겨드랑이 밑을 꿰매지 않은 긴 소매 옷.

일행은 1872(메이지5)년 1월 15일 샌프란시스코에 도착했고 2월 29일에는 워싱턴에 도착했다. 5명은 미국변무공사인 모리 아리노리가 맞이했고 그 부하 챨스 랭맨 부처의 집에 맡겨졌다. 10월에는 나이가 많은 요시마스, 우에다가 귀국했고 나가이 시게코는 1881(메이지14)년 귀국, 쓰다 우메코, 야마가와 스테마쓰는 우수한 성적을 거두고 11년 만인 1882(메이지15)년 11월에 귀국했다. 우메코는 뒤에 쓰다영학숙津田英学塾을 열고 일본 여자 고등 교육의 발전에 힘을 쏟았다. 야마가와 스테마쓰는 오야마이와오 겐스이大山巌元帥와 결혼하여 우메코의 교육에 협력했다.

(기타다 사치에)

2. 소설小説

새로운 미디어와 여성 표현

근년의 여성사 연구는 근세가 여성 표현의 암흑시대가 아닌 다양한 시도와 풍요한 수확이 있었던 시대였다고 밝혔다. 한시漢詩, 하이쿠俳句, 와카和歌, 모노가타리物語, 일기, 수필 등에서 발휘된 근세 여성의 표현은 근대 여성으로 이어져 갱신된 새로운 문학을 낳아간다. 유신 직후는 와카, 한시 등의 전통적 장르로 여성 표현을 지향했지만 드디어 새로운 근대 미디어인 연설과 새로운 장르인 평론에서도 여성이 과감하게 등장하기 시작한다.

이 시대를 상징하는 존재가 기시다 도시코(나카지마 쇼엔)이다. 도시코는 황후에게 맹자를 강의하는 여자 관리에서 1882년에는 자유민권계의 연설회의 변사로 나서서 '여권론'을 전개했다. 1870년대 중반부터 시작된 연설은 종래의 커뮤니케이션을 일신하는 구두口頭미디어로서 자유민권사상의 보급과 연결되어 융성을 맞지만 도시코는 오로지 '마스라오10)의 언어ますらをの言の葉'였던 연설에 참가하여 여성의 연설을 개척했다. 연설과 병행해서 『온실 속의 화초·혼인의 불완전函入娘·婚姻之不完全』(1883년)을 간행하여 여성평론의 선구가 되었다. 이러한 저명한 여권가女權家 외에도 아마추어 여성들이 다수 쓰는 일에 참가하기 시작했다.

1877(메이지10)년부터 『영재신지穎才新誌』에 투서한 소녀들 중에는 다나베 다쓰田辺たつ(미야케 가호三宅花圃), 아오야마 지요青山千代(야마가

---

10) 마스라오ますらお란 대장부, 강하고 용감한 남자를 의미한다. 여성에 대한 남성의 통칭으로 쓰인다.

와 기쿠에山川菊榮의 어머니) 등의 이름이 보인다. 소신문에는 예창기芸
娼妓, 하녀 등의 투서도 다수 보인다. 또 『여학잡지』의 기서란에는
1886(메이지19)년의 창간호부터 1888년의 100호까지로 한정하더라
도 약 60명 정도가 기고했다. 그중에는 와카마쓰 시즈若松賤, 다나베
다쓰코田辺たつ子 등의 이름도 보인다. 문체의 혼돈시대를 반영하여 한
시, 한문을 쓴 문장, 화문和文, 언문일치 등으로 다양하고 장르도 한시,
단가, 신체시, 축문, 평론, 수필 등 다채롭다. '부인 등이 쓴 것을 평한
다면 모두 축문 같은 문체'(이와타니 산진厭谷山人「부인의 문장」『여학잡
지』1889년 2월 5일)라고 하는 조소를 받으면서도 여자들이 쓰기 시작
함을 새긴 '기서란'의 역할은 여성문학사를 생각할 때 결코 잊어서는
안 될 것이다.

여성의 소설가 대망론

1886년 말의 『여학잡지』는 전년도에 발행된 여학생에 관한 잡지
로서, 『여학잡지』『이라쓰메いらつめ[11]』『당신의 친구貴女之友』『일본
의 여학日本之女学』『여신문女新聞』『일본신부인日本新婦人』『문명의 어
머니文明之母』『도쿄부인교풍잡지東京矯風雜誌』등 13개의 잡지를 들 수
있다. 이 외에 여성문학의 출발을 생각하면 특히 중요한 역할을 하고
있는 것이 『여학잡지』와 『이라쓰메』일 것이다. 쓰보우치 쇼요坪内逍
遙가 평론 『소설신수小説神髓』에 이어 『당세서생기질当世書生気質』[12]을,

---

11) 젊은 여자를 친근하게 일컫는 말. 남자를 일컬을 때는 이라쓰코いらつこ라고 한다.

12) 앞선 쇼요의 『소설신수』가 근대문학의 기초를 쓴 이론서라고 한다면 『당세서생기질』
은 그가 이론을 작품으로 구체화한 것이라고 할 수 있다. 메이지 서생(학생)의 생활을
당시의 풍속과 연애를 엮어서 사실적으로 그린 작품이다.

후타바테이 시메이二葉亭四迷가 『뜬구름浮雲』을 쓰고 일본 근대소설이 성립한 시기, 『여학잡지』의 주재자 이와모토 요시하루巖本善治는 '여자는 하나의 기예가 있을 것'(『여학잡지』 1886년 1월)으로 여자는 기예가 없으면 독립할 수 없다, 여자가 남자에게 우월할 수 있는 기예로서는 사진, 음악, 역사를 엮어내는 일과 '소설을 써서 인정人情을 표현하는 것'이 있다고 했다. 이후에도 이와모토는 여성문학적성론이라고도 말할 수 있는 논을 전개했고 같은 해 「여자와 문학」(6~8월)에서도 남성 본위의 소설에 대해서 여성을 주체로 해서 쓰는 여성작가의 등장을 기대했다.

여성 소설의 탄생 쇼엔 · 가호

쇼엔은 여성의 연설, 평론의 창시자일 뿐 아니라, 거기서부터 소설로 표현 장르를 이행해간 여성 표현자였다. 전년에 자유민권가인 나카지마 노부유키中島信行와 결혼한 쇼엔은 1887년 11월에 리튼의 『유진 · 알랜ユージン · アラン』의 번안소설인 『선악의 기로善惡の岐』를 여학잡지사에서 간행했다. 런던을 게이오메이지의 스마須磨로 고치고 주인공 알랜을 부쇼안撫松庵, 그 연인을 긴로琴路로 바꾸고, 장대한 대망도 사소한 것을 조심하지 않으면 무의미한 결과가 되며 선악의 기로야말로 중요하다고 하는 주제였다. 황당함을 벗지 못했고 문맥이 어색한 곳도 있으나 여하튼 격변하는 시대와 인심을 부분적으로는 비춰냈다. 여성 소설에 길을 연 최초의 장편 번안으로서의 의의는 인정해도 좋을 것이다.

계속해서 다음해 1888(메이지21)년 6월에는 도쿄고등여학교 재학

중인 만 19살의 미야케 가호에 의해 오리지널 소설 『덤불의 휘파람 새薮の鴬』가 긴코도金港堂에서 간행되어 여성작가의 출현으로서 평판을 얻었다. 로쿠메이칸 문화와 전통적인 문화의 대립을 히로인상ヒロイン像과 연결시켜 분리하여 썼으며 부박한 개화의 비평을 그린 작품이었다. 이시바시 닌게쓰石橋忍月에 의해 쇼엔의 『선악의 기로』와 비교해서 '가장 뛰어난 감이 있다.'고 높이 평가되었다. 이듬해 2월에 재판되는 양상으로 되었으나 히구치 이치요樋口一葉에게 소설가로의 지망을 품게 할 정도로 젊은 여성들에게 자극을 주었다. 한편, 쇼엔도 『도시의 꽃都の花』(1889년 2~5월)에 『산간의 명화山間の名花』를 발표했다. 쇼엔 자신의 여권가로서의 체험에 기초한 작품으로 종래 남성의 손에 의한 여권소설의 관념성을 넘어서려고 했다. 소설 속 히로인인 고엔 요시코高園芳子는 당시의 문학 작품 속에서는 신선한 여성상이었다. 미완으로 끝났지만 정치, 민권과 여권, 여학을 매개로 한 작품으로서 중요하다. 쇼엔, 가호. 이 두 사람을 빼고서 근대 여성문학사의 출발기를 이야기할 수는 없을 것이다.

기무라 아케보노木村曙 · 시미즈 시킨清水紫琴

쇼엔, 가호의 등장에 자극을 받아서 기무라 아케보노, 시미즈 시킨, 와카마쓰 시즈코若松賤子, 다자와 이나부네田沢稲舟, 히구치 이치요, 기타다 우스라이北田薄氷, 오쓰카 구스오코大塚楠緒子가 등장했다. 기무라 아케보노의 『부녀의 거울婦女の鑑』은 「요미우리신문読売新聞」(1889년 1~2월)에 연재되었다. 이 당시 아케보노는 만 16살로 2년 전에 도쿄고등여학교를 막 졸업한 상태였다. 일본, 영국, 미국으로 히로인을

이동시키면서 개화기의 젊은 여성이 근대에 거는 꿈을 섬유공장 개설에 비유하여 장대하게 노래한 작품으로 중요한 의미를 갖고 있다. 이러한 10대의 소녀 작가가 속속 등장하고 새로운 시대, 새로운 꿈을 새로운 여성작가들이 엮어내기 시작했다. 그녀들의 작품 속에는 로쿠메이칸의 사립교, 여학교 교육, 여학생 간의 교제, 자유연애, 유학, 경영자로의 지망, 자립으로의 의지 등 뒤끓는 시대와 부드러운 감수성이 갈등하는 궤적을 새기고 있다. 시미즈 시킨은 간사이関西의 여권가로서 활약하며 이혼을 체험하고 상경한 뒤『여학잡지』의 기자에서 주필이 되어 예리한 평론의 붓을 쥐고 드디어 1891(메이지24)년 같은 잡지상에 쓰유코つゆ子라는 이름으로『깨어진 반지こわれ指輪』를 발표했다. 구어 일인칭 형식으로 당시의 결혼 제도 아래에서 괴로워하는 여성의 자립을 그려 주목을 받았다. 후에는 사회의식과 여성의 권리의식에 뿌리내린 중요한 작품을 탄생시켰다.

히구치 이치요 · 다자와 이나부네

계속해서 등장한 히구치 이치요는 상류층 자녀가 모이는 하기노야萩の舍에서 공부하며 그 영향을 받았으면서도 메이지 사회의 우묵한 곳과 그늘진 곳을 내포한 현실을 그려나갔다. 자유평등의 이념과 뒤늦은 의식 관계가 혼입되어 반은 근대, 반은 봉건인 갈림길을 이치요는 응시하지 않을 수 없었다. 가장의 책임과 집필을 양립하면서 호락호락하지 않은 현실과 이치요는 싸웠다. 고된 환경을 짐으로 생각하지 않고 인간, 남녀, 가족의 살아있는 관계가 나타나는 장소로서 생각했던 것이다. 그녀의『어두운 밤やみ夜』(『문학계』1894년 5~8월)『키 재기たけくらべ』(『문학계』 1895년 1월~96년 1월, 『문예구락부文芸倶楽部』 96년 4월 일괄 게재)『니고리에にごりえ』(『문예구락부』 1895년 9월)『십삼야十三夜』(『문학계』 1895년 12월) 등의 폐저廃邸, 요시하라 공창가吉原公娼街, 신개지의 사창가, 우에노上野와 오차노미즈お茶の水와의 순환로는 그 생生이 삐걱대는 장소였다.

1874년 출생으로 이치요보다 2살 연하인 다자와 이나부네는 야마가타山形 출신으로 공립여자직업학교 도화과図画科에 입학했다. 야마다 비묘山田美妙를 스승으로 하여 소설을 발표했고 1891년에는 『눈雪』이라는 단문을 『부녀잡지』에 발표했다. 하지만 본격적인 활동은 조루리浄瑠璃13)『하기노하나 쓰마아야쓰리노 잇퐁萩の花妻操の一本』(『문예공진회文芸共進会』 1894년 4월)에서부터로 계속해서 『의학수업医学修業』(『문예구락부』 1895년 7월)『흰 장미しろばら』(같은 해 12월) 등을 발표했다. 비묘와의 결혼이 파탄을 맞아 실의에 빠진 중에 1896(메이지29)년 만 21살의 젊은 나이로 사망했다. 사후, 유고로서 『오대당五大堂』(『문예구락부』 1896년 11월)이 발표되었다. 이나부네 작품의 여주인공은 가족제도와 남녀의 관계성에 거부를 나타내고 파멸적으로 일탈해 가는 이색적인 인물이다. 당시 이나부네는 무엇이든 이치요와 비교당하고 비평을 받았다.

기타다 우스라이는 도쿄부고등여학교, 여자문예학사女子文芸学舎를 졸업한 후 영학전문학사英学専門学舎에서 영문학을 수학했다. 오자키 고요尾崎紅葉에게 사사받았고 대표작으로는 『삼인 과부三人やもめ』(『도쿄문학』 1894년 6월~, 3회로 중단 유고집에 수록된다)『귀천소鬼千疋』(『문

---

13) 일본의 가면 음악극으로 음곡에 맞춰서 낭송하는 옛이야기. 인형극인 분라쿠文楽의 대본이 되는 수가 많다.

예구락부』 1895년 5월)『검은 안경黑眼鏡』(『문예구락부』 1995년 12월)
『유모乳母』(『문예구락부』 1896년 5월) 등이 있다. 1900년 24살로 사망
했다.

　1892(메이지25)년의 『여학잡지』에는 '오늘날의 여학생, 각별히 문
학을 좋아하고 대부분 문학자를 이상으로 한다.'는 기사가 게재되었
다. 『문예구락부』는 1895(메이지28)년에 '규수소설閨秀小說' 특집을,
1897년에 '제2규수소설' 특집을 구성했으며 19명의 여성의 이름도
확인할 수 있다. 이 둘의 특집 시기가 본장의 절정기라고 해도 좋지
만 안타깝게도 1896년에는 이나부네, 이치요, 시즈코가 차례로 단명
으로 세상을 떠남으로써 여성문단의 큰 전기를 고했다.

〈칼럼〉 여성작가와 익명성

아키즈키秋月 여사(오시마 지요코大島千代子), 유호幽芳 여사, 가즈키花月 여사, 모후노毛布野 여사, 란코藍江 여사(하야시 사토코林里子), 스미레すみれ 여사, 간다이치조세이神田一女生(다자와 이나부네라는 설도 있음), 후지슈야藤酒屋 여사, 고보시小星 여사, 슈카秋香 여사, 신노 라쿠코真野らく子, 쇼운湘雲 여사, 아시야 요시코芦屋よし子, 사쿠라야마桜山 여사, 고바이紅梅 여사, 야엔椰園 여사, 이시도웃슈石堂乙洲 여사, 세이카淸花 여사, 게이카桂香 여사, 산모三茂 여사, 쇼렌小蓮 여사, 사쿠라 시키부さくら式部. 이들은 메이지 20년대 전반에 소설을 발표한 여성 이름의 일부이다. 그 경력과 실명은 불명확한 것이 많다. 확실히 이들은 작품도 적고 습작의 영역을 벗어나지 못한 예가 많지만, 중에는 만약 계속 썼다면 상상을 초월했을 만한 작가도 있다.

예를 들면 간다이치조세이의 『무명소설無名小説』은 『이라쓰메』에 투고되어 1891(메이지24)년 1~4월에 발표되었다. 여주인공의 친구인 하나코는 서양 여자는 혼자서 세계 일주를 할 수 있는 용기가 있다고 감탄하며 "나도 죽을 때 노자와하나野沢花라고 하는 자는 옳은 일을 하고 죽었다는 소리를 들으며 죽고 싶다고 생각해."라고 말했다. 오빠에게 건방지다고 놀림을 당하면 "여자도 남자와 같이 교육을 받아서 뭐든 알게 되었으니까, 옛날처럼 함부로 제압하며 뽐낼 수 없으니까 그렇게 말하는 것이지." 하고 반론한다. 젊은 여성의 진보적인 의지, 심정을 잘 전하고 있지만 잡지 폐간으로 인해 미완으로 끝났다. 가즈키 여사 『치엽의 칼痴葉の刃』은 「소설문고」 제1집으로서 도요사東洋社에서 1889(메이지22)년 5월 단행본으로 간행되었다. 이 작품은 연애와 정쟁, 책모가 엉키어 전개되었고 히로인 마쓰가에다松ヶ枝의 연정 등은 지극히 리얼하게 묘사되었다. 그 밖에 모후노 여사의 『고코로즈쿠시心づくし』(『이라쓰메』 1889년 10~90년 2월)는 확실한 구상력을 나타냈다.

이들 작가들에게서 공통으로 보이는 것은, 본명을 익명으로 하려는 강한 의지이다. 『현상소설懸賞小說』(『이라쓰메』 1890년 9, 10월)의 쇼렌 여사는 17살이지만, 부모 밑에서 소설에 몰두하며 기분 전환을 하므로 지금은 학생의 신분으로 "본명은 밝히지 말아주십시오."라고 앞에 썼고, 사쿠라 시키부는 『월전총화月前叢話』(『이라쓰메』 1891년 6월)에서 "본명은 이유가 있어서 숨긴다."고 썼다. 이것은 『이라쓰메』가 초보의 투고, 현상소설을 모은다는 이유로 돌려주지 않았던 것으로 "성명만은 비밀로 해주십시오."라고 하는 『치엽의 칼』 서문에서의 가즈키 여사의 말에서도 명확하게 알 수 있다. 19세기 영국의 브론테 자매가 남자의 이름으로 창작을 했던 것을 봐도 여성의 쓰는 권리가 확립되기까지에는 동서양을 불문하고 긴 시간과 괴로운 싸움이 필요했다. 이들의 무명성, 익명의 태도는 여성문학의 인지가 얼마나 곤란했던가를 나타내고 있다고 하겠다. 하지만 공연하게 이름을 대는 여성들의 용기도 새삼스럽게 돌아볼 필요가 있을 것이다.

(기타다 사치에)

그림 1-2
미야케 가호

◆ 미야케 가호三宅花圃[14]

여성 최초의 소설『덤불의 휘파람새』

아버지 다나베 다이이치田辺太一는 원로원 의관, 귀족원 의원도 지냈지만 호화스런 생활로 인해 가산은 점점 기울어갔다. 가호는 아토미가케이주쿠跡見花蹊の塾, 나카지마 우타코中島歌子의 하기노야에 들어간다. 사쿠라이여학교桜井女学校, 메이지여학교를 거쳐 도쿄고등여학교 전수과專修科에 재학 중이던 1888(메이지21)년 6월, 쓰보우치 쇼요의 교열을 거쳐 긴코도로부터『덤불의 휘파람새』를 출판했다. 근대 최초의 여성작가로서 일약 유명하게 되어 여성들 사이에서 소설가 지망의 열기를 불러일으켰다. 쇼요의『당세서생기질』의 영향을 받은『덤불의 휘파람새』는 메이지 개화기의 젊은 남녀의 풍속을 생생하게 묘사했다. 구화와 전통을 대조적으로 짊어진 여성을 등장시켜 부박한 구화주의歐化主義는 여성으로서 불행에 떨어진다는 공리적인 결론을 내고 있지만 여학생의 대화 등을 통해서 상대화된 면도 있다. 다음 작『야에자쿠라八重桜』(『도시의 꽃』1890년 4, 5월)는 여덕상찬女德賞賛의 구성을 더욱 진행시켰다. 로쿠메이칸 시대도 어느덧 막을 내리고 대신해서 전통적인 것이 부활하기 시작한 시대 상황에 부응한 걸음이었다.

---

14) 미야케 가호三宅花圃 : 1868~1943년, 도쿄東京 출생, 본명 : 다쓰코龍子.

『미다레사키みだれ咲』간행

『고환의 사슬苦患の鎖』(『여학잡지』 1891년 9월)은 스케치풍이지만 당시 여성의 낮은 지위와 함께 부부의 문제를 다룬 흥미 깊은 작품이다. 1892(메이지25)년 3월에는 단편소설집 『미다레사키』를 무샤쿠샤 초초코夢借舍丁々子란 이름으로 슌요도春陽堂에서 간행했고 11월에는 미야케 세쓰레이三宅雪嶺와 결혼했다. 이듬해에는 『문학계』에 하기노야의 후배인 히구치 이치요를 추천했다.

여성의 거점 확인

1895년에 가호는 『문예구락부』의 '규수소설' 특집의 권두를 『싸리도라지萩桔梗』로 장식했다. 여자의 덕과 행불행을 연결하는 도식적인 면은 있지만 당시의 청일전쟁의 비참한 세상을 의욕적으로 다루었다. 같은 해 2월 『태양太陽』 게재의 『이슬의 연고露のよすが』에서는 여성의 '연고'(거점)를 자기 일을 찾는 것으로 하는 가호의 새로운 경지를 표시했지만 작가활동은 이즈음을 경계로 쉬게 된다. 그 후에는 가정론, 여성론, 메이지문단의 회상, 특히 이치요 회상의 작가로서의 위치로 물러난다.

『덤불의 휘파람새』

로쿠메이칸의 신년 연회에서 서양복을 입고 이야기하는 소녀들은 여학교 동창생이다. 대화마다 서양 풍속의 이입에 관한 감상을 이야기한다. 연하 쪽이 핫토리 나미코服部浪子이고 연상 쪽이 히로인인 시노하라 하마코篠原浜子이다. 시노하라의 아버지는 신정부가 되어서 서양을 오고가며 양이파攘夷派[15])에서 서양 일변도로 바뀐 자작子爵이다. 가정에서도 딸을 극단적인 구화주의로 교육했다. 하마코는 약혼자이자 먼 친척인 시노하라 쓰토무篠原勤가 유학 중일 때, 영어를 가르치는 관원 야마나카 마사山中正와 관계가 깊어진다. 귀국한 쓰토무는 하마코의 변화에 번민하지만 자작의 급사 후 자신은 세습의 재산을 상속하고 나머지는 모두 하마코에게 주며 야마나카와의 결혼을 허락한다. 그러나 야마나카는 이전부터 아내와도 같은 오사다ぉ貞와의 관계를 다시 시작하고 있었고 하마코는 버림을 받는다. 한편 쓰토무는 죽은 아버지를 대신하여 모직편물을 하면서 공적증서에 손을 대지 않고 남동생의 공부를 뒷바라지하며 그 남동생에게 지식을 배우고 있는 마쓰시마 히데코松島秀子를 이상적인 여성으로 생각하여 결혼한다. 밑에 인용한 것은 하마코의 친구 나미코 등이 기숙사에서 장래에 대해 이야기하는 장면이다.

사이토 : 아아, 싫어. 나는 그런 걸 들으면. 정말 싫어져. 열심히 공부해도 유부녀가 되든가 일을 하든가잖아. 귀찮아서 싫어. 나는 독립해서 미술가가 될 거야. 화가가 될 거야. 미술 중에서 가무와 음곡, 그 외 하나 둘을 제외하고. 원래는 모두 그림이지만 그렇기 때문에 그림은 미술의 King이야. 아니, 페미닌 쪽인가. 그럼 Queen이야. 나는 반드시 화가가 될 거야.

소사이 : 아니 사이토 씨가 화공이 된다니. 이렇게 귀찮아하면서 말이야.

핫토리 : 사이토 씨는 일심일도이니까. 화가가 될 수 있을 거예요.

소사이 : 아니, 그럼 나도 일심일도이니까. 요번 이과에서 높은 점수를 얻었어요. 그것을 기준으로 해서 이학자가 될까. 당신은?

---

15) 막말에 대두한 외국을 배척하고 쇄국을 주장한 무리. 유교의 중화사상에서 유래하여 존왕론으로 합류한 존왕양이론尊王攘夷論으로서 큰 힘을 떨쳤다.

미야 : 나는 이 학교를 졸업하면 결혼할 거야. 오나미お浪 씨 당신도 그렇죠?

핫토리 : 글쎄. 나는 문학이 좋으니까 문학사가 되든지 해서 다른 곳에 가서 맞벌이를 할 거예요.

사이토 : 어머 사이가 좋네요. 나는 남편 따위는 정말 갖고 싶지 않아.

미야 : 그럼 오나미 씨는 우리 오빠한테 시집오면 좋겠다. 그럼 기쁠 텐데.

사이토 : 정말이야.

아직 천진난만한 여자아이들, 사람의 마음은 알 수가 없다. 생각 없이 말하면 모두 함께 서로 말하며 좋고 싫고 없이 이야기가 끊이지 않으니.

◆ 기무라 아케보노木村曙16)

복잡한 가정환경

그림 1-3
기무라 아케보노

아버지 기무라 소헤木村荘平의 본처가 죽고 어머니 마사まさ가 입적하기까지 오랜 동안 오카모토岡本라는 이름으로 살았다. 새엄마와 이복형제 쇼타, 쇼주, 쇼주지 등 20여 명의 가족이었다. 아버지는 '이로하いろは'라는 고깃집을 경영하여 부를 쌓았다. 1884(메이지17)년, 도쿄고등여학교에 입학했다. 솔선해서 양복을 입었고 영어·불어에 능통하였으며 음악을 잘했다. 졸업 후 해외유학을 원했지만 허락되지 않았고 또 법학의 학생과 결혼도 되지 않은데다 부모에게 무단으로 교제했다는 이유로 머리를 잘렸다. 이해, 아버지의 명령으로 데릴사위를 맞이하지만 곧 이별했다고 전해지고 있다(이혼을 부정하는 설도 있다).

---

16) 기무라 아케보노木村曙 : 1872~90년, 고베神戸 출생, 본명 : 에이코.

소녀 작가, 신문소설을 연재

아사쿠사히로코지浅草広小路의 '이로하' 12지점의 지점장으로 앉아서 쓴 것이 『부녀의 거울』이다. 아에바 고손饗庭篁村의 추천에 의해 1889년 1월부터 2월까지 「요미우리신문」에 33회에 걸쳐 연재되었다. 여성에 의한 첫 신문연재소설이지만, 아케보노는 당시 겨우 만 16살이었다. 『부녀의 거울』은 히로인 요시카와 히데코吉川秀子와 그녀를 둘러싼 소녀들의 이야기로 힘없는 소녀들이 힘을 모아 꿈을 실현한다는 스토리이다. 화려한 영국유학, 미국에서의 여공체험을 넣어서 가난한 부인의 솔선적인 고용과 보육시설 완비, 급식 완비의 이상적 공장 건설로의 상상을 키우고 있다.

18년의 생애

『대장부勇みの肌』(「에도신문江戸新聞」 1889년 5월) 『아케보노소메우메신가타曙染梅新型』(『당신의 친구貴女の友』7월) 『소쿠라베操くらべ』(「요미우리신문」 10월)를 발표했다. 이어서 이듬해에『젊은 소나무わか松』(「요미우리신문」 1월)를 발표했지만, 『부녀의 거울』에 가까운 질의 작품으로는 되지 않았다. 소설 외에 아케보노는 반대의 입장에서 언문일치를 둘러싼 논쟁도 행했다. 10월, 18세로 사망했다. 1896년 사망 7주기에는 어머니의 손에 의해 「아케보노 여사 유고曙女史遺稿」라는 제목을 붙인 『부녀의 거울』이 단행본으로 출판되었다.

『부녀의 거울』

요시카와 후작吉川侯爵의 양녀로 들어간 고아 히데코는 품행, 학업 모두 뛰어나 아버지인 후작의 기대를 등에 업고 유학을 가게 된다. 하지만 출발하기 직전, 한 소년을 둘러싸고 일어난 친구의 질투로 인해 계략적으로 쓴 편지를 받게 되고 그 편지로 인해 아버지의 격노를 불러일으켜 유학을 취소당하고 의절하게 된다. 스스로 결백을 밝히는 것밖에 증명할 길이 없다고 생각한 히데코는 단발로 머리를 자르고 남장을 한 뒤 가출을 결행한다. 그러던 중 친구 에디스와 그녀와 피가 섞이지 않은 언니 하루코가 유학을 지원한다. 하루코는 유곽에서 몸을 판 돈으로 유학 비용을 마련한다. 아버지의 집을 나온 소녀는 힘없는 소녀들과 힘을 합해서 꿈을 실현하려고 한다. 이후 영국으로 건너가서 캠브리지대학 여자부 뉴햄교에서도 발군의 성적을 거둬 급우의 질투로 방해를 겪지만 무사히 이겨내고, 앨렌의 소개로 미국에 있는 앨렌 오빠의 공장으로 가서 몸을 숨기며 직공으로서 일하며 우수한 성적을 거둔다. 히데코의 활약이 일본 신문에도 소개되고 아버지의 화도 풀려서 귀국한다. 부모의 찬동을 얻어 쓰쿠지에 여성을 위한 복지시설이 갖춰진 수예공장을 개설한다. 이것은 병사한 히데코의 친구 코제트와의 맹약이기도 했다.

히데코 : 평소 걱정해주셔서 희망도 가지게 되어 여러분의 힘에 의해 공장이 생기게 되었지만 이것은 빈민을 구조하기 위한 시설로 생긴 것이라 교도자로서는 단지 근무라고 생각될 뿐으로 그다지 정성스럽게 이끌어갈 사람은 찾기 어렵다고 생각하여 여기 계신 여러분에게 말씀드립니다. 창립 이후에는 마음을 다해서 여공을 가르치겠습니다. (생략)

다음 12년 3월 3일 개장식을 열면서 기술이 뛰어난 공인 10명을 고용하여 오로지 공업의 길을 굳히고 그중 하직은 가난한 부녀를 고용하여 그들을 가르쳐서 어느 정도 급료를 줄 뿐 아니라 모든 공업장의 사람에게는 그날 식사는 아침, 저녁 모두 주고 즐겁게 다닐 수 있도록 넓은 유치원을 설립했다. 유치원에서는 하루코가 빈민의 아이들을 3살부터 10살에 이를 때까지 지도하고 가르쳐서 엄마 없는 자는 맡아서 기술을 익히게 하고 머리가 있는 자는 공장의 선생으로도 하여 사람을 가르치고 또 지식이 없더라도 한 몸 법에 고통 받지 않도록 가르쳤다. 그녀는 가르치는 것은 희대의 아름다운 일이라고 생각했다. 그 후 요시가와 가문에서는 요시후리를 뽑아서 다케오 구니코의 대례를 올려 요시가와의 가명을 물려받고 집을 주어 늙은 부부는 일로서 아이를 돌보는 것을 소망하여 유치원 곁에 별택을 지어 그리로 옮겨 밤낮없이 아이를 돌보는 날을 보내게 되었다. 또 이사벨 헨리 부부의 양자는 코제트가 대신하고 하루코는 다케오의 중매로 어느 학사한테 시집을 갔다. 에디즈는 아직 젊지만 집에 있는 노부모에게 효도했다. 모두 잘 되었지만 단지 하나코는 나날이 히데코의 명예가 높아짐을 부러워하며 애석하게 생각하여 병이 나서 꽃도 마음에서 다 지고 말았다.

그림 1-4
시미즈 시킨

◆ 시미즈 시킨清水紫琴[17)]

서경西京[18)]의 여권가

시미즈 시킨의 생애는 여권운동가, 잡지편집자, 평론가, 작가로서의 전반생의 경력과 현모양처, 유명부인으로서 가정에 파묻힌 후반생으로 이분된다. 교토부청 임원의 집에서 자라 14살로 부여학교府女学校및 여홍장女紅場

---

17) 시미즈 시킨清水紫琴 : 1868~1933년, 오카야마岡山 출생, 본명 : 도요코豊子.

18) 교토의 다른 이름.

의 소학사범제례과小学師範諸礼科를 졸업했다. 18살에 결혼하지만 남편의 다처多妻가 원인이 되어 파탄한다. 결혼했을 때부터 이미 남편과 우에키 에다모리 등의 영향 아래 여권의 연설, 평론활동을 개시한 시킨은 『감히 동포 형제에게 바란다敢えて同胞兄弟に望む』에서 집안의 소군주(남편)로부터의 여성해방을 역설하고 일부일처건백운동을 전개하여, 서경의 여권가로서 그 이름을 알리게 되었다.

『깨어진 반지』의 성공

1890년 5월 상경하여 『여학잡지』 기자가 되었다. '집회 및 정사법'과 중의원방청규칙안의 항의 평론을 게재하고 11월 편집주필(편집장)로 발탁되어 『지금 여학생의 각오는 어떤가当今女学生の覚悟如何』 등을 발표했다. 『여학잡지』 1891년 1월 1일호 부록에 쓰유코의 이름으로 발표한 『깨어진 반지』는 신형식의 일인칭 구어체를 채용하여 이혼과 여성의 자립을 테마로 한 페미니즘소설로서 성공해 오가이鴎外, 로한露伴에게 격찬 받는다. 연말에는 민권가 오이 겐타로大井憲太郎와의 사이에서 아이를 출산(오빠의 호적에 올린다)하고 고난 속에서 홋카이도로의 이주를 생각한다. 이때 도쿄농과대학 조교수 고자이 요시나오小在由直와 알게 되어 1892년 말 결혼한다. 요시나오의 연애편지를 재료로 하여 집필한 『한 청년의 이상한 술회―青年異様の述懐』(『여학잡지』)는 인격주의 연애를 희구하는 남성의 심리를 일인칭 문어체로 그린 낭만주의적인 참신한 작품이었다.

작가 시킨으로서의 부활

어머니가 된 시킨은 오로지 가정, 가사, 육아, 부부관계 속에서만 구체적인 여성의 개혁을 찾아 수필을 발표하고 1896년, 이치요, 시즈코, 이나후네 등이 계속해서 세상을 떠난 빈 자리를 채울 듯이 독일 유학중인 남편의 부재를 지키면서 작가로서의 활동을 재개했다. 1897년의 『들길의 국화野路の菊』(1896년 10월~97년 1월)에서 시킨을 호로하고 이듬해부터는 『마음의 귀신心の鬼』(1월) 『칡등굴의 뒷잎葛の裏葉』(5월) 『아래로 가는 물したゆく水』(1898년 2월) 『이민학원移民学園』(8월)을 계속해서 『문예구락부』에 발표했다. 『이민학원』은 피차별적 부락 출신의 여성 차별로부터의 해방을 내건 시킨의 새로운 경지를 개척하는 사회소설, 페미니즘소설로, 시마자키 도손島崎藤村의 『파계破戒』[19]에 영향을 주었다고 한다.

『깨어진 반지』

기묘한 깨어진 반지를 끼고 있는 이유를 '남 같지 않은 당신'에게 내가 이야기하는 고백 형식의 소설이다. 부모의 강요로 18살에 결혼한 나는 남편의 다처에 인내의 나날을 보내고 있다. 그러나 어머니의 죽음과 서양의 여권론과의 만남으로 여성은 행복해지지 않으면 안 된다고 하는 권리에 눈을 떠서 진심으로 남편을 설득하지만 남편은 오히려 이에 대한 반동으로 한층 더 완고해진다. 결국 내가 말을 꺼내서 이혼에 이른다. '그 기념으로 자립하지 않으면 안 된다, 젊은 여

---

19) 일본 자연주의 문학운동의 길을 연 작품으로, 피차별 부락 출신의 청년 교사가 고뇌 끝에 출신을 숨기라는 아버지로부터의 계를 결국 파괴한다는 내용을 담고 있다.

성을 위해서 일하고 싶다.'라고 결의하고 반지의 알을 빼고 낀다. 이렇게 해서 수년 후인 현재에도 그것은 자신에게 무엇보다도 격려와 자극이 된다고 말한다. 이하의 문장은 작품의 머리 부분에서 인용한 것이다.

당신은 이 반지의 알이 빠져 있는 것이 맘에 걸리나요? 그것은 당신이 말씀하시는 대로, 이렇게 깨어진 채로 끼고 있는 것은 너무 볼품이 없기 때문에 어쨌든 바꿔 끼면 좋겠지만……. 하지만 나를 위해서는 이 반지가 깨어진 것이 기념이기 때문에 아무래도 이것을 바꿔 낄 수는 없습니다. 아아, 날이 지나가는 것은 정말 빨라서 이 반지를 깨고 나서 벌써 2년이 지났습니다. 그 사이에 가끔 여러분이 왜 그런 반지를 끼고 있는지, 너무 어울리지 않는다고 말씀하셨지만 이것에는 실로 깊고 구체적인 일이 있었기에, 그것 때문에 군이 그대로 끼고 있는 것입니다. 남 같지 않은 당신이기에 이 반지에 관한 나의 경력을 말씀드리겠습니다. 실로 저는 이 반지를 볼 때마다 단장의 아픔보다도 더 괴롭습니다……. 하지만 이것은 한시도 저의 손에서 떠날 수 없습니다. 그것은 왜인가 하면 이 반지는 실로 저를 위한 큰 은인이기에 그것은 또 왜인가하고 말씀드리자면 이 반지는 저에게 얼마의 고난과 한탄을 주었던 탓에, 저는 자립한 인간이 되지 않으면 안 되는 마음을 가지게 된 것입니다. 그렇기에 이 반지는 언제나 저의 사기를 고무하고 용기를 북돋는 계기가 되기에 저에게는 더없는 격려의 수단입니다.

◈ 히구치 이치요樋口—葉[20]

소학교 중퇴 '죽을 정도로 슬프다死ぬ斗悲しい'

아버지 노리요시則義는 도신同心의 주식을 구매하여 농민에서 고케닌御家人[21]이 되어 메이지 유신 후 도쿄부에 근무했다. 이치요는 12살

---

20) 히구치 이치요樋口—葉 : 1872~96년, 도쿄東京 출생, 본명 : 나쓰なつ.

21) 가마쿠라, 무로마치 시대에는 장군과 주종관계를 맺은 무사를 가리켰으며, 에도 시대

그림 1-5
히구치 이치요

때, 아오우미학교青海学校 소학교 고등과 제4급에서 중퇴하게 된다. 그것은 여자를 길게 공부시키는 것은 장래를 위해서 좋지 않다고 생각한 어머니 니키にき에 의한 것이었다. 이에 대해 이치요는 "죽을 정도로 슬프다死ぬ斗悲しい"고 뒤에 적고 있다. 14살 때 시부야(사카모토) 사부로渋谷三朗를 만났고 이듬해에는 나카지마 우타코의 하기노야에 입숙했다. 언니뻘 제자로 미야케(다나베) 가호가 있었다. 1887년 15살 때 오빠 센타로泉太郎가 죽고 이듬해 16살로 이치요는 가장이 되었다. 노리요시가 1889(메이지22)년에 병사하자 시부야가에서는 일방적으로 혼약을 취소했다.

나카라이 도스이半井桃水

여동생 구니くに의 친구 노노미야 기쿠野々宮きく의 소개로 기자이면서 작가인 나카라이 도스이半井桃水 아래에 입문하여 소설 지도를 받았다. 1892년 3월 『야미자쿠라闇桜』를 시작으로 이치요라는 이름으로 『무사시노武蔵野』에 발표했다. 당시 우타코로부터 도스이와 절교하도록 권고 받아 도스이와의 교제를 끊을 것을 결의한다. 『경상経机』(「고요신보甲陽新報」 10월)『우모레기うもれ木』(『도시의 꽃』 동월)를 발표한다. 도스이로부터 저서 『고샤후쿠가제胡砂吹く風』의 서가序歌를 의뢰받는다. 이듬해 3월 『문학계』에 『눈 오는 날雪の日』을 발표한다. 시모

에는 장군 직속의 하급 무사를 일컫는다.

타니구 류센지초下谷区竜泉寺町로 이사하고, 잡화, 과자가게를 연다. 이 때, 투기업자 점술사인 구사가 요시타카久佐賀義孝를 방문한다.

여성의 생을 응시

1894(메이지27)년 5월 혼교구 엔산후쿠야마초本郷区円山福山町로 이전하고 『문학계』에 『어두운 밤』(7~11월) 『다이쓰고모리大つごもり』(12월)를 발표한다. 이듬해에는 『키 재기』(1월~다음해 1월) 『니고리에』(『문학구락부』 1895년 9월) 『십삼야』(12월)를 발표한다. 또 1896(메이지29)년에는 『갈림길わかれ道』(『고쿠민노도모国民之友』 1월) 『우라무라사키裏紫』(『신문단』 2월)를 발표한다. 『키 재기』가 『문학계』(4월)에 일괄 게재됨에 따라 모리 오가이森鴎外, 고다 로한幸田露伴이 절찬하여 이치요의 이름은 일거에 명성을 얻는다. 이후 『와레카라われから』(『문학구락부』 5월)를 발표하지만 폐결핵이 악화되어 11월 23일 병사했다. 24년의 일생이었다.

『니고리에』

신개척지의 주점 기쿠노이菊の井의 오리키おカ는 자기본위이지만 젊고 기량이 좋아서 사람을 부르는 묘한 기술이 있다는 평판의 작부이다. 하지만 지금은 시들해져 단골손님인 이불가게의 겐시치源七만이 오리키에 대한 미련을 끊기 어려워서 만나러오지만 오리키는 돌려보내고 만나려 하지 않는다. 그녀는 지병인 두통에 시달리면서 때로는 남몰래 눈물도 흘린다. 새로운 손님 유후키 도모노스케結城朝之助는 오리키의 속내를 알고 싶어 한다. 속내를 감추고 있던 오리키는 7

월 16일 밤, 둑이 무너지듯이 자신의 내력을 말하고 처음으로 도모노스케를 묵게 한다. 한편, 겐시치의 아내 오하쓰ぉ初는 오리키 때문에 일도 하지 않는 무기력한 남편을 설득하면서 부업에 열심이다. 아들 다키치가 오리키가 사줬다며 기뻐하며 들고 온 카스테라를 오하쓰가 내던져버리자 겐시치는 미친 듯이 오하쓰를 꾸짖으며 오하쓰와 아들을 집에서 쫓아낸다.

그 직후, 겐시치와 오리키의 시체가 신개척지에서 나온다. 동반자살이라고도 아니라고도 마을에 소문이 돈다. 인용 부분은 오본ぉ盆[22]의 날 중간에 손님방에서 빠져나와 요코마치에서 밤거리를 방황하는 오리키의 광기를 그린 제5장의 일부이다.

오리키는 갑자기 집을 나왔다. 갈 수 있다면 이대로 이 세상 끝까지라도 가버리고 싶다. 아, 싫다 싫어. 어떻게 하면 사람 소리도 들리지 않는, 아무 소리도 없는, 조용하고 조용하게 자신의 마음도 멍해져서 어떤 생각도 들지 않는 곳으로 갈 수 있을까. 시시하다. 구차하다. 재미없다. 인정 없는 슬픈 마음속에, 나는 언제까지 멈춰져 있는 것일까. 이것이 일생인가. 일생이 이런가. 아, 싫다 싫어. 이렇게 생각하며 길가의 가로수에 기대어 한참을 멈춰서 있으려니까 건너려고도 건너면 안 된다고도 자신의 속내가 그대로 어디에 있는지도 모르게 울려온다. (생략) 이런 것을 생각해봤자 나는 자신의 몸이 갈 곳도 모른다. 그냥 기쿠노이의 오리키를 지나가게 해줘. 인정도 없고 의리도 없고 그런 것조차 생각하지 않는다. 생각해봤자 무엇하겠는가. 이런 몸으로 이러한 가업으로 이러한 인연으로 무엇을 하더라도 남들처럼은 되지 않는다. 남들처럼 생각하고 고생하는 것은 잘못된 것이겠지. 아, 어두운, 왜 이런 곳에 서 있는 건가. 무엇하러 이런 곳에 나왔는가. 바보스런 미친 사람 같다. 자신의 몸이면서 모르겠다. 이제 돌아가자고 요코마치의 어둠 속을 나와서 밤 가게의 떠들썩한 좁은 거리를 정신없이 어슬렁어슬렁 걸으면 다니는 사

---

22) 우라본盂蘭盆의 준말. 백중맞이 음력 7월 보름.

람의 얼굴이 작고 작아서 스쳐지나가는 사람의 얼굴조차도 저 멀리에서 보이는 듯 생각된다. 내가 밟는 땅만이 높이 있는 듯하다. 왁자지껄한 소리는 들리지만 우물 밑으로 물건을 떨어트린 듯한 울림처럼 들린다. 사람의 목소리는 사람의 목소리, 나의 생각은 생각으로 따로따로 되어서 더욱 어떤 일에도 정신이 어지러운 일이 없게 된다. 사람들이 서 있는 심하게 부부싸움을 하는 집 앞을 지나자 단지 나만은 겨울철의 광야를 가는 듯하다. 마음에 걸리는 것도 없고 마음에 걸리는 경치에도 생각이 없고 나는 인심이 없는 것에도 생각이 없다. 정신이 어떻게 되었나 하고 멈춰 서 있자 어디에 가냐고 오리키의 어깨를 두드리는 사람이 있다.

(기타다 사치에)

3. 단가短歌

와카和歌와 여성

에도 시대에는 몇 명의 가인을 제외하고는 여성이 표현자로서 사회에 진출한 일은 적었다. 그러나 한편으로 여성에게 학문은 불필요하다고 하는 사회통념이 일반적이었던 시대에 와카는 여성에게 있어서 열려져 있던 교양이었고 그것은 학문으로 이어지는 중요한 것이었다. 이러한 속에서 메이지 초기, 와카의 힘을 배경으로 해서 큰 힘을 가진 여성이 출현한다. 와카는 여성의 자기표현 및 사회 진출의 기회가 된 것이다.

궁중가단

메이지 초기부터 20년대 전반까지의 가단은 막부 말과 비교해 그다지 큰 변동은 없다. 막부 말에는 계원파桂園派, 당상파堂上派, 진연파真淵派 등의 모든 유파가 세력을 가졌고 그것이 메이지에 들어가서도 잔존해 있었다. 메이지 유신이 되고 사쓰마薩摩가 궁정에 진출하자 1872(메이지5)년 사쓰마의 계원파 가인 핫타 도모노리八田知紀가 가도고요가카리歌道御用掛23)가 되고 그 후 핫타의 제자, 다카사키 마사카제高崎正風로 이어져서 궁정가단은 사쓰마에 의해 이끌어졌다. 다카사키의 추거에 의해 1875(메이지8)년에는 사이쇼 아쓰코税所敦子가 황후 및 여관女官의 영가지도로 출사하여 가에데노나이시楓内侍라는 이름의 가인으로서 활약했다. 같은 시기에 시모타 우타코도 궁정에 출사하

---

23) 궁중이나 관청에서 와카를 가르치는 일을 담당하는 일.

였고 그녀는 후에 그만두고 나와서 1881(메이지14)년에는 도요여숙桃天女塾, 1899(메이지32)년에는 짓센여학교實踐女学校를 창립하고 여자교육을 개척해 갔다.

가숙歌塾의 융성

궁정에 비해서 민간에서는 진연파의 가인들이 연 가숙이 성행하고 있었다. 나카지마 우타코는 '하기노야'를 열었고 쓰루 히사코鶴久子, 마쓰노토 미사코松の門三艸子가 각각 가숙을 열고 지도했다. '하기노야'는 상류, 중류의 자녀를 많이 모아서 와카, 고전문학, 서도 등을 가르치는 당시 여성의 정통파라고 말할 수 있는 교육기관이었다. 거기서부터 다나베 다쓰코(미야케 가호), 히구치 나쓰모(이치요) 등 메이지 문학을 주도하는 여성들이 나왔다. 당시의 가숙은 여성의 교육기관으로서 의의가 있다. 그것과 동시에 히구치 나쓰코가 소설을 쓰기 전에는 '하기노야'의 수재였고 가단에서 일어서려고 뜻을 두었던 것에서도 알 수 있듯이 와카가 여성의 사회적 자립을 기능하게 할 힘을 가졌던 것은 주목해도 좋을 것이다.

신제新題와카

메이지에 들어서 서양의 새로운 물건, 일, 제도 등이 도입되자 와카의 세계에서도 그것에 대응하여 '신제가'라고 불리는 우타歌가 성행하게 되었다. 제영題詠[24]의 전통에 따르면서 새로운 서양의 문명을 제재로 하여 우타를 부르는 것으로 새로운 시대를 맞이하려고 했던

---

24) 미리 제목을 정해놓고 우타를 읊는 것.

것이다. 신제에 의한 가집은 메이지 시대를 통해서 다수 출판되었다. 『개화신제가집開花新題歌集』(1878년)이 그 대표이다. 그것에서 보이는 신제에는 전신기, 기차, 기선 등의 문명의 이기, 태양력, 우편 등의 신제도에 관한 것 이외에 남녀동권, 창기 해방 등 새로운 시대의 사상을 상징하는 것이 있다. 또 '여교사 가슴 뛰는 이것이야말로 가르치는 교사이거늘 나는 모두의 얼굴이 되나니女教師 ときめけるこれやをしへの師ならむをみなながらも我はがほなる' '여생도 자주색 짙게 물든 하카마를 입고 구두 소리 내며 걸어가는 저 아이는 누구인가女生徒 紫のこそめの袴うちきつつ靴ふみならしゆくは誰が子ぞ'와 같이 여성의 새로운 풍속도 소개되었다. 당시의 가인들은 적극적으로 신제가에 뛰어들었고 특히 사이쇼 아쓰코는 그 대표 작가였다.

와카문학의 부흥

메이지 초반에는 거의 무비판적이라고 말해도 좋을 만큼 서양 문명의 이입이 심한 상태였지만 점차 그것에 대한 비판과 반성이 일어나자 10년대부터 20년대에 걸쳐 고전문학의 재검토 및 와카문학의 개량이 자주 시도되었다. 가숙도 그것에 응해서 수가 늘었고 또 와카 전문 잡지 『메이지가림明治歌林』(1888년) 『가림歌林』(1890년)이 출판되어 와카 전문 잡지는 아니지만 『여학잡지』(1885년) 등도 와카의 보급에 힘을 실었다. 그중에서도 특히 주목되는 것은 가숙歌塾 외 여학교 등 교육의 장에서 행해진 와카 지도였다. 앞에서 말한 시모타 우타코의 도요여숙, 아토미 가케이의 아토미여학교(1875/메이지 8년 창립)가 그 대표로 와카가 여자 교육 속에서 큰 역할을 담당했다. 새로운 시

대의 도래 속에서 여성의 자기표현의 가능성이 형성되어 가는 토대
가 되었다.

아사카샤あさ香社25)

와카문학 개량의 파도 속에서 신파와카가 일어났다. 그 대표가 진
연파 출신인 오치아이 나오부미落合直文의 '아사카샤'였다. 멤버 4, 50
명 중 여성이 반수 가깝게 차지했다. 그 가풍은 구파, 신파가 혼재하
는 것으로 묘죠明星의 낭만주의의 선구적 존재였다.

그림 1-6
사이쇼 아쓰코

◆ 사이쇼 아쓰코税所敦子26)

궁정여행자

메이지 전기 가장 유명했던 여성가인이다.
궁정의 가도 지도로서 출사出仕27), 궁정가단
의 중추로서 와카 이외에도 새로운 시대의
파도에 적응하여 신제와카, 영사가詠史歌28)에
도 업적을 남기고, 우파 와카의 대표적 가인

이 되었다. 가인으로서의 평가도 높고 와카문학의 보급에 공헌했다.

아쓰코는 무가의 딸로 교토에서 태어났다. 지구사 아리코토千種有功
의 문하생이 되어 훗날 우타의 인연으로 사쓰마번사薩摩藩士 사이쇼

---

25) 오치아이 나오부미를 중심으로 결성된 신파와카新派和歌운동의 결사단체.
26) 사이쇼 아쓰코税所敦子 : 1825~1900년, 교토京都 출생.
27) 민간에서 나와 관직에 취임하는 것.
28) 역사상의 사실을 읊은 시가체의 하나.

아쓰유키税所篤之와 결혼한다. 남편의 사후 남편 고향 가고시마에 부임한다. 시마즈가島津家, 그 후 고노에이가近衛家에서 일한다. 1875(메이지8)년 가고시마鹿児島에서 알게 된 다카사키 마사카제의 추거에 의해 궁정에 들어가 죽을 때까지 25년간 출사했다. 어릴 때부터 학문정진의 뜻이 높았고 가도에 의해서 살아온 여성이라고 말할 수 있다. 가집『미가키에 자란 풀』외에 기행문『고코로즈쿠시』등이 있다.

『미가키[29]에 자란 풀御垣の下草』

1888(메이지21)년 발행되었다. 이 가집은 오랫동안 구파 와카의 기준으로서 존중받았다.

草笛のこゑ夕月にきこゆなりさとのわらはやいまかへるらん

◇현대어 역
풀피리를 부는 소리가 저녁달이 걸린 하늘에 울리듯이 들려온다. 마을 아이들이 지금 돌아온 것일까.

◇주석 및 감상
서정적이고 푸근한 읊조림이 있고 또 신선하다. 그 위에 읊조림을 위주로 하는 계원파의 가풍을 넘어서 이 우타에는 사생가적인 부분이 있다. 작가의 작품에는 이러한 서경가에 뛰어난 것이 많다.

사진
子を思ふ心もそへて残さばや我おも影のわすれがたみに

---

29) 궁중이나 신사 등 신성한 지역 주위의 울.

◇현대어 역

아이를 생각하는 나의 이런 부모로서의 마음을 이 사진에 붙여서 남겨두고 싶다. 나의 모습을 잊지 않게 하기 위한 것으로.

◇주석 및 감상

사진-가제(신제). 서양 문명의 도입으로 들어온 사진을 우타의 제재로 한 작품이다. 와스레가타미わすれがたみ는 잊지 않게 하기 위해서 남겨두는 기념품이라는 의미이다. 신제와카에는 서양의 문물, 제도에 대한 놀라움을 중핵으로 그것을 설명적으로 읊은 우타가 많다. 이 우타는 사진에 대한 놀라움을 내면적으로 깊게 표현한 점이 뛰어나서 주목된다.

그림 1-7
나카지마 우타코

◈ 나카지마 우타코中島歌子[30]

민간의 가인으로서

민간의 가인 및 여자 교육의 선구자로서 이름을 남겼다. 우타코가 일으킨 가숙 '하기노야'에는 많은 문인이 모였다.

우타코는 1858년(안세安政5, 또 다른 설 분큐文久1) 에도즈메江戶詰め[31]의 미토번사水戶藩士 하야시 츄자에몬林忠左衛門과 결혼했다. 그러나 천황에게 충의를 다하는 지사였던 남편은 국사에 분주했고 그 결과 옥사하여 우타코 자신도 한때 투옥된다. 혼자가 된 우타코는 가토 지나미加藤千浪의 문하생

---

30) 나카지마 우타코中島歌子 : 1841(또 다른 설 1844)~1903년, 도쿄東京 출생, 본명 : 도세 또는 とせ.

31) 에도 시대에 다이묘나 가신家臣이 영지를 떠나서 에도에 있는 번藩 저택에 살면서 근무한 일을 말함.

이 되어 우타에 전력을 기울인다.

가토 지나미는 진연파에 이은 가인으로, 신코킨와카슈新古今和歌集를 중요시했다. 우타코의 와카에도 그 영향이 보인다. 고킨와카슈의 '가라'을 중요시 한 계원파의 우타와는 달리 치밀한 언어를 구사한 수사법의 기묘에 그 특징이 있다.

『하기노 시즈쿠萩のしづく』

우타코가 사망한 후 제자 미야케 다스코 등에 의해서 1908년 발행되었다. 와카 외에 남편과의 생활을 그린 수필도 수록되어 있다.

야낙화夜落花
ぬば玉のやみにまきれて散花もをりをり見ゆるまとの燈

◇현대어 역
새까만 어둠이지만 그 어둠 속에서 떨어져가는 벚나무 꽃잎이 때때로 창밖으로 보인다. 창의 등불 희미한 빛에 떠오른다.

◇주석 및 감상
누바다마ぬば玉는 밤이라는 뜻이다. 어둠에 걸린 마쿠라고토바枕詞[32]이다. 어둠을 비추는 희미한 빛과 그 속에 떠오르는 벚나무 영상이 아름답다. 언어를 치밀하게 조합한 것으로 현상을 이미지 풍부하게 구안하는 방법은 신코킨적이다.

수음하월樹陰夏月
かやりたくのきははなれて月みれば庭の木かけも涼しかりけり

---

32) 가문에서 보이는 수사법의 하나로, 주로 와카에서 습관적으로 일정한 말 앞에 놓는 4.5음절의 일정한 수식어를 일컬음.

◇현대어 역

처마 끝에 있자니 모깃불 연기가 매워. 그래서 처마를 떠나 정원으로 나와서 나무 그늘에 잠시 멈춰서 있으면서 달을 보니 여기는 어쩐지 서늘하구나.

◇주석 및 감상

가야리かやり는 모기를 쫓기 위해서 물건을 태워 연기를 내는 것이고 노키하のき는 처마 끝이라는 뜻이다. 제영이지만 여름 밤 생활의 실감이 나타난 우타로 되어 있다. 그만큼 기교를 구사한 것은 아니지만 언어의 사용에 가락의 능숙함이 보인다.

4. 하이쿠俳句

시키의 하이쿠 혁신

1892(메이지25)년 마사오카 시키는 신문 「니혼日本」에 『닷사이쇼오쿠하이와獺祭書屋俳話』를 연재하고, 하이쿠 혁신의 첫 소리를 높였다. 시키를 움직이게 한 것은 '와카도 하이쿠도 실로 그 죽음의 시기에 가까워져 있는 자이니.'라는 말이었다. '간략히 말하면 하이쿠는 다한 것이라고 생각하니. 아직 다하지 못한 것도 메이지 동안에 다할 것을 기대하고 기다릴 것이다.'라고 한 발언이 대변하듯이 단시형 문학의 위기감이 나타나 있다.

아울러 1893년 『바쇼자쓰단芭蕉雜談』을 저술했다. 바쇼 우상화를 통렬하게 비판한 시키는 1895년 『하이카이다이요俳諧大要』 속에서 "덴포天保 이후의 구는 거의 비속·진부하여 이를 보고 참아내기 어렵다. 칭해서 평범한 율조라고 한다."라고 막부 말부터 메이지에 걸쳐 각지에 성행해 있던 쓰키나미구회月次句会의 구를 배격했다.

쓰키나미月並(평범한) 하이쿠

오늘날 저속, 진부 또는 안이한 조합의 구의 대명사로 된 '쓰키나미'라는 말이야말로 막부 말부터 메이지 20년대까지 걸쳐서 하이쿠계의 주류를 이룬 것이었다. 원래 '쓰키나미'란 매월 1회 날을 정해서 종장宗匠의 아래에 일파의 무리가 모여서 열었던 '쓰키나미하이카이月次俳諧'를 말하는 것으로 당시는 공부하는 장소였다. 하지만 일반 투구자를 대상으로 고득점 구에는 경품을 주는 홍행성 성격이 짙어지자 점차로 저속화되고 작품도 저조한 것으로 되어갔다.

당시의 쓰키나미하이쿠를 평해서 마사오카 시키는 ① 감정에 호소하지 않고 지식에 호소한다 ② 생각의 진부를 즐기고 신기를 자랑한다 ③ 언어의 이완을 즐기고 긴밀함을 싫어한다 ④ 익숙하게 쓰는 좁은 범위의 언어를 사용한다 ⑤ 하이카이의 계통과 유파를 영광으로 하는 모든 점을 지적하고 있다(『하이쿠문답俳句問答』) 라고 했다. 그리고 '홋쿠発句[33]는 문학이고, 렌바이連俳[34]는 문학이 아니다.'라고 렌바이에서 홋쿠을 떼어내서 '하이쿠'를 근대 문학으로서 자리매김한다며 개혁을 지향했다.

하이쿠의 근대화

"하이쿠는 문학의 일부이니. 문학은 미술의 일부이니. 고로 미의 표준은 문학의 표준이리니. 문학의 표준은 하이쿠의 표준이 되리. 즉 회화도 조각도 음악도 연극도 시가소설도 모두 동일 표준을 갖고 평론해야 하느니."(『하이카이다이요』)

이 문장은 근대 및 근대문학에 눈을 뜬 시키의 하이쿠의 근대화를 기대하는 근본정신을 이야기한 것이라고 할 수 있다. 시키의 하이쿠 개혁을 근대 하이쿠의 여명이라고 한다면 메이지 초년부터 20년대 전반까지는 날이 밝아오기 전의 가장 어두운 시간이었다고 할 수 있다. 하이쿠는 저급함의 바닥에 있고 진부하고 관념적인 말놀이가 되어 사람들에게 문학의식은 희박했다. 이것은 남녀를 불문하고 전반

---

33) 하이카이俳諧, 즉 하이쿠, 연구連句의 통칭.
34) 연가連歌와 하이카이. 또는 하이카이의 연구.

적인 경향이었다.

「여류와 하이쿠」

『닷사이쇼오쿠하이와』속에「여류와 하이쿠」라는 제목의 일항이
있다.

"여류 하이쿠를 좋아하는 자 적지 않으니. 일종의 다정함이 있고
강하지 않은 곳에 취미를 갖고 있는 것이 많고 오히려 남자가 내지
못하는 능력으로 세세한 곳에 착안하여 심정을 비춰내는 것, 그 미세
함으로 독자를 뇌쇄시키는 것이 있다."

여기서 말하는 '여류 하이쿠'란 겐로쿠기元禄期의 스테조捨女, 지게
쓰智月, 소노메園女, 아키노이로秋色 및 지요조千代女 등을 가리키는 것
으로 독자로서 이들의 '여류 하이쿠'를 즐기고 음미하는 자가 적지
않음을 말하고 있다. '여성'의 구에는 상냥함이 있고 부드럽고, 남성
은 미처 알지 못한 세심한 것에 착안하여 심정을 서술하는 것에 미묘
하게 독자를 매료시키는 것이 있다. '여류 하이쿠'의 매력을 인정한
시키는 나아가 '여류 하이쿠'의 가능성을 표현했다.

대부분의 사람이 여성은 와카에 어울린다고 말한다. 하지만 시대
가 변하고 언어가 바뀐 지금, 고금의 소양과 아어雅語35)가 불가결한
와카는 신분이 높은 사람에게 있어서도 어려운 것이다. 그 점에 있어
서 속어를 이용하여 일상을 읽은 하이쿠가 오히려 여성에게 어울리
는 즐거움은 아닐까 하는 시키의 지적은 시대를 예견한 탁견이라고
할 수 있을 것이다. 하지만 시키의 동시대에 '마음이 가는 하이쿠는

---

35) 와카 등에 사용되는 고대 말. 흔히 헤이안 시대의 언어를 말한다. 반대말은 속어.

입에 흥얼거리면 흥이 있는 즐거움이 되나니.'라고 하는 즐거움에 눈
뜬 여성은 적었던 것 같다. 적어도 시키가 말하는 문학으로서의 하이
쿠를 읽은 여성은 이 시기에는 이름도 작품도 남아 있지 않다.

　현대와 같이, 극히 일반 가정의 여성이 '마음이 가는 하이쿠를 입
에 흥얼거리며' '여성'의 이름과 작품이 문학사상에 오르기까지에는
수십 년의 세월이 필요했다.

(니시무라 가즈코西村和子)

5. 시詩

신체시의 등장

서구의 문화와 풍속을 받아들이려는 움직임은 드디어 문학에도 영향을 미쳤다. 그 가장 빠른 예가 서구의 '포에트리'를 모델로 하여 시의 개량을 목표로 한 3인의 학자 도야마 마사카즈外山正一, 야타베 료키치矢田部良吉, 이노우에 데쓰지로井上哲次郎에 의한 『신체시초新体詩抄』(1882년)이다. 테니슨, 킹슬리 등의 번역시에 수편의 창작시를 더한 이 시집은 그때까지 단가와 하이쿠, 한시에 한정되어 있던 일본의 시가 세계에 '신체시'라고 하는 영역을 열었다. 이노우에는 서언에서 '메이지의 우타는 메이지의 우타가 되어야 하고, 고가가 되면 안 된다. 일본의 시는 일본의 시가 되어야 하고, 한시가 되면 안 된다. 이것이 신체의 시가 일어날 이유가 된다.'라고 적었다. 수록된 75조의 문어정형시는 문학적으로는 치졸하였지만, 신시대에 알맞은 시 형식을 창출하려고 한 의도는 근대교육을 받은 젊은 세대에게 큰 영향을 주었다.

와카마쓰 시즈코의 시

그중 한 사람으로 일본 첫 여성 선교사 기다숙キダ一塾(뒤 펠리스여학원)에서 공부한 와카마쓰 시즈코가 있다. 창간 2년째인 『여학잡지』에 기고를 시작한 시즈코는 『신체시초』에서도 다룬 롱펠로의 시를 「세상살이의 노래」(1886년)라는 제목으로 번역했다. 무진전쟁戊辰戦争36)으로 일가가 뿔뿔이 흩어진 시즈코는 도야마가 '이 세상의 일은

어떤 일도/꿈이라고 생각되고', 이노우에가 '보이는 형태는 환상'이라고 한 "And thing are not what they seem"을 '믿을 것은 보이는 것에 있나니'라고 의역하여 인생의 험난한 파도에 맞선 자신의 자세를 담았다.

이어서 프록터의 시를 「망설이는 마음의 노래」「착한 공주 이야기」(1887년) 등으로 명역을 했으나, 『소공자小公子』(1890~92년)에서 자유자재의 언문일치체를 보인 시즈코도 번역시에서는 당시의 문어정형률에 따랐다. 이와모토 요시하루의 「가인의 탄식」에 대한 대등한 인격 관계로서의 연애를 호소한 "The Complaint"(1888년)에서는 창작 영시의 형태를 취했다.

여권 여성의 한시漢詩

시즈코보다 4살 연상인 기시다 도시코는 학제 발포에 선행해서 교토에서 시작된 학교 교육을 받고 문사 고요가카리文事御用掛로서 황후에게 맹자 등의 강의를 한 후 자유민권운동에 참가했다. 우의寓意가 풍부한 연설로 인기를 넓혔으며 중의원 의장이 된 나카지마 노부유키와 결혼한 후에도 넓게 집필 활동을 했다. 특히 한시는 입옥 체험기 『감옥의 기담獄ノ奇談』(1883년)부터 『여학잡지』에 게재한 것, 『쇼엔일기湘烟日記』(1903년)에서의 것들까지 다수 남겼다. 『신체시초』이전 자유민권운동의 기운 속에서 우에키 에모리 「민권 시골 노래民權田舍歌」(1879년) 등의 정치시를 지었다. 도시코의 한시는 계몽을 목적으로 한 그것들과는 달리 여권 확장의 의지, 남편과의 창화唱和37), 병상

---

36) 1868년에서 69년에 걸쳐서 있었던 신정부군과 구막부 측파의 사이에서 일어난 전쟁의 총칭.

의 풍경 등 도시코의 심정과 생활을 표현한 것이었다.

『오모카게於面影』의 성과

서구시의 번역과 그 자극으로 일어난 신체시를 문학적으로 높인 것은 독일에서 귀국한 모리 오가이를 중심으로 한 신성사新声社 동인인 『오모카게』(1889년)였다. 바이런, 하이네 등의 시를 유려한 리듬으로 번역한 작품들은 견줄 만한 것이 없을 정도로 완성도를 보였고 신체시의 가능성을 크게 높였다. 그중에 고등사범학교 부속고등여학교(현재의 오차노미즈여자대학 부속고등)를 졸업하고 뒤에 시즈코와 나란히 번역문학의 '규수이묘閨秀二妙'(이시바시 닌게쓰)라고 찬사를 받는 고가네이 기미코小金井喜美子가 있었다. 괴테 「미뇽의 노래」는 '레몬나무는 꽃이 피어 어둔 숲 속에/황금빛의 금귤은 가지가 휘어질 정도로 열매 맺어/푸르게 갠 하늘에 가만히 바람이 분다'라고 하는 서정성 넘치는 번역을 하였다. 오빠 오가이의 번역이라고도 기미코의 번역이라고도 하지만 어찌되었건 히나쓰 고노스케日夏耿之介는 "고풍스런 아어 사이로 자연스레 이국정서가 풍겨 번지는 것을 본다. 명인의 작품이라고 말하지 않으면 안 된다."라고 절찬했다.

다자와 이나부네의 신체시

『오모카게』의 낭만적 시정은 『여학잡지』에서 독립한 『문학계』의 기타무라 도코쿠北村透谷로 이어져 시마자키 도손 『와카나슈若菜集』(1897년)의 청춘시로 개화해 간다. 이러한 속에서 『이라쓰메』로 투고

---

37) 한쪽이 먼저 우타를 만들고, 다른 쪽이 그것에 대답하여 시가를 만드는 것.

한 것으로부터 야마다 비묘에게 사사한 다자와 이나부네는 메이지 20년대 말 3년 사이에 신작 조루리, 소설 외, 40편에 가까운 신체시를 남겼다. 다수의 여성 관계가 있었던 비묘와의 짧은 결혼생활 후에 고향에서 쓴 「달에게 호소하는 참회의 한 줄」(1896년)은 '마음이 있으면 생각하라. 우리 그리운 연애 시절도, 오늘 벗어버리고 버려져 밤바다 파도 사이를 가는 사람도 세상도 볏단배. 싫지는 않은 모가미가와最上川, 떠가면서 가라앉으면서 흘러가는 모자란 한은 뼈에 사무쳐'라고 한 고가古歌와 엔고緣語38), 가케코토바掛詞39)를 구사한 7·5조의 산문시로 파탄의 원인은 자신에게 있다는 참회를 내용으로 했다. 문학과 연애의 주체이려고 한 이나부네가 문단과 세간으로부터 비난받는 비묘를 옹호하려고 한 이 시는 오히려 비묘를 곤란하게 하는 결과를 불러일으켰다. 그러나 그것은 "실로 나의 노래는 무서운 고투의 고백이나니"(『도손시집』 서)라고 한 시의 자세에도 통하는 근대 여성시 확립으로의 확실한 포석이었다.

---

38) 가문歌文 속에서 어떤 말과 조화를 이루어 표현 효과를 증가시키기 위해서 사용하는 말.

39) 주로 운문에 이용되는 수사법으로, 동음이의를 이용해서 한 글자에 둘 이상의 의미를 갖게 하는 것. 예로서 「まつ」가 「기다리다待つ:まつ」, 혹은 「소나무松:まつ」의 의미로 쓰이는 것.

그림 1-8
와카마쓰 시즈코

◆ 와카마쓰 시즈코若松賤子[40]

서구식 여자 교육의 부산물

이와시로 아이쓰코오리 와카마쓰岩代国会津
郡若松에 아이쓰번사会津藩士 마쓰카와 쇼지로
松川勝次郎의 장녀로 태어났다. 번에서 은밀隠
密한 직분이었던 아버지를 따라서 가족도 시
마다島田라는 성을 썼고 시마다 가시를 통칭
으로 했다. 4살에 경험한 무진전쟁으로 아버지가 행방불명되고 6살
에는 어머니가 죽고 일가는 뿔뿔이 흩어졌다. 요코하마의 직물상 야
마시로야山城屋의 반토 오카와 진베에番頭大川甚兵衛의 양녀가 되어 기
다주쿠에 들어간 것이 그 생애를 결정지었다. 미국인 선교사들과 기
거를 함께 하는 생활로 영어와 크리스트교에 입각한 교육을 받고
1882(메이지15)년 주쿠가 발전한 펠리스여학교 제1회 졸업생이 되었
다.

25살에 결혼하기 전까지 모교에서 교사를 했고 22살부터 32살을
앞두고 사망하기까지 120편이 넘는 번역, 번안, 창작과 영문의 소품,
평론을 남겼다.

『여학잡지』와의 만남

1885(메이지18)년 뒤에 남편이 되는 이와모토 요시하루가 여성 계

---

40) 와카마쓰 시즈코若松賤子 : 1864~96년, 후쿠시마福島 출생, 본명 : 가시甲子, 후에 가
시코嘉志子.

몽 잡지 『여학잡지』를 창간하고 메이지여학교를 창설했다. 다음해 기행문 『오래된 도시의 선물旧き都のつと』을 와카마쓰 시즈코라는 필명으로 처음으로 기고하고 영어 "In Memorian"과 번역시 「세상살이 노래」를 발표했다. 필명의 의미를 보면 와카마쓰는 천에 빗대고 시즈코는 신의 가난한 아이라는 의미를 담았다. 그때 모교의 은사가 권유하는 해군 최초의 미국 유학생인 청년사관과의 혼담이 있었으나 약 1년의 교제 끝에 존경은 하지만 애정을 느낄 수는 없다고 거절하여 교내외의 비난을 받았다. 영국의 여성시인 프록터의 시 "A Doubting Heart"를 번역한 「망설이는 마음의 노래」(1887년)에는 그 고뇌와 새로운 생활의 의지가 엿보인다. 여성의 삶의 방식을 더욱 생각하게 되었던 시즈코는 미국 뱃서여자대학의 의뢰에 의해 "The Condition of Women in Japan"(1888년)이라는 논문을 썼다. 이 논문은 일본 여성 현상을 교육과 자립의 수단이라고 하는 점에서 고찰한 것으로 『여학잡지』의 부록이 되었다.

찬찬히 나를 봐요

『여학잡지』를 통해서 알게 된 이와모토와의 연애와 결혼은 대등한 인격을 서로 인정하는 새로운 것이었다. 이와모토가 「가인의 탄식佳人の歎」에 '지금 벌써 온몸으로 사랑의 꽃을 피우고 그래서 그것을 보고 감상하고 그것을 향기 맡고 그것에 다가가 애첩의 웃음으로 답하는 사람 어디에 있으랴. 모르게 장미를 꺾어서 땅위에 내동댕이치니 아아, 왜 이리 냉담한가.'라고 쓴 다음 달, 시즈코는 영시 "The Complaint"(1888년)로 탄식하는 것도 관상되어지는 장미도 아닌 자기의 생각을 호소했다.

결혼 첫날에 이와모토에게 보낸 영시 "The Bridal Veil"(1889년)은 시즈코의 작품으로 여겨져 노리스기 다쓰乘杉タツ 번역 「신부의 베일」이 있지만 스승 오카 아이코岡愛子에 의하면 미국의 여성시인 앨리스 캐리의 시로 'The Poetical Works of Alice and Phoebe Cary'(1882년)의 한 편이라고 한다. '우리들이 결혼한다고 사람들은 말한다 또 당신은 나를 득이라고 생각한다/그렇다면 이 흰 베일을 벗기고 찬찬히 나를 봐요'라고 시작되는 시에는 '나를 장미로 조형하지 말고 피곤한 후회하지 말아요'라는 한 행도 있다. 부인은 남편에게 종속되는 것이 당연시되었던 시대, 그것을 부정하고 함께 성장하는 것을 간절히 바란 시즈코의 생각을 이 시에 표출한 것이다.

언문일치체의 확립

결혼 후에는 언문일치체의 확립에 힘쓰며 소설 『들국화野菊』『건너편 이별お向ふの離れ』『제비꽃すみれ』(1889년)을 썼다. 여성 두 사람의 대화로 된 『들국화』는 하나만 크게 핀 들국화에 세 개의 작은 봉우리가 달려 있는 것을 본 한 사람이 '세 명의 예쁜 아이를 데리고 있는 엄마의 모습'이라고 말하고 한 사람이 '유순한 처자를 괴롭히면서도 아무렇지도 않은 듯이 있는 비열한 남자를 떠올립니다'라고 말하는 우화적 단편으로 모두 시즈코의 분신으로 생각된다. 그러나 그 문장의 본령은 번역에 발휘되었다. 배를 타고자 하는 고아가 백작부인이 진짜 엄마인 줄 모르고 그리워하는 프록터 시의 번안 『잊은 유물』(1890년)은 '제가 이렇게 편하게 보여도, 저렇게 끝까지 나 같은 사람을 생

각하여 주신 부인을 봐서라도 꼭 맑고 용감한 인물이 되지 않으면 안 된다고 시종 생각하고 있습니다'라고 청신한 구어체와 풍부한 정감으로 주목을 모아 미야케 가호, 이시바시 닌게쓰, 우에다 빈에게 절찬을 받았다.

이상理想 소설

시즈코는「규수소설가답閨秀小説家答」(1890년)에서 "어느 정도 교육에 뜻이 있는 자신이 다소 배운 것과 깨우쳐 얻은 것을 이상적으로 소설로 엮어서 여동생뻘 되는 젊은 여자들에게 어느 정도 이익을 주고 사회의 공기 정화에 어느 정도 도움이 된다면 그것이 무엇보다 행복한 일"이라고 말했다. 영국의 테니슨의 시를 소설로 한『이낙 아텐 이야기ィナック・アーデン物語』(1890년), 여성작가 버넷의 장편『소공자』(1890~92년), 디켄스의 소설 초역『병아리 신부雛嫁』(1892년) 등에는 교육자, 크리스트교 신자로서의 시즈코의 아동관, 여성관이 교훈적 자세로 담겨 있다. 대표작『소공자』는 동시대의 돌출된 언문일치체의 명역으로 시즈코의 이름을 불후의 것으로 만들었다.

이하는 8연으로 이루어진 번역시『망설이는 마음의 노래』후반의 인용이다. 절망과 희망이 교차하는 시로, 1연마다 반복되는 "O Doubting heart?"의 번역인「망설이는 마음의 어리석음이여」의 '어리석음이여'는 시즈코가 붙인 것이다.

「まどふ心の歌」

みそらを照す　あまつ日を

くろ雲覆ひて　きのふけふ
翌はいかにそ　おぼつかな
さびしきことの　いくそばく
待べからずや　はるゝ日を

まどふ心の　おろかさよ
雲かくすとも　あをそらに
かわしりことの　なしと知れ
むかふる春は　なごりてぞ
さかふる夏も　ちかきぞや

のぞみは消えつ　うせゆきて
あほぐひかりも　ぬば玉の
よるに跡なし　ちんうつの
どぢてこもれる　あり様を
うちて貫く　こえぞなき

まどふ心の　あろかさよ

そらくるゝとも　のちつひに
星のひかりぞ　あらわるれ
くらきはやゝに　はれゆきて
天使のみ声ぞ　すみ渡らん

「망설이는 마음의 노래」

몸을 비추는 하늘의 해를
검은 구름 덮고 어제 오늘
내일은 어떨까 멍히

쓸쓸하게 얼마나
기다렸던가 먼먼 날을

망설이는 마음의 어리석음이여
구름 가리더라도 푸른 하늘에
바뀌는 것은 없음을 알고
가는 봄은 아쉬워
오는 여름도 가까워

희망은 사라져가고 잃어져가고
우러러볼 빛도 어둠
밤에 흔적도 없이 우울한
달아도 새어나오는 모습을
속으로 본다 소리도 없이

망설이는 마음의 어리석음이여

하늘 빙글빙글 뒤에 결국
별빛이 나타나
어둠은 서둘러 밝아져가고
천사의 목소리만 구석구석 퍼지니

(오카와 하루미大河晴実)

6. 평론評論

천부인권론과 명육사明六社

메이지 유신 정부는 막번幕藩 체제를 쇄신하고 근대국가의 형태를 갖추려고 양학자의 계몽활동으로 구미문화를 도입하여 서양화, 근대화를 촉진했지만 불평사족士族을 중심으로 한 민중 속에서는 자유민권운동이 대두했다. 민권운동을 지탱했던 것은 대의정체론과 천부인권론으로 후자는 두 개의 루트를 통해서 일본에 이입되었다. 하나는 미국의 독립선언, 하나는 프랑스의 인권선언이었다. 나카에 초민은 『민약역해民約訳解』(1882년)로 루소의 『사회계약론社会契約論』을 한역하고 『서양사정초편西洋事情初編』(1866년)으로 독립선언을 번역한 후쿠자와 유키치는 『학문의 권유 초편学問のすゝめの初編』(72년)에서 '하늘은 사람 위에 사람을 만들지 않고 사람 밑에 사람을 만들지 않는다.'라고 이것을 소개했다.

1873년 모리아리 노리는 스마일즈의 『서국입지편西国立志編』(71년)과 밀의 『자유의 이론自由之理』(72년)을 번역 출판한 나카무라 마사나오를 비롯해 후쿠자와 유키치, 니시 아마네西周 등과 명육사를 결성하여 『명육잡지』에 계몽적 평론을 발표하고 구미 문화를 소개했다.

자유민권운동과 '연설'의 시대

1874년, 정부 부내에서의 정쟁에 패해서 하야한 이타가키 다이스케板垣退助, 에토 신페江藤新兵 등이 작성한 「민선의원설립건백서」가 좌원에 제출되자 지조개정을 호소하는 지방 호농층, 호상, 도시 지식층

이 이것을 지지, 자유민권운동으로서 발전해 갔다. 세이난전쟁西南戰
爭[41]을 거쳐 반정부운동이 무력투쟁에서 언론투쟁으로 전환해 갔던
메이지 10년대, 민권가들에 의한 연설의 시대가 도래한 것이다.

메이지 초기의 정치, 학술에 관한 '연설'은 명칭이 일정하지 않아
스피치의 번역어로서 '강석, 강담'이라는 단어도 사용되었지만 후쿠
자와 유키치가 게이오기주쿠慶應義塾에 연설회관을 건설한 1875년경
부터 '연설品'이라고 하는 역어가 정착하여 연설 활동이 활발하게 되
었다.

'연설하는 여성'의 등장

자유민권운동 속에서는 민중에 익숙해져 있던 강담사가 민권론을
연설하고 민권론자에서 강담사로 전신하는 사람도 있었다. 메이지
10년경부터 도사土佐를 중심으로 「요시야부시よしゃ武士」「민권 숫자
풀이 노래民權數へ唄」(우에키 에모리 작이라고 전해짐) 등의 '민권가요'가
샤미센의 반주로 불려져 전국으로 퍼졌고 「자유동자」의 가와카미 오
토지로川上音二郎는 메이지 20년대 전기 「옷뻬 케뻬 후시オッペケペー節」
에 의해서 폭발적 인기를 넓혀갔다. 민권사상이 민중의 소리에 힘입
어 불려졌던 때, 남성 지식인과 남성 민권가에게 민권사상을 배우고
새로운 사회의 비전에 눈을 뜬 여성들 중에서 '연설하는 여성'이 출
현한다. 근대 여성에 의한 연설의 시초가 된 동인사의 호시 도요쥬星
豊寿, 후에 폐창, 여성 참정권 운동가로서 활약한 사사키 도요쥬佐々城

---

41) 1877년에 사이고 다카모리西鄕隆盛 등이 일으킨 반란으로 메이지 정부에 대한 불평사
　　족의 마지막 반란으로 기록된다. 결국 정부군에 패하자 9월 다카모리의 자결로 전쟁은
　　끝난다.

豊寿와 자유민권운동의 고양기 남녀 동권을 호소하며 각지를 돌며 연설하여 '동양의 포셋부인'이라고 불린 여성민권가, 여권론자인 기시다 도시코, 후에 소설가가 된 나카지마 쇼엔이 있다.

기시다 도시코, 가게야마 히데코, 시미즈 도요코

1882년 4월, 오사카 도톤보리大阪道頓堀의 아사히좌朝日座에서 개최된 정담연설회에서 '부녀의 길'이라는 제목으로 연설을 행한 것을 계기로 기시다 도시코는 긴키지방을 비롯하여 니시니혼西日本 각지를 돌며 연설하여 큰 평판을 얻었다. 다음해 시가, 오쓰시노미야 극장에서 「온실 속의 화초」를 연설했을 때, 관리부욕죄, 집회조례위반의 혐의로 구인되어 8일간의 옥중생활을 보냈다. 1884년 5월, 자유당의 기관지 『자유의 등』에 발표된 『동포 자매에게 고한다』는 근대 여성에 의해서 쓰인 최초의 평론으로 기시다 도시코의 여권론의 백미라고 불린다.

도시코의 연설을 듣고 민권, 여권사상에 눈을 떠서 민권운동에 뛰어든 여성도 적지 않다. 그중에서도 1885년 오사카사건에 연좌해서 3년 3개월의 옥중생활을 보내고 후에 사카이 도시히코堺利彦, 고토쿠 슈스이幸徳秋水 등의 영향으로 사회주의자가 된 가게야마(후쿠다) 히데코는 유명하고 소설가로서 기시다 도시코(나카지마 쇼엔)의 뒤를 이은 것은 시미즈 도요코(시킨)이다. 민권가인 남편의 중개로 우에키 에모리와 나카에 초민으로부터 민권사상을 배운 오카자키(시미즈) 도요코는 1889년 1월 교토 기온祇園의 대시좌大市座에서의 연설 「감히 신사 숙녀에게 바란다」를 계기로 민권가로서 활동을 시작하고 이혼 후 시

미즈 도요의 이름으로 첫 평론『감히 신사 숙녀에게 바란다敢えて紳士
令嬢に望む』를 나라奈良의 민권 그룹 기관지에 발표했다. 다음해 상경
하여『여학잡지』에 입사하고 주필이 되어 활발한 평론활동을 전개했
다.

국회 개설을 위해서 총선거가 행해진 1890년 7월 정부는 '집회 및
정사법'을 공포하고 민당民党[42])세력을 탄압하고 동법 제4조, 제25조
에 의해 여성의 정치 활동을 일체 금지했다. 동년 10월에 제정된 중
의원 규칙 제165조 '여자의 방청금지'에 항의하여 시미즈 도요코는
「울며 사랑하는 자매에게 고한다」(『여학잡지』 234호)를 집필하여 여
성의 참정권을 강하게 호소했다.

사사키 도요주, 기무라 아케보노, 고가네이 기미코

메이지 초기의 여성에 의한 평론활동을 크게 나누면 민권계, 크리
스트교계, 문학사상계의 세 개의 흐름이 있다. 크리스트교계 평론가
의 중심적 존재였던 사사키 도요주는 1886년, 야지마 가지코八島楫子
등과 함께 도쿄부인교풍회를 설립하고 다음해『여학잡지』에 폐창과
남녀동권, 풍속개량을 호소한 평론『오랜 습관을 버려야 한다積年の習
慣を破るべし』(『여학잡지』 48, 52, 54호)『부인문명의 움직임婦人文明の動き』
(『여학잡지』 65호)을 발표했다.

1888년 7월 도요주는 미국부인금주회의 광고지를 번역한『부인
언론의 자유婦人言論の自由』를 출판하고 여성의 「언론의 자유」를 옹호
했다. 다음해 9월 우에키 에모리의『동양의 부녀東洋之婦女』간행에 온

---

42) 제국회의 초기, 자유민권운동의 흐름을 이어 번의 정치파벌정부(번벌정부)에 반대한
정당의 이름.

힘을 다하고 발행인이 되어 도미나가 라쿠, 나카무라 도쿠, 시미즈 도요코 등과 함께 서문을 썼다('서'는 쇼엔 나카지마 도시코).

1889년 2월에는 시오다 지세코潮田千勢子, 이와모토 가시코(와카마쓰 시즈코), 시미즈 도요코 등과 '부인백표구락부婦人白標俱樂部'를 설립하고 중의원 규칙 제165조의 규칙안을 철회하며 부인방청석을 획득했다. 도요주는 또 '집회 및 정사법' 반대 등 여자참정권연동을 전개하는 한편, 형법 제311조 개정 요구('일부일처'건백)와 '재외매음부청원' 운동, '전국폐창동맹회'의 결성(1890년 5월) 등 폐창운동가로서도 활약했다.

문학사상계의 평론으로서는 1888년 12월부터 「요미우리신문」에서 시작된 '언문일치체' 채용의 시비를 둘러싼 논쟁에 89년 3월부터 4월까지 걸쳐서 기무라 아케보노, 고가네이 기미코가 각각 요시가와 히데, 호시노카 데루코라는 필명으로 참가하여 논설 『언문일치』『언문일치라는 것에 부쳐서言文一致といふことに就て』『호시노카 데루코 양에게 묻는다星の家てる子孃に答ふ』를 응수했다.

〈칼럼〉 부인의 맨얼굴, 나카지마 쇼엔 여사

(「호치신문報知新聞」 1899년 4월 29일)

지난 20년 그의 로쿠메이칸 무도회가 끝난 뒤, 이토백작(당시)이 화족 도다 집안의 따님에게 괴상한 몸짓을 보였다 하여 세간에 문제가 된 적이 있었다. 당시 이것을 들은 여사는 크게 분노하여 이것이 사실이라면 백작은 여자를 모욕한 대죄인이 되고 사회를 위해서 북을 울리며 공격하지 않으면 안 된다고 했다. 그리고 우선 그 사실의 유무를 조사할 필요가 있다며 어느 날 새벽 이와모토 요시하루 씨를 히요시초日吉町의 집으로 방문하게 하여 이 사건은 쉽게 끝나면 안 된다고, 납득이 될 때까지 온힘을 다하겠다는 말을 남기고 그 발길로 스루가다이駿河台의 도다저택戸田邸으로 갔다. 부인은 백작 본인은 만나지 않고 보좌관을 만나 사실의 진상은 막연하게 알게 되나 요령을 얻지 못한 체 떠난다. 여사는 이때 남편이 이토 백작과 친구 사이여서 남편에게는 말하지 않고 분주했다. 그렇지만 남편이 만약 이것을 그만두라고 하면 사랑을 참으며 인연을 끊는 한이 있더라도 여자를 위해서 자신을 희생하여 바치겠다는 생각으로, 친구들의 절실한 충고에도 나를 꺾고 그대로 가만히 있을 수는 없다고 말했다.

이토 히로부미의 성추행에 도시코가 항의의 행동을 일으키려고 했다. 부부의 인연보다 여성의 인권 옹호를 중시한 도시코의 기개가 엿보이는 에피소드이다.

(요시카와 도요코吉川豊子)

72

그림 1-9
사사키 도요주

◈ 사사키 도요주佐々城豊寿[43]

근대 최초의 '연설하는 여성'

사사키 도요주는 다테번伊達潘의 유학자 호시 유키星雄記의 딸로서 센다이仙台에서 태어났다. 1876년 도쿄여자사범학교에서 나카무라 마사나오, 같은 학교 교사 다나하시 아야코棚橋絢子 등과 '일가경제의 마음가짐'이란 제목으로 연설하여 근대 여성에 의한 연설의 시초가 된다. 크리스트교계 여권론자로서 폐창운동, 여자참정권운동, 여자 교육 사업에서 활약했다. 수필가 소마 곳코相馬黒光의 숙모로 아리시마 다케오有島武郎의 『어떤 여자或る女』에 나오는 사쓰키 요코早月葉子의 모델인 사사키 노부코佐々城信子의 어머니이다.

1872년 19살의 세이엔은 어머니와 함께 남장을 하고 상경하여 요코하마의 선교사 기다의 주쿠에 입학한다. 2년 후 도쿄의 나카지마 마사나오(교코)의 동인사同人社에서 영어, 크리스트교를 비롯하여 서양 근대사상과 한학을 배우고 크리스트교 신자가 되었다.

연애사건과 '도쿄부인교풍회'의 설립

1878년 동인사의 선배인 육군군의 이토 유켄伊藤友賢(혼시本支)과의 연애로 노부코가 태어났다. 데릴사위로 처자식이 있었던 혼시가 본

---

43) 사사키 도요주佐々城豊寿 : 1853~1901년, 미야기宮城 출생, 유아명 : 세이엔星艶, 호 : 도요스とよす, 호슈ほうしゅう.

가로 복적하고 도요주가 사사키 혼시의 아내로서 입적한 것은 10년 후였다. 이 연애사건에 의해서 혼시는 군의를 그만두는 등 엄청난 사랑의 결과로 맺어진 부부였지만 도요주는 혼시를 남겨두고 자녀를 데리고 무로란室蘭으로 이주하는 등 파란만장한 결혼생활이었다.

1886년, 사사키 도요주는 야지마 가지코 등과 '도쿄부인교풍회'를 설립했다. 『오랜 습관을 버려야 한다』(『여학잡지』 48, 52, 54호)로 도요주는 예창기, 첩의 폐지를 논하고 『부인 문명의 움직임』 『도쿄부인교풍회주의서』(전부 『여학잡지』 65호)에는 예창기, 첩의 전폐, 해외 매춘부 단속, 남존여비의 풍속 및 법률의 폐지, '일부일처제' 확립의 방침을 명시했다.

1888년, 『도쿄부인교풍회잡지』가 발간되고 도요주는 편집위원이 되었다. 이는 여성이 스스로 편집한 잡지의 시초가 된다. 7월에는 사사키 도요주라는 이름으로 도쿄부인교풍회에서 번역 광고지 『부인 언론의 자유』를 출판했다. 이와모토 요시하루는 '문장이 유창하고 또한 힘 있는 논의와 매우 유익한 탁식이 많다.'(『여학잡지』 121호)고 이것을 소개했고, 야마다 비묘도 같은 잡지(129호)에 도요주를 칭찬하는 언문일치체의 시 '부인 언론의 자유를 읽고'를 기고했다.

'부인백표婦人白標구락부' 설립과 '전국폐창동맹회'의 결성

1889년 6월 도요주는 시오다 지세코와 교풍회의 별동대 '부인백표구락부'를 설립했고, 이와모토 가시코(이와마쓰 시즈코), 시미즈 도요코(시킨)도 참가한다. '백표'란 흰 리본을 말하는 것으로 '교풍'의 활동 범위를 넓혀 사회개혁운동에 적극적으로 참가하려고 했다.

1890년 4월 사사키 도요주를 중심으로 '일본교풍회동맹회'가 결성되었고 5월에는 '전국폐창동맹회'가 결성되었다. 군마현群馬県의 조모上毛청년연합회가 운동의 중심이 되었지만 이것을 시마다 사부로, 이와모토 요시하루, 우에키 에모리, 기노시타 나오에, 아베 이소오 등과 함께 '부인백표구락부' '도쿄부인교풍회'가 지원하여 폐창운동은 전국으로 퍼져 갔다.

1893년 4월 '도쿄부인교풍회'는 전국조직 '일본기독교부인교풍회'로 발전하고 1900년에는 '폐창'을 한 여자를 위해서 생활을 도우며 교육시설 '자애관'의 건설을 계획한다. 도요주도 자금 만들기에 협력했지만 그 실현을 보지 못하고 다음해 봄 남편 혼시의 급사 직후 스스로도 병에 걸려 급사해 48세의 생애를 마쳤다.

『오랜 습관을 버려야 한다』

1886년 12월 6일, 도쿄부인교풍회의 발회식에서 예정되었던 서기 사사키 도요주의 연설이 시간상 되지 못하고 그 내용을 『여학잡지』 48호, 52호, 54호에 적었던 것이다.

도쿠가와德川 시대로부터 몇 백 년이나 계속된 여성의 자기표현(자기 이야기)을 금하는 생활습관에 의해서 일본의 여성은 정신을 갖고 있지 않은 인형과 같은 존재로 떨어져 미나모토 와타루源渡의 아내 게사𧿹𧿹와 같이 자기희생을 미덕으로 생각하는 '좁은 견해'에 갇혀 있었다. 이러한 오랜 악폐를 버리고 새로운 '부인천부의 정도'를 익혀서 세계에 부끄럽지 않도록 나라의 품위를 고상하게 발달시키지 않으면 안 된다고 호소하고 일가를 위해서 여성이 몸을 팔고 창기라고 하는 추한 일을 하는 것을 미덕이라고 생각하고 문학자가 이것을 효녀라고 칭찬하는 것은 일본의 악폐라고 적었다. 또 일본 여성이 화장이라 해서 눈썹을 깎고 이를 까맣게 물들이는 것도 외국인이 보면 야만적인 풍속으로 비춰지기 때문에 하루라도 빨리 이 습관을 고치지 않으면 안 된다고 역설했다.

『오랜 습관을 버려야 한다』 (제1편)
(전략) 메이지 20년의 일본 부인이여 백 년 습관의 폐해를 나와 함께 이 가슴속 깊은 곳에서 꺼내어 이 가슴과 배에는 신선한 부인천부의 정도를 포장해서 간직하자. 이 정도를 포장해서 간직하면 어떤 일이 있어도, 구름과 안개 사이를 걸어도 동서를 알고 더불어 스스로가 갈 곳을 묻는 것과 같다.
백 년 습관의 오랜 우리 부인사회에서는 입이 있어도 말할 능력이 없고, 생각하여도 그것을 서술할 능력이 없는 부인뿐이다. 부모친척보다도 세상 사회가 배척하는 것이 되어 마치 부인이라면 토우나 인형과 같이 생각하여 탄식해도 모자람이 없다고 말하겠다.
부인의 이런 습관의 폐해를 알지 못한 채 묵인하고 말을 하지 않으면 부인의 덕의와 다짐은 퇴보하여 그저 일 하는 부인의 선행으로 생각된다. 선악도 옳고 그름도 희로애락도 남편의 기분에 따라 나도 그 감정이 되는 것은 불구의 편륜이 되는 것이다. 그런 부인이 하늘에서 받은 의무라는 것은 남자와 털끝과도 다른 곳이 없는 것으로, 굉장히 많은 것에 한 가정 한 마을 한 나라의 일에까지 남자와 힘을 합쳐서 교육에 농공에 제조에 사회만반의 일에까지 남자가 미치지 못하는 것을 채워서 나라의 품위를 고상하게 발달시켜가야 한다는 것이다. 지금은 세계 부인 속에 일본 부인이 제일 바쁜 때로 백 년의 오랜 폐습관은 깊이 일본 부인의 오감을 없애고 죽은 몸도 아닌데 토우나 목우와 같이 선악과 옳고 그름을 분별하지 못하게 하도록 떨어져 있다. (후략)

그림 1-10
나카지마 쇼엔

◆ 나카지마 쇼엔中島湘煙[44]

궁중 출사에서 민권운동가로

기시다 도시코는 막부 말기, 교토에서 포목점과 전당포를 운영하는 기시다 시게헤岸田茂兵衛, 다카竹香의 장녀로 태어났다. 유소년 시절부터 수재라는 평판이 높아 16살 때에는 '문선'의 강의 시험에서 최고점을 받고 19살로 궁중에 문사 담당으로 출사하여 황후에게 맹자 등의 강의를 했다. 2년 후 병을 이유로 궁중을 그만둔 도시코는 결혼한 후 곧 이혼했다고 전해진다. 1881년 어머니와 함께 도카이도東海道를 여행하고 나아가 쥬고쿠中国, 규슈지방九州地方을 지나 도사土佐를 여행하여 릿시샤立志社의 사카자키 시란坂崎紫瀾, 미야자키 무류宮崎夢柳와 교류했다.

자유민권운동의 융성과 여성민권가

1881년 가을, 국회 개설의 초청 칙서가 나오고 이타가키 다이스케를 총리로 하는 자유당이 결당되었다. 다음해 2월에 자유당의 부총리 나카지마 노부유키를 총리로 해서 간사이에서 일본입헌정당이 결당되자 그 정담연설회를 중심으로 도시코는 긴키近畿지방에서 규슈九州, 시코쿠四国지방으로 돌며 연설을 했고 연설회는 도시코의 연설을 들으려고 하는 청중으로 넘쳐났다.

---

44) 나카지마 쇼엔中島湘煙 : 1860~1901년, 교토京都 출생, 본명 : 기시다岸田(뒤에 나카지마) 도시코俊子.

민권가 기시다 도시코가 탄생한 것은 1882년, 도시코 22살 때의 일이었다. 민권운동의 고양기에 해당하는 이해부터 다음해에 걸쳐서, 가고시마, 센다이, 하마마쓰, 도요하시 등, 각지에서 여성 민권가가 결사를 만들었다. 5월, 도시코가 '오카야마현 여자에게 고한다'라는 제목으로 연설을 행했고, 이것에 감격한 가게야마(후쿠다) 히데코를 비롯하여 20여 명의 여성에 의해서 '오카야마 여자간친회'가 생긴 것도 민권사상에 눈을 뜬 민권가의 아내와 어머니의 힘이었다.

연설가声·舌에서 평론, 소설가文字·筆로

1883년 10월 12일, 시가, 오쓰大津의 시노미야극장四宮劇場에서 여자학술연설회가 개최되어 500명이 넘는 청중을 앞에 두고 '온실 속 화초 같은 여자, 혼인의 불완전'이란 제목으로 연설했을 때 도시코는 집회조례위반, 관리모욕죄의 혐의로 구인되어 8일간의 미결감 생활을 하게 되었다.

옥중에서 도시코는 '옥중기담'을 쓰고 10월 18일에는 소책자『온실 속 화초 같은 여자·혼인의 불완전』을 간행했다. 그 후에도 연설을 계속했다. 나카무라 도쿠中村とく, 도미이 오토富井於菟 등 제자로 들어오는 여성도 있었지만 다음해 봄 도시코는 도쿄로 향했다.

1884년 5월 자유당의 기관지『자유의 등自由の燈』이 간행되자 도시코는 창간호에 '슌죠しゅん女'라는 이름으로『자유등의 빛을 사랑하는 마음을 서술하다自由燈の光を恋ひて心を述ぶ』를 기고했다. 2호에서는 평론『동포 자매에게 고한다』를 10회에 걸쳐서 연재하며 남녀평등, 동권론을 논했다.

1885년 여름 기시다 도시코는 나카지마 노부유키와 결혼했다. 결혼 후에는『여학잡지』에『여자 교육책의 일단』(26, 28, 29호),「부인탄식」(64, 65호) 등의 평론과 번안소설『선악의 기로』(69, 70, 72호, 1887년 11월, 여학잡지사 간행)를 연재하고, 자전소설『산간의 명화山間の名花』를『도시의 꽃』에 연재하는(1889년 2~5월) 등 평론가, 소설가로서 활약하는 한편 신에이여학교와 펠리스영화여학교에서 교편을 잡기도 했다.

도쿄부인교풍회가 행한 '일부일처'의 건백서에는 우에키 에모리, 이와모토 요시하루 등과 함께 서명을 했지만 사사키 도요주, 시미즈 도요코들의 여자참정권운동에는 참가하지 않았다.

초대 중의원 의장, 이탈리아 공사의 아내로서

1890년 제1회 중의원 선거에서 나카지마 노부유키가 당선, 초대 중의원 의장에 취임했다. 2년 후 노부유키가 이탈리아 공사가 되자 함께 로마에 가는 등 도시코는 '내조의 공'을 발휘하고 '현명한 부인'이 되어 정치의 앞무대에는 등장하지 않았다. 1893년, 로마에서 두 사람은 결핵에 걸려 귀국했다. 다음해 노부유키는 귀족원 의원에 임명되지만 1899년 54세로 사망했다. 2년 후 도시코도 41세로 목숨을 다한다.

『동포 자매에게 고한다』

민권가 기시다 도시코의 대표적 평론이다. 남존여비라는 동양아시아의 악폐에 말없이 정신도 마비된 것 같이 맹종하고 있는 세상의 여

성들에게 남녀평등, 동권론을 논한 것으로 자유당의 기관지『자유의
등』에 10회에 걸쳐서 연재되었다.

동서고금의 '여걸'을 들어서 여성이 체력, 지력, 정신력에 있어서
남성에게 뒤떨어지지 않고 남녀동권을 방해해 온 것은 교육과 재산
상속의 방식 등 사회, 경제의 구조인 것을 역설하고 이것을 실현하기
위해서는 남녀교제와 부인참정권의 획득이 이제부터는 필요하다고
설명했다.

『동포 자매에게 고한다』(그 하나)

친애하는 자매여 뭐라고 해도 속일 마음은 없다. 정신이 마비될 것 같다. 계집이
무례하게도 세상의 자매를 향해서 말씀드리겠다. 사람들은 화를 내며 이것은 미
친 여자일 거라고. 아아, 부인이여. 물러나지 않을 것이다. 하지만 계집은 자유등
의 문단을 빌려서 세상 사람들에게 꽝녀라고도 한탄당할 것도 손가락질 당하며
웃음거리가 될 것도 두려워하지 않는다. 동포 자매에게 친히 고하고자 하는 것에
는 깊은 이유가 있다. 나라를 생각하고 세상을 걱정하는 진심에 다름 아니다. 나
는 친애하는 자매의 자유 행복을 바라는 정신으로 있다. 천천히 그 이유를 설명하
겠다.

우리나라에는 옛날부터 여러 가지 나쁜 교육습관 풍속이 있었다. 문명 자유 국민
과 비교해보면 감히 부끄러운 일이다. 그 나쁜 풍속의 가장 큰 것은 남자를 존중
하고 여자를 천대하는 풍속이다. 그래서 이 풍속은 동양아시아의 악폐이고 도리
가 아니다.

(『자유의 등』 제2호, 1884년 5월 18일)

(요시카와 도요코)

7. 번역翻訳

번역문학의 유행

메이지 초기의 번역은 실학을 존중하는 계몽 사상가들에 의해서 서양의 제도문물, 과학기술, 철학, 사상 등의 이입과 소개에 중점이 맞춰졌다. 문학에 있어서는 이솝동화의 번역『통속 이솝모노가타리通俗伊蘇普物語』, 아라비안나이트의 부분번역『아라비야모노가타리暴夜物語』등이 있지만 개설적인 지식의 대충적인 서술에 그쳐 있어서 볼 만한 것은 없었다. 번역문학이 유행하기 시작한 것은 메이지 10년경 부터로 쥘 베른『80일간의 세계일주八十日間世界一周』(1878~80년)와 릿튼『어네스트 멀트라버스アーネスト · マルトラヴァース』와 그 속편『앨리스アリス』를 번역한『화류춘화花柳春話』(1878~79년)가 이 시기의 대표작이다. 한편, 자유민권운동이 고양되는 속에 쉴러의『윌리엄 텔ウィリアムテル』이『스위스 독립자유의 활瑞西独立自由の弓弦』(1880년)『쥴리어스 시저ジュリアス · シーザー』가『지유노타치 나고리노 키레아지自由太刀余波鋭鋒』(1884년) 등과 같이 정치소설로서 번역된 예도 적지 않다. 또 창작시 5편과 함께 14편의 번역시를 실은『신체시초』(1882년)도 엮어졌다.

크리스트교의 영향

번역소설은 서양에 대한 사람들의 관심이 높아짐에 따라 서서히 융성하게 되었지만 당시 중고등교육에서 혜택을 받지 못했던 여성에게는 어학습득에 큰 장벽이 있었기 때문에 이때까지 번역문학의 담

당자에 여성은 없었다. 그러나 릿튼의 『게시단繫思談』(1885년)을 계기로 엄밀한 번역이 지향되어 번역문학은 새로운 시대를 맞아, 이때부터 여성에 의한 번역도 주로 크리스트교의 영향 속에서 나오게 되었다. 그 중심이 된 것이 『여학잡지』이다. 이미 여성민권가로 알려져 자유당 부총리 나카지마 노부유키와 결혼하여 특별 기고가가 된 나카지마 쇼엔이 여기에 로드 릿튼의 걸작 『유진 앨런ユージン·アラム』의 일부를 번안소설로 한 『선악의 기로』(1887년)를 연재하여 단행본으로 간행되었다. 원작은 4편 46장으로 된 긴 대작인데 그 일부의 줄거리를 채용한 것에 지나지 않았다. 하지만 여성작가의 손에서 탄생한 최초의 근대적 소설로서 평가되고 있다.

불후의 명작 『소공자』

미스 기다의 주쿠(현재 펠리스여학원)에서 배우고 제1회생으로서 오로지 혼자 힘으로 졸업하여 동교의 영어교사가 된 와카마쓰 시즈코는 여학교에서 자습회로 칭한 영문학 작품의 낭독과 회화, 강연 등을 행하며 생도의 학력 향상에 노력했고 그것이 『여학잡지』에 소개된 것을 계기로 동지에 기고, 주필의 이와모토 요시하루와 친교를 깊이 하여 1889(메이지22)년 결혼했다. 시즈코는 병든 몸으로도 다음해부터 『여학잡지』의 문예란 담당기자로서 정력적으로 집필 활동을 행했고 요시하루가 경영한 메이지여학교에서 영어도 가르쳤다. 『여학잡지』에는 프록터의 『잊은 유물忘れ形見』(1900년), 테니슨의 『이낙 아덴 이야기』(동년) 등 수많은 번역을 발표했는데 그중에서도 버넷의 『소공자』(1890~92년)는 언문일치의 훌륭한 번역문으로서 근대문학

성립기의 불후의 명작의 하나라 할 수 있다. 특히 여성의 힘이 미약하던 이 시대에 어른들의 마음을 움직이는 주인공 소년을 키운 어머니의 모습으로 강한 힘을 표현해내고 있는 것은 크리스트교 문화가 가져온 좋은 점의 한 면으로서 평가할 수 있을 것이다. 또, 버넷의 원작이 4년 전에 간행되어 영국에서 큰 반향을 불러일으켰듯이 시즈코의 부드럽고 매끄러운 번역문도 당시 높이 평가되었다.

규수의 이묘=妙, 시즈코와 기미코

이러한 시즈코의 일은 중고등교육에서 제외되어 여성에게는 큰 약점이었던 번역이란 장르를 개척해감과 더불어 획기적인 것이었다. 이러한 시즈코와 나란히 이 시기에 나타난 여성 번역가로서는 고가네이 기미코가 있다. 기미코는 모리 오가이의 여동생으로 오빠가 주재하는 신성사에 가담하여 1889(메이지22)년, 『야마토니시키ゃまと錦』에 도데 「별星」, 프래일리랫 『검은 왕黑き王』 등의 번역을 시작으로, 같은 해 일본에서 최초로 나온 번역 시집 『오모카게』에 괴테 「미뇽ミ二ヨン」, 호프만 「나의 별わが星」, 레나우 「내일의 노래あしの曲」, 펠란드 「어떤 때あるとき」 등을 번역하여 실었다. 기미코는 이후에도 오가이가 주재하는 『시가라미소시しがらみ草紙』를 중심으로, 안데르센 『왕궁王宮』, 이시텐 아타마石貼頭 『인육人肉』, 하이제 『신학사新学士』, 렐몬토호 『욕천기浴泉記』 등을 다루었지만 문단에서 주목받게 된 것은 『료사이시이聊斎志異』를 번역한 『거풀 한 겹皮一重』(1900년)을 발표하고 나서였다. 이시바시 닌게쓰는 이 작품을 와카마쓰 시즈코 『잊은 유물』과 함께 말하며 기미코를 '와카마쓰 시즈코와 어깨를 나란히 할 규수

의 이묘'라고 칭찬했다. 기미코 번역의 특징은, 서정이 넘치는 유려한 의고문체에 의해 서양문학의 작품세계를 독특하게 표현한 점에 있다고 해도 좋을 것이다.

◆ 고가네이 기미코小金井喜美子[45]

모리 오가이의 영향

그림 1-11
고가네이 기미코

이시미쿠니 가노아시군 쓰와노石見国鹿足郡津和野에서 모리 시즈오森静男, 미네코峰子의 장녀로 태어났다. 모리 가문은 대대로 쓰와노번藩의 전의典医를 지냈다. 큰오빠는 모리 린타로森林太郎(오가이), 둘째 오빠는 도쿠지로篤二郎(미키 다케지三木竹二), 남동생으로는 준사부로潤三郎가 있다. 1873 (메이지6)년 상경한 기미코는 무카이지마向島에 살며 우시지마牛島소학교에 입학, 그 후 센쥬千住로 이사하여 센쥬소학교를 졸업한 후, 당시의 여자고등학부라고 할 수 있는 도쿄여자사범부속여학교(현재 오차노미즈여자대학 부속고교)에서 공부하며 오빠의 영향으로 일찍 독서에 가까워졌다.

번역 시집 『오모카게』에 발표

1888(메이지21)년, 여학교 졸업 후 바로 도쿄대학 의학부 교수 고가

---

45) 고가네이 기미코小金井喜美子 : 1870~1956, 시마네島根 출생, 본명 : 기미キミ, 별칭 : 기미코君子.

네이 요시키요小金井良精와 결혼한 기미코는 오빠가 주재하는 신성사에 가담하여 이듬해 『야마토니시키』에 괴테의 『별』, 프래일리랫 『검은 왕』 등의 번역을 발표했다. 특히 『별』은 도데의 출세작인 『풍차다락 방 소식風車小屋だより』에 수록된 단편으로 날카로운 자연관찰과 낭만적인 시정을 갖춘 작품이지만 기미코는 이것을 유려한 화문조로 번역해내는 것에 성공했다. 또 이해 오가이와 도쿠지로, 오치아이 나오후미 등과 함께 일본 최초의 번역 시집 『오모카게』(1889년)가 간행되어 거기에 괴테 「미뇽」, 호프만 「나의별」, 레나우 「내일의 노래」, 펠란드 「어떤 때」 등을 번역하여 실었다. 이후에도 『오모카게』의 원고료 50엔을 기금으로 해서 창간된 『시가라미소시』를 중심으로 안데르센, 하이제, 렐몬토흐 등 다수의 번역을 했다.

한아하고 유려한 문체

기미코가 문단에서 주목받게 된 것은 청 말기의 작가 호쇼레이蒲松齡의 기괴소설 『료사이시이』의 일부를 화문조로 번역한 『거풀 한 겹』(1890년)을 발표하고 나서이다. 이시바시 닌게쓰는 이 작품으로 기미코를 '와카마쓰와 어깨를 나란히 할 규수의 이묘'라고 칭찬했다. 이후도 렐몬토흐의 『현대의 영웅現代の英雄』의 부분역인 『욕천기』, 힌델맨의 『명예부인名誉夫人』 등을 번역하여 실었다. 후에 도쿠다 아키에德田秋江는 "영어로 쓰인 사실과 감정을 고전파의 문장으로 번역한 필력은 대단하다. 한아하고 유려하다. 그리고 유연하고 힘이 있다."고 평했다. 이들 중 호평의 번역은 모리 린타로 『가게쿠사』(1897년)에 수록되었다. 1898(메이지31)년 기미코는 위출혈로 쓰러져 일시적으로 붓을 놓지만 번역가로서 활약한 20대에는 2남 2녀를 출산하였다.

그 후 『마이노무시로舞の筵』『황금黃金』(1902년) 등을 발표했지만 번역에서는 멀어져 갔다.

『세이토青鞜』 찬조원으로

1909(메이지42)년, 오가이가 『스바루スバル』를 창간하자 기미코는 여기에 『아이의 병子の病』『봄날春の日』『아즈마코오토あづまこおと』『슈棕』『질투妬』 등의 소설을 발표했다. 또 『세이토青鞜』의 발간에 있어서는 히라쓰카 라이초의 의뢰로 찬조원이 되고 같은 잡지에 소설 『큰북소리太鼓の音』를 기고했다. 다이쇼기에는 그다지 붓을 잡지 않았지만 사사키 노부쓰나, 요사노 아키코에게서 단가 지도를 받아 만년에 가문집 『포말천수泡沫千首』(1940년)를 자가 출판했고 『모리 오가이의 계족森鴎外の系族』(오오카야마서점大岡山書店, 1943년) 『모리 오가이의 추억森鴎外の思い出』(야기서점八木書店, 1956년) 등을 간행했다.

「별」

양을 키우기 위해서 르베른산에 들어간 나는 한 달 정도 사람의 모습을 거의 보지 못했다. 그러나 2주마다 주인집의 일하는 아이가 식료품을 가지고 와서 마을의 이야기를 들려주었는데 그중에서도 주인집 소녀 스테파네트의 이야기를 듣는 것이 즐거웠다. 그리고 식료품이 올 예정인 일요일, 마침 그때 폭풍이 일어나고 대신해서 온 사람은 스테파네트였다. 나들이옷을 입고 머리에 꽃을 꽂은 모습의 그녀는 아름다워 산아가씨 에리스틀이 찾아와서 한동안 위로해 준 것 같왔다.

그러나 집으로 향하는 그녀는 물이 불은 솔그강을 건널 수가 없어
서 오두막으로 돌아왔다. 나는 모닥불을 쬐이면서 소녀와 이야기하
며 둘이서 밤을 새우게 된다. 머리위에는 양떼처럼 많은 별이 빛나고
있지만 그 속에서 특히 아름답게 빛나는 것은 무리를 벗어나 내 어깨
에 기대어 잠든 그 소녀였다.

별빛이 굉장히 빛나고 특별한 세계의 느낌이 들고 냇물 소리도 이상하게 속삭이
듯이 들려 늪 위에서 푸른빛은 보일 듯 말 듯 피어오르고 공기자락에 조용한 바람
의 소리와 같이 나무줄기의 잎들이 살랑살랑 소리 내며 울고 산주인의 왕래에 겨
우 눈을 뜬다.
낮은 햇볕이 빛나고 모두 아름답고 생명이 있는 것의 세상이 되지만 빛이 숨은 외
로운 밤은 생명 없는 모든 것의 세계가 된다.
소녀는 조그만 소리에 놀라서 내 어깨에 기댄다. 나는 이상한 소리의 공기에 목소
리는 늪에서 나와 산란하듯이 들리면 이와 함께 나란히 머리 위의 아름다운 별이
흐른다. 그러면 지금 들린 것은 별의 울림인가. 저것은 무엇인가 조용한 목소리로
물으니 정토에 살아야 할 영혼의 목소리로 대답하면서 손가락으로 십자의 형태를
그리자 소녀도 같이 형태를 그리고 하늘을 우러러보며 갑자기 생각난 듯한 얼굴
로 세상 사람들은 양치기가 이상한 요술을 부린다고 하지. 그것은 정말인가보네.
그것이 거짓이라고 해도 아랫마을에 사는 사람들보다도 하늘 가까이 살면 하늘의
이치를 잘 알게 되겠지.

(오카노 유키에岡野幸江)

제2장

메이지 30년부터

다이쇼 첫 출현까지의 **여성문학**

1. 시대 배경

문학조류의 물결

30년대의 문학은 시가詩歌를 중심으로 한 낭만주의를 특징으로 한다. 그러나 그 후 30년대와는 다른 강한 자아의 해방과 연애 찬미의 고취가 나타난다. 또한 청일전쟁 후에 의식화된 사회적 모순과 민중의 비참함을 인식하고 약자에게 시선을 돌리게 되었다.

그것을 직시한 실상의 표현을 운문으로는 표현할 수 없으므로 산문이 주류가 되었던 것은 필연적이었다.

40년대에는 자연주의 문학이 성행하여 메이지 시대에 일본이 경험했던 최대 사건인 러일전쟁의 시련을 통해 인간의 진실과 현실을 주시하게 되었다. 때마침 오자키 고요가 사망하여 연우사硯友社가 몰락하게 되자 호기를 맞이하게 되었다. 하지만 전성기를 자랑하던 자연

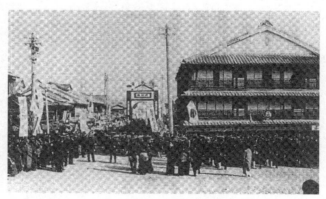

그림 2-1 일러전쟁 개선 풍경
히메지 역 앞의 환영풍경. 러일전쟁의 개선 행사는 전국 각지에서 행해져 전쟁 기운이 넘쳐나고 있었다.

주의도 무이상·무해결의 있는 그대로를 추구하던 것이 오로지 성욕을 묘사하는 방향으로 촉진되었다.

그런 움직임을 비판하며 도덕 추구를 핵으로 자아 긍정과 서구화를 주창하는 시라카바파白樺派가 탄생하여 이후의 일본문학의 맥을 이어 간다. 시라카바파는 그 후에 '문단을 완전히 개방하여 신선한 감각을 살리는'(아쿠타가와 류노스케芥川龍之介) 다이쇼기의 막을 열었다고 할 수 있는 신시대의 문학이었다.

여성에 있어서의 사회 상황

이상과 같은 문학 흐름의 배경 속에서 여성의 사회적 상황은 여자의 정치 결사 가입과 정담집회 참가, 발기인이 되는 것 등을 금지하는 치안경찰법의 공포(1900), 대학이 여자의 입학을 허가하지 않았던 것에 저항한 도쿄여의학교(1900)와 일본여자대학교(1901)의 개교, 입센의 『사회의 적』 상연(1902), 여자 교원의 산후휴가 획득(1908) 등의 새로운 움직임들이 나타났다. 그와 더불어, 다른 한편으로는 문부성에 의한 반현모양처주의론의 단속 방침 결정(1913), 교육칙어의 취지를 주목적으로 국제 관념의 강고한 숙덕절조淑德節操 중시의 현모양처주의 철저, 아울러 나루세 진조成瀬仁蔵의 '여자대학 필요론'은 시기상조라고 하는 임시 교육회의 답신(1918) 등의 억압이 함께 나타나는 혼란한 상황이었다.

고등여학교의 급속한 보급(1907년 단계에 133학교, 학생 4만273명)과 함께 그녀들의 연마된 지성은 현실을 정확히 볼 수 있는 통찰력으로 이어져, 여성이 자유롭게 행동할 수 없도록 억제하는 제도를 비판,

나아가 개혁을 주장하게 하였다.

그러한 동향에 위험을 느꼈던 위정자가 기를 쓰고 범주 안으로 밀어 넣은 그 양상이 여성학의 입장에서 만든 연표에 잘 나타나 있다.

구미歐美에서는 1910(메이지43)년에 이미 여성해방운동이 무서운 기세로 번져 나가고 있어, 그것을 「아사히신문」이 이듬해 '페미니즘'이라는 용어를 사용하여 계몽적으로 보도했다. 여성에 있어서의 시대는 격변하고 있었다.

신시대의 도래

메이지 말년부터 다이쇼 시대에 걸쳐 대표적인 것은 '시라카바파' 문학이다. 다이쇼 문학의 주체는 시라카바파 및 탐미파라고 할 수 있다.

자연주의 문학 운동 이후에 나타난 향락주의적인 스바루, 미타문학三田文學파, 이상주의적인 신사조新思潮파, 에고이즘에서 출발한 시라카바파의 3파를 문학의 격동기, 변혁기로 나누는 현상으로써의 3파 정립이라 칭한다.

하지만 『세이토』를 배재한 그 설에는 수긍할 수 없다. 자연주의 학문이 '생욕과 성욕'을 공통의 제재로 현실에 파고들어감으로써 자아의 각성을 초래했다고 하나, 국가 권력의 폐색 상황 타개로 나아가지는 못했다. 시라카바파를 비롯한 3파도 마찬가지이다.

이러한 상황에서 메이지 정부가 나라의 근대화 정책에 젠더를 이용해서 '부국강병, 현모양처'를 남녀의 아이덴티티의 핵으로 한 국민만들기를 행하는 가운데서도 시대개혁의 기폭제로서의 기능을 다했던 『세이토』는 다이쇼 시대의 신문학으로의 가교 역할을 했다.

30년대 여성문학

문학계에서 정점에 달했던 이치요一葉의 사후는 쓸쓸했다. 염두에 두어야 할 것은 시마자키 도손의 『파괴破壞』에 영향을 주었다고 하는 시미즈 시킨이 집필을 그만두기 전에 광채를 발한 『이민학원移民學園』, 정절한 아내의 슬픔을 그린 고요紅葉의 문하생 기타다 우스라이 정도 였지만, 시대를 구분짓는 요사노 아키코与謝野晶子의 『헝클어진 머리みたれ髪』(1910년)의 출현이 여성들에게 활기를 불어넣어, 여성문학의 활황기를 초래한다.

오쓰카 구스오코大家楠緒子, 구니키다 하루코国木田治子, 오지마 기쿠코尾島菊子, 다무라 도시코田村とし子, 번역의 고가네이 기미코, 세누마 가요瀬沼夏葉, 희곡의 고야마우치 야치요小山内八千代, 하세가와 시구레長谷川時雨, 단가의 요사노 아키코와 경쟁한 야마카와 도미코山川登美子와 소다 마사코增田雅子, 평론에서 남녀의 불평등을 날카롭게 고발한 후쿠다 히데코福田英子, 러일 전쟁 아래 약자에게 희생을 강요한 가장 비인간적인 전쟁을 비판한 이소노카미 쓰유코石上露子, 간노 스가코菅野須賀子 등, 시대는 아직 "여자는 배우지 않는 것이 좋다."라는 가치관으로 여자들을 좁은 세계로 밀어 넣었지만, 그녀들은 좁은 틈새를 통하여 자기표현에 의욕을 발휘하기 시작했다.

이와 관련하여 덧붙여 말하자면, 러일전쟁의 반전시로써 태평양 전쟁 패전 후, 높이 평가받아온 요사노 아키코의 『너 죽지 말아야 해』는 오마치 게이게쓰大町桂月의 정독에 의해 반전反戰, 천황을 비판한 작품

으로 알려졌지만, 아키코 생애에 걸쳐 천황 존중과 사랑은 변하지 않았다. 오쓰카 구스오코의『백 번 참배ぉ百度詣』에서는 반전 정취를 느낄 수 있었지만, 남편은 전지戰地에 맞지 않는 상상작을 만들거나, 아니면 꽤 통속적이고 가혹한 전쟁시를 지었다.

40년대 여성문학

여성에 있어서의 시대는 급변했다. 사회주의 사상의 주장, 현모양처주의 비판, 방적공장의 여자 공원이 합세한 그 밖의 노동쟁의를 통하여 여성의 자아 주장을 높이고 경제적 자립 욕망을 촉진시켜 신시대 여성의 직업으로서 여배우와 중학생 교사, 타이피스트와 영문 속기자 등을 탄생시켰다.

이와 같은 조류를 배경으로 노가미 야에코野上彌生子, 미즈노 센코水野仙子, 모리 시게森しげ가 전기 작가에 합류해 각자 생각대로 격전을 벌이는 상황이 나타났는데, 특히 괄목할 만한 것은 다무라 도시코田村とし子이다.

「오사카 아사히신문」의 현상 일등작이었던『단념ぁきらめ』은 여성의 동성애를 그린 참신한 작품으로, 그것이 도시코의 문단 출세작이 된다. 근소한 차로 2등이 된 작품은 오지마 기쿠코『아버지의 죄父の罪』이다.

이미 소녀 소설작가로 활약하고 있었던 기쿠코는 그 작품으로 인해 알려지게 되었다. 1910년 간노 스가코管野須賀子가 연루된 대역사건은 마침내 도래한 파시즘의 암흑시대를 예고한 것이었지만, 사회 표면에서 감춰진 사건의 본질을 여성들은 인식하지 못했다.

『세이토』창간으로 여성의 신시대를 초래시켰으며, 특히 창간호 게재작인 도시코의『생혈生血』은 의식하지 못했던 젠더의 성향을 보이고 있는 괄목할 만한 작품이다.

다이쇼 초기의 여성문학

이 시대는 문예잡지가 반복하여 특집을 구성하고 있는 것으로도 증명할 수 있듯이 다무라 도시코의 독무대라는 느낌이 든다. 아내는 남편의 기호에 맞추어야 된다는 평범한 삶에서 벗어나 가난의 구렁텅이에 빠져 있어도 긍지를 잃지 않는다. 그러한 아내는 남편을 업신여기고 무섭게 맞붙어 싸우는 것을 사양하지 않는다고 하는『서언誓言』이 있다.

현상소설 응모를 강요당한 아내는 그런 것은 나의 예술이 아니라고 격렬히 저항하지만 남편에게 채찍으로 맞으며 울면서 쓴 작품이 1등으로 뽑혀 많은 상금을 받게 된다. 자기의 공이라 여기는 남편에게 돈을 주었기 때문에 이제 남편에게 감사한 마음은 없고 자신이 스스로 추구하는 삶을 살겠다고 단언한다. 그러나 결말에서 묘사한 것은 꿈에서 본 유리 상자에 들어간 남자와 새빨간 입술의 여자 미이라이다. 허무와 관능의 퇴폐를 깨우치게 하는 부분에서 끝나는『미이라의 입술연지木乃伊の口紅』는 도시코 문학의 특색이 살아있는 대표작이다.

또한 "남편에 대한 사랑은 변하지 않았지만, 다른 멋진 남자를 생각하면 왜 나쁜 것인가. 참회할 정도라면 태워 죽임을 당해도 무방하다."라고 하는『포락지형炮烙之刑』[46]이 있다.

생활을 부인에게 의존하는, 부권을 행사한 남편이 노예화되어가는 모습을 그린『노예奴隷』, 그 외에도 특히『그녀의 생활彼女の生活』은 남녀 공동 사회 참여 실현을 향하여 목소리를 높이는 것을 볼 수 있어 현재에도 유효성을 가지는 작품이다.

다무라 도시코 문학은 부권, 남권이 우선되는 불평등 사회에서 여성차별에 정면으로 맞서 싸우는 여성상을 날카롭게 표현하고 있지만, 거기에는 당시의 자각한 여성들이 당면해 있던 절실한 여성 문제가 의식적으로 제기되었던 것이다.

도시코 이후의 여성작가들은 사회로 넓게 눈을 돌리게 되지만 제도의 벽을 넘기에는 아직 시기상조로, 어려움은 여전히 계속되었다.

마쓰이 스마코松井須磨子 주연의『인형의 집』과『고향』의 상연도 완고한 여자의 삶의 방식을 생각하는 계기가 되었던 것처럼, 질곡한 메이지 민법에 순응하면서 자아실현을 향하여 투쟁했던 흔적을 이 시대의 작품에서 볼 수 있다. 하지만 종래의 남성에 의해 쓰인 문학사에서는 그것을 무시하고 있다.

(와타나베 스미코渡辺澄子)

---

46) 포락지형炮烙之刑 : 은나라 주왕이 쓰던 형벌로 불에 달군 쇠기둥을 맨발로 건너게 하는 형벌.

2. 소설小說

히구치 이치요樋口一葉가 끼친 새로운 상황

이치요 사망 후, 문학적 결정도에 있어 이치요에 대항할 수 있을 만한 소설이 출현하기까지에는 약간의 세월이 필요했다. 하지만 여성에 있어서 시대는 확실히 변용을 보이고 있었다.

이치요의 마지막 작품인 『우라무라사키』『와레카라』(1896)에서 사랑을 위해 무리하게 간통을 범하고, 또 남편이 다른 여성을 집으로 들여오기 위해 아내에게 불의의 오명을 덮어씌우자 격렬하게 도전하는 모습을 그린 것에 그 조류를 인정할 수 있겠지만, 30년대 초반을 장식했던 것은 역시 시미즈 시킨의 『이민학원』(1899)일 것이다.

피차별 부락 출신자를 주인공으로 한 소설의 대부분은 1895년부터이지만, 남성작가에 의한 것들은 모두 독자의 엽기적 흥미를 자극하는 차별관으로 되어 있어, 지금 읽어봐도 여러 가지 문제가 있다. 어쨌든 1906년 작품인 시마자키 도손의 『파괴』는 인권평등의 입장에 서서 사회소설의 구조를 가진다. 메이지여학교와 『여학잡지』에 의해 도손과 관계가 깊었던 시킨이 피차별 부락 출신자를 천부인권론에서서 그린 소설 『이민학원』의 발표는 『파괴』보다 7년이나 앞선다.

나는 『이민학원』을 『파괴』의 선행작으로 논한 적이 있다. 저조했던 여성문학에 활기를 불어넣어준, 정절·인종·온순 등의 부도婦道와 인습을 무시하고 자아의 시를 노래한 요사노 아키코 『헝클어진 머리』가 간행된 것은 우연이 아니다.

이치요의 예민함에는 미치지 못하지만, 정절한 아내의 애읍哀泣을 반속적으로 묘사했던 기타다 우스라이北田薄永는 1900년 24세의 나이로 사망했다. 우스라이의 후속 작가로는 오데라 기쿠코小寺菊子, 다무라 도시코, 구니키타 나오코, 노가미 야에코野上彌生子, 미즈노 센코 등이 있는데, 그녀들이 본격적으로 활동기를 맞이하기 전의 이시카미쓰유코石上露子와 요사노 아키코에게 주목하고 싶다.

쓰유코는 시인·가인으로서 이름을 남겼지만, 그의 초기 작품인 장편소설『병사兵士』(04년)는 러일전쟁 후의 훌륭한 반전 소설로 기억되어야 할 것이다.

아키코의『너 죽지 말아야 해』는『병사』가 나온 뒤 5개월이 지난 후에 발표된 것으로, 작품의 의도에는 반전도 천황제 비판도 없다. 아키코에게 주목하고 싶은 것은 가부장제도 하에서의 부부 생활을 묘사한, 흥미진진한 장편소설인『밝은 곳으로明るみへ』(13년)이다.

하지만 보다 괄목할 만한 것은 일기문학『산실일기産室日記』(05)와 수필 감상인『산욕의 기産褥の記』『산욕별기産褥別記』, 소설『초산初産』(09년)『궁자宮子』(11년) 등이었다. 아키코는 24세(02)부터 41세(19)까지 17년간 쌍둥이를 두 번, 11회 출산해서 13명(그동안 쌍둥이인 한 아이가 사산, 한 아이는 생후 2일 만에 죽음)의 자녀를 두었다. 게다가 그 시대는 생활비의 대부분을 그녀가 벌어오지 않으면 안 되는 상황이어서, 문자 그대로 팔면육비八面六臂의 평온한 날이 없었던 때였다.

제자이기도 한 아내의 유명세에 가려져 자신을 인정해주는 다른 여성을 찾는 남편 뎃칸의 요구에 응답하는 것이 아내의 도리라고 생각했던 것인지, 아니면 적극적으로 응하는 것이 사랑의 증거라고 믿었던 것인지, 아마 양쪽 다일 것이지만, 나는 아키코가 성性에 있어 자기 결정권을 발휘하지 못한 것은 유감스럽다.

〈칼럼〉 메이지 여성작가

일본은 러일전쟁의 승리로 국제적 지위를 높이고 세계의 열강과 어깨를 나란히 했지만, 그것은 사회 경제 기구에 있어서도 세계적 연환連環으로 연결되는 것이었다. 그 결과 세계적 불황의 영향을 직접 받았고, 필연적으로 노동쟁의 급증의 사회문제를 출현시켰다. 그로 인해 낭만주의 시대의 꿈은 사라졌고, 직면한 현실을 직시할 수밖에 없게 되었다. 이미 30년대 후반부터 사실적, 현실적 경향이 강했던 문학 흐름의 귀추로써 자연주의 문학을 도래시키게 되었다.

이와 같은 조류에 여성문학이 편승되지 않을 수 없어 기시다 도시코, 기무라 아케보노木村曙, 시미즈 시킨 등을 제1로 하고, 제2의 현실 응시시대를 맞이하게 된다. '여자는 배우지 않는 것이 좋다.'(어실 어교)라고 하지만 점차 여성 교육의 필요성이 인식되었고, 1907년에는 고등여학교 133교, 학생 수 4만272명을 가지게 되었다. 교원 양성과 영어 전문이라는 특수 영역에 한정시키지 않고 고도의 교양, 지성의 연마를 지향한 일본 여자대학교의 창설은 1901년의 일이다. 여자들은 여성을 둘러싼 억압의 차별적 제도 사회에서 갈고 닦은 인종忍從의 고통을 호소하고, 넘을 수 없는 두꺼운 벽에 부딪쳐 슬픈 노래를 부르며 참고 견디는 것에 만족하지 않고, 과감하게 자기표현에 도전하게 된다.

시마자키 도손의 『파괴』의 선행작으로, 피차별 부락민을 인권평등의 입장에서 묘사했던 최초 작품인 『이민학원』의 시미즈 시킨, 여자는 아이를 낳는 것이 당연하므로 고민의 표출을 터부시해 오던 중에, 아이를 낳게 만드는 남자를 저주하는 출산의 고통을 그린 요사노 아키코의 『산실일기』, 남편과 함께 출판사 경영으로 분투했지만 결국 파산해버린 경과를 그린 구니키다 하루코 『파산破散』 등 메이지 말기의 여성문학은 급속도로 사회화되기 시작했다.

즉, 오쓰카 구스오코, 오카다 야치요, 세누마 가요, 미즈노 센코, 오지마 기쿠코, 모리 시게, 노가미 야에코, 하세가와 시구레 등이 많은 영역에서 활발한 활동을 펼쳤다. 그중, 의고擬古[47] 문체를 지도한 선생 로한을 버리고, 자신의 문학을 구축하며, 그 당시 도의에 어긋난 레즈비언, 페미니즘을 내재시킨 『단념』도 주목받았지만, 특히 『세이토』 창간호에 발표된 『생혈』을 시작으로 훌륭한 페미니즘소설이 연이어져 일세를 풍미했던 다무라 도시코의 활약이 다른 지망자를 포함한 여성작가들을 고무시켜 경쟁의욕을 불러일으켰다. 이처럼 히라쓰카 라이초와 오타케 고키치尾竹紅吉가 사회혼란을 야기했지만 '신여성'을 출현시킨 『세이토』의 공적은 크다.

문단에서 힘이 있는 남성에게 의지하고 있던 여성들도 스스로 독립된 자신의 문학 창조를 위해 격전을 벌이고, 자립한 작가의 배출기를 맞이하는데 거기에는 여성작가의 연대의식이 빛을 발하고 있다. 여성작가의 신시대가 도래한 것이다.

(와타나베 스미코)

---

47) 의고擬古 : 시가나 문장 등을 옛 형식에 맞추어 지음.

'낳는 성'의 문학화

아키코가 여자의 '낳는 성'에 대해서 과감한 발언을 한 것은 높게 평가해야 한다. 아내가 된 여성은 아이를 낳는 것이 당연한 것이며 아이를 낳지 못하면 아내의 자격이 없다고 여겼고, 임신 중의 행복과 고통은 물론, 소세키漱石가 고문 같은 고통과 자애로 가득 찬 표현을 훌륭하게 그려낸『도초道草』(1915년)에서의 출산시의 고통 표출도 용서되지 않던 시대였다.

더구나 출산에 대해 표현하는 것을 여성의 수치로 여겼다.『산실 일기』는 차남 출생 시,『초산』은 표제대로 장남 출산 당시,『궁자』는 두 번째 쌍둥이를 출산하여 한 아이가 사산되었을 때의 일을 소재로 하고 있다. 이들의 작품에서는 '낳는 성'을 가진 여자의 고통, 낳게 하는 남자의 폭력성에 대한 규탄을 볼 수 있다.

아이를 강요하는 남자를 '밉다' '짐승'이라고도 표현했다.

노가미 야에코도 차남 출산 당시의 진통의 괴로움을『새로운 생명 新しき命』(13년)에서 그렸지만, 그 괴로움은 '신의 아이'를 출산하는 여자의 행복이라는 모성 찬가로 되어 있다.

임신했을 때나 출산할 때의 고통, 그 후의 육아(3명의 아이의 엄마가 된 아키코지만 기저귀를 갈아주는 일 등은 한 번도 하지 않았다고 일기에 쓰여 있다) 문제를 희생이라고 생각하는 것은 질이 나쁜 자연주의로, 여자에게 있어 출산은 최고로 의미 있는 일이라고 했다.

덧붙여 말하면『5살이 되는 아이五つになる児』(13년)『두 명의 작은 방랑자二人の小さいヴァガボンド』(16년, 후에『작은 형제小さい兄弟』로 개제)『모친의 통신母親の通信』(19년) 등에 묘사된 어머니상은 자신의 아이를 절대시, 특권시하고 있는 계급사회를 시인한 것으로 되어 있다. 그 어머니상과 자신의 아이에 대한 생각은 후에 『애처로운 소년哀しき少年』과『젊은 아이들若い少年』로 계속 이어진다.

노가미 야에코의 등장은 『인연緣』『직녀성七夕樣』(함께 07년)으로 시작되었다. 작가가 될 때까지 지도해주었던 소세키가 '메이지 재원'으로 "어디를 봐도 여자가 쓴", "아름다운 정취"가 있다고 평하며 추천했다는 것은 앞의 작품을 통하여 알 수 있다. 하지만 젠더 바이어스(장벽)에 대한 문제의식이 없었던 점이 남성중심 사회에서 인정받을 수 있었다고 할 수 있다.

또, 남편인 구니키다 돗포国木田獨步가 창설한 돗포사 경영에 협력하지만 파산하게 된다. 그 파산 경위를 묘사한 구니키다 하루코의『파산』(08년)은 예술적 완성도는 미흡하지만 그 사회적 파장을 엿볼 수 있게 하는 작품이다.

그리고 확실히 흥미를 가지게 하는 것은 모리 시게코森しげ子의『파란波瀾』(09년)이다. 장남이 탄생한 그 달에 아내와 이혼한 오가이가 그로부터 12년 후, 20살이나 어린 시게코의 미모에 반해서 재혼한 고쿠라小倉에서의 신혼 생활을 묘사한 것으로, 오가이의 수정이 문제가 된 작품이지만 오가이의 연구 측면에서도 같은 해 발표된 『한나절半日』과 비교하면 한층 더 흥미를 가지게 하는 소설이다.

아내가 된 이상, 벌써 40대에 있는 남편의 아이를 빨리 낳아 아내의 자리를 확고히 하고 싶다고 생각하는 것은 당시 여성의 자연스러운 바람이다.

그러나 아내 모르게 남편이 피임을 하고 있던 것을 눈치 챈 아내는 너무 놀라서, 자신을 노리갯감으로 여기고 있는 것인지도 모른다는 생각에 굴욕감을 느끼며 격노한다. 그런 아내에게 "당신은 애써 수중에 넣은 소중한 미술품이기 때문에 임신, 출산, 유아 등으로 그 아름다움을 잃어버리지 않게 보전하기 위해서이다."라고 말하는 남편을 비판하는 형태를 띠고 있는 이 소설은 젠더를 강하게 부각시키고 있다.

오가이 수정 작(일기에 명시)이라는 것은 이같이 아내를 장식품으로 여기는 것이 부끄러운 일이라고 인식하지 못했던 것을 현시하고 있어 오가이 연구 자료로서의 유용성을 발휘하고 있다고 할 수 있다.

젠더에 대한 인식

남편에 의해 상금을 노리고 강제로 울면서 쓴 다무라 도시코의 『단념』은 자립을 바라는 여성·기교·변태시 되었던 동성애도 내포된 새로움으로 주목받았지만, 독자의 젠더를 자극하는 젠더 인식을 무의식의 내면으로 발양發揚시킨 도시코 문학의 우수함은 『생혈』(1911년, 『세이토』 창간호)로 시작된다. 이후 『서언』『유녀遊女』(후에 『여작가女作家』로 개제)『미이라의 입술연지』『포락지형』『노예』『압박壓迫』『그녀의 생활』등 연달아 수작을 발표하고, 메이지 말부터 다이쇼 초기에 걸쳐서 다무라 도시코의 시대를 구축했다. 문학적 완성도에 있어서는 다른 작품에 비해 약간 뒤지지만 현재도 아직 해결되지 않은 여자의 문제를 최초로 제기했던 『그녀의 생활』은 매우 예리하다.

『세이토』가 문예잡지 수준을 넘어 여성해방 사상 잡지의 성격을 현저하게 나타내기 시작한 13년 이후, 야유·조소에 둘러싸였던 '신여성'은 세간의 악평을 극복하고 내실을 다진 신여성을 많이 배출하여, 새로운 여성문학을 만들어갔다. 메이지 30년대부터 다이쇼 초기까지는 여성문학이 종래의 남성 중심 문학사에 개서改書를 압박하는 신기원을 이룬 시대였던 것이다.

그림 2-2
다무라 도시코

◈ 다무라 도시코田村俊子[48]

젠더의 틀에서 벗어난 작가

다무라 도시코의 현란하고 파란만장한 생애는 고다 로한에게 사사받아 이치요를 모방한 『쓰유와케 고로모露分衣』[49]라는 작품으로 출발한 사토 로에佐藤露英 시대, 자아에 눈뜬 여성이 자립의 실천에 도전하고 현실과 처절하게 싸우는 모습이 탐미적인 정서로 표현되어 시대를 구분 짓던 전성기, 애인을 따라 밴쿠버로 가게 되어 일본을 떠난 18년간, 귀국 후 재기를 목표로 한 시기, 그때 만나게 된 새 연인과 중국으로 건너가 중국의 여성해방에 힘을 쏟은 만년, 이렇게 5기로 나누어진다. 특히 남녀상극의 역사는 성별론의 자료적 가치로서도 그 빛을 발하고 있다.

결혼과 작가 활동

도시코는 역참에서 화물의 무게를 검사하는 일을 하는 미곡상인의

---

48) 다무라 도시코田村俊子 : 1884~1945년, 도쿄 출생, 호적명 : 사토.
49) 쓰유와케 고로모露分衣 : 이슬이 많은 풀잎 등을 헤치고 갈 때 입는 옷.

딸로 태어났다. 데릴사위로 들어온 남편을 싫어했던 어머니는 배우에게 푹 빠져 집이 몰락했다. 창립된 일본여자대학교 제1기생으로 입학했지만 중퇴하고(흥미를 느끼지 못해 학교에 다니지 않아 제적당했다.) 고다 로한 문하에 입문, 사토 로에라는 이름으로 『쓰유와케 고로모』를 발표해 평판을 얻었다. 하지만 스승의 지도에 불만을 갖고 퇴문한다. 동문인 다무라 쇼교田村松魚와 결혼한 후 궁핍한 생활로 인해 남편이 강제로 쓰게 한 『단념』이 「오사카 아사히신문」에 1등으로 뽑혀 공교롭게도 이것이 문단 등장 작품이 된다.

이후 문제작을 계속 발표하고, 『신조』와 『중앙공론』에서 3회나 특집으로 실릴 정도로 한 시대를 풍미하는 다무라 도시코의 시대를 확립했다. 도시코의 문학은 허무와 관능의 퇴폐미의 향기를 풍기는 듯한 탐미적 수법으로 그려져 그 독창성을 인정받았지만 근저를 이룬 것은 진정한 페미니즘이다. 여배우로 활약하기도 한 여성 최초의 자립한 직업 작가이다.

『생혈』에서 『그녀의 생활』로

『세이토』 창간호에 발표한 『생혈』로 이미 미개의 영역이었던 여자의 성을 참신하게 표현한 도시코는 이후 "일본의 여류작가로서 자기의 내면적 고민을 여성의 측에서 이렇게 숨김없이 대담하고 철저하게 표현한 전례가 없었다."(세누마 시게키瀬沼茂樹)고 경탄 받는 작품을 연이어 발표하여 시대의 총아寵兒가 되었다. 이 시기에 집중된 대표작은 모두 자기의 결혼생활을 소재로 하고 있다. 도시코의 자아가 정면으로 맞선 직접적인 상대는 남편이었고 그곳에는 여자가 자기를 버리고 살아가는 어려움이 절실히 표현되어 있다. '남편의 취향에 맞는 여자'이기를 거부하고 자신의 삶을 살아가려는 여성이『그녀의 생활』(『중앙공론』1915년 7월)에서는 개인적 레벨의 남녀상극에서 젠더적 편견을 인식하고 그곳에서의 탈출로를 찾아 발버둥치는 모습으로 표현되었다.

여성을 질식하게 만드는 결혼 제도의 개선이 요구되었다. 그러나 화려한 시기는 그다지 길지 않았다. 쇼교와의 생활은 황폐하고, 현상유지를 위해 지나치게 많은 작품을 써서 피폐하여 새로운 단계를 향한 모색을 하고 있을 때 스즈키 에쓰鈴木悅를 만나게 되어 쇼교와 헤어진다. 스즈키 에쓰를 따라 밴쿠버로 이주한다. 이후 에쓰가 만든 노동조합의 기관지 편집을 전수해서 사회주의적 사상을 갖게 되지만 에쓰의 급사로 인해 18년 만에 귀국하여 파시즘 작가로 재기를 결심한다. 또 사타 이네코佐多稻子의 남편 구보카와 쓰루지로窪川鶴次郎와 연애 사건을 일으키고, 그것을 소재로 한『산길山道』을 남기고 도망치듯 중국으로 떠난다.

『여성女聲』창간

상하이로 건너가 사토 시바左俊芝라는 이름으로 중국 민중의 의식 각성과 생활의 레벨업을 위해 중국 여성잡지『여성』을 창간한다. 그 자금을 끌어들이는 데 고생하면서도 정열적인 노력으로 3주년 기념호의 교정을 끝낼 때 쯤 다음호의 자금조달을 위해 나섰다가 돌아오는 길에 쓰러져 그대로 돌아오지 못하는 사람이 되었다. 장례식에는 목메어 우는 중국 여성이 계속해서 이어졌다고 한다. 세토우치 하루미瀨戶內晴美의 『다무라 도시코田村俊子』는 만년의 도시코의 진취적인 모습은 없고, 참담하게 몰락한 모습으로 그려져 있다. 호화, 현란하게 자기를 만개시킬 뿐만 아니라 헌신·종속이 여자의 아이덴티티로 되어 있던 여자의 위치를 뛰어넘어 인종·성·계급 모든 것의 차별에 반대하고 자신의 삶의 주인공으로 살아온 그 생애는 최후까지 눈부시며 그 의의는 매우 크다.

『그녀의 생활』

마사코優子는 애인인 아라타新田로부터 결혼을 강요당하지만 결혼이 여자에게 굴욕스러운 일인 것을 주위에서 봐왔기 때문에 쉽게 결단을 내리지 못한다.

"남자의 자만심에 자기의 영혼을 잃을 수 있는 결혼생활을 할 수는 없다. 자신은 어디까지나 고귀한 존재인 한 인간으로 살아가야 한다. 사랑과 비겁한 핑계를 구실삼아 결혼의 덫에 빠져서는 안 된다."고 생각하며 제도의 틀에 묶이지 않는 자유를 요구한다. 하지만 여성의 자유를 보증한다는 아라타의 열의에 무너져 결혼한다.

개인 방을 가지고 가사도 대등하게 하기로 결정하고 시작한 결혼생활이었음에도 불구하고 실제로 생활의 부담은 여자 쪽이 많았다. 절망감에 일단 이혼을 생각하지만 어쨌든 혼신의 노력으로 극복해 평가받는 작품을 완성했다. 남편보다 부인 쪽이 저력이 있는 것에 긍지를 가지고 있던 마사코는 마음의 준비를 하고 '자 그럼'하고 이혼을 선언하고자 할 즈음 임신 사실을 알게 된다. 그 시대는 중절수술을 인정하고 있지 않았다. 임신을 원망하면서 이혼을 포기하고 새로운 도전에 맞서려고 할 때 작품은 끝나버린다. 인용은 대등한 관계 유지를 약속한 결혼이었지만 남편이 아내에게 바라는 것은 '현모양처'일 것, 게다가 당혹스러운 젠더의 공포를 표현한 부분이다.

자신에게 호의와 동정으로 대해주는 아내가 보이기 시작할 때가 아라타에게는 큰 행복이었다. 자신의 서재에 틀어박혀 자신의 일에 몰두하고 있을 때의 마사코보다도 아라타에게 아내다운 감정을 갖고 자신을 대해줄 때의 마사코 모습에 한층 더 깊은 사랑을 느끼고 있는 것이었다.

그 애정을 희생하면서까지 아내 마사코가 서재에 틀어박혀 있는 시간이 많기를 바란다는 것은 아라타에게는 쓸쓸하고 고통스러운 일이었다.

아라타의 만족 앞에서는 선량한 아내인 척하는 교태가 언제부턴가 그녀의 가슴속에 차분하게 퍼지고 있는 것을 마사코 스스로 느끼고 있었다. 그것은 마사코에게 있어서는 무서운 타협의 시초였다. (생략) 자신의 생활을 끊임없이 침투해 오는 남자의 눈에 보이지 않는 권위의 힘이 그녀에게는 다만 증오스러울 뿐이었다.

그림 2-3
시라키 시즈

◆ 시라키 시즈素木しづ50)

목발을 짚는 외다리 작가

시라키 시즈는 소녀 시절에 뜻밖에 당한 사건으로 왼쪽 다리가 절단되었다. 그러나 그녀는 이러한 불행을 극복하고 다무라 도시코, 미즈노 센코와 어깨를 나란히 하는 다이쇼 초기의 대표적인 여성작가로서 자리 매김했다. 시라키 시즈는 한창 청춘일 때 외다리가 되어, 거의 절망적이

---

50) 시라키 시즈素木しづ : 1895~1918년, 홋카이도北海道 출생, 본명 : 시즈.

고 비참한 상황을 강인한 의지력으로 극복하여 작가가 되었다. 그러한 그녀의 문학은 연애·결혼·출산 그리고 어머니가 된 인생을 그려낸 자전적 색채가 진한 사소설이다. 22년이라는 짧은 생애 중 5년 조금 모자라는 작가 활동기에 생활을 위한 요소가 강했지만 40수편을 발표하였다. "여류작가 중에서 가장 뛰어난 문장력을 갖고 있는 시라키 씨", "가장 기대되는 신진 작가"로 주목받은 이 시대의 대표 작가이다.

왼쪽 다리 절단, 18세에 문단 데뷔

홋카이도 초등교육계 개척자의 한 사람으로 저명한 초등학교 교장이었던 아버지를 4살 때 여의고, 조리쓰 삿포로 고등여학교 4학년 때 학교행사 등산 중 넘어져 관절염을 유발하여, 일가가 상경한 1912년 17살 때에 왼쪽 다리 절단이라는 비운을 맞이하게 된다. 절망감에 빠져 있던 병원생활 중에 문학으로 자립할 것을 결심하고 후지무라 미사오藤村操(게곤폭포에 투신자살한 일고생)의 집과 친교가 있는 인연으로 모리타 소헤이森田草平에게 사사받아, 운명적 재난이 그녀에게 가져다준 날카로워진 심경을 그린 『목발을 짚는 여자松葉杖をつく女』를 발표했다. 사사받을 때의 소헤이의 연령이었던 33년까지는 어떻게든 살아남자는 각오가 생겼을 때, 지금을 살아가는 충실감이 용솟음친다고 하는 『서른셋의 죽음三十三の死』(『신소설』 1914년)에 의해 작가로서 알려졌다. 그해 화가 우에노야마 기요쓰구上野山清貢와 연애, 쓰다 세후津田青楓에게 그림을 배운다. 『창백한 꿈青白き夢』 『행복을 향한 길幸福への道』 그 외, 연이어 작품을 발표하는 한편, 그림을 그리는 재능

도 개화시켜 우에노야마 기요쓰구와의 2인전 개최 후, 가족의 반대에 굴하지 않고 결혼하여 딸을 낳아 어머니가 된다.

『황혼 집 사람들たそがれの家の人々』의 성공

자유롭지 못한 신체라고는 하나 행복을 느낄 수 있는 '육아'와 '좋은 작품'을 쓰고 싶다는 창작 의욕을 불태웠다. 1916년은 일시적으로 위독한 상태에 빠졌을 정도로 병세가 악화된 해였지만, 그럼에도 불구하고 문단의 절찬을 받고 생의 대표작의 하나가 되는 가족 이야기라고 할 수 있는 『황혼 집 사람들』(『신소설』 1916년)을 시작으로 『슬픈 날보다』도 출판해 생애의 정점을 이루는 해가 되었다.

아버지가 돌아가신 후 일가의 중심은 장남이었다. 시즈의 큰오빠는 학교 졸업 후 대만 총독부 농사시험장 곤충부장을 비롯해서 종전 시까지 대만 총독부 및 제국대학 교수를 역임했지만, 그 사이에 1904년부터 전후에 걸쳐서 통산 7년 동안 5회의 해외 출발을 포함 연구생활에 종사한 사람이다. 어머니는 이 장남이 외국에 파견 근무하게 된 것을 자랑으로 여기고 있었으나, 돌아와서 힘든 책무에 시달리면서도 싫은 기색을 하지 않고 바로 또 서둘러 출발하는 것을 바라보고 있을 수밖에 없었다.

빈 집안에서 다리가 절단된 딸의 시선은 미묘하고 제각기 각각의 생각으로 서로의 기분을 살피는 복잡한 가족의 심리를 잘 표현하고 있다. 잠복해 있던 결핵이 악화되어 객혈을 되풀이하면서도 이듬해에도 왕성한 창작활동을 전개하고 『아름다운 감옥』의 연재, 그 밖에 생활고 때문에라도 많은 작품을 발표했다. 자신이 정한 33세에 아주

못 미치는 22년에 생애를 마쳤다.

『서른셋의 죽음三十三の死』

『목발을 짚는 여자』로부터 반년 후에 나온 속편의 느낌이 드는 두 번째 작품이다. 18세에 한쪽 다리를 잃은 오요ぉ葉는 동정·연민·호기심·기형으로 보는 시선에 예민하게 반응하며 힘들어한다. 젊은 여성의 청신함과 애절함이 동정의 눈물을 흘리게 한다. 사람들 눈에 띄지 않는 욕실에서 막 터질 듯한 신선하고 아름다운 육체를 서둘러 가릴 때, 알몸으로 생활한 가미요[51] 시대에 태어나지 않아 다행이라고 생각하는 한편 세상 사람과의 행복은 단념해야만 한다고 오요는 생각한다.

"이제부터 무엇이라도 너 하고 싶은 것을 해보렴." 하고 어머니는 태연하게 오요의 얼굴을 보며 말했다. 마당에 있는 동백나무 잎 위, 창공의 유리와 같이 창명하게 빛나는 곳을 보고 있던 그녀는 갑자기 새장에서 뛰쳐나온 작은 새처럼 어디로든 날아가려고 했다. 그러나 의지할 곳 없는 넓은 하늘에 견딜 수 없는 외로움을 느꼈다. 하늘은 넓다. (생략) 오요는 처음으로 자신의 몸을 되돌아보았다. 그녀는 지금 황혼이 지는 방에서 조용하게 바느질하고 있는 은빛 바늘조차 언제 부러질지 모른다고 생각했다. 자신의 다섯 손가락 중에서 두 손가락을 잃지 않을 것이라고도 할 수 없다. 붉은 오비 아래에 얌전하게 겹쳐져 있는 오요의 두 다리 중 한쪽은 예기치 않은 운명에 약탈당한 것이다.
그녀는 바느질하던 손을 멈추고 그 손가락을 하나하나 구부리며 나아가는 미래 속에 서른셋이라는 해가 있는 것을 생각했다. 그해는 달빛과 같은 창백한 빛을 가지고 있는 것을 느꼈다. 칼과 같은 날카로움을 지니고 있는 것을 느꼈다. 그리고

---

51) 가미요神代 : 일본 신화에서 신이 다스렸다고 하는 시대.

오요는 명상에 잠겼다.

사소한 감정은 거기에 있는 약한 것, 모든 것을 미신적으로 지배했다. 거기에 어떤 모순이 있어도 좋다. 그녀는 서른셋이라는 나이에 죽을 것이라고 생각했고 정해진 자신의 생명의 존엄함에 충실한 강한 힘을 느꼈다.

(생략) 오요는 자신이 서른셋에 죽음을 맞이할 때의 행복한 죽음과 삶을 생각했다. 자신의 생명은 자신의 것이다. 가능한 한 행복하고 아름답게 마무리하고 싶다고 생각했다.

◈ 미즈노 센코水野仙子[52]

메이지 말기부터 다이쇼 초기까지의
새로운 개성

그림 2-4
미즈노 센코

미즈노 센코의 문학은 메이지 말기의 자연주의 문학에 있어 여자 성性의 대표적인 작가로 활약한 전기, 결혼(1911년)이 자기를 성장시키는 것이 아니었다는 것에 따른 고뇌에 쌓여 자연주의 문학 경향이 쇠퇴기에 당면한 일로 새로운 자신의 문학을 모색하며 방황했던 중기, 병에 걸린(1916년) 후 죽음을 주시하는 투병 생활 속에서 시라카바白樺적 휴머니즘의 시점을 획득한 투철한 경지에 섰던 죽음까지의 후기로 나누어진다.

투고가에서 자연주의 작가로 거듭난 센코는 후쿠시마현 스카가와시에서 상업을 하는 상인의 셋째 딸로 태어났다. 오빠는 가인 핫토리 모토하루服部躬治, 둘째 언니는 의사, 센코는 재봉여학교에 다녔다. 『신소녀』에 이어 『여자문단』 『문장세계』의 투고가로 운문의 이마이 구

---

52) 미즈노 센코水野仙子 : 1888~1919년, 후쿠시마福島 출생, 본명 : 핫토리 데이.

니코今井邦子와 함께 두각을 나타내게 되었다. 그리고 자연주의적 수법으로 큰언니의 평범하지 않은 출산 모습을 소녀의 시각에서 사실적으로 그린 충격적인 작품『헛수고』(1909년)의 평가를 계기로 작가에 뜻을 품고 다야마 가타이田山花袋 문하에 입문한다.

이후, 초기의 대표작『딸』(『중앙공론』1910년) 외『온천탕』『파도』『40여 일』등을 잇달아 발표했다. 주위의 사상事象을 소재로 한 성실하고 정직한 작풍에 따라 새로 나타난 자연주의 작가로서 인정받아 순조로운 출발을 보였지만 문학 동료인 가와나미 미치조川浪道三와의 결혼이 가타이의 격노를 사게 되어 스승의 곁을 떠난다. 자연주의 쇠퇴 추세와 더불어 결혼한 지 반년 만에 남편이 병에 걸리고, 게다가 학문에 힘쓰지 않는 남편과 함께 성장할 수 없음에 고민하고 방황한다.

탈자연주의, 사랑의 고민

『세이토』의 창간 때부터 참가했지만 '세이토 운동'은 외면하고 자신의 문학을 계속 모색했던 그 시대의 작품은 오로지 자기를 주시하고 충족되지 않는 사랑에 대한 상극의 형태를 특징으로 한다.

사랑하고 있음에도 불구하고 센코는 항상 허전했다. 다무라 도시코와 이와노 교시岩野清子와 같은 억제할 수 없는 괴로운 마음이 정교하게 그려진『가구라자카의 한에리神楽坂の半襟』(『부인 평가』1913년)를 비롯해,『열熱』『쓸쓸한 두 사람淋しい二人』등 자아를 충족시키고 싶은 여자의 내면세계를 잘 묘사해 독자를 감동시켰다.

발병, 신경지 파악

남편에게는 알리지 않고 혼자서 갈등하며 방황하던 센코는 겨우 자기 힘으로 '근원'을 찾아낸다. 그러나 엄연한 자세로 현실을 긍정적으로 보려고 한 것에는 '시라카바파'적인 면이 있다.

아리시마 다케오有島武郎에게 편지를 보낸 것은 그 무렵일 것이다. 그러나 센코는 이미 불치병에 걸려 있었다. 투철한 눈으로 자기를 응시하고 타인의 마음도 부드럽게 다스리는 객관적 시점도 획득하고 있다. 먼 인연인 청년에게 계속 흔들리는 애절한 마음을 억누르고, 어려움 속에서 찾아낸 남편과 동행할 결의를 그린 『길道』을 시작으로 『거짓말하는 날嘘をつく日』『빛나는 아침輝ける朝』 등을 발표, 그중에서도 특히 『술 취한 상인醉ひたる商人』은 센코 문학의 확립을 나타내는 걸작으로 높은 평가를 받았다. 하지만 그녀는 이것을 유고작으로 31년의 생애를 마쳤다.

『가구라자카의 한에리神楽阪の半襟』

가난은 부부의 마음을 난폭하게도 하지만 결속력을 더해주기도 한다. 11월의 해질녘, 약간의 돈을 가지고 오랜만에 두 사람은 가구라자카에 나갔다. 코트가 없는 오사토는 몸을 떨었지만 오래간만에 같이 나가는 것이 기뻐서 마음은 따뜻했다. 외출의 목적은 남편의 게다와 버선과 잉크를 사는 것이었다.

도중에 포목점의 진열장에 진열되어 있던 한에리53)가 오사토의

---

53) 한에리半襟 : 여성 속옷인 쥬방의 깃 위에 덧대는 장식용 깃.
*쥬방 : 맨몸에 직접 입는 짧은 홑옷.

눈에 들어왔다. 그다지 비싸지 않은 것이었지만 그녀의 마음에 들었다. 갖고 싶어 진열장에서 눈을 뗄 수가 없었다. 사고 싶어 하는 아내의 마음을 알아차리지 못하는 남편에게 서운했다. 포목점에서 게다의 끈을 달고 있는 동안에 남편은 잉크를 사러 갔다. 어디까지 갔는지 좀처럼 되돌아오지 않았다. 오사토의 마음 한구석에 남아있는, 그 한에리를 사러 갔을지도 모른다는 기대로 마음이 들떠 있을 때, 마침 돌아온 남편의 표정을 엿보았다. 아무 말도 하지 않는 남편을 보며, 나중에 기쁘게 해주려는 것인지도 모른다는 생각에 마음이 설렜다.

오사토는 조금 실망했다. 그래도 어쩌면 남편의 소매 속에 그 한에리가 들어 있을 것 같은 기분이 들어, 나란히 걷는데도 자꾸만 소매 주변에 마음이 쓰였다. '왠지 이상하게 가만히 있다.'라고 생각하며 남편의 얼굴을 보며 오사토는 엷은 미소를 지었다.
오사토의 마음을 전혀 모르고 지나가려는 남편의 소매 뒤로 오사토는 가슴 조이며, 조금 전의 한에리 가게의 진열장을 보았다. (생략)
그 한 곳만 열려 있는지, 또 다른 것이 진열되어 있는지 봤을 때 또렷이 그 한에리가 보이는 것 같은 기분이 들었던 것도 원망스러웠다. 검은 바탕의 삼 잎은 원래 그대로의 짙은 색으로 길을 걷는 사람의 눈을 끌었다. (생략)
"당신 아까 게다가게에서 이쪽으로 왜 갔어요?"
"아까? 잉크가 큰 병이 없어서 다른 가게에 가본 거야." (생략)
오사토는 천천히 계속 걸었다. 조금씩 불어오는 바람에 얼굴의 기름기가 완전히 제거되어버린 듯하다는 생각을 하면서…….

그림 2-5
오데라 기쿠코

◆ 오데라 기쿠코小寺菊子54)

소녀소설의 개척자

아이의 읽을거리를 문학으로 여기는 시점은 꽤 늦었다. 지쓰교노니혼샤實業之日本社가 아동을 위한 책을 기획한 「사랑하는 아이 총서」는 1914년, 스즈키 미에키치鈴木三重吉의 『빨간 섬赤い島』 창간은 1918년이다. 기쿠코의 문필 활동은 소녀소설에서 시작된다. 기쿠코는 1906년부터 16년경까지 종래의 오토기바나시おとぎ話55)나 에소라고토繪空事56) 등의 가공 작품에서 탈피하여 동화나 상상화로 만든 소녀의 모습이나 심리를 사실적이고 정열적으로 그려 아동문학에 새로운 지평을 개척했다. 그러나 기쿠코는 소녀소설에 만족하지 않고 자연주의파 작가로서 훌륭한 작품을 남겨 재평가가 요구된다.

경제적 자립과 소녀소설 작가

매약賣藥을 업으로 하는 유복한 가정에서 태어났지만 기쿠코는 어릴 때부터 완고하고 엄격한 할머니의 학대로 우는 어머니와 투기적 성격의 아버지로 인해 힘들고 암울한 생활을 어쩔 수 없이 보내야만 했다.

금전 문제로 아버지가 옥에 갇히는 사건이 일어나 여학교 진학도

---

54) 오데라 기쿠코小寺菊子(=오지마 기쿠코尾島菊子) : 1884~1956년, 도야마富山 출생.

55) 오토기바나시おとぎ話 : (아이들에게 들려주는) 옛날이야기. 동화. 민화.

56) 에소라고토繪空事 : 실제로는 없는 꾸며낸 이야기. 일.

할 수 없게 되어 16살 때 상경해 간다의 여학교에 다녔지만 머물던 사촌언니 집의 빈곤으로 학교를 그만두고 영어학원과 교원 견습소를 전전했다. 부친 사망 후, 어머니와 동생이 기쿠코를 의지해 상경해 왔기 때문에 사무원과 장전藏前고등공업학교(현 도쿄공업대학) 타자수, 또 초등학교의 대용교사 등으로 생계를 유지하며 소녀소설『첩의 남동생』을 1906년 5월『소녀계』신설의「소녀문학」란에 발표했다. 이후『소녀의 벗』『소녀화보』등에도 정열적으로 계속 작품을 발표했다. 그때까지 소녀 소설은 맹아기로, 요시야 노부코吉屋信子의『꽃 이야기花物語』가 탄생의 밑거름이 되었다고 할 수 있다. 전작『저택의 벚꽃御殿櫻』외에 작품집『데이지ひな菊』『작은 새의 속삭임鳥のささやき』『紅ほつづき』등이 있다.

자연주의파로서의 등장

기쿠코의 목표는 소녀소설이 아니었다. 미묘한 여성 심리를 그린『동생의 인연妹の緣』(『취미』1908년)이 인정받아 도쿠다 슈세이德田秋声의 사사를 받게 된다. 그 후「부인화보」「여자문단」「요미우리신문」등의 무대에서 활동을 전개하고, 장편『후미코의 눈물文子の涙』을 출판했다.『아카사카赤坂』오사카 아사히신문의 현상 당선 소설『아버지의 죄』등으로 작가로서 인정받게 되었다.

『세이토』에는 창간 때부터 참가하여 좋은 작품을 발표했다. 전기前期를 대표하는『백일홍의 그늘百日紅の蔭』, 장편『볼연지頰紅』『주랍촉의 취영朱蠟燭の炊影』『붉은 엉겅퀴紅あざみ』『사랑의 추상恋の追想』『모래밭의 대면河源の對面』등 자연주의적 수법으로 과거의 자전적 소재를

다룬 훌륭한 작품이 많고, 중년 여성의 사랑의 심리를 주제로 한 것도 주목을 받아 착실하게 지위를 구축해 갔다.

후반의 쇼와기에는 『슬픈 할머니哀しき祖母』『정열의 봄情熱の春』『산원정경産院情景』『아버지의 귀가父の帰宅』『장마 때梅雨時』『심야의 노래深夜の歌』 등이 있고, 화가 오데라 젠키치小寺健吉와 결혼(1914년) 후 주엽회朱葉会의 중진으로 화가로도 활약했다. 필력면에서는 달인이었지만 깊이 파고든 심화 과정에까지는 이르지 못해 작품은 단조로움을 면치 못했다. 기쿠코 문학의 본래의 특성은 고향을 소재로 한 점에 있다. 더구나 이 시대의 여성으로서 한 집안의 경제적인 가장 역할을 하며 문학사에 이름을 남기는 작품을 몇 편이나 쓴 것은 괄목할 만하다.

『모래밭의 대면』

오초가 어린 소녀였을 때 투기적인 사업에 투자하여 큰 손해를 입은 아버지 위조는 그 막대한 손해를 보충하기 위해 많은 돈을 빌려 사업을 시작했다. 이윽고 아버지는 '피도 눈물도 없는 수전노'로 변하고, 감옥에까지 가게 된다.

며느리를 구박한다는 평판이 나 있는 할머니로부터 괴롭힘을 당한 어머니는 견디기 힘들어 자주 울었다. 아버지는 어머니의 충고에 귀 기울이지 않았다. 어머니는 남편에 대한 원망과 아이들을 비롯해 한 집안의 장래를 염려해 울었다. 집안에 불행이 덮쳤다. 그리고 시간이 지났다.

오초는 자갈밭에서 노예와 같이 고역하는 죄수의 모습을 보고, 무슨 나쁜 짓을 한 사람들일 것이라는 생각에 왠지 무서웠다.

어느 날, 할머니와 어머니는 오초를 데리고 산책으로 위장하여 자갈밭으로 가서 살짝 집에서 사온 찹쌀떡을 놓아두었다. 감시의 눈을 피해 그것을 재빠르게 한입 가득 입에 넣는 죄수가 있었다. 오초는 깜짝 놀라 "저기 아버지가 계세요."라고 소리쳤다. 그 죄수는 비밀리에 면회 온 노모와 그리운 부인과 귀여운 아이들의 모습을 보고 바싹 마른 볼에 눈물을 흘리고 있던 것이었다. 그 후로도 어머니는 감옥의 간수에게 부탁하여 미리 알고 있던 작업 장소에서 아무렇지도 않게 면회를 계속하며 초밥과 과자를 몰래 두고 왔다. 인용은 이 소설의 끝부분이다.

오초는 딱 한 번 가족들과 자갈밭으로 간 뒤 두 번 다시는 가지 않았다. 아버지라는 존재에 대한 상처가 점점 깊어져 어린 마음을 뒤흔들었던 것이다. 오초는 아버지를 사모하는 마음과 증오하는 마음으로 작은 두뇌가 혼란스러웠다. 그리하여 오초는 벌써부터 영원히 아버지를 잃어버릴 것 같은 느낌이 들었다. 외롭고 슬픈 눈물이 그녀의 뺨을 적셨다.
그 무렵부터 오초의 어린 마음에는 이 집을 나가자, 아버지가 계시는 이 어두운 집에서 언젠가 떠나야 한다는 생각이 희미하게, 그 철없는 가슴에 움트기 시작했다.

(와타나베 스미코渡辺澄子)

3. 단가短歌

신파 와카 운동의 시작

1895(메이지28)년 청일전쟁이 승리로 끝나자 대만을 식민지로 만들고, 그 즈음부터 와카 혁신 운동이 본격적으로 시작되었다. 궁내성어가소宮内省御歌所(메이지에 들어서 설치되어, 가도고요가카리歌道御用掛 등으로 명칭을 변경하여 1888년부터 어가소라고 칭하였다)의 당상파堂上派, 게원파柱園派, 에도파江戸派 등 와카의 흐름을 구성하는 가풍을「구파旧派」,「오우타도코로파お歌所派」로써, 그것에 대항하는 새로운 국풍의 노래를 추구하는 기운이 일어난 것이다.

오치아이 나오부미의「아사코샤あさ香社」동인이었던 요사노 뎃칸与謝野鉄幹이 우선 『동서남북』(1896년) 『천지현황天地玄黄』(1897년)을 간행, 가단歌壇의 새로운 바람을 일으켰다. 뎃칸은「망국의 소리─현대의 탄탄하지 않은 와카를 비난하다」(『26신보』1894년)를 써서 '구파'를 '여성적 와카'라고 통렬히 비난했는데, 이것은 그 론의 작품화라고도 말할 수 있는 것으로,「호검조虎劍調」따위로 불렸다.

한편, 하이쿠 혁신 운동을 마친 마사오카 시키正岡子規는 병상에 있으면서도, 1898년「가인에게 주는 글歌よみに与ふる書」을 신문지상에 연재하고, 쓰나유키貫之는 서투른 가인으로『고킨슈古今集』는 '하찮은 작품'이라며, 고킨슈 이래의 흐름에 가담하는 구파 와카에 통렬한 일격을 가해, 만요슈萬葉集 및 그 흐름을 수용하는 노래를 찬양하며 와카 혁신에 적극적으로 나섰다.

그 외에도 와카 혁신을 모색하는 작가는 있었지만, 당초 누구보다도 세력을 얻은 자는 요샤노 뎃칸이며, 그는 신시사新詩社를 결성하고 1900(메이지32)년 4월에 신문 형식의 기관지『명성』을 발행했다.

『명성』 전성시대와 아키코

계몽적 색채가 농후했던『명성』창간호도 제2호(5월호)에는 요사노 아키코, 제3호(6월호)에는 야마카와 도미코가 동료로서 출영出詠하여 지면에 신선한 기운이 일기 시작했다. 제6호부터는 '자아의 시' '새로운 국시'를 이념으로 내걸어, 백합을 가진 소녀를 그린 아르누 보풍의 참신한 표지 그림의 잡지를 발행하여, 전국의 청년 독자의 지지를 확보해 간다. 1900년 8월, 회원 확장을 위해 뎃칸이 관서지방으로 내려가 아키코와 도미코를 만나게 된다. 이 일이 계기가 되어『명성』잡지에는 3명을 중심으로 하는 우타의 연회라고 할 수 있는 세계가 펼쳐져, 서로 영향을 주는 이른바 성근조[57]를 만들어냈고, 특히 아키코의 정열적인 사랑 노래가 돌출된다. 1901년 6월에는 아키코가 출가하여 상경, 8월에『헝클어진 머리みだれ髮』를 출판한다. 그리고 얼마 안 있어 찬반양론이 심한 화제가 되어, 일약 세상의 주목을 받게 되었다.

われ男の子意気の子名の子つるぎの子詩の子恋の子あゝもだえの子

우리 아들, 의기의 아들, 명예의 아들, 검의 아들, 시의 아들, 사랑의 아들, 아, 번민의 아들.

요사노 뎃칸

---

57) 성근조 : 성조파 메이지 시대에 연애를 노래한 낭만파 시인의 한 줄기.

4월 간행한 『무라사키紫』 권두의 우타. 한마디로 말하면, "나의 우타는 정치와 시와 사랑이다."라고 하는 것이다. 『무라사키』는 사랑을 읊는 『헝클어진 머리』에 대응하는 가집이었지만, 도라虎라는 아호를 가진 뎃칸이 아키코의 영향을 받아 성근조로 전향했다고도 전해진다. 그러나 아키코의 재능을 여기까지 개화시키고, 그 밖에도 야마카와 도미코, 소다 마사코增田雅子 등 뛰어난 여성가인을 탄생시킬 수 있었던 것은, '자아의 시'를 말하는 뎃칸이 여성과 함께 사랑을 노래하는 '장'을 『명성』지 상에 보장했기 때문이다. 여성들은 뎃칸의 지도에 따라 마음껏 자기를 해방시켜, 그 기쁨에 취할 수 있었던 것이다.

아키코는 이후 1904년에는 『작은 부채小扇』와 뎃칸과의 합작 『독초毒草』, 1905년에는 야마카와 도미코, 소다 마사코와의 합작 『연의恋衣』, 1906년에는 『무희舞姫』 『몽지화夢之華』로 계속해서 가집을 간행하여 가단에 낭만주의로서 신시사 『명성』의 시대를 구축한다. 당시의 청년 여자는 물론, 제각기 와카 혁신을 모색해 온 사사키 노부쓰나佐佐木信網, 가네코 군엔金子薰園, 오노에 사이슈尾上柴舟 등, 남성가인들도 아키코의 가풍의 영향을 받지 않을 수가 없었다. 사이토 모키치斎藤茂吉는 이 시기를 보고 "메이지 37년경 이래 그 특색을 발휘해, 등불을 비춰 나아가는 보람이 있었다. 아키코조晶子調의 우타를 읊지 않으면 더 이상 가인이 아니라고 할 정도로 가단의 조류가 되었다."고 『메이지 다이쇼 단가사』에 기록하고 있다.

髪ながき少女とうまれしろ百合に額は伏せつつ君をこそ思へ
긴 머리 소녀가 하얀 백합 꽃잎에 얼굴을 포옥 묻고 당신을 생각하네

しら梅の衣にかをると見しまでよ君とは云はじ春の夜の夢

하얀 매화문양의 옷에 풍기는 향기 당신이라 말하지 않으리 봄날 밤의 꿈이여

소다 마사코增田雅子

花に見ませ王のごとくもたゞなかに男は女をつつむうるはしき蕋

꽃을 보니 임금의 모습처럼, 중앙의 남자가 여자를 감싸 안은 아름다운 꽃술

요사노 아키코与謝野晶子

모두 『연의』에서, 도미코는 「흰 백합白百合」, 아쓰코雅子는 「흰 매화白梅」, 아키코는 「흰 싸리白萩」였지만, 이와 같은 꽃의 이름을 가지고 제각각을 상징적으로 서로 교감하는 우타의 세계를 만들어낸 것이었다.

자연주의의 융성과 『세이토』

그러나 1904년의 러일전쟁 후, 자연주의가 흥성하여 문학계의 양상은 일변한다. 단가에 있어서도 와카야마 보쿠스이若山牧水, 마에다 유구레前田夕暮, 이시카와 다쿠보쿠石川啄木라고 하는 청년 가인들이 "자기즉시가", "나의 내적 생활의 기록"(보쿠스이), "평범한 사람이 생각하고 느낀 것을 그대로 과장하지 않고 솔직하게 부르고 싶다"(유구레)라고 하며, 왕조의 화려한 취미나 공상에 의한 신시사풍을 부정하고 현실 속에 나타나는 일상적인 청년의 애환을 청선하게 부르는 이른바 자연주의, 실질적인 신낭만주의라고 할 수 있는 작풍이 등장한다.

停車場に札を買ふとき白銀の貨のひびきの涼しき夜なり

정류장에서 차표를 살 때, 은화 소리 쨍그랑 쨍그랑 시원한 밤이구나

와카야마 보쿠스이

木に花咲き君わが妻にならむ日の四月なかなか遠くもあるかな

나뭇가지에 꽃이 피었구나, 당신이 나의 아내가 되는 사월 멀기만 하도다

마에다 유구레

浅草の夜のにぎはひに
まぎれ入り
まぎれ出て来しさびしき心

아사쿠사의 밤 흥청거림에
뒤섞이어 들어갔다가
뒤섞이어 나오는 외로운 마음

이시카와 다쿠보쿠

요사노 뎃칸은 이 같은 자연주의로 향하는 흐름을 비판했으나, 1908(메이지41)년, 결국『명성』100호로 폐간, 모리 오가이를 후원하는『스바루』쪽으로 발전시킬 수밖에 없었다.

『명성』말기에 합세한 히라쓰카 라이초는 1911년, 친구와 함께 여성을 위한 문예지『세이토』를 창간한다. 이『세이토』의 단가란에서는 아키코의 추천에 의한『명성』파의 여성가인이 주로 출영했는데, 그중에서도 미카지마 요시코는 거의 매 호에 연애시를 발표했다. 또한,『명성』말기에 출영하고 있던 오카모토 가노코岡本かの子도 신시대 감각의 사랑 노래를『세이토』에 발표, 1912(다이쇼 원년)년 세이토사에 의해『가로키네타미かろきねたみ』를 출판한다.

力など望まで弱く美しく生まれしままの男にてあれ

너무 힘쓰지 말고 약하고 아름답게 태어난 그대로 늠름한 남자가 되어라

愛らしき男よけふもいそそと妻持つ門へよくぞかへれる

사랑스러운 남자들이여 오늘도 아내가 기다리는 집으로 즐겁게 돌아가는구나.

오카모토 가노코

『가로키네타미』는 70수 밖에 수록하지 않았고, 가집 간행 직후 병상에 누워 시를 중단한 일도 있어서 가단에 충격을 주기에는 부족했지만, 재능 면에서는 아키코를 잇는 신시대의 여성가인이었다고 해도 좋을 것이다.

◈ 요사노 아키코与謝野晶子[58]

뎃칸과의 만남

그림 2-6
요사노 아키코

요사노 아키코는 오사카시의 과자점 스루가다이駿河屋의 셋째 딸로 태어났다. 사카이 여자대학에 입학, 나아가 보습과에 진학하지만, 주 36시간 중 24시간이 가정과와 같은 교육 내용이었다. 오로지 아버지의 장서에서 고전·사서를 독학으로 탐독하는 한편 계산대에 앉아서 가업을 돕는 생활이 몰래 집을 뛰쳐나와 상경할 때까지 이어졌다.

1896(메이지29)년 구파인 계부도회堺敷島会에 일시 입회하여 투고하

---

58) 요사노 아키코与謝野晶子 : 1878~1942년, 오사카大阪 출생.

지만 탈퇴, 이윽고 요사노 뎃칸의 「이른 봄 도칸야마의 한 찻집에 떡 먹는 서생 하카마를 입고서」라고 하는 우타를 신문지상을 통해 보고 감동하여 신파 와카에 눈뜨게 되었다. 1899(메이지32)년, 가와이 스이메이河合醉茗 등의 관서 청년 문학회에 입회, 그 회지『선악 풀』에 신체시와 우타를 발표하게 된다. 뎃칸은 이 잡지의 우타를 선정하고 있었던 것이다. 그 이듬해, 도쿄 신시사 창설과 함께 아키코도 동료로 『명성』제2호부터 출영, 야마카와 도미코라는 이름을 알게 된다. 8월, 뎃칸이 신시사 지부 확장을 알리기 위해 내려와 강연할 때 처음으로 뎃칸, 도미코, 아키코 세 사람이 만났다. 이들은 뎃칸이 간사이関西에 체재한 2주 남짓한 시간동안 여러 차례 만남을 가졌고, 아키코는 격렬한 사랑에 빠져 뎃칸, 도미코, 아키코의 삼파전의 사랑이 그후『명성』잡지 상에 펼쳐졌다.

11월 결혼할 수밖에 없게 된 야마카와 도미코, 이혼설이 나돌던 뎃칸과 아키코가 교토 아와타야마粟田山에서 하룻밤을 지낸다. 1901년 1월에는 뎃칸과 아키코 둘이서 재차 아와타야마에 이틀 동안 머문다. 4월에는 익명으로『문단조마경文壇照魔鏡』을 간행한다.

뎃칸은 아내를 팔았다, 처녀를 미치게 했다, 강간을 했다는 품행상의 문제가 당시 전국의 여자 청년들에게 퍼지게 되어『명성』의 융성까지 중상 비방당해 뎃칸과『명성』은 큰 타격을 받는다. 6월에는 마침내 아키코가 집을 뛰쳐나와 상경해, 8월에『헝클어진 머리』를 출판, 9월에는 아내와 이혼한 뎃칸과 결혼한다.

자아의 해방과 정열의 표출

『헝클어진 머리』의 가풍에는 그전까지는 없던 신선함이 있었다. "부드러운 살갗의 뜨거운 피의 고동에 스쳐보지 않고서", "가슴 누르며", "입을 맞춘다" 등 여성의 능동적인 성과 신체 표현과 정열을 표출했다. 또한 「청수淸水」「기온祇園」「하경下京」 등의 경정서京情緖, 「봄의 신春の神」「성서聖書」「죄罪」 등의 서양 문학의 향기, 이러한 것이 겐지모노가타리源氏物語 등의 왕조문학의 교양을 바탕으로 혼연일치가 되어 짙은 꽃향기를 내고 있는 것 같았다. 특히, 로맨틱한 여성의 자태를 여성 스스로 그려내어 찬미한 것에 페미니즘에도 통하는 자기 해방과 여성의 자존심 회복이 있었다.

그러나 잔잔한 가조는 때때로 너무 난해하여, 그 분방하고 정렬적인 표현과 함께 종종 비난받았다. 하지만 『몽지화』『무희』로 작품을 발표함에 따라, 왕조 취미에 뿌리를 둔 화려하고 구애받지 않는 우타의 세계를 전개해 갔다. 자연주의 융성 후에는 차차 현실감이 더해졌고, 특히 『청해파靑海波』(1912년)에서는 처음으로 출산의 우타를 만든 것으로도 기억되었다.

또한 단가뿐만 아니라 시·소설·수필·평론·겐지모노가타리의 현대어 역 등 왕성한 창작 활동을 생애에 걸쳐 계속했다.

『헝클어진 머리』

夜の帳にささめき盡きし星の今を下界の人の鬢ほつれよ

◇현대어 역(요사노 뎃칸 역)

천상의 밤의 휘장이 꿀과 같이 달콤하고 원만했던 것에 비해, 속세에 내려온 별의 자식인 나는 지금 사랑을 얻기 어려워 윤기 없는 머리카락만 흩날리고 있다.

◇주석 및 감상
'장帳'은, 장대의 약칭으로 왕조 귀족의 침소에서, 나무 받침 위에 다다미를 깔고, 네 모퉁이에 기둥을 세워, 장막을 늘어뜨린 것이다. '사사메끼ささめき'는 속삭임 이라는 의미의 명사, 또는 동사의 연용형이다. '쓰키키시盡きし'의 「시し」는 과거 회상의 조동사 '키き'의 연체형이고, '하계下界'는 불교 용어로 하늘에 대한 인간 계를 의미한다. '구레나룻鬢'은 결발의 좌우 양측의 부분이다.
『헝클어진 머리』권두의 시는 출판 당초부터 난해하다고 알려져, 가지각색의 해 석이 있었다. 천상에서는 달콤한 사랑을 속삭이는 별도 있을 것이다. 그런데도 속 세의 인간은 고민 많은 사랑만 한다고 개작했다. 개작으로 의미는 이해하기 쉬워 졌지만, 시의 매력은 원작에 비해 떨어졌다.

やは肌のあつき血汐にふれも見でさびしからずや道を説く君

◇현대어 역
나의 부드러운 살, 이 뜨거운 혈석에 닿지도 못하고, 외롭지는 않습니까. 점잔 빼 며 설법하는 당신이여.

◇주석 및 감상
「후레모미데ふれも見で」는 닿지도 못하고, 「미치오 도쿠 기미道を説く君」는 세상 의 도학자 선생으로 보는 설과 단순히 세상의 도덕에 따르는 당신이라는 설 등, 여러 가지 설이 있다. 어쨌든 여성에 의해 자극적으로 읊어진 우타이지만, 오로지 정열은 통하고 있다.

ゆあみして泉をいでしやははだにふるるはつらき人の世のきぬ
◇현대어 역
입욕을 마치고 온천에서 올라온 이 부드러운 살에 닿는 아픔은 매정한 인간 세상의 옷을 걸쳐 느끼는 아픔인 것입니다.

◇주석 및 감상

「유아미ゆあみ」는 목욕, 「기누きぬ」는 옷이다. 「유아미ゆあみ」는 '湯あみ'라고 하는 것보다 서양의 수욕화가 연상된다. 나체의 몸으로 온천에서 올라오는 신과 같은 소녀의 무구한 부드러운 살에, 걸치는 옷의 촉감이 일어나는 것으로, 속세에 섞여 받게 되는 고통을 표현했다.

◆ 야마카와 도미코山川澄美子[59)]

뎃칸과의 만남

그림 2-7
야마카와 도미코

도미코는 대대로 오바나 항小浜藩의 중신인 유서 깊은 집안에서 태어났다. 번제도藩制度 폐지 후, 아버지는 은행 회장을 역임했다. 1895년 오사카에 있는 여동생 집에 머물게 되어 미션스쿨 바이카梅花여자대학에 입학, 2년 후 국어과를 졸업, 일시 귀향한다. 화가를 지망하지만 부모의 반대로 1900(메이지33)년 재차 오사카로 가, 바이카여자대학 연구생으로 영어를 배운다.

우타는 1897년경부터 신파 와카의 잡지에 계속 투고하고 있었는데, 1900년『명성』제2호에 투고한 우타 한 편이 개제된 것이 계기가 되어 신시사 사우社友가 된다. 제4호(7월호)의 "너의 손을 내 가슴에 갖다 대어보게, 이상하게 떨림이 있는 것은 왜일까"라는 구절로 시작하는 참신한 우타로, 아키코의 우타와 함께 이 두 사람의 우타가 『명

---

59) 야마카와 도미코山川澄美子 : 1879~1909년, 후쿠이福井 출생.

성』에 활기를 불어넣는다. 뎃칸은 처음에 도미코 쪽에 관심이 있었다고 하지만, 아키코도 자신보다 한 살 어리고 사카이여자대학과는 비교할 수 없는 미션스쿨에서 새로운 서구식 교육을 몸에 익힌 도미코를 선망하는 마음이 있었을 것이다. 8월의 만남에 대해서는 이미 아키코 편晶子編에서 언급했지만, 도미코에게 관심이 있으면서도 아키코에게도 마음을 두고 있는 뎃칸에게, 아키코의 사랑하는 마음은 더욱 커졌다.

비극적인 여생

그러나 야마카와 도미코는 아버지의 명을 따라 곧바로 결혼을 하기 위해 귀향할 수밖에 없게 된다. 11월 뎃칸, 아키코와 함께 아와타야마에서 하룻밤을 지내고, 열흘 후 귀향하여 12월에는 임시 결혼식을 올린다. 그 이후의 도미코는 우타를 단념한 것처럼 보였다.

그러나 1902(메이지35)년 결핵으로 치료 중이던 남편이 사망하고, 그 다음해에 생가로 돌아와 『명성』에 시를 발표하기 시작한다. 1904년 소다 마사코와 함께 상경, 일본여자대학 영문과 예비과에 입학하여 기숙사 생활을 시작한다. 소다 마사코는 국문과였다. 1905년 공동작업으로 『연의』를 간행, 일본여자대학으로부터 마사코와 함께 정학처분을 받게 된다.

이 전후부터 뎃칸과의 사랑이 다시 시작된 것이 아닌가 하는 추측도 있지만, 남편으로부터 감염된 결핵이 발병해 교토에 있는 여동생의 집에서 요양하다가 1907년에는 마침내 일본여자대학을 중퇴한다. 1908년에 위독한 부친을 위해 귀향, 부친 사망 후에 병이 악화되어 이듬해 사망한다. 29세의 나이였다.

문학적 평가의 변천

가집은『연의』한 권 뿐이고, 일찍 사망한 도미코는 메이지의 여성 가인으로 사람들에게 이제 막 알려질 정도였다. 그러나 전후, 오리쿠치 노부오折口信夫(석가공釈迦空)가 당시의 가단에 충격을 던진「여류 우타를 폐쇄할 것女流の歌を閉塞するもの」(1951년)에서 야마카와 도미코의 흰 백합이라는 우타를 주제로 삼아 토론해, 만약 아키코와 운명이 바뀌었다면 "야마카와山川 쪽이 뛰어난 가인으로서 업적을 남겼을지도 모른다고 말할 정도의 재능 있는 사람입니다."라고, 아키코를 능가하는 평가를 했다. 그 후 1972년 사카모토 마사치카坂本正親 편저『야마카와 도미코 전집』상, 하 권이 나옴에 따라 가업歌業의 전모, 특히 만년의 걸작을 쉽게 볼 수 있게 되어 평가가 높아졌다.

『연의』

地にわが影空に愁いある雲のかげ鳩よいづこへ秋の日往ぬる

◇현대어 역
땅에는 나의 그림자. 하늘에는 근심 어린 구름의 그림자. 그날의 비둘기는 어디에 가버린 것인가. 이미 가을해도 저물어버렸다.

◇주석 및 감상
「이누루往ぬる」는 동사로 '이누往ぬ'(=사루去る)의 연체형이다. 「아키노히이누루 秋の日往ぬる」는 가을의 계절이 지나갔다는 의미와 가을의 하루가 지났다는 두 가

지 의미로 통할 수 있다. 여기서는 후자를 선택했다.

『명성』(1901년 11월) 초출에서는 "땅에 내 그림자, 하늘에 우수의 구름 그림자, 비둘기여 어디로 가버렸는가"로 되어있다. 이들의 우타에서는 "비둘기여, 너는 어디의 석양과 함께 떠나가는 것인가"로 된다. 『연의』에 수록된 우타 쪽이 모든 것이 지나가버린 뒤의 허무함과 감상을 호소하고 있어 더 운치가 있다.

『야마카와 도미코山川登美子전집』

しら珠の数珠屋町とはいづかたぞ中京こえて人に問はまし

◇현대어 역

저 수즈야마치数珠屋町란 어디일까. 나카쿄中京[60]를 넘으면 사람에게 물어봅시다.

◇주석 및 감상

"시라타마노しら珠の"의 시라타마しらたま는 옛날에는 진주를 가리켰다. "시라타마노"는 본래 구슬을 꿰는 줄(다마노오玉の諸)이라는 것에서 '오を'에 걸리는 마쿠라코토바이다. 여기서는 "수즈야마치"에 걸려 마쿠라코토바 풍으로 쓰이고 있다. 산문으로 해석하면 거의 아무 의미도 없는 듯한 우타가 되지만, 뭐라고 말할 수 없는 아름답고 애절한 정서가 흐른다. 이 분위기를 감지해내는 것이 우타의 묘미이고 즐거움이다. 「시라타마노」라고 하는 아름다운 말을 "수즈야마치"로 나타내고 있기 때문에, 가도 가도 닿을 수 없다. 그러나 어떻게 해서라도 찾아내고 싶은 '곳' '것'을 바라며 계속 걸어 나가는 모습이 연상된다. 해가 저물어 피곤에 지쳤지만 조금 더 가서 "나카쿄"를 지나면, 사람에게 물어보자. 그러한 끝없는 여행을 계속하는 마음의 모습이 보인다.

後世は猶今生だにも願はざるわがふところにさくら来てちる

◇현대어 역

---

60) 나카쿄中京 : 교토를 상 · 중 · 하 3개로 나눈 중앙부.

후세는 더더욱 그럴 것이고, 지금 살고 있는 현세에서조차도 아무런 바람도 갖지
못하는 이 내 품에 벚꽃 잎이 팔랑팔랑 날아와 흩어졌다.

◇주석 및 감상
"후세後世"는 불교 용어로 다음에 태어나는 세상을 가리키고, "금생今生"은 지금
살고 있는 이 세상을 가리킨다.
아버지가 돌아가신 후 병이 깊어져, 죽기까지 대략 일여 년 전, 이 우타를 포함한
「엄지풀日蔭草」14수首를 발표한 후에 『명성』에 우타 왕래는 끊겼다. 사후에는 물
론, 현세의 행복조차 바라지 않는다, 라고 하는 강한 어조에서 허무의 지옥으로
태도가 돌변한 마음의 자세가 나타난다. 뎃칸과의 비밀스런 사랑의 추억이 배후
에 깔려 있다고도 느껴진다.

(아쓰키 에이阿木津英)

4. 하이쿠俳句

『호토토기스ホトトギス』의 투구자投句者

1897(메이지30)년 1월 마사오카 시키의 고향 마쓰야마에서 『호토토기스ホトトギス』가 창간되었다. 그보다 먼저 결핵으로 객혈을 보인 시키는 울며 피를 토한다고 전해지는 호토토기스를 아호雅号로 하고, 하이쿠 혁신의 거점이라고 할 수 있는 이 잡지에도 그 이름을 붙였다. 그렇다고는 해도 초창기의 『호토토기스』는 하이쿠를 위한 전문지는 아니고, 소설이나 사생문写生文도 많이 게재되었던 종합문예지의 성격이 강했다.

이듬해 10월, 다카하마 교시高浜虚子는 『호토토기스』의 발행소를 도쿄로 옮겼고, 1902년 시키가 사망하자 명실상부한 중심인물이 되었다. 그때부터 여성의 하이쿠 투구자는 조금 있었던 것 같다. 교시는 후년 다음과 같이 회상하고 있다.

"여류 하이진俳人이라고 하면 시키 시대에는 특별히 그렇다고 할 만한 사람은 없었다.

我恋は林檎の如く美しき
우리 사랑은 사과와 같이 아름다웠다

위와 같은 하이쿠를 만든 도미조富女라는 여성이 가나자와金沢에 살았는데, 그 후 상경해 한 번 만난 적은 있으나, 그다지 열심히 하이쿠를 짓지는 않았다. 그 밖에도 하이쿠를 잘 지었던 여성도 있었으나, 아직 하이진이라고 말할 정도의 사람은 없었다. 다이쇼 3년경이 되어 하이쿠 여류 작가가 등장해 오늘에 이르렀다."

(『다쓰코에게立子へ』1930년 7월)

남성 중심의 구회句会

『호토토기스』1927년 7월호의 스기타 히사조杉田久女에 의한 "다이쇼 시대의 여류 하이쿠에 대하여"에서는, 이러한 글도 볼 수 있다.

그 후 메이지 42, 3년경에 하기조はぎ女는 여류 국민 하이단俳壇이나 호토토기스에도 구가 많이 실리어, 여류가 궁핍한 시대였기 때문에 꽤 주목받았다. 하기조의 구에는 「하기조는 여자로 태어나 성찰」, 「여러분도 알고 있는 눈 덩어리인가」와 같은 정서의 구가 많으나, 또한 메이지 시대의 사생구写生句로서 훌륭한 구도 볼 수 있었기 때문에, 우선 메이지의 대표적 여류로서는 하기조가 유일하다. 그러나 이 하기조도 남편인 가쿠로岳樓의 구를 정리해서 투구하고 있다는 소문이 돌아, 하이단으로부터 하기조의 이름은 어느 사이엔가 사라져버렸다. 또한 그 당시 미노美濃[61]에 이도 단카이井戸端会라고 하는 것이 있어, 다이조와 분조 등이 소위 여성스러운 하이쿠를 지어 금세 유명해졌지만, 하기조의 구와는 비교될 수도 없을 정도의 것이었다. 그리고 이것들도 남성의 대작代作이라 하는 소문이 나돌았다.

대개 시키가 추구한 문학으로써의 하이쿠와는 아주 거리가 먼 이야기지만, 당시 남성 중심의 구회의 장에 여성이 동석하는 것은 사회통념에 위배되는 행위였던 것에서 비추어보면, 이러한 소문도 막아낼 수 없었던 것이다. 대부분의 여성은 신문이나 잡지에서의 투구를

---

61) 미노美濃 : 옛 지명의 하나, 현재의 기후岐阜현 남부.

통해서만 하이쿠에 참가할 수 있었다.

여성 하이쿠의 여명

그러나 예외는 있었다. 그것은 남편이 하이쿠 작가이고, 남편이 출석하는 구회에 동석하는 것이 가능했던 여성들이었다. 그중의 한 사람이 하세가와 레요시長谷川零余子의 아내 가나조かな女이다. 그것을 눈여겨본 교시는 우선 자신의 처자식에게 취미로서 교육을 시킨다는 아이디어로 아내와 딸, 조카딸 등 여러 명의 지인에게 연락해 1913 (다이쇼2)년 「진달래 10구집つつじ十句集」이라는 제목으로 여성들이 만든 여성들을 위한 회람 구회를 시작했다. 이 1913년이야말로, 여성 하이쿠의 여명의 해라고 할 수 있을 것이다.

"그렇게 하여 여류 작가가 이윽고 하이쿠의 무엇인가를 깨닫고 철따라 변하는 사계의 풍물, 그 외의 것에도 취미를 가지게 된다면, 그것은 취미 교육으로서의 뜻밖의 효과를 거둘 수 있을지도 모를 것이라 생각된다. 나는 조용히 이러한 성공들을 보려고 한다."(『호토토기스』1913년 6월호)라는 교시의 배려는 깊었다.

'남자가 여성의 가면을 쓰고 이러한 진지한 계획을 교란시킬 것을 두려워해' 회원 또한 교시 자신이 소개를 하여 '진정한 여류'의 '진실한 마음으로부터의 입회 희망'으로 한정시킨 것도 그 이유 중 하나이다. 또한, 『호토토기스』에 새롭게 「하이쿠와 가정」란을 만들어 가정 안에서 자녀에게 하이쿠를 권장하는 환경을 조성했다.

초기 부인 구회

1915년 11월 3일, 회람 구회만으로 작업을 해 오던 여성들이 처음으로 발행소에서 「부인 하이쿠회」를 가졌다. 『호토토기스』 12월호의 한 페이지를 장식하는 그 사진에는 시키의 어머니를 중심으로 얌전히 눈을 내리 뜬 10명의 기모노 차림의 여성들이 있다. 그중 2명, 아이를 안고 모유를 먹이고 있는 여성의 모습도 보인다. 기념해야 할 부인 하이쿠회의 제1회에 참가자들의 표정은 딱딱해 보이지만, 뺨에는 홍조를 띠고 있음에 틀림없다. 니시와키 쓰바나西協茅花의 당일의 구회보句會報에 의하면, "시원해지면 한번 만남의 자리를 마련하자."라는 교시의 제안에 의해서 실현된 구회인데, 처음 모인 여성들에게 "오늘은 처음 회합이니 잡담으로 채워도 됩니다. 하지만 가능하다면 지어보도록 해봅시다."라고 교시는 극히 상냥하게 말을 건넸다고 한다.

당일 교시의 작품 및 뽑힌 작품은 다음과 같다.

菊の今日はじめて婦人俳句会
국화 핀 오늘 처음으로 열렸네 부인 하이쿠회　　　　　　　　　　교시虛子

乱菊になほぬくき日のありにけり
꽃잎 져버린 국화를 뽑아내는 날이었구나　　　　　　　　　　　　　교시

かかみ居る人に菊花の高さかな
웅크리고 앉은 사람만큼 높은 국화꽃　　　　　　　　　　　　　　　교시

庵の菊咲くや垣外行く人親し

암자에 핀 국화 지나가는 사람들과 인사 나누네 　　　　　　　가나조かな女

夜市の中をさし上げて菊や紅いやし
야시장 속을 머리 높게 쳐들어 올려가네 국화와 야자나무 　　　　　가나조

菊畑の木の葉掃きてあらん故郷の母
국화밭 나뭇잎을 쓸고 계실 고향의 어머님 　　　　　　　　　　가나조

黄昏はことに菊匂ふ緑高し
노을 무렵 더욱 국화꽃 내음 강하고 녹음은 더 푸르구나 　　　　　가나조

菊の垣に山高々と仰ぎけり
국화꽃 울타리에서 높은 산들을 우러러 보네 　　　　　　마사코真砂子

豆菊とひよこに夕日影赤し
소국과 병아리에 석양에 붉게 물든다 　　　　　　　　　이쓰미乙水

한 시간 남짓한 시간에 「국화菊」에 대해 지은 것이다. 교시는 처음
부터 많이 짓고 많이 버리는 방법에 의한 지도를 여성들에게 철저히
가르쳤다고 할 수 있다.

교시虛子의 배려

교시의 아버지 같은 자애로운 배경 속에서 탄생된 부인 구회였지
만, 당시의 남성들 중에는 장난삼아 여성의 이름으로 투구하던 자도
있었던 것 같다. 『호토토기스』1916년 1월호의 한 단과, 작은 활자로
된 불과 다섯 행 밖에 되지 않는 기사를 통해 여성 하이쿠에 대한 남

성의 일반적인 시각을 볼 수 있다.

"종래의 부인 10구집+句集에 투고하던 사람 중에 남자가 아닐까 하는 의심이 가는 사람이 12명 있었다. 그래서 호토토기스 발행소에서는 진짜 부인이라고 분명히 밝히지 않는 사람은 유감스럽게도 당분간 10구집에서 제외시키기로 했다. 이들 가운데 새롭게 10구집에 참가하고 싶은 사람은 어떤 방법으로든지 부인인 것을 밝혀주기 바란다."(교시)

무언가 우스꽝스러운 기사이지만, 시대의 인식으로 볼 때 하이쿠는 남성의 소유물로, 여성의 하이쿠가 흥미로 보였던 것을 알 수 있다. 그러나 교시는 여성들의 첫 번째의 음행吟行[62] 장소에 참배를 하는 등 세심한 배려로써 여명기의 여성들을 인도해 갔다.

그림 2-8
하세가와 가나조

◆ 하세가와 가나조長谷川かな女[63]

부인 하이쿠의 리더

영어 가정교사였던 고학생 도미타 가이조 富田諧三(후에는 레요시로 활약)와 결혼한 후 하이쿠를 시작한 가나조는 1913년 다카하마 교시의 제안으로 여성을 위한 회람 구회가 발족할 당시 간부를 맡았다. 일반 가정의 자녀에게 하이쿠를 가르치자는 교시의 의도에 따라 가나조는 그 리더 역할을 맡았다. 『호토토기스』의 「하이쿠와 가정」란에, 자녀가 없는

---

62) 음행吟行 : 와카나 하이쿠를 짓기 위해 명승지 등으로 감.

63) 하세가와 가나조長谷川かな女 : 1887~1969년, 도쿄東京 출생, 본명 : 가나.

부부의 일상에 하이쿠가 얼마나 활력을 주는지를 썼다. 교시는 부엌을 소재로 한 하이쿠를 앞장서서 만들어, 「주부 12시」라는 제목 아래 주부의 하루를 읊은 구를 발표하는 등, 다이쇼기에 추구했던 여성 하이쿠의 가장 충실한 구현자具現者였다.

1921(다이쇼10)년 『호토토기스』를 떠나 남편인 레요시가 창간한 『고야枯野』에서 일하게 되지만, 1928년 레요시의 갑작스러운 사망으로 『고야』가 종간되자 1930(쇼와5)년 『수명水明』을 창간 주재한다. 쇼와기의 여성 하이쿠의 기반을 다졌다.

부엌 하이쿠

후에 "부엌 하이쿠"를 회상하며, 이렇게 말하고 있다.

"지금처럼 자유롭지 못하고, 독서에도 소원할 수밖에 없었던 가정의 여성들이 가까운 곳에서 하이쿠를 읊는 즐거움을 느끼는 것이 중요하므로, 부엌에서부터 오늘의 여류 하이쿠가 번창하게 될 것을 예견했던 것은 아닐까. 작은 감자 껍질을 벗기면서, 하이카구라灰神楽[64]를 뒤집어쓰면서 읊을 수 있는 하이쿠는 서민적인 것이어서, 지금도 나는 이것을 나쁘다고 생각하지 않는다."

여성 하이쿠 선구자의 실감에서 나온 말이다.

교시도 가나조의 구집 『우게쓰雨月』의 서문에서, "여성의 하이쿠는 원록 등에도 이미 있어 (중략) 결코 보기 드문 것은 아니며, 다만 우리들의 동료 하이진으로 다이쇼 시대의 여류 작가인 하세가와長谷川를 지목하지 않을 수 없다."라고 그 업적을 인정했다.

---

[64] 하이카구라灰神楽 : 화로 등 불기 있는 재속에 물을 엎질렀을 때 확 일어나는 재티.

구집으로『용담龍胆』(1929년)『가나조 구집かな女句集』(1934년)『우게쓰』(1939년)『고적胡笛』(1955년)『강의 등불川の灯』(1963년)『정본 가나조 구집定本かな女句集』(1964년)『모량좌기牟良佐伎』(1969년) 등이 있다.

時鳥女はものの文秘めて
두견새 울 때 남몰래 편지 품고 가는 여인네

羽子板[65]の重きが嬉し突かで立つ
하고의 채 무게가 즐거워 힘차게 서 있네

母とあればわれも娘や紅芙蓉
붉은 부용처럼 아름다운 어머니, 나는 그의 딸

呪ふ人は好きな人なり紅芙蓉
질색하여도 사랑의 마음 있어 붉은 부용꽃

西鶴の女みな死ぬ夜の秋
사이카쿠의 여자는 모두 죽는구나 덧없는 가을밤.

---

65) 하고이다羽子板 : 하고의 채, 하고를 치는 자루가 달린 정방형의 판자로 한쪽 곁에는 대부분 그림이 그려져 있음.
하고羽子 : 모감루에 구멍을 뚫고 채색된 새의 잔 깃을 서너 개 꽂은 깃. 배드민턴 공과 비슷함.
작품설명 : 하고 채가 꽤나 괜찮은 것이라 더욱 묵직하다. 이런 훌륭한 하고 채를 가지게 된 것은 처음이다. 즐거워서 어쩔 줄 몰라 하는 아이의 모습을 노래함.

그림 2-9
다카하시 아와지조

◈ 다카하시 아와지조高橋淡路女(66)

자녀 양육과 하이쿠

1915(다이쇼4)년 11월, 기념해야 할 만한 제1호 부인 구회의 사진에서 모유 수유를 하고 있던 여성 두 명 중의 한 사람이 다카하시 아와지조이다. 당시에는 '스미조すみ女'로 불렸다. 1913년, 다카하시 고지高橋弘治에게 시집가 고이시카와小石川에 새 살림을 차린 이듬해 남편이 사망하고, 장남이 태어난 것은 그 4개월 후였다. 그 이후 혼자서 아들을 키우며 일상을 구로 읊었다. 『호토토기스』 부인 구회의 최초 회원이다.

1924년, 고향인 관서로 여행 갔을 때, 비 갠 뒤의 아와지淡路섬의 광경이 마음에 깊이 남아, 이후 하이쿠 아호를 "아와지조淡路女"로 바꾸었다. 1925년 『운모雲母』에 입회해 이이다 다코쓰飯田蛇笏의 가르침을 받고, 거기에서 부인 구회의 간부로 일하게 되었다. 『호토토기스』 시대부터의 친구 아베 미도리조阿部みどり女가 주재하는 『성주풀驅草』의 객원이기도 했다. 구집으로 『꾸지나무 잎梶の葉』(1937년) 『아와지조 백구淡路女百句』(1951년)가 있다.

人思ふ時元日も淋しけれ
사랑하는 이 생각나는 설날은 쓸쓸하여라

母と子のひとつ愁ひや金魚玉

---

66) 다카하시 아와지조高橋淡路女 : 1890~1955년, 고베神戸 출생, 본명 : 쓰미.

모자의 한 가지 근심과 금붕어 눈

独り子のもの淋しがる良夜かな
외아들은 쓸쓸함이 더하네 달 밝은 밤에

我が前に坐る子小さき炬燵かな
내 앞에 앉은 아이, 작은 고타쓰인가.

이들 여러 작품들은, 자신의 처지를 읊어 갑자기 새어나오는 한숨과 같은 느낌이 든다. 그중에서도 어린 아이를 혼자서 키울 때의 마음은 독자들을 감동시킨다.

미의식이 있는 구

그러나 아와지조 작품의 매력은 이러한 외로운 환경에서도 자신의 미의식을 확고히 지켜, 자신과 세상에 대해 여유를 가지고 바라볼 수 있었던 점에 있다.

春寒や買うてすぐさすふだん櫛
차가운 봄날 사서 꽂은 비녀

ひとりゐて梅雨をたのしむ思ひあり
홀로 외로이 장마를 즐기고픈 마음 있어라.

面白き世と思ひ住む浴衣かな
재밌는 세상이라고 생각하며 사네. 유카타 입고

家出れば家を忘れぬ秋の風
집 나가면 그 집을 잊지 못하는 가을바람

起し絵やきりゝと張りし雨の糸
오코시에[67]에 세차게 뿌려대는 가랑비

　　이들 구로부터, 여성으로서 사소한 일에 얽매이지 않는 시원스러
운 마음, 과부이기 때문에 세상을 달관할 수 있는 마음의 여유, 기분
전환의 빠름, 순수한 취미 등을 엿볼 수가 있다. 생생한 마음의 요동
은 시대의 관념에 묶여 있지 않아 현대의 시점에서 볼 때도 진부함은
느껴지지 않는다.

(니시무라 가즈코西村和子)

---

67) 오코시에起し絵 : 건물·나무·인물 등을 잘라내어 틀 안에 세우면 풍경·무대 등이 입
　체적으로 재현되는 그림.
　작품해설 : 오코시에는 연극의 장면과 풍경의 그림에 원근을 만들어 조립한 것을 불빛
　에 비춰본다. 즉 비를 표현하기 위해서 흰 실이 전면에 붙어 있는 오코시에를 작가가 보
　고 감탄하고 있는 장면.

5. 시詩

아키코의 초기의 시

1900년 4월에 창간된 『명성』은 '자아의 시'를 고창하고 연애지상, 예술지상의 낭만주의문학을 모태로 메이지 30년대의 시가를 주도했다. 그 중심이 되는 요사노 아키코는 단가와 거의 동시대에 신체시를 쓰기 시작, 생애에 620여 편의 시를 남겼다. 초기의 시에는 도손 『와카나슈』의 영향을 볼 수 있다. 『연의』(1905년)에 수록된 서정시 「시라타마노 しら玉の」에서는 "백옥의 맑음에 투영된/사랑스러운 모습을 보면/억제할 수 없는 눈물이 흐르고/백옥은 언제나 향기롭고/자랑스럽게 세상에 있다"고, 여성 측에서 청춘의 사랑을 자랑스럽게 노래한 『헝클어진 머리』와 상통하는 자의식과 나르시시즘을 표현했다.

러일전쟁의 시

근대 초기의 대외전쟁인 청일전쟁 후에 시작된 메이지 30년대에는 러일전쟁까지 체험했다. 청일전쟁 때에 군가 「울지 마 우리 아들」(1895년)을 쓴 오쓰카 구스오코는 러일 개전 후 얼마 안 되어 "먼저 명예롭게 전사하고/후에 고국에 의분義憤하고/생각하라 우리의 충용忠勇은/우리 부모에 이어서/우리 부인의 자랑으로/우리가 자식의 명예다"라는 「진격進擊의 노래」(1904년)를 발표했다.

료준코旅順口 포위군에 동생을 보낸 아키코의 「너 죽지 마」(1904년)는 전사를 고무한 구스오코와는 반대로 "부모는 칼을 지게하고/사람을 죽이라고 가르치고/사람을 살해하고 죽으라하고/24세까지 키워서", "연약한 젊은 부인을/너 잊지 말고 생각해/10월에 부부가 되어 헤어진/그때를 생각하라"고 사랑하는 남동생의 생환을 바라는 절실한 심정을 노래한 것이었다.

다음달 『태양』에서 오마치 게이게쓰大町桂月로부터 "세상을 방해하는 것은 실로 그러한 사상."이라는 비판을 받고, 아키코는 「봉하지 않은 편지ひらきぶみ」에서 "진실한 마음을 노래하지 않는 우타에 무엇을 바라겠는가?"라고 반론했지만, "난신이며, 반역자이므로 국가의 형벌을 받아야 할 죄인."이라고 단정 짓는 오마치 게이게쓰와 신시사와의 사이에서 논쟁이 벌어졌다. 그 사이 구스오코는 「백 번 참배」 (1905년)를 발표하고 출정한 남편을 염려하는 부인의 심정을 읊었다.

낭만주의의 흐름

러일전쟁을 거쳐 근대국가로서의 체제는 거의 갖추어졌지만 낭만주의 문학의 자아의식은 현실주의의 심화를 촉진시키고 사회적 습관과 가족제도에 대한 비판을 강화시켰다.

아키코는 오사카 도미타 하야시의 유서 있는 집안의 상속자의 딸로 태어났다. 1903년에 신시사에서 근무한 이소노카미 쓰유코도 비슷한 환경의 한 사람이었다. 자기해방의 장을 문학에서 구한 쓰유코는 19세 때부터 「부녀신문」에 투고를 시작하고 「평민신문」을 강독, 『명성』에서는 아키코에 앞서 "천왕 군대에 오늘밤에도 죽는 슬픔과 부는 바람의 방향을 지켜보다" 등의 단가를 읊었다.

하는 수 없이 결혼하게 되어 『명성』을 떠나가기 전에 쓴 「작은 널다리小板橋」(1907년)에는 "스쳐지나가는 나의 작은 널다리/훤히 보이

는 가시나무 한 가지/나 혼자 흘러간다/그대를 기다리며 걷는 저녁에/
말없이 스며드는 향기."라고 비련의 청춘을 엄밀히 노래해 "메이지
낭만주의의 가장 청순한 흐름을 대표하는 드문 시인"(이토 세이伊東整)
으로 이름을 남겼다.

문어에서 구어로

서정시인인 시마자키 도손, 다야마 가타이가 자연주의 작가로 전
환한 메이지 40년대는 문어시에서 구어시로의 전환기이기도 하다.

1907년 『시인』에 발표된 가와지 류코川路柳虹의 『진류塵溜』가 최초
의 구어시이다. 유학에서 돌아온 시마무라 호게쓰島村抱月가 "일본의
신체시를 읽고 우선 느낀 것은 직접적이지 않다는 것", "실생활과 직
접적인 관계가 없다."고 논한 것처럼 그 등장은 자연주의 문학의 대
두와 무관하지 않았다. 뎃칸鉄幹은 "성욕의 도발과 값싼 동정을 얻기
위해 세속에 아첨하는 소위 자연파의 악문소설"이라고 비난하고 반
자연주의를 선언했지만, 거기에 반발한 기타하라 하쿠슈北原白秋 등 7
명이 탈퇴하고, 급속하게 활력을 잃은 『명성』은 1908년 11월에 종간
되었다. 낭만주의의 대표적 가인이고, 시에서는 이미 실생활의 감정
을 솔직하게 표현하고 있던 아키코는 그 후 더욱 문어자유시와 구어
자유시로의 신장을 보였다.

산이 흔들리는 날이 온다

1911년 9월에 창간된 『세이토』는 6년 후 2월에 폐간되기까지 17
명이 65편의 시와 시적 작품을 게재했다. 창간호의 권두를 장식한 아

키코의 「부질없는 말」은 "산이 흔들리는 날이 온다."라고 잠에서 깨어 활동하는 여자의 모습을 명확히 나타낸 제1편, "1인칭으로 글을 쓰며, 우리는 여자다."라고 주체로서의 여자를 강력하게 선언한 제2편 등 총 12편으로 되어 있다. 그중에서도 제1편은 히라쓰카 라이초의 「원래 여성은 태양이었다」라는 여성해방의 선언서로 알려져 있다.

그러나 거기에는 "얄팍한 새 유리"가 "만약 젊은 남자의 손에 부서져버리면" 하고 근심하는 제3편, 기둥이 휘어져 빗물이 새는 자신의 집에서 자식의 식은땀 냄새에 둘러싸인 "창백한 나의 얼굴"을 "차茶에 흘러내리는 달빛"이라고 표현한 최종편 등, 『세이토』의 장래에 대한 생각과 실생활의 비참함을 나타내는 것도 포함되어 있어, 여자에 대한 기대와 현실의 엄격함을 같이 쓰지 않을 수 없는 아키코의 경험과 인식을 엿볼 수 있다.

창백한 얼굴

라이초의 발간사도 대부분 시적 발상과 표현을 구비했다. "지금, 여성은 달이다. 타인에 의해 살아가고, 타인의 빛에 의해 빛나는 병자와 같은 창백한 얼굴의 달이다. 우리 모두를 은폐시켜버린 우리의 태양을 이제는 되찾아야 한다." 등, 아키코의 시에 비판적으로 호응한 부분도 볼 수 있다.

다음호의 「인파 속을 가면서」에서 아키코는 "여자만의 것으로/여자에 의해 여자에게 전하는 것의 알지 못하는 쓸쓸함/같은 풍류인끼리 주고받는 냉정한 말투의 서운함/그런 까닭에 나는 여자의 아군이 될 수 없다."라고 여자만의 『세이토』를 일찍부터 야유했다. 그러나 역시 『명성』의 시인이었던 지노 마사코茅野雅子는 제2권 제1호의 「여자의 노래」에서 자식과 무거운 짐을 같이 짊어지고 "우리 괴로움도 눈물도/창백한 뺨도" 이해하려고 하지 않는 남자가 느낄 수 없는 "여자만이 느낄 수 있는 것"을 노래하고, "남자도 아는 조잡한 언어로서는 말하기 어려운", "애절한 당신의 여자라면 모르겠지만"이라고 남자에게 이기는 여자의 감성과 표현의 가능성을 시사했다.

시에 대한 의욕

아키코도 구니코도 타지의 작품에는 없는 여성해방의 생각과 실생활에 입각하여 적극적으로 『세이토』에 다가섰다. 제2권 제1호에는 여성 초기의 가부키 각본가인 하세가와 시구레의 문어시 「짧은 노래」가 게재되었다. 이미 이름 있는 연장자와 힘을 합쳐 젊은 여성들도 시를 가까이했지만 그 대부분은 구어시였다. 「오색주五色の酒[68]」, 「요시와라 등루吉原登樓[69]」의 두 사건으로 문책 받아 퇴사한 오타케 고키치가 제2권 제11호에 실은 「매정한 요괴」는 "적나라한 인간 세상 앞에, 배속의 아이"가 "꿈틀거리고 있는 것"에 자신의 마음의 고통을 비유하여 라이초답지 않게 "매정한 요괴"와 이별을 고하고 죽어 간다는 시이다. 같은 호에 게재된 이토 노에伊藤野枝의 「동쪽 물가」는 고향의 해변에서 죽음을 생각한 비애가 그려진 생애 유일의 시였다.

고기치의 언동이 발단이 되어 "신여성" 비판은 『세이토』 문예지의

---

[68] 오색주五色の酒 : 비중이 다른 차·록·적·황·백 등의 5종의 리큐르·브랜디 등을 하나의 컵에 넣어 비중의 차이에 따라 아름다운 색채를 이루는 칵테일.

[69] 요시와라 등루吉原登樓 : 요시하라에 있는 유곽遊廓으로 놀러감.

틀을 깨뜨리는 계기가 되었지만, 1912년까지 9명에 의해 계속 27편이 게재되고, 『여자문단』의 투고자였던 모쓰키 레이望月麗, 『세이토』에서 소설과 단가를 쓰기 시작한 사이가 고도齊賀琴, 가인 하라다 고토코原田琴子, 작가 오카다 야치요岡田八千代와 노가미 야에코, 『꽃 이야기』집필 전의 요시야 노부코 등이 시를 게재하고 그 시야를 넓혔다.

그림 2-10
오쓰카 구스오코

◈ 오쓰카 구스오코大家楠緒子70)

문단의 명화 한 송이

도사土佐 출신으로 무사집안의 도쿄 항소원장 등을 지낸 법조의 고관 오쓰카 마사오와 어머니 노부의 장녀로 도쿄에서 태어났다. 소녀 시절부터 죽백원에서 단가를 배우고 평생 가작歌詩作을 계속했다. 1893년 여자고등사범학교 부속고등여학교를 수석으로 졸업하고, 2년 후에는 도쿄경제국대학 출신으로 후에 서양미학의 교수가 되는 고야 호치小屋保治를 데릴사위로 맞이하여 결혼했다. 호치의 친우였던 나쓰메 소세키夏目漱石가 도쿄고등사범고등학교를 그만두고 시고쿠 마쓰야마로 내려간 것은 구스오코에게 실연 당했기 때문이라고 하는 소문도 있을 정도로 절색을 겸비한 미인으로 알려졌다. 그 문운도 여성작가로서는 당대 유일하게 화려했다.

<hr>

70) 오쓰카 구스오코大家楠緒子 : 1875~1910년, 도쿄東京 출생, 본명 : 구스오.

전기 · 중기의 소설

소설에도 일찍부터 손을 댄 구스오코는 1895년 12월의 『문예구락부』 임시증간 「규방소설집」에 히구치 이치요, 미야케 가호 등과 함께 「저물어가는 가을」을, 1897년 1월에는 동지同志 『제2규방소설집』에 「숨어드는 소리」를 발표하고 이치요를 잇는 여성작가라는 평가를 받았다. 「저물어가는 가을」에서는 같은 남자를 사랑하는 친우의 비탄을 보고 먼저 결혼을 포기하는 여성이, 「숨어드는 소리 しのび音」에는 "죽세공 직인職人을 사랑하는 추한 여자 안마사가 집을 뛰쳐나가는 부인과의 화해를 그에게 권하고 부인이 돌아온 밤에 사라지는 모습"이 그려졌다. 이 단념하는 사랑이라는 모티브는 이후의 작품에서도 반복하여 사용되었다.

초기의 문체인 히구치 이치요, 오자키 고요의 영향을 받은 의고문체71)로 된 「원앙새의 이별離鴛鴦」(1902년)은, 고요의 「마음의 어둠心の闇」과 구조상의 닮은 점이 지적된다. 그 후 고요의 영향에서 벗어나 「청소수晴小袖」(1906년)에 수록된 단편 · 번역 · 희곡을 발표한다. 작품은 사모하는 남성에게 자기감정을 표현한 여성이 어릴 때부터 친하게 지낸 병약한 친우의 자살을 계기로 실가의 실권자와의 결혼에 응한다는 내용이다. 「이슬露」(1907년)에서는 단념하는 사랑의 로맨티시즘을 세속적, 이상적인 현실로 이어나갔다.

청일 · 러일전쟁 때의 시

구스오코의 재필才筆은 시에도 발휘되었다. 청일전쟁 때에 발표한

---

71) 의고문체 : 옛것을 모방한 문체.

「울지 마라 우리 아들」(1895년)은 군가로써 전쟁에서 불리어 크게 사기를 고무시켰다고 전해진다. 러일전쟁시에 발표된 「백 번 참배」(1905년)는 출정한 남편을 염려하는 '여심'을 노래한 소극적인 노래이긴 하지만 나라에 대한 비판을 쓴 압전시壓戰詩로, 전년에 발표된 요사노 아키코 「너 죽지 않기를君死にたまふこと勿れ」과 함께 유명하다.

> ひとあし踏みて夫思ひ
> ふたあし國を思へども
> 三足ふたたび夫おもふ
> 女心に咎ありや
>
> 朝日に匂ふ日の本の
> 國は世界に只一つ
> 妻と呼ばれて契りてし
> 人は此世に只ひとり
>
> かくて御國と我夫と
> いづれ重しととはれなば
> ただ答へずに泣かんのみ
> お百度詣ああ咎ありや

> 한 발 내딛고 남편을 생각하고
> 두 발 딛어 나라를 생각하고
> 세 발 다시 남편을 생각하는
> 여심을 비난하랴
>
> 아침햇살에 빛나는 태양의 근본의

조국은 세계에 단 하나
부인이라고 불리는 언약을 한
사람은 이 세상에 단 한 사람

일찍이 조국과 우리 남편과
모두 다 중요하지만
단지 대답하지 않고 울고 있을 뿐
백 번 참배, 비난하랴

구스오코의 시를 비판한 오마치 게이게쓰도 「백 번 참배」에 대해
서는 "단지 대답하지 않고 울 뿐"이라고 말을 아꼈지만, 그 비애가
"자못 체제를 요구하는 부덕을 몸에 익힌 조심스러운 자세"(와타나베
스미코)에 의한 것이라는 것은 부정할 수 없다. 개전 후 드디어 "앞으
로 전진하여 일제히 한 걸음도 퇴보하지 않는 몸"으로 시작되는 5연
의 시 "진격의 노래"를 발표하고 "명예의 전사"를 지향하고 있던 구
스오코는 이 두 편을 당시의 풍조 속에서 모순을 느끼지 못하고 썼던
것이다.

소세키의 영향

후기에는 소세키가 문예란을 담당하는 「도쿄 아사히신문」에 거만
한 명사부인을 다룬 『소라다키空薫』(1908년)와 속편 『소라다키そら炷』
(1909년)를 연재했다.

소라다키의 내용을 살펴보면, 일고생인 연인의 죽음으로 25세 연
상인 정치가의 후처가 된 히나에는 그 미모와 재능으로 사교계 안에
서 인기 있는 존재가 되어 활약한다. 하지만 죽은 연인을 닮은 전처

의 아들 기이치에게 매료된다. 기이치의 연인 이즈미코의 아버지 기요무라는 남편의 친한 친구인데, 그의 대단한 호색 기질로 인해 희생자가 되어 전처는 자살했다. 이것을 기이치에게 고한 히나에는 이즈미코와 헤어지게 하는데 성공하고, 남편과 사별하게 된다. 이즈미코는 다른 집의 며느리가 되고, 히나에는 기요무라와 재혼한다는 소문 속에서 기이치는 대학에 다니고 있다는 내용이다. 그 문체와 히나에의 성격에 관해서는 소세키『구비진소』의 영향이 보인다고 당시부터 지적받았다.

탈각脫却의 기도企圖

그러나 "덕의심德義心이 결여된 여자" 후지오를 "결국 죽이는 것이 한편의 주된 요지"(소세키 서간)로 되어 있는『구비진소虞美人草』와는 달리 죽을 수 없는 가나코를, 그 이전의 구스오코의 소설과 시의 주인공과 비교하면 사랑을 단념하고 출전한 남편을 생각하며 운다고 하는 제도 속의 여성상에서 탈각하려고 한 것을 볼 수 있다. 그 시도야말로 경제적·문화적 환경의 혜택을 받은 시대에도 민감했던 재필이 최후에 도달한 지점이었다. 그 밖에 단편집인『효로집曉露集』(1909년)이 있고, 1901년에 오사카 아사히신문에 연재할 예정으로 집필한『운영雲影』은 유행성감기에 의한 입원 때문에 중단되었다.

구스오코는 메이지 20년대 중반부터 약 20년에 걸쳐 부유한 환경에서 기세 좋게 집필하여 그 당시에 유명한 잡지·신문에 많은 작품을 계속 발표했다. 그 후 늑막염이 발병하여 오이소大磯에서 치료했지만 호치保治와의 사이에 3녀1남을 남기고 11월 9일 35세로 사망했다.

동년 8월에 이즈슈젠테라伊豆修善寺에서 위궤양에 의한 토혈 때문에 일시 위독하게 되어 막 귀경했을 때 소세키는 나오코의 죽음을 애도하고 "관에는 국화를 넣어요 가득히", "가득히 국화를 넣어요. 관속에"의 2구를 영전에 바쳤다.

(오카와 하루미大河晴実)

6. 평론評論

"고등여학교령"의 공포와 『헝클어진 머리』

1895년 중국과의 전쟁에서 승리한 일본은 최초의 식민지로서 대만을 영유했다. 10년 후 러일 전쟁에서 승리한 후에는 한반도를 사실상의 식민지로 하고 서울에 한국 통령부를 설치하여 1910년 한일병합조약을 강제 체결시켰다. 이러한 '부국강병책' 이래 일본은 급속하게 근대화를 이루었고 국민은 '일등국' 의식에 사로잡혔지만 급속한 '산업화' '도시화' 아래 팽배한 농민 인구의 계층분화가 진행되고 농촌의 궁핍과 인구 유출이 확대되었다.

『여공애사女工哀史』에 묘사되어 있듯이 열악한 노동환경의 여공·창기·저임금 노동자가 늘어나고 '평민'계급 입장에 입각한 정치 운동에서 사회주의 운동이 일어난다.

이러한 가운데 서민층 여자에 대한 국민 교육의 필요성이 자각되어 근대적인 성차 심리학·성별 역할 분업론에 기인한 '현모양처주의'를 강화한 여자 고등 교육의 보급이 예측되었다. 1899년 2월 '고등여학교령'이 공포되어 1903년까지 전국 각지에 공립고등여학교가 설립되어 '여학생'이 급증하지만 그 수는 동세대 여성 인구의 불과 1%에 지나지 않았다.

1900년에는 여자영학숙, 도쿄여의학교, 이듬해에는 일본여자대학교 등 여자 고등 교육기관도 설립되어 히사시가미庇髮[72)에 적갈색 하카마 모습의 '여학생'은 증가 일도를 걸었다. 이와 같은 시기에『명

[72) 히사시가미庇髮 : 앞머리를 모자 차양처럼 내밀게 한 머리. 메이지 후기에서 다이쇼 초기에 유행. 여학생들 사이에 크게 유행하여, 여학생의 별칭으로까지 되었음.

성』의 가인 아키코의 『헝클어진 머리』(1901년)가 간행되었다. '현모양처주의' 교육체제 하에 있었던 젊은 여성 독자에게 연애의 구가와 섹슈얼리티의 해방·주체화를 표현한 아키코의 단가는 강한 충격을 주어, 칭찬과 비판 속에서 『새로운 사람新シキ者』(아리시마 다케오)이 각광을 받았다. 1907년 4명의 아이의 어머니가 된 요사노 아키코는 바바 고쵸馬場孤蝶, 이쿠타 죠코生田長江와 함께 '규방문학회'에서 문학을 강의하고 오누키 가노코, 히라쓰카 라이초, 아오야마 기쿠에가 그것을 수강했다. 1911년에 감상집 『한 모퉁이에서』를 출판한 후 『세이토』 창간호에 시 「부질없는 말」을 발표했다.

아키코는 젊은 여성작가의 활동과 표현에 관심을 보였지만 그 평론활동이 본격화된 것은 1915년 1월 이후이다. 『잡기장雜記帳』(15년)『사람인 여자로서人及び女として』(16년)『우리들은 무엇을 요구하는가我等何を求むるか』(17년)『격동 속을 가다激動の中を行く』(19년)『여인창조女人創造』(20년) 등의 평론·감상집을 계속 발표했고, 다이쇼기에는 평론가로서도 활약했다. 1918년부터 이듬해에 걸쳐 히라쓰카 라이초, 야마카와 기쿠에, 야마다 와카 등과 "모성보호 논쟁"으로 다툰 것은 유명하다.

평민사의 창립과 『세계부인』

우치무라 간조內村鑑三, 기노시타 나오에木下尚江 등과 함께 러일전쟁을 반대하고 '만조신사'를 사임한 고토쿠 슈스이幸德秋水, 사카이 도시히코境利彦는 1903년 평민사를 설립, 주간 「평민신문」을 창간하고 반전과 사회주의를 논했다. 여기에 후쿠다 히데코를 비롯한 사카에 다메코堺爲子, 호리 야스코堀保子, 마쓰오카 후미코松岡文子 등이 모여 '치안경찰법' 제5조의 개정 운동에 관계한다. 이 개정 운동은 1905, 6년에 청원 운동으로 고조되어 『21세기의 부인』을 창간한 이마이 우다코今井歌子와 가와무라 하루코川村春子 후에 『세이토』 사원이 된 엔도 기요코遠藤淸子도 거기에 참가하고 여성의 정치적 권리·참정권의 획득에 몰두했다.

1907년 1월 후쿠다 히데코는 『세계부인』을 창간하고 엄격한 탄압 속에서 2년간 발행을 계속했다. 잡지를 무대로 히데코는 '치안경찰법' 제5조의 개정 청원 운동과 발미광산足尾鑛山의 광독으로 괴로워하는 산속 마을 주민의 구조금 모금 활동을 실시했다. 1907년 4월 '치경법' 제5조 개정안은 중의원을 거친 후 귀족원에서 부결되었지만 히데코를 비롯한 평민사에 모인 여성들은 1909년까지 이 운동에 몰입했다.

『세계부인』에 게재된 후쿠다 히데코의 주된 평론은 잡지 발간의 목적을 말한 「발간사」(제1호), 남녀가 서로 사랑해도 서로 교제할 수 없는 현대의 실정이 여성을 멸시하고 학대하는 현행의 형법·민법에 기인한 것임을 지적한 「남녀 길을 달리하다」(제30호), 여자가 부자인 남자에 대해 "이중노예"인 남녀 사이에는 '계급적 차별'이 있다고 설명한 「부인해방에 즈음하여」(제37호) 등 히데코는 정치·법률·경제상의 성차별을 지적하고 남녀의 사회적 평등과 여성의 사회 참가의 권리를 사회주의의 입장에서 논했다.

사회주의 시인인 마쓰오카 고손松岡荒村의 병사 후, 평민사의 니시카와 고지로와 결혼한 니시카와 후미코西川文子는 세이토사에 대항하여 1913년 미와자키 미쓰코宮崎光子, 기무라 고마코木村駒子와 진부인회를 조직하고 『신진부인』을 발행하여 온건한 개량주의적 여성론을 펼쳤다. 후미코의 『여자의 부자유』 『마쓰이 쓰마코론』 외, 다카노 쥬조高野重三에 의한 올리브·슈라이노의 『부인과 노동』 최초의 번역을 게재한 것도 『신진부인』이었다. 니시카와 후미코에게는 또 『부인해방론』(1914년)도 있다.

평민사 주변의 이러한 운동 가운데 1920년 히라쓰카 라이초, 이치카와 후사에市川房枝에 의해 '신부인협회'가 설립되어 '치경법' 제5조의 일부 개정이 실현되었다. 1921년에는 국제적인 사회주의 운동의 영향을 받아 혁신적 여성 운동·여성 노동 운동의 원류가 되는 '적란회'가 결성되었다.

「겨울시대」와 『세이토』

1910년의 '대역사건' 후 사회주의자들은 '겨울시대'라고 불리는 폐색 상황에 내몰려 평민사의 여성들의 운동도 지난해 봉쇄되었다. 이러한 상황을 타파하고 기성의 도덕과 법 제도를 뒤흔든 것이 세이토사의 여성들이다.

'바이엔 사건'에 의해 3년간 부득이하게 숨어서 생활을 하게 된 히라쓰카 라이초는 1911년 5월 여자대학의 친구 야스모치 요시코保持研子의 권유도 있고 하여, 나카노 하쓰中野初, 기노우치 데이木内錠, 그리고 당시 소세키 문하생으로 각광을 받고 있던 모즈메 요시코物集芳子의 여동생 가즈코和子를 포함한 여성 5인을 발기인으로 하여 세이토사를 만들었다. 잡지 『세이토』의 주재자가 된 라이초는 라이테우라는 이름으로 『세이토』 창간호(1911년 9월)에 「원래 여성은 태양이었다」를 쓰고 "타인에 의해 살고 타인의 빛에 의해 빛나는 병자와 같은 창백한 얼굴의 달"과 같은 존재의 여성들에게 스스로 빛을 발휘하는 태양이 되어야 한다며 주체의 각성을 불러일으켰다

『세이토』는 권말에 '부인문제'의 특집기사를 게재하고 1912년 1월 호의 「부록 노라」, 6월호의 「부록 마구다」에서 입센과 스데반이 그린 자기를 주장하는 '자유로운 인생'에 자각한 여성에 대하여 논했다. 그 결과 저널리즘이 다무라 도시코, 구니키다 하루코國本田治子, 나가누마 지에코長沼智惠子 등 세이토사를 취재해 '신여성'이라는 제목으로 특집 기사를 게재하고, 세이토 사원은 '신여성'의 대명사와 같이 되었다. 그러한 가운데 1912년 7월 유명한 '오색주' '요시와라등루'의 기사가 국민신문의 특집 「이른바 신여성」에 실렸다. 아라기 이쿠荒木郁나 히 라쓰카 라이초의 폭력기사에 의해 사원에 대한 세상의 비난이 강해 졌지만 그것을 역으로 이용하여 『세이토』는 「부록 신여성, 그 밖에 부인문제에 대하여」(1912년 1월, 2월호)를, 그리고 특집 「세이토 소설 집」(1913년 2월)을 간행했다. 이후 문예지에서 페미니즘사상·운동 기관지로서의 색체를 강하게 띠고 「세이토사 공개 강연회」의 개최 등 운동의 확대를 추진했다. 그 후 화가 오쿠무라 히로시奧村博와 법 적으로 혼인신고는 하지 않고 '동거생활'을 시작한 라이초는 「3주년 기념호」(1914년 10월)를 최후로 『세이토』의 편집 책임을 이토 노에에 게 양도했다. 노에가 편집 책임자가 된 1914년 12월(제4권 11호) 이후 당시 여성이 말하는 것을 터부시해 왔던 성규범과 섹슈얼리티의 성 차별에 민감하게 대처하고 정조·낙태·폐창에 관한 논쟁을 확대하 며 『세이토』는 최후의 광채를 발했다.

160

정조 · 낙태 · 폐창 논쟁

"정조논쟁"은 직장에서의 성희롱과 처녀의 가치, 성도덕과 인권에 대한 논쟁이다. 논쟁을 먼저 시작한 이쿠타 하나요生田花世는 「먹는 것과 정조와」(『반향』 1914년 9월호)에서 직장에서의 괴로운 성 체험을 고백하고, 이후 자신이 정조(처녀의 가치)라는 도덕성에서 벗어나 살아온 것, 경제적 약자인 여성에게 사회가 일방적으로 정조를 억압한 것의 부당성을 고발했다. 이것에 대해 야쓰다 사쓰키安田皐月는 「사는 것과 정조와」(제4권 11호)에서 정조를 "여자의 (생략) 그 무엇과도 바꿀 수 없는 존귀한 보물"이라고 규정하고, "'정조 관념 없이' 살거나 '정조를 초월하여 자유로이 새롭게 살아가는' 것은 자신을 모욕하고, 여성을 모욕하는 말"이라고 하면서 하나요의 여론에 심하게 반론했다.

두 사람의 논쟁에 이토 노에가 「정조에 대한 잡감」(『세이토』 제5권 2호)에서 응수하고, 히라쓰카 라이초도 「처녀의 가치」(『신공론』 1915년 3월), 「성차별적 성도덕에 대하여」(『부인공론』 1916년 10월)에서 사회에서 볼 수 있는 성도덕의 남녀 간의 차별과 이중 규범의 기만성에 대해 공격했다.

"낙태논쟁"은 낙태죄로 잡힌 여자가 남자 앞으로 보낸 하라타 사쓰키의 서간체 소설 「옥중 여자로부터 남자에게」(『세이토』 제5권 6호)에서 시작되었다.

구미에서는 피임의 정당성조차 인정받되지 않았고, 일본에서도 낙태죄가 재정되어 있었기 때문에, 낙태를 긍정하는 이 소설로 인해 『세이토』는 세 번째의 발금을 당했다. 내부에서도 이토 노에 (「사신私信―노가미 야에코 씨에게」 『세이토』 제5권 6호), 야마다 와카(「낙태에 대하여」 『세이토』 제5권 8호), 히라쓰카 라이초(「개인으로서의 생활과 '성'으로서의 생활과의 투쟁에 대하여」 『세이토』 제5권 8호)가 서로 다른 의견을 싣고 외부의 마쓰모토 사토로松本悟朗(『「세이토」의 발매금지』 『제3제국』 1915년 6, 7월)와 사카이 도시히코(『낳는 자유와 낳지 않는 자유』 『세계인』 1916년 2월) 등은 하라다 사쓰키原田皐月를 지지했다. 더욱이 히라쓰카 라이초는 『피임의 가부를 논한다』(『일본평론』 1917년 9월)에서 국가적·사회적 관점에서 생식의 의식을 말하고, 우생사상優生思想 입장에서 피임을 인정했다.

『세이토』의 마지막을 장식한 "폐창논쟁"은 이토 노에가 「오만협량傲慢狹量하여 불철저한 일본 부인의 공사사업에 관하여」(『세이토』 제5권 11호)에서 부인교풍회의 공창 폐지 운동은 오만하고 불철저한 것이며, 공창제도는 "남자 본연의 요구와 긴 역사가 그 뿌리를 강하게"하고 있다고, 이것을 옹호하는 듯한 발언을 한 것이 발단이 되었다.

노에의 폐창 운동에 대한 발언이 아오야마 기쿠에青山菊栄로부터 비판(「일본 부인의 사회사업에 대해 이토 노에 씨에게 말하다」 『세이토』 제6권 1호)을 불러일으켜, 지상에서 양자 간의 "폐창논쟁"이 일어나 『세이토』 종간 후에도 기쿠에와 라이초가 "매매춘賣買春" 문제와 "폐창운동"에 대해 타지他誌에 자기의 견해를 발표했다. 기쿠에는 "권력자들이 만든 불합리의 극치"인 매음제도를 "자연의 불가항력으로 인정하는 것은 무지하고 비굴한 노예사상"으로, 무지와 궁핍과 남성의 제멋대로의 사고방식이 요인인 "노예 매매와 고리업을 보호하는 정책"은 폐지되어야 한다고 공창 폐지 운동을 옹호했다.

「공사창문제」(『신사회』 1916년 7월)에서 아오야마 기쿠에는 매음의 근절은 사회개혁에 의한 "경제개혁과 부인해방"에 의존할 수밖에 없으며, 사회의 오랜 폐단을 없애기 위해서는 "사소한 공창폐지에 의해, 또는 남자 간통제재법의 재정에 의해 결정되어지는 것은 아니다."라고 사회주의자 입장에서 교풍회에 의한 폐창운동도 근본적으로 비판했다. 히라쓰카 라이초는 「야지마 가지코矢島楫子 씨와 부인교풍회의 사업을 논하다」(『신소설』 1917년 6월)에서 오늘날의 여성의 불행은 결혼이 "연애가 아니라 경제적인 문제로 (생략) 사랑하지 않는 남자에게 생애를 건 생활의 보장을 얻기 위해 그 성을 판다고 하는 한 가지의 일에 있어서" 부인도 기생도 그 근본에 있어서는 큰 차이가 없는 일종의 매음부가 아니냐고 기술했다.

공창 폐지 운동은 훌륭하지만, 거기에 열 배가 넘는 사창私娼이 존재하는 한 매음문제는 사라지지 않고 "일부일처제"의 청원請願보다도 "부인의 정신적 물질적 독립문제"나 연애에 의한 결혼 등의 부인 문제에서 출발할 것을 희망한다고 교풍회의 활동을 비난했다.

『세이토』를 무대로 하여 시작한 이 논쟁에서 아오야마 기쿠에青山菊榮(1890~1980년)는 처음으로 사회적 발언을 해 주목을 받고, 후에 모성보호 논쟁에 의해 평론가로서의 지위를 확립했다.

노에와의 논쟁 후 사회주의자인 야마카와 히토시山川均와 결혼한 야마카와 기쿠에는 1921년 사카이 마에堺眞柄, 구쓰미 후사코九津見房子, 그리고 오스기 사카에大杉栄의 반려자가 된 이토 노에와 일본 최초의 여성단체인 "적란회"를 결성했다.

〈칼럼〉 "소위 신여자所謂新しき女" (2)

(1912년 7월 13일 「국민신문」)

(전략) 이제 그 다음은 라이테우라 칭하는 바이엔 여사 히라쓰카 라이초이지만, 그녀는 단학 수양도 하고 있어, 세이토의 창간자인 그녀의 집을 방문한 것은 그녀가 어떻게 단적禪的인 생활을 하는가를 기이하게 여겨 생긴 호기심일 것이다. (중략) 『세이토』 7월호에는 라이초가 왼손잡이를 사랑하고 있다든가 미소년을 어떻게 했다든가 하는 묘한 이야기가 실려 있다. 그 미소년은 저녁에 종종 시로야마 근처를 산책하고 있는 귀여운 학생모를 쓴 12, 3세의 아이였다.

그 일은 제쳐두고라도, 어느 날 밤에 라이초와 오타케 고키치, 나카노 하쓰코中野初子 세 사람이 나카네 언덕에 있는 오다케 다케세이尾竹竹坡 씨 집에 모였다. 그때, 감히 여자들이 남자들만 드나드는 요시하라에 3대의 인력거로 용감한 차부의 구호에 맞추어 거리를 활보하였다. 여리꾼 마쓰모토에게 부탁하여 하코쵸칭73)을 들게 하고 다이모지 누각大文字樓으로 올라가 유곽의 기분을 맛보았다.

(중략) 일전에 고기치가 다쓰미 전시회에 출품한 『도자기陶器』라는 제목의 그림이 100엔에 팔렸을 때 그녀는 모두에게 한턱내겠다고 사방 친구에게 엽서를 띄워 모이게 해서 빨간 술, 파란 술을 무거운 것부터 위로 또 위로 오색으로 부어 서로 나누어 마셨다. 물론 그 중에는 브랜디도 있고 위스키도 있었다. 그리고 투명한 양주잔을 계속 바라보고 있던 사람들은 들뜬 마음으로 서로 즐겁게 인사를 나누며 타는 듯한 술을 혀로 음미하며 그 향기에 취해 향락을 즐겼던 것이다.

(요시카와 도요코)

---

73) 하코쵸칭箱提灯 : 위아래에 둥글납작한 뚜껑이 있어 접으면 전체가 뚜껑 안으로 들어가는 제등.

그림 2-11
후쿠다 히데코

◆ 후쿠다 히데코福田英子[74]

페미니즘의 선구자

후쿠다 히데코는 기시다 도시코, 시미즈 시킨清水紫琴과 나란히 메이지기 여성운동의 선구자이다. 두 사람은 모두 자유민권운동에 따른 첩부인권 사상을 배워 여권 확립을 주장했다.

후쿠다 히데코는 막부 말기 오카야마의 세이카조, 노다야조에 오카야마 번국 가노家老[75] 이케다시를 섬기던 박봉薄俸 무사인 게이야마 가타시景山確와 우메코의 세 번째 아이로 태어났다. 양친은 사숙 '석류사'를 열었지만, 그 후 아버지는 경찰, 어머니는 여자교훈소의 교사가 되었다. 어머니는 한자의 소양이 있었고, '여자라고 해도 장래는 무학으로 통할 수 없게 되므로 가능한 한 학문을 해야 한다.'고 항상 얘기했다고 한다.

자유민권운동의 참가

소학교 졸업 후 15, 6세 때부터 데이코는 소학교 보조교원이 되어 내키지 않는 혼담을 거절하고 양친을 의지하며 자활했지만, 고바야시 구스오小林樟雄 등 오카야마의 자유민권가의 영향에 의해 민권사상에 눈을 뜨게 된다.

---

74) 후쿠다 히데코福田英子 : 1865~1927년, 오카야마岡山 출생.

75) 가노家老 : 에도 시대에 다이묘의 으뜸가신家臣으로 정무를 총괄하던 직책. 또는 그 사람.

1882년 5월 오카야마 여자친목회가 발족했을 때에는 데이코도 임원으로 이름을 올렸다. 오카야마에서의 기시다 도시코의 연설회 개최에 힘입어 "인간 평등론"을 연설했다.

이듬해 어머니와 사숙 '중홍교사蒸紅教舎'를 열었지만 2년 후 집회에서 교사는 폐쇄령을 받았다. 데이코는 '폐제 악법' 철폐를 결의하여 상경, 민권사상가이며 작가인 사카자키의 집에서 기숙하며 사카자키 사칸坂崎斌으로부터 심리학과 사회철학을 배우고 미션스쿨 신영여자학교에서 영어를 배운다.

1885년 민권좌파가 계획한 조선 개혁 운동(오사카사건)에 연좌되어 체포, 국사범으로 3년 3개월의 형을 받고 입옥되었지만, 89년 헌법 발표의 일반사면에 의해 석방되었다. 데이코는 그 후 간서 각지를 돌며 처자식이 있는 47세의 민권가 오이 켄타로大井憲太郎와 결혼했다. 1890년 25세로 오이와의 사이에서 아들을 낳았지만, 결국은 시미즈 시킨이 개입된 오이의 추악한 여성 관계가 발각되어 결별하게 된다.

여자 교육에 대한 꿈과 소설『와라하의 추억わらはの思い出』

1891년 데이코는 독자적인 경영을 위해 다시 여자 교육 사업에 착수, '사립 실업여학교'를 설립했지만 얼마 안 되어 아버지와 오빠를 연이어 잃는 불행을 맞게 된다.

결국 가족이 경영하던 학교는 일어설 수 없게 되었다. 93년경 미시간대학의 로스쿨을 졸업하고 동인사의 강사였던 같은 연배인 후쿠다 우샤쿠福田友作와 결혼하지만, 그 결혼도 십 년이 되지 않아 후쿠다의 죽음으로 끝난다. 36세로 후쿠다와 사별하고 세 아이를 맡은 데이코는 큰 각오로 1901년 가을 '각설 여자공예학교'를 개설하지만 학교는 시모다 우타코下田歌子가 1898년에 설립한 제국부인협회의 지부였기 때문에 여자 교육에 걸고 있는 데이코의 꿈은 난관에 부딪히고 만다. 하지만 불굴의 의지를 가진 데이코는 1905년에 『와라하의 추억』을 출판하고, 현실적으로는 세 번 좌절한 여자실업학교에 대한 꿈을 소설 속에 그려낸다.

『세계부인』을 간행

후쿠다 우샤쿠 사후, 히데코는 이시카와 산시로石川三四郎와 교회에 다니며, 기독교 사회주의자가 되었다. 가쿠가쓰에서 데이코의 이웃으로 친하게 교류하고 데이코에게 사회주의를 소개한 것은 부인문제에도 조예가 깊었던 사카이 도시히코이다. 1903년 고토쿠 슈스이와 사카이 도시히코가 '평민사'를 설립하자 히데코는 회사의 활동을 도왔다. '평민사' 해산 후 1907년 1월 『세계부인』을 창간했다. 잡지는 '치안경찰법' 제5조 개정 운동과 '아시오 광독사건'의 의연금 모집 활동 등에도 참가했다.

마침내 이시카와가 입옥되는 등 사회주의자에 대한 탄압이 강화되는 가운데 신문지 조열 위반에 의해 1909년 1월부터 『세계부인』은 학술잡지로써 발행되었다. 그러나 매우 이색적이었으며, 중앙에 커다란 목판화가 새겨진 1월 5일호의 표지에는 다음과 같은 시가 있었다.

"어서오세요! 여러분, 세상의 비웃음을 뒤로 하고, 저것을 보아요. 아침햇살에 빛나는 자유의 기치가 바람에 펄럭입니다. 전진합시다."

후쿠다 소호福田素鳳

소호는 히데코의 호號이다. 이 시는 영국의 사회주의 운동가이자 시인·화가이기도 했던 윌리엄·몰리스 시의 번역이다. 그림자 위에는 쿠로포토 킹(러시아 무정부주의자)과, 프라치호토(영국의 급진적 사회주의자)의 글이 실려 있고 그 옆에는 "이 잡지는 세계주의를 표방하여 부인 해방을 주안으로 한다."라고 기술되어 있다.

2년 반에 걸친 고투 끝에 『세계부인』은 발행 금지당하고, 힘이 되었던 이시카와 산시로는 출옥 후 1913년 벨기에로 망명했다. 신문지 조열에 의한 무거운 벌금과 세상고로, 그 후 후쿠다 데이코는 옷감 행상으로 생활을 꾸렸다고 한다.

「발간사」

1907년 1월 『세계부인』 창간호에 발간 목적에 대하여 기술한 것이다.

최근의 '여자 청년의 부패 타락'의 원인이 '부자연스러운' 여자 교육에 있다고 역설하고, 여자를 둘러싼 이러한 상황을 제거하여 '여자의 천성을 향상시키고, 여자로 하여금 세상에서 그 진정한 사명감을 깨닫고 활발한 원기와 희망에 넘쳐' '부인 자신을 위한 사회운동'을 하고, 나아가 '제반의 혁신 운동을 고취시키고 개척'하는 것이 그 목적이라고 기술했다. 여기서 4년 후의 『세이토』 발간과의 관련을 알 수 있다.

『세계부인』을 발행하게 된 이유는 어디에 있는가 한마디로 말하자면 부인의 주위에 복잡하게 얽힌 것의 법률·습관·도덕 그 밖에 일절의 사정에서 벗어나 그 천성과 사명을 연구하고, 그리하여 그 천성의 생명이 존재하는 곳에 기초를 둔 제반의 혁신 운동을 개척하고 싶다는 희망이 있기 때문입니다.

학식과 재능이 없고 게다가 실패를 거듭한 죄 많고 부끄러운 몸으로 굳이 큰 사업을 기획하는 것은 정말 주제넘은 일이라고 생각하지만, 한 발 물러서서 생각하면 작고 어리석지만 그 사업을 경영하는 것이 매우 뜻있는 우리의 사명이라고 생각하기 때문입니다.

또 곰곰이 생각해봅니다. 요즘 여자 교육 사업은 매우 융성해지고 있지만, 여자 청년의 부패 추락이 심해지고 있다고 말하는 것은 어떤 이유에서일까요? 결국 나쁜 사회정세와 여자 교육의 부자유스러움에서 기인된 것은 아닐까요? 우선 가정과 학교에서 여자의 천성을 억압하고 있어, 조금 해방되어 울적한 기분을 달래려고 하면, 거기에는 사회 부패의 탁류가 흐르고 있습니다. 이것이 바로 지금의 부인 사회가 혼탁하게 추락한 이유입니다.

그런 연유로 오늘날 부인 사회에 깨끗한 생명감과 묘한 감명을 주기 위해서는, 우선 여자로 하여금 가장 자유스러운 천지에서 그 진정한 사명감을 자각할 수 있게 하고 활기찬 희망으로 넘치게 하는 것이라고 생각합니다. 그러나 현 사회의 사태를 보면 거의 모든 환경에서 부인의 천성을 박해하고 억압합니다. 그러니까 많은 부인들이 사회운동을 일으키지 않으면 안 됩니다. 이것은 영원한 사업으로, 당장 우리들에게 미치는 영향은 그다지 크지 않을 것입니다. 단지 원하는 것은 본지本誌를 통하여 널리 고취시키는 것입니다.

그림 2-12
히라쓰카 라이초

◆ 히라쓰카 라이초平塚らいてう[76]

선학 영애禪學令孃

도쿄시 고지마치구(현 치요다구)에서 아버
지 사다지로, 어머니 쓰야의 셋째 딸로 태어
났다. 아버지는 회계 검사원 관사 차장으로
근무했고, 어머니는 다야스가田安家 의관 출
신이었다. 도쿄여자고등사범 부속고등여학
교 졸업 후, 1903년 일본여자대학교 가정과에 입학하여 철학과 종교
서적을 읽으며 참선에 힘을 쏟았다. 1906년 여자대학 졸업 후에도 여
자영학숙, 니마쓰교사에서 영어, 한학을 배우고, 참선을 계속해 자기
의 본성을 깨닫고, 혜훈慧薰이라는 안명安名을 받았다.

더욱이 세이비 여자 영어학교에 근무하며, 나쓰메 소세키의 문하
생으로 같은 학교 교사인 이쿠타 죠코의 주선으로 탄생된 "규방문학
회"에 참가한다. 1908년 동교 교사 모리타 소헤이와 시오하라 온천
에 있는 오카시라 고개로 향한다. 문학사와 영애의 "동반자살 미수
사건"('시오바라 사건' 또는 '바이엔 사건')으로 신문에서 떠들썩했다.

『세이토』 창간

1911년 일본여자대학 출신인 야스모치 요시코 등과 세이토사를 만
들어 『세이토』를 창간했다. 발간사 「원래 여성은 태양이었다」를 라
이테우라는 필명으로 집필했다. 1913년 평론집 『둥근 창문에서円窓よ

---

76) 히라쓰카 라이초平塚らいてう : 1886~1971년, 도쿄東京 출생, 본명 : 히라쓰카 하루.

170

り』를 간행하지만 바로 발매금지를 당한다. 이듬해 오쿠무라 히로후미奧村博史와 법적으로 혼인은 하지 않은 채 동거 생활을 시작, 『세이토』의 편집을 이토 노에에게 물려준다.

모성 보호 논쟁

1915년에는 장녀 쇼세이를, 그리고 1917년에는 장남 가쿠시를 출산하고 1918년에는 요사노 아키코와 "모성 보호 논쟁"을 벌인다. 1920년 이치카와 후사에 등과 신부인협회를 결성하여 "성병 남자 결혼 제한"과 "치안경찰법 제5조 개정" 청원 운동에 몰두한다. 1930년 소비조합운동 '우리들의 집'을 설립하고, 조합장이 되었다. 또 다카무레 이쓰에高群逸枝 등의 무산부인 예술연맹에 참가한다. 1932년 가토 시즈에加藤静江 등과 일본 산아조절 부인연맹을 결성, 1941년에는 히로후미와의 혼인신고서를 제출한다. 전후에는 1953년 일본 부인단체 연합회 회장으로 취임, 또 국제부인연맹 부회장으로 평화운동을 실천한다. 1962년에는 신일본부인회 대표의원 부선회관 이사직을 맡게 된다.

「원래 여성은 태양이었다」 ―『세이토』 발간에 즈음하여―

1911년 9월 『세이토』 창간호에 발표되었다. 히라쓰카 라이초平塚明가 "라이테우"라는 필명을 사용한 최초의 글이다. 이 "발간사"를 라이초는 하룻밤에 썼다고 하지만, 여성에 의해 만들어진 잡지의 탄생에 있어 주체의 각성을 정열을 담아 표출하고 있다. 세이토는 푸른 스타킹을 번역한 것으로, 18세기 중반 영국에서 남성과 함께 예술과 문학을 논하고 여권을 주창한 여성들에 대하여 세간에서 붙인 조소적인 이름이다. 본문의 "여성이 하는 일은, 지금은 단지 조소를 초래할 뿐이다."에 호응한다.

원래, 여성은 실로 태양이었다. 진정한 인간이었다.

지금, 여성은 달이다. 타인에 의해 살아가고 타인의 빛에 의해 빛나는 병자와 같은 창백한 얼굴의 달이다.

그래서 여기에 「세이토」는 처음 소리를 내었다.

현대 일본 여성의 두뇌와 손에 의해 비로소 출간된 「세이토」는 처음 소리를 내었다.

여성이 하는 일이 지금은 단지 조소를 초래할 뿐이다.

나는 잘 알고 있다. 조소 속에 숨겨진 그 무엇을.

나는 조금도 두려워하지 않는다.

그러나 어떻게 할 것인가, 여성 스스로가 더욱 새삼스럽게 느끼는 수치와 치욕의 비참함을.

여성이란 것이 이렇게까지 구역질나도록 불쾌한 것일까.

아니 그럼, 진정한 인간이란—.

우리는 현재의 여성으로서 할 수 있는 한, 모든 것을 다했다. 자식처럼 정성을 다해 만든 것이 이 「세이토」이다. 가령 그것이 저능아, 기형아, 조숙아일지라도 하는 수 없다. 당분간 그것으로 만족해야 한다.

과연 모든 정성을 다한 것인가.

아, 누가 만족해 할 것인가. (생략)

그림 2-13
이토 노에

◈ 이토 노에伊藤野枝[77]

불꽃같은 여자

아버지 가메요시와 어머니 우메의 일곱 형제 중 셋째이자 장녀로 후쿠오카에서 태어났다.

이토가는 일찍이 '만물상'이라는 상호로 해산물 도매상을 했다. 각국으로 배로 운송하는 조운업을 경영하는 이름 난 집안이었지만, 노에가 태어날 무렵에는 몰락해 있었다. 1909년 고등소학교 졸업 후 가게를 돕기 위해 우체국에 근무했다. 도쿄에 대한 동경으로 숙부를 의지해 상경하고, 이듬해 우에노 고등여학교에 편입학했다.

여학교에서는 작문에 탁월한 재능을 보였다. 1912년 여학교 졸업 후 귀향하여 가족의 소개로 이웃에 사는 마쓰무라 후쿠다로와 결혼하지만 8일 만에 도쿄로 도망쳐 행방을 감추었다. 그 후 재학 때부터 호의를 보인 우에노 여고 시절의 영어교사 쓰지 준辻潤과 동거를 시작했다. 제자와의 동거로 비난을 받아, 쓰지 준은 여학교에서 퇴직하고 노에와 결혼한다. 12년 4월말의 일이었다.

세이토사 입사

10월부터 노에는 『세이토』에 시 「동쪽 물가東の渚」, 소설 「걸식의 명예乞食の名誉」, 「출분出奔」을 비롯해 평론, 번역을 점차로 발표하고

---

77) 이토 노에伊藤野枝 : 1895~1923년, 후쿠오카福岡 출생, 본명 : 노에.

왕성한 집필 활동을 했다.

1914년에는「부인 해방의 비극」(에마 · 골드만)「결혼과 연애結婚と戀
愛」(동일)「연애와 도덕戀愛と道德」(엘렌 · 케이) 등의 번역을 취합한『부
인 해방의 비극婦人解放の悲劇』(동운당)을 출판했다. 1915년부터『세이
토』의 편집, 발행 책임자를 히라쓰카 라이초로부터 계승받아『세이
토』최후까지 2년간 편집을 맡았다. 그동안 1914년에 장남 마코토,
1916년에 차남 류지를 출산했지만 1916년 4월 쓰지 준과 헤어지고 9
월에 무정부주의자 오스기 사카에와 동거생활을 시작했다.

무정부주의에서 사회주의로

2개월 후, 오스기를 둘러싸고 부인 호리 야스코, 가미치카 이치코
神近市子, 노에와 사각관계에 놓인 "히카게차야 사건日蔭茶屋事件"이 일
어났다. 다음해 오스기는 부인 야스코와 헤어지고, 오스기를 상처 입
힌 가미치카는 징역 4년의 형을 받아 입옥했다. 1917년 9월 장녀 마
쓰코를 비롯해 오스기와의 사이에 다섯 명의 자녀를 낳고 이후 노에
는 오스기를 도와『문명 비평』『노동운동』을 간행하고, 1922년에는
바린과 골드만의 평론 · 전기를 번역한『두 명의 혁명가』를 오쓰기와
공저로 출판했다.

1923년 관동대지진 직후 헌병 아마카즈가 대위가 지휘하는 헌병대
에 오스기와 그의 조카 소이치와 함께 납치되어 액살扼殺[78]당해 28세
의 생애를 마친다.

---

78) 액살扼殺 : 목을 죄어 죽임.

『「그녀의 진실」—주조 유리코中條百合子 시를 논하다』

오스기 사카에와 노에가 협력하여 시작한 『문명비평』 창간호(1918년 1월)에 「노동자 계급을 독자에게」가 게재되었다. 7장으로 되어 있는 론論의 제1장에 해당한다. 1916년 9월 『중앙공론』에 주조 유리코의 『가난한 사람들의 무리貧しき人々の群』를 발표, 나아가 이듬해 8월 동서에 『네기사마궁전禰宜樣宮田』을 발표했다. 문단 외에서 해성처럼 등장한 유리코와 그의 작품에 대해 사카이 도시히코와 같이 관심을 가지고 주목하는 문학자도 있었지만 낮은 평가 밖에 하지 않는 작가가 많았다. 노에는 이 젊은 작가를 크게 칭찬했다. 당시 노에는 중산계급의 진보적 사고를 가진 여성들의 오만함과 응석에 반감을 품었지만 화자의 자성적인 태도, 신선한 감수성에 어울리는 인간적인 이상주의에 깊은 공감을 느꼈던 것이다.

재작년 주조 유리코 씨의 『가난한 사람들의 무리』가 처음으로 발표되어, 오늘날까지 문단의 유명한 작가에 의한 비평이 꽤 많아 나의 눈에도 띄었다. 그러나 내가 수긍할 수 있던 것은 거의 하나도 없었다고 할 수 있다. 그 정직하고 아름다운 정서와 누구의 방해도 받지 않은 솔직한 감정과 예민한 관찰력에도 불구하고 그러한 평을 받는 것에 대하여 진정한 경의를 표하는 사람은 아무도 없었던 것으로 나는 기억한다. 최근에 작년 9월호의 와세다 문학에서도 서너 명에 의해 그 작품이 많은 비평을 받았다.

첫 번째로 내가 불만스러워한 것은, 대부분의 비평가들이 유리코 씨가 아직 책 이외에는 세상을 전혀 모르는 소녀임에도 불구하고 자신을 훨씬 높게 사람들에게 인지시키고 있다고 생각하여, 대부분의 진실을 조금도 인정하지 않으려고 하는 것이었다.

무엇보다도 모두를 위협하는 제재의 취급 방법의 대담함이 모든 사람들의 비난이 되었다. 그리고 그것이 어떤 사람에게는 단지 보이기 위한 대담함이고 혹은 또 그 자신과는 아무런 친밀감도 교섭도 없는 별개의 세상의 것을, 아무런 토대도 없는 것을 가지고 와서 단지 그녀의 유일한 재능인양 포장시킨 것이라고 말하고, 또 어떤 사람은 세상에 흔히 있는 외국의 작품을 흉내 내어 쓴 것이라고 한다. 정말 솔직하게 그 작품을 수용하는 사람은 한 사람도 없었다.

(요시카와 도요코吉川豊子)

7. 희곡戯曲

연극운동의 혁신과 여성 극작가의 등장

문자에 의해 표현되는 문학 중에서 구성력을 가장 요구하는 것은 희곡이다. 시간의 제약을 희곡이라는 구조가 내포하기 때문이다. 따라서 희곡의 등장은 어느 시대에 있어서도 매우 어렵다. 특히 도쿠가와 막번 체제幕藩体制[79]에서 메이지기의 근대 일본으로의 전환기에는 그러한 현상이 현저하게 나타나, 연극에 대한 생각도 극작술도 지금까지와는 전혀 다른 서양의 비극과 연극관이 갑작스레 출현했기에 에도기 이래로 많은 연극인들을 술렁이게 했다. 더구나 정부의 연극정책과 흥업자본의 유입이 곤란해지자, 복장과 행동거지가 다른 문화의 이입으로 우왕좌왕했다. 가부키는 가와다케 모쿠아미河竹黙阿弥가 재빨리 구화정책을 도입하여 대본을 썼지만 낡은 가죽 부대에 일본술과 포도주를 적당히 섞은 것으로, 근대적인 희곡의 등장으로는 결부시키지 못했다.

새로운 희곡을 가능하게 한 것은 종래의 연극과는 인연이 없던 기타무라 도코쿠・이와노 호메이岩野泡鳴・쓰보우치 쇼요坪内逍遥・모리 오가이 등이 19세기 말에 서양의 연극관을 모방한 것이 연극론의 구축과 시작이었다. 그러나 여성들이 거기에 합류한 것은 20세기가 지나서였다. 현재까지의 조사에 의하면 1902년의 오쓰카 구스오카『면

모자』(『문예계』 3월)가 최초라고 하지만, 희곡이라기보다 대화체의
습작에 지나지 않았다는 것은 두말할 나위 없다.

그러나 새로운 재능은 곧 등장했다. 오사나이 야치요小山內八千代『쑥
밭蓬生』, 하세가와 시구레『해조음海潮音』(1905년) 두 작품이다. 야치
요는 소설과 비평에서 긴에이幷影 여사로서 이미 알려졌지만 시구레
는 무명이었다. 처음 등장한 시구레의 작품은 쇼요의 강력한 추천으
로 특상을 받는다. 이 수상을 계기로 시구레는 가부키 상연을 염두에
둔 시대물을 점차 발표하고, 훌륭한 여성 극작가 제1호가 된다. 마침
이치카와 단주로市川団十郎가 죽고(1903년) 아주 침체되어 있던 가부키
에 새로운 기운을 불어넣는 역할을 했다고 해도 좋을 것이다. 6대째
를 개성한 젊은 오노에 기쿠고로尾上菊五郎가 시구레와 손을 잡은 것도
가부키의 미래를 위해서였을 것이다.

이 시기의 극작가는 시구레 한 사람이라 할 수 있지만, 극평가로서
는 야치요와 진여眞如(모리쿠코-오가이의 남동생 미키 다케지의 부인, 다
케지는 평론지『가부키』의 주간)가 당시의 잡지에 거의 매월 등장했다.
시대는 신연극도 부요도 가부키도 새로움을 추구할 때였기 때문에
"신문사, 잡지사에 적을 두지 않고 자유로이 극평과 연극기사를 투
서", "의뢰받은 평론의 글을 실은 사람"(아키데이 다로우秋庭太郎『일본
신극사』)이 메이지 30년대에는 증가했다고 한다. 압도적으로 남성 평
론자 중심이었지만, 이와 같은 때에 '이체를 띈' 것이 야치요와 진여
였다.

아키데이는 "여성다운 시각의 극평"이라고 기술하고 있지만 가혹
한 비평도 많고 배우의 연기평 중심의 종래의 극평에 신선한 측면을
제시하고 있다고 보아도 좋을 것이다. 시마무라 호게쓰의 제자인 와

세다대학 문학과 졸업생인 가와무라 히시川村菱가 창단한 신연극 "토요극장"의 야치요에 대한 평을 적어본다.

반주음악을 사용하지 않는 것만으로도 이른바 신파보다 새로운 것이기 때문에, 조화를 깨뜨려도 딱따기를 치거나 여운을 남겨야 할 곳에 떠들썩하게 샤기리[80]를 사용하는 것도 생각해 볼 것(『가부키』1912년 4월, 구 한자는 신자로 했다)

신파에서 새로운 신연극에 가부키의 개막과 폐막시의 상투적인 수법을 넣은 것에 대한 비평이다. 이채로운 것도 충분히 추측된다.

마지막으로 이 시기의 연극 상황에 대하여 간단하게 적어본다. 에도 이래의 가부키는 활역물(실제적인 시대물)이나 산절물散切物(신세화물)[81]이 9대째인 이치카와 단주로와 5대째인 오노에 기쿠고로에 의해 상연되어 새로운 시대의 상연물로서 메이지 초기에는 각광을 받았지만 신연극의 등장이 그것을 위협했다. 기다렸던 신연극은 자유민권운동 확대를 위해 시작된 장사壯士와 서생書生의 정치연극에서 태어났다. 서생연극[82]의 한 사람인 가와카미 오토지로川上音二郞는 세기말부터 20세기에 걸친 일본의 연극인으로, 최초로 두 번이나 유럽 순행을 한 후, 서양풍 극장을 건설하고 현대극을 창조하려고 여배우 가와카미 사다얏코川上貞奴도 등장시켰다. 같은 모양으로 가와카미의 동료들도 후에 신파라는 신연극을 시작하여 가부키의 영역을 침투하기

---

80) 샤기리しゃぎり : 가부키에서 막을 내리는 신호로 북·징·피리 등을 울리는 일. 마지막 막에서는 하지 않음.
81) 산절물散切物 : 메이지 초기에 유행한 가부키의 세와쿄겐世和狂言.
   *세와쿄겐世和狂言 : 가부키에서 그 시대의 서민·상인의 사회상을 소재로 한 연극.
82) 서생연극 : 자유민권사상을 넓힐 목적으로 시작한 아마추어 연극.

시작했다. 서양과 같은 논리적이고 예술적인, 더구나 고답적인 연극을 추구한 새로운 세기의 시작은 신연극으로 막이 열렸던 것이다. 이러한 연극 상황에 부딪쳐 1909년에는 가장 근대적인 오사나이 가오루小山內薰와 2대째 이치카와 사단지市川左団次의 자유극장과, 배우양성소가 있는 쓰보우치 쇼요坪內逍遙와 시마무라 호게쓰의 문예협회가 등장한다. 시구레와 야치요, 사다얏코 등은 신세기의 전환기에 새로운 연극을 추구하는 연극인들에게 호응을 받아 활약한 신여성들이었다.

그림 2-14
하세가와 시구레

◈ 하세가와 시구레長谷川時雨[83]

여성 극작가의 파이오니아

하세가와 시구레는 여성 극작가의 선구자 중 한 사람이다. 그 생애는 새로운 연극의 창조를 요구한 활동과 문필을 지향하는 여성들의 자립을 촉구하는 행동의 실현에 있었다고 해도 과언이 아니다.

연극잡지 『시바이』(1913년)와 『여인예술』(1928년)의 발간, 부요연구회와 교겐좌의 결성(1913년) 등 전반에는 연극운동을, 후반에는 여성작가의 자립의 길을 추구하는 활동을 했다.

강요당한 결혼과 문학에 대한 자각

일본 최초의 변호사인 아버지 후쿠조와 어머니 다키의 장녀로 태

---

83) 하세가와 시구레長谷川時雨 : 1879~1941년, 도쿄東京 출생, 본명 : 야스.

어났다. 할아버지는 지방 호족으로 정부 포목상을 했기 때문에 부요
와 거문고, 샤미센을 배우는 풍요로운 소녀 시절을 보낸다. 19세에
데쓰세이 미즈바시鉄成金水橋가의 방탕한 아들에게 시집을 간다. 양가
를 위한 정략결혼이었다. 시구레는 이혼을 원하지만 거절당하고, 연
극 대본 투고에 열중한다.

1905년 희곡『해조음』이 요미우리신문의 현상에서 특상을 받고, 2
년 후에 드디어 미즈바시와 이혼하게 된다.

자유로운 상황의 습득

자유롭게 된 시구레에게 좋은 기회가 왔다. 이듬해 1908년에『해조
음』을 이이 요호우伊井蓉峰, 기타무라 로쿠로喜多村緑郎 등이 신연극에서
초연, 이후 점차로『패왕환覇王丸』『정조操』『꽃보라さくら吹雪』『다케
토리 모노가타리竹取物語』『데코나手児奈』(시대물)『댑싸리玉ばばき』『에
지마 이쿠시마江島生島』(부요물)『어느 날 오후ある日の午後』(현대물) 등
을 발표, 상영되어 극작가로써 인정받았다. 종래의 극과 다른『일본
미인전日本美人伝』도 집필, 여성작가 고유의 시점을 나타냈다.

연극잡지『사바이』를 나카야 도쿠다로中谷德太郎와 1921년에 발간
한다. 오노에 기쿠고로와 부요연구회와 교겐자를 부흥시키고, 새로
운 연극을 추구하기 위해 적극적으로 활동한다. 이 시기에『세이토』
에 발표된『어느 날의 오후』가 현대물인 것은 새로운 연극운동에 대
한 의욕을 느끼게 한다.

시구레의 연극 활동

부요와 가부키의 현대화를 지향했던 다무라 나리요시田村成義의 후원을 얻어 쇼요『신곡 우라지마新曲浦島』, 오가이『중아형제曾我兄弟』, 나카다니『동이 트기 전夜明前』을 기쿠고로菊五郎 주연으로 상영한 교겐좌는 현존하는 가부키와 비교하여 평이 좋지 않다. 기노시타 모쿠타로木下杢太郎와 요시이 이사무吉井勇 등의 신인작가의 희곡 상영과 오케스트라의 등용 등 새로운 시도도 했지만, 이것도 평가받지 못했다. 게다가 적자를 메워주던 시구레 어머니의 원조를 받을 수 없게 된 것과 나카다니와 기쿠고로와의 연애관계 등, 젊은이들 집단에서 흔히 있는 문제도 연루되어 1914년에 막을 내린다.

『정조操』

아마 : 저기, 잠시만 기다려주십시오.

가쓰코 : 또 무슨 용무로 이렇게 서두르십니까?

아마 : 말씀드릴 테니 잠시만 기다려주십시오.

─여보세요, 가쓰 씨의 적에 대한 단서가 있어 말씀드리고 싶습니다.

가쓰코 : 에, 가쓰와 저를 알고 계시는 당신은 누구십니까?

아마 : 세상을 떠난 비구니가 삿갓을 쓰지 않은 무례함을 용서해주세요. 그런데 지금 기다려달라는 것은 사쿠마 시치로자에몬이 있는 곳을 알려주고 싶어서 입니다.

가쓰코 : 어떻게 그 일에 대해 알고 있습니까?

아마 : 자, 그 이유를 설명하자면 수치스럽지만 남편의 복수를 하지 않으면 안 될 것 같아 당신이 복수해주기를 바라는 마음에 시치로자에몬의 행방을 좇으면서, 당신의 행방도 마음에 두고 있었습니다.

가쓰코 : 저를 찾으셨습니까?

아마 : 야마시로 태생으로 알고 있어요. 지금부터 알아보려고 생각했어요.

가쓰코 : 그럼 당신은 시치로자를 적이라고 생각하는 이유가 있습니까?

아마: 당신 입장에서 보면 말하기 싫은 얄미운 사람이겠지만, 이것도 전생의 인연으로 여행 중에 우연히 마주친 비구니가 참회하는 마음으로 묻지도 않았는데 말을 하는 것이라 생각하고 가볍게 들어주세요. 사쿠마 시치로자에몬을 원수라고 생각하는 이유는, 나와 부부가 되기로 약속한 남편이 올해 초가을 어느 달빛이 좋은 밤에 주군의 부인과 함께 기분 좋게 술을 많이 마시고 돌아올 때, 평소에 기억력이 좋은 것을 질투하고 있던 시치로자에몬에게 어이없이 당했기 때문입니다.

가쓰코 : 그러면, 또 그 적의 성함과 증거를 어떻게 알게 되었습니까?

아마 : 남편을 살해하고 돌아오는 길에 만났습니다.

가쓰코 : 그때가 한밤입니까?

아마: 예, 안개가 짙은 밤이었습니다만, 저는 은밀히 매립지의 숲에 숨었고, 시치로자는 달이 밝은 대로 중앙을 야시마라는 노래를 부르며 지나갔습니다.

가쓰코 : 그렇다면, 당신은- 너무 깊게 캐묻는 게 아닌지 모르겠습니다만, 좀 더 상세하게 말씀해주시지 않겠습니까?

아마: 원하신다면 상세하게 말씀드리지요. 오가쓰 씨, 세상에서 몰래 숨겨진 여자로 살아가는 것만큼 슬픈 일은 없습니다. 남편이 살해당해도 공개적으로 원수의 이름을 거론할 수 없는 원통한 세월을 보내고 있습니다.

가쓰코 : 저도 남편의 원수를 갚고 싶습니다. 당신의 상황과는 달리, 남편 쓰다하치야 님의 주군 노부유키 님의 부인이 부부가 되라고 분부한 것을 받들어 그날 처음으로 얼굴을 보았습니다. 그날 이후 오랫동안 헤어져, 남편의 원한을 푸는 것은 나의 의무라고 생각하고 상전에게 부탁해 휴가를 얻었습니다.

아마 : 고인이 들었다면 매우 기뻐하셨을 것입니다. 그런 마음으로 사람들에게 숨겨진 연인 사이는 가슴만 아프고, 아무튼 말하지 않으면 안 된다고 생각해서 정신없이 저택을 빠져나와 노랫소리를 뒤로 하고 남편의 집으로 뛰어 들어갔습니다. 두 문짝은 활짝 열려 있고 덧문은 떨어진 채 등은 켜져 있지 않고 모기장을 매단 끈은 풀려 있는 채… 달빛에 너절하게 자고 있는 모습에 손을 대자 소맷자락이 피로 물들었습니다.

가쓰코는 그 이야기를 듣고 놀라 할말도 잃은 채 울었다. 아마도 하염없이 울었다.

아마 : 오가쓰 씨, 나는 오늘밤부터 이제 살고 싶지 않습니다. 이 성 안으로는 다시 돌아오고 싶지도 않고 그림자도 없애고 싶습니다. 이 아마가 어떻게 되는지 지켜봐주세요.

가쓰코는 그 말을 듣고 고개를 끄덕인다. 아마는 단도를 끄집어내어 가쓰코에게 보이며

아마 : 원한에 사무쳐요. 이 칼로 살해당했습니다.

가쓰코는 아마로부터 칼을 받아들고 응시하며,

가쓰코 : 이 단도입니까?

아마: 시치로자에몬의 것이라는 것은 당신도 보면 아실 겁니다.

가쓰코 : 잘 기억하고 있습니다. 칼의 내부는 마사무네[84], 칼자루의 장식도 용의 금도장, 세공장식도 성주의 허리에 찬 그때 그대로, 시치로자에몬이 소지한 것임에 틀림없습니다.

아마 : 말하기도 부끄럽지만, 한 발짝 늦게 그곳에 가서 원수를 확인하고 증거품까지 가지고 있으면서도 남편의 원수라고 말할 수 없는 답답함.

가쓰코 : 그건 저도 마찬가지예요. 원수의 얼굴은 알고 있지만, 원수를 쳐서 수라修羅의 원한을 풀어주어야 한다고 생각하는 남편은 결혼식 때 주군이 주시는 술잔을 받고서 부끄러워 고개도 잘 들지 못해 지금에 와서 생각해 보면 꿈속에서조차도 그 모습이 기억나지 않습니다.

아마 : 그 일은 정말 안타깝습니다. 중심에 서 있던 사람은 사라지고, 남은 것은 어둠 속의 이 몸과 밖에 선 당신. 오가쓰 씨, 모두 옛날의 꿈이라고 잊어버리세요.

가쓰코 : 그러면 저로서도 드릴 말씀이 없습니다. 당신과 나는 두 사람을 합쳐 한 사람, 연약한 사람끼리 서로 힘을 모읍시다. 남편의 원수를 꼭 내가 갚겠습니다.

아마 : 저는 고인의 명복을 빌겠습니다.

가쓰코 : 부탁하는 것도 부탁받는 것도 자기의 일. 좋은 소식은 없습니까?

(이노우에 요시에井上理惠)

---

84) 마사무네正宗 : 가마쿠라 시대의 도공 오카자키고로 마사무네 가 만든 칼.

8. 번역翻訳

여성 번역가의 등장

메이지 30년대에 들어와 뚜르게네프·톨스토이·체호프 등의 러시아 작가, 유고·모파상·듀마·메테를링크 등의 프랑스 작가, 연이어 입센·하웁트만 등도 소개되어 번역문학이 성행했다. 이 시기의 여성 번역가로서는 오타케 고키치 문하의 세누마 가요瀬沼夏葉가 등장한다. 가요는 1902년부터 뚜르게네프, 톨스토이의 작품 번역을 발표했다. 이듬해에는『신소설新小説』에『달과 사람月と人』『사진첩寫眞帖』을 발표했는데, 이것은 체호프의 작품으로 일본에서 최초로 번역된 작품이다. 당시 러시아 문학은 영어에서의 중역이 많았지만, 가요는 원어에서 바로 번역하여 반향을 불러일으켰다. 가요는 그 밖에 토스토예프스키·고리키 등도 번역하고 1908년『러시아문호 체호프 걸작집』을 간행하여 체호프 문학 이입에 큰 공적을 남겼다.

이 시기 오쓰카 구스오코도 번역을 했다. 도쿄고등여학교 재학 중 죽백원에 입문하여 사사키 히로쓰나佐佐木弘網·노부쓰나信網 부자에게 사사받아 졸업 후 고야 호치를 남편으로 맞이한 구스오코는 그 후 메이지여학교에서 영문학을 배웠다. 유럽문학에 관심을 가져『괴테가 스타인부인에게 보낸 편지 중에서』(1901년)를 시작으로, 여왕의 무도한 권력의 희생물이 된 어린 막내여동생을 자매가 구해낸다고 하는 메테르릭『어린아이의 최후をさな児の最後』(1902년), 아들과 사랑하는 소녀를 서로 쟁탈하는 것이 두려워 소녀와 함께 죽음을 택한 아버지를 사모하는 쿠리미야왕 트라이크 아르하의 이야기인 고르키의

『모쿠즈藻屑』, 또 호손의 『몬토베니의 이야기モンテベニ物語』(1903년), 하이네의 『크라라유녀クララ姫』(동년) 등 고전세계를 제재로 여왕의 현명함과 아름다움, 사랑의 밧줄 등을 그린 작품을 번역하여 발표했다.

『세이토』의 번역문학

러일전쟁 후, 외국문학 수요의 열은 더욱 높아졌다. 1911년 잡지 『세이토』가 창간되어 많은 번역이 게재된 것도 그러한 시대를 반영하고 있다.

가요는 여기에 찬조원으로 영입되어 체호프 『숙부 와니야叔父ワーニャ』『사쿠라 정원桜の園』『이와노후イワノフ』 등을 게재, 새로운 시대의 여성의 삶을 시사적으로 말했다.

주재자인 히라쓰카 라이초도 창간호에서 포우의 『그림자影』를, 그 후에도 『침묵沈黙』『언어의 힘言葉の力』『검은 고양이黑猫』 등 12편을 연이어 번역해서 게재했다. 포우는 이미 메이지 20년경부터 아이바 고손饗馬篁村, 우치다 로안內田魯庵, 이와노 호메이 등에 의해 번역되었는데, 포우의 작품에서 볼 수 있는 환상성과 신비성이야말로 당시 라이초가 추구했던 '천재'에 해당하는 것이었다. 라이초는 그 후 엘렌 케이 『연애와 결혼』의 영향을 크게 받아 그 번역에도 힘을 기울였다.

'신여성'의 삶을 모색

그 밖에 『세이토』에서는 요사노 아키코의 뮈세 『근대인의 고백近代人の告白』『소니야 코바레흐스카야의 자전』, 야마다 와카山田わか의

올리버 슈라이널『세 가지의 꿈三つの夢』『사냥꾼獵人』, 엘렌 케이『아동 시대児童の世紀』등이 게재되었다. 이와 동시에 버나드 쇼『워렌 부인의 직업』과 입센『헤다 가블러』『인형의 집』, 즈다만『마그다』등에 대해서는 사원이 모두 평을 하고, 여성 주인공을 통하여 신여성의 사상과 삶을 모색해간 것도 특필해야 할 것이다. 동인으로서는 이토 노에가 에마 골드만의『부인 해방의 비극』(1914년), 버나드 쇼의『워렌 부인의 직업』(동년)을 간행, 노가미 야에코도 그 후 다수의 번역을 하고, 가미치카 이치코도 번역에 동참했다.

한편『마음의 꽃心の花』의 동인 마쓰무라 미네코松村みね子는 동지에『자연의 미自然の美』(1901년)『타골의 시』(1915년) 등을 발표한 후에 스즈키 디이세쓰鈴木大拙 부인 비야트리스의 지도 아래 아일랜드문학에서 친근감이 드는 작품을 중심으로 번역,『단세니 희곡 전집』(1921년)『신구 희곡 전집』(1923년) 등을 간행하여 아일랜드 문학의 이입에 힘을 쏟았다. 더욱이 쇼와기에 들어 소비에트문학의 번역·소개에 공헌한 유아사 요시코湯浅芳子의 존재도 잊어서는 안 될 것이다.

그림 2-15
세누마 가요

◈ 세누마 가요瀬沼夏葉85)

본격적인 여성 번역 작가

번역이라는 장르에 있어서 여성은 고등 교육에서 배척되어 어학 습득에 큰 벽이 되었기 때문에 출발이 늦었지만, 20세기 초두에

---

85) 세누마 가요瀬沼夏葉 : 1875~1915년, 군마群馬 출생, 본명 : 구니코.

외국문학이 대량으로 이입되는 가운데 세누마 가요가 본격적인 여성 번역가의 선구로서 등장한다.

러시아 정교회의 신자

세누마 가요는 군마현 다카사키시에서 종자가게를 운영하는 아버지 야마다 간지로와 어머니 요카의 장녀로 태어났다. 남동생 신지, 이복 남동생 히데오와 기이노스케가 있다.

여덟 살 때 니콜라이 대주교가 다카사키를 순행할 때, 야마다가는 집 한 채를 헌납하고 러시아 정교회의 신자가 되었다. 이듬해 가을 어머니가 돌아가시자 아버지는 그 후 두 번째 결혼을 했다. 1885년, 어머니의 유언에 따라 도쿄의 니콜라이여자신학에 입학하여 학업에 전념하고 일 년 후 국비장학생으로 선발되었다. 1892년 가요는 우수한 성적으로 졸업, 이어서 모교의 교사가 되었다.

러시아 문학과의 만남

그해 니콜라이여자신학교를 모체로 하여 여자의 계몽과 포교를 목적으로 한 잡지 『안감裏錦』이 창간되어(1907년 8월 종간) 1896년 8월까지 매호 기고하며 활동했다.

마침 그 무렵 우치다 로안에 의해 『죄와 벌罪と罰』(1892년)이, 또 후타바테이 시메이에 의해 『짝사랑片恋』(1896년) 등이 번역되어 거기에 매료되어 러시아문학 연구를 지향하게 된다. 1898년 24세 때 계후신학교 출신인 니콜라이신학교 교장 세누마 가쿠사부로와 결혼한다. 남편은 그녀의 러시아어 습득에 큰 도움이 되었다.

1901년 남편을 통해 오자키 고요 문학에 입문하여 가요라는 호를 받는다. 이후 고요가 사망하기 전까지 문장 지도를 받아 번역가로서 우뚝 서게 되었다.

최초의 체호프 소개자

1902년부터 뚜르게네프와 톨스토이의 작품을 번역 발표, 이듬해에는 일본에서 처음으로 체호프의 『달과 사람』『사진첩』을 오자키 고요尾崎紅葉와 공역으로 발표했다. 그리고 1908년에는 『러시아문호 체호프 걸작집』을 간행, 러시아어를 직접 번역한 것이 반향을 일으켰다. 1909년, 11년 두 번에 걸쳐 단신으로 러시아에 가서 체호프『말의 종자』, 쿠우프린『전차 위』등 러시아 문학의 번역을 시작으로『본대로』『체호프 작풍과 러시아 사람의 생활사상』등, 풍속 소개와 기행문 등도 썼다.

『세이토』찬조원에게

1911년 잡지『세이토』가 창간되어 찬조원의 한 사람이 되었지만 히라쓰카 라이초에 의하면 찬조원인 여성작가들은 "거의 원고료도 없이 집필을 계속" 협력했다고 한다. 그리고 여기에『숙부 와니야』『사쿠라 정원』『이와노프』등을 연재하여 그 번역이 주목을 끌고, 1913년에는『사쿠라 정원·숙부 와니야』가 단행본으로 간행되었다. 이듬해 9월『세이토』3주년 기념호에는 체호프의 미완성 번역인 푸시프레스키의「보라및 구슬」을 실었다. 그러나『이와노프』간행의 준비가 갖추어진 1915년 초, 넷째 아들을 출산한 직후에 급성 폐렴에 걸려 2월, 39세의 나이로 급사했다.

후타바테이 시메이가 이룩한 러시아 문학을 유지시키기 위해, 그가 손대지 않았던 새로운 작가의 작품을 번역하여 소개한 가요의 공적은 크다.

『사쿠라 정원桜の園』

라네흐 스카야 부인은 남편이 죽은 후, 아들도 잃고 외국에서 스스로 타락한 생활을 하고 있었지만, 데리러 온 딸 아냐와 오빠 가혜가 살고 있는 곳 '사쿠라 정원'으로 돌아온다. 그러나 그곳은 부채 담보로 잡혀 있어, 별장지로 조성하자는 농노의 아들로 자본가가 된 로바힌의 제언도 공허하게 경매로 넘어가고, 결국 토지는 그의 것으로 된다. 가족이 흩어지던 날 라네흐 스카야는 파리로 돌아가고, 아냐는 오랜 생활과의 결별을 역설하는 만년 대학생 트로피모흐의 생각에 공감하여 여학교로 들어올 결심을 한다. 한 명 남은 늙은 하인 피르스는 사쿠라 나무를 베어 넘어뜨리는 소리를 들으면서 힘없이 소파에 눕는다.

> 아냐 : 어머니, 울고 계시지요? 가엾은 소중한 어머니.
> 나의 소중한 어머니, 나는 어머니를 사랑합니다. 나는 당신의 행복을 빕니다.
> 어머니, 우리의 사쿠라 정원은 벌써 팔려버렸습니다. 이제 없습니다. 그것은 사실입니다. 하지만 어머니 울지 말아요. 보십시오.
> 그렇다 하더라도 어머니는 아직 지금부터의 생활이 있어요. 그리고 선하고 깨끗한 마음이 남아 있지 않습니까? 돌아오세요. 나와 함께 살아요. 제발 돌아와요. 어머니 여기에서 나와 함께 살아요.
> 우리들 또 새로운 정원을, 지금보다도 한층 더 좋은 정원을 만들어 봐요. 그것을

어머니는 실제로 보시면 알게 되겠지요. 조용하고, 온화하고, 깊은 즐거움이 마치 하늘 석양과 같이 마음속에 젖어옵니다. 그리하여 어머니는 결국 미소를 짓겠지요. 어머니 돌아와요, 여기로. 가엾은 어머니! 우리 함께 살아요.

(오카노 유키에岡野幸江)

제3장

다이쇼 초기에서
말기까지의 **여성문학**

1.시대 배경

다이쇼大正의 여명기

연호가 다이쇼로 바뀌자, 정치 정세는 급변했다. 육군의 두 개 사단 증설 요구를 거부한 서원사西園寺 내각이 무너지고, 죠슈長州[86] 군벌軍閥의 제3차 계내각이 조직되어 증사增師 반대, 파벌 타파, 헌정 옹호 등의 여론이 고조되었다. 도쿄·교토·고베·히로시마 각지에서 극심한 민중 데모가 일어나, 이듬해 3월 계내각을 퇴진으로 몰아넣었다. 대역사건[87]으로 상징되는 시대폐색 속에서 메이지 시대는 끝났지만 다이쇼 시대는 민중의 힘이 크게 정치를 뒤흔드는 광경과 함께 시작되었던 것이다.

다이쇼 데모크라시

부국강병의 메이지와 파시즘 대두로 시작되는 쇼와 사이에 끼어 있는 다이쇼 시대는 짧지만, 일본에 정당정치를 꽃피우고 여러 계층의 국민이 정치적으로 시민적 자율을 요구하는 운동을 일으킨 다이쇼 데모크라시의 시대로 기억된다.

국가의 외형적인 발전과 실제 생활의 빈곤을 실감하고 사회를 개조하려고 하는 기운을 민감하게 받아들인 정치학자 요시노 사쿠조吉野作造는 「헌정의 본의를 설명하고 그 유종의 미를 거두는 길을 논하

---

86) 죠슈長州 : 지금의 야마구치현 서부.
87) 대역사건大逆事件 : 1910년 급진 사회주의자에 의한 메이지 천황 암살 계획. 12명이 비공개 재판에 의해 처형됨.

다」(『중앙공론』 1916년 1월)라는 긴 논문을 발표하여 민주주의를 제창하고, 다이쇼 데모크라시의 이론적 지도자가 되었다.

이후 천황의 통치권을 근간으로 하는 국민의 권리 보장이 불충분한 메이지 헌법을 어떻게 바로잡을 것이며, 번벌藩閥[88) 관료가 만들어낸 정치 간행을 어떻게 개선해나갈 것인가가 다이쇼 데모크라시의 사상적 과제였다.

제1차 세계대전

1914년 6월부터 18년 11월까지 4여 년 남짓 걸린 제1차 세계대전에서 일본은 중국대륙을 침략의 발판으로 만들려고 하는 야망을 가지고 영일英日동맹을 이유로 참전했다.

이 전쟁으로 유럽은 많은 인명을 잃고 사람들은 굶어죽는 공포에 시달렸지만 일본은 유럽에서의 수입이 중단된 중국, 동남아시아 시장으로 목화 실·면직물·일용잡화 등을 수출하며 경공업 부분에 진출했다. 또한 선박의 주문쇄도로 조선업은 공전空前의 대성황을 이루어 중화학공업도 성행했다. 일본은 이 대전에 의해 본격적인 공업국·자본주의국이 되었다.

그와 관련하여 근대적 공장 노동자가 증가하고, 다이쇼 초년에는 크리스천인 스즈키 분지鈴木文治 회장 밑에 불과 수십 명의 노동자로 결성된 노동조합 운동의 근원인 우애회友愛會[89) 조직도 급속하게 팽

---

88) 번벌藩閥 : 메이지 유신 때 공을 세운 번藩(에도 시대 다이묘의 영지) 출신의 유력자들이 만든 정치적 파벌.

89) 우애회友愛會 : 1912년 스즈키 분지鈴木文治가 창립한 노동조합. 처음에는 공제·수양 기관의 색채가 강했지만 전국적 조직으로 발전하여 21년 일본노동총동맹으로 개칭.

창했다. 5주년 대회에서는 여자 노동자도 정회원으로 인정받아 부인부가 설립되었다.

1919년에는 회원이 3만 명이 넘었으며 회명會名도 대일본 노동총동맹 우애회로 바꾸고, 8시간 노동제와 남녀평등 임금을 요구하며, 이사에 후지보富士紡의 노무라 쓰치野村つち, 교모스京モス의 야마우치 미나山內みな 두 명의 여성도 선출되었다.

러시아 혁명과 쌀 소동

1917년 11월, 러시아 혁명이 성공하자 소비에트 정부는 바로 독일과의 단독 강화 교섭에 들어갔다. 경악한 열강 제국과 함께 일본 정부도 혁명 간섭에 나서 18년 8월 2일에는 시베리아 출병을 선언했다. 전쟁 중 상업 구조는, 한쪽에서는 물가 상승에 의한 생활고의 목소리가 높아지고 있는 가운데 시베리아 출병을 기대한 미국 상인의 매점매석이 직접적인 계기가 되어 쌀값이 매우 폭등했다.

7월 23일 후지야마현 어민 아낙네들이 쌀의 선적 중지를 요구한 것이 발단이 되어 대 매출을 요구하는 '쌀 소동'이 전국으로 확산되어 1도 3부 39현에서 참가자가 백만 명을 넘는 자연발생적인 소동이 9월 17일경까지 계속되었다.

데라우치寺內 내각은 군대를 출동시키고 신문기사를 못 내게 하여 겨우 소동을 진압했지만, 여론의 총공격을 받아 9월 21일 퇴진했다. 그 뒤를 이어받은 정우회政友會[90] 총재로 하라다카시原敬가 군부대신과 외무대신 이외 모두 정우회 당원으로 구성된 내각을 조직했다. 작

---

[90] 정우회政友會 : 입법정우회의 약칭. 1900년 이토 히로부미伊藤博文가 헌정당憲政党과 일부 관료 등을 모태로 하여 조직한 정당.

위爵位91)를 가지지 않은 평민 재상에 의해 본격적인 정당 내각이 발족했던 것이다.

여성의 직업 진출

메이지 이래 여성의 직업 영역은 일본 자본주의의 발전을 저변에서 담당한 섬유산업의 여자공원을 비롯해 초등학교 교원·전화교환수·간호부·산파·여의사·부인기자·속기사 등으로 서서히 넓혀졌다. 메이지 말부터 다이쇼에 걸쳐서 증세增稅나 물가 상승에 의한 생활고뿐만이 아니라 여성 자신의 진학열과 자립 욕구가 높아져 중류 가정 출신의 여성들도 직업을 갖기 시작했다. 그리고 제2차 대전후에는 교원·사무원·타이피스트·기자·간호부 등의 직종에 종사하고 있는 여성을 '직업부인'이라고 부르게 되었다.

그림 3-1 노동문제연설회
그림 설명

---

91) 작위爵位 : 오등작五等爵(공작·후작·백작·자작·남작)에 속하는 벼슬 또는 그 지위.

여성의 임금이 낮고 보조적인 일에 치우치는 경향이 강한 가운데 초등학교 교원은 1918년에 30.9%로, 5만 명 이상이 여교원으로 근속 연수도 길었다. 1917년 이후 매년 열리는 전국 초등학교 여교원 대회 에서는 남녀평등 임금 외 산전, 산후 휴가 등 모성보호의 절실한 요 망사항들이 제기되어 직업과 가정의 양립이 가능한 조건을 요구하는 분투가 다른 직장보다 먼저 시작되었다.

신부인협회

1918년~1919년에 걸쳐 분쟁이 일어난 '모성보호논쟁'에서는 스스 로도 자식을 키우면서 작가로 활동하고 있는 요사노 아키코, 히라쓰 카 라이초, 야마카와 기쿠에 3인이 여성노동과 가정의 양립을 둘러싼 과제를 이론적으로 모색했다. 논쟁 후 여성 해방의 미래를 사회주의 시각으로 접근한 야마카와 기쿠에는 사회주의 부인단체 · 적란회赤爛 會[92])에 강사로서 참가하고, 무산부인운동의 이론적 지배자가 되어갔 다.

방적공장을 견학하고 열악한 노동조건 하에서 일하는 소녀와 어머 니 노동자의 모습에 충격을 받은 히라쓰카 라이초는 모성의 사회적 권리를 요구하며, 대전 후의 사회개혁에 여성의 입장에서 참가해야 한다며 신부인협회를 결성했다. 1920년 히라쓰카 라이초, 이치카와 후사에, 오쿠 무메오奧むめお를 이사로 하여 화려하게 발족했다. 이 협 회는 먼저, 시안경찰법 제5조 개정과 성병 남자 결혼 제한법 규정의

---

92) 적란회赤爛會 : 1921년 이토 노에伊藤野枝 · 사카이 마코토에堺眞柄 · 야마카와 기쿠에 山川菊榮 등을 중심으로 조직된 일본 최초의 여성 사회주의자 단체. 이듬해 팔인회八人 會로 바뀐다.

서명 등 국회 청원운동에 몰두하지만, 22년 4월 제45의회에서 겨우 제5조 이하의 개정이 통과되어, 정담연설회의 발기인과 방청만이 여성에게 허락되게 되었다. 12월, 협회는 해산되고 단속 단체로써 부인 연맹이 발족되었다.

관동대지진[93]

1923년 9월 1일 오전 11시 58분, 도쿄와 그 주변에 마그니튜드 7.9의 지진이 일어나 화재 발생을 수반한 큰 피해를 입었다. 치안 당국이 쌀 소동과 조선의 3·1운동 및 고양시켜온 노동운동에 대한 위기감으로 경계를 강화하는 가운데 조선인의 폭동이라는 헛소문이 크게 퍼져, 난카쓰南葛 노동조합의 활동가와 조선인 수십 명이 살해된 가메이도 사건[94]을 비롯해 수많은 참극이 일어났다. 16일에는 무정부주의자 오스기 사카에·이토 노에 부부와 어린 조카가 헌병 아마카스[95] 헌병 대위에게 연행되어 암살당했다. 그러한 혼란 속에서 난민 구제에 맨 먼저 앞장선 것은 크리스트교계이고, 교풍회[96]의 부름에 의해 모인 40여 부인 단체 대표인 도쿄 연합부인회를 발족시켜 구제

---

93) 관동대지진 : 1923년 9월 1일 오전 11시 58분에 발생했다. 남 관동에서 진도 6, 피해는 사망자 9만9천, 행방불명 4만3천, 부상자 10만 명을 넘음. 피해 재해 세대도 69만에 이른다.

94) 가메이도 사건 : 관동대진재(1923년 9월 11일 관동대지진으로 인한 재해) 하의 가메이도 경찰서에서 사회주의자들이 학살된 사건.

95) 아마카스 사건 : 1923년 9월 16일 헌병 아마카스 마사히코甘粕正彦 대위 등이 관동대지진의 계엄령 하에서 무정부주의자 오스기 사카에·이토 노에 등을 살해한 사건.

96) 교풍회 : 크리스트교 부인 교풍회의 약칭. 금주를 주장 목적으로 하는 1973년 아메리카의 오하이오 주에서 일어나 훗날 F·E·Williamm여사가 회장이 되어 84년 국제적 조직으로 된다. 일본에서는 야지마 지코 등이 93년 일본 기독교 부인 교풍회를 조직. 금주·폐창·평화를 목적으로 한다.

운동에 몰두했다. 일본의 부인단체인 최초 동맹 단결이었던 도쿄 연합부인회는 이듬해 12월 부인참정권 획득을 위한 기성동맹 결성 등에 큰 역할을 담당했다.

제국의 수도 부흥과 다이쇼의 최후

도시의 급격한 인구집중이 이미 제1차 대전 중에 시작되었지만 도쿄의 거리는 야마노테센 외각으로 확대되어 교외전차의 연선에는 문화주택이 들어서고, 동륜회 아파트라는 아주 새로운 공동주택이 설립되고, 각지에 공설시장이 생겼다. 단발머리에 양장을 한 여성이 긴자를 활보하고, 매스컴의 발달과 대중문화의 보급과 번영 속에서 다이쇼 시대는 저물어갔다.

그러나 다이쇼 데모크라시의 귀결이라고도 할 수 있는 보통선거법은 1925년 3월 치안유지법과의 절충에 의해 겨우 성립되고 부인참정권은 실현되지 않은 채 끝났다.

(누마자와 가즈코沼沢和子)

〈칼럼〉 도시형 핵가족의 출현

자본주의의 발전에 의해 메이지 말부터 도시로의 인구집중이 진행되고 일용 노동자와 봉급생활자가 도시에 증가했다. 신 중류층이라고 불리는 봉급생활자는 1920년 전후에는 전인구의 7~8%를 차지하고, 그 대부분은 핵가족으로 남편은 밖에서 일을 하고 부인은 가사 육아에 전념하는 성별 역할 분업의 가정을 영위했다.

그 형태는 일용 노동자 가족으로도 확대되었다. 가계를 맡아 자녀 부양을 책임지는 주부는 종래의 이에※ 제도와 비교하여 상대적으로 자유스러웠지만, 남편은 부양자이고 부인은 피부양자라는 관계는 새로운 가부장제를 낳았다고 말할 수 있고, 뿌리 깊은 성의 더블스탠더드(double standard)와 엮이어 대등한 여성 관계를 저지했다.

가까운 상담 상대가 없는 핵가족의 부인이 의지할 수 있는 것은 당시 신설된 신문의 신상 상담란과 부인잡지였다. '주부의 좋은 반려자로서 가정용 상담 상대인 잡지'(도쿄 아사히신문)로써, 1917년 창간된 『주부의 벗』은 시류에 부응하는 현모양처주의와 실리성으로 부수를 늘려, 창간 당시 2만 부였던 것이 1930년에는 60만 부에 달했다고 한다. 1920년 창간된 『부인구락부』는 당초에는 지면의 반 이상을 부인문제에 관한 논설, 비평에 할애했지만 점차로 생활 실용지의 색채가 강해졌다.

(누마자와 가즈코)

2. 소설小說

『세이토』의 작가들

『세이토』는 다이쇼기에 들어서 여성해방 사상지의 색채를 강하게 띠지만, 1916년 2월호를 끝으로 영구 휴간되기까지 여성문예지의 면모를 잃지 않았다.

현모양처주의에 반발하며 시대의 젠더 틀에 구애받지 않는 자아에 눈뜬 여성들이 『세이토』라는 공동의 장을 만들어 여성들의 처해진 현실을 응시하고, 삶의 방식을 모색하는 소설군은 확실한 존재감을 가지고 남아 있다.

『세이토』 전52권의 소설 집필자 중에는 찬조원으로 마지막까지 협력한 하세가와 시구레와 오카다 야치요를 비롯해 다무라 도시코, 오지마 기쿠코, 미즈노 센코, 노가미 야에코 등은 『세이토』 이외의 곳에도 작품을 발표하며 『세이토』 종간 후에도 작가로서 각자의 발자취를 남겼다. 그러나 대부분은 '장래 여류문학자를 꿈꾸는' 무명 여성들이었다.

그중에서도 가장 많은 작품을 쓴 스기모토 마사오杉本正生는 후년 대중소설가 기요타니 시즈코淸谷閑子로서 활약한 것이 최근 연구에서 밝혀졌지만, 가토 미도리加藤みどり, 기우치 데이코木内錠子는 30년대 전반에 젊은 나이로 요절했다.

아라키 이쿠코荒木郁子, 모즈메 가즈코物集和子, 고바야시 가쓰코小林哥津子, 오자사 하라데이小笹原貞, 사이가 고토斎賀琴 등 기억해야 할 작가들은 많지만, 소설가로서는 자립하지 못했다. 소수이지만, 말기에 습작을 그려 후에 소녀소설·대중소설 분야에서 활약한 요시야 노부코 같은 작가도 있다. 주로 평론 분야에서 정력적으로 활약한 이토 노에와, 소설과 번역의 가미치카 이치코의 그 후 활동에 관해서는 후술後述한다.

다무라 도시코田村俊子의 활약과 퇴장

다이쇼 전기의 문단에서 가장 화려하게 활약한 여성작가는 다무라 도시코이다. 『여작가』『미이라의 입술연지』『포락지형』등 일련의 대표작을 발표한 후에도 『구기자 열매의 유혹枸杞の実の誘惑』『어머니의 출발母の出発』『압박圧迫』『야착夜着』등, 꼭 읽어야 할 작품을 남겼지만, 점차로 퇴폐적인 정조의 색이 짙은 당시 유행하던 정화情話문학을 쓰기 시작했다. 경제적, 예술적으로 궁지에 몰려 난국 타개를 새로운 연애에 걸었던 그녀는 『파괴하기 전破壊する前』(1918)을 마지막으로 캐나다로 떠났다.

신낭만주의의 조류와 함께 했던 도시코였지만 『그녀의 생활』(1915)은 『세이토』의 일원이었던 이성적 측면이 강하게 나타난 이색 작품이다. 사랑과 상호이해에 의해 맺어진 연애결혼에 있어서조차 여성은 성역할에 순응해야 하는 자기기만을 겪지 않으면 안 된다는 심리적인 메커니즘을 아주 솔직한 문체로 폭로했다.

다이쇼 5년이라는 해

다이쇼 데모크라시 제창이 있었던 1916(다이쇼5)년은 자연주의가 주류를 이루어왔던 문단에서도 새로운 움직임이 보였던 해이다. 『시라카바』파의 작가들이 확고한 위치를 차지하게 되어 신이지파의 아쿠타가와 류노스케가 씩씩하고 경쾌하게 등장하고, 미야지마 스케오宮島資夫의『갱부坑夫』가 출판되어 노동문학의 선구가 되었다. 라이초를 대신하여『세이토』의 편집을 담당한 이토 노에가 남편 쓰지 준을 버리고 오스기 사카에에게로 감에 따라『세이토』는 그해 2월, 제6권 제2호를 끝으로 폐간된다.

연령적으로『세이토』창단 멤버의 여동생에 속하는 만 17세의 주조 유리코中條百合子가『가난한 사람들의 무리』를 발표하여 천진난만하면서도 유망한 작가로 등장하고, 소세키의 지도 아래 출발하여 착실히 실력을 배양해 온 노가미 야에코는 제1단편집『새로운 생명新しい命』을 발표했다. 그리고 12월 9일 소세키 죽음으로 세대교체 바람이 불기 시작하며 1916년은 지나갔다.

시라키 시즈素木しづ와 미즈노 센코水野仙子의 죽음

주조 유리코가『중앙공론』9월호에 등장하기 이전, 1916년 초두 문단에서 신진작가 10인 이내에 든 여성으로 유일하게 거론된 사람은 시라키 시즈였다. 1915년 가난한 청년화가 우에노야마 기요쓰구와 결혼하여 여자아이를 출산, 외다리의 허약한 몸으로 가사와 육아, 창작에 힘썼다. 그 실생활을 소재로 한『황혼의 집 사람들たそがれの家の人々』(1916년)『아름다운 감옥美しき牢獄』(1917년)을 비롯해, 섬세하고 다정다감한 작품을 많이 발표했지만 1918년 22세라는 젊은 나이로 요절했다.

미즈노 센코는 입원과 퇴원을 반복하는 투병생활 속에서『길』

(1917년)『거짓말하는 날』(1918년) 등, 정밀하고도 침착한 관찰력에 의해 인생 관조의 깊이를 나타내는 가작을 발표했다. 말년에는 아리시마 다케오의 사상적 영향을 강하게 받았지만, 끝내 1919년에 30세로 사망했다.

이토 노에伊藤野枝의『전기轉機』

『세이토』시대의 이토 노에는 집안의 강제적인 결혼을 거부하고 고향을 뛰쳐나올 당시의 모습을 그린 일연의 자전적 소설을 썼다. 내용적으로 그 일과 관련이 있는『걸식乞食』과『전기轉機』는 오스기 사카에와 맺어진 후인 1918년의 작품이고,『망설임或ひ』도 그 무렵의 집필일 것이라 추측된다.

이 3편에는 사회 인습에 대한 반항심과 자유에 대한 갈망이라는 공통점이 있는 부부이면서도, 사회에 대한 시각 차이가 부부애에 균열을 가져온 쓰지 준과의 결혼생활이 그려졌다. 그중에서도『전기』는 아시오 광독사건足尾鑛毒事件[97]의 피해촌민에 대한 쓰지 준(작중에서는 T)의 냉담한 태도에 증오를 느낀 회상을 포함해 오스기(작중에서는 야마오카)와 둘이서 방문한 야나카 마을이 높은 제방에 둘러싸여 하나의 커다란 저수지가 되어 있는 황량한 풍경을 인상 깊게 묘사했다. 역사의 증언으로서도 귀중한 자료이다.

---

97) 아시오 광독사건足尾鑛毒事件 : 후루카와 재벌이 경영하는 아시오동산銅山에서 유출된 광독으로 화재를 입은 와타라세渡良瀬강 하류의 농민들이 광업정지 · 피해보상을 요구하며 청원 · 반대운동을 일으킨 사건으로, 특히 1890년대 이후 큰 사회문제로까지 확대되었다.

『씨 뿌리는 사람種蒔く人』과 가미치카 이치코神近市子

프랑스에서 돌아온 고마키 오우미小牧近江를 중심으로 아키타현에서 3호를 낸 후, 다시 도쿄에서 재간된 문예지 『씨 뿌리는 사람種蒔く人』은 일본에 있어 프롤레타리아 예술운동의 선구가 되었다. 재간 제1호(1921년 10월)는 아키타 우자쿠秋田雨雀, 아리시마 다케오, 안리 바르뷰스 등 기고를 약속한 29인의 집필가를 발표하여 주목을 받았지만, 여성으로서는 가미치카 이치코, 야마카와 기쿠에山川菊榮 두 사람의 이름만 올라 있다.

야마카와 기쿠에는 『세이토』 말기의 폐창논쟁에 등장한 이래 사회주의 여성론의 대표적 논객論客이 되었다. 『씨 뿌리는 사람』 재 간행 제1호에는 소설 『석탄찌꺼기石炭がら』를 기고했다. 오스기 사카에를 에워싼 히가케차야사건으로 2년간의 복역을 마친 가미치카 이치코는 소설 『오아칸오로시雄阿寒おろし』(1922년 1월) 등을 발표하여 프롤레타리아 문학 운동에 관여했다.

『처녀지處女地』와 다카노 쓰기鷹野つぎ

『처녀지處女地』(1922~23년)는 시마자키 도손이 여성의 인간적 자각과 개성의 육성을 위하여 만든 문예교양지이다. 지우誌友의 여성들 가운데 발간 의도를 가장 잘 이해하고 협력한 사람은 1920년 이래 도손의 가르침을 받은 다카노 쓰기鷹野つぎ였다. 그녀의 제1작품집 『슬픈 배분悲しき配分』(1922년)은 도손의 서문으로 시작된다.

표제작表題作은 혼자 임지에서 생활하고 있던 남편이 돌아와 평온한 가정생활을 하면서 느끼는 부인의 미묘한 소외감을 그린 단편이다. 근대 작가에게 있어서 남편이 사회적으로 유능한 일꾼이며 아이들에게도 매력적인 아버지일수록 부인은 폐쇄된 가정 속에서의 육아 보육의 노고가 충분히 보상받지 못한다고 느끼는 경우가 많다. 현모양처 이데올로기에 저촉되는 감정의 '편협한 아집'을 자각하면서도 어머니에 대한 배분의 슬픔을 느낄 수밖에 없다던 다카노 쓰기는 1943년 사망에 이르기까지 11권의 소설집, 평론집을 남겼다.

우노 지요宇野千代의 등장

1921(다이쇼10)년 1월, 『시사신보時事新報』의 현상 단편소설에 후지무라 지요藤村千代의 『기름진 얼굴脂粉の顔』이 일등으로 당선되었다. 제2작인 『무덤을 파헤치다墓を発く』가 이듬해 5월호 『중앙공론中央公論』에 게재된 것이 계기가 되어 작가가 되었다. 이혼 후에 성을 우노宇野로 다시 바꾼다. 후년 오랫동안 분방한 남성 편력을 승화한 맑고 투명한 문학적 경지를 열어가게 된다. 여자의 용모와 육체가 돈으로 환산되는 현실을 거리낌 없이 받아들여 그 현실을 역이용하여 이득을 보는 것도 알고 있는 여자들을 자신의 분신으로 그리는 것도 꺼리지 않는 여성작가의 출현이었다. 자신의 생각을 숨긴 '모방의 천재'(1934년)라는 자기 분석도 하지만, 낙태죄에 부들부들 떨고 있는 가난한 부부를 그린 『꿈夢』(1924년) 등, 경멸하기 힘든 좋은 작품을 다양하게 발표하며, 다이쇼 말년까지 4권의 작품집을 간행했다.

『문예전선文藝戰線』의 여성작가

『씨 뿌리는 사람』이 관동대지진에 의해 부득이하게 폐간된 후 프

롤레타리아 문학 운동을 재건하기 위하여 1924년 6월 『문예전선文藝戰線』이 창간되었다. 소수의 여성작가의 소설로는 『열일烈日』(1925년 3월)의 와카스기 도리코若杉鳥子, 『차가운 미소冷たい笑』(1926년 3월)와 『낡은 장식장古戶棚』(1926년 12월)의 히라바야시 다이코平林たい子, 『신주의 아이神主の子』(동년)의 마쓰이 슈코松井繡子가 있다.

와카스기 도리코는 앞서 『처녀지』에도 기고하고 있었지만 『열일』에 의해 인정받아 다이쇼 말년까지 『양상의 다리梁上の足』등 십여 편을 각지에 발표, 인도적이고 섬세한 작풍으로 쇼와기에는 『전기戰旗』파의 작가로서 활약한다.

한편, 히라바야시 다이코는 자조와 반항의 미소를 머금은 다부진 모습으로 등장했다. 다이코의 본격적인 창작 활동은 1927년 이후이다. 출발 당시의 다이코에게서 보이는 남성 편력의 경망함은 우노 지요와 비슷한 점이 있지만 에세이 『부인 작가여, 창부여婦人作家よ, 娼婦よ』(1925년 9월)에서는 양성 관계를 억압·피억압의 계급관계로 보는 시점을 나타내고 있어, 그 점에서는 지요와 대조적이다.

다이쇼에서 쇼와로

그런데 약관 20세의 히라바야시 다이코가 『부인 작가여, 창부여』라는 에세이에서 '남성 중심의 부르주아 문단'에 자리를 차지하고 있는 부인작가란 어떤 멤버였을까. 다이쇼기에는 『세이토』에 모인 사람들을 비롯해 소설을 쓰는 많은 여성들도 결혼이나 다른 분야로 진출해 점차 그 모습이 사라졌다.

기술한 바와 같이 작가로서 활약한 적은 무리 속에서도 몇 명인가

는 이미 퇴장했다(이토 노에도 관동대지진 후 학살당했다). 다이코의 시야에 있었다고 생각되는 작가는 우선 노가미 야에코, 주조 유리코中条百合子, 우노 지요宇野千代, 거기에 대중작가로서 자리를 확보한 요시야 노부코와 잡지『우먼·커런트』를 주재한 미야케 야스코三宅やす子이다. 여기에 오랫동안 시가 나오야志賀直哉의 사사를 받은 작품『미쓰코光子』(1926년)를 간행한 아미노 기쿠網野菊, 세련된 자기 억제와 모더니즘의 묘미를 살린 멋을 포함한 결혼생활을 그린『어떤 대위ある対位』(1926년)의 사사키 후사ささきふさ 정도를 포함하여 프롤레타리아 문학 융성기를 맞이하려고 할 때의 문단의 여성작가들이었다고 할 수 있다.

그중에서도 왕성한 지적 관심으로 교양을 쌓고 사회적 시야의 확대로 진출한 여성 지식인 작가는 노가미 야에코와 주조 유리코라 할 수 있다. 쇼와기에 들어 노가미는『마치코真知子』와『젊은 아들若い息子』로, 동반자 작가 유리코는『노부코伸子』를 쓴 후 소비에트로 여행을 떠나 프롤레타리아 작가로의 길을 걸어가게 된다.

〈칼럼〉 연애 · 결혼 · 이혼의 자유를 찾아서

여성문학 잡지로서 출발한 『세이토』는 '신여성'의 집단으로 세간의 비난과 야유를 받았지만 굴하지 않고, 오히려 여성 해방의 방향을 모색하는 문제의식을 자극했다. 사원들의 생활 추이에 따라 스스로 자신의 의지로 선택한 반려자와의 연애와 결혼을 사색의 대상으로 한 에세이나 소설을 지상에 발표했다. 부모가 정해준 상대와 결혼할 수밖에 없었던 시대에 스스로가 사랑과 성의 주체로써 행동하는 『세이토』 여성들의 담론과 실천은 자유연애, 자유결혼을 시대의 언어로 끌어들였다고 할 수 있다.

남편의 방탕함으로 고민해 온 백작의 딸 요시카와 가네코芳川鎌子의 운전수와의 자살 미수, 존경을 받고 있던 작가 아리시마 다케오와 남편이 있는 『부인공론婦人公論』 기자 하타노 아키코波多野秋子와의 동반자살, 재산을 목적으로 후쿠오카의 탄광왕과 결혼할 수밖에 없게 된 야나기하라 하쿠렌柳原白蓮이 아버지에게 공개 절연장을 내밀고 젊은 애인 곁으로 달려간 사건 등이 저널리즘을 떠들썩하게 했다.

1922년에는 『주부의 벗主婦の友』이 "연애와 결혼"이라는 특집을 구성하고, 구리야가와 하쿠손厨川白村의 『근대의 연애관近代の戀愛觀』에서 문예로 보는 성과 연애의 의식을 추구하며 자유연애를 주장하여 청년 남녀 사이에서 베스트셀러가 되었다. 그러나 현실적으로 남녀의 새로운 관계의 가능성을 가진 것은 겨우 직업부인의 일부에 지나지 않았다.

(누마자와 가즈코)

그림 3-2
노가미 야에코

◈ 노가미 야에코野上彌生子[98]

이상적인 결혼

오이타현 기타아마베군 우스키 마을에서 성업 중인 양조업을 하는 고테가와카가小手川家의 장녀로 태어났다. 15세에 상경하여 메이지여학교에 입학하나 수준 높은 수업에 어학력 부족을 통감하여 가정교사로 동향의 제1고생 노가미 도요이치로野上豊一郎를 소개받는다. 여학교를 졸업하던 해 도쿄대 영문과에 재학 중인 그와 결혼한다. 일생 공부를 계속하기에 가장 적합한 상대로 생각한 용기 있는 자유결혼이었다. 소세키 문하생인 도요이치로는 집에서 기다리는 젊은 부인에게 소세키 산방의 앙양된 문학적 분위기를 상세하게 전하며, 부인의 습작을 가져가 선생님의 지도를 받아왔다.

소세키는 우선 사생문에서 시작하도록 권하고 문학자로서 연륜을 쌓을 것과 모든 사고에 철학을 가지도록 가르쳤다. 야에코는 평생 그것을 충실히 지키고 근면한 독서와 집필 생활을 지속하여, 경이적으로 번창해 가는 작가로서 성장하게 되었다.

서재파書齋派 어머니 작가

어머니 세대의 고풍스런 자기 억압적인 결혼과 사랑의 형태를 제재로 관찰력과 묘사력을 연마하며 출발한 야에코는, 다이쇼 시대에

---

98) 노가미 야에코野上彌生子 : 1885~1985년, 오이타현 출생, 본명 : 야에.

들어와서 우선 3권의 책을 출간했다. 그리스 신화의 번역『전설 시대 伝説の時代』(1913년), 신작 아동문학『인형의 바람人形の望』(1916년), 단편소설집『새로운 생명』(1916년)이 그것이다. 번역은 근대적이고 합리적인 사고와 유럽의 딱딱한 문체형성으로 구성되었는데,『인형의 바람』에 함축되어 있는 이념―"인간에게 가장 중요한 것은 지혜이고, 정신적 희로애락이야말로 진정한 희로애락이고, 그것들을 가지려면 부단히 노력해야만 한다."―은 야에코의 생애를 관철하는 생활 신조였다.

또『새로운 생명』은 어린이들의 생활 태도를 관찰하고 그 사랑스러움에 경탄하여 다이쇼 교양파다운 평민주의와 엘리트 의식의 사이에서 교육 때문에 노심초사하는 어머니의 심리를 그린 일연의 작품을 수록했다.

세 명의 남자아이의 어머니로서 이해심 깊은 남편과 살아가는 중류 지식계급 가정의 주부로서 살아온 야에코는 아이들의 성장과 함께 시야가 넓어져『마치코眞知子』『젊은 아들』『미로迷路』등 격동의 쇼와라는 시대에 고민하는 젊은 세대를 그렸다.

『해신환海神丸』의 위치

노能99)와 요쿄쿠謠曲100)에 조예가 깊어 희곡도 쓰기 시작하는 등 자기의 영역을 넓혀가고 있던 야에코는 1922년,『조교수 B의 행복助敎授Bの幸福』과『다쓰코多津子』등 신현실주의적 경향을 나타내는 작품

---

99) 노能=노가쿠能樂 : 일본의 고전 예능의 하나. 일본의 가면 음악극.
100) 요쿄쿠謠曲 : 노가쿠能樂의 사장詞章·대본 또는 그것에 가락을 붙여 노래함.

을 포함한 『소설 6개小説六つ』를 정리하고, 나아가 표류선상의 인육기식 살인사건이라는 충격적인 소재를 실감나는 묘사력으로 그린 『해신환海神丸』으로 신경지를 개척했다.

그리고 기인으로 알려진 숙부를 모델로 『준조와 그 형제準造とその兄弟』 등 연작(1923~25년)에 몰두, 『오이시 요시오大石良雄』(1926년)에서 역사에 신해석을 덧붙이는 등 작가로서의 자신을 다져 갔다.

『해신환海神丸』

선장 이하 4명의 선원를 태운 65톤의 해신환은 폭풍에 모든 돛을 잃고 표류하는 신세가 되었다. 임시 고용인 하치쿠라는 고로스케를 끌어들여 선장에게 반항하고 뱃머리 갑판 아래에 있는 선구실에서 농성을 벌인다.

인용 부분은 굶주림으로 괴로워하던 하치쿠라가 선장의 조카 산키치에 대한 살의를 모의하고 있는 장면이다. 살인은 실행되지만 인육기식에는 다다르지 못하고, 신앙으로 지탱해 온 선장을 비롯해 세 사람의 가지각색의 극한적인 삶에 대한 집착이 묘사되어 있다. 그 후 출항 59일째에 우연히 맞닥뜨린 기선에 의해 3명은 구조된다.

물조차 목으로 넘길 수 없을 정도로 지쳐 있는 몸을 큰 대자로 뒤로 젖힌 채 그는 해가 뜨고 져도 먹을거리에 대한 망상에 빠져 있었다. 산키치가 물을 기를 때 그의 무서운 눈을 느낀 것은 바로 그때였다. 그 눈이 매일 끔찍하게 반짝이기 시작한 것을 느낀 것도, 산키치의 생각만은 아니었다. 실제 하치쿠라는 하나의 전율할 만한 생각에 사로잡혀 있었던 것이다.

그는 하루에 몇 번이나 뇌리를 스쳐지나가는 산키치를 보고 있는 동안에, 자신의 음식물에 대한 망상과 그 소년과를 따로 분리해서 생각할 수가 없게 되었다. 그때는 더워서 짧은 아쓰시[101]로 된 옷을 입고 있었기 때문에 아랫도리가 한눈에 휜히 들여다보이는 산키치의 날씬한 양다리와 푸른 팬츠를 입은 그다지 야위지 않은 처녀와 같은 오동통한 둥근 허벅지는 하치쿠라의 잔인한 흥미를 불러일으켰다. 그 다리와 허벅지 윗부분의 모습에서 인간도 짐승과 비슷하다.—저 항만 공사장 뒤쪽에 있는 푸줏간에 매달려 있는 소의 넓적다리 살은 단지 그보다 훨씬 클 뿐이다.—이런 생각을 하면서 그는 잠깐, 자신의 곁을 스쳐지나가는 하나의 허벅지와 발을 응시했다.—그 순간, 가게 앞에 걸려 있는 고기에 순식간에 석양이 강하게 내리쬐었다. 고기는 새빨간 융단과 같이 불탔다. 하치쿠라는 이빨을 드러내고 갑자기 그 커다란 고깃덩어리에 달려들어 게걸스럽게 먹었다. 하지만 그것이 정말로 소고기였을까, 아니면 산키치의 찢어진 허벅지였을까. 그는 의식적으로는 구별을 할 수가 없었다. 제정신이 들자 자신의 두려운 욕망에 몸을 떨었다.

"옛 속담에 미루어보면 나는 귀신일지도 모른다."

그림 3-3
미야모토 유리코

◆ 미야모토 유리코中條 : 宮本百合子[102]

17세의 출발

건축가 주조 세이치로中條精一郎와 요시에葭江의 장녀로 태어났다. 처음 필명은 주조 유리코였지만 1937(쇼와12)년에 미야모토 유리코로 바꾸었다. 할아버지는 후쿠시마현 전사典事로서 아사카安積 들판 개척에 정열을 바친 주조 세이코中條政恒, 외할아버지는 궁중 고문관과 화족여학교장을 지낸 윤리학자 니시무라 시게키西村茂樹다. 문부성 공무원을 사직한 아

---

101) 아쓰시 : 난티나무 껍질 섬유로 짠 아이누인의 옷감.
102) 미야모토 유리코中條 : 宮本百合子 : 1899~1951년, 도쿄東京 출생, 본명 : 유리.

버지가 민간 서양풍 건축가로서 커다란 업적을 이루어가는 홍륭기의 가정에서 성장했다.

어머니 요시에는 화족학교를 우등으로 졸업한 재원으로, 상승기 중류 가정의 주부로서 훌륭하게 내조한 공은 인정받았지만, 그것만으로 만족할 수 없는 강한 자아를 가진 정열적인 기질이 있는 여성이었다.

요시에는 딸의 문학적 재능을 알아채고 자신의 문학 취미도 부활시키며 딸이 쓴 소설을 세상에 발표할 수 있도록 했다. 『가난한 사람들의 무리』(1916년)가 당시의 『중앙공론』에 게재되어 유리코는 화려한 데뷔를 했다. 일찍이 조부 세이코가 개척을 지도한 농촌에서의 견문을 토대로 글을 썼다. 17세의 미숙함은 있지만 리얼한 묘사력과 사회적 사고력이 뛰어나, 그 후 작가로서의 걸음을 예고하는 것이었다.

뉴욕에서의 연애와 결혼

1918년 가을, 건축 일로 출장 가는 아버지를 따라 미국으로 건너갔다. 부친의 귀국 후에도 콜롬비아대학 청강생으로 뉴욕에 체류, 고대 동양어 연구자 아라키 시게루荒木茂와 연애하여 결혼했다. 1919년 말 귀국하여 아라키 시게루와 가정을 이루었지만, 성격 및 생활 목적의 불일치로 고민하던 중, 러시아 문학자 유아사 요시코와의 만남으로 용기를 얻어 1924년 여름 이혼하기로 용단을 내렸다. 이 연애에서 이혼에 이르는 자신의 일을 그린 것이 장편소설 『노부코』(『개조改造』 1924년 9월~26년 9월에 단속 연재)이다.

프롤레타리아 작가로의 전진轉進

1927년 12월 유아사 요시코와 함께 혁명 후 10년이 된 소비에트연 방으로 건너간다. 그 사이 반년 동안은 서유럽을 여행한다. 3년 후에 귀국하자마자 프롤레타리아 문학 운동에 참가한다. 예리한 평론가이 며 문학 활동의 동지인 미야모토 겐지宮本憲治와 결혼하지만, 대탄압 으로 신혼 2개월 만에 겐지는 지하활동으로 들어가나 검거 투옥되어 패전 후 석방될 때까지 13여 년을 함께 살 수 없는 부부로 지낸다. 유 리코 자신도 검거 투옥이 거듭되면서, 운동 붕괴 후의 곤란한 시대에 최후까지 군국주의에 저항하고, 집필 금지가 풀릴 때마다 짬짬이 왕 성한 작가활동을 계속한다.

『노부코伸子』

자신이 원하는 대로 살아가고 싶어 뉴욕에서 온 19세의 노부코는 주위의 반대를 무릅쓰고 15세나 연상인 쓰쿠다佃와 결혼한다. 하지만 귀국하여 가정을 꾸리고 보니, 결혼한 여성에게 부여된 가사에 익숙 해질 수 없는 예술가로서 성장한 노부코와 미국에서의 오랜 고학으 로 지쳐 휴식을 원하는 쓰쿠다와의 갭이 날로 깊어졌다.

인용은 『노부코』의 마지막 장으로, 시골의 조모 집에서 쓰쿠다와 의 5년간의 결혼 생활을 추억하는 장면도 있다.

(전략) 지금 노부코의 마음은 병적으로 많이 깊어져 있었다. 농촌의 천지를 부지 런히 바꾸어가는 자연의 힘과, 자신과 쓰쿠다佃를 지배하는 생존의 힘을 온몸으 로 깊이 느꼈다. 자신이라는 한 사람의 여성 속에 있는 여러 가지 욕망과 본능. 무

엇이든지 장밋빛으로 불타오르는 음영이 비치는 여유조차 가질 수 없었던 20세의 정열—정욕도 거기에서는 명확한 힘이었다. 35세의 쓰쿠다가 긴 방황 후 피로와 휴식의 욕망을 가지고 나타났다. 그 지친 모습조차 놀라거나, 헌신하거나, 눈물을 흘리거나, 뭔가에 열중하고 싶었던 노부코의 젊디젊은 생명으로서의 자극이 되었다.

노부코는 자신의 정열에 도취되어 전력으로 쓰쿠다를 자기 쪽으로 끌어들였다. 노부코 생명 속의 정열이 거기에 녹아내려 두 사람의 생활에 두터운 정을 느낄 정도의 의지가 있었더라면 무사했을 것이다. (중략) 그런데 노부코의 정열은 쓰쿠다 한 사람에게만 쏟아지지 않았다. (중략) 생활에서 그녀가 구하고자 하는 것은 남편 쓰쿠다가 구하고자 하는 '자신의 안이'라는 생존의 표어와 같은 것이 아니었다. 그녀는 지면에 비치는 그림자조차 두 사람이 있으면 두 개가 되는 것을, 남과 여 두 사람이라면 두 사람에게 맞을 만큼의 넓고 깊게 나날이 새로운 인생을 살아가지 않으면 안 된다고 믿었다.

거슬러 올라가 하나의 정열이 사랑으로도 나타나고, 미움으로도 나타나는 두렵고 생생한 마음의 해류, 또 자신의 마음속에 강한 자유와 독립에 대한 욕구가 멈추지 않는 본능이 있는 것, 그리고 그것은 사람과의 교섭에 있어 실로 깊게 빠져들고 쉽게 믿고, 쉽게 받아들이는 자신의 성질에 대하여 자연이 가져다준 유일한 의미 깊은 지팡이인 것 등, 노부코는 오랫동안 조용하게 날이 새고 지는 농촌의 일상에서 깨달아갔다.

그림 3-4
아미노 기쿠

◆ 아미노 기쿠網野菊[103)]

네 명의 어머니

아미노 기쿠는 신변에서 제재를 구하는 이른바 사소설을 계속 쓰면서 나르시시즘의 폐단에 빠지지 않고, 객관적으로 일관되게 나

---

103) 아미노 기쿠網野菊 : 1900~67년, 도쿄東京 출생.

아가 1945년 이후에는 3대에 걸친 일족의 복잡한 인간 모양에도 메스를 가한 좁지만 깊이 있는 문학세계를 구축해 온 작가이다.

양친 모두 메이지 초기에 신슈信州의 농촌에서 도쿄로 올라온 가난한 집에서 태어났다. 아버지는 마구직馬具職의 도제徒弟봉공의 임기를 마치고 독립하여 군수 관련 제품의 제조 판매업자로서 성공을 향한 길을 걷기 시작한다.

그런데 기쿠가 6세 때, 어머니 후지노가 가난한 친정을 돕기 위해 실수를 범하여 간통죄로 문초를 당하고 집을 나가게 된다. 그 후 기쿠는 성미는 깔끔하지만 말씨가 거친 계모 밑에서 어린 시절을 보낸다. 아버지는 제 삼, 사의 계모를 거듭 맞이한다. 아미노 기쿠의 문학은 의리 있는 어머니를 비롯하여, 타자와의 관계 속에서 인간통찰력이 예리해져 생모와의 생이별로 인해 생긴 숙명적인 불행을 표현하지 않고는 견딜 수 없는 것에서부터 시작된 것이다

은밀한 출발

아미노 기쿠의 자필 연보에는 반쵸소학교에서 지요다여고, 일본여자대학에 혼자 힘으로 입학하기까지에 이르는 내막이 상세하게 기록되어 있다. 상인의 집에서 일반적인 상식을 깨고 진학한 것이 문학자로서의 인생을 열어주었다는 자각이 강하기 때문일 것이다.

일본여자대학 영문과에 진학한 시점에서 이미 작가 지망을 마음으로 결정했지만, 동급생인 주조 유리코가 『가난한 사람들의 무리』로 문단에 데뷔한 것이 강한 자극이 되어, 제1작 『이월二月』을 완성했다. 초라한 생모가 교문 밖에 숨어서 기다리고 있던 것을 소재로 딸 미쓰

코의 혐오감과 연민을 그렸다. 이후 재학 중에 몇 편인가의 작품을 쓰고 졸업 후 단편집 『가을秋』을 자비로 출판했지만, 작가로서 세상에 알려지지는 않았다.

시가 나오야志賀直哉와의 만남 이후

1920년 일본여자대학을 졸업한 기쿠는 마음속으로는 자립을 생각했지만 계모가 장티푸스로 사망했기 때문에 아버지가 있는 집으로 돌아온다. 그 경험을 소재로 한 것이 『미쓰코』(1926년 2월 『중앙공론』에 발표)이다. 1923년 관동대지진을 피해 교토로 피난했을 때, 전부터 사숙私淑하고 있던 시가 나오야의 임시거처를 방문했다. 시가는 보관하고 있던 『미쓰코』의 원고를 읽고 재능을 인정하여 기쿠의 평생 스승이 되었다.

1930년 결혼하여 남편의 임지인 만주 봉천으로 떠났다. 문학을 버리면서까지 선택한 결혼이었지만 결국 실패하여 1938년 이혼한다. 자신을 포함한 일본의 가족제도, 결혼 제도에 있어서 부인의 모습을 주시한 『부인들妻たち』을 완성하고, 다시 문필을 살릴 결의를 굳힌다. 1942년에 새로 쓴 중편집 『젊은 날若い日』은 다이쇼기의 지적 여성의 청춘을 그린 신선한 가작이다.

『미쓰코光子』

직업을 가지고 집을 나와 자립한 미쓰코는 의리 있는 어머니의 부드러운 어조에 "어머니도 변했구나." 하고 기쁘게 생각할 때쯤, 다시 어머니의 기분이 과격하게 변하여 농락당한 기분이 된다. 그것이 발병의 조짐이었던가. 어머니는 갑자기 장티푸스가 의심되어 입원하고 불과 6일 후에 위독한 상태에 빠졌다. 마지막 대면에 미쓰코가 머뭇거리며 얼굴을 가까이 대자, 어머니는 친자식인 남동생이 보고 싶다며 부드러운 표정으로 히죽 웃었다. 자신을 믿고 웃는 그 미소에 미쓰코는 뭐라고 말할 수 없을 정도의 슬픔을 느꼈다. 인용은 어머니의 죽음 직후, 할머니와 큰어머니의 말을 듣고 자신이 친어머니가 아니라는 것을 무의식중에 항상 인지하고 있었음에 스스로 놀라는 장면으로, 이 소설의 마지막 부분이다.

미쓰코는 이런 경우, 특히 오늘 아침 그 어머니의 미소를 떠올리며 그러한 생각을 하는 것은 자신의 잘못이라고 생각했다. 하지만 그럼에도 불구하고 미쓰코는 고인이 어떻게 할머니와 큰어머니에게 미쓰코의 일을 고자질했는가 하는 이야기를 들려주면 들려줄수록 자신의 마음이 냉정해져가는 것을 느꼈다. 그렇게까지 비뚤어지고, 뒤틀려 있었다는 것은 상상도 못했다.
미쓰코는 어머니의 죽음 앞에서, 당연히 자신이 양녀라는 이름에서 벗어나 순수한 마음으로 슬퍼하는 것이라고 생각했다. 하지만 실제는 그렇지 않았다. 어머니의 생전 이상으로 자신은 지금 친딸이 아니라는 생각에 사로잡혀 있는 것이다. 그런 생각에 미쓰코는 울려고 해도 울 수 없는 슬픔을 느꼈다. '모든 사람들로부터 도망쳐서 오로지 한 사람의 어머니의 죽음이라는 사실에 대해서만 생각할 수 있다면……. 그렇다면 혹, 자신이 정말로 어머니의 죽음을 슬퍼하는 기분이 들지도 모른다.'고 생각했다. 하지만 당분간은 그런 생각이 들 것 같지도 않았다. '앞으로 얼마나 이 외로움, 슬픔에 빠져 있을 것인가.' 그렇게 생각하자 미쓰코는 거의 절망적으로 느끼지 않을 수 없었다.

그림 3-5
요시야 노부코

◈ 요시야 노부코吉屋信子104)

숨은 페미니스트

소녀소설 『꽃 이야기』의 작자로 출발하였으나, 쇼와에 들어와 『여자의 우정女子の友情』 『하나의 정조一つの貞操』 『양인의 정조良人の貞操』 등 많은 장편을 연재하여 광범위한 독자층에게 인기 있는 작가가 되었다.

근래 고마샤쿠 기미駒尺喜美가 "일반 서민 여성들의 눈길이 미치는 소설 중에서 (중략) 여성의 평등에로의 길을 호소했다.", "숨은 페미니스트"라고 평가한 것을 비롯해 『세이토』의 정신을 계승한 작가로 재평가되고 있다.

투서가에서 작가로

노부코는 칠형제 중 다섯 번째로 태어난 외동딸이다. 아버지는 공무원으로 각지의 임지로 옮겨 다녔다.

도치기여고에 입학할 무렵부터 투서를 시작한 『문장세계』 『신조』 등에 거듭 입선했지만, 완고한 어머니는 그것을 기뻐하지 않았다. 여학교를 졸업하고 3년 뒤, 셋째 오빠가 아버지를 설득하여 숙원의 상경을 한다. 후기의 『세이토』에 큰 영향력이 있었던 야마다 와카와 가요시 부부에게 영어를 배우고, 엘렌 케이의 독서회에 참가, 『세이토』

104) 요시야 노부코吉屋信子 : 1896~1973년, 니가타新潟 출생.

1916년 1월호와 2월호(최종호)에는 노부코의 습작이 게재되었다. 같은 해『꽃 이야기』제1화가『소녀화보』에 채택되어 당시의 여학생의 심정을 대변하는 것으로 애독되고, 이후 7년간 장기 연재가 되었다.

어른용 소설의 첫 번째 작품은『땅 끝까지地の果まで』로, 오사카 아사히신문의 장편 현상 소설에 일등으로 당선되어, 1920년 초반에 같은 곳에서 연재되었다.

『다락방의 두 처녀屋根裏の二處女』는 장편 두 번째 작품으로 1920년 1월에 출판되었다. 고독하고 공상벽이 있는 현실 부적응형의 다키모토 아키코滝本章子가 차갑고 맑은 눈의 아름다운 이단자 아키쓰 다마키秋津環를 만나 살아가는 용기를 얻는다는 레즈비언·페미니즘소설이다. 상경할 당시의 아키코의 옛 모습을 느낄 수 있어 사소설적인 면도 보인다.

『다락방의 두 처녀屋根裏の二處女』

조실부모하고, 시골의 사립여학교를 졸업하자마자 상경한 아키코는 형식화된 종교 생활과 수험공부에 적응하지 못하고, 보증인인 하타나카 선생으로부터도 버림받아 YWA의 다락방으로 옮겨간다. 옆방의 여자 학생 아키쓰 씨에게 동성애를 느끼고 그녀의 친구 틈에 들어가 청춘의 기운을 맛보며 자신을 회복해 간다. 구도 씨는 하카마를 약간 내려 입은 상쾌한 여성으로 아키쓰 씨가 산 검은 비단 주머니를 자신들 8인 동료의 우정의 표시로써 착용하고 있다

한 해가 저물어 크리스마스가 다가와도, 보너스도 없고 대청소를 할 필요도 없는

아키코, 아키쓰, 구도 등은 세상의 두려운 요괴 시험이 끝나자 속박에서 벗어나 사슬 풀린 작은 새와 같이 재잘거릴 뿐이었다. 어느 날 아키쓰와 구도, 야노와 아키코 네 사람은 계단 아래의 복도에서, 사무실에서 나오는 다카다 선생과 딱 마주쳤다.

다카다 선생은 안경을 통해 구도와 아키쓰 쪽을 보고, 우쭐거리며 익살스런 얼굴로 놀리듯이 웃으며 말했다.

"이봐요, 젊은 양반. 벌써 크리스마스요. 빈둥빈둥 거리지 말고 이쪽으로 와서 좀 도와줘."

"선생님 우리는 노는 것이 바로 크리스마스예요."

구도 씨가 대답했다.

"그런 세속적인 말은 하지 말아요. 착한 사람이니까, 합창이나 여흥의 가극이라도 좋으니 보여줘요. 네 여러분, 조금이라도 하나님께 봉사하는 마음을 가져야 해요."

"선생님 못 본 채 해주세요. 자신에 대한 봉사도 아직 부족하니까요."

구도 씨가 이렇게 말하고 앞서 걸어갔다.

다카다 선생은 눈살을 찌푸리며 아이들의 밉살스러운 말을 흉내 내며 아래턱을 쑥 내밀면서 말했다.

"기억해둬. 아무리 너희들이 푸른 가죽신 따위를 침대에 매달아 놓아도 산타클로스 할아버지가 조롱하며 가버릴 테니까."

계단 위에서 구도가 말대꾸했다

"선생님 우리들은 검은 장갑단입니다." (제4편의 8)

(누마자와 가즈코沼澤和子)

3. 단가短歌

'여자인 것'에 대한 현실 직시

메이지 말기 단가도 자연주의의 영향을 받아 산문화의 경향이 나타나 구어 자유율 등이 모색되었지만, 다른 한편으로는 그러한 산문화를 비판하는 단가 퇴색론도 있었다. 그러나 1913년 1월 전통적인 정형율定型律에 근대적인 도회정서와 청신한 감각을 담은 기타하라 하쿠슈『오동나무 꽃桐の花』이 간행, 같은 해 10월 후기 인상파의 색채를 느끼게 하는 강렬한 생명감을 가진 근대 감각을 표현한 사이토 모키치『적광赤光』도 간행, 이때에 이르러 가단歌壇은 새로운 단계를 맞이한다.

春の取り鳴きそ鳴きそあかあかと外の面の草に日の入る夕
봄날의 새가 울고 새빠알갛게 들판 잡초들 위로 물들어가는 노을

기타하라 하쿠슈北原白秋

ゴオガンの自画像みればみちのくに山蚕殺ししその日おもほゆ
폴 고갱의 자화상을 바라보면 미치노쿠105)에서 산누에를 죽이던 그날이 생각난다

사이토 모키치斎藤茂吉

요사노 히로시·아키코를 중심으로 한 명성파는 완전히 붕괴되었고『명성』을 발전적으로 승계한『스바루』도 폐간되었다. 같은 시기

---

105) 미치노쿠陸奥 : 옛 지명. 지금의 이와테岩手·후쿠시마福島岩·미야기宮城·아오모리靑森의 네 현.

『세이토』에서는 '신여자'를 둘러싸고 예민한 논의를 교환했지만, 여성의 단가는 요사노 아키코의 영향 범위에서 좀처럼 벗어나지 못했다. 그러나 이 시대에는 일찍이 아키코의 노래와 같이 연애라는 '장'에서 자기해방과 여자의 찬미를 한다기보다 "여자인 것"의 현실 앞에 연애의 꿈은 사라지고 번민하는 자신을 노래하게 되었다.

地に少女破れし愛を恨むとき天雲さけて火をも降らしめ
지상의 소녀 어긋난 사랑을 원망할 때 구름 갈라져 불마저 내려오누나

하라 아사오原阿佐緒

何ものももたらぬものを女とや此見一つもわがものならぬ
그 아무것도 가진 것 없는 것을 여자라 하니 이 한 몸도 내 것이 아니로세

야나기하라 하쿠렌柳原白蓮

하라 아사오는 상경하여 미술학교에 입학한다. 기혼인 영어교사의 아이를 임신하게 되어 자살을 시도하지만 미수에 그치자, 귀향하여 출산한 뒤 그 남자와 결혼하지만 이별한다. 『눈물자국涙痕』은 1913년 간행되었다. 야나기하라 하쿠렌은 화족가문의 태생으로 16세 때 결혼하지만 한 명의 아이를 두고 이혼, 다시 부모의 소개로 규슈의 석탄왕 이토 덴에몬伊藤伝右衛門에게 시집가서 쓰쿠시築紫[106]의 여왕으로 불린다. 『후미에踏絵』[107]는 1915년 간행되었다.

이 시대에는 이에家 제도 속에 얽매이는 것을 거부하고 문학을 지향하며 일찍이 요사노 아키코처럼 가출하여 상경해 오는 여자도 많

---

106) 쓰쿠시築紫 : 규슈의 옛 지명.
107) 후미에踏絵 : 에도 시대에 크리스트교를 엄금하기 위하여 그리스도·성모마리아 등의 상을 새긴 동판 등을 밟게 하여 신자가 아님을 증명하게 하던 일. 또는 그 상.

이 있었다. 결국 동지일 수밖에 없는 새로운 사상을 가진 남성과 연애, 함께 문학하는 생활을 꿈꾸며 결혼하지만 순식간에 출산과 육아의 문제에 부딪혀 여자인 현실에 직면한다. 그 현실을 적시한 일상생활의 고민을 노래하기 시작한 우타도 나타나기 시작했다

梅雨ばれの太陽はむしくとにじみ入る妻にも母にも飽きはてし身に
아내로도, 어머니로도 싫증난 이 내 몸에 장마가 거치고 뜨거운 태양이 푹푹 내리쬐네

야마다 구니코山田邦子

にこやかに酒煮ることが女らしきつとめかわれにさびしき夕ぐれ
상냥하게 술 태우는 일이 여성의 의무라니 쓸쓸하게 여겨지는 늦저녁

와카야마 기시코若山吉志子

ぼつたりとむさるゝ如きなやましさ身にみなぎりて家居悲しも
무겁게 달려드는 괴로운 몸으로 집에 있어도 가득한 슬픔이여

와카야마 기시코

子の上のと廚のことを思ふ外に命ひまなし浅くもあるかな
아이와 부엌일 이외에 여유가 없는 목숨 매우 짧기도 하다

지노 마사코茅野雅子

女には見えぬ世界に時ありて如何なれば君の行き給ふらむ
여자에게는 보이지 않는 세계가 때로는 있어, 어찌하면 당신은 가려는지

지노 마사코

야마다 구니코 『한편片々』과 와카야마 기시코 『무화과無花果』는

1915년 간행되고, 지노 마사코 의 『금사집金沙集』은 1917년 간행된다. 와카야마 보쿠스이와 연애, 몰래 상경하여 결혼한 기시코는 가사와 육아, 생활의 중압감과 조화를 이룰 수 없었다. 그동안 남편은 작가作歌에 집중하고 때로는 동료들과 술을 마시고 토론하며 거리를 돌아다녔다. 지노 마사코는 일본여자대학을 졸업한 후, 같은 『명성』의 가인 지노 쇼쇼茅野蕭々와 연애하여 결혼하지만 역시 육아와 가사에 얽매여 자신의 문학 따위를 생각할 여유가 없었다.

새로운 시대를 살아가려고 하는 여성들은 시부모를 모시는 '며느리'로서의 결혼에서 탈피하여 서로 내면을 이해하는 남편과 새로운 가정을 이루고 싶었지만 현실적으로는 부인으로서 또 어머니로서의 역할에 속박되어 인간으로서 문학을 탐구하거나 업적을 구축해 가는 일은 거의 불가능했다.

'여자인 것'의 현실직시는 이 시대의 여성을 억압해 온 커다란 과제였지만, 그러한 산문적 사회사상적인 과제는 요사노 아키코와 지노 마사코의 시에서 볼 수 있듯이 우타보다 오히려 시나 평론 쪽으로 활발하게 전개되었다.

여성의 우타는 이러한 사회 사상적인 과제를 충분히 담당하지는 못했다고 해도 과언이 아니다. 거기에 덧붙여 남성가인歌人의 진전은 눈부셨고 더욱이 『적광』의 출판 이후 만엽조萬葉調[108]와 사생寫生을 두 기둥으로 하는 아라라기파가 힘을 얻었다.

1916년경부터 모키치茂吉의 우타가 드디어 벽에 부딪히기 시작하

---

[108] 만엽조萬葉調 : 만엽집의 특정적인 가풍歌風, 표현이 솔직 · 소박 · 절실하며, 또한 웅대 · 장중하기도 함.

 *만엽집萬葉集 : 현존하는 일본 최고最古의 시가집.

고 그 대신 시마키 아카히코島木赤彦의 새로운 사생 우타가 가단에 침투, 그 경영 수단도 뛰어나 1918년 제1차 세계대전이 끝날 무렵에는 『아라라기ァララギ』가 가단의 주류를 형성했다. 이 무렵부터 폐쇄적인 회원제의 단가 결사結社 제도가 확립되어 간다.

여성가인들의 『아라라기』 전향

이와 같은 정세 속에서 『세이토』가 1916년 폐간되었다. 일찍이 요사노 아키코의 제자였던 하라 아사오와 미카지마 요시코 三ヶ島葭子, 이마이 구니코 등 점차 여성가인이 『아라라기』로 전향하여 시마키 아카히코와 사이토 모키치의 제자가 되었다. 전향하지 않으면 와카야마 기시코·오카모토 가노코·지노 마사코와 같이 우타를 중단하거나 그만둘 수밖에 없었던 것이다.

『아라라기』에서는 우타의 생명은 성별, 빈부, 귀천에 따라 좌우되는 것도 아니고 모든 것이 오직 단련도가 문제라는 이념 아래 여성가인들에게도 『아라라기』류의 사생가寫生歌를 지도했다. 이것을 배움에 따라 여성들이 집안일이나 육아를 돌보는 현실의 일상적인 생활 속에서 일어나는 애환을 우타로 표현할 수 있게 되었다고 해도 좋을 것이다.

단가 결사 내에 있었던 남성의 보호와 인도 아래, 이와 같이 '여성인 것' 틀 속에 살고 있으면서 여가 시간을 활용해서 쓸 수 있는 우타라는 짧은 시형은 가정 내에 있는 여성도 계속해 갈 수 있었던 것이다. 그러나 이것은 한편으로는 여성을 현모양처적인 사회규범의 범주에 가두는 것이기도 하여 여성이 우타로부터 활력을 잃게 되었다.

家毎にすももはな咲くみちの春べをこもり病みてひさしも
가가호호에 자두꽃을 피우는 봄날을 병을 앓아 방안에서 세월을 보낸 지 오래
하라 아사오

二人して今宵湯に入り兒を産まぬ我が乳房かなしこの處女より小さく
둘이서 오늘밤 목욕을 하였더니 아이도 낳지 않은 내 가슴이 애처롭게 그 처녀
보다 작네
스기우라 스이코杉浦翠子

子を産まねば許まされざらむいのちとも思はねど我の生をうたがふ
아이를 낳지 못하면 인정을 못 받는 생명 내가 살아온 삶에 의문이 생기네
스기우라 스이코

하라 아사오 『죽음을 응시하며死を見つめて』, 스기우라 『후지나미藤
浪』는 1935년에 간행되었다. 아이를 낳을 수 없는 여자의 슬픔을 이
와 같이 욕조 속의 유방을 통하여 탄식한 것은 스기우라 스이코가 처
음이었다.

とく起きてわが子の歌ふうたのこゑはればれしかも家をゆすれて
일찍 일어나 부르는 우리 아이의 맑디맑은 우타 소리는 집을 흔드네.
시가 미쓰코四賀光子

一夜さのねぶりたらひてひろげたる合歓の若葉の風にそよげる
하룻밤 잠에서 깨어 기지개 펴는 자귀나무의 푸른 이파리 바람에 나부낀다.
시가 미쓰코

시가 미쓰코 『등나무 열매藤の実』는 1924년에 간행되었다. 그녀는

남편인 오타 미즈호太田水穗가 창간한 『조음潮音』의 운영을 도우며 고등학교 교사로 정년까지 근무했다. 위의 '우리 아이'는 양자를 가리키며, 시가 미쓰코는 순탄하고 평온한 우타 방식을 지켜나갔다.

◆ 이마이 구니코今井邦子[109]

『여자문단』 시대

그림 3-6
이마이 구니코

아버지는 당시 도쿠시마현 사범학교장이었고, 그 후 문부성 본성으로 영전했다. 집을 비운 아버지 대신 조부모의 노후 시중을 들기 위해 구니코는 3살 때 여동생과 함께 나가노켄의 조부모 집으로 들어간다. 여학교 진학 때문에 번민했지만 조모를 두고 하숙은 허락되지 않았다. 17세 때 가와이 스이메이 주간 『여자문단』에 처음으로 시를 투고하여 입상한 후 문학에 몰입하게 된다.

1908년 20세 때 결혼을 거부하고 문학 수업에 대한 의지를 밝히지만 거절당하자 여동생의 출산을 돕기 위해 귀향한다. 가와이 스이메이를 의지하여 가출 상경했다. 하지만 부친이 위독하다는 연락을 받고 귀향, 부친 사망 후 이듬해 1월 다시 가출을 결행한다. 2월 『여자문단』 투고 동료였던 도쿠시마德島의 니시자키 가요西崎花世도 가출 상경했기 때문에 둘이서 하숙하며 궁핍한 생활을 견뎌낸다. 마침내 「중앙신문사中央新聞社」의 부인기자로 입사, 같은 신문사 정치부 기자인

---

109) 이마이 구니코今井邦子 : 1890~1948년, 도쿠시마德島 출생, 본명 : 구니에.

이마이 겐히코今井健彦와 결혼하게 된다.

어머니인 것 · 부인인 것

바로 임신하여 출산하지만 가사와 육아 문제로 문학에 대한 열정
은 생각처럼 쉽게 이루어지지 않았다. '어머니'와 '부인'의 역할과 개
인으로서의 욕구와 번민이 계속되었다. 그와 같은 번민을 우타와 산
문으로 토로하고, 1912년 우타와 산문집『자견일기資見日記』를 출판,
1913년에는 마에다 유구레의 『시가詩歌』에 입회하여 시집 『한편』
(1915년)에 우타를 계속 만들어 간다.

1916년에는 이들의 번민에 대한 우타를 전부터 평가해주었던 시마
키 아카히코의 제자가 되어『아라라기』에 입회했다. 하지만 이듬해
류머티즘에 걸려 3년 동안 병석에 있었다. 이로 인해 평생 오른쪽 다
리가 부자유스럽게 되었다. 그와 같은 부인의 장기 투병으로 남편이
다른 여성을 원하게 되는 것은 당시로서는 흔히 있는 일인지도 모른
다. 또 구니코는 병이 나은 후에도 가사 일체를 가정부에게 맡겼다고
한다.

가정불화 속에서 연하의 청년과 사랑에 빠졌다. 남편은 구니코를
힐책하며 이혼을 요구했지만 구니코가 결심이 서지 않아 1922년, 스
스로를 근본부터 재정비하기 위하여 교토에 있는 일등원一灯園110)의
니시타 덴코西田天香에 의지한다. 일등원은 종파에 관계없이 변소를
청소하거나 탁발托鉢을 하거나 하며, 불서佛書를 읽는 실천주의 수련
장이었다. 일등원에서의 수업을 참고 견뎌내어, 드디어 겐히코의 허

---

110) 일등원一灯園 : 1905년 니시타 덴코西田天香가 창립한 수양 단체.

락을 받아 '어머니와 아내로서' 옛집으로 돌아왔다.

1924년 남편은 중의원 의원에 당선, 이후 패전까지 연속 당선을 계속하여 구니코는 유명인사 부인으로 가단문단에서 화려한 활약을 계속해 갔다.

여성만을 위한 단가 잡지 창간

1926년 스승이기도 하고 비호자庇護者이기도 했던 시마키 아카히코가 죽은 뒤『아라라기』에서의 구니코의 입장이 미묘해져 1935년에 퇴회하게 된다. 이듬해 여성만의 단가잡지『명일향明日香』을 창간, 주재했다.

『한편』

じりじりと命燃ゆればわがほとり吾子も吾夫もはにわの如えし

◇현대어 역
조금씩 나의 생명의 불길이 타오를 때, 곁에 있는 아이와 남편도 생명 없는 하이와[111] 같이 우두커니 서 있는 것처럼 보인다.

◇주석 및 감상
'생명'은 누구의 것도 아닌 나 자신의 것이다. 구니코는 생명을 모두 우타와 문학에 바쳤다. 부인이자 어머니라는 역할만으로 세월을 보내기에는 가슴 밑바닥에 내재해 있는 생명이 몸부림친다.
불에 타지 않고 연기만 나는 것과 같이 조금씩, 마침내 높게 타올라 생명이 불타

---

[111] 하이와埴輪 : 옛날 무덤 주위에 묻어두던 찰흙으로 만든 인형이나 동물 따위의 상像. 토용土俑.

232

오를 때 자식도 남편도 나에게 있어서는 공허한 눈과 입을 열어준 생명이 없는 허수아비와 같다.

의욕이 생기지 않는 일상 속에서, 어느 때처럼 부부싸움이 일어난다. 남편은 집으로 돌아오지 않는 날도 있고, 부인은 점점 짜증이 나서 아이들과 부딪히기도 한다.

"말다툼 끝에 십 일이 지나도 두 남녀는 짐승과 같이 거칠어졌다."

"여치는 사람도 자신의 몸도 던져버리고 그리 엄마가 되고저."

"어머니의 얼굴이 슬퍼지면 집안의 장난감처럼 버려지는 아이여."

"어둑해진 쓸쓸한 땅에 싹을 틔운 풀과 같은 우리 아이는."

『한편』에는 현모양처의 도덕을 파괴하는 가정의 실태가 적나라하게 묘사되어 있다.

『자초紫草』

靴下のやぶれつくろひ二日をりわが心からやすらけきかも

◇현대어 역
이 이틀 동안은 찢어진 양말을 수선하는 일로 보냈다. 이와 같은 날을 보내고 나면 마음 깊은 곳에서 편안한 생각이 들었다.

◇주석 및 감상
겨울 교토의 일등원에서 세탁과 물 긷기 등의 아주 힘든 일에 봉사하는 수업을 거쳐서 "이마이今井 씨가 그 정도로 용서해주겠다고 하면 나는 일등원의 인간으로서의 어머니가 되어 헌신적으로 자식을 돌볼 각오로 이마이가今井家로 돌아가겠습니다."(구니코 서간)라고 남편에게 구걸하듯이 용서를 구하고 마침내 도쿄로 돌아왔다. 우타에는 그와 같은 이른 봄날, 가까스로 안정된 편안함이 느껴진다.

『아스카로明日香路』

向う谷にひかげるはやしこの山に繪島は生きの心墈へにし

◇현대어 역
건너편 골짜기는 눈 깜박할 사이에 해가 저물어버렸다. 이 산중에서 에지마는 용하게도 살아남았구나.

◇주석 및 감상
에지마絵島는 7대 장군 도쿠가와 상속인의 생모에게 봉사하고 노중老中[112]과 동격의 오도시요리大年寄[113] 직위를 부여받았지만 가부키 배우와 정을 통해 먼 곳으로 귀양, 그 후 30년간을 보낸다. 일등원에서 보낸 날들을 생각하고 에지마에서의 그 후 삶의 쓸쓸함을 잊지 않고 생각하고 있다. 지금에 와서야 비로소 구니코는 "여자의 마음은 남편을 의지할 수밖에 없다고 울면서 생각한다."고 남편에게 기대지 않을 수 없는 자신을 노래하는 것이다.

그림 3-7
미카지마 요시코

◆ 미카지마 요시코三ヶ島葭子[114]

『세이토』『스바루スバル』시대

아버지는 초등학교 교장이었다. 사이타마 현립 여자사범학교에 진학하지만 19세 때 결핵으로 휴학, 끝내 퇴학하게 된다. 의사도 포기할 정도였지만, 호전되어 23세 때는 진죠尋常고등소학교의 대용 교원으로 일할 수 있을

---

112) 노중老中 : 에도 막부의 직명. 장군의 직속된 전무담당의 최고 책임자.
113) 오도시요리大年寄 : 도요토미 히데요시豊臣秀吉 시대의 직명. 대노大老의 다른 이름.
114) 미카지마 요시코三ヶ島葭子 : 1886~1927년, 사이다마埼玉 출생.

만큼 회복되었다. 1909년 24세 때 처음으로『여자문단』에 우타를 투고, 요사노 아키코에 의해 뽑힌 후 열심히 투고한다. 1910년 창간된『스바루』에 신시사 동인으로 출연,『세이토』에도 1912년 3월 입사하여 종간까지 1039수를 발표했다.

『세이토』입사 무렵부터 후에 남편이 되는 구라카타 간이치倉片寬一와 편지 왕래를 하다가 1914년 구라카타가의 반대를 무릅쓰고 결혼한다. 그러나 남편은 곧 실직했고, 결혼생활은 꿈꾸던 것과 달랐다. 유일한 위로는 그해 태어난 아이뿐이었다. 이 시기의 엄청난 수의 우타는 대부분이 아키코晶子류의 낭만적이고 공상적인 연애 우타였지만, 결국은 현실에 직면하여 고민해 가는 과정을 볼 수 있다.

『아라라기』파문

『아라라기』에 먼저 들어와 있던 하라 아사오의 부탁도 있어 1916년 시마키 아카히코의 제자로 입문한다. 1921년에는『오이풀吾木香』을 출판, 바로 그 무렵 이시와라 준石原純과 하라 아사오의 연애사건이 저널리즘을 통해 알려지게 되었다. 이시와라 준은 아인슈타인의 상대적 이론을 일본에 소개한 저명한 물리학자이고『아라라기』의 오랜 동인이다.

미모로 많은 스캔들을 뿌린 '요부'로 알려진 하라 아사오가 이시와라 준을 유혹했다고 하는 일방적인 소문 속에 일찍이 하라 아사오의 속사정을 알고 자신의 집으로 두 사람을 숨겨준 적도 있는 요시코는 그 경위를 진술하고, 아사오를 변호하는 글을 저널리즘에 발표했다. 『아라라기』의 남성 동인들은 이시와라 준에게 피해가 되지 않도록

고심한 것이었지만, 미카지마 요시코三ヶ島葭子의 언동은 시마키 아카히코에게 소외당해 완곡하게 파문破門을 통고받았다.

처첩妻妾동거

1920년 남편은 오사카로 단신 부임하여, 그동안 병약한 요시코와는 달리 건강하고 젊은 사무원 여성과 동거하고 있었다. 1922년 남편이 귀경하자, 그 여성도 남편을 쫓아 상경하여 2년간을 한 집에서 동거한다. 병약한 요시코가 아래층에 살고 남편과 동거녀가 위층에 살았다. 1924년에는 두 사람이 집을 나가 혼자 생활하게 된다. 뇌출혈로 넘어져 오른쪽 반신불구, 결핵도 점차 병세가 악화되어 1927년 42세로 사망한다.

그러나 그동안의 비참한 나날을 더욱 우타에 몰입하여, 만년의 고독한 생활 속에서도 요시코의 우타에는 미소와 같은 자유로움이 묻어난다.

『미카지마 요시코三ヶ島葭子 가집』

相遠くへだたりてのみおもひうる君にかあらむ涙流るる

◇현대어 역
서로 멀리 떨어져 있을 때만 당신을 그리워하는 것은 아니다. 나에게 있어 당신이란 그러한 존재라고 생각하면 슬퍼서 눈물이 흐른다.

◇주석 및 감상
1915년 결혼하고 얼마 안 되어 지은 『세이토』 말기 무렵의 우타이다. 결혼하기 전에는 그토록 좋아했고 지금도 헤어져 있으면 그리워서 견딜 수가 없다. 하지만 함께 생활하는 날들은 나에게는 괴로운 일이다. 이 알 수 없는 폭로의 배후는 훗날 간행된 『미카지마 요시코 일기』에서 밝히고 있다.

병약한 요시코의 몸임에도 불구하고 밤마다 성행위를 멈추지 않는 남편을 보며 "이대로 밤이 없어져버렸으면 좋겠다."라고 생각한다. "나는 벌써 이 밤에 당신의 폭력에 의해 당신을 저주하지 않을 수 없는 마음이 되어버렸습니다.", "나의 성욕은 정열이므로, 그 정열을 그렇게 낭비하고 싶지 않다." 체력을 글쓰기를 위해 보존해두고 싶어 남편을 거부하면 즉시 큰 싸움이 되는 것이다.

평생 친구였던 하라 아사오도 최초의 실수로 인해 성에 대한 강한 혐오감을 안고 끝내 그 기쁨도 알지 못했다고 한다.

障子しめてわがひとりなり廚には二階の妻の夕餉餉炊きつつ

◇현대어 역
창문을 닫으면, 이 공간은 나만의 세계이다. 바깥쪽 부엌에서는 이층 부인(남편의 애인)이 저녁식사를 준비하는 소리가 들린다.

◇주석 및 감상
"나 혼자되어わがひとりなり"에는 창문을 꼭 잠그고 싫어하는 것을 차단하고 혼자의 마음을 지키려는 생각과 안타까운 고독감이 묻어 있다.

"이층 부인二階の妻"이라는 말투에는 현실을 겸허하게 받아들이는 자세로 바뀐 듯한 강한 여운도 깃들어 있다.

이와 같은 마음이 되기까지 번민은 깊었다.

단념하려고 생각해도 마음 깊은 곳의 노여움과 슬픔은 사라지지 않는다.

"말하기 어려운 번민에 쌓여 며칠간 나의 몸은 야위어 간다."

"마음가짐이 중요하다. 가만히 조용히 있으면 시간 흐름에 따라 온화해질 것이다."

すこしづつ書をよみては窓により外をながめてたのしかりけり

◇현대어 역

조금씩 좋아하는 책을 읽어나가다 문득 창가 주변에 서서 멍하니 밖을 바라본다. 그 평안의 즐거움이여.

◇주석 및 감상

이층의 두 사람이 집을 나간 후 바로 뇌출혈을 일으켜 우반신 불구가 되지만 마음은 오히려 갈등에서 벗어나 가슴속 깊이 절실히 혼자의 삶을 즐기는 것이다.

"나의 집이라고 정해진 곳에서 기거하는 것은 즐겁다.", "나의 유리창에 다른 빛의 불빛이 비치고 겨울의 한 날은 지고 있다.", "지금 본 꿈을 계속 꾸고 싶어 한밤중 잠자리에 꼼짝 않고 있네.", "옆집 아이가 학교 이야기를 아버지에게 하는 것을 어느덧 우리 아이라고 생각하면서 잠이 든다."

(아키쓰 에이阿木津英)

4. 하이쿠俳句

단가가 메이지 30년대에는 요사노 아키코를 비롯하여 많은 여성가인의 활약을 볼 수 있는 것에 비해, 하이쿠[115]는 하이카이俳諧[116]와 자유로이 함께 할 수 없는 사회적 분위기도 있어, 여성 하이진의 이름은 찾아보기 어려울 정도였다.

부인 10구집句集의 신설

1913년 잡지 『호토토기스』 6월호에 여성만을 위한 하이쿠란 「부인 10구집」이 신설되었다. 회람回覽, 호선互選 형식의 것이었지만 이 란을 개설함에 있어 다카하마 교시는 그 전문前文에 다음과 같이 기술했다.

"요즘 나는 가족의 취미가 나와 다른 것에 대해 화내기 전에 취미교육을 실시하지 않았던 것을 생각하지 않을 수 없다. 아무 교육도 받지 못하고 방치된 처자식은 불행하다. 나는 곧바로 나의 가족에게 하이쿠를 지어보라고 했다. 이것이 계기가 되어 일반 여자에게 하이쿠를 권유하는 신념과 용기를 불러일으켰던 것이다 ……."

교시의 권유에 의해 12인이 참가했다. 그들의 시는 모두 한결같이 알기 쉽고 분명하며 온화한 시이고, 이 시기에 교시가 지향했던 여성

---

115) 하이쿠俳句 : 5·7·5의 3구 17음절로 된 일본 고유의 단시.

116) 하이카이俳諧 : 무로마치 말기에 시작된 익살스러운 내용의 렌가連歌.

　*렌가連歌 : 일본의 독특한 시가의 한 형식. 보통 두 사람 이상이 단카 외 윗구에 해당하는 5·7·5의 장구와 아랫구에 해당하는 7·7의 단구를 번갈아 읊어 나가는 형식. 대개 백구白句를 단위로 함.

하이쿠를 엿볼 수 있다. 그리고 이와 같은 교류의 장을 만든 것에서 여성의 하이쿠가 독립된 여성작품으로써 점차 인식되었다. 이 10구집의 제2회는 짧은 여름밤, 제3회는 소나기, 부채 등의 계절에 관한 제목 아래 1923(다이쇼12)년 9월 116회까지 계속되었지만, 10월호의 '유카타浴衣' 5구집, 그 다음호의 '가을의 물秋の水'에 대한 5구집의 예고를 낸 채 관동대지진으로 중단되었다.

「부엌 잡영117)」란의 신설

또『호토토기스』에는 1916년 12월호에 「부엌 잡영」란이 개설되는 등, 부인 하이쿠는 점차로 번창해졌다. 「부엌 잡영」은 '부엌과 관련이 있는 것을 제목으로 하는 구'로써, 냄비・풍로・도마・식칼・넘친 국물・졸음・도미・된장・부채 등을 소재로 하여 투구자를 여성으로 한정짓고 있다.

스기타 히사조가 대부분의 테마를 받아들여 많은 구를 제시하고 있는 것도 흥미로운 일이다. 이들의 구회句会에 이름을 연명하고 있는 주요 여성가인으로서는 하세가와 가나조長谷川かな女, 가네코 센조金子せん女, 아베 미도리조阿部みとり女, 무로쓰미 나나조室積波那女, 이마이 쓰루조今井つる女 등이 있다.

전진해야 할 하이쿠의 길

교시는『전진해야 할 하이쿠의 길』(1915년 4월호~17년 8월호『호토토기스』연재)에서 "첫째 주관이 명백할 것. 둘째 객관적인 사상을 소

---

117) 잡영雜詠 : 제목을 정하지 않고 와카・하이쿠 등을 읊음. 또는 그 작품.

흘히 하지 않고 어디까지나 연구에 노력을 아끼지 않을 것. 셋째 소박하다든지 장중하다든지 하는 말을 잊지 말 것. 넷째 되도록 서술하는 사항이 단순하고 깊은 맛이 있는 구를 지향할 것."이라고 기술하고 있어, 10구집 여성 하이쿠회의 이들 작품은 대부분 이 의지에 부합되어 교시가 선택했을 것이다.

또, 동서同書에 여성으로서는 하세가와 가나조 한 사람을 볼 수 있지만, 거기에서 교시는 가나조의 구를 다음과 같이 기록했다.

"가나조 군의 구를 보면 대략 세 가지 흐름으로 나눌 수 있다. 그 하나는 여자가 아니면 실험할 수 없고, 이해할 수도 없는 사실 묘사. 그 두 번째는 여자가 아니면 느낄 수 없는 정서. 그 세 번째는 여자라고 생각되지 않는 구."라며 그 각각에 대해 평언하고 있다.

다이쇼기는 이처럼, 여성이 지금까지는 그다지 친해질 기회가 없었던 하이쿠의 길이 교시에 의해 크게 열렸던 시대이다. "여자의 하이쿠는 특히 부인의 구로써 가치를 인정받고 있기 때문에, 끝내 여류라는 특별한 대우를 받지 못한다 해도, 매우 수준 높은 구를 읊을 수 있을 정도로 되고 싶다."(1919년 『호토토기스』 하이단카이俳談會)라는 교시의 바람은 마침내 쇼와에 들어와서 그 기대에 부흥하여 크게 열매를 맺는다.

더욱이 이 시기에 교시의 지도 아래 하이진으로서 대성한 여성을 들어본다.

· 혼다 아후히本田あふひ(1875~1939년) : 1913년부터 교시에게 사사, 1934년 『호토토기스』의 동인이 된다.

· 구보 요리에久保より江(1884~1941년) : 1918년부터 구작.

· 아베 미도리조(1886~1980년) : 1912년부터 구작. 1915년 『호토토

기스』에 처음 입선.

· 하세가와 가나조(1887~1969년) : 1909년부터 『호토토기스』에 투고.

· 다케시다 시즈노조竹下しづの女(1887~1950년) : 1920년 『호토토기스』에 투고.

· 다카하시 아와지조高橋淡路女(1890~1955년) : 『호토토기스』 부인구회에 참가.

· 스기타 히사조(1890~1946년) : 1917년부터 『호토토기스』에 참가.

그리고 이들 하이진들은 쇼와에 들어와서 제각각 활약의 장을 만들어 여성 하이쿠 발전에 앞장섰다.

그림 3-8
아베 미도리조

◈ 아베 미도리조阿部みどり女[118]

대범함과 깊은 맛

부친 나가야마 다케시로永山武四郎는 홋카이도 개척, 둔전병屯田兵[119] 제도의 창설로 홋카이도 장관이 된 인물이다. 미도리조는 그의 넷째 딸로 태어났다. 삿포로 기타세이 여학교를 지병으로 중퇴하지만, 그 후 일단 회복하여 아베 다쓰지阿部卓爾와 결혼, 도쿄에서 살았다. 병이 재발하여 가마쿠라로 이사한다. 그때 만난 약제사 고자사小笹의 권유로 하이쿠와 친해지게 된다. 1914년부터 『호토토기스』에 투고를 시작하여

118) 아베 미도리조阿部みどり女 : 1886~1980년, 삿포로札幌 출생, 본명 : 미쓰.
119) 둔전병屯田兵 : 메이지 초기에 홋카이도의 개척과 경비를 위하여 두었던 병사.

1915년 처음 입선한다. 1916년에 『호토토기스』의 부인구회가 가나조 집에서 개최되었고, 미도리 여사도 초대받아 출석했다.

때마침 교시가 여성 작구作句의 지도에 힘을 쏟기 시작함에 따라 아베 미도리조에게 하이쿠에 익숙해질 수 있는 좋은 기회가 주어졌다. 1921년 하세가와 레요시 주재 『고야』의 창간에 참가, 또 그 무렵 가나조, 센조, 히사조, 쓰루조들과 모리타 쓰네토모森田恒友 화백에게 스케치를 배워 춘양회전에서 연속 입선, 나아가 제1구집 『조릿대 소리笹鳴』의 권두는 춘양회 출품의 '교외 풍경' 사진으로 장식되었다.

1930년에는 선철구회仙鉄句會 『청엽靑葉』의 심사위원, 또 31년에는 「하북신보河北新報」 하이쿠단의 심사위원이 된다. 32년에 『성주풀駒草』을 창간, 그 주재가 되었다. 가정적으로는 1940년에 장남과 연이어 남편을 잃고 또 사위와 딸을 잃는 불행한 일을 당했지만, 많은 사람들로부터 그 인품과 시풍을 사랑받으면서 말년까지 구작을 계속했다. 78년 91세 때에 구집 『월하미인月下美人』으로 제12회 다코쓰상蛇笏賞120)을 수상한다.

구집으로는 『조릿대 소리』(47년) 『미풍微風』(55년) 『광음光陰』(59년) 『설령雪嶺』(71년) 『아지랑이陽炎』(75년) 『털 머위石蕗』(82년 몰후), 또 『동충하초冬虫夏草』 『사계의 마음四季の心』 등이 있다. 80년 9월 10일 영면, 향년 93세였다.

숨김없이 틀어놓고 난 뒤의 허전함 소금쟁이

『조릿대 소리笹鳴』에서, 계어季語121)는 소금쟁이(여름)이다. 미도리

---

120) 다코쓰상蛇笏賞 : 쇼와 42년에 창설된 가도가와서점이 주최한 이이다 다코쓰飯田蛇笏 (1885~1962)를 기리는 상.

조는『조릿대 소리』의 후기에서 가나조, 아와지조들과 우애를 유지해 가며 하이쿠를 계속해 온 것에 대해 감사의 마음을 서술했다. 이 구는 함께 다마가와玉川로 외출했을 때의 일이다. '집안의 딱한 사정'을 우연히 털어놓은 후의 미묘한 마음의 흔들림을 있는 그대로 자연스럽게 표현했다. "있는 그대로의 마음의 투영이 작품 속에 표출되면 다행이다."(『설령』후기)라는 흐름의 구이다.

소금쟁이의 긴 다리의 움직임이 그 마음의 동요를 잘 묘사하고 있다.

산뜻하게 장마철의 부엌을 말리다

『미풍微風』에서, 계어는 장마(여름)이다. 미도리조가 하이쿠와 관련되게 된 것은『호토토기스』의 부인구회「부엌 잡영」란이다. 이 구도 자신과 가까운 여자의 장소를 소재로 하여 그 일상을 노래한 것이다. "장마철에야말로 부엌을 잘 닦고 상쾌한 공기로 환기시켜 장마철의 눅눅한 기분이 들지 않도록 하는 것도 주부의 일이다." 구김살 없이 산뜻하게 읊은 방법도 기분 좋은 구이다. 작자의 '산뜻한' 마음 그대로의 표현이다.

집에 틀어박혀 2월의 바람소리를 크게 듣는다

『광음光陰』에서, 계어는 2월(봄)이다. 미도리조에게는 바람의 구가 많다.「꺾어 들고 있는 풀 위로 가을바람이 분다」「서향沈丁[122] 향기

---

121) 계어季語 : 렌가와 하이쿠 등에서 계절감을 나타내기 위해 넣도록 정해진 말.

122) 서향沈丁=瑞香 : 팥꽃나무과의 상록관목. 중국 원산으로 높이는 1m 가량, 잎은 양끝이

가 짙은 날, 그날도 바람이 분다」, 「가을바람의 큰 나무 밑의 걸음에서」, 「바람 적은 날 나오면 봄이 되어 얼음 녹아 흐르는 물에 정이 간다」. 『광음』의 후기에서 미도리조는 "평범한 재주라도 장수하지 않으면 아무것도 할 수 없습니다. 하나에도 둘에도 건강에 주의하여 가능한 한 시심에 고착하여 감정이 폐색되지 않도록 진지하게 물상物象에 정면으로 맞서보고 싶다고 생각하고 있습니다."(후기)라고 말한다. '크게 듣는다'고 하는 바람소리를 취하는 방법에서 작자의 자재능력을 알 수 있다.

90대라는 나이를 잊고 봄을 기다린다.

『월하미인月下美人』에서, 계어는 봄이다. 1982(쇼와57)년에 간행된 유구집遺句集 『털 머위』에는 「사는 것도 죽는 것도 뜻대로 되지 않는 사월 하늘」, 「구십을 훌쩍 넘어버린 어느 여름」, 「바람이 없는 해질 무렵 쓸쓸한 털 머위 꽃」이 있다.

유연한 마음과 체념으로 일관하고 있다. 10대 말에 각혈하여 결혼 후에는 요양생활을 경험한 미도리조는 그 후의 생애 가운데 1940년에는 남편과 장남, 사위를 연이어 잃고 만년에는 딸 다비코多美子도 먼저 보내지만, 1947년 주재지 『성주풀』이 큰 힘이 되어 계속적인 시 작업을 해 작품은 거의 2만 개에 다다른다.

93세의 천수를 다한 도미야스 후세이富安風生의 '95세란 후생극락 봄바람'과도 상통하는 경지에 달한 하이쿠로써 인상적이다.

좁고 길둥근 모양이며 어긋맞게 남. 3~4월에 흰빛 또는 붉은 자줏빛의 꽃이 피는데 향기가 짙음.

그림 3-9
다케시타 시즈노조

◆ 다케시타 시즈노조竹下しづの女[123]

과감한 도전과 지성

후쿠오카여자사범학교를 졸업하고 소학교 교사, 사범학교 준교사가 된다. 1919년 요시오카선사동吉岡禪寺洞에 관한 구작을 시작한다. 1920년 4월 『호토토기스』에 처음 투고, 6월호에 처음으로 입선하여 8월호에서는 권두로 뽑혀 「짧은 밤 젖을 달라고 우는 아이를 외면할 수 있겠는가」 등 7구가 게재되었다.

그러나 10월호의 「아무도 치지 않는 피아노 위에 앉은 여름먼지」 등 5구를 발표한 이후에는 글을 쓰지 않았다. 「혼란해진 나의 마음과 제비 붓꽃」이라는 두 작품을 발표했지만 하이쿠의 "주관적이고 객관적인 계절의 문제에 회의를 품고, 그 문제를 해결하지 못해 작구를 그만둔다."며 투고를 중단했다. 1927년 다시 기회를 얻어, 호토토기스 동인으로 추천되어, 시즈노조는 구작과 평론으로 활동의 장을 넓혀간다.

다이쇼기에서 쇼와 초기에 걸쳐 많은 여성이 활약하는 가운데 오히려 시합한다는 말이 어울릴 정도로 하이쿠에 도전한 것은 시즈노조와 스기타 히사조였다. 두 사람은 규슈라는 지방에서 우연히도 둘 다 교사와 결혼하여 각각 독자의 구를 세상에 내놓는다. 또 시즈노조는 하이쿠 작자에 그치지 않고 이론가, 평론가로서 후에는 학생 하이

---

123) 다케시타 시즈노조竹下しづの女 : 1887~1951년, 후쿠오카福岡 출생, 본명 : 시즈노.

쿠 연맹 기관지 『성층권成層圈』의 지도와 편집에도 열의를 보인다. 1941년 구집 『바람소리颱』를 간행한 것이 마지막 작품으로, 이는 시즈노조의 유일한 구집이 된다.

교시는 여기에 「여자 필적의 용감한 이름 야하즈소矢筈草[124]」라는 서구序句를 실었다.

1945년 결핵 때문에 치료 중이었던 장남이 사망하고, 그 후 규슈대학 하이쿠회九大俳句會 등의 지도를 맡았지만 1951년 8월 3일 향년 65세의 나이로 사망했다.

짧은 밤 젖 달라고 보채는 아이를 외면할 수 있겠는가

계어는 짧은 밤(여름)이다. 이 구를 포함한 7구가 『호토토기스』의 권두를 차지한다. 그 밖의 「짧은 밤을 젖이 부족한 아이의 고집스러움에」, 「젖을 주는 일로 나의 봄은 간다」, 「계집종에 업힌 아이는 거의 양산 밖으로 나온다」가 같은 뜻의 구이다. 이들 구에서는 4명의 아이 어머니로서 교사의 아내로서 바쁜 일상 속에서도 구작을 향한 열정으로 가득한 시즈노조의 초조감이 전해지지만, 다른 한편으로는 "스티치 마크:stitch mark"라는 기발한 표현으로 다른 구에서는 볼 수 없는 냉정한 해학이 느껴진다.

시즈노조의 생가는 후쿠오카현의 나가카와 근처로, 그 강을 따라 한학의 사숙이 있었다고 한다. 사범학교 졸업 후 그 준교사라는 이력에서도 한문 표현에 익숙함을 알 수 있다. 직접 표현보다도 한어漢語에 의존한 시즈노조의 작구의 의지가 느껴진다.

---

124) 야하즈소矢筈草 : 콩과에 속하는 일년생 풀.

어머니 이름을 보호자로 졸업한다

계어는 졸업(봄)이다. 1932년 1월 25일에 남편이 급서한다. "가난과 아이만 남은 매화집"은 그 머리말에 쓰인 구절이다. 장남이 중학교 졸업할 즈음 지은 이 구에는 아버지를 잃은 아이의 생각, 또한 자신의 적요함과 책임감, 무엇보다도 자식의 졸업을 기다리지 못하고 죽을 수밖에 없었던 교육자였던 남편에 대한 생각이 담겨 있다. 이 추모의 기분은 「모두 남편의 유필과 종자 주머니」라는 구에서도 절절히 느껴져 가슴을 울린다.

녹음録陰과 화살을 획득하고 우는 새하얀 과녁

계어는 녹음(여름)으로, 매우 간결한 구이다. 작자의 시선이 가는 곳은 날아가는 화살이 아니고, 그것을 맞고 우는 새하얀 과녁이다. '획득하고'라는 한 단어가 과연 시즈노조답다. 구를 만드는 시즈노조의 의욕과 그것을 받아들이는 표현이 흠잡을 데 없는 구로 되어 있다.

시즈노조의 대표작 중 하나이다. 그러나 이 구는 단숨에 이루어진 것은 아니다. 우에노 사치코上野さち子 씨의 『근대의 여류 하이쿠近代の女流俳句』에는 이 한 구를 얻기까지의 퇴고推敲의 흔적이 노트에 실제로 기록되어 있다. 이 구뿐만 아니라 시즈노조의 작구에 대한 자세, 그 창작 과정까지도 상상할 수 있다

쌀을 들고 돌아온 은하수 하나

계어는 은하수(가을)이다. 연보에 "연말부터 농지 확보를 위해 후쿠오카현, 교토군의 경작지에 작은 가건물을 짓고 거주, 5반反¹²⁵⁾을 경작하여 쌀을 후쿠오카에 있는 자녀에게 혼자서 옮긴다."라고 적혀 있다. 1944년 장남이 죽은 후부터 1954년까지 시즈노조는 한 구도 남기지 않았지만, 비탄과 실의에 빠져 있었다는 것은 미루어 짐작할 수 있다. 1946년경부터 다시 작품을 남겼지만, 그 구의 대부분은 무겁고 어둡다.

시즈노조는 젊었을 때 음악가를 지망하기도 했다. 은하수에 소망을 비는 일도 있었을 것이다. 시즈노조의 '은하수'는 그 생애의 순간순간을 비추어주듯이 여러 가지 모습을 보이고 있다.

"아이를 업고 어깨의 가벼움과 은하수 속에서, 헤어져 사는 아이의 하늘 먼 곳의 별을 관찰한다, 남편과 아버지가 있는 먼 은하수, 하늘의 견우 자리에 여자가 있어 곡식을 짊어진다, 쌀에만 걸려 있는 여자 직녀여"는 63세 때의 작품이다.

(아야노 미치에綾野道江)

---

125) 반反 : 토지 면적의 단위. 1반은 1정의 10분의 1로 300평.

5. 시詩

『세이토』의 시

다이쇼 초기에 있어서 시는 단가에 비해 여성의 표현으로는 익숙하지 않은 새로운 장르였다. 그러나 메이지 말경부터 일어난 문어정형시에서 구어자유시라는 커다란 변화와 함께 형식에 구애받지 않는 일상어에 가까운 시 표현이 이루어짐에 따라 시는 조금씩 여성에게 친근한 것이 되어갔다.

1911년 9월부터 1916년 2월까지 발행된『세이토』에서는 수적으로도 단가에 밀리지 않는 신여성의 잡지에 어울리는 새로운 표현의 시가 선택되었다. 와카의 전통에서 벗어나 시로 자유로이 자기를 표현하는 것으로 신여성을 모색한 것이었다. 그러나 요사노 아키코의 권두시가 이미 그러했듯이『세이토』의 시에는 들먹임의 강인함과는 상반된 '창백한 얼굴' '창백한 뺨' '창백한 팔' 등의 표현이 많이 사용되어 세기말적인 창백한 여성의 이미지가 전체에 감돌고 있다.

『세이토』에 시를 실은 사람은 요사노 아키코, 히라쓰카 라이초, 오무라 가요코大村かよ子, 고바야시 가쓰코, 다무라 도시코, 지노 마사코, 하세가와 시구레, 오타케 고키치, 이토 노에, 모치즈키 레이코望月麗子, 하라다 고토코, 노가미 야에코, 오카다 야치요, 사이가 고토코斎賀琴子, 요시야 노부코, 무몬 데루코無門照子, 스가하라 하쓰管原初 등 17인이다.

시인 · 요사노 아키코与謝野晶子

히라쓰카 라이초의 요구에 부응하여 『세이토』 창간호 권두에 「산을 움직이는 날」을 실은 요사노 아키코(1878~1942)는 그 후에도 『세이토』 종간까지 단가보다 시를 더 많이 기고했다. 계속해서 신문 · 잡지 외 공동저서인 『연의』(1905) 등에 시를 발표해 온 아키코이지만, 다이쇼기에는 아키코의 시에 대한 의욕은 더욱 왕성해져 신문 · 잡지는 물론 『여름에서 가을로夏より秋へ』(1914년)『앵초さくら草』(1915년)『무용복舞ごろも』(1916년) 등의 시가집과 평론집 『젊은 친구에게若き友へ』(1918년) 등에도 시를 수록했다. 그러나 아키코의 시가 한 권의 시집으로 출판된 것은 쇼와기에 들어서부터이다. 그녀의 유일한 시집 『아키코 시편 전집晶子詩篇全集』(1929년)에는 약 400수가 수록되어 있지만, 실리지 않은 200여 수가 남아 있으므로 시인으로서도 많은 작품이었다. 아키코 시의 테마는 폭넓게 여자의 생활 경험 전반에 걸쳐 있고, 더욱이 출산은 아키코가 시에서 주로 취급한 테마였다. 아키코는 메이지기 뿐만 아니라 다이쇼기도 대표하는 여성시인으로, 그 후의 여성시에 미친 영향은 지대하다.

초기의 여성시집

1919년, 최초의 여성 시집이 드디어 세상에 나왔다. 3월에 이토 하쿠렌伊藤白蓮『휘장의 그림자几帳のかげ』와 11월에 요네자와 노부코米澤順子의 『성수반聖水盤』 두 권이 출판되었다.

이토 하쿠렌(=야나기하라 하쿠렌柳原白蓮)은 귀족 집안에서 자란 죽백회의 명성 높은 가인이다. 남녀의 사랑만을 문어체로 읊은 『휘장의 그림자』는 중판을 거듭했지만, 이 한 권을 세상에 알린 후 하쿠렌은 시작詩作으로부터 멀어졌다.

요네자와 노부코(1894~1931년)는 21세 때 오빠와 그의 친구들과 함께 동인잡지를 만들어 거기에 처음으로 시를 발표함과 동시에 장정·삽화도 직접 했다. 도쿄에서 태어난 노부코順子는 병약했지만, 아버지가 저명한 서예가여서 유복한 처녀시절을 보냈고 육군 군의관인 남편의 이해와 경제력을 바탕으로 『성수반』을 자비로 출판했다.

상징적인 시풍의 색채감각과 음악성이 뛰어난 『성수반』은 초판 1,000부에 이어 재판되는 등 큰 반향을 불러일으켰다. 그 후에도 시집 『일본시인日本詩人』『시성詩聖』을 계속 발표하고, 쇼와기에 들어서부터는 소설도 쓰고 신문사의 공모에도 수석으로 입선하여 연재도 되었다. 하지만 지금 그녀의 이름을 아는 사람은 별로 없다. 사후 『요네자와 노부코 시집米澤順子詩集』(1932년)이 나왔다.

여성시인층의 확대

다이쇼도 중반이 지나면서 드디어 여성시인층이 두터워졌다. 단행시집으로서는 1921년 사와 유키沢ゆき『고독애孤獨愛』, 나카다 노부코中田信子『처녀 약탈자處女の掠奪者』, 다카무레 이쓰에『일월 위에日月の上に』『방랑자의 시放浪者の詩』등이 있다.

1922년에 다카무레 이쓰에『미상곡美想曲』, 후카오 스마코深尾須磨子『진홍의 한숨真紅の溜息』, 1923년에 나카다 노부코『그리움을 알 무렵憧れ知る頃』, 구리시마 스미코栗島すみ子『스미코의 소곡すみ子の小唄』, 다카마 후데코高間筆子『다카마 후데코 시화집高間筆子詩画集』, 1925년에는 후카오 스마코『저주呪詛』『얼룩 고양이斑描』『초조焦躁』, 하나부사 요시코英美子『흰 다리 위에白橋の上に』, 다카무레 이쓰에『동경은 열병에 걸려 있다東京は熱病にかかつてゐる』가 간행되었다. 또 시지詩誌『일본 시인』『시성』등 쇼와기에 들어 단행 시집을 출간한 하야시 후미코林芙美子, 우에다 시즈에上田静榮, 모리 미치요森三千代 등의 이름을 볼 수 있다. 다이쇼기의 여성의 사회 진출과 더불어 드디어 여성의 시가 싹을 틔우기 시작했다고 말할 수 있다.

이색사상 시인

『모계제 연구母系制の研究』(1938년)『초서혼 연구招婿婚の研究』(1953년) 등 많은 저서의 여성사 연구자로서 알려져 있는 다카무레 이쓰에 (1894~1964년)는 후카오 스마코와 함께 다이쇼 후기를 대표하는 시인 이다.

이쓰에는 구마모토 출신으로 어릴 때부터 우수하여 20세에 소학교 교사가 되었으며, 그 후에 남편 하시모토 겐조를 만난다. 겐조와의 결혼생활은 순조롭지 않았고, 짧은 시형으로는 표현할 수 없는 그 고민을 표현하고 싶다는 생각이 이쓰에를 장시長詩 쪽으로 향하게 했다. 1921년 4월『신소설』에 78페이지나 되는 장편시『일월 위에』가 이쿠타 죠코의 추천으로 실려 무명이었던 그녀는 일약 천재 시인으로 칭송받았다. 그 자전적 내용의 시『일월 위에』란 제목은 "그대 홍수 위에 앉는다, 신 여호와, 나는 해와 달 위에 앉는다." 시인 이쓰에라는 시의 한 구절에서도 볼 수 있듯이 이쓰에의 당당함과 자존심이 높은 대담무쌍함은 반감을 불러일으켰다. 당시의 시단의 남성들은 악평을 했다.

이쓰에의 시는 표현보다도 사상 추구에 관심을 쏟아 시집을 거듭 낼 정도로 그 경향이 뚜렷하다. 『동경은 열병에 걸려 있다』도 시 표현으로서의 매력은 부족하지만 신랄한 비평 안목을 가지고 있다. 여자의 자립을 주장하고 결혼 제도를 묻는 등 다이쇼 데모크라시 시대에서 『세이토』를 계승한 시인이었다. 그 후 쇼와기의 이쓰에는 시집은 없지만 여성사 연구에 전진하는 일상 속에서 즉흥시를 쓰는 등 시를 손에서 놓지 않았다.

환상의 동요 시인

생전에 시죠 야소四条八十로부터 "젊은 동요 시인 중의 거성"이라고 칭찬받으면서도, 작품이 빛을 보지 못한 가네코 미스즈金子みすず(1903~30년)의 시업詩業이 근년 밝혀졌다.

야마구치현에서 태어난 미스즈는 고등학교를 졸업하고 시모노세키에 있는 문영당 서점에 근무, 1923년 20세의 나이로 동요를 쓰기 시작하여 지방에서 『빨간새赤い鳥』『금성金の星』『동화童話』등 다이쇼기 동화 운동을 추진하는 아동잡지에 투고를 계속했다. 그러나 부인의 시작詩作을 허용하지 않는 남편과의 결혼생활은 그녀를 비극적 결말로 이끌어 미스즈는 스스로 죽음을 선택했다. 대표작인 「대어大漁」, 「나와 작은새와 방울과私と小鳥とすずと」 등에서는 자립의 길을 걷는 여자들이 등장하지만, 여전히 여자가 글을 '쓴다'는 것이 곤란한 시대였다.

그림 3-10
후카오 스마코

◆ 후카오 스마코深尾須磨子126)

요사노 아키코를 닮은 정열 시인

요사노 아키코와의 만남에 의해 시인이 된 후카오 스마코는 쇼와 초기에는 이미 '아키코에 버금가는 자유분방한 여류시인의 제일인자'가 되었다. 효고현의 유서 있는 집안에서 태어난 스마코였지만 부친 사망 후 일가가 몰락, 양녀로 보내져 모진 고생을 한다. 큰오빠의 허락을 받아 교토사범학교에 진학하지만, 겐지모노가타리에 빠져 아키코조의 우타를 읊는 등 교풍校風에 적응하지 못해 교토 기쿠카여고로 전학했다.

1912년 3고 재학 중인 문학청년 후카오 히로노스케와 결혼하지만 남편은 급사, 남편의 유고집 출판 상담으로 아키코를 방문하여 자작의 시도 넣으면 어떻겠느냐는 조언을 받아 사망한 남편과의 공저인 『하늘 열쇠天の鍵』(1921년 서문은 오가이, 발문은 아키코)를 출판했다. 또 아키코의 비호 아래 제2차 『명성』(1921년)에 참가하여 많은 시를 발표했다.

제1시집『진홍의 한숨』(1922년), 1925년에는『저주』『얼룩고양이斑猫』『초조』, 다이쇼 말기에는 4권의 시집을 출판했다.

과부의 삶과 성을 금기시하는 사회에 대한 저항과 거기서부터의 탈출이 '진홍의 폭렬'이라는 시어에 표상되어 있다.

---

126) 후카오 스마코深尾須磨子 : 1888~1974년, 효고兵庫 출생.

전전戰前 3회의 유럽행과 익찬翼賛

1925년, 스마코는 프랑스로 유학 가 고전과 플루트를 배우고 여성 작가 코렛과 교우한다(1928년 귀국). 귀국 후 낸 시집『빈계의 시야北 鷄の視野』(1930년)에서는 지금까지의 절규조에서 고전적 서정으로의 변화를 확인할 수 있다. 두 번째의 유럽 유학(1930~32년)에서는 토르 즈박사의 성과학을 청강, 생명체로서의 인간을 지향했다.

태평양 전쟁 전야, 독일·이태리의 문화 사절로서 간 세 번째 유럽 행(1839~41년)에서는 무솔리니(Mussolini)와 악수를 했다고 한다. 귀 국 후, 전일본여시인협회 대표로서 익찬적인 내용의『신 여성시집』 (1942)을 편집하고, 일본문학보국회 시부회 간사를 역임했다. 또 개 인 시집『가라앉지 않는 배』(1943)에서도 극렬한 애국시를 썼다.

전후의 평화 운동

"나의 죄는 유다의 죄와 동등하다"고 전중의 자기를 부끄럽게 여 기고 그 속죄로 반전 평화 운동에 매진하며 인류애를 시로 읊었다. 전후 시집으로는『영원의 향수永遠の郷愁』(1926)『후카오 스마코 시집 深尾須磨子詩集』(1952)『시는 마술이다詩は魔術である』(1957)『열도 여자 노래列島おんなうた』(1972) 등이 있다.

망부와의 공저『하늘 열쇠天の鉤』에서는 "가을, 가을/검은 옷을 입 은 미망인의 가을/불량배와 같은 가을바람이/세계 속의 죽음 소식을 가져온다/가을, 가을/검은 옷을 입은 미망인의 가을."이라는 남편을 잃은 여자의 상처 입은 마음을 노래했다.

이듬해『진홍의 한숨』에서는 남편을 잃은 여자의 내부에서 일어나는 격정을 '진홍의 폭렬'로 표현하고 '영겁의 정숙'으로 여자를 가두려고 하는 인습에 저항했다. 제2차 『명성』을 통하여 아키코로부터 "진실한 마음을 진실한 말로 표현하는 것을 배웠다."고 마쓰코는 시집에 「요사노 아키코 부인에게 바친다」라는 헌사를 썼다.

후년, "시는 십자가이고 업이다. 이른바 시인을 기피하고, 시에 관해서는 폭약이고 싶다."고 쓰고 있듯이 쓰마코의 시는 기교를 부리지 않고 일상적인 시어로 솔직하게 표현되어 있고 어떤 강인함까지 느끼게 한다. 요사노 아키코와 사포(Sappho), 쓰마코가 공경한 두 여성 시인의 숨결은 그녀 속에 흐르고 있다고 할 수 있다.

『眞紅の爆裂』

爆裂、爆裂、
眞紅の爆裂、
渦、渦、
眞紅の渦。

天のさとしか、
地のいざなひか、
私は知らない、何も知らない。
この怖ろしい爆音！
この烈しい渦まき！
私の目は盲ひ、私の耳も聾ひ、
私の手も足も、
私のすべてが術を失つてゐる。
おお、私はどうしよう。

爆裂、爆裂、
眞紅の爆裂、
渦、渦、
眞紅の渦。

私の背後には、
私のすべてを
永劫の靜淑に導く
底なき淵があるけれど―。

『진홍의 폭렬』
폭렬, 폭렬
진홍의 폭렬
소용돌이, 소용돌이
진홍의 소용돌이

하늘 계시인가
땅의 초대인가
나는 알지 못한다, 아무것도 모른다
이 두려운 폭음 소리!
이 격렬한 소용돌이!
나의 눈은 멀고, 나의 귀는 들리지 않으며
나의 손도 발도
나의 모든 것이 기예를 잃어버렸다
오, 나는 어떻게 할까

폭렬, 폭렬
진홍의 폭렬
소용돌이, 소용돌이

진홍의 소용돌이

나의 배후에는
나의 모든 것을
영겁의 정숙으로 인도한다
깊이를 알 수 없는 괴로운 심경에 놓여 있지만—

(나카시마 미유키中島美幸)

6. 평론評論

평론에 있어서의 4가지 조류

『세이토』이후의 여성에 의한 평론은 크게 나눠 무정부주의계, 사회주의계, 크리스트교계, 개인주의적 자유주의계로 나눌 수 있다. 무정부주의계를 대표하는 것은 초기의 가미치카 이치코, 모치즈키 유리코望月百合子, 다카무레 이쓰에 등이며, 사회주의계는 야마카와 기쿠에, 중기 이후의 가미치카 이치코, 크리스트교계에서는 야마다 와카가 대표한다. 개인주의적 리베라이즘에 속하는 것은 요사노 아키코, 『우먼·카렌트』를 주재한 미야케 야스코, 1913(다이쇼2)년『신진부인회新眞婦人會』를 결성한 니시카와 후미코 등이다.

해외 사상의 영향

다이쇼 시대에 들어와서는 메이지 시대보다 훨씬 활발하게 여성에 의한 평론활동이 전개되었다. 1910년대(메이지에서부터 다이쇼 8년)에 걸쳐서는 해외의 여성 해방 운동 및 여성론의 동향이 한층 신속하고 광범위하게 일본으로 유입되었다. 외국어 문헌의 번역도 점점 왕성해져『세이토』에 소니아 코바레후스키의 자전, 엘렌 케이의「연애와 결혼」, 하베로크 엘리스 등의 여성론 번역이 게재되었고,『신진부인新眞婦人』에도 올리브 슬라이넬의「여성과 노동」, 영국의 부인 선수권 운동의 소개, 해외 부인 운동의 소개 등이 게재되었다. 또『사프란番紅花』에는 모리 오가이가 매호마다 OPQ라는 서명으로 해외의 여성에 관한 새로운 동향을 기고했다.

페미니즘 운동의 고조

이러한 해외에서의 영향과 다이쇼 데모크라시의 고양에 이끌려 남녀 상호에 의한 개인의 존중, 여성의 권리와 자유를 요구하는 페미니즘의 물결이 여러 가지 장애를 수반하여 출현했다. 노동 운동에 있어서의 과격한 사회주의—아나르코 생디칼리슴[127]과 슈티르너[128]로 대표되는 무정부주의는 초기 사회주의 문예에 상당한 영향력을 끼쳤고, 특히 무정부주의는 여성 필자에게도 자극을 주어 가미치카 이치코와 다카무레 이쓰에, 1926년에 구라하라 고레히토藏原惟人와 논쟁하는 모치즈키 유리코 등의 등장을 촉구했다.

사회주의사상과의 관련

제1차대전 중의 급격한 일본 경제의 호황과 그 반동으로서의 불황은 전국적인 실업을 초래해, 그 결과 1919년경부터 조선업을 중심으로 각지에서 대규모 노동쟁의가 빈발했다. 한편 쌀값도 급등해 쌀 소동이 전국으로 퍼져 소작쟁의도 많이 발생했다. 이러한 상황 속에서 사회주의사상이 지식인, 노동자 사이에 급속하게 퍼져 사회주의적인 문예잡지『씨 뿌리는 사람』이 1921년에 창간되었다. 야마카와 기쿠에는『프롤레타리아와 부인문제』를 발표했다. 더욱이 1925년부터 1926년에 걸쳐서『무산부인운동에 대해』『부인 문제와 부인 운동』

---

127) 아나르코 생디칼리슴(Anarchosyn-Dicalisme) : 1920년대에 에스파냐·프랑스·이탈리아 등지에서 잠시 융성했던 노동운동 이론. 모든 정치권력을 부정하고 노동조합을 핵심으로 한 무정부 사회를 목표로 삼음.

128) 슈티르너(Stirner,Max) : 독일의 철학자(1806~56). 헤겔 좌파로 철저한 개인주의에서 무정부주의에 도달함.

등을 발표해 사회주의적 입장에서의 지도적 이론가가 되었다.

모성 보호 논쟁

이 시기에 특필할 만한 논쟁은 1915년에서 1919년에 걸쳐 요사노 아키코, 히라쓰카 라이초, 야마다 와카, 야마카와 기쿠에에 의해 제기된 모성 보호 논쟁이다. 이 논쟁의 본격적인 전개 이전에, 이미 요사노 아키코와 히라쓰카 라이초의 응수를 볼 수 있다. 요사노 아키코의 「모성편중을 배척하다」(『태양』 1915년 12월)와 히라쓰카 라이초의 「모성의 주장에 대해 요사노 아키코 씨에게 보내다」가 그것이다.

아키코는 엘렌 케이의 「모성 중심설」과 다른 견해를 주장해 "인간의 본무本務를 다하는 존엄한 생활"은 부모가 되는 일과는 무관하다고 비판했다. 이것에 반해, 라이초는 엘렌 케이의 사상은 "개성의 존중, 각 개인의 생활, 취업에 대한 자유 선택과 권리의 주장, 무한하게 각양각색일 수밖에 없는 인간생활 양식"을 인정하고 존중하는 것으로, "절대적 모성 중심주의"를 주장하는 것은 아니라고 반론했다.

이 논쟁은 2년 후에, 좀 더 구체적으로 논점을 명확히 하는 형태로 재연再燃되었다. 아키코의 「여자의 직업적 독립을 원칙으로 하라」(『여성세계』 1918년 1월) 및 「여자의 철저한 독립」(『부인공론』 1918년 3월)과 라이초의 「모성 보호의 주장은 의뢰주의인가ー요사노 아키코 씨에게」, 야마다 와카의 「금후의 부인 문제를 제창하다」(초출지 불명 1918년), 더욱이 야마카와 기쿠에의 「부인을 배신하는 부인론을 평하다」(『신일본』 1918년 8월) 「모성 보호와 경제적 독립 〈요사노 아키코와 히라쓰카 라이초 두 사람의 논쟁〉」(『신부공론』 1918년 9월)이 그것이다.

　아키코는 "남자든 여자든 무엇인가의 노동에 의해 의식衣食의 자유를 꾀하고, 물질적인 생활의 안전을 확립하는 것이 제일 급선무이다." 그것은 정신적 생활의 확고한 기초가 되는 것이라고 기술하고, 타인의 노력에 의지해 "사회에 폐를 끼치며 일신을 양육하는 것이 정신상의 독립이라고는 생각할 수 없다. 여자가 자활할 수 있을 만한 직업적 기능을 가진다는 것은, 여성 인격의 독립과 자유를 스스로 보장하는 가장 기초이다."라고 명쾌하게 주장했다. 더욱이 여기에 이어지는 논論으로, "구미의 부인 운동에 의해 주장되고 있는 임신과 분만 등의 입장에 놓인 부인이 국가를 상대로 경제상의 특수한 보호를 요구하려고 하는 주장에 찬성할 수 없다."며 "부인은 어떠한 경우에도 의뢰주의여서는 안 된다."고 주장, "임신이나 분만을 위한 저축을 미리 하지 않은 무력한 부인이 임신 및 육아 문제로 곤란해져 국가의 보호를 요구하는 것은, 노동의 능력이 없는 노약자와 폐인 등이 양육원에 신세를 지는 것과 같은 일이다."라고 강하게 주장했다.

　라이초는 이에 대한 반론으로, "부인의 경제적 '독립'을 주장하거나 임신에서 육아까지의 기간 동안 국가에 경제적 보호를 요청하는 것을 '의뢰주의'라고 단정하는 것은 현실 상황을 무시한 '공론'에 지나지 않으며, 아이를 가진 여성이 누구로부터든 보호를 받지 않고 경제적 독립을 한다는 것은 절대 불가능한 일이다."라고 말했다. 더욱이 독일의 예를 들어, 18만 명에 달하는 '사생아'에 대한 대책으로써 "국가는 이것을 개인의 자유로 방임하지 않고 국가가 그들을 보호하고, 그들의 심신의 건전한 발달을 도모"하기 때문에, "어머니에게 임신, 분만, 육아기에 있어서의 생활의 전반을 국고에서 보조"하는 구제책이 있다는 것을 소개했다.

이 예로도 볼 수 있듯이, 출산과 육아는 개인의 책임으로만 돌릴 것이 아니라 국가적인 차원에서 다루어져야 할 것이며, 따라서 "어머니를 보조하는 것은 부인 개인의 행복을 위해서만 필요한 것이 아니라, 그 아이를 통한 전 사회의 행복을 위해, 전 인류의 행복을 위해 필요한 것이다."라고 주장했다. 또한 아키코가 그 정도로 "부인들에게 어머니의 경제적 독립"을 존중한다면, "부인 직업 교육의 장려, 직업 범위의 확장, 집세 인상 문제 등에 대해 크게 노력해야 한다."고 날카롭게 반격했다.

야마다 와카도 라이초의 논論을 지지해, 어머니의 역할과 가정의 가치를 절대적으로 존중하고, 그 역할을 완수하기 위해서는 남자와 똑같이 산업사회에 진출하는 것은 불가능하다고 단정 지었다. 따라서 출산·육아에 관한 보수를 (남편이 지급이 불가능할 경우에는) 국가가 지불해야 한다고 주장했다.

와카의 논論에 반해, 기쿠에는 「부인을 배신하는 부인론을 평하다」에서 이 논은 보수적인 모성존중주의로, 여성을 가정 내의 일에 묶어 두어, 여성의 사회적 자립을 방해하는 것이라고 비판했다.

나아가 기쿠에는 아키코와 라이초의 논리를 매우 예리하게, 여성 운동의 현황과 부인론의 역사적 경과를 근거로 분석하여 국제적인 안목으로 적절하게 평가했다. 기쿠에의 정리에 의하면, 아키코의 논리는 "부인 개인의 입장을 강조해 교육의 자유, 취업 범위의 확장, 경제적 독립에서 출발하여 참정권의 요구에서 끝나"는 논論으로, 여권 운동의 계보를 이어가는 것이며, 이에 대해 라이초의 논리는 "종래의 여권 운동에 대항하여, 그 보충으로 또는 수정안으로써" 제기된 모권

운동의 계통을 이어가는 것이라고 설명해, 기쿠에 자신은 어느 쪽 계통의 부인론이든 "그 가치를 인정하고 그 공적을 승인할 것"이라고 먼저 기본적 입장을 밝혔다.

그러나 양자의 논리에는 각각의 결점이 있는데, 여권 운동의 경우는 노동의 권리만을 요구해 생활권의 요구를 소홀히 한데 반해, 모권 운동의 경우는 어머니의 생활권 요구만을 중시해 "만인을 위한 평등의 생활권을 제창하는데 생각이 미치지 않는 것이" 결함이라고 주장했다. 나아가 이들의 주장은, "현재의 경제관계라는 화근"에 비판의 화살을 겨누지도 못한 결과로써 나타난 여러 현상에 대하여 "경제적 독립이든, 모성 보호든 철저하지 못한 미봉책을 닮아가려고 하는 것이 양자의 오류이다."라고 비판하고, "그 근본적 해결은 부인 문제를 야기시킨 경제관계자의 변혁에 의해 해결될 수밖에 없다."라는 사회주의적 입장에서의 명쾌한 결론을 내렸다.

이상의 논쟁에서는, 다이쇼 시대의 여성평론의 세 가지 흐름—여권주의, 모성주의, 사회주의의 입장의 기초가 되는 여성해방사상의 특색이 나타나 있다.

그 외의 평론 활동

이들의 논쟁과는 별도로, 각각의 독자적인 입장에서 모성주의 혹은 사회주의에 접근해 평론과 소설에 신경지를 개척한 것은 미야케 야스코와 가미치카 이치코이다. 또한 『세이토』의 부인 해방 사상이 너무 과격하다고 하여 온건함을 지향하는 잡지 『신진부인』을 간행한 니시카와 후미코西川分子와, 각각의 시점에서 사회제도의 개혁을 노래

한 가인歌人 야마다 구니코, 부인 운동가인 오쿠 무메오, 이시모토 시즈에石本靜枝 등이 있다. 한편으로 이론적 지주를 가지지 않은 체험파인 중앙신문의 여성 기자였던 나카히라 후미코中平文子와 오사카 시사신보의 시모야마 교코下山京子가 각각 『여자인 주제에女のくせに』『이치요 찻집一葉茶屋』이라는 제목을 붙인 자전 소설풍의 수기와 탐방기를 출판했다.

그림 3-11
가미치카 이치코

◆ 가미치카 이치코神近市子[129]

『세이토』 참가와 탈퇴

나가사키현 사사키 마을의 한의사의 딸로 태어나 나가사키 갓스이 여학교를 졸업하고 상경하여 쓰다영학津田英學학원에 입학했다. 1912년 10월 히라쓰카 라이초의 『세이토』 발간 선언에 감명을 받아 회원으로 참가, 사카키에榊纓라는 펜네임으로 모파상의 『코르시카의 여행』의 영역본을 번역 연재하고, 소설 『편지 한 통手紙の一ツ』 등도 발표했다. 그러나 『세이토』 참가가 학교 측에 알려져 문제가 되어 어쩔 수 없이 1913년 『세이토』를 탈퇴하고 아오모리현 히로사키의 현립여학교에 부임하지만, 전 『세이토』 회원이었다는 것이 발각되어 퇴직 당한다. 귀경 후에는 여성작가를 위한 문예잡지 『사프란』을 1914년에 창간하고, 자전적 소설 『서막序の幕』 등을 발표했다.

---

129) 가미치카 이치코神近市子 : 1888~1981년, 나가사키長崎 출생, 본명 : 이치.

오스기 사카에大杉榮와의 연애, 히카게차야 사건

1914년 도쿄 「니치니치 신문」에 입사하여 여성기자로서 처음 정치경제, 사회란을 담당하여 저널리스트로서의 실력을 발휘한다. 그와 동시에 아키타 우자쿠, 쓰지 준 등의 아나키스트, 러시아 시인 에로쉔코와 친교를 맺고, 야마카와 히토시, 사카이 도시히코 등의 사회주의자를 알게 되었다. 특히 오스기 사카에의 아나키즘에 많은 관심을 가지고, 그를 경제적으로 도우며 결국 연애관계에 빠져든다. 오스기에게는 아내 외에 이토 노에(전『세이토』의 편집 책임자)라는 애인도 있어, 가미치카는 애욕과 금전이 착종하는 복잡한 관계를 고민하다 하야마葉山의 히카게챠야日蔭茶屋에서 투숙중인 오스기를 찔러 중상을 입혔다. 1916년 11월 8일, 20세의 일이었다.

굴욕으로부터의 재기와 문필가로서의 자립

아키타 우자쿠를 시작으로 많은 동료의 지지를 받아 출옥 후에는 소설, 평론, 번역 등의 문필 활동으로 자활한다. 1920년 아나키즘에 공감하는 문학청년 스즈키 아쓰시鈴木厚와 결혼, 슬하에 1남 2녀를 둔다(1937년 이혼). 가미치카 부부는 점차적으로 아나키즘에서 볼셰비즘으로 관심을 옮기게 된다.

프롤레타리아 문학 운동 참가

관동대지진 전후, 고양기를 맞이한 노동자문학의 흐름 속에서 가미치카 이치코는 좌익계의 문학잡지『씨 뿌리는 사람』에 가담해, 소

설 『오이칸 오로시』(1922년 1월)를 발표했다. 『개조』에는 고향에서의 견문을 소재로 계급의식에 눈을 뜨기 이전의 자연발생적인 농민의 반항을 그린 『마을의 반역자村の反逆者』를 발표했다.

그 후에는 평론에 주력하여 「현대에 있어서의 도덕의 위치道德の現代における位置」(『중앙공론』 1923년 5월)를 시작으로 「부인기자의 금석婦人記者の今昔」(『문예시장』) 「대중문예와 무산계급문예大衆文芸と無産階級文芸」(『허무사상虛無思想』) 「예술과 현실 생활芸術と現實生活」(『신조』 1926년 10월) 등을 잇달아 발표했다. 프롤레타리아 문학 운동의 발흥기에는 「부인단체를 경계하라婦人団体を警戒せよ」(『전기戰旗』 1930년 2월) 등의 좌익적 주장의 명쾌한 평론을 발표, 프롤레타리아 문학의 여성평론가로 활약했다. 그러나 거센 탄압에 의해 좌익에서 전향하는 작가가 연이어지는 가운데, 가미치카도 전시체제에 대하여 타협적으로 바뀌어갔다. 다이쇼기의 저서로써 평론집 『사회악과 반발社会悪と反発』(구광각, 1925년)이 있다.

여성 문예 평론가로서의 파이오니아

여성 문예 평론가로서의 파이오니아적 존재이다. 정밀한 분석과 예리한 사회비판으로 인정받은 논論의 전개, 더욱이 지적인 구성력에 의해 높은 비평 수준을 유지했다. 『사프란』 『부인문예』의 창간에 주력하고, 여성문학자의 발표의 장을 제공한 일도 주목할 만하다. 『예술과 현실 생활』의 요지 및 인용문이다.

『예술과 현실 생활』

어느 시대의 예술이 현실 생활과 유이遊離한지 어떤지는, 그 예술이 인간의 진보적인 역사의 흐름에 남겨져 있는가 아닌가에 달려 있다. 따라서 우수한 예술은 현실 생활과 동떨어져 있지 않아야 하며, 나아가 현실과 역사, 더욱이 미래의 가능성을 예견해 표현한다. 그 예견에 자극을 받아 현실 생활의 혁신이 촉구된다. 그럼에도 불구하고, 일본의 문단은 현실 생활과 거리감이 없는 예술을 추구하면서도 인간의 진보 발전의 역사를 무시하고 미래를 예견하는 예술을 인정하려고도 하지 않았다.

헬른할트 디볼트라는 독일의 문예 비판가가 "새로운 예술은 새로운 생활을 원하고 새로운 생활은 새로운 문제를 초래한다."라고 말했지만, 실제로 가장 우수한 예술은 현실 생활과 밀접한 관계에만 그치지 않는다. 그보다도 더 앞선 것을 지적하여, 인간 진화의 경향과 상태를 선견한다. 새로운 생활을 예언한다. 그 예언이 현실 생활에 새로운 문제, 즉 무엇인가 의미 있는 생활 레볼루션을 초래한다. (중략)

종래의 자연주의는 단지 인간 진화의 흐름과 현실 생활에 종속해 있는 것에 지나지 않았다. 그것에 한정되어 있었다. 우리들이 불만을 가지는 이유는 그 점에 있는 것이고, 거기에는 새로운 낭만주의 성립의 이유가 있다.

일본 문단에는, (중략) 현실 생활에서 소원해질 수 없는 예술 추구를 위하여, 거기에서 비약하려고 하는 새로운 낭만주의에 대해 이해를 하지 못하는 사람이 꽤 있는 듯하다.

그림 3-12
미야케 야스코

◆ 미야케 야스코三宅やす子130)

결혼과 남편의 죽음

교토사범학교 교장을 지낸 가토 세쿠加藤正
矩의 숨겨진 자식으로 태어났다. 도쿄에서
성장, 오차노미즈여고를 졸업했다. 문학에
관심이 있어『여자문단』등에 다카야마 아
이코高山あい子라는 필명으로 투고하여 입선
했다. 20세 때 곤충학자인 농과대학 조교 미야케 쓰네오三宅恒方와 결
혼, 장녀 쓰야코艶子(후에 소설가·평론가)와 3명의 아들을 낳았지만 장
남과 차남은 요절했다. 게다가 1921(다이쇼10)년 연구와 근무 과로로
남편이 사망하고, 아이 두 명을 데리고 문필가로 자활할 뜻을 굳힌
다. 1912년부터 잡지『부인의 벗婦人之友』의 편집을 도와 매월 가정기
사를 집필한 경험도 작가로서의 자신감으로 이어졌다.

『미망인론未亡人論』간행

1918년경부터 나쓰메 소세키夏目漱石에 이어 고미야 도요타카小宮豊
隆에게 사사받았다. 1917년경부터 소설과 수필을 발표하기 시작해
1923년 3월『미망인론』(문화 생활연구소)을 간행한다. 남편의 죽음으
로 인한 여성의 경제적 궁핍은 여성이 자활능력을 가지지 못하게 오
로지 가사 육아와 남편의 뒷바라지에 헌신하도록 강요한 현모양처
교육의 필연적 결과라고 주장, 당시로서는 획기적인 문제를 제기했

---

130) 미야케 야스코三宅やす子 : 1890~1932년, 교토京都 출생.

다.

남편을 잃은 여성을 향한 세간의 호기심 어린 시선과 간섭, 혹은 망부에 대한 정절이라는 옳지 않은 도덕적 관념으로 재혼을 억압하는 등의 인습에 항의하며, 그들이 힘차게 사회에서 자활해 아이들을 구김살 없이 잘 양육할 수 있는 자유를 인정해야 한다고 주장했다.

논論의 전개는 극히 계몽적이며 구체적으로 중류 가정의 여성을 대상으로 현시점에서 실현 가능한 개선책을 생활적 시점에서 설명했다. 한 가지 예를 들면, "남편을 잃은 여성의 연애나 결혼은 본인의 자유이므로, 세간에서 이러쿵저러쿵 비판할 일은 아니다. 아이를 데리고 재혼하는 것에 의문을 제기하고, 재혼의 필요성을 느끼지 않고 육아에 전념할 수 있는 것이 이상적이므로, 그러기 위해서는 남편 생전에 자활능력을 키워 두어야 한다."고 주장했다. 오늘날의 관점에서 본다면 미온적이고 철저하지 않게 보이는 점도 있지만, 그때는 그 정도로도 충분한 공감을 불러일으켰다.

『우먼 커런트』 발행

1923년 6월부터 1925년 12월까지 미야케 야스코의 개인 잡지로 발행되었다. 편집 발행은 미야케 야스코가 담당하고, 미야모토 유리코, 이마이 구니코, 사사키 후사, 요시야 노부코 등이 기고했다. 여기에 미야케는 다수의 평론을 집필해, 좌익과는 선을 긋는 여성 언론계의 일익을 담당했다.

왕성한 평론활동

자신의 체험을 바탕으로 여성과 직업, 결혼과 정조, 교육 문제 등에 대한 강연과 집필을 하고 부인참정권, 폐창 운동도 실시했다. 총론적으로는 남녀평등론을 주창하지만, 실천에 즈음하는 각론에서는 가사 육아를 여성의 첫 번째 역할로 하고, 근본적인 의식의 변혁은 요구하지 않았다. 간통죄에는 반대하지만, 남편의 매춘 행위는 아내의 애정과 설득에 의해서 방지해야 한다고 주장하는 등, 문제를 개인 역량에 따라 해결하려는 경향도 있다. 대표적인 저서로는『생활 혁신의 기회가 오다生活革新の機来る』(1923년)『우리 아이의 성교육わが子の性教育』(1924년)『부인 입장에서婦人の立場から』(1924년)『우리들의 문제我達の問題』(1924년) 등이 있고, 중앙 공론사에서『미야케 야스코 전집』(1932년)이 간행되었다.

아래에 예를 든 것은『우리들의 문제』에 수록된 논문「생산경제인가 소비경제인가」의 요지와 그 인용이다.

「생산경제인가 소비경제인가生産経済か消費経済か」

최근 일부 여성들은, 여성도 취업하여 생산자로서의 능력을 발휘하며, 그에 의해 여성의 지위 향상을 도모하자고 열렬히 주창했다. 여기에 대한 남성 쪽에서의 반론은 정확한 근거가 없었다. 직업과 육아가 양립하기 어렵다는 반대론이 있지만, 유아가 모유를 필요로 하는 것은 매우 짧은 기간으로, 그 때문에 아이가 있는 여성은 평생 취업할 수 없다는 것은 불합리하다. 주부가 일정한 수입이 있으면 남편의 죽음으로 불안한 경우에 빠지는 일은 피할 수 있다. 남편이 밖에서 일하고 아내가 소비하는 형태는 구래의 관습에 지나지 않으며 절대적인 것은 아니다. 남녀가 서로 책임을 분담해 대등한 입장에서 협력한다면 어려움은 해결할 수 있다.

만약 주부의 능력으로 생활비 이외에 여분의 돈이 있다면, 질병 또는 그 외의 불시의 재앙이 일어났을 때에도 남편을 힘들게 하지 않고도 현명하게 대처할 수 있지는 않을까. 누가 여성의 수입을 하찮게 여길 것인가. 가정생활에 능률이 오르고 주부의 머리로 적극적으로 일해 얻을 수 있는 만큼의 여유가 있다면, 그 가정의 일상이 밝아지지 않을까.

주부가 가사 이외에 일을 가지는 것을 불쾌하게 생각하는 남성은 주부가 남편의 수입에만 의존하며, 어두운 표정으로 가계부를 뒤적거리며, 자녀에게도 대우받지 못하는 불쾌한 가정의 분위기를 느끼지 못하는 것일까. 아내가 돈 벌기를 희망하는 것이 불유쾌하다고 생각하는 남성 중심의 사고방식을 바꾸어, 가장인 남성 자신의 죽음을 예견해보자.

(고바야시 히로코 小林裕子)

7. 희곡戱曲

연극 인구의 확대와 희곡 시대

메이지 말에 등장한 자유극장은 서양의 근대극과 일본의 새로운 현대극을 상연해, 극작에 의욕을 가진 청년들을 다수 등장시켰다. 또한 문예협회의 배우양성소는 많은 연극인을 배출해 배우와 스텝을 육성했다. 더욱이 세계적인 문제극인 입센『인형의 집』의 대극장 공연과 시마무라 호게쓰・스마코須磨子의 예술극단의 지방순행은 지식인과 학생뿐이었던 신・연극의 관객 폭을 서민으로 확대하여, 가부키의 '의리・은혜・인정・원한'의 세계밖에 몰랐던 사람들에게 서구의 사상을 알게 하는 역할을 했다. 신・연극은 차근차근 그 입지를 굳혀가고 있었다.

이러한 상황은 상업 자본으로 희곡을 싣는 잡지를 발행하게 만들었다. 잡지에 싣기 쉬운 짧은 일막극 중심이었지만, 후에 '다이쇼의 희곡시대'라 불리는 활기찬 '희곡 전성기'가 도래한다. 이 시기에 작가들은 거의가 희곡을 썼다. 대량의 작품이 쓰였지만, 실제로 상연된 것은 적었다. 그 때문에 이 시기의 글은 레제드라마 등으로 불리게 되었다. 그러나 본래 희곡이라는 형식은 어떤 작품이든 상연이라는 형태를 내포하는 것이기 때문에 읽기만을 위한 레제드라마는 존재하지 않는다. 물론 이것은 연극계와 의견 충돌이 있어 상연할 수 없게 된 극작가가 읽기 위한 희곡을 써서 시름을 달랜다는 의미의 레제드라마와는 다른 것이다.

희곡이 많이 발표되었음에도 불구하고 일부를 제외하고 상연되지 않은 것은 왜일까. 원래 군소극단은 전국적인 규모로 많이 존재했기 때문에, 기록을 남기지 않은 채 상연되었을 가능성도 있다. 그러나 지금 다시 읽어보면 알 수 있듯이, 이 시기의 것은 질보다는 양으로, 습작의 범위를 벗어나지 못한 것이 대부분이었을 것이다.

새로운 연극 집단의 등장은 이처럼 문단의 흐름을 바꾸어놓았고, 근대적인 양성을 거쳐 비로소 태어난 여배우 마쓰이 스마코도 일본의 문화사에 쐐기를 박았다. 여자의 직업으로서의 여배우의 존재 의의와 필요성을 알리고, 여자 역을 맡은 남자 배우라는 거짓의 존재를 위협하게 되었다. 그것도 스마코가 연기한 노라(『인형의 집』)와 마구다는 구폐한 사회에 파문을 던져, 집에 갇혀 있던 여성들에게 삶의 의욕과 희망을 시사하여, 여성 해방 운동에 탄력을 붙였다. 『세이토』를 보아도 알 수 있듯이 여성의 사회적, 문화적 진출에 크게 영향을 주었던 것이다. 그 결과, 여성들도 희곡을 쓰게 된다. 남성작가들처럼 동료 습작의 범위를 넘지 않는 것에서 걸작까지 다수가 발표되었다.

꼭 읽어야 할 것은, 오카다 야치요(긴에이 여사―오가이의 중매로 화가 오카다 사부로스케와 결혼)와 하세가와 시구레의 작품이지만, 요사노 아키코, 다무라 도시코, 노가미 야에코, 야나기하라 햐쿠렌, 가미치카 이치코, 주조 유리코, 오카모토 가노코, 모토키 시즈코素木しづ子 등 다른 분야의 작가들과, 『세이토』의 아라키 이쿠코, 고바야시 가즈小林哥津, 오무라 가요코, 오카다 유키岡田ゆき 등이 일막극을 발표하여 순조롭게 희곡을 유행시켰다.

『세이토』의 희곡에 대해서는 『화려한 여자들華々しい女たち』(『「세이토」를 읽다』학예서림, 1998년)에 이미 기록되어 있지만 간단하게 말하

자면, 시구레의 『데코나手兒奈131)』는 많은 남성에게 구혼 받은 소녀가 사랑하는 남자가 보낸 띠를 풀지 않고 강에 뛰어 들어가 죽을 때까지의 과정을 그린 것이다. 오가이와 같은 제재를 취급한 『이쿠타가와生田川』와 비교하면 소녀의 사랑과 죽음의 전개 방법의 차이가 잘 이해될 것이다.

이 시기 작품에는 선구적인 세기말의 마테를링크(Maurice Maeterlinck)의 '신비주의'의 영상이 보이는데, 이는 아라키 이쿠코와 오카다 유키의 작품에서도 볼 수 있다. 그들의 작품은 서양과자의 향기가 나는 세련된 일막극이다.

오무라 가요코大村嘉代子는 이 시기부터 희곡을 발표하고, 1940년대까지 한결같이 시대물을 계속 써 간다. 일본여자대학 국문과 출신으로 오카모토 기도岡村綺堂에게 가르침을 받았다. 『세이토』로 출발한 작가들 중에서 아마 유일하게 큰 극장 상연을 경험한 극작가였다고 생각된다. 참신한 시점은 아니지만 상연에 적합한 균형 잡힌 작품을 썼다. 『신교야화新橋夜話』『흰 실과 주수白系と主水』『시로코야 오쿠마白子屋おくま』『이즈모노 오쿠니出雲阿国』132) 등 다수의 작품이 있다.

시대극의 극작가 기무라 도미코도 이 시기부터 극곡劇曲을 썼다. 니세이치카와 엔노스케二世市川猿之助와 니세이치카와 쥬샤二世市川中車는 사촌으로, 가부키용의 대본, 부요 대본 등을 쓰게 된다. 마쓰이 쇼요松居松葉의 지시를 받았지만 근대적인 극곡은 쓰지 않았다. 「다마키 쿠玉菊」가 고세이나카무라우타우에몬五世中村歌石衛門에 의해 처음 공연

---

131) 데코나手兒奈 : 현재 지바시에서, 나라 시대 이전에 살고 있던 절세미인을 둘러싼 쟁투가 벌어져 그 고통을 견디지 못하고 물에 빠져 죽었다는 전설 속 여성의 이름.

132) 이즈모노 오쿠니出雲阿国 : 오쿠니阿国가부키의 창시자.

(가부키좌 1916년)되고, 신부요『눈부신 포구幻浦島』『무지개 이야기虹物語』『다카노모노쿄高野物狂』『독락独樂』을 자루노스케가 써 화제가 된다. 부요 분야에 혁신을 불러일으켰다고 할 수 있겠다.

◈ 오카다 야치요岡田八千代[133]

극평가의 파이오니아

그림 3-13
오카다 야치요

오사나이 가오루小山内薫의 여동생으로, 예술을 좋아하는 어머니와 오빠의 영향으로 연극과 문학에 일찍이 가까워졌다. 17세 때『여자의 벗女の友』에 소설『가는 봄行く春』을 실은 것을 계기로, 20세에 오가이鴎外의 남동생 미키 다케지가 주재한 잡지『가부키歌舞伎』에 극평「마사고자의 우키요세이겐真砂座の浮世清玄」을 쓴다. 조숙한 여성극평가로 데뷔했다. 가부키·신파·부요·신연극 등 장르를 가리지 않고 논평하여 주목을 받았다. 시구레時雨와 거의 동시기에 활약했다고 할 수 있다.

희곡은『쑥밭』(1905년)이 최초이지만, 다음해의 도쿠토미 로카徳富蘆花는『잿더미灰燼』를 각색(『가부키』69~70호)하여 일약 각광을 받는다. 당시 소설의 각색화에 대해 부정적으로 생각하는 사람들이 많았지만, 야치요의 각색은 "능숙하게 원작의 급소를 찔러 조금의 군더더기 없이 (중략) 좋은 본보기가 되었다."(미키 다케지)는 평가가 있고 아키바 다로秋庭太郎도 "당시의 각본으로서는 무대기교도 새롭고, 동시

---

133) 오카다 야치요岡田八千代 : 1883~1962년, 히로시마廣島 출생, 필명 : 긴에이.

에 실제적이며, 작품 전체가 긴밀하게 각 장면과의 극적 긴장을 수반하고, 게다가 거의 원작의 시취詩趣를 잃지 않는다. (중략) 신파의 비극적인 감정주의에서 벗어나 있다."(『일본 신극사』)라고 절찬했다. 확실히 야치요의 희곡은 시구레만큼 수는 많지 않지만 졸작이 없고, 더구나 매 작품마다 새로운 시도가 보인다.

이 시기에 상연된 기타무라 로쿠로喜多村綠郎의 오쓰나, 후지노 히데오藤野秀夫의 도요노스케로 상연된 유명한 『쓰게노 쿠시黃楊の櫛』(1912년), 신선한 꿈의 표현을 도입한 『오망 겐고베에おまん源吾兵衛』『이별의 곡名殘の一曲』(13년)『여우품평회女優品評會』(16년), 이에家 제도에 괴로워하는 여자의 『고요한 밤淸夜』『패배자敗北者』(25년) 『조춘早春』『지로기치의 참회次郞吉懺悔』(26년) 등이 있다.

야치요는 소리 높여 여성 해방을 외치지는 않았지만, 여성의 인권과 삶의 방식에 관하여 화가인 오카다 사부로스케岡田三郞助와 결혼한 후에도 오사나이小山內라는 자신의 성을 그대로 사용하고, 오카다와는 별거와 동거를 반복하며, 파리에 4년간이나 유학을 하기도 했다. 자기주장이 강한 신여성으로 살았다고 해도 과언이 아니다.

극평활동을 중심으로 하고 있던 야치요는 배우들과의 밀접한 관계를 유지했다. 이치카와 엔노스케市川猿之助와 가와이 다케오河合武雄의 자제인 단고団子, 아카시明石, 에지로栄二郞들의 육성을 위해서 메바에자芽生座를 만들어 쓰키지소극장築地小劇場[134]을 개막(1924년)했다. 다음 달 제1회 공연을 가져, 무사노코지 사네아쓰武者小路『부처와 손오공仏陀の孫悟空』, 야치요 각색『키 재기』, 아키타 우자쿠『묻힌 봄埋めた

---

134) 쓰키지소극장築地小劇場 : 1924년 매립지에 설립한 일본 최초의 신극전문극장 및 부속의 극단명.

春』『이완 바보イワンの馬鹿』 등을 상연, 1930년 유럽으로 갈 때까지 계속되었다.

시구레와 『여인예술』을 발간하고, 여류문학자회, 일본여류극작가회 등의 창립과 회지會誌 『아칸사스アカンサス』를 감수監修하기도 하며, 여성들을 위해 마지막까지 노력했다.

『오망 겐고베에おまん源吾兵衛』

제1장

소나무 숲 속의 외딴 집.

류큐야流球屋의 딸 오망おまん. 아름다운 와카슈若衆135) 모습으로 서 있다. 삼나무 숲 사이에서 노을이 빨갛게 물들고, 계류의 흐름이 쓸쓸하게 울리고 있다.

오망 : 마을 사람이 가르쳐준 것은 확실히 이 집임에 틀림없다. ……이로리囲炉裏136)에도 불이 켜져 있다. 독서대에는 읽고 있던 책도 그대로 놓여 있다. ……겐고 씨는 지금 안 계십니까?

오망은 그곳의, 미닫이문이 반쯤 열린 서까래에 걸터앉아 조리草履137) 하나오鼻緒138)를 묶은 빨간 비단끈을 푼다. 저녁이 가까워오고 있다.

오망 : 아, 벌써 날이 어두워지고 있다. 이로리 불도 꺼져 간다. 뜨거운 물이나 끓여놓을까…….

오망은 한쪽만 열려 있는 미닫이문을 양쪽으로 연다. 지금까지 볼 수 없었던 방 한쪽에는 마음의 정표로 불단이 꾸며져 있고 그 앞의 경문을 올려놓은 상 위에는 화려한 후리소데와 피리가 놓여 있다.

---

135) 와카슈若衆 : 에도 시대에 관례전의 앞머리가 있는 모습의 남자.

136) 이로리囲炉裏 : (농가 등에서) 방바닥의 일부를 네모나게 잘라내고 그곳에 재를 깔아 취사용·난방용으로 불을 피우는 장치.

137) 조리草履 : 짚·골풀·죽순껍질 등으로 엮은 바닥이 평평하고 게다와 같은 끈을 단 신발. 일본식 짚신.

138) 하나오鼻緒 : 게다나 조리의 끈에서 발가락 사이로 끼워지는 부분.

오망 : (바로 남편을 응시하며) 저, 그 무어라고 하는 아름다운 후리소데 맞지? 아, 알았다. 이 후리소데 때문에 겐고 씨도 아름다웠던 저 머리카락을 잘랐던 거겠지. 내가 여러 번 보냈던 글에도 답장 하나 해주지 않았던 것도 이제 알았다. (질투하듯이 그 후리소데를 손에 쥐고) 여자의 길은 포기했다고 해도, 젊은이들이 미치는 놀이는 똑같다. 이것은 흔히 내가 아까운 검은 머리를 나카조리中剃り[139]로 하고, 남장을 해 왔다 해도 무슨 득이 있을까. 겐고 씨의 마음은 벌써 그 후리소데 때문에 식었을 것이다. 아, 질투가 난다. 후리소데 네가 있으니까 오망의 부탁도 들어주지 않는다. 네가 있기 때문에 겐고 씨의 마음도 식어버렸겠지…….

오망, 슬픔과 질투심으로 후리소데를 집어던진다. 후리소데는 흩날려서 이로리 안으로 들어가 확 타버렸다. 그 연기 속에서 장식되어 있던 것과 같은 후리소데를 입은 나카무라 야소로中村八十郎가 끝이 좁은 하카마의 젊은이 모습으로 희미하게 나타났다. 오망은 '앗' 하고 외치며 엎드렸다. 동시에 퉁소도 보이지 않게 되었다. 단고는 엎드린 오망을 보고 유유히 웃으며 서까래에서 사라졌다. 그 사이에 날은 완전히 어두워져 불단에 올려놓은 등불만이 희미하게 사면을 비추었다. 오망은 벌써 용기를 잃고 있었다. 곧 아래쪽으로부터 약간의 불빛이 비추고 겐고베에가 나타났다. 미남인 스님의 모습이다. 검은 옷에 굽이 있는 게다를 신고 있다. 그 오른쪽에 야스로(이전에 입고 있던 옷 그대로), 왼쪽에 이소지마단고磯島丹後의 젊은이 상투, 엷은 푸른빛 겹옷에 보라색 오비의 평상복, 장식되어 있던 피리를 갖고 바싹 붙어 있는 겐고베에는 힘들게 잠시 걸어 그 돌 위에 앉았다.

단고 : 에, 겐고 씨. 당신도 그 무렵에는 그곳의 풍속으로 긴 와키자시脇差し[140]에 뒷머리는 늘어뜨리고 앞머리를 짧게 묶고 있었습니다. 늠름한 그 모습은 잊을 수 없습니다. 우리 두 사람은 밤마다 방에 틀어박혀 이 즐거움은 평생! 예를 들어 그 앞머리를 자르지 않으면 안 되는 것처럼, 변하지 않는다고 생각했습니다. 사람의 생명의 과감함, 그 피리를 불 힘도 없는 나의 생명은 끝나버렸습니다……. 그렇지만 당신이 공양을 드릴 때마다 반드시 뒤따라온다는 말을 즐거움으로 여기고 있었는데, 남편으로부터 이윽고 어디인지 알 수 없는, 대관의 자식인지 문득 떠오르는 생각으로는, 열이 있다면 다섯은 그 사람을 위해 그날을 살아가는 것이 나는

---

139) 나카조리中剃り : 머리 한가운데 부분을 빡빡 밂.

140) 와키자시脇差 : 일본 칼의 일종으로 큰 칼에 곁들여 허리에 차는 작은 칼.

유감스러운 것입니다.

겐고는 단지 잠자코 있다.

야소로 : 여보시오 법사님. 당신은 저 단고라는 젊은이를 위해 머리도 깎고 승복을 입고 세상과 과감히 등지고 고야산高野山까지 올라가려고 하셨을 때 우리 집 정원 앞을 지나가시게 되었는데, 마침 그때 제가 새를 잡으려고 하자 법사님은 그 장대를 이쪽으로 내밀며, 이래봬도 새 잡는 기술이 능숙하다며 한쪽 옷을 벗었지요. 그리고 자세를 갖추고, "이것 봐, 새들아 내 손에 잡혀 죽는 것이 왜 억울하니?" 거참 중도衆道를 모르는 놈이라고 하시며, 순식간에 놓치지 않고 잡아주셨던 때의 즐거움. 부모 형제에게도 알리지 않고 그 밤은 법사님과 밤새워 이야기를 나누며, 다시 법사님이 하산하실 때에 뵙는 것을 즐거움으로 기다리고 있었습니다만, 무슨 일인지! 나의 생명이 드디어 끝이 나서 지금은 단지 이런 환상으로 뵐 수밖에 없으니 적어도 나의 일만은 생각해달라고 해도 여기 와서 보니, 법사님에게는 나보다도 먼저 생각하는 분이 있기 때문인지, 오늘은 또 저렇게 아름다운 젊은이가 방문했기 때문에 어떤 죽은 사람에게 마음 따위가 남아 있겠습니까. 이윽고 나는 새벽에 등불이 사라지듯이 잊혀져버린 것이지요. 그렇게 되면 결국 지옥의 깊은 곳에 있는 귀신 쪽으로 가지 않으면 안 됩니다. 나는 단지 재앙이 두렵습니다. 고통스럽습니다.

(이노우에 요시에井上理惠)

제4장

쇼와 초기부터

패전까지의 **여성문학**

1. 시대 배경

쇼와 공황과 여성들에게 미친 영향

1929년 10월 뉴욕의 주식 폭락이 발단이 되어 일어난 대공황은 이 듬해 일본의 쇼와 공황을 야기하고 여성에게도 큰 영향을 미쳤다. 타격을 받은 방적업계가 여공에게 일시 귀국과 해고, 통보, 감봉을 강행하자 이에 여공들은 격렬한 투쟁을 벌였다. 양잠 제사업도 큰 타격을 받아 많은 여공들은 이직을 할 수밖에 없었다.

쇼와 공황은 농업 공황으로 이어져 농촌에서는 딸을 인신매매하는 일이 빈번했다. 도시에서는 예창기藝娼妓 · 작부 · 여급이 늘어나고 그 밖에 백화점 점원 · 전화 교환수 · 버스 차장 · 미용사 등의 직업부인도 증가했다.

그림 4-1 1927년 6월 대일본방적 여공의 동맹 파업
조합 가입의 자유, 대우 개선, 기숙사에서의 외출 자유, 영유아를 가진 자의 야근 금지, 탁아소 설치 등의 요구로 동맹파업을 일으켰다.

이러한 시대를 배경으로 문단은 프롤레타리아 문학 전성기를 맞이한다. 프롤레타리아 문학이란 사회주의적 내지는 공산주의적인 문학의 총칭으로, 지금까지의 문학이 인생 문제의 해결을 가능한 한 정신 문제에 초점을 둔 데 반해, 인간의 정신을 좌우하는 사회의 힘을 간파한 점에 획기적인 새로움을 가지고 있다. 그러나 1928년부터 1931년경까지가 전성기이고, 국가 권력의 탄압에 의해 1934년에는 사라지게 된다. 이 프롤레타리아 문학을 비롯하여 문학에는 시대를 반영한 무상계급의 여러 가지 새로운 여성상이 그려지게 되어 히로인상이 크게 변하기 시작했다.

만주사변 · 중일전쟁과 여성들의 움직임

1931년 9월에 일어난 만주사변도 여성을 크게 요동시켰다. 우선 부인참정권 등을 요구하는 여성의 사회 운동을 후퇴시켰다. 정부와 정당도 비상체제에 들어가 부인참정권에 관한 법안을 제출하고, 부녀자참정권획득동맹은 정치 교육과 정치 쟁점 활동으로 역점을 옮겨 이윽고 조직적으로 접근하게 된다. 또 '대일본 국방부인회'가 선두주자가 되어 서민 여성의 전쟁 협력을 도모한다. 1931년 흰 앞치마에 '대일본 국방부인회'라고 쓴 어깨띠를 매고 들고 병사를 송영하는 운동은 전국으로 확대되었다.

1937년 7월 중일전쟁이 시작되자 진보적 · 문화적인 엘리트 여성의 대부분이 전시 체제에 휩쓸린다. 같은 해 8월, 정부는 국민정신 총동원 운동을 내각회의에서 결정하고 국민정신 총동원 중앙연맹에 애국부인회 · 대일본국방부인회 · 대일본연방부인회(체제 측 삼부인회)

가 참가한다. 1938년 2월 동同 연맹의 조사위원회는 "가정 보국 삼강령·실천 13항목"을 공포하고 가정을 통하여 여성에게 전쟁에 협력하게 하는 정책을 도모한다. 그 밖에 일본 기독교 부인 교풍회·부선획득동맹 등은 비상시국 타개를 목적으로 일본부인 단체 연맹을 결성하고, 구부시로 오치미久布自落實와 이치카와 후사에도 여성의 이익실현을 위해 국민정신 총동원 중앙연맹의 조사위원에 취임한다.

중일전쟁 하의 여성정책

정부는 노동력 부족을 여성으로 충당하는 전시 동원을 도모한다. 1938년 4월 전쟁수행을 위한 인적 자원·물적 자원을 총동원할 것을 목적으로 한 국가총동원법을 발령한다. 1939년에는 국가총동원법에 따른 국민 직업 능력 신고령을 발표하고 의사·약제사·간호부 등 여성의 의료 관계자를 우선 동원한다. 1941년에는 남성 14세 이상 40세 미만, 미혼 여성 14세 이상 25세 미만(이듬해 인구 증식 정책과 더불어 20세 미만으로 변경)에게 연간 30일 이내의 노동 봉사를 시키고 직장·지역·학교별로 근로보국대를 결성했다.

여성에게는 또 인구증가정책이 부과되었다. 조혼다산을 장려하고 부상군인의 부인이 될 것과 만주 개척 이민 청년의 부인, 즉 대륙의 신부가 될 것을 장려했다. 또 1938년 1월 후생성이 설치되어 인구 증식 정책의 일환으로 국민 체력 향상을 위해 보건부를 활성화시켰다. 1940년 5월 국민우생법國民優生法(자료 1 참조)이 공포되어 '불건전 소질자素質者'에 대해서는 '우생優生수술'에 의해 생식기능을 불가능하게 하고, 다른 한편으로는 건전자健全者 증가를 꾀했다. 또 후생성은 같은 해 '다산보국사상' 지도를 주장하고, 10인 이상의 자녀를 가진 가정을 '우량다자녀가정'으로 표창했다. 1941년 1월 정부는 '인구증책확립요망'(자료2 참조)을 내각회의를 거쳐 결정하고, 결혼의 조기화와 출산장려정책을 결정한다. 이와 같은 전시 아래 모성정책을 배경으로 문학 영역에서는 모성 문학이 융성해진다.

아시아 태평양 전쟁하의 여성 정책

1941년 12월 8일, 일본은 아시아 태평양전쟁에 돌입하고 여성 정책을 확대, 강화시켜 갔다. 특히 국가 규모의 범죄적인 여성정책은 종군위안부의 대량 동원이었다. 군 위안소 설치의 본격화는 중일전쟁 후이고, 아시아 태평양전쟁 개전 후에 일약 확대되어 군 관리 하에 운영되었다. 위안부는 진주지進駐地 · 점령지의 일본 예창기도 적지 않았지만, 대부분을 차지하는 조선 여성인 경우 끌려가거나 납치되거나 하여 병사들 전문의 성적 노예가 되었다. 그 수는 8만 명, 조선인만 해도 17만 명에서 20만 명, 최저로도 5만 명이라는 여러 설이 있다. 위안부 생활은 비참하고 처절하여 전쟁터에서 재난을 당하거나 병으로 사망한 여성도 많았다. 살아남아도 마음에 남은 깊은 상처와 괴로운 과거로 인해 최대의 희생자가 되었다.

1943년 10월, 정부는 전선의 패퇴敗退에 수반된 남성의 징병을 확대 · 강화하는 한편 여성의 노동 동원을 도모한다. 이에 따라 후생성은 개찰구 표 파는 점원 · 차장 · 목욕탕 카운터 등 17종에 대해 남성의 취업을 금지 내지는 제한하여 여성에게 돌린다. 또 17세부터 40세까지의 미혼 · 미취학 · 미취업자를 모아 여성 노동 정신대를 편성하

그림 4-2 1944년 8월, 여자 정신대
17~40세의 미혼 여성은 여자 정신대로서 강제적으로 공장
등에 동원되었다.

고 1~2년간 지정된 직장에서 근무시키는 방침을 세웠다. 이 방침은
1944년 8월 '학도 동원령' '여자 정신 근노령女子挺身勤勞令'에 의해 법
제화된다. 그들은 국가를 위해 기쁘게 일하고 전의戰意가 높은 후방의
국민층이 되었다고 말해진다.

여성의 전쟁 책임

1945년 8월, 일본은 연합국에 무조건 항복하고 포츠담선언[141]을
수락했다. 후방 및 전선에서 여성 전쟁 피해가 많았던 것은 두말할
나위 없다. 그러나 앞의 종군위안부 문제를 비롯해 일본이 침략한 나
라의 여성 희생은 그 수를 능가한다는 것을 잊어서는 안 된다. 종래
여성은 전쟁의 피해자로 자리매김 되어왔지만 근래에는 여성에 대해
전쟁 책임을 묻는 목소리도 높다. 그 때문에 문학적 공백기가 되어
온 전시 하의 여성문학 작품도 빛을 발하기 시작했다. 두 번 다시 되

---

141) 포츠담선언(Potsdam Declaration) : 1945년 7월 26일 포츠담에서 미국 · 영국 · 중국이
일본에 대하여 항복을 권고하고 항복 조건들을 발표한 선언.

풀이하지 않기 위해 필요한 작업이다. 앞으로도 여러 각도에서의 검토가 요구된다.

(이와부치 히로코岩淵宏子)

〈칼럼〉 전시 하의 모성정책

전시 하의 모성정책은 원래 개인적인 문제인 결혼, 출산을 국가가 관리하고 전쟁수행을 위해 인구 증가를 도모하는 것이었다. 1941년 이후, 결혼과 출산의 장려가 나라와 지역에서 강력히 추진되었지만 같은 해 국민 우생연맹이 발표한 "결혼 십훈"은 다음과 같다.

1. 일생의 반려자로서 신뢰할 수 있는 사람을 선택할 것.
2. 몸과 마음이 건강한 사람을 선택할 것.
3. 서로 건강증명서를 교환할 것.
4. 나쁜 유전자가 없는 사람을 선택할 것.
5. 근친결혼을 가급적 피할 것.
6. 가능한 한 빨리 결혼할 것.
7. 미신과 인습에 얽매이지 말 것.
8. 부모나 윗사람의 의견을 존중할 것.
9. 식은 간소하게 신고는 당일 할 것.
10. 나라를 위해 낳아서 기를 것.

상식적인 사항들이 많은 것처럼 보이지만, 목적은 '건전자'의 증가와 조혼에 의한 인구 증가에 있었다.

여기에서 '나라를 위해 낳아서 기르자'라는 표어가 생겼다. 나라를 위해 결혼하고 나라를 위해 자식을 낳아서 기르자는 선전에 의해 많은 젊은 미망인이 생겨났다. 1947년의 우생성 아동국의 조사에 의하면 56만 명을 초과하는 전쟁미망인이 공포되었지만, 실제 수는 그보다 더 많을 것으로 추정된다.

(이와부치 히로코)

국민 우생법(1940년 5월 1일)

제1조

본법은 악질인 유전성병충 보유자의 증가를 막고, 건전한 유전인자를 가진 자의 증가를 도모하는 것을 목적으로 한다.(제 2조 생략)

제3조

아래 각 호에 해당하는 질환에 걸려 있는 자는 의학적 경험상 그 아들과 손자가 같은 질환에 걸릴 위험이 매우 높으므로 본법에 의해 우생수술을 받도록 한다.

1.유전성 정신병. 2.유전성 정신박약. 3.아주 심한 악질 유전성 병적 성격. 4.아주 심한 악질적인 유전성 신체질환. 5.아주 심한 유전성 기형 (이하 생략).

(『관보官報』)

자료1 국민우생법

"인구 정책 확립 요망"의 "제4, 인구 증가 방책"
(1941년 1월 22일 내각회의에서 결정)

출생 증가 방침

출생 증가는 금후 10년 동안에 혼인 연령을 현재에 비해 거의 3년 정도 앞당길 것과 동시에 자녀 출생수도 평균 5명을 목표로 한다. 이것을 달성하기 위한 목표는 다음과 같다.

1)인구 증가의 기본적인 전제로 불건전한 사상의 배제와 동시에, 건전한 이에家 제도의 유지 강화를 도모한다. (중략)

2)고등여학교 및 여자청년학교 등에서는 모성의 국가적 사명을 인식시키고 보육 및 보건 지식, 기술에 관한 교육을 철저히 강화하여 건전한 모성 교육에 대한 의무를 다하도록 주지시킨다. (중략)

3)여자의 피용자를 위해 취업처에서 20세를 넘는 자의 취업을 가능한 억제하는 방침을 세움과 동시에, 혼인을 방해하는 고용 및 취업조건을 완화 또는 개선하도록 조치할 것. (이하 생략)

(이시카와 준키치石川準吉 편 『국가 총동원사 자료편 제4』

1976년 3월 동사 간행회)

자료 2 인구 정책 확립 요망 제4

2 . 소설小說

쇼와 문학의 2대 조류

쇼와 문학은 군국주의로 기운차게 달리던 암흑시대를 배경으로 몰라보게 변용을 거듭한 것에 특색이 있다. 그중에서도 꼭 집고 넘어가야 할 것은 러시아 혁명의 성공에 자극을 받아 사회주의 운동이 활성화되고, 프롤레타리아 문학 운동이 문단을 석권한 것이다. 프롤레타리아 문학 운동은 1921년에 창간된 문예지『씨 뿌리는 사람』으로 출발했다고 말해지며, 여러 그룹이 여러 과정을 거쳐 사분오열한 후, 일본 공산당을 지지하는 나프142)(전기파戦旗派)와 비공산당계의 문전파文戦派가 항쟁을 시작한 1928부터 1931년까지가 전성시대이다.

그 외에 관동대지진 후, 기계문명을 기반으로 한 근대 문명이 급속하게 발달하게 되고 전통적인 가치관과 생활양식이 변화된 것을 배경으로 모더니즘 문학과 세계적 조류였던 포스트모더니즘에 채색된 문학이 점차 전개된다. 이 시대에 일본의 근대 문학사상 일찍이 없었던 융성을 보이기 시작한 여성문학도 이 2대 조류에 자리매김하게 된다.

쇼와 초기의 여성상

제1차 세계대전 후의 물가 등귀 현상은 여성을 가정에서 직장으로 끌어내고, 쇼와공황이라는 시대 상황 속에서 여성문학에 나타난 여

---

142) 나프(NAPF) : 전일본 무산자 예술 연맹 및 그것을 개편한 전일본 무산자 예술단체 협의회.

성상은 크게 변화한다.

메이지·다이쇼기의 히로인이었던 유산계급의 여성들은 점차 빛을 잃어가고 그 대신 무산계급의 여성들이 등장한다. 여성들의 대부분은 직업부인으로, 신직업의 선두를 차지한 것은 여급(웨이트리스)이다. 선두주자는 우노 지요의 『기름진 얼굴』(1921년)이지만, 많은 여급의 삶과 성性의 방랑을 테마로 여주인공인 여급의 생활을 포함한 직업 편력을 구성한 하야시 후미코의 『방랑기放浪記』(1928~30년)가 시대의 주목과 공감을 불러일으켰다. 그 밖에 히라바야시 다이코 『때리다殴る』(1928년)의 전화 교환수, 미야모토 유리코 『포도舗道』(1931년) 『다루마야 백화점だるまや143)百貨店』(1933년) 『유방乳房』(1935년)에 등장하는 타이피스트, 여점원, 보모 등도 새롭다. 한편 사타 이네코는 하층 노동자인 여공과 가정부의 애절한 모습을 『캐러멜 공장에서キャラメル工場から』(1928년) 『오메미에お目見得』(1928년) 등에 묘사했다.

히라바야시 다이코 『비웃다嘲る』 『시료실에서施療室にて』(1927년)의 무정부주의자(아나키스트)와 무상계급 운동자, 미야모토 유리코 『1932년의 봄─九三二年の春』(1932~33년) 『각각刻々』(1933년 집필, 1951년 발표)의 프롤레타리아 작가 등의 사상운동에 열정을 쏟는 여자들, 우노 지요 『이로잔게色ざんげ』(1933년~35년)의 실속 없는 모던걸도 혁신 운동이 격하된 시대와 불안한 사회 상황을 배경으로 새롭게 등장한 여자들이다.

---

143) 다루마야だるまや=達磨屋 : 매춘부를 두는 여인숙.

신진여성작가들

이와 같이 지금까지의 여성문학에서 볼 수 없었던 다양한 여성세계를 전개시켜, 그중에서도 특히 하위층의 여성들에게 빛을 주었던 것은 주로 히라바야시 다이코, 사타 이네코, 하야시 후미코 등의 신진작가들이다. 이들 작가들은 유년 시절부터 아주 궁핍한 방랑생활을 체험하거나 부모 대에 몰락하여 종래의 여성작가와는 다른 계층에서 배출되었다. 그들은 여성들의 사회 진출 기운이 급격히 신장된 시대 속에서 노가미 야에코와 미야모토 유리코의 기성 작가들, 동시대의 엔치 후미코円地文子, 오자키 미도리尾崎翠, 나카모토 다카코中本たか子, 마쓰다 도시코松田俊子, 오타 요코太田洋子, 마스기 시즈에真杉静枝, 오다니 후지코大谷藤子, 야다 쓰세코矢田津世子와 함께 하세가와 시구레가 주제한『세이토』후계지로 지목된『여인예술』(1928년 7월~1931년 5월)에 결집되었다.

그 대부분은 요원의 불길처럼 타올라 프롤레타리아 문학 운동을 배경으로 좌경화되어, 가혹한 운동의 격류 속에서 자기의 체험을 바탕으로 작품 활동을 했다. 메이지·다이쇼 시대의 여성 해방이 이에 家 제도를 배경으로 한 전통적인 결혼을 부정하고, 오로지 근대적인 연애결혼을 갈망하는 것을 기본으로 하여, 사회와의 관련성에 있어 사회적 규범에서 모색되는 새로운 단계에 들어간 것을 나타내고 있다.

프롤레타리아 문학과 젠더

프롤레타리아 문학 운동의 일익을 담당한 여성작가들은 우선 자본주의 사회의 여성은 계급차별과 성차별의 이중 억압을 받고 있다고 하는 마르크스주의 부인론과 인식을 같이 한다.

문전파의 유명한 작가 히라바야시 다이코『때리다』(1928년)의 주인공 긴코는 지주에게 착취당하는 빈농의 아버지로부터 끊임없이 학대를 당하는 어머니를 보고 자란다. 긴코는 전화 교환수가 되어 노조를 만들려다 퇴직 당하자 동거하던 토목공인 기요시로부터도 어머니처럼 학대를 당하게 된다. 이러한 과정을 통하여 계급적 억압뿐만 아니라 피억압자인 남자로부터도 학대를 받고 있는 여성의 참담한 상황을 구타를 당한다는 신체적 상황으로 집약시켜 현실적으로 표현했다.

나프파인 사타 이네코『노여움怒り』(1929년)에도, 남편과 헤어져 4명의 아이와 모친의 생활을 위해 열심히 일하는 여급 오시노가 받은 굴욕과 참담한 내면을 통하여 이중의 억압 상황이 부각되었다. 마루노우치의 회사가 밀집한 곳에서 일하는 젊은 여성의 군상을 취급한 미야모토 유리코『포도』(1932년) 등에서도 같은 모양의 부조리한 것들이 강하게 부각되었다. 여성작가들은 계급사회에서 여성이 당하는 성에 대한 차별, 즉 젠더(문화적 · 사회적 성차)에의 인식에 지지를 얻어 여성의 해방을 위해 신명을 다 바쳐 프롤레타리아 문학 운동의 최전선에 진출하게 된 것이다.

혁명 운동과 젠더

그러는 동안에 운동의 진전이 있어 여성작가들은 의외의 사실에 직면하게 된다. 젠더가 가져온 뿌리 깊은 모순과의 봉착이다.

프롤레타리아 작가에 앞서 이 문제를 추구한 것은 이 시기의 동반 작가로 알려진 노가미 야에코『마치코』(1928~30년)이다. 주인공 소네 마치코는 혁명가인 세키 사부로와의 결혼을 중류 상층 계급으로부터 벗어나 혁명 운동을 할 수 있다는 유일한 방법으로 생각한다. 하지만 세키의 성적 방탕함으로 인해 친구인 마이코가 임신한 사실을 알고 남자의 에고이즘과 혁명 사상의 교조성敎条性에 대해 환멸을 느껴 재벌 자제와 결혼한다. 야에코의 사상적 한계와 관념성을 지적받는 소설이지만 세키의 성윤리에 상징되는 콜론타이즘은 혁명이라는 명분 아래 노골적인 성차별이 나타나는 가정주부의 문제를 내재하고 있어, 당시 혁명 운동의 허실을 정확히 찌른 것이라고 평가해야 할 것이다.

미야모토 유리코의『유방』(1935년)은 국가권력뿐만 아니라 혁명 운동에서도 섹시즘과 젠더의 지배를 형상화하여 주목된다. 무산계급 탁아소를 무대로 하여, 정치범으로 수감되어 있던 남편을 둔 보모 히로코를 주인공으로 당시의 합법 좌익 운동의 최대거점으로 알려진 도쿄 시전쟁의東京市電爭議를 그리고 있다. 이 소설은 낳는 권리와 낳아도 기를 권리를 유린당한 두 명의 여자의 유방에서 자본주의 사회의 모순을 간파했고, 섹슈얼리티(sexuality)로까지 미친 국가권력의 수탈 상황을 날카롭게 지적했다. 또 히로코는 가정주부제도가 혁명 운동에 있어서 필요악이 아니고 운동을 위해서라는 대의명분에 의한 섹시즘인 것을 직감적으로 파악하여, 계급지배와는 다른 성지배가 체제 내외에 뿌리 깊게 포진하고 있다는 것을 예리하게 지적했다. 1934년 2월 프롤레타리아작가동맹 해산 이래 파멸 상태의 프롤레타리아 문학을 지키려고 한 유리코조차 이 문제를 피할 수 없었던 것을 알 수 있다.

1930년 6월의 문전파 탈퇴 이래, 독자적인 노선을 걷던 히라바야시 다이코는 혁명 운동가의 내면에도 자리 잡고 있는 섹시즘과 거기에서 파생되는 구태의연한 남녀관계가 프롤레타리아 운동을 실패로 이끌고 있는 현실을 과감히 척결했다. 그런 소설 중의 하나가 『프롤레타리아의 별プロレタリアの星』(1931년)이다.

'내성적이고 순종적인 여성이 좋다.'는 인쇄공 이시카미가 조합 운동으로 인해 투옥되자, "주장하는 대신에 동정을 유발하라. 일해서 먹고 살기보다는 사랑받아 먹고 살아라."라고 하는 교육을 받았기 때문에 무지하고 무능한 '기생하는 프롤레타리아'였던 그의 아내 고에다는 생활이 궁핍해지자 바로 이시카미의 동료이자 여성에게 호감을 가지고 있는 야스다의 경제적 원조에 기댄 것이 계기가 되어, 그에게 점점 깊이 빠져 동침하게 된다. 동지의 아내를 취한 야스다는 양심의 가책으로 술에 빠져 조합에서 멀어지게 되고, 옥중에서 고문을 견디며 야스다를 지키던 이시카미는 이 사실을 알고 변한다는 내용의 속편 『프롤레타리아의 여자プロレタリアの女』(1932년)가 있다.

더욱이 사타 이네코의 『구레나이くれない』(1936~38년)는 함께 혁명 운동을 하며 미래 사회를 이끌어가는 대등한 관계에서조차도 전통적인 성 역할과 거기에 가담하고 있는 여성 자신의 젠더를 표면화시켜, 여성 해방을 방해하는 정체를 대내적으로 폭로했다. 아키코의 고통은 '남편을 사랑하면서도 자신의 삶의 독신 생활의 자유로움을 바라는 모순' 즉, 아내로서의 입장과 작가로서의 직업의 모순에 있다.

성 역할 분업으로 보는 결혼 제도 하에서는 직업을 가진 여성은 이중의 노동 부담을 가지게 된다. 이 부부의 경우에는 아키코가 히로스케 이상으로 가계를 책임지고 있어 젠더는 분명히 나타나 있다. 그럼에도 불구하고 아키코는 직업을 가진 여성의 부담감을 가지고 남편 히로스케와 함께 생활해 왔다. 그런 자신의 아내 의식이야말로 자기의 성장을 방해하는 내부의 적이라는 것을 깨닫게 되어 이혼을 생각하게 된다. 그런데 히로스케에게 여자 문제가 발생하자, "무엇을 위해서 자신의 성공 같은 걸 바라는 것일까."라는 생각에 사로잡혀 남편에 대한 사랑으로 잠 못 이루고 자살까지 도모한다. 남편의 사랑은 아키코에게 남자가 생기는 것으로 일단락되지만, 일과 사랑의 모순으로 상처받은 아키코의 고뇌는 아무런 해결도 찾지 못하고 히로스케가 별거 선언을 하는 것으로 소설은 끝난다.

모더니즘 문학과 젠더

이러한 젠더에 대한 자각은 좌익 작가와 동반자 작가에게만 한정된 것은 아니다. 모더니즘계인 하야시 후미코의 『방랑기』(1929~30년)는 이렇다 할 연고지도 없으면서 도시로 나온 여성이 먹고 살기 위해 "남자와 직업을 따라 떠돌아다닌" 반생을 일기체로 서술한 소설이지만, 남자의 보살핌을 받는 것은 주체성을 포기하는 것이라는 남녀의 관계 구조를 "남자의 부양을 받는 것은, 진흙을 씹는 것보다 고통스럽다."라고 실감나게 표현해 젠더에 대한 자각을 뚜렷이 나타냈다.

또한, 이같이 모더니즘 문학을 대표하는 오자키 미도리는 몽타주 이론이나 영화 이론, 또는 프로이드의 심리학을 도입한 독특한 감각적 세계를 전개했다. 대표작 『물푸레나무木犀』(1929년) 『제7관계 방황第七官界彷徨』(1931년) 『귀뚜라미 아가씨こほろぎ嬢』(1932년)는 모두 시

인을 꿈꾸는 여성이 주인공이다. 그들은 현모양처 규범을 거부하는 건전하지 않은 반사회적인 존재로 비춰지고 있는 것을 알면서도 자신의 의사를 관철시켜 나가려고 한다. 그 모습이 독특한 유머와 애수를 담고 묘사되어 있어 젠더 사회에 대항하는 자세를 읽을 수 있다.

쇼와 10년대의 여성상

이어지는 쇼와 10년대에는 프롤레타리아 문학 운동이 붕괴되고, 군주주의로 치달아버린 암울한 시대였는데, 이 시대의 전조를 서양에서 돌아온 화가와 3명의 모던걸들과의 사랑을 통해서 그려낸 것이 우노 지요의 『이로잔게』(1933~35년)이다. 내일을 기약할 수 없이 자유분방하게 허무적으로 떠돌며 살아가는 등장인물들은 파국으로 향하는 시대의 퇴폐적인 또 하나의 모습이다.

쇼와 10년대의 여성작가들도 지지부진한 여성 해방의 탈출구를 바라며 다양한 시각을 보여주었다. 비전향을 일관하며 국가 권력에 대치한 미야모토 유리코와 여성의 능력 활용 정책에 합류해 전쟁 협력의 글을 쓴 하야시 후미코나 사타 이네코, 요시야 노부코나 마스기 시즈에真杉静枝 등이 대립하는 가운데, 소설로서 이 시기에 활동을 시작한 오카모토 가노코는 젠더를 긍정적으로 생각하고 살아가는 여성을 단기간에 폭발적으로 창출해 한층 더 빛을 발했다.

모성 문학의 융성

오카모토 가노코의 대표작인 『모자서정母子敍情』『꽃은 강하다花は勁し』(1937년) 『노기초老妓抄』(1938년) 등의 히로인들은 남성을 의지하

는 여성이 아니라 남성을 돌봐주는 여성, 남성의 생명을 자신의 생명으로 끌어들여 비옥한 강의 성을 살아가는 모성적이고 마성적인 여성이다.

여성의 성性은 예부터 구제의 의미로 순수 모성을 바라는 남자들에 의해 생명의 근원이라 여겨져, 대지나 바다나 풍양신豊穰神의 메타포로서 신화화되어왔다. 가노코 문학의 여성상은 언뜻 보기에는 틀림없이 남성의 이상을 내면화한 존재라고 말할 수 있다. 그러나 여성들의 내면은 궁극적으로는 깊은 허무와 슬픔에 싸여 있어, 신화화된 여성의 실상을 내비추고 있는 측면을 놓쳐서는 안 된다. 또한, 여성성에 뿌리를 두고 문화의 우위를 주장하고 있는 점도 남성에 의해 구현되어 온 근대에 대한 명백한 도전으로 보여 남성 중심 사회의 함정을 공격하는 방법이라고 평가할 수 있겠다.

이 시기에 가노코 같은 모성 작가로 쓰보이 사카에壷井栄가 등장했다. 사카에의 소설과 아동문학은 고향인 쇼도지마小豆島를 무대로 여성과 아이의 생활을 아름다운 방언으로 시정詩情 풍부하게 그려낸 것이 다수를 차지한다. 출세작 『무의 잎大根の葉』(1938년)은 시각 장애아를 가진 어머니와 아이들 이야기의 연재작 1편이고, 이후 『풍차風車』(1939년) 『빨간 지팡이赤いステッキ』 『창窓』(1940년) 『안개의 거리霧の街』 『안경眼鏡』(1941년)으로 이어진다.

쇼와 10년대에 모성 문학의 융성을 이루어낸 것은 우연이 아니다. 전쟁을 추진하는 인적 자원 확보를 위해 국책 결혼이 선언되고, 모성이 대대적으로 장려되는 와중에 모성신화가 생겼기 때문이다. 그러나 사카에의 이러한 소설의 어머니상은 초월적인 여건의 힘을 가지고 있는 것은 아니고, 번뇌하면서 스스로의 행동을 결정하고 곤란한 사태를 타계해 가는 신체성身體性을 가진 존재이다. 주체로서의 어머니로 제시되기보다, 신화화되어 제도화된 모성신화를 내부로부터 극복해내려는 시도로, 실질적인 어머니의 문학이라고 평가할 수 있다.

이렇듯이 쇼와의 여성 문학은 계급에 대한 자각으로부터 출발하지만, 결과적으로는 젠더에 의한 억압과 소외 척결, 젠더를 역이용하여 현실을 초월하려고 하는 시도에 도달한 두 가지 흐름이 전후에 흘러들어왔던 것이다.

〈칼럼〉 프롤레타리아 문학 운동의 소장消長

일본의 프롤레타리아 운동은 1921년에 창간된 문예지 『씨 뿌리는 사람』
으로 발족하여, 동지 폐간 후에 문예지 『문예전선』(1924년 6월~32년 7월)이
운동을 계승한다. 이듬해, 같은 단체 중심에 일본 프롤레타리아 문예 연맹
(프로 예술プロ芸)이 결성되어, 아오노 스에키치青野季吉가 평론 「자연 생장과
목적의식」(1926년)에서 사회주의 사상을 가진 문학 운동으로 전환해야 하는
필요성을 설명한다. 이것을 계기로 무정부주의를 배제한 마르크스주의 문
학의 확립을 지향하게 되어, 사회 변혁과 문학 혁명이라고 하는 이중의 곤란
한 과제를 짊어지게 된다.

그 후 프로 예술은 1927년 6월에 프로 예술과 노농勞農 예술가 연맹(노예:
勞芸)으로 분열되었고, 더욱이 같은 해 11월에는 노농이 노예勞芸와 전위예
술가동맹(전예:前芸)으로 분열, 프로예술, 노예, 전예의 3파로 나누어진다.

그러나 1928년 3월 일본 공산당을 지지하는 프로예술과 전위예술가동맹
이 통합되고 전 일본 무산자 예술 연맹이 설립되어, 같은 해 12월 전 일본 무
산자 예술 단체 협의회(나프:ナップ)로 개명하여 기관지 『전기』를 창간, 새
로운 항쟁 시대로 접어든다. 이후 무산자 예술 단체 협의회(전기파)와 노예
(문전파)가 대립하지만, 고바야시 다키지小林多喜二, 미야모토 겐지, 도쿠나가
스나오德永直, 나카노 시게하루中野重治, 미야모토 유리코, 사타 이네코 등을
옹호한 무산자 예술 단체 협의회에 주도권이 넘어가, 전문단의 중심 세력이
되어 1931년 11월 일본 프롤레타리아 문화 연맹(코프:コップ)으로 발전적
해소를 이루어낼 때까지가 운동의 전성기가 되었다.

한편, 문전파에서는 하야마 요시키葉山嘉樹나 구로시마 덴지黑島伝治, 히라
바야시 다이코 등도 활약했으나, 내부적으로도 분열이 반복되어 급속히 쇠
퇴해 갔다.

프롤레타리아 문화 연맹ナップ 활동에서는 지도적 이론가가 된 구라하라

고레히토가 평론 『프롤레타리아·리얼리즘의 길』(1928년)『예술적 방법에 있어서의 감상』(1931년)에서 모든 작가가 공산당의 '전위의 눈'을 가질 것을 요구한다. 이후 '정치의 우위성'과 '노동자 계급의 주도권'이라는 두 이념을 확립하여, 국가 권력의 가혹한 탄압에 대항하면서 비합법적인 정치 투쟁의 대행이라고 하는 과제를 짊어지게 된다. 창작은 이 정치주의 노선에 방해받아 자유로운 창조 의욕을 박탈당해 곤란하게 되었지만, 고바야시 다키지의 『가니코센蟹工船』(1929년)이나 도쿠나가 스나오의『태양이 없는 거리太陽のない街』(동년)는 재벌이나 일본 해군, 재계나 경찰의 비호 아래 착취를 강행하는 기업의 실태와 노동자들의 항쟁을 다이나믹하게 그려낸 기념비적 소설이라고 평가받고 있다.

1931년의 만주 사변 도발로 비상시 체제에 들어간 일본은 운동에의 탄압을 광폭화시켜, 1933년 고바야시 다키지는 고문에 의해 옥사하고, 1934년 프롤레타리아작가동맹은 해산하지 않을 수 없게 되어 조직으로서의 운동은 와해되었다.

(이와부치 히로코)

◈ 히라바야시 다이코平林たい子144)

문학과 혁명을 도모하여

그림 4-3
히라바야시 다이코

히라바야시 다이코는 역경에 부딪쳤을 때 오히려 의욕이 끓어오르는 불굴의 기질로 몸소 맞서는 고집스러운 삶을 산 작가이다.

아버지 대에 가업이었던 제사사업製絲業이 도산하여 어릴 때부터 생활의 고통을 알게 된다. 나가노현 스와고등여자학교 재학 때부터 문학을 지망하는 한편, 『씨 뿌리는 사람』등을 읽고 사회주의에 눈뜨게 된다. 1922(다이쇼 11)년 졸업과 함께 상경하여 도쿄 중앙 전화국 교환수 견습생이 되지만, 한 달 만에 해고당한다. 무정부주의자 야마모토 도라조山本虎三와 알게 되어 동거하지만, 관동대지진 후 도쿄 퇴거령을 받아 만주 대련으로 건너간다.

문전파의 프롤레타리아 작가

1924년 초심으로 돌아가기 위해 귀국해 무정부주의 이이다 도쿠다로飯田德太郞와 동거, 그 퇴폐적인 생활을 그려낸 『비웃다』(1926년)가 오사카 「아사히신문」 현상 소설에서 입선한다. 이어서 대련에서의 비참한 경험을 바탕으로 한 『시료실에서』(1927년)를 『문예전선』에 발표, 하야마 요시키 등과 함께 문전파를 대표하는 프롤레타리아 작가가 되어 『야풍野風』『때리다』(1928년) 등을 집필한다. 이때 『문예전선』의 동

---

144) 히라바야시 다이코平林たい子 : 1905~72년, 나가노長野 출생, 본명 : 다이.

료인 고보리 진지小堀甚二와 결혼한다.

고립의 프롤레타리아 작가

그러나 1930(쇼와5)년 문전파의 내부 분열로 탈퇴, 프롤레타리아 작가로서 고립된 길을 선택하여, 『비간부파의 일기非幹部派の日記』『부설열차敷設列車』(1929년) 등을 쓴다. 1937(쇼와12)년 말 인민전선사건人民戰線事件[145]으로 고보리 진지로 인해 참고인으로 소환된다. 유치장 생활로 인해 늑막염에서 복막염으로까지 발발, 병이 심해져 석방된다. 고보리의 헌신적인 간병으로 1941년에는 위기를 넘기고 패전을 맞이하게 된다.

자전적 소설군

전후에는 전시 하의 가혹한 삶의 방식을 작품화한 『혼자 간다一人行く』『이런 여자かういふ女』(1946년) 등의 자전적 계열과, 『밑바닥의 노래地底の歌』(1948) 등의 인생 밑바닥의 삶을 정열적으로 집필한다. 1950(쇼와25)년 경부터 반공적 자세를 강화해 민주 사회당 지지로 전환한다. 1972(쇼와47)년 폐렴으로 사망, 생애의 라이벌을 논한 『미야모토 유리코』가 유작이 된다.

『시료실에서』

주인공 '나'의 남편은 끈질기게 쟁의를 지도하고 테러를 계획한 죄

---

145) 인민전선사건人民戰線事件 : 중일전쟁 하의 좌익 탄압 사건.

로 수감된다. 빈곤한 사람들을 위해 무료로 병을 고쳐주는 시료실에서 출산을 한 '나'도 출산이 끝나면 공범으로 수감될 감시를 받고 있는 몸이다. 게다가 심한 임신 각기병에 걸렸다. 그러나 위선적인 자선 병원에선 태어난 아이에게 임신 각기병에 걸린 부모가 모유를 먹이는 것을 보고도 못 본 체하는 잔혹함을 보였고, 아이는 생후 하루만에 사망한다. '나'는 병원을 나와 감옥으로 향한다.

인용은 수감 중인 남편과의 면회를 마치고 시료실로 돌아간 '나'가 임신 각기병으로 판명 받고 어머니로서의 심정과 사회주의자로서의 신념 사이에서 갈등하는 장면이다.

출산이라고 하는 개인적인 모성의 불행을 통해, 사회의 모순을 생생하게 긴밀한 문체로 그려낸 프롤레타리아 문학의 걸작이다.

게다가 또 각기병이라니. …….
어둠 속에 멍하게 있는 자신을 느낀다.
…그러나 출산에 각기병까지 겹치면, 자신의 입옥은 조금 늦추어질지도 모른다. …멍한 머릿속에서 옅은 기쁨과 같은 것이 희미하게 흐르기 시작한다. 나는 감옥을 두려워한다. 어린 아이를 안고 감옥 생활을 하는 여자를 연상해보니, 가슴이 매여 오는 느낌이 든다. 이 아이를 처음으로 가진 것을 알았을 때도 나는, 도쿄대지진의 혼잡한 틈을 타 감옥을 빠져나왔다. 나에 의해 운명지어진 이 아이의 일생은 감옥 생활일지도 모른다. 아니, 그래도 괜찮다. 나는 이마가 넓고, 눈이 조금 치켜 올라간 여자 아이를 낳고 싶다. 좋다, 일본의 볼셰비키를 감옥에서 기르자.
조금 지나, 나는 배 안에서 발길질하는 태동을 느끼면서 두툼한 입술로 휘파람을 불렀다.

그림 4-4
사타 이네코

◆ 사타 이네코佐多稲子[146]

나프ナップ파의 프롤레타리아 작가

『캐러멜 공장에서』(1928년)로 나프파의 프롤레타리아 작가로서 데뷔한 배경은 친가의 몰락으로 어릴 때부터의 어려운 생활에 있었다고 할 수 있다. 여공·가정부·여관 종업원 등을 거쳐, 일본소학교 중퇴의 학력을 위조해 들어간 니혼바시 마루젠丸善에서 상사의 소개로 자산가인 가게 주인과 결혼하지만 오래 가지 않아 파탄이 난다. 카페의 접대부로 재출발한 것이 계기가 되어『당나귀驢馬』의 동료 구보카와 쓰루지로窪川鶴次郎와 호리 다쓰오堀辰雄, 나카노 시게하루 등 동인들의 축복을 받으며 결혼한다.

바로 그 당시가 프롤레타리아 문학 발흥기로 1928(쇼와3)년 프롤레타리아작가동맹에 가입, 일본 공산당에도 입당해 미야모토 유리코와 함께 프롤레타리아 문학 운동에 헌신하면서 여공 5부작 등을 집필한다.

전시 하에서의 문학 활동

그러나 1934(쇼와9)년 2월 작가동맹 해산 이후, 조직이 와해된 상황에서 남편과의 부부 관계의 황폐가 파시즘에의 저항을 차차 약화시켜, 전향에 대한 명확한 자각 없이 서서히 전시 체제에 휘말렸다고

---

146) 사타 이네코佐多稲子 : 1904~83년, 나가사키長崎 출생, 본명 : 이네.

전해진다. 이 시기의 대표작『구레나이』(1935년)『유방의 고통乳房の苦しみ』(1937년)『수수신록樹樹新綠』(1938년)『맨발의 소녀素足の娘』(1940년)에서는 혁명 운동 중에도 엄연히 존재하는 성차별과, 당시의 성 도덕의 이중성을 그려내 주목을 받았다.

제2차 세계대전 돌입 이후에는 전지를 위문하여 시국영합時局迎合 작가로 평가받는 한편, 대량으로 쓴 나카마 소설中間小說[147]은 전쟁미망인이나 이혼한 여성, 전쟁에 참가할 수 없는 체구가 약한 남자 등 규범에 준하지 못한 사람들에게 희망을 주었다. 그러한 작품에 대한 평가는 앞으로의 연구에 기대해야 할 것이다.

전후에는 전전의 프롤레타리아 작가가 중심이 되어 창립한 신일본문학회의 발기인에도 참가하지 못하고, 전쟁 책임 문제로 고통을 받는다. 이 문제는 전후의 사타 문학의 주요 테마가 되어 혼신의 힘을 들여 자기를 척결해 가면서『나의 도쿄 지도私の東京地圖』(1946년)『잠깐 서성이다時に佇つ』(1976년)『여름의 길잡이夏の栞』(1983년) 등을 내놓았다. 또한, 공산당과의 관계를 그린『소상塑像』(1966년)『수영樹影』(1972년), 여성 문제를 그린 『여자의 집女の宿』(1962년)『연민哀れ』(1968년) 등이 있다.

『캐러멜 공장에서』

주인공 히로코는 사오 일 전에 처음으로 지각했다. 얼마 안 되는 일급으로 일하는 캐러멜 공장의 여공들에게 지각은 허용되지 않는다. 게다가 집안에서 끌어 모아 겨우 마련한 차비도 받을 수 없게 된

---

147) 나카마 소설中間小說 : 순문학과 대중문학의 중간에 위치하는 소설.

다. 가난해서 소학교 5학년 때 학교를 그만두고 일을 시작할 수밖에 없었던 히로코에게 있어서, 집안에 폐를 끼치는 지각은 무엇보다도 두려운 일이다. 인용은 위와 같은 체험이 서술된 제1장의 1부이다. 전 8장으로 되어 있으며, 이하의 장에는 주인공이 여공이 된 경위와 공장 노동의 힘든 실태, 소녀들의 대화 등이 그려져 있고, 공장의 일급제가 정해진 다음부터, 수입이 줄어든 히로코가 작은 국수 가게에 숙식하며 일하게 되는 것에서 소설은 끝을 맺는다.

환경의 격변에 숨죽이며 가혹한 노동을 견디는 히로코의 건강한 모습을 투영한 것에 소녀와 외부 세계와의 관계성을 말하는 것만으로 비참한 상황이나 내면을 스스로 비춰내는 것에 성공한 주옥같은 프롤레타리아 문학이다.

그날 아침 그녀는 전차 안에서 지각할 것 같은 생각이 들었다. 아리따운 여성들이 타기 시작했고 노동자풍의 모습들은 사라져 갔다. 그녀는 차내의 분위기로 시간을 알려고 허둥대며 주위를 살폈다. 그녀는 마침내, 입구까지 나왔다. 그때 그곳에 매달려 있던 할인 표찰을, 한쪽 손으로 가슴에서 시계를 꺼낸 차장이 걷어 올려 걸었다. (중략)
그녀가 집을 나온 것은 어두울 때였다. 그녀의 차비는 집안에서 끌어 모은 돈이었다. 그러나 그녀 앞에는 강철의 철문이 단단히 닫혀 있었다. 그녀는 시간 안에 도착하지 못했다. 공장의 폐문 시간은 7시였다. 그녀는 살금살금 그곳을 지나갔다. (중략) 그녀는 울상을 짓고 있었다. 사람이 많이 지나다니기 시작했다. 사람의 왕래로 다음날 아침이 된 것을 알 수 있었다.
히로코는 추위로 몸이 얼어버리는 것보다도 지각이 더 무서웠다.
할머니의 꾸중을 들으면서 아침을 먹은 히로코는 목도리에 얼굴을 파묻고, 전쟁터에 나가는 듯한 기분으로 걸어갔다. 밖은 방금 간 식칼 같이 매섭게 추운 새벽이었다. 그리고 삐걱거리는 듯이 춥다. 다리 위에서는 게다 굽이 몇 번 미끄러졌다.

그림 4-5
하야시 후미코

◆ 하야시 후미코林芙美子[148]

『방랑기放浪記』의 새로움

출세작 『방랑기』(『여인예술』 1928~29년)는 쇼와 초기 불황의 늪에 빠진 시대를 배경으로, 투쟁적인 강한 생명력을 가지고 가난에 지지 않고 살아가는 주인공의 모습이 공감을 불러일으켜, 전전에 보기 드문 베스트셀러가 되었다. 하야시 후미코의 대명사가 된 이 작품은 유년기 때부터 어머니 기쿠, 의붓아버지 사와이 기사부로沢井喜三郎를 따라 방랑 생활을 시작한다. 1922(다이쇼11)년 오노미치시립여자고등학교 졸업 후, 애인 오카노 군이치岡野軍—를 따라 상경하지만 사랑은 파탄이 나고, 직업과 남성 편력을 반복한 자신의 생활을 소재로 한 반자전적 작품이다. 근래 이 소설은 여성의 방랑이 성적 방종과 같이 간주되던 전전의 일본에서 주인공의 방랑이 여성작가의 자기 형성의 이야기로 된 것이 새롭게 높이 평가되었다.

초기에는 『방랑기』와 같은 시인으로서 출발한 작가답게 서정성 넘치는 자전적 작품이 대부분으로, 『풍금과 물고기 거리風琴と魚の町』『청빈의 서清貧の書』(1931년) 등이 있다. 후에는 화가 데즈카 로쿠빈手塚緑敏과의 결혼 생활을 소재로 했다.

---

148) 하야시 후미코林芙美子 : 1903~51년, 야마구치山口 출생, 본명 : 후미코.

전중, 전후의 소설군

보따리 장사의 어두운 현실을 그린 『굴牡蛎』(1935년)을 전환기로 객관 소설로의 길을 연 후미코는, 전전에는 『번개稲妻』(1936년) 『두견새杜鵑』(1940년) 등을 발표했다. 중일전쟁 돌입 후에는 종군 펜부대에 참가해 시국에 영합하여 활동을 하지만, 그때 쓰인 것의 검증은 불충분하여 앞으로의 과제로 남아 있다.

전후에는 패전 직후의 일본을 무대로 전쟁에 의해 상처받은 여성의 여러 가지 고통, 슬픔이나 불행을 『하사어河沙魚』(1947년) 『뼈骨』 『다운타운下町』 『쇠고기牛肉』(1949년) 등에 훌륭히 그려냈다.

그중에서도 『만국晩菊』(1948년) 『뜬구름』(1949년)은 가정을 떠나 사는 여성을 그린 걸작으로서 평가가 높다. 만년의 전업 주부의 폐쇄적인 상황을 예상한 『밥めし』(1951년) 등, 4편을 연재하던 중 심장마비로 48세의 나이에 돌연 사망했다.

『방랑기放浪記』

반 자서전이라고도 할 수 있는 내용으로 일기체로 되어 있지만, 엄밀한 사실의 기록이 아니라 일기와 시와 소설의 독특한 연관 관계를 가지고 있는 작품이라고 평가된다. 먹고 살기 위해 카페에서 여급으로 일을 시작해 노점상·여공·몸종·사무원 등으로 옮겨가며, 악전고투하는 주인공의 생활이 남성 문제와 얽히고설켜가면서 전개되어 간다.

십 수 회에 걸친 이직은 이렇다 할 연고지도 없이 도시로 올라온 여성이 살아가기 위해 거친 필연적인 길이었다. 그것도 남자의 2분의 1, 또는 3분의 1이라고 하는 낮은 급료로 인해 주인공 '나'가 '남자를 의지해서 살 수밖에 없는' 것을 느낀 것은 빈곤으로 고통 받을 때이다. 그러나 한 번 관계를 맺으면 '매춘부라도 되는 편이 오히려 신경 쓰이지도 않으면서 좋을 것 같다.'는 생각을 하니 가슴이 메어진다.

인용문은 남자와 헤어져 고기집의 여종업원이 된 '나'가 깊게 생각하고 있는 장면으로, 한편으로는 같이 일하는 여성들의 상냥함과 건강함에 감동받아 강한 연대감을 느낀다.

(4월 ×일)
마을 네거리에서, 타인보다도 더 냉정하게 나는 남자와 헤어졌다. 남자는 시민좌 市民座라는 작은 아마추어 극단을 꾸려나가고 있었고, 다키노카와滝ノ川의 예술학원에 다니고 있었다.

나도 오늘부터 출근이다. 남자에게 기대어 사는 것은 진흙을 먹는 것보다도 고통스러운 일이다. 허울 좋은 일보다도 내가 찾은 곳은 고기집의 여종업원이었다. '로스 한 접시 부탁합니다.' 하면 사다리 계단을 올라가며 마음속으로 흥겨운 노래를 부르고 싶어진다. 객실에 모여 있는 사람의 얼굴이 모두 재미있는 필름 같다. 고기 그릇을 가지고 사다리계단을 오르내리면, 내 앞 주머니도 덩달아 조금씩 돈으로 채워져 간다. 어느 곳에서도 빈곤함은 찾을 수 없고 방안은 맛있는 냄새로 가득하다. 그러나 많이 오르내리다보면 나는 지쳐버린다. "이삼 일 지나면 금방 익숙해질 거야." 라며 지배인인 오스기가 구석에서 허리를 두드리고 있던 나를 보며 위로해주곤 했다.

그림 4-6
오자키 미도리

◆ 오자키 미도리尾崎翠[149]

미도리 붐

1935(쇼와10)년에 집필을 멈춘 이래 오랫동안 잊혀져 있던 오자키 미도리는 1969(쇼와44)년, 학예서림 출판의 『전집 현대문학의 발견』 시리즈에 『제7관계 방황』(1931년)을 재록한 것이 재평가 받는 계기가 되었다. 게다가 1998(헤이세이10)년에 영화 『제7관계 방황~오자키 미도리를 찾아서~』가 제작되고, 같은 해 지쿠마서방에 의해 『정본 오자키 미도리 전집』이 간행되어 현재 제2차 재평가의 시대를 맞고 있다.

모더니즘 문학의 기수

1914(다이쇼3)년 경부터 『문장세계』에 투고를 시작해, 요시야 노부코와 함께 문재를 발휘했던 미도리는 1920(다이쇼9)년 일본여자대학교 국문과 2년 재학 중에 『무풍지대에서無風帯から』를 『신조新潮』에 발표, 이것이 교내에서 문제가 되어 퇴학당했다. 평생 친구인 마쓰시타 후미코松下文子도 뒤를 이어 학교를 그만둔다. 1928(쇼와3)년 하세가와 시구레 주재 『여인예술』이 창간되자, 하야시 후미코의 중계로 이 잡지를 활약의 무대로 삼아 『냄새─기호장의 이삼 페이지匂ひ─嗜好帳の二三ペエヂ』(1928년) 『물푸레나무』 『애플파이의 오후アップルパイの午後』(1929년), 포(Poe. Edgar Allan)의 번역본 『모레라モレラ』(1930년)를 계

---

149) 오자키 미도리尾崎翠 : 1896~1979년, 돗토리鳥取 출생.

속해서 발표했다. 그중에서도『영화만상映畫漫想』은 미도리의 창작 방법을 찾는데 있어서 중요한 시각적·영화적 언설과 익살스러운 것의 표상을 상징적으로 언급하고 있어 주목된다. 대표작인『제7관계 방황』이 호평을 받아『도상에서途上にて』『보행步行』(1931년)『귀뚜라미 아가씨こほろぎ嬢』(1932년) 등의 독특한 감각 세계를 전개한 소설들을 계속 발표하지만, 복용하고 있던 진통제 미그레닌(Migranin)의 부작용으로 환각 상태가 심해지자 큰오빠가 고향인 돗토리로 데려가, 앞에서 언급한 바와 같이 제1차 미도리 붐까지 잊혀진 존재가 되었다.

『귀뚜라미 아가씨こほろぎ嬢』

'지친 오동나무꽃 냄새'가 나는 '2층의 셋방'에 혼자 사는 '덧없는 시인'인 주인공 귀뚜라미 아가씨는 극히 불건전한 이미지로 묘사된다. 그녀는 귀뚜라미와 같이 영화관이나 도서관과 같은 어두운 장소를 좋아한다. 그녀는 부지런히 도서관에 다니기 시작해 책에서 만난 한 명의 시인인 '윌리엄 샤프 씨'를 사랑하게 된다. 그에게는 '피오나·마크로도'라고 하는 여시인 애인이 있는데, 사실 두 사람은 동일 인물이다. 그것을 알고 있으면서도 그에게 끌리는 귀뚜라미 아가씨는 육체가 없는 자폐적인 사랑을 동경하고 있다고도 말할 수 있다.

인용문은 귀뚜라미 아가씨가 도서관의 여성 전용 식당에 있던 '산파학의 암기자'를 향해 마음속으로 말하는 장면이다. 산파, 즉 조산부는 부국강병을 위한 인구 증가 정책에 따른 직업으로, 고수입을 원하는 여성의 직업이다. 사회적으로 유용한 조산부(지망자)와 비교하면, 아이를 낳을 수도 없고 먹을 수도 없는 여성시인은 얼마나 무력한 존재인가가 두드러지게 눈에 띈다. 그래도 의지를 관철하려고 하는 것에서 예술을 하는 반체제적인 새로운 여성상의 창출을 볼 수가 있다.

"공부하시는 미망인(이 검고 마른 상대를 향해 귀뚜라미 아가씨는 그 외의 호칭을 알지 못했다)이 가을쯤에는 한 명의 산파가 되시길 바래요. 그리고 새벽녘의 귀뚜라미를 밟고 당신이 하시는 일이 매일 아침 번성할 수 있길 바래요. 귀뚜라미 같은 걸 이야기하면 당신은 아마 웃겠죠. 하지만 저는 조그만 소리로 당신에게 고백하고 싶어요. 저는 언제나 귀뚜라미 같은 게 신경 쓰여요. 그렇기 때문에 저는 항상 아무짝에도 도움이 안 되는 것만 생각해요. 하지만 이런 생각밖에 못 해도 역시 빵은 필요해요. 그래서 저는 항상 전보電報로 엄마를 놀래켜야 해요. 편지나 엽서는 낯간지럽고 귀찮아요. 엄마는 시골에 살고 계세요. 미망인, 당신에게도 어머니가 계십니까? 아아, 오래 사시길 바래요. 하지만 미망인, 엄마란 어떤 곳에서도 그다지 좋은 역할이 아닌 것 같아요. 딸이 머리 병이 나면 엄마는 몇 배나 마음 아파해요. 아아, 피오나 · 마크로도! 당신은 여시인으로 살아오신 동안 과학자를 향해 하나의 주문을 하고 싶다고 생각해본 적은 없습니까? 이슬을 마시고 인간의 생명을 연장하는 방법. 저는 언제나 그걸 바라고 있어요. 하지만 매번 팡! 팡! 팡! 하면서 수선을 떨지 않을 수가 없어요."

지하실 식당은 벌써 저녁이 되었다.

◈ 오카모토 가노코岡本かの子[150]

시인으로서의 출발

오카모토 가노코는 자신을 단가, 불교, 소설의 3개의 혹을 가진 낙타로 비유했지만, 처음은 시인으로 출발했다. 아토미여학교 재학 중

---

150) 오카모토 가노코岡本かの子 : 1889~1939년, 도쿄東京 출생, 본명 : 가노.

그림 4-7
오카모토 가노코

에 작은 오빠 유키노스케와 함께 요사노 뎃칸, 아키코 주재의 『명성』에 참가하여 창작을 시작, 『스바루』를 거쳐 1911(메이지44)년 『세이토』에 참가했다. 단속적으로 13회 시를 실었지만, 그 대부분은 애인 호리키리 시게오堀切茂雄와의 관계를 노래한 것이었다.

간통죄가 있었던 시대에 가노코의 천의무봉함과 오카모토 잇페이, 가노코 부부의 특이함을 엿볼 수 있다. 부부 생활이 일단 파탄난 후에도 잇페이는 풍자만화로 일생을 풍미하는 재력이 있었으며, 가노코를 문학자로 만들기 위해 물심양면으로 원조를 아끼지 않았다. 그리고 아내의 애인인 쓰네마쓰 야스오恒松安夫, 닛타 가메조新田亀三와의 동거도 인정했다.

소설가로서의 개화

가노코의 친가인 오누키大貫가는 다마쓰카와 주변의 대지주로 대대로 막부의 어용상을 맡은 유서 있는 집안이었으나, 가노코의 아버지 대에 몰락했다. 이러한 성장 배경이 가노코 문학의 주요 모티브인 '강과 가령家靈의 문학'을 낳게 했다고 전해진다. 즉, 구가舊家의 후예의 피를 이어받은 사람이라는 사명감을 가지고 역대 사람들의 뜻을 대변함과 동시에, 소멸 직전의 과도한 생명력을 불어넣은 자신을 강으로 비유해서 표현했다고 하는 해석이다. 틀림없이 남자의 이상을 내면화한 여성상이지만, 대표작 『혼돈미분混沌未分』(1936년) 『모자서정』『꽃은 강하다』『금어요란金魚撩亂』(1937년)『노기초』(1938년)를 해독해보면 신화화神話化한 여성상을 그리면서, 그 생명력의 근원은 실제로 충족되지 않는 깊은 허무와 슬픔에 기인되었다는 것을 깨닫게 된다. 또, 가정을 주제로 한 『과거세過去世』(1937년)『쓰시鮨』『가령家靈』(1939년) 등의 걸작이 있다.

풍양豊穣한 유고遺稿

말년에 겨우 3년간 작가로서 정열적인 활약을 했으나, 1939(쇼와 14)년 2월 서거한다. 유고로서 『강빛河明り』『추기雛妓』『생생유전生々流転』『여체개현女体開顕』(1939년)이 발표되어, 그 질과 양의 풍부함은 세간을 놀라게 했다.

『노기초老妓抄』

일찍이 인기 있는 기생으로, 기명이 오소노이며 본명이 히라이데 소노코인 노기는 10년 전부터 '건강하고 평범한 생활'을 동경해 먼 친척의 딸 미치코를 양녀로 삼고, 집도 일식과 서양식으로 개축해 생활방식도 바꾸고자 한다. 집을 개조하는 것이 계기가 되어 "전매특허를 따서 돈을 벌고 싶다."는 꿈을 가진 청년 유즈키를 알게 되어 후원자가 된다.

유즈키는 생활의 안정을 얻자 안주해버려, 발명에 대한 정열과 흥미가 사라지고 젊음과 생명력도 잃어 간다. 인용문은 유즈키의 아주 평범한 생활을 하고 싶다는 마음과, 노기가 추구하는 "직업이든, 남녀 관계이든, 잡념 없이 한곳에 몰두하는 것을 보고 싶다."는 꿈을 실현하기 위한 특이한 생활이 어긋나 있는 것을 토로하는 장면이다.

　노기가 말하는 젊음이란, 끝없는 꿈을 가지고 충족되지 않는 것에 대한 슬픔과 허무함의 깊이가 반대로 생명을 꽃피우게 하는 것이라는 것을 소설 말미의 단가는 밝히고 있다.

> 年々にわが悲しみは深くして
> 해마다 나의 슬픔은 깊어지고
> いよよ華やぐいのちなりけり
> 더욱 더 화려해지는 생명이로다

유즈키는 그날 밤 훌쩍 여행을 떠났다.

노기의 의지를 확실하게 알게 되었다. 그것은 그녀가 이루지 못한 것을 자신을 통하여 이루고자 하는 것이다. 그러나 그녀 자신이 이루지 못한 것을 자신을 통해 이루고자 하는 일 따위는 그녀든 자신이든, 또 아무리 운 좋게 제비를 잘 뽑은 인간이라도 현실적으로 불가능한 얘기는 아닐까. 현실이라는 것은 일부분일지는 몰라도 전체는 언제나 눈앞에 펼쳐놓고 차례차례로 인간을 낚아가는 것은 아닐까. (중략) '대단한 노녀가 다 있군.' 하고 유즈키는 놀랐다. 어쩐지 오랜 경험으로 숙련된 것 같은 느낌이 든다. 그 비장한 분위기에도 충격을 받았지만 자신이 무모한 계획에 말려들었다는 나쁜 기분도 들었다. 가능하다면 노기가 자신을 태우고 있는 끝도 알 수 없는 에스컬레이터에서 벗어나 푹신한 수제手製 깃털 이불과 같은 생활 속으로 숨어들고 싶다고 생각한다.

(이와부치 히로코岩淵宏子)

〈칼럼〉 모더니즘 문학의 조류

쇼와의 모더니즘 문학의 원류는 프롤레타리아 문학의 『문예전선』과 같은 1924년에 창간된 문예지 『문예시대』(1924년 10월~27년 5월)로, 두 잡지가 쇼와 문학의 실질적 출발을 이루었다. 주요 동인으로는 요코미쓰 리이치橫光利一, 가와바타 야스나리川端康成, 나카가와 요이치中河与一, 가타오카 뎃페이片岡鉄兵, 기시다 구니오岸田国士 등이 있다. 문학적 목표가 완전히 일치된 운동체는 아니었지만, 자연주의문학을 대표하는 평이한 기성의 리얼리즘을 부정하고, 의인법·도치법·비유 등의 다용을 지적, 감각적이고 참신한 표현을 추구한 것이 공통점이다.

창간호에 발표한 요코미쓰 리이치의 『머리와 같은 마음頭ならびに腹』은 "대낮이다. 특별 급행 열차는 만원인 채 전속력으로 달리고 있었다. 연선沿線151)의 작은 역은 돌처럼 묵살 당했다"고 하는 유명한 한 행으로 논의를 불러, 평론가 지바 가메오千葉亀雄에 의해서 '신감각파'로 명명되었다. 그 밖에, 가와바타 야스나리 『이즈의 무희伊豆の踊り子』(1926년), 이나가키 다루오稲垣足穂 『별을 파는 가게星を売る店』(동년), 나카가와 요이치 『차가운 무도장氷る舞踏場』(1925년) 등이 있다.

그들이 개척한 모더니즘의 명맥은 일본 근대 문학사상, 근대 예술파라고 불리는 신흥예술파나 신심리주의 등의 포스트모더니즘의 사조로 계승되어 다종다양한 실험에 의해서 종래의 리얼리즘의 개념을 뿌리 채 흔들게 된다.

(이와부치 히로코)

---

151) 연선沿線 : (철도 따위의) 선로를 따라 그 옆에 있는 지역.

3. 단가短歌

주변적 존재로서의 여성가인

'여자인 것'의 현실 앞에 어떤 이는 좌절하고, 어떤 이는 유력한 남성가인의 지도와 보호를 받게 된 다이쇼 중기 이후, 더더욱 여성의 우타는 종속적인 경향이 늘어나고 적막하게 되었다.

요사노 아키코는『아라라기』가 주류를 이루고 있는 가단에 관여하지 않고 일반 독자의 지지를 얻어 왕성한 집필 활동을 하며 가집도 거의 매년 계속 냈지만, 1928년『마음의 원경心の遠景』출판을 마지막으로 1942년 쇠퇴하기 전까지 단독 가집은 끝내 없었다.

오카모토 가노코도 1929년『나의 최종 가집わが最終歌集』출판 후, 우타 창작을 멈추고 소설로 전향한다. 일찍이『아라라기』로 옮긴 미카지마 요시코와 하라 아사오는 시마키 아카히코에 의해 파문된다. 스기우라 스이코, 이마이 구니코도 탈퇴한다. 1935년 전후에 제각기 단체를 결성해 잡지를 간행하지만, 이와 같은 여성 주재의 결합도 문학적인 의의나 충격력은 거의 없었다고 할 수 있다. 와카야마 기시코若山喜志子도 1928년의 와카야마 보쿠스이 사망 후, 그 주재지『창작』운영을 위해 우타계로 복귀하지만, 분열 소동 등이 있어 운영은 쉽지가 않았다.

프롤레타리아 단가와 모더니즘 단가

이시카와 다쿠보쿠 이후에도 구어시의 시행은 계속되었지만, 다이쇼기 말의 프롤레타리아 문학 운동 부흥으로 1926년, 전국 구어시의 통일 단체 '신단가협회' 결성, 이윽고 구어 정형과 구어 자유율의 두 파로 분열된다.

또한 1928년에는 프롤레타리아 문학 운동에 공조하는 구어 시인들이 전통적인 문어 정형을 고수하는 기성 가단에 대항하여 '신흥 가인 연맹'을 결성했다. 이것도 몇 개월 안 가 분열, 이합집산을 반복하면서 1929년에는 '프롤레타리아 가인동맹'을 결성한다.

한편, 「시와 시론」에 의한 쉬르리얼리즘(surrealism) 소개의 영향을 받아 그때부터 반 전통 단가, 반 프롤레타리아 단가를 표방하는 신예술파 단가의 흐름이 나타났다. 프롤레타리아 단가 운동에 참가하던 마에카와 사미오前川佐美雄가 여기에 가세하여 1930년 간행한 『식물제植物祭』는 가단의 주목을 끌었다.

なにゆゑに室は四角でならぬかときちがひのやうに室を見まはす
왜 방은 네모가 아니면 안 되는 걸까, 미치광이처럼 방 안을 둘러보노라
마에카와 사미오

이와 같은 움직임 속에서 프롤레타리아 단가 운동에서는 다테야마 가즈코舘山一子, 또 신예술파 즉 모더니즘 단가에서는 사이토 후미斎藤史가 등장한다.

다테야마 가즈코는 구보타 우쓰보窪田空穂와 동문이며, 회양목 빗을 만드는 장인이기도 한 다나베 준이치田辺駿一와 결혼, 1927년 잡지『여명』을 함께 창간했다. 1929년에는 "적당히 할 수 없는 성격인 내가 핏기 없는 얼굴로 야위어가고 있는 것이다."와 같은 구어 자유율의 가집『프롤레타리아 의식 하에서』를 간행한다. 그러나 1936년에 이

혼, 구어 자유율의 반성에서 문어 정형으로 회귀했다. 1940년에는 가단의 유력한 신인 10명 중의 한 사람으로 합동가집 『신풍 십인新風十人』에 합류한다.

幾片の骨片として戻り来し骨甕を人ら捧げ来たるも
몇 개의 뼈 조각으로 돌아온 유골항아리를 사람들이 들고 오기도 한다

다테야마 가즈코

見まはして心足らへり三畳のこのわが天地阻むもののなく
둘러보니 만족스럽다, 다다미 석 장의 좁은 나의 공간이지만 방해하는 것 없어

동일

『채彩』(1941년)에서. 전쟁의 비참함을 노래하지 마라, 민족의 결의만을 노래하라는 목소리가 높았던 1940년 전후, 다테야마 가즈코의 우타에는 직접적인 표현을 억제하면서도 꼭 필요한 부분은 빠뜨리지 않으려는 의지가 보인다. 또한 같은 프롤레타리아 문학 운동에 공조하는 가인 동지와의 결혼이었음에도 불구하고 가정생활에서 그녀는 여자에 불과하여, "이 세상에 개인의 삶을 서로 속박하는 일은 결코 있을 수 없다."는 것을 절실히 느끼게 되는 것이다.

모성애의 우타

1936년에 간행된 고토 미요코五島美代子 가집 『난류暖流』는 가와다 준川田順이 쓴 머리말에 의해서 '모성애의 우타'로 절찬 받는다. "우리 남성이 여류 작가에게 특별히 바라는 것은 여자로서의 우타·아내로

서의 우타·어머니로서의 우타 3종류, 다른 말로 하면 연애의 우타·부부애의 우타·모성애의 우타이다." 하지만 유감스럽게도 만요슈万葉集 이래 "모성애의 우타"는 아주 적다. 그러나 『난류』는 그 "아무도 발을 내딛지 않은 땅"을 개척하여 "아주 새로운 모성애의 발로"가 보인다는 것이다.

みどり子も薄着になりて窓ぎはの風に吹かれつつ指ねぶり居り
갓난아이도 얇은 옷차림으로 창가에서 바람을 쐬며 손가락을 빨고 있네

고토 미요코

ひたひ髪風に吹かせて一心に足運ぶ子を見ながら歩む
앞머리 바람에 휘날리며 바쁘게 걸음을 재촉하는 아이를 보면서 걷노라

동일

어머니로서 아이를 노래한 우타는 와카에서는 거의 볼 수가 없다. 그러나 와카 혁신 운동을 거친 근대 단가 이후, 특히 『아라라기』의 현실 생활을 노래하는 수법이 주류가 된 후에는 많이 나타났다.

고토 미요코 우타의 새로움은 자유로운 근대 가족을 배경으로 어머니이자 아내인 것에 전념할 수 있는 풍족한 가정환경에서 '여자인 것'의 틀에 충실하면서, 모자 일체의 정서적 관계로부터 생긴 '모성애'를 가집 한 권에 노래한 것에 있다.

이와 같은 '모성애 우타'의 높은 평가가 지나사변支那事變[152]이 일어나기 전년에 있었다는 것도 우연은 아닐 것이다. 이윽고 전쟁이 격해짐에 따라 후방을 지키는 '어머니'로서 또는 '주부'로서의 여성의

---

[152] 지나사변支那事變: 중일전쟁에 대한 당시의 일본 측의 호칭.

역할을 국가가 노골적으로 기대하게 되었다.

すめらぎの遠の御楯と子を征かす母の身の栄に泣きたまふかも
천황폐하의 방패로써 먼 곳으로 자식을 보내는 어머니는 영예스러워하면서도
울고 계시도다.

사이토 후미

一人子を神となしたる母にして口かず少なはげみたまへり
외아들을 매우 소중하게 여기는 어머니는 말없이 애쓰고 계시네.

동일

1943년의 사이토 후미 가집 『주천朱天』의 「어머니를 칭송하다母を
たたふ」는 국가의 요청에 의한 충실한 대변자로서의 '어머니 우타'이
다. '모성애'는 이처럼 착취당하고 있었던 것이다.

厨辺の大き水かめ厚氷柄杓もて割る水くむ穴を
부엌의 큰 항아리에 언 두꺼운 얼음을 국자로 깨서 물구멍을 만든다

우부카타 다쓰에生方たつゑ

厨女を帰してひとりくりやべにうら安らかに飯炊ぐかも
가정부를 돌려보내고 부엌에서 혼자 마음 편하게 밥을 짓노라

동일

山蜂の育ち猛けれ花揺りてうつぎの蜜をひたに吸ふなり
왕벌은 성질이 사나워 댕강목 꽃을 흔들어 오로지 꿀만 빨아 먹도다

동일

『산화집山花集』(1935년 간행)에 의함. 『아라라기』의 수법을 이마이 구니코에게 전수받은 골격이 꽉 잡힌 우타 방식에서는 구가舊家의 며느리로서 쉽사리 감정을 밖으로 내비추지 않고 참고 인내하는 강인함과 잘 조화된 기량을 볼 수 있다. 또한, 눈이 많은 지방에 뿌리내린 민족을 노래한 우타도 특색이 있다.

그림 4-8
고토 미요코

◈ 고토 미요코五島美代子[153]

축복받은 생활환경

출생 당시 아버지는 제일고등학교 교사(후의 도쿄제국대학 이과 대학 교수), 어머니는 이와모토 요시하루嚴本善治가 학장인 사립 메이지여자학교 교원이었다. 취학할 연령이 되어도 초등학교에는 가지 않고 메이지여자학교의 교원, 학생 및 모친, 조모 등의 가정교사에 의해 조기교육을 받았다.

메이지여학교 폐교 후, 학교 경영을 목표로 하는 어머니의 교육 방침에 근거하여, 진죠소학교 본과 정교원의 자격증과 문부성 중등 교원 국어과 교원의 자격증을 취득, 모친이 설립 경영하는 반코晩香여자학교에서 교편을 잡게 된다.

고토 미요코는 자유로운 가정환경에서 당시의 여성으로서는 파격적인 고등 교육을 받으며 행복하게 성장한 것이다.

---

153) 고토 미요코五島美代子 : 1897~1978년, 도쿄東京 출생, 본명 : 미요.

우타는 17세 때, 사사키 노부쓰나佐々木信綱에 입문하며 시작한다. 25살 때 도쿄대학 문학부의 청강생이 되어 단가회에 출석하여 동문 이시 구레시게石榑茂를 만나 결혼한다. 남편은 고토가五島家의 데릴사위가 된다.

1926년 장녀를 출산한다. 아이를 키우면서 학문과 교사의 생활을 계속하도록 모친은 권유하지만, 일에 열정을 쏟는 모친으로 인해 어린 시절 외로움을 느낀 반발도 있어 대학의 청강도 반코여자학교의 교원도 그만두고 육아에 전념하는 길을 선택한다.

프롤레타리아 단가 시대

경제학자였던 이시 구레시게는 1928년 「단가 혁명의 진전」을 써서 기성 단가를 비판했고, 이는 사이토 모키치와의 사이에서 대 논쟁이 되었다. 이 시기에 부부가 함께 구어 자유율을 실천, 신흥 가인 연맹에 가입, 또한 프롤레타리아 단가 운동에 참가했다.

"내 아들아, 이 집 안에 있는 불합리함은 이 세상 속의 아주 작은 일부분에 불과해", "남편이 돌아오지 않으면 지구가 돌지 않는 것처럼 생각하는 자신은 아직까지 쓸모없는 여자다", "발걸음이 느린 것은 내일의 세상을 짊어질 아이를 안고 있기 때문이다. 여자들을 두고 가지 마라"와 같은 구어 자유율의 우타가 『난류』에 있는데, 이 프롤레타리아 단가 운동의 경험은 고토 미요코의 시야를 넓혀, 그 우타를 결과적으로 풍부하게 만들어주었다고 할 수 있다.

"그 당시, 무엇보다도 내 마음을 슬프게 한 것은 자신의 행복한 생활에 몰두하여 귀여운 자신의 아이조차 돌봐줄 여유가 없는 부인들이 있다는 것을 잊고 있었다."는 것을 깨닫게 된 것이라고 『난류』말미에는 쓰고 있다.

이와 같은 자유로운 생육 환경과 프롤레타리아 단가 운동의 경험이 더해져 패전 후, 남녀평등을 내건 일본국 헌법이 공포 제정되어, 그 이념에 부응하는 활기찬 신시대 여성의 의욕에 충만한 우타를 노래하게 되었다. 그러나 그것도 1950년 장녀의 죽음으로 인해 좌절되었다. 나중에 정리되어 출판된 『어머니의 시집』등에 의해 자식사랑, 손자사랑 시인으로서 일반인에게 알려진다.

고토 미요코의 우타는 전후 고도 성장기의 근대 가족 대중화 시대의 '모성애'를 읊은 우타의 전형으로서 계승되었다. 그러나 고토 미요코의 우타는 사회적, 이성적인 시야가 미흡하고, 대체로 정열적인 모자 일체감을 강조하는 것이었다.

『난류暖流』

胎動のおほにしづけきあしたかな吾子の思ひもやすけかるらし

◇현대어 역
태동이 느긋한 조용한 아침이다. 내 아이의 마음도 고요한가 보다.

◇주석 및 감상
'오호니おほに'는 형용 동사로 '오호나리大(おほ)なり'의 연용형이다. 크고 느긋한 상태를 나타낸다. '아시타あした'는 아침이라는 의미이다.

고토 미요코는 태동을 처음으로 노래한 가인이다. 태동이 느긋하고 조용한 아침, 배 속의 아이와 함께 자신의 마음의 충족함과 행복함을 노래한다. "내 몸속에 살아 있는 아이와 함께 편안한 당신의 가슴을 의지하려고 합니다"와 같이 보호자인 남편에 대한 전면적인 신뢰 아래 임신한 여성의 충족된 나날의 평안이 드러난다. 남편과 아내와 이윽고 태어날 아이와, 신성한 가족이라고 말할 수 있는 정서적 일체감을 노래하고 있다.

少しづつもの解き始めし子の前に
母とおかれてまどへるものを

◇현대어 역
조금씩 세상의 사물을 알기 시작한 아이 앞에
어머니라는 위치가 문득 혼란스럽다.

◇주석 및 감상
갓난아이일 때는 어머니와 아이가 한 몸인 것 같은 기분이었던 것이, 지혜가 생기기 시작한 아이의 눈에 의해서 자신이 어머니인 것을 느끼게 되어, 문득 작은 혼란을 느끼게 되는 것이다. 이와 같은 어머니의 미묘한 심리의 우타는 이제까지는 없는 것이었다. "신에게 바치는 공물처럼 껴안으면서 왠지 미안한 마음에 아이에게로 향하는 건가", "어머니가 지금 손에 갖고 있는 너의 혼이 완전히 제자리로 돌아갈 날을 생각하고 있나니", "자신과 얼굴을 마주하고 있는 듯한 이상한 기분에 아이와 미소를 나눈다" 강하고 정서적인 모자 일체감과 동시에 아이는 잠시 맡은 것이라는 예부터의 관념을 교차시켜, 이것이 모자의 우타를 확장시킨다.

회복기 快復期

床の上に坐れるわれを見つけて来し子がよろこびは鋭く痛し

◇현대어 역
병으로 오래 앓아왔는데, 이제야 겨우 마루에 앉을 수 있게 되었다. 마루 위에 앉아 있는 나를 발견하고 재빨리 달려온 아이는 온몸으로 기쁨을 나타내고 있다. 그 기쁨이 내 가슴에 날카롭게 울려 퍼져 아플 정도이다.

◇주석 및 감상

모친의 병이 깊었던 동안, 아이는 나름대로 외로움을 견디며 응석부리고 싶었던 것을 참고 있었다. 지금 모친의 회복이 가까워졌다는 것을 알고, 기쁨을 온몸으로 나타낸다. 그 티 없는 모습에 가슴이 죄어든다.

그림 4-9
사이토 후미

◆ 사이토 후미斎藤史154)

모더니즘 단가와의 만남

부친은 육군 장교로 『마음의 꽃』의 가인이었던 사이토 류斎藤瀏이다. 소학교에서 여학교 시절까지 아사카와시, 쓰시, 고쿠라시 등 부친의 전임지로 옮겨 다녔다.

1927년 18세 때 『마음의 꽃』에 우타를 발표, 이듬해 『아라라기』에 단기간 입회한다. 1930년에는 도쿄로 거처를 옮겨 이듬해 1월 마에카와 사미오, 이시카와 노부오石川信夫, 기마타 오사무木俣修 등 정형을 고수하는 예술파의 집합인 『단가작품』 창간에 합세한다. 사이토 후미가 공감한 것은 『식물제』로 주목받고 있던 마에카와 사미오와 이시카와 노부오의 우타였다.

スウイイト・ピイの頬をした少女のそばに乗り春の電車は空はしらせる
스위트 피155) 뺨을 가진 소녀 곁에서 봄의 전차를 타고 하늘을 달린다

---

154) 사이토 후미斎藤史 : 1909~2002년, 도쿄東京 출생.

数百のパラシュウトにのつて野の空へ白い天使等がまひおりてくる
수백 개의 낙하산을 타고 넓은 하늘에서 백의의 천사들이 내려온다.

동일

『시네마』(1936년 간행)에서. 이시카와 노부오의 우타에서는 마에
카와 사미오의 우타에서 볼 수 있는 시대의 초조감은 없고, 어디까지
나 도시적이고 경쾌하며 현대적인 시적 공간을 표출하고 있다.

2 · 26 사건[156]

1936년 2 · 26 사건 발발, 사이토 류는 이 일에 관련되어 반란 공조
죄로 위계훈공을 박탈, 1939년 병으로 출소할 때까지 감옥 생활을 했
다. 또한 친구였던 청년 장교들이 7월 처형당했다.

이 사건 처리의 불투명함은 사이토 후미에게 큰 충격을 주어 생애
의 테마가 되었다.

전쟁 협력과 패전 후

1940년 국가 총동원 체제로 전쟁 찬미가 진행되어가던 중 1939년
출소하여 『단가인』을 창간한 사이토 류는 "잘못된 단가관과 개인주
의 · 자유주의 · 공산주의 · 민주주의를 버리고 조국의 정신을 확충시

---

155) 스위트 피(Sweet pea) : 콩과의 일년생 또는 이년생 만초. 5월경에 여러 가지 빛깔의
    나비모양의 꽃이 핌.
156) 2 · 26 사건(=二 · 二六事件) : 1936년 2월 26일. 일본 육군의 청년 장교가 급격한 국수
    주의 변혁을 꾀하며 일으켰던 반란사건.

키는 단가 찬미를 해야 한다."(「신체제와 단가」)는 격하고 강한 주장을 하고, 오타 미즈호太田水穂·요시우에 쇼료吉植庄亮와 함께 대일본가인협회를 해산시켰다. 사이토 류는 군정보국과 통하는 가인으로 가단의 주도권을 쥐고 있었던 것이다.

사이토 후미의 우타와 가인으로서의 위치도 거기에 연동되어 있어 1942년에는 여류 문학회 상임위원을 거쳐, 다음해에는 전쟁 익찬 가집『주천』을 간행했다.

전쟁 말기에는 나가노현에서 패전 후까지 4년간을 사과창고에서 살다가 남편이 나가노 적십자 병원 원장이 됨에 따라 이후 정착하여 살게 된다. 패전 후 보수적 성향이 강한 그 지방 색에 의해, 사과창고 생활은 사이토 후미에게 있어 커다란 시련이었다.

간호 우타

1968년, 사이토 후미가 59세 때에 노모의 두 눈이 실명되고 64세 때 남편이 뇌혈전으로 입원한다.

실명한 노모와 육신이 불편한 남편을 보살피며 3년간 생활한다. 그동안의 늙음과 죽음을 응시하며 실제의 간호 경험을 노래한 우타는 사이토 후미를 여성가인으로 더욱 성숙하게 만들었다.

『어가魚歌』

白い手紙がとどいて明日は春となるうすいがらすも磨いて待たう

◇현대어 역

흰 봉투의 편지가 도착했다. 내일은 벌써 봄이 된다. 유리창을 깨끗이 닦고(그렇게 활기차고 투명한 마음으로) 내일을 기다리자.

◇주석 및 감상
「하얀 편지白い手紙」는 봉투의 색이니, 아무것도 쓰이지 않은 편지라는 구체적인 것을 가리키는 것이 아니라 어떤 기분의 상징이다. 「흰」도 「봄」도 당시의 청년들의 기분을 담은 상징적인 단어의 하나였다.
1925년에 간행된 호리구치 다이가쿠堀口大学 번역 시집 『달 아래 한 무리』는 아폴리네르(Apollinaire)나 콕토(Cocteau)의 짧은 시를 소개하고 훌륭한 새로운 감각의 구어에 의한 시어를 만들어내 시단에 충격을 주었다. 『시와 시론』에 모인 시인뿐만 아니라 단가에 있어서도 이에 동조하는 청년들이 있었다. 그들이 마에카와 사미오와 이시카와 노부오 등이었다. 그때 22, 3세였던 사이토 후미도 이러한 것들의 새로운 어감을 자유자재로 잘 구사했다. 싱싱하고 때 묻지 않은 젊은 시기의 감각을 잘 표현해내고 있다.

遠い春湖に沈みしみづからに祭りの笛を吹いて逢ひにゆく

◇현대어 역
먼 옛날의 봄에 있었던 일, 호수에 가라앉은 소녀였던 나. 그런 나, 나는 축제의 피리를 불면서 만나러 간다.

◇주석 및 감상
호수에 가라앉은 전설의 소녀를 과거세過去世의 나로 하고, 그 시간 저편의 호수 바닥에, 축제의 피리를 불면서 걸어 내려가는 소녀의 모습이 그려진다. 정신분석적인 무의식 층으로의 하강이나 죽음의 세계로 향한 하강도 거기에는 암시되어 있다.
"내 두개골의 금을 따라 흐르는 물이 있어서 이미 호수 바닥에 잠든 지 오래", "물 밑바닥에 때로는 작은 새 소리 울리니 어두운 색으로 변색되어서" 등 수중 세계로의 상상력은 후의 시에도 여러 번 나타난다.

額の真中に弾丸をうけたるおもかげの立居に憑きて夏のおどろや

◇현대어 역
이마 중앙에 탄알을 맞은 그 순간의 모습이 앉으나 서나 뭔가에 홀린 듯이 눈앞에서 사라지지 않는 이 여름의 무성한 덤불이여.

◇주석 및 감상
2·26 사건에서는 무장 결기한 청년 장교 중에 어린 사람도 있었는데, 그들은 충분한 심의도 없이 총살형에 처해졌다. 그 상황은 즉시 입에서 입으로 전해져 사건에 연좌된 가족으로서, 정치의 암흑을 그린 그 복잡괴기한 모습이 「여름의 덤불夏のおどろや」이라고 하는 말로 표현된다. 대의야 어찌되었든 간에, 정애에 의해서 연결된 인간 동지의 아픔을 공유하는 감각, 그 육신의 최고로 부드러운 부분에 충격을 받은 모습이 전해진다.

(아키쓰 에이阿木津英)

4. 하이쿠俳句

쇼와 초기의 하이단俳壇

다이쇼부터 쇼와 초기에 걸쳐 하이단에서는 『호토토기스』를 중심으로 아와노 세이호阿波野青畝, 야마구치 세이시山口誓子, 가와바타 보샤川端芽舍, 미즈하라 슈오시水原秋桜子, 다카노 스주高野素十 등 젊은 사람의 활약이 점점 더 활발해졌다.

1928(쇼와3)년 호토토기스 발행소의 강연회에서 야마구치 세이손山口青邨의 "동쪽에 슈스(미즈하라 슈오와 다카노 스주를 가리킴)의 2S 있고. 서쪽에 세이세(아와노 세이호와 야마구치 세이시를 가리킴)의 2S 있다."의 발언에서 4S라고 하는 호칭이 불리게 되었다. 이 4S에게 배워서 4T로 명명된 여성 하이진이 쇼와 10년대에 들면서 눈부신 활약을 보이게 된다. 4T는 그 이니셜에서 나타나듯이 하시모토 다카코橋本多佳子, 미쓰하시 다카조三橋鷹女, 나카무라 데이조中村汀女, 호시노 다쓰코星野立子 4인을 가리킨다. 이외에도 『마취목馬酔木』의 부인 구회의 지도를 맡았던 오이카와 데이及川貞의 이름도 들 수 있다.

여성 주재의 하이지俳誌[157] 창간

이들 메이지 30년대 생의 여성들과 함께, 다이쇼기에 있어서 다카하마 교시에 의해 육성된 여성 선각자들도 쇼와에 들어서 제각기 지도적인 자리를 얻어 큰 활약을 보이게 된다.

하세가와 가나조는 1928(쇼와3)년 남편 하세가와 레요시의 사망

---

157) 하이지俳誌 : 하이쿠의 잡지.

후, 레요시霧余子 주재의『고야』를『누카고』로 개명하여 잡지에 실을 작품을 뽑았고, 그 후 1930(쇼와5)년 9월에는『수명』을 창간하고 주재하게 된다. 여성이 하이쿠지를 주재하는 것이 드문 시대에 잡지를 주재하여 1969(쇼와44)년 82세로 그 생애를 마칠 때까지, 여성 하이쿠의 선구자로 활약했다. 또한 여성 최초의 주재 하이쿠지로서는『수명』창간보다 3개월 전인 1930(쇼와5)년 6월에 교시의 차녀 호시노 다쓰코의『옥조玉藻』가 창간되었다.

1931년 10월에 아베 미도리조阿部みどり女 주재『성주풀』이 창간되었다. 아베 미도리조는 가나조보다 한 살 위인 1886년생이다. 1931년 가호쿠신보의 하이단 심사위원을 거쳐『성주풀』창간에 이른다.『성주풀』은 전시 중 일시 휴간되지만 1945(쇼와20)년 복간, 이후 센다이시에서 발행을 계속했다.

『화의花衣』의 창간과 폐간

이상의 2지誌가 계속 이어져 현재에 이르기까지 각각 8백 호를 넘었다. 또『성주풀』과 같은 1932(쇼와7)년 3월에 창간된 스기타 히사조의『화의』는 불과 5호로 같은 년도 9월에 종간된다. '창간사'에서 스기타 히사조는 "이 소책자는 나의 하이쿠 수행의 자그마한 도장道場"이라고 기술하고, 또 그 후기에는 "서로 돕고 위로하며 미완성의 다이쇼 쇼와 여류 하이쿠를 향상시키고 싶다."라고 참가자의 분기를 촉구했다. 창간호의 페이지에서는 미도리조, 시즈노조, 다카코, 데이조 등의 작품, 히사조의 평론, 히사조가 뽑은 잡영란 60여 명 등, 쇼와 초기의 여성 교류 활동의 일단을 들여다볼 수 있다. 그러나 결국

1936(쇼와11)년 히사조는 돌연 『호토토기스』에서 제명되어 1946(쇼와21)년 57세에 사망하기까지 실의의 생애를 보낸다.

여성구집의 간행

쇼와 10년대 후반에는 이들 여성의 구집이 뒤를 이어 출판된다. 14년 『우게쓰雨月』 가나조, 15년 『바람소리颯』 시즈노조, 『해바라기向日葵』 다카조, 『춘설春雪』 데이조, 『가마쿠라鎌倉』 다쓰코, 16년 『혼다 아후히 구집本田あふひ句集』 『바다제비海燕』 다카코, 『물고기의 지느러미魚の鰭』 다카조, 『들길野道』 데이, 17년 『복숭아는 여덟 겹桃は八重』 호소미 아야코細見綾子 등이다. 각자의 구업句業의 성과는 쇼와 하이쿠사에 큰 발자취를 남기게 되었지만, 동시에 이 시기는 40, 50년대의 그녀들이 전쟁이라는 비상사태에 직면한 시기이기도 하다.

단지 어머니로서, 아내로서, 여자로서만이 아닌 상황을 각자 경험하고 있던 것은 사실이지만, 그것이 작품으로써 남겨져 있는 것은 적다. 전시 하의 하이쿠로서 전장 하이쿠, 전쟁 사모 하이쿠, 전쟁 비판 하이쿠 혹은 공습 재해를 입은 체험 구 등이 하이쿠 사상에 남았지만, 뭐니 뭐니 해도 여성이 이 상황 속에서 하이쿠와 관련된 것도 적으며 작품도 많지 않다. 그중에서 다카조의 구집 『백골白骨』의 「모자母子」의 장에는 쇼와 16~20년 작품이 수록되어, 거기에는 출정한 자식에 대한 절절한 어머니의 정이 읊어져 있어서, 전시 하의 여성 하이쿠의 일면을 볼 수 있다.

또 한편 다쓰코의 『사사메笹目』에는 18년부터 22년까지의 구가 들어 있지만 거기에는 전혀 전시 비상시의 그림자는 없다. 이 또한 그

시대를 살아가는 여성의 마음가짐이었다고도 생각된다. 더욱이 이 시대 여성의 작품에 대해서는 우다 기요코宇多喜代子의 『한 뭉치의 편지로부터ひとだば手紙から』(1995년, 읍서림) 속의 「여성들의 전쟁 하이쿠」 장에 자세하게 적혀 있다. 이 시기의 개관 끝에 전시를 읊은 구의 일부를 적어둔다.

亡き兵の妻の名負ふも雁の頃
죽은 병정의 아내란 호칭이 주어진 것도 기러기 울 무렵

바바 이쿠코馬場移公子

戦死せり三十二枚の歯をそろへ
서른두 개의 이빨을 남겨두고 전사했다

후지키 기요코藤木清子

戦死報夕月いまだひからざる
전사 통보 받은 날 초저녁달이 아직 빛나지 않구나

동일

炎天の一片の紙人間の上に
염천의 종이 한 조각, 사람 위에

후바사미 후사에文挾夫佐恵

征く父に抱かれ障れりあせもの児
전선으로 가는 애비에게 안겨 가는 길 막아서는 땀투성이 아이

동일

(아야노 미치에)

337

그림 4-10
스기타 히사조

◆ 스기타 히사조杉田久女[158]

여성 하이진의 각성

공무원 가정에서 자라, 초등학교 시절을 타이페이에서 보내고 오차노미즈고등여학교를 졸업한 히사조는 19세에 스기타 우나이杉田宇內와 결혼했다. 남편 우나이는 도쿄 우에노미술학교 서양화과 출신으로, 후쿠오카현립 오구라중학교 봉직을 위해 오구라로 이사를 한다. 하이쿠와의 만남은 26세경으로, 이미 두 아이의 어머니가 되어 있었다.

어느 날 오구라를 방문한 작은 오빠 아카보리 게쓰센의 권유로 하이쿠를 짓기 시작한 히사조는 『호토토기스』(1917년 5월호)의 「하이쿠와 가정」란에 이런 글을 실었다.

(전략) 두 아이 때문에 쉴 새 없이 바쁜 나는 좀처럼 한가롭게 구상에 빠질 여유도 없어, 갓난아이를 포대기 안에 업어 재우며 강둑을 어슬렁거린다. 어떤 때는 가끔 파와 무를 보자기에 싸서 매달거나, 또는 툇마루에서 아다치산과 멀리 시들어버린 들판에서 피어오르는 연기 등을 바라보며, 친구도 없고 외출하기도 싫어하는 나는 이처럼 아침저녁으로 하이쿠를 가까이하고 있습니다. (제방 위의 집에서)

당시의 가정부인은 모두 이와 같이 하이쿠와 친해지기 시작한 것이다. 『호토토기스』의 「부엌잡영」에서 볼 수 있는 히사조의 구도, 시작은 다른 사람들처럼 일상에서 취재한 부엌 하이쿠의 영역을 벗어

---

158) 스기타 히사조杉田久女 : 1890~1946년, 가고시마鹿兒島 출생, 본명 : 히사.

나지 못했다.

へつついの灰かき出して年暮る〉
부뚜막의 재 전부를 걷어내자 올해도 저무네

山吹に濡れ帰る嫁のはだしかな
노란 매화나무에 젖어 돌아온 며느리의 맨발

문학의식이 높았던 히사조가 이런 작품으로 만족했을 리가 없다. 1919(다이쇼8)년 6월호의 『호토토기스』 잡영란에는 이미 생애의 대표작 중 하나가 된 구가 뽑혔다.

花衣ぬぐやまつはる紐いろいろ
비단옷 벗자 칭칭 돌아 휘감긴 여러 허리띠

교시는 이 구를 「하이단카이」에서 채택하여 맨 먼저 히사조의 여성 하이쿠진으로서의 소양을 인정했다. 아주 엄격한 감상 후에 교시는 이렇게 말했다.

여자의 의복이야말로, 처음 여러 가지 색상을 사용한다는 사실은 여자가 아니면 경험하기 어려운 것이기도 하고 관찰하기 어려운 것이기도 하다. 즉 이와 같은 구는 여자의 구로서 남자의 모방을 허락하지 않는 특별한 위치에 서 있는 것으로 인정되는 것이다.

(『호토토기스』8월호)

여성들에게 하이쿠를 권유하고 지도해 온 교시는 여기에서 하나의 성과를 보았을 것이다. 또한 하이쿠를 시작하고 2, 3년이 지난 히사조는 하늘에라도 오르는 느낌이었을 것이다.

하지만 하이쿠에서의 성과와는 반대로, 실생활에 있어서는 신장병의 발병, 친정에서의 요양, 그 사이에 이혼 문제가 대두되기도 했다. 친정어머니에게서는 아이들을 위해 참고, 남편이 하이쿠를 싫어하면 그만두라고 설득 당했다고 한다. 그 즈음에 기록한 「동이 트기 전에 쓴 편지」를 1922년 1월호의 『호토토기스』에서 볼 수 있다. "교시 선생님 지금 오전 3시입니다."라는 서두에서도 알 수 있듯이 이것은 교시를 향한 사적인 편지로, 하이쿠를 향한 마음을 절절하게 호소한 편지이다.

> (하이쿠를 만들기 시작하고) 정확히 5년째가 됩니다만, 지금까지는 잡영에 몇 구 싣기 위해 노력하고, 그것을 매우 자랑으로 여기며 행복하게 생각했습니다. 구의 수가 적을 때에는 식사도 못하고, 수척해져서 마음이 침울해질 정도로 나는 열중하여 슬픔, 그저 잡영과 맞서는 것, 멈추지 않고 나아가 만들어왔습니다.
> 삼십을 넘긴 여자의 쓸쓸함이라 말할 수 있겠지요. 환멸의 앞에 선 여자, 또 인생의 잿빛을 본 여자, 나와 같이 항상 감수성 예민하게 고독과 고통을 느끼는 여자에게는 가을은 특히 쓸쓸합니다. 그것은 세상 끝까지도 아니, 나의 죽음의 관 속으로도 몰래 뒤따르는 깊은 영혼의 쓸쓸함입니다.

교시가 여성들에게 바라던 것은 지금까지의 문학적 각성은 아니었을 것이다. 그러나 여기에서는 하이쿠에 눈을 뜬 여성의 진실이 기록되어 있다. 이 글에서 문예에 생애를 바치려는 사람의 압박과 진실을 간파한 교시는 "만약 이것을 잡지의 가장자리에라도 실을 수 있다면 기쁘겠습니다."라는 히사조의 애처로운 희망을 받아들였다.

冬服や辞令を祀る良教師
겨울옷으로 갈아입고, 예쁜 딸은 교사 발령을 기원한다

足袋つぐやノラともならず教師妻
버선을 기우며 노라(ノラ)도 될 수 없는 교사의 아내

戯曲よむ冬夜の食器浸けしまゝ
희곡을 읽네, 겨울밤에 그릇을 담가둔 채로

동시기의 작품이다. 가정 내의 트러블은 히사조의 내면의 갈등을 깊게 하고 마음의 구원을 신앙으로 구한 일도 있었지만, 평생 하이쿠는 히사조의 마음을 끌어들여 괴롭히는 것이었다.

1932(쇼와7)년 주재지 『화의』를 창간하지만, 겨우 5호로 폐간된다. 1936(쇼와11)년 10월 『호토토기스』에서 제적당한다. 전시 중에는 공격 경보가 울릴 때마다 구 원고가 들어 있는 상자를 감싸 안고 방공소로 달려간 히사조였지만, 그 생존 중에 구집이 출판되는 것을 보지 못했다. 사후 1952(쇼와27)년 『스기타 히사조 구집』이 간행되었다. 서문은 다카하시 교시가 적었다.

假名かきうみし子にそらまめをむかせけり
朝顔や濁り始めたる市の空
谺して山ほととぎすほしいまま
ぬかづけばわれも善女や仏生会
風に落つ楊貴妃桜房のまゝ

글짓기를 배우기 시작한 아이에게 누에콩 껍질 벗기기를 시키도다

나팔꽃과 혼탁해지기 시작한 도시의 하늘
산속에선 두견새의 지저귀는 메아리 소리
무릎 꿇고 절하니 나도 선녀 불생회[159]
바람에 떨어져 있는 양귀비 벚나무[160] 꽃잎들

(니시무라 가즈코)

그림 4-11
하시모토 다카코

◈ 하시모토 다카코橋本多佳子[161]

여정과 감정의 섬세함

1917년 18세에 하시모토 도요지로와 결혼했다. 1922년 규슈 오쿠라의 야구라산장으로 규슈 여행 중인 교시를 찾아가, 거기서 다카코는 처음으로 스기타 히사조를 만나 이후 그의 지도를 받게 된다.

1927년 「민들레꽃이 많은 홋카이도의 여름」이 『호토토기스』에 첫 입선한다. 쇼와 10년경부터 야마구치 세이시에게 사사받는다.

1941년 출판한 『바다제비』의 서문에서 세이시는 "여류작가에게는 두 개의 길이 있다. 남자와 여자의 길이다.", "남자의 길은 가차 없고 빈틈없는 냉엄한 길이다."라며 다카코는 그 길을 가는 드문 작가라고 말했다. 『바다제비』에는 "안개는 쓸쓸한 바다의 제비가 있어 날지 않는다"와 같은 느낌의 풍경의 구절이 많고, 또 남편의 죽음을 맞이

---

159) 불생회仏生会 : 4월 8일. 석가탄신일에 열리는 법회.
160) 양귀비 벚나무楊貴妃櫻 : 사토자쿠라의 일종. 꽃이 크고 담홍색이며 여러 겹으로 겹쳐 핌.
161) 하시모토 다카코橋本多佳子 : 1899~1963년, 도쿄東京 출생, 본명 : 다미쓰多満.

해 "달빛 생명 죽음으로 가는 사람과 자다"라는 일연의 절창絶唱을 남겼다.

제2구집 『시나노信濃[162])』는 1947년 간행되었다. 쇼와 16년부터 21년까지의, 그야말로 전쟁의 시작과 끝의 평범하지 않은 일상 속에서의 작품이 수록된 구집이다. "나날의 외로움을 기러기에 실어 날려 보낸다" 등 '외로움'이라는 단어를 여기저기에서 볼 수 있는 것에서도 다카코의 심정을 알 수 있다.

1946(쇼와21)년 10월, 전후 처음으로 이세伊勢로 세이시를 방문한 자리에서 사이토 산키西東三鬼, 히라하타 세이토平畑静塔를 알게 된다. 그리고 나라奈良 일길관日吉館에서 구회가 열려 다카코는 격정적인 기세로 글을 쓴다. 1948(쇼와23)년 세이시 주재의 『시리우스天狼』가 창간되어 이에 동참한다. 1950(쇼와25)년에는 『칠요七曜』의 주재가 되어 흔들림 없는 다카코의 세계를 확립했다. 제3구집 『홍사紅絲』는 다카코의 대표 구집이며 1951년에 간행되었다. "번갯불 북쪽에서 오면 북쪽을 본다.", "개똥벌레 바구니는 어두워지면 흔들려 불꽃이 인다.", "유모차 여름 거센 물결에 기울다." 등의 글이 담겨 있다. 제4구집 『해언海彦』은 1957(쇼와32)년 간행되었다. "건강이 허락하는 한 여행을 떠나 여행 구를 많이 지었다."라고 후기에 써 있듯이 세이시와의 여행을 비롯하여 많은 여행 구를 남겼다.

제5구집 『명종命終』은 사망 후 간행된 유고집이다. 그리고 모든 문집은 스승 세이시의 서문으로 꾸며져 있다. 1963(쇼와38)년 5월 29일 정년 64세로 사망했다.

---

162) 시나노信濃 : 옛 지명의 하나. 지금의 나가노현.

雪はげし抱かれて息のつまりしこと
심한 눈 속에 둘러싸여 숨쉴 수 없나니

◇『홍사』에서. 계어는 눈(겨울)이다.

구집 첫 부분의「동첩초」중 한 구절이다. 이어서「심한 눈 속에 묻혀 남편만 사랑하면서 살다 죽는다」가 있다. 이밖에도 구집에는「남편을 그리워하다 죽어가는 신록의 수리부엉이」,「숫사슴 앞에서 나도 거친 숨을 몰아쉰다」등 "여심의 연정"으로 평가되는 작품이 많다. 남편 도요지로의 죽음 이후 10년의 세월을 보낸 것을 생각하면 이것은 남편에 대한 생생한 연정이라기보다 한없는 그리움이기도 하며 또 남겨진 자신에 대한 가련함이기도 하다. 다카코는 그러한 실질적인 감각을 테마로 하여 "여정女情"의 흔들리지 않는 세계를 만들어냈다고 할 수 있다.

月一輪凍湖光りあふ
보름달빛이 얼어붙은 호수에 비치다

◇『해언』에서. 계어는 얼어붙은 호수(겨울)이다.

그해 '취방호'를 찾은 다카코는 급작스레 사망한 이토 마사오 씨의 영전에서 이것을 포함한「동호凍湖」연작을 시작한다. 지난해부터 작품 구상에 고민해 온 다카코는 시나노로 홀로 여행을 떠났는데 그때의 감상이 1년 가까운 세월을 거쳐 여기에 나타난 것이라고도 생각된다. 추운 계절, 얼어붙은 호수, 그리고 그것과 의연하게 마주한 다카코. '보름달'의 단어가 특출하다. 다카코의 작품 중 가장 아름다운 풍정의 글로서 마음에 남는다.

雪はげし書き遺すこと何ぞ多き
폭설로 써 남긴 것 많음

◇『명종』에서. 계어는 눈(겨울)이다.

같은 시기의 작품으로서「눈 내리는 날 목욕을 하고 손가락 하나 발가락 하나에도 애착이 간다」가 남아 있다. 다카코의 마지막 입원 직전의 작품이다. 그 운명을 지켜본 세시는 구집의 서문에서 "이 글은 다카코 씨의 자기애착 중에서도 마지막 자기애착의 글이다."라고 썼다. 64세로 생을 마감한 것은 아쉽지만 다카코는 이 두 작품을 남긴 것으로 자신의 하이쿠 세계를 스스로 완결 지었다고 할 수 있다.

(아야노 미치에)

◈ 미쓰하시 다카조三橋鷹女[163]

고고한 성품과 자유로운 시심

그림 4-12
미쓰하시 다카조

1926(다이쇼15)년 경부터 남편 겐조劍三(호)와 작은오빠와 함께 '동문혜東文惠'라는 이름으로 구작 활동을 시작한다.

하라세키 데이原石鼎 주재의 『가노히야鹿火屋』, 오노 부시小野蕪子 주재의 『계두진鷄頭陳』 등에 참가했다. 이 시대에 시에 관심이 있던 여성은 대부분이 어떤 형태로든 교시의 지도를 받아 각각의 자리를 굳혔던 것에 반해, 다카조는 독자의 길을 걸었다. 『가노히야』 탈퇴 후에도 특정의 지도자 없이 하이지 『감색紺』의 창간에 참여해 여성 하이쿠 지도를 맡았다.

1940(쇼와15)년, 제1구집 『해바라기』를 출판했다. 다이쇼에서 쇼와에 걸쳐 절자切字[164] 사용의 부드러운 글이 많지만, 10년 이후에는 "여름을 많이 타서 야위는 것을 싫어하고", "설앵초가 많이 피었네", "따뜻한 비에 쉬고 있는 귀뚜라미" 등의 구어 표현의 대담한 글귀가

---

163) 미쓰하시 다카조三橋鷹女 : 1899~1972년, 지바千葉 출생, 본명 : 다카코.
164) 절자切字 : 연가 · 하이카이의 첫 구에서 구의 매듭을 짓는 말.

눈에 띈다. 이듬해 계속해서 제2구집『물고기의 비늘』을 간행한다.

이상의 두 구집은 히가시 다카조라는 이름으로 냈으나, 1942(쇼와 17)년 오빠의 죽음으로 인해 미쓰하시 성을 이어받아 이후로는 미쓰 하시 다카조라는 이름으로 활동한다.

1952(쇼와27)년 제3구집『백골』을 간행한다. 특히 후반의 장에서 는 "서둘러 약해져가는 가을빛을 몸에 듬뿍", "늙어가면서 동백이 되 어 춤춘다", "백로白露165) 때나 죽어가는 날에도 오비를 매고" 등과 같이 늙음과 죽음을 노래한 구가 눈에 띈다.

1953(쇼와28)년『장미薔薇』의 동인이 되지만 동 잡지가 해산되고 『하이쿠 평론俳句評論』으로 되자 다카조도 참여한다. 이 이후 구집으 로는『양치지옥羊齒地獄』(1958년)『모橅』(1970년)가 있다. 1972(쇼와47) 년 4월 7일 향년 72세로 사망했다.

秋風や水より淡き魚のひれ
가을바람이나 물보다 엷은 물고기 지느러미

◇『물고기 지느러미』에서. 계어는 가을바람(가을)이다.
『물고기 지느러미』는 제1구집 출판 3개월 후에 거의 같은 연대의 작품을 역 연대 순으로 편집한 것이다.「한여름 해를 쫓아 피는 해바라기 꽃」을 제1구집으로 한 다카조는『물고기 지느러미』를 제2구집으로 했다.
이 구는「가을바람」13구 중에 1구이다. 다른 구가 정감을 느낄 수 있는 구라면, 이것은 상5의 절자切字, 명사 금지라는 형태에서도 눈에 띄게 단정한 구이다. 소 재는 가을바람, 물, 그리고 물고기 지느러미와 같이 그 모든 것이 모양은 있지만 정해진 형태가 없고 색깔은 있지만 확실하지 않은 것들이다. 이들의 배열 속에 다

---

165) 백로白露 : 24절기의 15째. 처서와 추분 사이로 9월 8일 경. 이 무렵에 이슬이 내리며 가을 기운이 스며들기 시작함.

카조는 자신도 파악하기 어려운 자신의 마음을 투영한 것일까. 다카조의 대표작이 된 것 중에서도 매우 이색적인 평온한 구이다.

この樹登らば鬼女となるべし夕紅葉
이 나무를 오르면 마녀가 될 것 같은 저녁 단풍

◇『물고기 지느러미』에서 계어는 단풍(가을)이다.
"환영幻影"의 부제 아래 "단풍비 갑옷을 입은 무사의 눈을", "환영은 활을 멘 저녁 단풍", "엷은 단풍 연인이라면 새모자로 오리" 등의 구가 게재되어 있다. 구집의 서문에 "『물고기 지느러미』 1막은 내가 생각하는 여행 모습이다."라고 다카조는 적고 있지만, 틀림없이 이 일련의 구는 일상에서 벗어난 먼 환상의 세계를 주제로 하고 있는 것이다.
갑옷을 입은 무사, 활을 멘 무사, 새모자 모습의 연인을 말달리는 사람으로 등장시켜 마녀와 자신을 견주어보는 다카조의 세계에는 화려하고 자유로운 매력을 가진 색다른 감각이 살아 있다.

白露や死んでゆく日も帶締めて
백로 때에나 죽어가는 날에도 오비를 매거라

◇『백골』에서. 계어는 백로(가을)이다.
"살고 죽는 것이 마음대로 되지 않는 음력 4월의 하늘(미도리조)"
"죽음을 재촉하지 말고 만주사화 보자꾸나 보자꾸나(가나조)"
앞의 두 여성의 만년의 구이다. 모두 다 생사에 몸을 맡긴 체념의 고요함이 있다. 다카조에게는 늙음과 죽음을 노래한 구가 많지만, 언젠가는 찾아오는 '죽음'에 몸을 맡기는 것이 아니라 죽음을 자신의 생각대로 하려는 다카조의 늠름한 모습을 볼 수 있다. 「일본의 메이지기 때 나는 일본 여인」(『해바라기』)에서 보였던 긍지는 생애 그녀의 시 정신을 일관하고 있다.

(아야노 미치에)

◆ 나카무라 데이조中村汀女[166]

어머니의 시점

데이조가 하이쿠를 짓기 시작한 것은 1918 (다이쇼7)년 18세 때였지만 결혼, 출산, 양육, 남편의 잦은 전근에 따른 임지생활 기간 동안 대략 10년은 중단을 할 수밖에 없었다. 1932(쇼와7)년, 구작 재개 후의 데이조는 요 코하마라는 새로운 환경 속에서 한 번에 그 재능을 개화시켰다.

그림 4-13
나카무라 데이조

さみだれや船がおくる電話など
梨食う雨後の港のあきらかや
地階の灯春の雪ふる樹のもとに
稲妻のゆたかなる夜も寝べきころ
秋雨の瓦斯が飛びつく燐寸かな

장맛비와 배가 보내는 전화[167] 같은 건
배를 먹는다, 비 내린 후의 항구의 활발함이여
지하층의 등불, 봄 눈 내리는 나무 밑에
번개가 잦은 밤도 잠들어야 할 때
가을비의 가스에 달라붙는 불[168]

---

166) 나카무라 데이조中村汀女 : 1900~88년, 구마모토熊本 출생, 본명 : 야마코破魔子.

167) 전화電話 : 빗속에 배의 입항이 늦어진다는 내용.

168) 쇼와10년의 작품으로 그 당시 부엌의 가스는 성냥을 켜서 가스에 불을 붙였다. 가스에 성냥불을 당기면 확하고 가스불이 붙은 모습을 표현한 것.

데이조 하이쿠의 매력은 세상에 존재하는 모든 가정의 어머니의 마음과 시점에서 구가 읊어진다는 것이다. 더구나 그것은 1차대전의 다이쇼 여성들이 구의 소재로 한 부엌 하이쿠로부터 한 발자국 나아가 보다 넓게, 보다 밝게, 구애됨 없이 자유로운 일상성으로 눈을 돌린 것이었다. 확실히 쇼와의 여성 하이쿠의 리더적 역할을 담당하고 있던 것이 데이조와 다쓰코였다. 교시는 이 둘을 좋은 라이벌로 키워, 데이조의 구집 『춘설』과 다쓰코의 『가마쿠라』를 자매구집으로 동문同文의 서문을 좁히려는 일도 했다.

泣き声のまだ赤ん坊や秋の雨
咳をする母を見上げてゐる子かな
あひふれし子の手とりたる門火かな
あはれ子の夜寒の床の引けば寄る
咳の子のなぞなぞあそびきりもなや

아직 갓난아기 울음소리와 같은 가을비
기침을 하는 어머니를 올려다보는 아이
애처로운 아이 손에 들린 등불
가엾은 아이의 으스스 추운 잠자리, 당기면 다가오도다
기침하는 아이의 수수께끼 놀이 끝이 없구나.

데이조의 아이 양육 하이쿠는 세상의 여성들에게 모성과 시성詩性을 짜내는 세계를 표현해 어머니들을 시정詩情에 눈뜨게 했다.

데이조의 구를 접하고 구작을 지향한 일반 여성들과 어머니들이 매우 많았다. 1946(쇼와22)년 하이지 『풍화風花』를 창간 주재했다.

가정부인들의 하이쿠 지도를 맡아 전쟁 후의 여류 하이진 증가에 공헌했다.

外にも出よ触るるばかりに春の月
밖으로 나가자 손에 닿을 듯한 봄

데이조의 목소리가 여성들에게 자신들의 바로 가까이에 있는 미를 재발견하게 한 것이다.

구집으로는 『춘설』 『데이조 구집汀女句集』 『이른 봄春曉』 『반생半生』 『화영花影』 『미야코도리都鳥』 『홍백매紅白梅』 『장미단장薔薇粧ふ』 등이 있다.

(니시무라 가즈코)

그림 4-14
호시노 다쓰코

◆ 호시노 다쓰코星野立子[169]

평명한 구 속의 슬픔

다카하마 교시의 둘째 딸로 태어난 다쓰코는 22세 때 아버지의 추천으로 구작을 시작한다. "자연의 모습을 부드러운 마음가짐으로 받아들여 시가를 읊조리는" 솔직함과 "맑은 거울에 비친 듯한 경치"를 그리는 순수한 마음에 교시는 상찬을 아끼지 않았다.

蝌蚪一つ鼻杭にあて休みをり

---

169) 호시노 다쓰코星野立子 : 1903~84년, 도쿄東京 출생.

350

今宵またくさばかげろふ灯に
戻れば春水の心あともどり
父がつけしわが名立子や月を仰ぐ

올챙이 한 마리 말뚝에 코를 박고 쉬고 있네
오늘밤에도 풀잠자리 등불에
해가 기울면 춘수春水에 마음 돌려
애비가 지어준 이름 다쓰코, 달을 우러러본다

본 그대로 솔직하게 그린 듯한 일상적인 작품은 부친으로부터 물려받은 훌륭한 시 정신이 만들어냈다고도 굳이 말할 수 있다.

이 점에서 호시노 다쓰코라고 하면 아버지 교시의 애정을 배경으로 타고난 재능에 부족함 없는 행복한 영애 하이진이라는 이미지가 부각된다.

그러나 그 생애에 걸친 작품을 자세히 살펴보면 반드시 그런 것만은 아니다.

考へても疲る、ばかり曼珠沙華
暁は宵より淋し鉦叩
何といふ淋しきところ宇治の冬

생각해도 피곤하기만 한 만주사화
새벽이 초저녁보다 더 외로운 징소리
너무 쓸쓸한 곳, 우지宇治의 겨울

1930(쇼와5)년, 교시의 권유로 시작한 여성 주재지 『옥조』를 창간

했다. 하이진의 자리는 굳혔지만 문득 인생의 고독과 슬픔을 보려는 마음의 구가 더해진다.

생각하면 피곤하기만 한 고민은 어쩌면 살아가는 일 밖에는 답을 얻을 수 없는 종류의 것이기도 했고, 새벽의 징소리를 듣고 눈떠 있는 혼은 고독하다.

다쓰코의 작품은 괴로움의 흔적이 없고 평명하며 일상적이기 때문에 인상을 찌푸리며 읽을 것은 아니지만, 그 내면에는 슬픔이 담겨 있다.

> わが幸を句にもとめつ、鉦叩
> いふまじき言葉を胸に端居かな
> 雛飾りつ、ふと命惜しきかな
> 冬ばらや父に愛され子に愛され
> 神許したまへや月に伴はれ

> 나의 행복을 하이쿠에서 구한다. 징소리여
> 하면 안 될 말이 가슴에 속 깊이 있지만
> 하나 인형을 진열하면서 문득 목숨이 아까워진다
> 겨울 장미여, 애비의 사랑받고 아이의 사랑받고
> 신이 용서해주셨도다, 달과 함께

구집으로는 『다쓰코 구집立子句集』『속 다쓰코 구집 제1, 제2』『사사메』『실생實生』『춘뢰春雷』『구 일기句日記 1, 2』, 수필집 『배소옥俳小屋』, 하이와俳話[170] 『옥조하이와玉藻俳話』 등이 있다.

(니시무라 가즈코西村和子)

---

170) 하이와俳話 : 하이쿠에 관한 이야기.

5. 시詩

모더니즘 시인

기존의 근대시를 부정하는 움직임 속에서 모더니즘 시와 프롤레타리아 시라는 두 개의 큰 흐름이 나타나 쇼와 초기의 시단은 현대시 시대로 접어들게 된다.

사가와 지카左川ちか(1911~1936)는 쇼와 초기의 모더니즘 여성시인을 대표하는 한 사람으로 짧은 생애에 제임스 조이스의 번역 시집『실락室樂』(1932년) 한 권과 약 80편의 시를 남겼다. 본명은 가와사키 지카, 홋카이도 요이치에서 태어났다. 눈이 나쁘고 병약한 소녀는 오타루고등여학교 재학 중인 14세 때 오빠의 친구이자 오타루시립중학교의 영어 선생님이던 이토 세이伊藤整에게 번역 지도를 받는다. 이토 세이 상경 후, 지카도 오빠를 의존해 상경하여 모모타 소지百田宗治로부터 재능을 인정받게 된다.

그리고 이토와의 사이에서 연애가 시작되어 이토가 다른 여성과 결혼한 후에도 둘의 관계는 지속된다. 이토가 결혼한 1920(쇼와5)년쯤부터 지카는 시를 쓰기 시작한다. 조이스의 세계와 버지니아·울프의 '의식 흐름'의 수법을 좋아해, 장래의 여성시인의 서정과는 관련이 없는 지적이고 환상적인 시의 세계를 전개했다.

25세 때 위암으로 사망한다. 생전의 시지詩誌『시와 시론』의 중심적 인물인 기타조노 가쓰에北園克衛 등에게 높은 평가를 받았고, 하기와라 사쿠타로萩原朔太郎는 "최근의 여류시인 중 1인자"라며 그 죽음을 애도했다. 지카의 의사에 따라 이토 세이가 편집한『사가와 지카 시집』(1936년)이 유일한 시집이다.

현재 모더니즘을 대표하는 여성시인에 에마 소코江間章子(1913년~)
가 있다. 니가타에서 출생하여 스루가다이여학원 전문부를 나와 외
무성 외곽 단체사무소에 근무했다. 지인인 시인 사카모토 고로坂本越
郞에게 시작을 권유받아 모모타 소지『시이노키椎の木』동인이 되어
사가와 지카와 친분을 가진다. 모더니즘 색이 짙은 후기『시와 시론』
에 시를 발표, 그 시에는 '신 산문시 운동'의 영향이 보이고, 사가와
지카의 시와는 대조적으로 달콤하고 화려하다. 제1시집『봄으로의
초대春への招待』(1936년) 이후에는 40년 정도 발표된 시집이 없지만, 전
후 라디오 가요 '여름의 추억'(1949년)으로 널리 알려지는 시인이 되
었다.

야마나시에서 태어난 나카무라 센비中村千尾(1913~1982년)는 도쿄의
야마와키고등여학교 시절부터 교내지와 소녀잡지에 시를 투고하는
문학소녀였다. 사촌의 소개로 잡지『마담 브란슈』에 시를 실어, 시집
『VOU』의 창간 동인이 된다. 제1시집『장미부인薔薇夫人』(1935년)에
서구적이고 세련된 미와 언어의 이지적 세계를 표현했다.

우에다 시즈에(1898~1991년)는 오사카에서 태어난 후, 가족과 함께
조선으로 건너가 경성의 여학교를 졸업한 후, 작가 다무라 도시코에
심취되어 18세에 상경했다. 다다이스트와 아나키스트(무정부주의자)
인 시인들과 교우하면서 하야시 후미코와 시집『두 사람二人』(1924년)
을 간행하지만, 돈을 빌리지 못해 3호에서 종간한다. 그해부터 시인
오노 도자부로小野十三郞와 6년간 함께 지낸다. 그 후『시와 시론』을
통해 쉬르리얼리즘(초현실주의)으로 기울어 그 멤버였던 모더니스트
우에다 다모쓰上田保와 결혼한다.

제1시집 『바다에 던진 꽃海に投げた花』(1940년)에는 쉬르리얼리즘의 기법을 사용한 강한 미의 세계가 있다.

프롤레타리아 시인

후쿠이의 중소 지주 집안에서 태어난 나카노 레이코中野鈴子(1906~1958년)는 부모에게 두 번의 결혼을 강요받지만, 집을 뛰쳐나와 오빠 나카노 시게하루에게로 상경, 프롤레타리아 문학 운동을 시작한다. 『나프』『부인전기』에 「된장국」 등을 발표해, 이치다 아키라는 이름으로 오빠 시게하루 등과 『나프 7인 시집』(1931년)을 발행한다. 이듬해 창간된 『일하는 부인』 편집부에 적을 두고, 도호쿠東北 농민의 굶주림을 시로 표현했다.

사상 탄압으로 집필 생활을 할 수 없게 된 후에는 본가로 돌아가 농민으로 살면서 시를 지었다. 16세에 만난 무로우 사이세이室生犀星 시의 서정과 리듬을 레이코는 생애에 즐겼다.

아나키즘 시인

프롤레타리아 운동에는 참여하지 않았지만, 아나키즘 사상을 가진 시인에 하야시 후미코(1903~51년)가 있다.

가난한 어린 시절을 거쳐 오노미치시립고등여자학교를 졸업한 후 연인을 따라 상경하지만 버림받고, 그 후에도 두 번이나 사랑이 파국으로 끝났다.

그동안 직업도 바꾸어가며 도전하듯 시를 지어 생활을 위해 신문, 잡지에 팔러 다닌다. 도모야 시즈에友谷靜榮와 잡지 『두 사람』을 발행한 것은 이 무렵이다.

화가 데쓰카 로쿠빈手塚綠敏과의 결혼(1926년)으로 안정된 생활을 하게 되자, 제1시집『창마를 보거나蒼馬を見たり』(1929년)를 자비 출판한다. 시단의 동향과는 무관한 마음의 외침 같은 시에 대해 엔치 후미코는 "아가씨들에게 뇌출혈을 일으키게 합니다."라고 평했다. 다음해,『여인예술』에 연재된『방랑기』의 단행본이 베스트셀러가 되어 각광을 받는다.

제2시집『모습』(1932년)이 마지막 시집이다. 시집은 아니지만 시정신은 그 후에도 그녀의 소설 속에 숨쉬고 있다.

다케우치 데루요竹內てるよ(1904~2001년)도 아나키즘 시인으로 출발했다. 삿포로에서 태어나 일본고등여학교 중퇴 후, 16세에『부인공론』현상 단편에 입선한다.

20세 때 결혼하여 남자아이를 낳지만, 척추 카리에스와 결핵으로 아이를 두고 이혼한다. 빈곤함 속에서 시작詩作을 시작해『동라銅鑼』동인이 되어, 구사노 신페이草野心平의 원조로 등사판 인쇄의 시집『배반하다叛く』(1929년)『꽃과 정성花とまごころ』(1933년)을 내어 어머니의 사랑과 슬픔을 읊었다. 아나키즘의 계몽에 계문사를 부흥시키고, 시집 『조용한 사랑静かなる愛』(1940년) 『비애를 느낄 때悲愛あるよきに』(1940년) 등을 간행했다.

연애와 방랑 사이에서

아이치현에서 태어난 모리 미치요(1901~77년)는 도쿄여자고등사범학교에 진학해, 학교의 규칙을 어기고 잡지에 시를 발표했다. 시집

『풍뎅이こがね虫』(1923년)에 감동하여 가네코 미쓰하루金子光晴를 방문, 동거 생활을 시작하고, 얼마 안 있어 임신하여 미치요는 퇴학당하게 된다. 제1시집『용녀의 눈동자龍女の眸』(1927년) 출판 후, 다른 남성과의 애정관계를 청산하기 위해 미치요와 가네코는 동남아시아·유럽으로 방랑 여행을 떠난다. 제2시집『무슈킹 공작과 참새ムイシュキン公爵と雀』(1929년)를 상해에서 출간한다. 귀국해서 제3시집『동방의 시東方の詩』(1934년)를 내고 관능적인 세계를 그렸다.

여성시인과 익찬

강압에 의해 프롤레타리아 시 운동도 1935(쇼와10)년을 마지막으로 해체되자, 모더니즘 시도『시와 시론』의 폐간 후 1933(쇼와8)년에는 종식되었다. 15년 전쟁에 재빠르게 움직여 전쟁으로 국민을 고무시킨「일본 국민의 아침 노래」(1932)라는 시를 요사노 아키코가 발표했다. 태평양전쟁 개전 직전의 1941(쇼와16)년, 후카오 스마코深尾須摩子를 대표로 하여 24명의 여성시인이 전 일본 여시인 협회를 설립해, 시집『어머니의 시母の詩』(1941년)『바다의 시海の詩』(1943년)를 간행하고 전쟁시를 지었다.

일본 문학 보국회집『쓰지 시집辻詩集』(1943년)『시집 대동아詩集 大東亞』(1944년)에는 당시에 이름이 알려진 여성시인의 거의 모든 시가 실려 있다.

가장 큰 활약을 한 것은 후카오 스마코이고, 그 외에 나가세 기요코永瀬清子, 다케우치 데루요 등도 남성시인에 끼여 전쟁시집에 시를 실었다. 이제까지 시 세계의 중심에서 배제되었던 여성지는 '모성애'

를 절대화해 옳은 것으로 전시 하에서 활약의 장을 열어 유례없는 융성을 보였다.

그림 4-15
나가세 기요코

◈ 나가세 기요코永瀬清子[171]

시를 쓰기 시작하다

오카야마현 구마야마에서 태어난 나가세 기요코는 아버지의 근무지 가네자와에서 이시가와현립 제2고등여학교를 졸업한 후 진학을 원했지만, 부모 슬하를 떠나는 것이 허락되지 않아 기타리쿠여학교 보습과에 다녔다. 그 후 아버지의 전근으로 나고야로 옮겨『우에다 빈 시집上田敏詩集』을 보고 시에 뜻을 두게 된다.

1924(다이쇼13)년 아이치현립 제1고등여학교에 고등과가 생겨, 겨우 진학이 인정되어 영어부에 입학한다. 교사로부터 시의 편달을 받고, 사토 소노스케佐藤惣之助에게 사사받아『시지가詩之家』동인이 되었다.

제1시집『그렌델의 어머니』

시작을 계속하는 것을 조건으로 결혼한 후, 사토 소노스케의 도움으로『그렌델의 어머니』(1930년)를 간행해 인정받는다. 중세 영국의 영웅서사시를 소재로 패자敗者 그렌델의 어머니의 대범함과 마성이 그려져 있어 그녀의 시 테마가 되는 '레지스탕스'를 읽을 수 있다.

---

171) 나가세 기요코永瀬清子 : 1906~75년, 오카야마岡山 출생.

1932(쇼와6)년, 남편의 전근으로 상경해, 후카오 스마코의 『시간時間』 『자장磁場』 『면포麵麭』 동인이 되어, 구사노 신페이, 다카무라 고타로高村光太郎, 오쿠마 히데오小熊秀雄들과 만난다. 일본 시인협회 회원이 되어 후카오 스마코의 권유로 전일본 여시인협회에 참가한다.

제2시집 『제국의 선녀』

일본의 선녀 승천 전설에서도 나오는 하늘에 돌아가지 못하고 지상에서 일생을 보내는 여자들을 『제국의 선녀』(1940년)에 그렸다. 시에 자주 등장하는 일인칭 '나'에는 대부분의 여자가 포함되어 있다고 미야모토 유리코는 찬사를 보냈다.

전시 하의 시작詩作

일본문학보국회 시부회 간사를 지낸 1942(쇼와17)년에 『대동아 성전 사화집 조칙 아래에』 『애국 시집 조칙봉재』 그 외, 1944(쇼와17)년에는 『시집 대동아』 등에 남성시인과 나란히 전쟁시를 실었다. 후년의 자필 연보에는 요구에 응해 『쓰지 시집』(1943년)에 실은 시가 정정된 것에 관해 본의가 아니었다고 기술했다.

시야視野는 사회로

오카야마에서 종전을 맞이해 농업에 계속 종사하면서 시작에 힘쓴다. 『큰 수목大いなる樹木』(1945년)에 이어 『아름다운 나라美しい国』(1948년) 간행, 이듬해 제1회 오카야마현 문학상을 수상한다. 여성 시

지『노란 장미黃薔薇』를 창간(1952년)한다. 1955(쇼와30)년 인도에서
열린 아시아 제국민회의에 참석, 사회문제로 시야를 넓혀간다. 정년
퇴직한 남편을 대신해 세계연방 사무국에 근무한다. 시집『새벽녘에
오는 사람이여ぁけがたにくる人よ』(1887년)로 현대시 여류상 '지구상'을
수상한다. 현실을 직시한 의지적이며 매우 우아하고 아름다운 표현
을 다른 많은 작품에서도 확인할 수 있다.

『제국의 선녀諸国の天女』

諸国の天女は漁夫や猟人を夫として
いつも忘れ得ず想ってゐる、
底なき天を翔けた日を。

人の世のたつきのあはれないとなみ
やすむひまなきあした夕べに
わが忘れぬ喜びを人は知らない。
井の水を汲めばその中に
天の光がしたたってゐる
花咲けば花の中に
かの日の天の着物がそよぐ。
雨と風とがささやくあこがれ
我が子に唄へばそらんじて
何を意味するとか思ふのだらう。
せめてぬるめる春の波間に
或る日はかづきつ嘆かへば
涙はからき潮にまじり
空ははるかに金のひかり

あ、遠い山々を過ぎゆく雲に
わが分身の乗りゆく姿
さあれかの水蒸気みどりの方へ
いつの日か去る日もあらば
いかに嘆かんわが人々は

きづなは地にあこがれは空に
うつくしい樹木にみちた岸辺や谷間で
いつか年月のまにまに
冬過ぎ春来て諸国の天女も老いる。

어부나 사냥꾼을 남편으로 둔 제국의 선녀는
언제나 잊지 않고 마음속으로
하늘을 비상하던 날을 한없이 그리워한다

인간 세상에 의지할 곳 없는
쉴 틈도 없이 아침저녁으로
내가 잊을 수 없는 즐거움을 사람들은 모른다.
우물에서 퍼 올리면 그 속에
하늘빛이 어린다.
꽃이 피면 그 속에
그날의 하늘의 기모노가 살랑댄다.
비와 바람이 속삭이는 동경
내 아이에게 불러주면 그대로 외워
무엇을 의미하는지 생각하겠지.
적어도 따뜻해지는 봄 물결 이랑에
어떤 날은 한탄하면
눈물은 말라 바닷물에 섞여
하늘 저 멀리 황금빛

아, 먼 산들을 지나가는 구름에
내 분신이 타고 가는 모습
그러면 그 수증기 푸른 잎 숲으로
언젠가 떠날 날도 있을 테니까
얼마나 한탄할까 나의 사람들은

인연은 땅에, 동경은 하늘에
아름다운 수목에 둘러싸인 해변과 계곡에
언젠가 세월이 흐르는 대로
겨울 지나고 봄이 와 제국의 선녀도 늙어 간다.

작자에 의하면 "어떤 여시인의 운명에서 힌트를 얻었다."고 한다. 또 야나기타 구니오柳田國男의 저서를 읽고 미호美保의 마쓰바라松原나 이즈모풍토기出雲風土記의 선녀 이외에도 일본 전국에 선녀 전설이 있다는 것을 알고 그렇다면 남편과 아이와 헤어질 수 없어 하늘로 올라가지 못하는 '선녀'는 전설 속에만 있는 것이 아니라 현재에도 많이 존재할 것이라고 말했다.

여자가 시를 쓰는 것이 어려운 시대에 시인으로서의 자기를 고집하며 주부로서 살아간 작자이다.

끝없이 하늘로 비상하는 꿈을 꾸면서도 함께 살아가는 가족에 대한 마음을 저버리지 못해 지상에 머무르는 것을 선택한 많은 여자의 공감을 간파할 수 있다.

(나카시마 미유키中島美幸)

6. 평론評論

아나키즘의 영향

1920년대부터 30년대에 걸쳐서 평론은 마르크시즘 및 아나키즘의 영향 아래에서 발전한 사회주의 문학의 조류를 빼고서는 말할 수 없다. 1920년대에는 아나키즘의 영향이 농후하며 차츰 마르크스주의의 세력이 강해졌지만, 아나키즘을 표방하는 개인의 절대적 자유와 평등의 사상에 공명하거나 혹은 아나키스트적인 기분과 감각을 중심으로 하여 시와 소설, 평론을 쓴 여성들은 꽤 존재한다. 평론에서는 주로 『여인예술女人芸術』을 중심으로 활약한 모치쓰키 유리코와 『부인전선婦人戦線』을 주재하고 왕성하게 활약한 다카무레 이쓰에는 노동운동에서 영향을 받은 아나키즘은 아니고 어디까지나 자신의 사유 속에서 나온 반근대, 반합리주의의 반역사상으로 가끔 공상적이라고 비판받으면서도 자신의 사상에 절대적 신뢰를 두고서 동요하는 일이 없었다. 그러나 1923년 오스기 사카에의 살해를 계기로 아나키즘은 급속하게 쇠퇴하여 문학의 장에서도 사상적 영향력을 잃어갔다.

프롤레타리아 문학 운동의 흥륭

1930년대에는 마르크스주의의 영향을 받은 프롤레타리아 문학 운동이 성행했고 1928년에는 전일본무산자예술연맹(나프)[172]이 결성

---

172) 나프ナップ([NAPF] Nippona Artista Proleta Federacio) : 전일본무산자예술연맹의 약칭. 1928(쇼와3)년 일본프롤레타리아예술연맹과 전위예술가연맹이 합동으로 결성하여, 뒤에 전일본무산자예술단체협의회로 개칭하였으나 약칭 나프는 그대로 답습했다. 일본의 프롤레타리아예술운동의 주력이 된다. 기관지 「전기戦旗」, 「나프ナップ」를 간행

되었다. 나프의 지도적 여성작가는 미야모토 유리코로 공산주의 입장에서 사회평론, 문예평론에 건필을 휘둘렀다. 혁명을 목표로 하는 정치적 실천 활동과 문학 창조 활동을 어떻게 통일해야 하는지가 좌익문학자가 껴안은 곤란한 문제였고 여성작가들은 가담하여 여성 차별과 억압의 투쟁도 떠안지 않으면 안 되었다. 그러한 속에서 유리코는 나프 붕괴 후에도 1930대부터 패전까지 언론 탄압에 저항하며 전쟁 협력에 협력하지 않았던 극히 드문 문학자의 한 사람이었다. 이시기 유리코는 수많은 평론을 발표했지만 그것들은 모두 검열의 위험을 피하면서 인간으로서 지향해야 할 이상, 혹은 극복해야 할 결점을 이야기하며 간접적으로 정치권력으로의 비판을 암시하는 방법으로 정부와 군부에 저항했다. 이러한 평론의 성과는 『겨울을 넘긴 봉오리冬を越す蕾』(1935년) 등에 나타났다.

『문예전선』파의 활약

나프가 지도력을 발휘한 1920년대부터 30년대에 걸쳐 이것과 대항하는 사회민주주의적인 노동자문학 조직은 노동예술가연맹으로 기관지 『문예전선文芸戦線』을 발행했다. 여기에 소속된 히라바야시 다이코는 『콜론타이 여사의 「붉은 사랑」에 관해서コロンタイ女史の「赤い恋」について』를 시작으로, 『프롤레타리아·리얼리즘과 관련해서プロレタリヤ·リアリズムと関連して』 『어머니의 자랑母の誇り』 『쁘띠부르173) 급진주의의 제상ペチ·ブル急進主義の諸相』 등 점차 좌익노동파의 당파성을 선

하고 31년 해체된다.

173) 쁘띠 부르주아(petit-bourgeois)의 약칭. 쁘띠는 작다는 의미로 부르주아 계층과 프롤레타리아 계층의 중간에 위치하는 중산계급에 속하는 자를 가리킴.

명하게 하는 정치평론을 차례차례로『문예전선』에 발표하며 이 그룹의 평론 작가로서 중요한 위치를 차지하게 되었다. 나아가『불새火の鳥』에『프롤레타리아 문학 운동의 일 년간プロレタリア文学運動の一年間』등을 발표하며 문학 상황의 개괄적 논문을 정리하는 힘을 발휘해 갔다. 또『신조』에『프롤레타리아 작가의 유형화에 관해서プロレタリヤ作家の類型化について』등을 쓰고 이른바 부르주아 문단으로의 공격과 함께 공산주의적 문학이론과 그것으로 지도받은 소설에도 날카로운 비판을 가했다.

야마가와 기쿠에山川菊栄도『문예전선』을 중심으로『무산계급의 부인운동無産階級の婦人運動』등 사회민주주의적 입장에서의 사회평론을 많이 집필했다.

프롤레타리아 문학 운동에서 태어난 여성들

쇼와에 들어와 새롭게 등장한 작가는 나프에 소속된 구보카와(사타) 이네코窪川(佐多)稲子이다. 이네코는 소설을 쓰는 한편『전기』에『부인 노동자와 쁘띠부르 부인婦人労働者とプチブル婦人』(1929년)『일하는 부인働く婦人』에『고바야시 다키지의 죽음은 학살이었다小林多喜二の死は虐殺であった』(1933년) 등 혁명을 목표로 하는 입장에서의 평론을 차례로 발표했다. 탄압에 의해서 나프가 붕괴된 후에도 문학자의 전향이 계속되는 속에서 1939년까지 노동자의 입장에서 탄압에 투쟁한다고 하는 저항 의사를 계속 나타내었다.

나카모토 다카코도 프롤레타리아 문학 운동 속에서 자란 작가였다. 소설뿐만이 아니고 평론에서도 주목해야 할 활약상을 나타냈고

1929년부터 30년에 걸쳐서 『여인예술』에 '문예시평' 등을, 『불새』에 『젊은 러시아의 매력若きロシアの魅力』 등을 썼고 「미야코신문都新聞」에 『국회의원병 환자代議士病患者』 등 좌익적 입장에서 문예평론, 사회평 론에 왕성하게 펜을 쥐었다. 그러나 탄압에 의한 체포, 투옥 때문에 정신병을 앓았고 자신의 고뇌의 체험을 새긴 『갱생기更生記』 『마쓰자 와병원에서松沢病院にて』(1931년)를 썼다. 이 두 작품은 좌익여성작가 가 직면한 가혹한 비극으로서 사회에 충격을 주었다. 이 외 좌익진영 에서 자란 작가로는 주로 『여인예술』에 『공개장公開狀』(1929년) 『여 자 청년단을 돌려줘女子青年団を取り返せ』(1930년) 등을 발표한 마쓰다 도키코松田解子 등이 있다.

좌익문학의 쇠퇴에서 여성문학자의 활약으로

공산당에 대한 격한 탄압과 심한 언론 통제에 의해 좌익진영 문학 자들의 반체제적 발언이 봉쇄되고 15년 전쟁의 시작과 함께 차례로 침략전쟁으로의 협력에 치우치게 되었다. 동시에 1930년대 후반에는 종래의 사소설이 전향문학으로 형태를 바꿔서 부활했고, 또 리얼리 즘 문학의 뛰어난 성과도 볼 수 있게 되었다. 이른바 문예부흥기로 칭해지는 까닭이다. 한편 문학에 있어서 좌익 이데올로기의 수렴은 여성작가의 감각적 표현과 일상적 신변잡기의 가치를 재평가시켜서 그녀들의 수상문이 넓게 필요하게 되었다. 모리타 다마森田たま의 『목 면 수필もめん随筆』(1936년)이 중판된 것도 그 때문이다. 이러한 사정 에 의해 이 시기는 여성작가의 활약이 눈에 띄었고 하세가와 시구레 의 『여인예술』의 후속 『빛나다輝ク』 등을 중심으로 여성에 의한 평론, 수필도 많이 쓰이게 되었다. 구보카와 이네코도 이 시기 왕성한 평론 활동을 계속하여 『여성의 말女性の言葉』(1940년) 등의 평론집을 간행, 여성의 자각과 자립을 촉구하고 사회제도의 개혁을 원하는 계몽적 평론을 발표했다.

태평양전쟁의 개시와 작가의 전지위문

1938년에 국가총동원법이 시행되고 41년의 태평양전쟁 개시와 함께 문학자에 대한 언론의 억압은 한층 강해져서 42년에는 일본 문학보국회가 설립되어 모든 문학자는 여기에 결집하여 전쟁 수행을 위해 헌신하도록 강요되었다. 많은 문학자가 전지 위문과 점령지 선무공작宣撫工作[174]을 위해서 징용되어 엄청난 전쟁문학, 전지보고가 쓰여지게 되었다. 요시야 노부코, 하야시 후미코를 비롯하여 사타 이네코도 전지로 향해 쓴 많은 보고문을 『속·여성의 말』(1942년)로 정리했다. 이들 보고문은 작가의 의도는 어떠하든 결과적으로 후방의 전쟁 협력을 촉진했고 전의 고양에 도움이 되었다. 전쟁 말기에 가까워지자 이러한 전의 고양적인 문장 이외의 글은 점차 볼 수 없게 되었다.

이러한 속에서 이타가키 나오코板垣直子가 일본 문학 상황을 망라적으로 부감하고, 특히 전쟁문학을 국제적 시야에서 비교·평가하여 자리매김을 시도한 것은 주목할 만하다.

---

174) 점령지구의 주민에게 점령정책을 이해시키고 민심을 안정시키는 것.

그림 4-16
이타가키 나오코

◈ 이타가키 나오코板垣直子[175)

넓은 시야에서 여성문학에 착안

일본여자대학교 영문과 졸업 후, 도쿄대학 여자 청강생이 되어 미학, 철학을 배운다. 와세다대학 교수 이타가키 다카호板垣鷹穂와 결혼한다. 국사관대학, 일본여자대학, 지바대학 등에서 강의를 한다. 그녀의 평론 활동의 기반에는 유럽의 문예사조에 관한 넓은 지식과 이해가 있었고 그 축적은 전후 『유럽문예사조사歐州文芸思潮史』(겐쇼도嚴松堂, 1950년) 등으로 결실을 맺는다. 또 『부인작가평전』(메지컬 프렌드メジカル・フレンド, 1954년) 『메이지・다이쇼・쇼와의 여류문학』(오후사桜楓社, 1967년) 등 여성작가의 본격적 평전과 근현대의 여성작가의 통사를 넓은 시야에서 정리한 공적은 위대하다.

사회화된 비평태도

전향 논쟁의 와중에 있어서 뛰어난 에세이 『문학의 신동향文学の新動向』(『행동行動』 1934년)을 발표한 것에서도 나타나듯이 시대를 움직이는 큰 조류를 간파하고 문학의 동향이 그것과 어떻게 관련되어 있는가를 항상 비평의 기축에 둔 평론가이다. 『현대소설론』(1938년) 『사변 아래의 문학事変下の文学』(1941년) 『현대의 문예평론』(1942년 세 작품 모

---

175) 이타가키 나오코板垣直子 : 1896~1977년, 아오모리青森 출생, 구성旧姓 : 히라야마平山.

두 다이이치쇼보第一書房)의 현대문학사 3부작은 『현대의 일본 전쟁문학』(육흥상회출판부六興商会出版部, 1943년)과 함께 그녀의 10년대 대표적 저작 중 하나이다. 전시 하에 시시각각으로 변하는 사회 상황 속에서 문학자들이 무엇을 원하고, 어떻게 대응하고, 어떻게 표현했는가가 넓은 시야에서 개괄됨과 동시에 개별의 작품을 구체적으로 분석하는 섬세함도 있다.

여성평론가로서의 선구적인 활동

오로지 문예평론을 중심으로 활약했던 여성문학자의 개척자적 존재이고, 긴 문필 활동에 있어서도 다른 예가 보이지 않는다. 사상적으로는 보수적 자유주의자로서 전후파 좌익적 문학자로부터 비판도 받았지만 신념에 기초하여 시대의 사상 경향에 우왕좌왕하지 않고 솔직하게 발언한 태도는 평가할 점이기도 하다. 여성의 독자적인 감수성과 생활환경 등에 의지하지 않고 오로지 스스로 배운 지식과 이론을 무기로 평론 활동을 계속한 드문 여성평론가이다. 그러나 종래 남성의 언어로 말해진 지식과 이론을 획득하려고 노력했기에 여성에 대한 사회의 억압에 착안하지 않았고, 결과적으로 여성작가에게 조금 신랄한 시선을 향한 경향이 없었다고는 말할 수 없다.

'사변 하의 문학'에 관하여

이 평론집의 특색은 첫째로 1936년부터 40년에 걸쳐서 발흥한 국책문학에 관하여 전체적 시야에서 파악하여 망라적이며, 게다가 잘 정리되어 있다는 것이다. 둘째로는 문학적 신념에 기초한 강한 주장을 하고 시대의 정부와 군부의 문화 통제에 추종하지 않았다는 것이다. 전시 체제가 굳어짐에 따라서 그녀의 반권력적 언설은 모습을 숨겼지만 태평양 전쟁 개시 전에는 아직 반골적 자세를 무너뜨리지 않았다. 권력과 문학자와의 관계에 관해서 극히 리얼한 인식을 갖고 '당국이 문학을 국책에 이용하려고 하는' 경향에 경계를 나타내며『신동아 정책과 농민문학』에서는 정부의 이민정책에 의해서 규제를 받았지만 그것으로 중국동북부에 이민한 농민의 실정이 그대로 그려지지 않을 수도 있다고 하는 불안을 표명하고 있다. 특색의 셋째는 문학자가 직면하는 경제 조건을 꽤나 중시하고 논을 전개했다는 것이다.

다음에 들 수 있는 것은 이 평론집에 수록된 대표적 논문의 요지이다.

『'신체제' 아래의 문학계』

중국과의 전투가 본격화됨에 따라 고노에近衛내각에 의한 대정익찬회大政翼贊会[176)가 성립된 것은 문학계에 수선스런 상태를 불러일으켰다. 문학자들은 시국의 급변한 변화에 놀라며 자신감을 잃고 누가 먼저랄 것도 없이 익찬운동에 참가하기 시작했다. 그것에 덧붙여서 문학자가 얼마나 국책에 기여할 수 있는가 하는 논의도 활발하게 되고 국민문학이 제창되어 정부에 의한 문화 통제가 강화되었다. 그러나 국책추진만을 표방하는 문학은 뛰어난 문학이 되기 어렵다. 문화 통제의 심한 강화는 문학의 발전을 해칠 우려가 있는 것이다.

이하의 인용은 이 논문의 중심이 되는 곳이다.

---

176) 1940년 10월, 제2차 고노에 내각 아래에서 신체제운동의 결과 결성된 국민통제조직.

국민문학의 과거에 있어서 전개에 관한한 여기에 요약하고 좁은 의미의 국민문학은 애써 추진해 온 오늘날의 문학 발전을 저지할 우려가 있기에 오늘날의 시국이라고 해도 넓은 의미에서 국책에 어긋나지 않는 한, 종래의 문학의 길을 나아가도 개의치 않을 거라고 생각해도 좋을 것이다. 의식적인 국민문학은 나치스 독일의 예에서 보이듯이 문학의 입장에서 봐서 뛰어난 것이 되기 어려운 우려가 있다. 문예 그 자체로서 뛰어난 것이 아니면 '신체제'가 표방하는 진정한 문화적 건설의 일을 나눠 가지는 것도 할 수 없다.

(중략) 국민문학에 관해서 넓은 의미로 시대에 맞는 해석을 한다고 하면 그것은 문학 본래의 문화적 사명을 일층 강하게 하는 질적으로 향상된 작품을 만드는 것이라고 생각한다. 그것은 작가이긴 하나 국책에 참여하는 가장 유효한 특유의 길일 거라고 생각한다. 의식적으로 민족의 특성을 고양시키거나, 국시를 발양하는 주의의 주장을 갖거나, 국민의 애국심을 그리거나, 신체제 정신의 일부를 노골적으로 도입하거나 한 문학은 문학으로서 가장 소중한 예술성을 표현할 본래의 조건에 철저하지 못할 위험을 갖기 쉬운 것이다.

◆ 다카무레 이쓰에高群逸枝[177]

이상의 모색과 방랑

그림 4-17
다카무레 이쓰에

소학교 교장을 지낸 아버지 다카무레 쇼타로高群勝太郎와 어머니 도요登代 사이에서 장녀로 태어났다. 16살 때 구마모토사범학교에서 퇴학 처분을 받는다. 직접적으로는 장기병결이 이유지만 병의 원인은 이쓰에의 지적탐구심을 위험하게 생각하는 사범교육의 방침에 스트레스를 느꼈기때문이라고 보인다. 편입한 구마모토여학교에서 4학년을 마친 후 가

177) 다카무레 이쓰에高群逸枝 : 1894~1964년, 구마모토熊本 출생, 본명 : 이쓰에イツエ.

계를 돕기 위하여 가네카鐘淵방적의 여공이 된다. 4개월간의 장기간 노동 체험에 의해 여성 노동의 실정에 사회적 격분을 받는다. 20살 때부터 3년 반 대용 교원을 지내며 현내의 교사 하시모토 겐조橋本憲三 와의 펜팔이 시작되어 연애로까지 발전한다. 겐조는 자연주의문학의 육욕肉欲 중시, 에고이즘 긍정의 사상에 공명하는 문학청년으로 그의 단점을 일부러 드러내는 행동과 여성에 대한 강한 지배욕은 이쓰에 의 강렬한 자의식과 이상주의적 결벽함에 대립되어 두 사람의 연애 는 집착과 상극의 연속이었다. 1919년 겐조와 결혼하지만 그 생활은 두 사람의 관계의 모순을 드러내어 이쓰에는 가출하여 한때는 친정 으로 돌아온다.

혁신적 페미니스트와 시인으로서의 출발

1920년 단신 상경하여 다음해 6월 시집『방랑자의 시』(신조사)를 간행한다. 같은 달, 이쿠타 죠코의 격찬을 얻어 자전적 장시『일월의 아래에日月の下に』(총문각)를 간행한다. 여기에는 인생에 진술한 격정 을 가진 여자가 연애로 인한 혼란과 자아확립의 고민을 거쳐서 남편 으로부터도 부모로부터도 자립하여 상경해서 문학을 지향하기까지 의 정신적 방황이 노래되고 있다. 22년 시집『미상곡美相曲』『가슴을 앓으며胸を痛めて』평론집『나의 생활과 예술わたしの生活と芸術』을 간행 한다. 이해 장남을 사산하고 그 쇼크로부터 모성주의에 개안했다. 1925년 11월 시집『도쿄는 열병에 걸려 있다東京は熱病にかかっている』 (평범사平凡社)를 간행한다. 계층 차별과 위선을 규탄하는 문명 비평과 함께 아내의 종속을 가져오는 결혼 제도에 관해서 근본적 비판을 더

한 획기적 '페미니즘 선언'(『현대여성문학사전』도쿄당東京堂 출판)이기도 하다.

평론집『연애창생恋愛創生』(평범사, 1926년)을 시작으로 여성, 연애 문제에 관해서 아나키즘의 입장에서 상식을 깨는 대담한 논을 전개하고 1930년 1월 히라쓰카 라이초, 모치쓰키 유리코 등과 함께 여성해방을 제창하는 무산부인예술연맹을 결성,『부인전선』을 창간 주재했다. 이 잡지에는『연애와 성욕恋愛と性欲』(1931년) 등이 게재되었지만 다음해 6월 경제적으로 어려워져서 종간되었다.

전인미답의 여성사 연구의 완성

1931년 7월, 현재 도쿄도 세타가야구世田谷区에 있던 '숲의 집'에서 세속과의 교류를 끊고 라이프 워크인 여성사 연구를 개시했다. 남편 겐조의 경제적 원조와 자료 수집 등의 연구 협력에 의해 1938년 6월 『모계제의 연구母系制の研究』(후생각厚生閣)를 간행했다. 이것에 이어 『데릴사위 결혼 연구招婿婚の研究』(고단샤講談社, 1953년)를 전쟁 후에 간행했다. 이들의 획기적 노작은 문헌자료를 꼼꼼하게 읽음으로써 다이카大化[178]개신 때까지 모계씨족 공동체가 존속했고 헤이안平安 시대 이후 부계제로 이행해 가면서도 쓰마도이콘妻問い婚[179]과 여성의 상속권, 재산권은 가마쿠라鎌倉 시대까지 존속했다고 하는 과정을 분명히 한 것이다. 이것은 가부장적 가족 제도의 역사적 정당성에 정면

---

[178] 고토쿠孝德 천황조의 연호로서 공적으로 사용된 연호로서는 일본 최초(650.6.19~650.2.15).

[179] 혼인 양식의 일종으로, 남편이 아내의 집을 드나드는 것으로 동거지는 않는 것을 말함.

으로 대립한 것으로 페미니즘의 입장에서 여성사 연구에 이론적 지주가 되었다. 사망 후에 자전『불의 나라의 여자 일기火の国の女の日記』(이론사理論社, 1965년 미완으로 겐조가 보필)『다카무레 이쓰에 전집』전10권(이론사, 1965~67년)이 간행되었다. 다음에 소개한 것은 그녀의 아나키스트 시대를 대표하는 평론『연애와 성욕』의 요지이다.

『연애와 성욕』

연애 현상은 성욕 현상과 같이 성을 형성하는 물질적 기능의 하나이다. 그러나 진화론에 기초한 엘렌 케이의 '모성의 권리'라고 하는 주장에는 찬성할 수 없다. 왜냐면 진화론에서 말하는 '향상'이란 주관적인 것으로 아무런 의미를 갖지 않고 진화로 보이는 것은 실은 '소멸의 순차적 운동에 지나지 않는다.' 따라서 생식은 종족 보존의 목적만이 아니라, '종족 소멸의 모순적 요소를 갖고 있다.' 그러므로 아이를 낳는 역할을 떠안은 모성을 숭배해야 할 이유는 전혀 존재하지 않는다. 연애도 성욕도 제각각 기능과 목적을 달리 하는 기계적 현상의 하나에 지나지 않고 그 사이에는 어떠한 우열의 차이도 존재하지 않는다.

이하의 인용은『연애와 성욕』가운데 결론 부분이다.

이상 해설해 온 것을 총괄하면 '연애와 성욕은 생물의 성생활의 처음부터 끝까지 서로 나란히 존재하는 것으로 결코 한쪽이 문화적 현상, 다른 쪽이 동물적 현상이라고 하는 것은 없다.'는 것이다. 또 '연애와 성욕은 각각 기능과 목적을 달리 하는 것이며, 성생활을 풍부하게 하는 것으로 연애는 성욕이 순화된 것이라든가, 따라서 결국 성욕에 환원해서 생각해야 한다고 하는 것은 잘못된 것이다.'라고 하는 것이다. 따라서 '그러한 잘못에 근저를 두는 생식 지상설 혹은 여자 중심설은 부정해야 할 것이다.' 그리고 그 부정은 그런 배경을 이루는 '향상적 진화관을 무의미하게 함으로 가능하게 된다.' 즉, 바꿔 말하면, 우리들이 연애라고 이름하여 성욕으로 칭하고 있는 현상—그것은 단지 그 자체가 있는 것만으로 해석해야 할 현상이고, 어떤 의미이라고 하는 것은 있을 수 없다. 다른 현상이 그렇듯이 이들 성적 현상도 또 발생하고 소멸하는 기계적 현상의 하나에 지나지 않는 것이다.

(고바야시 유코)

7. 희곡戱曲

신흥 연극 운동의 등장

1924년 6월에 쓰키지소극장이 개장, 현대 연극을 항시 상연하는 극장과 집단이 탄생했다. 스승격인 오사나이 가오루와 20대인 히지가타 요시土方与志를 비롯한 4명의 젊은이들로 시작된 쓰키지소극장은 다양한 의미로 일본 연극 운동에 큰 족적을 남겼다. 예를 들면 좋지 않은 측면으로서 근대적인 서구 연극 세계만을 무대 위에 전개하고 창작 희곡의 상연에 열심이지 않았다는 지적은 받더라도 배우의 연기와 연출 기술이 예술적 향상에 기여하고 미답의 서양 연극세계로 관객을 도취하게 하고 그것으로 희곡을 쓰려고 하는 사람들을 증가시킨 공적은 무엇으로도 부정될 수 없는 현실이다. 게다가 극장은 패전 전에 미국군의 폭격으로 불타 무너지기 전까지 현대 연극의 거점으로서 많은 집단에 발표의 장을 제공하게 되기 때문이다.

다른 한편, 쇼와 초기는 아방가르드와 마르키즘의 선풍이 상륙한다. 세계적 사상, 예술사조의 흐름에 근대 일본은 겨우 따라갈 수 있었다. 미래파, 구성주의, 표현주의 등등 새로운 표현 형식은 희곡 세계에도 들어온다. 주로 외유 체험이 있었거나 신사조를 받아들이기 쉬운 남성 극작가들이 바로 대응했지만 여성 극작가도 조금 늦거나마 표현하기 시작한다. 그러나 그것도 1930년대 말부터 전시 체제로 돌입함으로 기세가 누그러져 신극 사건으로 불리는 부당 체포, 극단 강제 해산(1940년)을 강요당해 연극계는 불행한 시대를 맞은 것이다.

극작가로 옮겨보자. 이 시기에는 비교가 되지 않을 정도로 극작을 하는 사람들이 증가한다. 시구레와 야치요八千代, 오무라 가요코에 기무라 도미코木村富子, 히로쓰 치요弘津千代 등 시대물 중심의 사람들이 참가하여 신인 우에다 후미코上田文子(뒤에 엔치 후미코), 우노 지요, 오카다 데이코岡田禎子, 쓰지야마 하루코辻山春子, 미야케 유키코三宅悠紀子, 다나카 스미에田中澄江 등이 오카모토 기도岡本綺堂가 주재하는 『무대』, 하세가와 시구레, 오카다 야치요의 『여인예술』 『극과 평론劇と評論』 『무대희곡舞台戲曲』 『미타문학三田文学』 『극작劇作』 등에서 둥지를 틀고 가부키 이외의 무대에서 상연되게 된다.

우에다 후미코의 『만춘소야晚春騷夜』는 1928년 12월 쓰키지소극장에서 기타무라 기하치北村喜八 연출, 도모타 교스케友田恭助, 야마모토 야스에山本安栄, 무라세 사치코村瀬幸子, 다키 하스코滝蓮子로 초연되어 축복된 출발을 했다. 공연 종료 후인 12월 25일에 후미코는 오사나이 가오루와 기타무라와 배우들을 니혼바시 가메지마초日本橋亀島町의 가이라쿠엔偕楽園에 초대하여 만찬을 함께 했다. 이때 오사나이가 쓰러져 숨을 거뒀다. 이것으로 인해 후미코의 희곡은 오사나이의 죽음과 함께 연극사에 남게 된다.

도모타 교스케와 다무라 아키코田村秋子의 쓰키지좌築地座(1932~35년)가 낳은 극작가 미야케 유키코는 기라성과 같이 등장해서 1934년에 요절했다. 극평론가 미야케 사부로三宅三朗의 여동생이기도 해서 상연의 기회는 혜택을 입었으리라 생각하지만 쓰키지좌가 좋아하는 희곡을 썼다. 결핵을 앓아서 가타세片瀬에서 요양 중이었던 유키코에게 있어서 『만추』(1932년 초연)와 『춘추기春愁記』(34년 초연)의 상연은 살아가는 희망으로 이어졌을 것이다. 『만추』는 소설가와 프랑스 여성과의 국제결혼의 어려움을 담고 있고 『춘추기』는 상류가정의 비극

—첩인 어머니와 그 아들들과의 어긋남, 연인 모던걸과 남동생의 실연 등 시대색을 다루면서 감상적인 터치로 전개된다. 도시적 센스를 살린 세련된 현대극으로 게다가 장막극이다. 일막극이 주류였던 시대에 긴 장막극의 등장은 여성 극작가의 미래를 밝게 했다고 해도 좋을 것이다.

유키코와 같이 쓰키지좌에서 초연한 극작가로는 오카다 데이코가, 신쓰키지극단에서는 미즈키 요코水木洋子가 있다. 오카다에 관해서는 개별적으로 다루겠지만 미즈키 요코는 『조춘』이 1940년 11월에 이시카와 나오石川尚의 연출로 상연되어 전후戰後 활약으로의 길을 열었다.

아방가르드 연극, 프롤레타리아 연극, 현대 연극으로 순조롭게 걸어 온 신극계는 거국적인 침략전쟁 돌입으로 그 걸음을 멈추게 된다. 쓰키지소극장은 국민극장으로 이름을 바꾸고 연극은 국민연극으로 강요되어 많은 극작가가 침묵을 선택한다. 전의 고양을 위한 이동연극대가 농촌, 어촌, 산촌, 혹은 전지 위문으로 순회한다. 연극의 교육 효과가 악용되었던 하나의 사례를 여기에서 볼 수 있다.

◈ 오카다 데이코岡田禎子[180]

페미니스트 데이코

마쓰야마松山고등여학교 졸업 후 상경, 도쿄여자대학 재학 중에 희곡에 흥미를 가지고 아키다 우자쿠의 지도 하에 연극부를 만든다. 도

---

180) 오카다 데이코岡田禎子 : 1902~90년, 에히메愛媛 출생.

교대학 심리학과의 청강생이 되어 20세기의 학문—심리 분석을 배운다. 여기서의 연마가 아마도 훗날 미망인의 섹슈얼리티를 그린 『몽마夢魔』에 반영되었다고 생각한다. 오카모토 기도의 『무대』와 『여인예술』에 희곡을 발표하고 1930년에는 희곡집 『마사코와 그 직업正子とその職業』을 간행한다. 아버지가 중의원 의원이었기에 혜택을 받은 출발이었지

그림 4-18
오카다 데이코

만 새로운 감성을 가진 여성 극작가로서 성장한다.

『마사코와 그 직업』(『개조改造』 초출 1930년)

이것은 사립의 여성 갱생시설이 무대이다. 여기는 남성의 횡포로부터 도망 온 여자들의 피난소로서 살아갈 기력과 일(간호사, 가정부 등)을 확보하는 장이다. 버나드 쇼의 『워렌 부인의 직업』은 매춘숙을 경영하는 여주인과 딸의 드라마인데 이것은 그것의 일본판으로 봐도 좋을 것이다. 결혼 거부를 주장하고 다카라즈카宝塚[181]의 남자역 같은 마사코는 데이코의 주장을 대변하고 있는 것이다.

『미스 지지에시ミス・ヂヂエシ』(『개조』 1935년 9월)

유복한 친척의 짐이 되어 있는 몰락한 화족의 딸이 신문에서 모집하는 지지에시국의 황태자비로 응모하여 당선되어 큰 소동이 일어난

---

181) 다카라즈카시에 본거지를 둔 여성만으로 뮤지컬을 연기하는 극단을 가리킨다. 1913년 소녀가극단으로 창설되었고 현재는 해외공연도 많다.

다. 권력과 돈을 노리고 이제까지 돌아보지도 않던 사람들이 축하를 하고 모여드는 어이없는 상황을 그리고 있다. 극중에는 경찰관이 상연 중지를 강요하는 장면까지 등장하며 당시 경찰 권력을 비웃고 있지만 그러나 스마트하고 세련된 희극이다.

『고양이 히스 마담猫ヒス・マダム』(『문학계文学界』1937년 12월)

이것도 풍자 희극으로 전쟁이 일어나면 고양이를 구하기 위해서 지하실을 파고 폭탄과 독가스를 피하기 위해서 사랑하는 고양이에게 훈련을 시키는 아내 게이코가 등장한다. 단발의 역사와 후방을 강요하는 시대로의 통렬한 냉소가 그려져 있어 흥미롭다.

오카모토 기도의 희곡교실

여성 극작가를 키운 기도는 2세 사단지左団次로 조직하여 신가부키를 정착시킨 극작가이지만 무대사舞台社라고 하는 기도의 문인의 모임을 운영하며 연극잡지『무대』(1930년 1월 창간)를 발간했다. 데이코의 '무대사 모임'에는 1934년 5월 현재 도쿄본사, 오사카, 교토, 고베, 마에바시, 즈시, 요코하마의 6지사로 15명의 동인과 300명의 지우가 있다고 쓰여 있다. 데이코에 앞서 여기까지 둥지를 튼 사람이 앞서 말한 오무라 가요코다. 구극계의 혁신아가 현대극의 여성 극작가를 키운 것은 흥미롭다.

『고양이 히스 마담』

게이코桂子 : 몇 시입니까, 어느 분에게 물어도 확실한 것은 모르는 것 같아요. 아마도 소비에트가 하기 나름이 아닐까요.

긴고欣吾 : (꿀꺽 침을 삼키고 한참 지켜본다)

게이코 : 하지만 각오 각오라고 말씀하셔도, ……각오만 아무리 하더라도 할 수 없을 것 같은 기분이 듭니다. 저와 같이 여자는 어차피 어디에도 안주할 집이 없다는 근본방침으로 자라왔기에 배짱에 관해서는 어떤 고난이 있더라도 원래 말씀드릴 것이 없습니다. 단지 안타까운 것은 배짱을 양성할 수 있는 교육이 이루어지지 않았던 것입니다. 저도 어릴 때는 아버지에게 칭찬받았고 아내로서는 남편도 만족하는 것 같았습니다. 고양이도 훌륭하게 키울 생각입니다. 제가 받은 교육에서는 이것만으로 벌써 우등생이고 누구에게도 손가락질 받을 일은 없을 것이기에 지금에 와서 갑자기 우라지오에서 날아와서 일본 전체를 공습하고 나서 천천히 다시 제자리로 돌아가는 것뿐이다 라고 말해, 단지 지금 놀랄 뿐입니다. 마치 사기라도 당한 듯한 심정입니다. 대체로 일본에서는 45년 전에는 청일전쟁을 했고, 35년 전에는 러일전쟁, 만주사변은 5년 전의 일이었습니다. 그렇다면 오늘 이러한 일이 일어난다고 하는 것은 아는 사람은 알고 있었음에 틀림없습니다. 사실 알고 있었기에 군대에서는 여러 준비가 되어 있었겠지요. 같은 방침으로 여자도 교육받지 않으면 안 된다고 생각합니다. 그 준비가 여자도 되어 있었다면, 우라지오에서 몇 번 왕복해 오더라도 국민의 생활은 하나도 변한 것이 없습니다. (숨을 쉬고) 이렇게 되고 보니 열심히 제가 배워서 익힌 것은 정말 단지 그놈의 배짱이었습니다.

긴고 : (두려워하며) 그러나, 그…… 준비라고 하는 것은……?

게이코 : 필요한 도구와 그것을 다루는 기술입니다. 예를 들면 지금 여기에…… 고양이에게도 바구니의 뒤쪽에 면이 든 거즈를 붙여서 방독상자를 만들어주었지만 이것은 30분도 견디지 못하였습니다. 그런 때이기에, 일 리 정도는 달릴 수 있을지도 모릅니다. 매일 이 정원에서 달리기 연습을 하고 있습니다. 어떻게 보면 쓸 데 없는 일입니다. 만약 일 리를 달렸다고 하더라도 그 일 리 앞이 안전하다고 말할 수는 없습니다. 마스크를 썼다면 건강한 자가 선두가 되어서 노약자

를 가장 가까운 피난소로 피난시킬 것이라는 사실은 모두 알고 있는 일입니다만, 일 리 이내는커녕, 삼 리 오 리 앞에도 피난소가 있다는 소리를 듣지 못했습니다. 누구에게 물어도 모른다고 말합니다. 아무리 달리기로 다리를 단련해도 목적지가 없으면 도움이 되지 않습니다. 일전에도 영국대사부인의 대전 당시 활약의 추억이라는 기사를 읽었는데 적기를 보고 경보가 울리면 곧 모두 지하실로 숨는다고 했습니다. 런던에서는 어느 집에나 있는 술창고라고 합니다만, 우리들의 집에는 그런 곳이 없기에 아무런 참고도 되지 않습니다. 외국인이 지하실로 들어갈 때 우리들은 흰옷으로라도 갈아입고 불단 앞에 앉아 종이라도 울리며 태연하게 염주를 굴리면서 가스가 퍼지기를 기다릴 뿐입니다. ……우리들의 교양으로서는 이것이 이제 최대한의 봉공입니다. 라디오에서도 신문에서도 잡지에서도 누구도 그런 것을 추천하는 분은 없습니다. 그놈의 배짱 이상의 것이 필요합니다. 후방의 사람이 두 번째로 마음에 새겨야 할 것은 제일선의 사람들에게 후방의 염려 없이 눈앞의 전쟁에 몰두할 수 있도록 하는 것이라고 합니다. 고향이 처절한 죽음의 거리가 된다고 해도 출정한 사람들의 걱정을 없애지 못할 것입니다. ……그것은, 걱정은 없어질 지도 모르겠습니다만, 동시에 후방의 즐거움이 없어지게 되는 것이지요. 후방의 걱정은 전지를 흐리게 하겠지만 후방의 즐거움은 전지를 솟아오르게 하는 유일한 것입니다. 우리들은 죽는 것 대신에 살아서 출정한 자의 고향을 훌륭하게 지켜서 그 훌륭함으로 출정한 자들의 사기를 고무시키지 않으면 안 됩니다. 모두 그렇게 말합니다. 예외 없이 다들 그렇게 말합니다만, 그런 이야기를 구체적으로 해서 마스크는, 피난소는, 하고 물으면 아무도 도움이 될 답은 해주지 않습니다.

긴고 : 외국에서는 어느 집이고 지하실을 갖고 있다는 것은 사실입니까?

게이코 : 그렇게 쓰여 있었습니다. 또 그런 심한 공습 뒤에도 그렇게 국민이 죽음을 견딘 것을 보면 분명히 사실입니다. 한 번 공습이 있으면 의지할 곳은 지하실뿐입니다.

긴고 : (소리를 낮추어) 그럼, 그런 계산이네요. 댁에 지하실을 파고 있는 것은?

(이노우에 리에)

제5장

쇼와20년대에서

40년대까지의 **여성문학**

1. 시대 배경

원폭 패전 점령

1945(쇼와20)년 8월 15일, 쇼와 천황은 포츠담선언 수락의 조서를 라디오에서 녹음 방송했다. 일본 근대사에 획을 긋는 순간이었다. 일본은 1931(쇼와6)년의 만주사변부터 15년간 전쟁을 계속했고 여학교를 포함한 국가 총동원 체제로 싸워서 패색이 짙어졌음에도 불구하고 국민에게 승리의 보도를 계속 흘려보냈다. 1945년 8월 6일과 9일, 미국은 히로시마와 나가사키에 원자폭탄을 투하했다. 비전투원인 시민이 각각 20만과 10만, 합쳐서 30만 명이 죽고 일본인이 핵병기 파괴력의 실험대가 되어 겨우 전쟁을 종결시켰다(2002(헤이세이14)년의 아프가니스탄에 대한 미국의 공폭과 그것으로 의해 한순간 폐허로 된 그 나라의 부흥으로의 길은 일찍이 1945년에 일본이 지나온 길이다. 2002년에서 2004년에 걸쳐서는 더욱 이라크에 대한 미국의 폭격이 계속되었다).

포츠담선언을 수락하자 곧 연합국 총사령부(GHQ)로서의 미국이 일본을 점령하고 대일정책(1946~52년)을 맡았다. 통치의 기본 원칙은 전쟁 전의 일본 군국주의, 초국가주의를 해체하고 민주화하는 것이었다. 구체적으로는 군대, 재벌의 해체, 농지 개혁, 언론, 집회, 결사의 자유, 노동 운동의 장려, 그리고 여성 권리의 확립 등이었다.

여성시책의 양면성

여성시책에서는 빠르게 부인참정권이 실현되고(1945년 12월) 새로운 선거법에 의한 총선거(1946년 4월)에서는 여성 국회의원이 83명

입후보하고 39명 당선되었다. 이 배후에는 전쟁이 끝난 날로부터 10일 후에 이치카와 후사에, 야마다카 시게리山高しげり 등이 '전후대책부인위원회'를 설립하고 '신일본부인동맹'을 결성(11월), 마쓰오카 요코松岡洋子 등이 '부인민주클럽婦人民主クラブ'을 결성(1946년 3월)하는 등 여성들이 점령 체제를 해방의 도래로서 적극적으로 받아들이는 자세와 행동력이 존재했다. 또 문부성은 여자 교육 쇄신요강을 발표하여 대학, 전문학교의 남녀공학을 인정했다(12월). 또 여성에게 불리했던 간통죄도 폐지했다(1947년). 정부는 전후의 식량난에 직면함으로 인구 억제가 필요하게 되어 구민법의 낙태죄를 잔존시킨 채 우생보호법을 신설, 실질적인 산아조절로서의 인공임신중절을 용인했다(1948년). 거리에는 개방적인 '사과의 노래リンゴの歌'[182]가 흘러나왔고 신헌법(1947년)은 양성의 평등과 성별에 의한 정치적 차별 금지를 명기했다.

그림 5-1 부인참정권 행사

---

182) 전쟁의 폐허 속에서 사토 하치로가 패전 2개월 전에 작사한 곡으로 전해진다. 평이한 가사와 경쾌한 리듬으로 쇼지쿠가극단 출신의 나미키 미치코並木路子가 불렀다. 전후 일본가요 히트곡 제1호가 되었으며 1945년 10월 개봉된 영화 「미풍そよかぜ」의 주제가로 불려 널리 인기를 얻었다. 내용은 일종의 스타 탄생 이야기.

전후의 매춘정책

그러나 반면 변함없이 여성을 성의 도구로 생각하는 비인권적인 시책은 뿌리 깊이 남아 있었다. 내무성은 원하지도 않는데 미군의 진주에 맞춰서 솔선하여 점령군 대상의 위안 시설 설치를 지령(8월 18일)했고 민간의 접객업자들도 특수위안부협회를 설치하여 접객부 모집 광고를 했다(8월 26일). 많은 여성이 생활의 곤궁함 때문에 미군 등을 상대로 사창으로서 일했고 경시청은 그녀들을 단속하기 위해서 각지에 적선赤線[183] 지역을 지정했다(1946년). 여성의 분단화는 점점 넓어졌다(매춘 방지법 '성립 1956, 실시 1957'에 의해 적선은 폐지되었지만 매춘이 없어진 것은 아니다).

세계의 냉전화와 군사경기

GHQ 민주화정책도 미 · 소 관계의 냉전화에 의해 곧 반공색을 드러내며 식량 메이데이(1946년)를 폭도의 무리라고 평가하여 2 · 1 총파업을 금지했다. 중국혁명의 승리(1948년)부터 한국전쟁 발발(1950년)로 세계지도가 다시 쓰여지자 일본을 민주화하기보다도 자본주의 진영을 지키기 위해서 극동의 최전선으로서 일본을 자리매김하는 편이 미국에 있어서 중요하게 되어 일본에 경찰예비대를 창설, 재빨리 재군비로의 길을 열었다(1950년). 이윽고 요시다吉田내각과의 사이에서 샌프란시스코강화조약, 미일안전보장조약(1951년)을 조인하지만 이것은 점령을 해제하고 일본의 독립을 내외로 과시하면서도 사실은

[183) 경찰 등에서 지도에 빨간 선을 그어 표시한 것에서 유래. 매춘이 공인된 지역을 의미하며 매춘방지법으로 폐지되었다.

미국의 군사기지로서의 일본 국토를 사용할 수 있도록 용인하는 것이었다.

성의 해방

한국전쟁의 군수경기로 일본 경제는 활기를 얻었다. 이윽고 1961(쇼와36)년판의 「회사연감」(일본경제신문사 1960년)은 일본 기업이 다시 해외웅비를 의식하기 시작한 것을 상징하듯이 '세계를 달리는 황색 얼굴!'이라는 특대광고를 싣는다. 젊은이들은 벌써 그러한 자기확충 지향을 반영하며 이시하라 신타로의 『태양의 계절太陽の季節』(1955년)과 같이 속임수도 없는 솔직한 성행동으로 남성성을 과시하는 언설이 환영받았다. 시대에 합치된 그 소설은 나아가 대중적인 영화 미디어를 통해 '태양족'이라는 신풍속을 유행시켰다. 성은 인간해방의 문제로서 오에 겐자부로大江健三郎와 여성작가들(엔치 후미코, 이와하시 구니에岩橋邦枝 등)에 의해서도 집중적인 과제로서 계승된다.

안보투쟁

이러한 상황과 병행해 가면서 앞서 서술한 미일안전보장조약체제는 많은 국민에게 위기감을 안겨주고 있었다. 조약개정을 맞는 1960년이 다가오자 전국의 노동자, 학생, 시민을 끌어들인 미증유의 대규모 안보반대 데모가 국회의사당 주변으로 집중하여 심한 투쟁을 연일 전개했다. 국회에 난입한 데모대에 섞여 있었던 간바 미치코樺美智子가 기동대에 살해된 수일 후, 기시 노부스케岸信介 내각은 조약개정을 자연적으로 성립시켰다. 미일 관계는 군사면에서의 연계를 넘어서 한층 밀착하여 경제, 문화 모든 면에까지 미쳤다. 그리고 전후 경제의 부흥에서 도쿄올림픽(1964년)을 지나 1980년대의 버블경제까지 일본은 이코노믹 애니멀이라고 세계에서 야유를 받으면서도 급상승의 호황으로 계속 떠올라 갔다.

베트남 전쟁

1964년, 미국은 통킨만사변의 보복으로 칭하며 베트남전쟁에 개입했다. 1975년까지 약 10년간 군사력을 쏟아 부으며 국력을 저하시켰다. 전쟁이 길어지자 국내에는 히피족이 배출되었고 전쟁을 혐오하는 감정이 퍼졌다. 더불어 흑인의 공민권 요구 운동과 여성의 우먼즈 리베레이션(베티 프리단을 시작으로 하는 제2파 페미니즘 운동)이 전 국토에 고조되었다. 어느 쪽도 미국의 구체제에 대한 인간 개개인의 아이덴티티와 인권을 묻는 입장에서 '아니다'를 외치는 소리뿐이었다. 60년대에서 70년대에 걸쳐서 미국에 대해 나타난 다종다양한 항의 행동은 프랑스를 시작으로 하는 세계 각국에 파급되어 바르트, 푸코, 델리다 등 사상계의 포스트모더니즘과 호응하면서 나아가 환경문제, 노인문제로 넓어져 근대자본주의 물질문명의 막다른 상황을 가시화했다.

전공투全共鬪[184)와 우먼 리브

일본에서도 60년 안보부터 70년의 안보개정을 앞에 두고 60년의

---

184) 전학공투회의全学共鬪会議의 약어. 1968(쇼와43)년경의 대학 투쟁, 대학 분쟁의 시기에 일본 각지의 대학에서 만들어진 신좌익파 내지는 학생운동조직, 혹은 운동체로, 전공투에 의한 1960년대 말의 일련의 학생운동은 전공투운동이라고 총칭된다.

안보투쟁과는 다른 형태로 전공투세대에 의한 과격한 저항 운동이 조직되었다. 그들은 70년 안보를 묻는 것보다도 학문의 권위를 근본적으로 다시 묻는 대학해체투쟁에 열심이었다. 많은 대학에서 학생이 록 아웃으로 농성하고 기동대와 힘으로 싸웠다. 그러나 이 운동 속에서 다나카 미쓰田中美津 등은 일본의 우먼 리브를 시작한다. 민주주의의 추구를 신조로 하는 그때까지의 반체제 운동에 있어서 여성은 일관되게 남성 활동가를 보좌하는 아내역에 지나지 않았던 것을 깨닫게 된다. 반체제 운동이라고 말하면서도 그 집단 내에서는 당당한 젠더의 편향성이 지배하고 여성의 해방은 남성에 있어서 문제가 되지 않는 것을 발견한다. 여성에 있어서의 아이덴티티 획득, 성의 해방, 젠더의 탈구축은 여성 자신이 운동을 하고 손에 넣지 않으면 안 된다는 것이었다. 70년대 전반, 매스미디어의 중상적인 시선 속에서도 일본의 우먼 리브는 싸웠고 그 발전으로서 여성학(페미니스트 스터디즈)이 자라났다.

(에다네 미쓰코江種満子)

〈칼럼〉 1945년 8월 15일에 관해서

　사람은 병들었을 때 자신의 body=신체 내부가 어떻게 되어 있는가 자신의 눈으로 확인할 수 없다. 국가도 body로 생각하는 견해가 있다. 우리들은 자신의 나라가 병들었을 때 도대체 나라는 어떻게 되어 있는가, 맑은 눈으로 볼 수 없는 것일까. 나는 1945년 8월 15일 포츠담선언을 수락한 일본의 전후 민주주의라고 하는 금무후의 신교육을 받고 자라나서 그 은혜는 충분히 받아왔다. 전시 하의 공습의 공포를 알고 있기 때문에 하늘에 비행기가 날지 않는 날의 평안함조차도 전쟁시대의 체험자 밖에 모르는 즐거움이었다.

　그러나 문제는 그 8월 15일. 일본은 국가로서 전면 항복한 것인가 그렇지 않으면 그것은 군대로서인가, 그것은 패전이었던 것인가 종전이었던 것인가, 그것은 전후인가 그렇지 않으면 아직 전쟁이 끝나지 않은 점령 하인가, 그때마다 헌법개정, 교육기본법개정 등의 논의가 다시 문제 삼아져온 것은 주지의 사실이다. 우리들은 자신의 몸으로서의 일본에 일어난 일이기에 그것이 좀처럼 보이지 않았다.

　그러나 2001년 가을 이후 아프가니스탄 문제(미국의 폭격과 탈레반의 수도 철퇴, 괴멸의 아프가니스탄으로의 관련국의 재건지원)는 일본의 1945년 이후를 확인하기 위한 적당한 텍스트이다.

(에다네 미쓰코)

〈여성해방〉이란 말은 뭔가 재미없는, 멋없는 울림을 갖고 있다. 그다지 딱 맞아 떨어지지 않지만 그래도 말한다면 큰 엉덩이로 플랫카드를 가지고 줄지어 행진하는 주부들의, 아줌마들의 이미지일까. 이 이미지를 좇아가면 메이지 이후 여성 해방 여투사들의 중성적인, 약간은 히스테릭한 이미지와도 겹쳐진다. 하지만 나는 여자이고 여자로서 자연스럽고 솔직하게 〈살아가〉는 것을 원하고 소중하게 생각하고 있는 이상 여성 해방의 선구자들을 부끄러운 사람들이었습니다 라고 선뜻 단념한 듯 잘라버리고 떠날 수는 없다.

왜냐하면 여자들의 부끄러움은 여자가 여자로서 해방되기 위해서는 한 번 남자가 되지 않으면 안 되었던 필연적인 과정이기 때문이다. 그 즈음의 여자에게 더해졌던 다양한 억압(흉작이 되면 유녀로 팔려가게 되는 시대)을 생각할 때 그녀들은 여성 해방 운동으로서 우선 법적, 경제적인 권리 획득 운동을 행하지 않으면 안 되었던 것이다. 혁명 전의 러시아에서는 아버지와 형제가 재판을 하고 불편을 일으킨 (예를 들면 해안에서 수영복을 입었다든가!) 가족의 일원인 여자를 사형까지 할 수 있는 초반동적인 법률이 있었다고 하지만 그러한 상황에 있어서는 우선 그 법률의 철폐가 여성 해방의 주요한 과제였듯이 일본의 경우도 이혼의 이유, 보통선거권의 획득 등 기본적 인권이라고 하는 권리 획득에 주안이 놓여져 소, 말에서 보통의 인간=보통의 남자의 권리를 획득하는 긴급성 속에서 그녀들의 여자로서의 성은 희미해지고 잘라버려지게 되는 것으로 운동을 이끌고 왔던 것이다. 경제적, 법적 남녀 평등이 여자의 주체성 확립의 조건, 여성 해방의 본질에 다가서기 위한 전제조건인 것(전제조건에 지나지 않는 것)을 생각하면 이것은 어차피 한 번은 지나지 않으면 안 되는 길이었고 하지 않으면 안 되는 금족이었다고 이해할 수 있다. 그렇기 때문에 여투사의 뽐내는 뒷모습에서 그 그림자에서 나는 동지애적인 애틋함과 여자의 비애를 보는 것이다.

그럼 그러한 역사성을 가진 여성 해방 운동이 그러면 현재에 있어서 멋진 것이 되었냐고 하면 역시 다른 의미로서의 부끄러움이 있다고 나는 생각한다. 여자의 존재는 지배 체제의 일상성 그것이고 이것을 타파해 가는 것은 여자로서 스스로의 성을 끝까지 파고드는 속에서 남자의 권력에 다가서 가는 수밖에 없는 이상, 게다가 여자 자신에게 있어서 이것이 완전히 언어화되지 않았다고 하는 현재의 상황에 있어서 우리들의 운동은 자신의 〈살아감〉을 통해서 허둥대면서 또 허둥대면서 다가가는 부끄러움을 피해서는 운동도 논리도 구축할 수 없지 않을까. 서두가 너무 길었지만 그럼 여성 해방의 본질, 여자가 여자의 성을 통해서 다가서는 문제의 핵심이란 도대체 어떤 것일까?

자료1 「여성 해방으로의 개인적 시점－기미에의 문제 제기」
(『생명의 여자들에게－어지러운 우먼 리브편』 수록, 다하타 서점, 1972년)

2. 소설小說

전후 여성 문학의 기반

히로시마広島, 나가사키長崎에 원폭이 투하되어 가까스로 일본은 포츠담선언을 수용하게 되고 전쟁은 끝이 났다. 곧바로 GHQ가 진주하고 점령 하에서의 일본 민주화에 착수했다. 비합법이었던 공산당 등의 정치범 500명도 석방되었다. 맥아더는 헌법의 자유화 외 여성의 인권 확보 등 5대 개혁을 시데하라幣原 수상에게 요구하고 전후 민주주의의 기반을 보였다. 혁명에도 비등하는 일본의 변혁과 함께 전후의 문학도 출발했다.

기성 작가의 부활

처음 문예지에 등장한 것은 여성의 경우도 기성 작가들이었다. 대형 작가는 비상시 체제 하에 있어서 어떤 식으로든 언론 통제를 받으면서 전쟁의 종결을 기다렸다. 전전에 탄압당한 좌익계의 작가들은 언론 통제 해제에 가장 빨리 대응을 나타냈다. 하지만 전후의 재출발은 각 작가가 전시 하에 취했던 입장이 영향을 미쳤다. 쇼와 초기부터 반전적인 입장을 취했기 때문에 심한 탄압을 받은 작가들(미야모토 유리코, 히라바야시 다이코, 쓰보이 사카에壺井栄, 스미이 스에住井すゑ 등)과 전쟁에 익찬 협력을 명시하지 않았던 작가들(노가미 야에코野上弥生子, 시바키 요시코芝木好子 등) 혹은 다양한 태도로 군국정책에 가담한 작가들(오다 요코大田洋子, 사타 이네코, 하야시 후미코 등)은 재출발의 어려움이 각기 달랐다.

예를 들면, 공산당의 결성과 함께 『신일본문학』이 창간되었을 때 미야모토 유리코는 그 중심에 있으면서 『노랫소리여 일어나라歌声よおこれ』 이하 『도표道標』까지, 1951(쇼와26)년에 급사하기까지 오로지 글만을 계속 써갔다. 히라바야시 다이코는 신일본문학회의 중앙위원에 선출되었지만 전쟁에 협력한 작가의 반성을 요구한 주장은 받아들여지지 않고 모임과는 거리를 두는 입장을 취하며 반전소설 『맹중국병盲中国兵』을 시작으로 전전의 인민전선사건을 둘러싼 체험을 『이런 여자』 등에 표현하면서 자기긍정의 강한 히로인을 그렸다. 사타 이네코는 전지 위문을 비판받아서 신일본문학회 창립 발기인으로 선출되지 못했다. 전시 하의 자기와 마주하는 긴 고통 속에서 일련의 『나의 도쿄 지도』 수록작 등을 통해서 새로운 아이덴티티를 모색하지 않으면 안 되었다.

그러나 함께 전지 위문을 한 하야시 후미코는 신일본문학회와는 상관없이 문단에 복귀하여 전전의 처신에 대한 갈등을 애써 표면화하지 않았다. 『소용돌이치는 바닷물うず潮』 『만국』 『뜬구름』 등을 꿋꿋하게 써내며 전중에서 전후로의 격변한 세상 속에 놀림당하는 서민 계층의 여성들에게로 눈을 돌렸다. 『밥』 연재 중에 미야모토 유리코와 앞뒤로 역시 급사했다. 쓰보이 사카에는 도쿠나가 나오루德永直와 여동생의 불행한 결혼을 『아내의 자리妻の座』(1947~49년)라는 제목으로 『신일본문학』에 연재하고 나아가 일족의 여성사를 한 장의 옷을 통해 능란하게 써내려간 『양당裲襠』[185](1956년) 등으로 본격적인 작가 활동에 들어갔다. 쇼도시마의 여선생과 12명의 생도의 전중, 전

---

185) 일본 여자 옷의 띠를 두른 위에 걸쳐 입는 긴 옷. 옛날 무사 부인의 예복이었으나 지금은 결혼식 등에 입는 옷.

후의 교류에 전쟁의 비애를 담은 아동문학『스물네 개의 눈동자二十四の瞳』(1952년)는 전후 문화사에 남는 베스트셀러이다. 스미이 스에는 전전에는 농민 작가였지만 전후가 되어 아동문학으로 문학상을 두 번 수상하였으며 생애 최대의 테마는 피차별 부락 문제로 대표작이 되는『다리 없는 강橋のない川』(1961~73년)은 이미『맞바람向い風』(1958년)에 의해 시행기에 들어가 있었다.

히로시마현 주재의 야마시로 도모에山代巴는 옛날부터 공산당원으로 투옥 중에도 비전향으로 살아왔지만 전후의 농민 운동의 모습에 의문을 갖고『머위蕗のとう』(1948년)를 썼다. 후에 대표작『짐차의 노래荷車の歌』(1956년)에서는 히로시마 벽촌의 짐차를 끄는 부부의 실화를 중심으로 굴복하지 않는 서민의 생활을 이야기하여 폭넓은 지지를 얻었다.

이들 작가들과는 달리 노가미 야에코, 엔치 후미코, 시바키 요시코, 오하라 도미에大原富枝, 우노 지요, 나카자토 쓰네코中里恒子, 아미노 기쿠 등은 전중에서 전후로의 세상의 변모에 대해서 경박하게 반응하지 않으며 노가미, 엔치는 전후가 되어 제각각의 여성관을 성숙시켜 갔다.

원폭 문학, 귀환자의 문학

기성 작가 중 전쟁 협력 작가로는

그림 5-2
원폭의 버섯 구름

오타 요코가 있지만 오타는 히로시마에서 피난 중에 피폭하여 자신이 원폭의 체험자로서 히로시마를 이야기할 책무가 있다고 자부했다. 또 신일본문학회의 중심을 겨냥한 것이 아닌 탓인지 전중의 행동과 평화를 위해서 원폭을 이야기하는 것의 사이에 불화는 생기지 않았던 것 같다. 그러나 GHQ의 프레스 코드(검열)가 있는 중에 상경하여 『여름 꽃夏の花』(1947년)으로 히로시마를 증언한 남성작가 하라 다미키原民喜와 비교하면 『시체의 거리屍の街』(1948년)는 출판까지 난항하여 몇 년이 걸렸다. 히로시마에 주재한 구리하라 사다코栗原貞子의 시집 『검은 알黒い卵』(1946년)과 마사다 시노에正田篠枝의 가집 『참회ざんげ』(1947년)의 출판이 선행한다.

종전 직전에 만주에서 어린아이 3명을 데리고 귀환한 후지와라 데이藤原てい는 계속되는 위험과 고난에 처하면서 난민으로 1년 이상을 소비하고 일본으로 돌아왔다. 병상에서 다음 세대를 짊어질 아이들에게 남기는 전쟁 체험의 유언으로서 귀환자의 체험을 『흐르는 별은 살아 있다流れる星は生きている』(1949년)로 정리하여 베스트셀러가 되었다.

아버지의 딸들, 이혼에서 출발

이것도 전후 민주주의가 여성의 세계를 넓힌 효과에 틀림없는 것 중의 하나로 중년부터 소설을 쓰기 시작한 여성들이 다수 나온 점이다.

이혼하고 아버지 고다 로한과 살고 있던 43세의 고다 아야幸田文는 아버지 로한의 최만년을 지켜보면서 에세이를 쓰며 돌아가신 아버지

를 이야기하는 명수필가로서 주목을 받았다. 뒤에 게이샤집에 하녀로 들어가 살며 『흐른다流れる』(1956년)를 써서 독자적인 작가 영역을 개척, 신조문학상, 예술원상을 받았다. 나아가 이듬해에는 『남동생おとうと』을 발표했다. 생활자의 지성과 감성을 발휘하는 제재를 잘 썼다. 시대는 조금 아래로 내려가서 모리 오가이의 장녀 모리 마리森茉莉가 역시 두 번 이혼하고 아버지의 딸로서 50세를 넘기며 수필『아버지의 모자父の帽子』(1957년)로 데뷔했다. 『연인들의 숲恋人たちの森』(1961년) 『낙엽의 침상枯れ葉の寝床』(1962년) 『달콤한 비밀의 방甘い密の部屋』(1975년) 등 유미주의와 호모섹슈얼을 일체화시킨 특이한 사랑의 세계를 추구했다. 하기와라 사쿠타로의 딸 하기와라 요코萩原葉子도 이혼 후 36세로 「아버지 하기와라 사쿠타로의 추억父‧萩原朔太郎の思い出」(1956~59년)을 연재, 에세이스트 클럽상을 수상했다. 그리고 이어서 아버지의 집에 관련된 『쐐기풀의 집蕁草の家』(1974년)에서 여류문학상을 받았다. 이 외 야스다카 미사코保高みさ子가 아버지 야스다카 도쿠조保高徳蔵가 주재한 『문예수도文芸首都』의 협력자로서 일을 오랫동안 맡았고 전후가 되어 남편의 생활을 돌아보면서 소설『여자의 역사女の歷史』(1950년)를 발표했다. 유키 시게코由起しげ子는 화가 남편을 두고 프랑스에서 이름 높은 피아니스트의 지도를 받는 등 물심양면으로 풍족한 생활을 보냈지만 전쟁이 끝나던 해에 이혼했다. 생활을 위해서 번역을 시작하며 동인지에 소설을 싣고 두 번째의『책 이야기本の話』(1949년)로 전후 부활하여 제1회 아쿠타가와상을 수상했다.

여성 해방 교육의 열매

일찍이 나는 현대 여성작가에 1930(쇼와5o)년 전후 출생이 눈에 띄게 많은 것에 놀란 적이 있다. 이 여성들은 철이 들고 나서 여학교까지 전쟁으로 인해 공습을 받아 공부는커녕 학도 동원으로 끌려나와 노동을 하고 전쟁이 끝났을 때에는 학제 변경의 영향을 입었다. 뿐만 아니라 10대 후반에는 어제까지의 적국 미국이 오늘부터 일본 가치 기준의 책정자가 되는, 믿기 어려운 세상을 알지 않으면 안 되었다. 그러나 GHQ에 의한 여성 해방 정책은 전시 하의 억압을 여성들이 알고 있으면 있을수록 그녀들에게 한층 더 해방감을 가져다주었다. 여성들은 자신의 목적을 세우고 그것을 향해서 나아갈 때, 이제까지의 여성들보다 훨씬 장애가 없다는 것을 느꼈을 것이다. 또 당연하게도 개방적이고 다채롭고 풍부한 교양과 감성의 세대를 짊어지게 되기도 했다.

활약의 시작은 가지각색이지만 세대를 조금 폭을 넓혀서 보면 세토우치 하루미瀨戸内晴実(자쿠초寂聴)(1922~), 고노 다에코河野多恵子(1926년~), 모리사키 가즈에森崎和江(1927년~), 하라다 야스코原田康子(1928년~), 다나베 세이코田辺聖子(동일), 사에구사 가즈코三枝和子(1929~2003년), 다케니시 히로코竹西寛子(동일), 오바 미나코大庭みな子(1930년~), 고메다니 후미코米谷ふみ子(1930년~), 아리요시 사와코有吉佐和子(1931~84년), 소노 아야코曽野綾子(동일), 이와하시 구니에(1934년~) 등이다.

재원들

소노 아야코는 일찍부터 작가가 될 목적으로 습작을 시작, 성심여

자대학 2학년 때부터 제15차『신사조』의 동인이 되어 동인의 미우라 슈몬三浦朱門과 결혼, 4학년 때는『멀리서 온 손님들遠来の客たち』(1954년 미타문학)이 아쿠타가와상 후보가 되어『문예춘추』에 게재되었다. 미국 주둔 군인들을 '멀리서 온 손님'으로서 풍자한 것이 신세대의 센스로 어필되었다. 그해『바빌론의 처녀시장バビロンの処女市』『바다의 묘지海のお墓』등을 이어서 발표, 부인 잡지와 텔레비전에서도 활약했다.

다음해 1955(쇼와30)년은 이시하라 신타로石原慎太郎의『태양의 계절』이 센세이셔널로 신세대의 등장을 고하고 그 공기 속에서 아리요시 사와코는 무용가 아즈마 도쿠호吾妻徳穂의 비서를 하면서『신사조』에 참가했다. 같은 잡지에 발표한「맹목盲目」(1955년)을 다시 써서『문학계』에「땅의 노래地唄」(1956년)를 싣고 신인상 후보가 되었다. 또 같은 작품으로 아쿠타가와상 후보작이 되어 소노와 같이『문예춘추文芸春秋』에 게재되었다. 어릴 때부터의 해외 생활로 인해 국제 감각, 한자의 소양, 영어력, 사교성을 갖고 있었다. 넓은 사회문제에 이르기까지 다채한 테마를 펼친『기노가와紀ノ川』『스케자에몬 사대기助左衛門四代記』와 같은 일족의 연대기를 썼고『하나오카 세이슈의 아내華岡青州の妻』는 한 남자가 의학상의 발명을 위해서 가부장제 아래의 고부 싸움이 교묘하게 이용되는 구조를 그리고 있다.『비색非色』은 일본의 부락차별을 은밀히 생각하면서 미국의 인종 차별 문제를 다루었고『황홀한 사람恍惚の人』에서는 일찍이 노인 문제에 착안을 했고『복합오염複合汚染』은 공해 문제를 앞서 다뤘다. 소노, 아리요시 두 사람은 함께 도쿄대 그룹『신사조』에 참가하고 같은 해에 태어난 라이벌로서 화려하게 활약한 것이 주목을 모아 재녀才女 시대의 도래로 떠들썩하게 했다.

역시『태양의 계절』의 해, 그 여성판으로 불리면서 홋카이도에서
는 하라다 야스코가『만가挽歌』를 연재했다(『북방문예北方文芸』). 다음
해 단행본이 되자 여류문학상을 수상하며 베스트셀러가 되었다. 전
후가 되어 사양화된 집안의 스물 남짓의 딸이 사랑을 믿지 않고 변덕
스럽게 유부남과 친해져서 그 아내를 상처 입히고 죽음에 이르게 했
지만 그녀에게 죄의식은 전혀 없었다. 이와하시 구니에는 오차노미
즈 여자대학お茶の水女子大学 재학 중에『흙덩이이っちくれ』(1954년)로『문
예文芸』학생소설 콩쿨에서 일등을 하고『불참가不参加』(1955년)로『부
인공론』의 여류신인상을 수상했다. 분방한 성행동으로 살아가는 여
성을 그린『역광선逆光線』(1956년)은 영화화되었으며 여자 신타로라
는 이름을 얻었다. 이러한 청춘의 거만함을 큰소리치는 젊은 세대가
한국전쟁에 의한 군수 경기 시대에 출현했다. 그리고 이즈음부터 소
설을 영화화와 연계시켜 베스트셀러화 하는 미디어 전략이 현저하게
되었다.

같은 시기, 세토우치 하루미는 동인지『Z』에 실은『여자대학생 추
이아이린女子大生・曲愛玲』(1956년)으로『신조』동인잡지상을 수상했
다. 세토우치는 수상 첫 작품인『꽃심花芯』으로 자궁작가로 혹평되었
기에 한동안 불우하였으나 새로운 장르의 평전『다무라 도시코』
(1961년)로 다무라 도시코상을 수상하고 나서 몇 개의 여성 평전을 다
루었다. 이 외 사소설적인 수작『여름의 끝夏の終わり』(1963년)을 쓰고
1973(쇼와48)년 출가했다.

섹슈얼리티

앞서 서술한 것처럼 문단 전체에 새로운 세대가 참여했고 새로운 성감각에 의한 젊은이들의 성행동을 일제히 쓰기 시작했다. 이 경향은 60년대가 되자 이제는 되돌릴 수조차 없었다. 1960(쇼와35)년은 안보의 해였다. 일본 역사상 전대미문의 규모로 반정부 데모 행진이 국회를 둘러쌌다. 이 투쟁은 이데올로기사, 정치사, 사회사, 젠더사에 있어서 전후의 민주주의가 모순을 크게 드러낸 특별한 때로 여성작가들은 재빨리 그것을 알아차렸다.

구라하시 유미코倉橋由美子는『팔타이パルタイ』186)(1960년)로 특히 일본 공산당을 중심으로 한 좌익 풍토성을 낡은 것으로서 탄핵하고 그 세계에 서식하는 남자들 개개인의 섹슈얼리티(성행동)를 통제하고 있는 가부장제의 의식(젠더)을 간파했다. 이것은 실로 60년대의 막다른 인식과 전환의 모순이었다. 젊은 학생이었던 구라하시와는 대조적으로 고노 다에코는 36세로『유아사냥幼児狩り』에 의해 문단에 인지되었다.『팔타이』의 여학생과『유아사냥』의 30대 여성은 똑같이 여성의 섹슈얼리티를 중요한 모티브로서 짊어지고 있지만, 전자가 실존주의에 대한 근심이 없는 것에 비해서 후자의 놀라운 사드=마조적 굴절은 대조적이다. 여성의 섹슈얼리티가 젠더의 그물망에 걸려 굴절된 표현을 하는 현실을 고노는 충격적인 장면으로 묘사해서 남성평자에게 평가받았던 것이다. 고노는 그 뒤에도 그것을 고유의 수법으로서 반복한다. 그 과정에는 남성평자에 대한 여성작가의 위험한 전술이 계속 교환되어왔음에 틀림없다.

---

186) 당 혹은 당파를 의미. 일본에서는 공산당을 가리키는 말로 쓰인다.

고노 다에코가 원숙한 『뜻밖의 목소리不意の声』를 발표한 1968년, 38세의 오바 미나코가 프랑스 주재의 주부작가의 메시지로서 『세 마리의 게』로 등장했다. 이쪽은 입센의 가출한 아내 노라의 심각함이 거짓 같은 일반 주부에게는 생각할 수 없는 제멋대로의 가출이며 덧붙여 성행동까지 더해져도 이 주부의 가정은 무너질 두려움이 없다. 구라하시는 정치와 성의 상황에서의 개인 선택 행위(투기投企)에 순수성을 인정하고, 고노는 일탈한 섹슈얼리티를 통해서 여성의 새로운 깊이를 찾을 수 있다고 믿었다. 그러나 오바는 여성 행위의 선택도 일탈한 성도 구원은 되지 못한다고 호소했다.

60년대와 그 막바지 학생들의 반체제운동의 폭풍우 및 그 비판으로서 일본 우먼 리브가 탄생한다. 그 주변에 관해서는 '시대 배경'을 참조 바란다. 구라하시, 고노, 오바 등에 의한 섹슈얼리티의 추구는 다나카 미쓰 등의 70년대 우먼 리브로의 길을 열었고 드디어 사에구사 가즈코는 페미니스트의 시점으로 쓰기 시작한다.

또 60년대는 근대산업주의의 무시무시한 그림자로서 공해 문제, 환경파괴를 동반하고 있었다. 아리요시 사와코의 문제의식에 관해서는 앞에서도 언급했지만, 이시무레 미치코石牟礼道子의 1959(쇼와34)년부터의 미나마타병과의 관계를 반드시 소개하지 않으면 안 된다. 이듬해부터 환자의 집을 방문하여 듣고 적어 『고계정토ㅡ나의 미나마타병』(1969년)의 원형이 되는 것을 적었다. 기업과 정부에 대한 고발에 가담하며 나아가 중요한 것으로서 인간이 살아가는 자세의 근본에 자연과의 공생을 호소했다. 또 '늙음'의 테마에서 다나베 세이코는 아리요시와는 대조적으로 유머러스한 '노파 시리즈'를 개척했다.

마지막으로 아쿠타가와상 작가의 이름을, 이어서 나오키상直木賞

작가를 소개하겠다. 아쿠타가와상은 다나베 세이코(1963년), 쓰무라 세쓰코津村節子(1965년), 요시다 도모코吉田知子(1970년), 고 시즈코鄕静子(1972년), 야마모토 미치코山本道子(1972년), 햐야시 교코林京子(1970년)이고, 나오키상은 야마사키 도요코山崎豊子(1958년), 히라이와 유미에平岩弓枝(1959년), 스기모토 소노코杉本苑子(1962년), 안자이 아쓰코安西篤子(1964년), 사토 아이코佐藤愛子(1969년)이다.

그림 5-3
오타 요코

◈ 오타 요코大田洋子187)

두 가지의 주박呪縛 : 히로시마와 어머니

오타 요코에게는 두 가지 주박이 있었다. 하나는 히로시마라고 하는 장소이고 또 하나는 어머니 도미トミ라고 하는 여성 모델이다. 히로시마는 1945(쇼와20)년 8월 6일에 인류 최초의 원자폭탄이 투하된 도시이다. 이미 도쿄에서 작가로 활약하고 있던 요코는 히로시마 근교의 고향에 피난해 있던 중에 시내의 여동생 집에서 피폭을 경험한다. 20만 명의 시민에게 가해진 무차별 폭격의 참상은 요코를 새로운 작가로 변모시켰다. 피폭을 경험한 요코는 피난처에서 죽음의 공포를 느끼면서 장지문이라든가 종이 등에 연필로 『시체의 거리』(1948년)를 적었다. 히로시마 체험은 신체 면에 머물지 않고 요코를 죽을 때까지 정신적으로 고통스럽게 했다.

---

187) 오타 요코大田洋子 : 1903~63년, 히로시마廣島 출생, 본명 : 하쓰코初子.

어머니의 주박呪縛

히로시마가 외부에서 요코에게 떨어진 공적인 일이었다면 그것에 앞서 어머니 도미의 경솔하기까지 한 거듭되는 결혼은 요코의 섹슈얼리티를 생애에 걸쳐서 지배하는 개인적인 암부였다. 어머니는 20세 연상인 아버지와의 사이에서 첫째 아이를 낳고는 헤어지고 다음 아버지와의 사이에서 요코와 남동생을 낳고 7년 뒤에 이혼한다. 요코만 데리고 친정으로 돌아왔기에 요코는 그 오타가문의 양녀가 된다. 머잖아 어머니는 젊은 지주와 다시 재혼한다. 복잡한 가족 관계 속에서 요코를 데리고 살며 여학교를 졸업할 때까지 함께 동거한다.

결혼에 실패하다

요코는 집을 떠나 시대를 선구하는 미모의 직업 부인으로서 히로시마현청의 타이피스트가 되었다. 이미 어머니의 자기중심적인 섹슈얼리티의 패턴은 요코의 감정을 깊숙하게 도려내고 있었다. 처자가 있는 신문기자 후지타 히토시藤田一士와의 이중 결혼의 애증에 오래 괴로워하며 어머니가 전남편의 아이들을 버렸듯이 요코도 낳은 아이를 다른 집에 맡기고 돌보지 않았다. 이 섹슈얼리티와 젠더의 혼돈이 요코의 작가 지망의 직접적인 계기가 된다.

전전戰前의 오타 요코

27세, 『부인예술』의 하세가와 시구레에게 인정받아 문단으로의 실마리를 잡지만 『부인예술』의 폐간 이후 한동안 저조했다. 기사회

생을 기하며 자기 최대의 과제인 후지타와의 애증사에 메스를 넣어 『유리의 언덕流離の岸』(1939년)을 완성했다. 동시에 전시 체제에 돌입해 가는 문단을 쫓아서 중앙공론사의 지식 계급 총동원 현상 공모에 『해녀海女』(1939년)를, 도쿄 아사히신문東京朝日新聞의 현상 소설에 『벚꽃 나라桜の国』(1940년)를 응모하여 당선되었다.

원폭 문학 작가로서의 오타 요코

하지만 피폭에 의해 전후 오타는 전쟁 비판의 입장으로 돌아선다. 그 입장에서 『시체의 거리』(1948년) 『인간남루人間襤褸』(1951년 여류문학자상) 『반인간半人間』(1953년 평화문화상)을 쓴다.

『시체의 거리』

피난처에서 죽음의 공포를 느끼면서 쓰고 GHQ의 검열이 두려워서 자가 검열한 원고를 출판한다.

가을, 히로시마 근교의 농촌에서도 끊임없이 피폭자가 죽는다. 어느 8월 6일 아침 원인불명의 폭격으로 자고 있던 2층 지붕이 날아가고 '나'와 여동생은 부상당한다. 서둘러 여동생의 갓난아이와 어머니와 4명에서 가까운 강변으로 피난하고 '나'는 히로시마가 '시체의 마을'화 되어가는 광경을 연일 본다. 작가를 업으로 하는 '나'는 '이것을 본 작가의 책임'이라고 생각하여 히로시마의 사실을 구체적으로 말하여 전한다.

원자폭탄중의 하나로 무욕안모無慾顔貌라는 것이 있다. 이것은 폭탄중에 걸리고 나서 나타나는 것이 아니라 8월 6일부터 쭈욱 그 얼굴이었다고 나는 생각한다. 치매 증상의 무욕안모, 이른바 백치의 얼굴로 정신 상태까지도 치매 상태의 무욕안모가 되는 것이야말로 이번의 피해자에게 나타난 특징이었다. 보통의 소이탄과 폭탄과 함포 사격 등의 공습 개념으로는 측정할 수 없는 현실이었다. 공포의 의미라면 소이탄과 폭탄과 함포 사격의 파상공격 쪽이 얼마나 무서운지 모른다. 하루 종일 계속하여 밤도 낮도 연속적으로 당했다면 정신이 이상해질 것이다. 원자폭탄은 무섭지는 않았던 것이다.

무섭다고 생각할 여유는 없다. 후에도 무섭지는 않다. 지금부터 2, 3년이나 지나지 않으면 무섭지는 않겠지.

하지만 죽음의 그림자는 눈앞을 가로질러 돌아와서 지나간다. 살아 있는 자신 이외에 죽어버린 자신이 옆에 있는 것이다. 어떠한 말도 진실한 표현은 되지 않았다. 아침에 눈을 뜨고 살아 있으면 지옥에서 살아 돌아온 명랑함, 죽음에서 다시 돌아오게 된 즐거움으로 하루를 보내는 것 이외에는 없었다. 나는 원자폭탄을 원망하는 것조차 잊고 있었다. (생략)

사람과 싸우는데, 어디를 건드려서는 안 된다고 말할 수도 없고 도구는 어떤 것을 가지고 오더라도 부정할 수 없다. 원자폭탄을 갖고 오지 않았더라도 졌을 것이다. 검은 막을 빨리 내리고 싶다는 것뿐이겠지. 하지만 원자폭탄은 인류의 투쟁에 사용되는 악의 꽃이다.

그림 5-4
엔치 후미코

◈ 엔치 후미코円地文子[188]

국어학자 우에다 가즈토시上田万年의 차녀

근대 국어학의 창시자 우에다 가즈토시를 아버지로 아사쿠사浅草에서 태어나 경제적으로도 문화적으로도 풍요로운 가정환경에서 자라났다. 교양 있는 할머니가 있어서 가부

---

188) 엔치 후미코円地文子 : 1905~86년, 도쿄東京 출생, 본명 : 후미富美.

키와 소시草紙[189]의 전통세계를 접했다. 스무 살 때부터 희곡을 쓰기 시작하여 「가부키」의 일막물 희극 현상 모집에 응모, 당선되었다. 하세가와 시구레의 『여인예술』지 상에 희곡을 발표하고 평가받았다. 히라바야시 다이코와 하야시 후미코 등 이질적인 여성과도 교류했다. 또 시대를 석권한 사회주의 사상도 공부하여 새로운 시선을 얻었다.

희곡에서 소설로

25세 때, 도쿄 니치니치신문東京日々新聞 기자 엔치 요시마쓰円地与四松와 결혼, 장녀를 출산한다. 가타오카 뎃페이의 인도로 소설로 전환하여 단편을 쓴다. 전시 하에서 전후에 걸쳐 결핵성의 유선염을 앓고 (1938년) 거기다 자궁암의 수술도 받는(1946년) 등 여성인 자신의 병에 괴로워하면서 작가로서의 자복기雌伏期를 견뎠다. 이때의 수필집 제목을 『여자고개女坂』(1939년)로 한 것은 전후의 출세작 『여자고개』(1949~57년)의 주제가 일찍부터 자라고 있었음을 말한다.

근대 가부장제와 대치하다

메이지기를 산 외할머니의 처첩동거는 우선 딸(후미코의 어머니)에게 이야기되고 나아가 어머니에게서 후미코에게 전해진다. 할머니의 굴욕은 후미코 자신이 할머니처럼 결혼하여 아이를 낳아 기르며 게다가 작가로서의 자신의 생활 영역을 가지려고 했을 때 처음으로 이

---

189) 많은 삽화를 실은 에도 시대의 대중소설, 가나로 쓴 이야기책.

해된다. 이때 엔치는 우울한 자복의 시대였다. 소설『여자고개』는 근 9년에 걸쳐서 단속적으로 발표되었다. 후미코가 소설가로서의 실력도 지위도 확립되지 못한 시기였기 때문에 발표의 페이스도 불안정했고 게재지도 부정확했다. 발표가 거듭되면서 작품의 내용이 정돈되고 역량이 인정받게 됨으로써 자전적 요소가 강한『주홍을 빼앗는 것朱を奪うもの』(1955~56년)을 동시 진행으로 집필하는 등 안정된 활약기에 들어갔다.『여자고개』가 완성된 1957(쇼와32)년, 노마문예상野間文芸賞을 수상했다. 후미코의 나이 52살 때의 일이었다. 이때부터 최만년에 이르기까지『요妖』(1957년)『여면女面』(1958년)『나마미코 모노가타리なまみこ物語』(1965년 여류문학상수상)『유혼遊魂』(1972년 일본문학대상수상)『엔치 후미코 역 겐지 모노가타리円地文子訳 源氏物語』(1972년)『식탁이 없는 집食卓のない家』(1979년) 등 왕성한 활동을 계속했다. 1985(쇼와60)년 문화훈장을 수상했다.

『여자고개女坂』

이야기는 자유민권운동이 세력을 갖고 있던 메이지 10년 중반부터 메이지 헌법 발포 후에 정치 구조가 변모하는 시대를 배경으로 하고 있다. 후쿠시마현福島県의 대서기관 시라카와 유키도모白川行友는 민완 행정관으로 여자를 매우 좋아했다. 젊은 아가씨를 첩으로 집에 들이기 위해서 아내 도모倫에게 대금을 줘서 도쿄까지 찾으러 가게 했다. 아름다운 첩을 데리고 돌아온 도모는 남편이 자신을 여자로서 사랑하지 않는 것에 괴로워하면서도 권력을 마음대로 할 수 있는 고위고관의 남편을 떠받치는 아내의 입장에 보람을 찾고 있었다. 어느 밤 오랜만에 남편이 격렬하게 원하는 것에 즐거워하지만 실은 남편은 민권운동을 한 사람을 사살하여 거칠어진 감정을 위로할 상대를 찾고 있었던 것에 지나지 않았다. 첩만큼도 소중하지 않다는 것을 알고 도모의 마음은 식어 남편에게서 멀어져 간다. 도모에게 죽음이 찾아왔을 때 숨겨져 있었던 남편에 대한 반역심을 그녀는 한꺼번에 풀어놓는다. 남편에게 장례식을 금하고 부부의 연을 스스로 끊었던 것이다.

임종도 가깝게 다가온 2월 말의 밤이었다. 그 밤은 미치마사道雅의 아내 후지에藤江와 유키도모의 조카 도요코豊子가 밤간병으로 와서 간호부도 쉬고 두 사람만 병실에 있었다. 화로의 불이 붙었는지 생각할 틈도 없이 재로 되어버리는 뼛속까지 스며드는 추운 밤이었다.

"도요코 씨."

지금까지 꾸벅꾸벅 자던 것 같은 도모가 크게 눈을 뜨고 책상 위의 얼굴을 이쪽으로 돌려 부른다. (중략) 도모는 머리는 올리지 않았지만 반신을 들어올릴 정도의 힘을 가진 목소리로 한꺼번에 말했다. "도요코 씨, 삼촌(유키도모) 집에 가서 이렇게 말을 하세요. 내가 죽어도 결코 장례식은 하지 말라고. 사체를 시나가와品川 앞바다로 갖고 가서 바다에 첨벙 버려주면 그걸로 충분하다고 말이에요……."

도모의 눈은 앙분에 빛나 살아 있었다. 그것은 평상시의 무겁게 늘어진 눈꺼풀 밑에 회색으로 조용한 눈빛과는 어울리지도 않는 강함이 확실한 감정을 가득 채운다.

"어머, 숙모님 그건 가당치도 않아요."

"어찌하여 그런 말씀을 하시는 거예요?"

도요코와 후지에는 필사적인 목소리로 말했지만 꿈속에 있는 듯한 도모의 귀에는 들어오지 않았다.

"그럼, 지금 바로 가주세요. 그렇지 않으면 시간에 맞출 수 없으니까……. 정말로 그렇게 말하세요. 바다로 나의 몸을 첨벙 버려 주십사하고……. 첨벙……."

'첨벙'이란 말을 도모는 박자를 붙여서 기분 좋게 말했다.

그림 5-5
고노 다에코

◆ 고노 다에코河野多惠子[190]

쇼와昭和가 점지해주신 아이

미시마 유키오三島由紀夫[191]와 같은 나이의 고노 다에코는 여성의 섹슈얼리티(성의 심층 심리, 성환상, 성행동)를 급진적으로 추구한 여성작가이다. 그 세대 고유의 성 문제화가 행해지고 있었다. 그 세대가 자란 것은 전쟁의 시대이지만 국가는 국민에게 자학적인 생활 방식을 강요했다. 고노에게 있어서는 그 전쟁사도 가학과 자학이 교차하는 섹슈얼리티에 더해지는 문제였다. 예를 들면 1991(헤이세이3)년, 69살의 고노는 뛰어난 장편『미이라 채집 엽기담みいら採り猟奇譚』으로 전시 하로 거슬러 올라간다. 거기에 마조히스트 남편과 그것을 지탱하는 아내를 등장시켜서 군항이 보이는 높은 곳에 살게 하는 것으로 전쟁과 개인의 섹슈얼리티의 메커니즘을 상관시켜서 고찰하는 실험을 감행했다.

병과 문학

고노는 오사카 도톤보리道頓堀의 유복한 산산물(표고버섯, 목이버섯

---

190) 고노 다에코河野多惠子 : 1926년~, 오사카大阪 출생.

191) 미시마 유키오三島由紀夫(1925~70) : 일본 근대문학을 대표하는 소설가로『가면의 고백』『금각사』등 유명한 작품을 다수 남기고 45세의 나이로 자살한 소설가.

등) 도매상의 딸로 태어나 1살이 되는 때 급성 폐렴에 걸린 후 자가중독과 급성 폐렴이 재발하는 등 병 체질이 된다. 전시 하 다니자키 준이치로谷崎潤一郎와 이즈미 교카泉鏡花, 브론테 자매의 문학을 접했다. 전후의 해방감에 떠밀려 작가를 지망하여『문학자文学者』동인이 되어 상경, 습작기를 보낸다. 하지만 어릴 때의 병이 재발하여 10년 가까이 폐병으로 요양한다. 병약한 몸으로 여자가 소설을 쓰려고 하면 아이를 낳는 것이 선택지에서 빠진다. 이 단념의 무게는 소설 텍스트에 스스로 풀어내고 있다.

'낳지 않는 여자'들

문단 데뷔작은 1961(쇼와36)년 35살에 쓴『유아 사냥』이다. 사디스틱함과 동시에 마조스틱한 여성의 섹슈얼리티의 심층을 그려 신조사 동인 잡지상을 수상한다. 이해 화가 이치가와 야스시市川泰와 결혼한다. 이후 여자의 섹슈얼리티의 심층을 다양한 시추에이션으로 추구한다. 아쿠타가와상을 수상한『게蟹』(1963년)『최후의 시간最後の時』(1966년), 요미우리문학상 수상의『뜻밖의 목소리』(1968년)『뼈의 살骨の肉』(1969년)『회전문回転扉』(1970년)『요술기妖術記』(1978년) 다니자키 준이치로상 수상의『일년의 목가一年の牧歌』(1980년), 노마문예상 수상의『미이라 채집 엽기담』(1990년)『반소유자半所有者』(2001년) 등, 이 외 평론으로서 다시 요미우리문학상読売文学賞을 받은『다니자키문학의 긍정 욕망谷崎文学の肯定の欲望』(1976년)이 있는데 이는 고노 문학의 중심을 명쾌하게 전달해준다.

『유아 사냥』

서른 살을 넘긴 하야시 아키코林晶子는 전직 가극단의 코러스 걸이
었지만 장래의 불안정함과 폐결핵을 이유로 노래를 그만두고 이탈리
아어 능력을 살려서 생계를 꾸려가고 있다. 친하게 지내는 남자친구
들은 있지만 결혼도 출산도 생각하지 않는다. 병력에 의해 '낳아서는
안 된다.'는 것을 납득하면 오히려 '즐거운 기분'이라고 말한다. 물론
섹슈얼리티의 즐거움이다. 남자친구들과의 관계에서는 마조히스트
의 입장을 좋아하지만 남자아이에 대해서는 사디스틱으로 해서 마조
히스틱한 공상과 접촉을 좋아하는 버릇이 있다. 성인 남자 앞에 알몸
이 된 남자아이가 공포스럽게 괴로워하는 공상에 흥분하고 반면 수
박을 먹는 것에 열심인 남자아이에게서 여름 태양의 건강함을 마음
대로 생각하며 그 건강함에 동일화되고 싶은 나머지 기분 나쁘게 망
가진 과육을 유아의 몸인 양 게걸스럽게 먹는다.

이번에는 아이는 양손으로 그것을 입으로 가져 갔다. 입에 물때마다 그 작은,
부드러울 것 같은 윗입술의 가장자리까지 주욱 과즙이 번진다. 그 한 입을 맛있게
맛보는 순간 아이는 손에 있는 수박을 휙 멀리 던진다. 그러자 아이의 입 양가에
서 빨간 불길이 밖으로 향해서 옆으로 쏠리는 것이 바로 보였다.
"애, 꼬마야."
아키코는 생각 없이 말했다.
"아줌마에게도 조금 주지 않을래?"
아이는 묵묵히 수박을 내밀었다. 아키코는 그 아이의 손 채로 당겨서 입을 대
었다. 질척질척하고 온기가 있는 그것은 고깃덩어리와 같았다. 그래도 그녀는 베
어 먹었다.
"맛있어요?"

아이가 물었다.

아키코는 아이의 땀과 먼지와 침이 묻은 수박 한 입을 혀를 짜듯이 해서 맛보고 나서 천천히 그것을 마시듯이 넘기고 묵묵히 그러나 깊게 고개를 끄덕였다.

아키코에게 있어서는 작은 남자 아이가 있는 곳은 언제나 한없이 건강한 세계가 있는 것이었다. 자신을 청결히 하고 환원해주는 듯한 기분이 든다. 하지만 그 세계는 너무나도 깊고 넓기 때문에 자신이 갖고 있는 일체의 기묘한 것도 받아들여져 그것과 어울리도록 격려해주는 것이기도 하다.

그림 5-6
구라하시 유미코

◆ **구라하시 유미코**倉橋由美子[192]

안보의 세대

오에 겐자부로, 시바다 쇼柴田翔 등과 같은 나이의 구라하시 유미코의 세대는 전후 민주주의를 문학의 영역에서 담당한 제1차, 제2차 전후파의 기수들에 대해서 새로운 입장을 형성한다. 오에와 같이 늦은 세대라고 자기 규정을 한다든지, 구라하시와 같이 근본적으로 위화감을 품는다든지, 선행의 정치와 문학, 예술과 실행이라고 하는 빅 테마에 대해서 자기를 명시하지 않으면 안 되었다. 특히 1960(쇼와35)년의 미일 안전보장조약개정을 둘러싼 국민적 규모의 반대 투쟁은 그들 청춘의 시험대였다.

---

192) 구라하시 유미코倉橋由美子 : 1935년~, 고치高知 출생.

실존주의

고치현高知県의 산촌에서 태어난 구라하시는 치과의사인 아버지의 가업을 이을 것으로 기대되었지만 우여곡절을 거쳐서 치과위생사 아르바이트를 하면서 메이지대학 프랑스문학과에 다시 들어가 카프카, 카뮈, 사르트르, 랭보, 발레리 등 당시 인기 작가들에 친숙해졌다. 특히 사르트르는『존재와 무存在と無』를 졸업논문으로 고를 정도로 빠져 있었다. 안보의 해에『팔타이』로 메이지대학明治大学학장상을 수상했다. 일본의 좌익운동에 터를 만든 보수적인 체질을 실존주의의 '자유' '투기'의 사고를 가진 여성이 자유스런 섹슈얼리티로 산다는 것으로 약간 조소적이며 딱딱한 말투로 드러낸다. 그 여대생은 연애에서 결혼까지라고 하는 근대의 당연한 젠더의 틀에 묶이지 않는다. 그녀의 풍모는 70년대가 되고 나서 겨우 일본의 우먼 리브가 젠더와 섹슈얼리티를 페미니즘의 과제로 한 것에 10년을 앞서 갔다.

문단의 고루를 지키다

『팔타이』에 의해 구라하시는 일약 문단으로 나오고 소설집『팔타이』(1960년)로 이듬해 여류문학자상을 수상했다. 하지만 작가가업은 순조롭지 않았다. 1962(쇼와37)년에 수상한 다무라 도시코상은 구체적인 작품을 대상으로 하지 않았다. 한동안은 결혼, 풀브라이트 장학금에 의한 미국 유학(창작코스), 출산으로 문단에 거리를 두지만 이윽고 새로 쓴 장편『스미야키스트Q의 모험スミヤキストQの冒険』(1969년) 등으로 전위적인 작품을 특징으로 하며 나아가『어른을 위한 잔혹동화大人のための残酷童話』(1984년)『꿈의 통로夢の通い路』(1989년)로 신경지

를 연다. 동시에 다수의 번역과 신랄한 어조의 에세이가 있다.

『팔타이』

나는 '사랑하는' 당신으로부터 노동자의 팔타이에 들어가도록 권유받고 결심한다. 당신은 입당의 심사를 위해서 준비하는 '경력서'의 중요성을 설명하고 쓰는 방법의 매뉴얼을 전수했다. 나의 입당 의지가 나의 과거에서의 '필연성'으로서 어필되도록 과거를 정리·재편할 것. 그러나 나는 '필연성'에 의해 입당하는 것이 아니고 '혁명을 선택하고 싶기 때문'에 결심한 것이다. '필연'보다도 '자유'스런 선택의 의지가 중요한 것이다. 진부한 필연성의 내용을 요구하는 혁명당은 군인칙론을 외치는 군국주의와 닮아 있다. 나는 입당 허가를 받은 그날에 팔타이에서 나올 절차를 결심했다.

어느 날 당신은 이제 결심했냐고 물었다. 나는 당신이 그때까지도 몇 번이나 이 이야기를 꺼내려고 한 것을 알고 있었다. 게다가 언제나 당신은 솔직했다. 거기서 나도 간결한 태도를 보여야 한다고 생각했고, 그건 벌써 했다고 말했다. 팔타이에 들어간다고 하는 것은 애정이라고 하는 문제는 물론이거니와 너의 개인적인 생활을 모두 팔타이의 원칙에 종속시키는 것이라고 당신은 설명하기 시작했다. 당신의 안경이 너무 빛났기에 그 반대편에 있는 육안의 표정이 나에게는 잘 보이지 않았다. (생략)

팔타이에 들어갈 것을 정식으로 허가받기 위해서 거쳐야 할 몇 개의 절차에 관해 당신은 순서를 세워서 이야기했다. 나는 사실 거의 듣고 있지 않았다. 이러한 사무적인 것에 대해서 당신이 보이는 열의가 나에게는 해학으로 보였다. 《경력서》의 작성이 절차의 난관이라고 당신은 말했다. 그리고 자신의 경우 《경력서》는 이랬다고 말하며 당신은 두꺼운 서류뭉치를 내 앞에 놓았다. 그것은 뭔가가 높이 퇴적해 있는 듯한 느낌으로 내 앞에 있었고 손때와 종이의 파손 정도가 팔타이의 내부를 통과하여 엄밀한 심사를 받았다고 하는 권위 있는 확실함을 보증하고 있는 듯이 보였다. 거기에 많은 타인들이—그것이 《조직》이라고 하는 이름으로 불리든 나에게는 같은 것이지만—여기 저기 쓰다듬었던 당신의 생활이 있는 것이라고 생각하면 나는 숨이 막힐 정도로 부끄러워진다. 아마도 《믿는다》라고 하는 붉은 멍과 같은 것이 당신의 얼굴, 그리고 눈까지도 덮고 있지 않았다면 당신도 그 《경력서》가 해학적인 것이라고 알아챘을 것이다.

그림 5-7
오바 미나코

◈ 오바 미나코大庭みな子[193]

전쟁 아래에 자라다

아버지가 해군 군의여서 패전하기까지 아버지의 전근으로 니가타新潟, 도요하시豊橋, 사이조西条 등으로 옮겨 다니며 산다. 소학교부터 작가를 지망한다. 피폭당한 히로시마의 구원 활동에 여학교에서 동원되어 15살의 나이에 인류의 종말을 봐버린다. 또 전시, 전후를 통해 억압적인 교육에 반항, 교사와의 불화를 종종 경험했다.

일본 탈출

쓰다주쿠대학津田塾大学 시절, 연극과 창작에 몰두한다. 노마 히로시野間宏의 서클에도 가담하는데 정열과 피로의 청춘이었다고 상상된다. 후에 결혼하게 되는 오바 도시오大庭利雄와는 이때 만난다. 소설을

---

193) 오바 미나코大庭みな子 : 1930년~, 도쿄東京 출생.

쓰는 것을 조건으로 도시오와 결혼, 딸을 출산한다. 1959(쇼와34)년 작가로서 '나를 상대해주지 않는 고향에서 뛰쳐나와라.'라고 하여 남편의 펄프회사가 알래스카에서 조업을 개시하는 것에 맞춰 시트카로 이주한다. 알래스카는 선주민이 백인에게 압박을 당한 역사와 문화를 갖고 있지만 세계의 디아스포라들이 자유를 찾아서 모인 토지이기도 하다. 11년의 주재 기간 소학교에서 일본어를 가르치거나 위스콘신주립대학과 워싱턴주립대학의 대학원에 단신 재적하며 그림과 소설에 힘을 쏟았다. 1968(쇼와43)년 알래스카에서 응모한『세 마리의 게三匹の蟹』로 군조群像신인상과 아쿠타가와상을 수상한다. 미국에 사는 일본인 가정주부의 아이덴티티로의 욕구가 알게 모르게 남자와의 성행동으로 일탈되어가지만 거기에는 달성감도 없다. 그녀는 가정으로 돌아올 수밖에 없다. 이 여주인공은 직후 우먼 리브의 원동력, 아내들의 사추기의 선구가 되었다. 문단은 대형 주부작가의 등장이라며 환영했다.

『좀조개ふなくい虫』에서 『우라시마소浦島草』로

알래스카는 선주민 문제와 자본주의 경제의 환경파괴 문제 등 포스트모던의 보고이다. 거기서 오바는 일본의 근대를 깊이 바라봤다. 습작 시대부터 현안이었던『좀조개』(1969년)는 일본의 설국과 국외를 무대로 하지만 '낳을' 가능성 = 인류의 가능성을 물으면서 결국에는 희망을 말할 수는 없었다. 하지만 오바의 궁극적인 테마는『좀조개』에서 『우라시마소』(1977년)로 성숙해 간다. 니가타의 소작쟁의사를 다루면서 무엇보다도 소녀 시절에 본 히로시마를 여자로서 물으

417

며 차세대에게 전하는 의지로 히로시마를 다 말할 때까지 30년을 필요로 했다. 그 외에『형체도 없이寂兮寥兮』(1982년 다니자키문학상)『우는 새의啼く鳥の』(1984년 노마문예상)『바다에 흔들리는 실海にゆらぐ糸』(1994년 가와바타문학상)『쓰다 우메코』(1990년 요미우리문학상) 등이 있다.

『세 마리의 게』

유리는 오늘밤의 브릿지 파티를 위한 케이크를 구우면서 우울해 견딜 수가 없다. 집에서 도망치고 싶다. 파티에서는 제일 관심이 있는 베트남전쟁과 케네디 사건 등 심각한 것은 입에 올리면 안 된다. 한가한 자들의 모임이기 때문이다. 유리는 남편 이외에 아직 마음에 두고 있는 연인이 있다. 오늘 밤 오는 손님 중 한 사람은 예전 남자친구였지만, 지금은 식었다. 모인 손님들은 원래 좁은 세계에서 얽혀 있지만 오늘도 모이면 게임과 같이 사랑의 줄다리기에 여념이 없을 것이다. 하지만 도망친 유리가 다른 의미 있는 시간을 보낼 수 있는 것도 아니다. 알래스카 인디언의 박물관원이 유도하는 대로 호텔로 간다. 다음날 아침 일찍 바닷가, 유리는 혼자서 첫 버스를 기다리면서 진한 안개 구석에서 바다의 빛을 찾는다.

바다는 우윳빛의 안개 속에서 아직 조용한 숨소리를 내고 있었다. 난과 같이 길이가 긴 물풀 속에서는 그래도 아직 물새가 눈을 뜨고 있었고 날갯짓하거나 키이키이하며 유리를 문지르는 듯한 울음소리를 내고 있었다. 잿빛의 지저분한 눈 같은 갈매기는 오렌지 빛의 유리구슬 같은 눈을 이쪽을 향해 고정시킨 채 옆다리로 모래를 긁으면서 휙, 하고 옆을 향했다.

걸고 있으니 안개가 흘러가는 듯했다. 유리는 찢어진 스타킹 사이로 저벅저벅 모래를 흰 발바닥 옆으로 모으듯이 하면서 걸었다. 바다는 검은 기운을 띤 연한 보라색이었다. (생략)

유리는 안개가 흘러가는 진한 우윳빛의 항아리 구석에서 희미하게 빛나고 있는 바다에 눈을 멈춘 자세로 발바닥의 모래를 흰 새끼발가락 끝 옆으로 모았다. 한참 동안 내려다보고 있는데 게가 두 마리의 다른 게를 데리고 유리의 발톱 끝에서 조금 떨어진, 2, 30 센티 정도 떨어진 장소에 모이고 있었다. 게의 등딱지는 등딱지이지 얼굴이 아니지만 어쩐지 유리는 언제나 그 타원형의 게 등딱지가 얼굴로 생각되어 견딜 수 없는 것이다.

(에다네 미쓰코)

3. 단가短歌

제2예술론

전후의 단가는 격한 단가 부정론에 처하지 않으면 안 되었다. 1946년부터 48년에 걸쳐서 '제2예술론'으로 총칭되는 일련의 단가 부정론이 평론가와 학자, 시인에 의해 쓰여 가인에게 충격을 주었다. 우스이 요시미臼井吉見『단가로의 결별短歌への訣別』, 구와바라 다케오桑原武夫『단가의 운명短歌の運命』, 오노 도자부로『노예의 운율奴隷の韻律』 등이다.

31음의 짧은 단가 형식으로는 오늘날의 복잡한 현실 사회를 노래할 수 없고 굳이 노래하려고 하면 시적인 미가 훼손된다고 쓴 구와바라. 단가의 형식은 가인의 인식을 어떤 형식에 끼워 맞춰버려서 태평양전쟁의 선전포고 때도 패전 때도 같은 모양의 우타가 된다며 단가에 의거해 있는 한 '합리적인 것 비판적인 것의 싹틈'은 저지되어버린다고 말하는 우스이. 단가의 운율(말의 울림과 리듬)은 '축축한 영탄조'로 그것은 '노예의 운율'이기에 '민족 지성의 변혁'에 의해 불식되어야 한다고 말하는 오노. 이러한 비판은 결국 단가의 전쟁 책임을 묻는 것이었다. 전쟁 중 가인들은 익찬 체제로 들어가서 전쟁 협력적인 우타를 양산했다. 문학자로서의 주체성 없이 국책에 휩쓸려간 가인과 그 영탄의 그릇이었던 단가시 형태의 전근대성이 비판받았던 것이다.

단가 부정론을 엄중하게 받아들이며 그 비판에 응하려고 했던 사람이 곤도 요시미近藤芳美, 미야 슈지宮柊二 등 '전후파'라고 불리는 가인들이었다. 전쟁 체험이 있고 패전 때에 30대였던 그들은 소속 결사를 넘은 그룹 '신가인집단新歌人集団'을 결성해서 활동했다. 여성가인으로는 야마다 아키가 혼자 참가했다.

世をあげし思想の中にまもり来て今こそ戦争を憎む心よ
세상 전체를 흔든 사상 속에 보호받아왔지만 지금이야말로 전쟁을 증오하는 마음이여

곤도 요시미近藤芳美

徐々に徐々にこころになりしおもひ一つ自然在なる平和はあらず
서서히 서서히 마음이 된 생각 하나 자연스레 이루어지는 평화는 없어

미야 슈지宮柊二

야마다 아키山田あき는 1929년 '프롤레타리아 가인 동맹'에 참가했다. 가인 쓰보노 뎃큐坪野哲久와 결혼하고 사상 탄압 아래에서 프롤레타리아 단가 운동에 참가하여 활동했다. 치안유지법에 의해 두 번 검거되었지만 신념을 굽히지 않았다. 1946년 '인민단가人民短歌' 창간에 참가했다.

歌よみの惨敗の記憶なまなましい傍観は常にわれをゆさず
우타 읽기 참패의 기억 생생하고 방관은 언제나 나를 용서하지 않네

야마다 아키山田あき

제1가집 『감색』(1951년)에 있는 우타로 한국전쟁 발발 때의 우타이다. 태평양전쟁 하에 가인들이 전쟁 익찬의 우타를 만든 것이 다시

생각난다. 야마다는 사회적 시야를 갖고 노래했고 뒤에 우치나다内灘의 미군 사격연습장 반대 투쟁과 스나가와砂川의 기지 반대 투쟁에도 참가했다. '우리 아이들 백만의 제사에 싸리 한 줄기 어둔 아시아 꽃의 환상'과 같이 개인의 영역에서 떨어져서 넓게 움직이는 모성적 감성을 노래하여 가와노 유코河野裕子에 의해 '범모성汎母性'의 가인이라고 자리매김 되었다.

여인단가회女人短歌会의 결성

패전에 무너진 남성가인과는 달리 여성가인에게 있어서 패전은 오히려 앞으로의 희망을 재촉하는 것이었다. 일본국 헌법은 남녀평등을 게재하고, 6·3·3·4제·남녀공학을 규정한 교육기본법, 학교교육법, 이에家 제도 폐지를 외치는 개정민법도 공포되었다.

전전의 남녀 별도의 교육에서 여자는 현모양처의 가치관 아래 남자보다 일단 낮은 교육 정도를 감내하지 않으면 안 되었는데 그 질곡에서 해방된 것이다. 전후에 바로 나온 시집을 읽으면 여자들의 배우려고 하는 의욕이 넘쳐나고 있는 것이 보인다. 앞서 소개한 야마다 아키도 1948년 48살로 '생경스런 가로쓰기의 줄이여 노안으로 쓰는 노트에 목숨을 걸어라'라고 배우는 즐거움을 박자를 타듯이 노래했다. 반면 '원서를 읽는 네가 부러워 흐름에 더듬거리는 나의 일본어판의 이해'라며 남편에 뒤져 있다고 하는 자각도 노래로 남기고 있는 것은 시대적으로는 어쩔 수 없는 일이었을 것이다.

1949년, 고토 미요코는 결사를 넘어선 여성가인의 상호 연마를 도모하는 목적을 갖고 아베 시즈에阿部静枝 등을 발기인으로 하여 '여인

단가회'를 결성했다. 창간 회원의 한 사람이었던 구즈하라 다에코葛原 妙子가 뒤에 '여자가인만이 모인다고 하는 편향성은 어디에도 없고 다이쇼에서 쇼와에 걸쳐서 노래의 세계에 군림하고 있었던 남성 우타, 아울러 남성가인으로의 저항이 포함되어 있지 않다고 하면 거짓이 된다.'(〈지령에 부쳐서誌齢に寄せて〉『여인단가』소재)라고 쓴 것처럼 여성 해방의 시대에 떠밀린 자립의 움직임이었다. 후원이라고 하면 1946년에서 1951년에 걸쳐서 샤쿠 조쿠釈迢空는 『여류단가사女流短歌史』『여인단가서설女人短歌序説』『여류의 우타를 폐쇄한 것女流の歌を閉塞した もの』이란 세 개의 논문을 발표했고 『아라라기』의 현실주의가 로맨틱하고 감성적인 것으로 멋있는 조카(여자우타女歌)를 구축한 것은 잘못이었다고 하며 조카女歌의 부흥을 기대했다. 이 조쿠의 논은 여성가인들에게 용기를 주었다.

여인단가는 계간지 『여인단가』를 발행하고 강좌와 연구회를 열어서로 배우며 총서 가집을 계속 간행하여 주목을 모았다.

未亡人といへば妻子のある男がにごりしまなこひらきたらずや
미망인이라고 하면 처자 있는 남자가 흐린 눈을 뜨지 않겠는가
모리오카 사다카森岡貞香

拒みがたきわが少年の愛のしぐさ頤に手触り来その父のごと
거부하기 어려운 아들의 사랑의 몸짓 턱에 손닿자 닮아 있는 그 아버지
모리오카 사다카森岡貞香

『흰개미白蟻』(1953년)에 있는 우타이다. 모리오카는 일단 무사히 복원한 군인이었던 남편을 1946년에 잃는다. 『흰개미』는 병약한 몸

으로 남자아이를 안고 전후의 혼란한 시기를 산 여성의 실존적 불안과 의식 아래 잠재하는 관능성을 표현하여 평가를 모았다. 내 아이를 '소년'이라고 노래한 것도 참신했다. '소년'이라고 노래함으로써 범상한 모자일체의 모성애 노래와는 선을 달리하고 있다. 아이에게 아버지를 비춰 보고 금기를 건드리는 듯한 정신의 떨림이 신선하게 전달되어 온다. 『흰개미』도 여인단가 총서의 한 권이었다. 여인단가회는 조카女歌의 발전에 기여하고 당초의 사명을 다했다고 하여 1997년에 해산했다.

여성의 우타女歌를 둘러싼 논쟁

1952년 2월에 사이토 모키치가, 9월에 샤쿠 조쿠가 죽자 확실히 한 시대가 끝났다는 감이 있는 가단에 저널리즘이 내민 신인으로서 나카조 후미코中城ふみ子가 나타났다.

> もゆる限りはひとに与へし乳房なれ癌の組成を何時よりと知らず
> 사람에게 꽃 피는 시기도 때가 있으니 유방에 암이 생긴 것을 언제부터인지 모르고
>
> 나카조 후미코中城ふみ子

나카조의 적나라한 우타는 특히 남성가인에게 평판이 나빴다. 전후파의 기수 곤도 요시미는 『조카女歌에의 의문—현대 여류가인에게 주문女歌への疑問—現代女流歌人への注文』을 쓰고 나카조와 모리오카 사다카森岡貞香, 구즈하라 다에코 등을 염두에 두고 '더욱 청결한 지성에 넘치는' '현대의 공감과 이해의 위에' 선, '그러면서 여자만이 아는

424

비애를 정감으로서' 칭송하는 우타를 찾았다. 이것에 응한 구즈하라 다에코는『다시 여인의 우타를 폐쇄하는 것』에서 오늘날의 중년 여성의 주위에는 법률적으로는 폐지되어도 아직도 '가족제도'라고 하는 벽이 존재하고 자아의 해방을 원하는 그녀들의 내부에는 외부와의 불화에 의한 울적한 것이 뒤엉켜 있기에 곤도가 평가하는 젊은 세대의 조카와 같이 청결할 수는 없다. 그러나 그것이 지금의 모순에 가득 찬 일본 사회의 반영이고 여성의 정신 발전 과정이라면 곤도가 싫어하는 끈적한 것, 찌그러져 뒤틀린 것도 노래 불러야 하고 곤도의 요구에 그렇게 노래만 만들려고 한다면 다시 여인의 우타는 폐쇄할지도 모른다고 했다.

이것은 구즈하라 자신의 힘든 투쟁에서 발생된 혼신의 주장이었다. 구즈하라는 다시 제2가집『비행飛行』의 '지난 저녁 단단한 납으로 두른 유리 속 어둔 녹색의 난ゆふべ堅い蝋となるなりめぐらせる硝子の中の暗緑の蘭'과 같은 우타에 대해 '난해파難解派'라는 비판을 받았지만 이것에도 반론을 쓰고 '반사실反写実'의 방법을 강조하는 것으로 전위 단가를 옹호했다. 전위 단가 운동은 제2예술론에 반응하여 1950년대에 쓰카모토 구니오塚本邦雄를 중심으로 해서 일어났다. '노예의 운율'에서 벗어나기 위해서 구 나눔句割れ 구 걸치기句またがり라고 하는 기법을 사용하거나 은유를 구사하거나 하여 세세한 생활감정만이 아니라 문명 비판과 사상을 노래하려고 했다.

쓰카모토 구니오, 오카이 다카시岡井隆, 데라야마 슈지寺山修司, 가스가이 겐春日井健 등에 비평을 쓴 히시카와 요시오菱川善夫, 시노 히로시篠弘가 가담하여 큰 영향력을 가지게 되었다. 시노 히로시는 여기에서 현대 단가가 시작되었다고 자리매김했다. 여성가인은 방법 의식과는 별개로 전위 단가에 선행하는 우타와 그것에 가까운 우타를 이미 쓰고 있었지만 전위의 방법은 후진의 여성가인에게도 큰 영향을 주었다.

革命歌作詞歌に凭りかかられてすこしづつ液化してゆくピアノ
혁명가 작사가에게 의지되어 조금씩 액화해 가는 피아노

쓰카모토 구니오塚本邦雄

つややかに思想に向きて聞ききるまだおさなくて燃え易き耳
윤기 나게 사상을 마주하고 듣는 아직 어리고 불붙기 쉬운 귀

오카이 다카시岡井隆

나카조의 등장이 불을 붙인 것처럼 1950년대부터 젊은 여성가인이 배출되었다.

草原にありし幾つもの水たまり光ある中に君帰れかし
초원에 있는 몇 개의 물웅덩이 빛날 때 당신 돌아올까

가와노 아이코河野愛子

かたはらに置く幻の椅子一つあくがれて待つ夜もなし今は
한쪽에 놓아둔 환상의 의자 비어 기다리는 밤도 지금은 없고

오니시 도미코大西民子

処女にて身に深く持つ淨き卵秋の日吾の心熱くす
처녀의 몸으로 깊이 간직한 깨끗한 알 가을날 나의 마음 뜨겁게 하네

도미노코지 사다코富小路禎子

冬の苺匙に圧しをり別離よりつづきて永きわが孤りの喪

겨울딸기 숟가락으로 눌러 이별에서 계속된 긴 나의 외로운 상喪

마쓰다 사에코松田さえ子

ふりむかぬ群衆に廷ぶる手の細さ女神よごれて春かわくのみ

뒤돌아보지 않는 군중에게 뻗은 가는 손의 여신 더러워진 봄 메마를 뿐

바바 아키코馬場あき子

水甕の空ひびきあふ夏つばめものにつかざるこゑごゑやさし

물동이에 비친 하늘 울려 퍼지는 여름 제비의 정든 소리 소리

야마나카 지에코山中智恵子

蘇りゆきたる痕跡のごとくして雪に地窖が開かれてゐつ

되살아나는 흔적과 같이 눈으로 꺼진 땅이 열려간다

야스나가 후키코安永蕗子

1965년 전후, 전중파(태평양전쟁 중 청년 시대를 보낸 세대)의 가인을 중심으로 전위 단가 비판이 일어났지만 여성가인들은 논쟁을 버리고 취해야 할 것을 취하며 표현의 폭을 넓혀갔다. 한편 사사키 유키쓰나佐佐木幸綱와 후쿠시마 야스키福島泰樹, 이토 가즈히코伊藤一彦, 사이구사 다카유키三枝昻之 등 전위 단가의 영향을 강하게 받았던 전위 제2세대라고 해야 할 가인들이 가단에 등장했다.

◆ 나카조 후미코中城ふみ子194)

인생의 불행

당시 잡곡, 잡화상을 운영하고 있었던 양
친의 장녀로 태어났다. 고향의 고등여학교
졸업 후 도쿄가정학원東京家政学院에 유학, 학
업을 마치고 귀향하여 19살에 결혼했다. 3남

그림 5-8
나카조 후미코

1녀를 얻지만 1951년에 두 아이를 데리고 이
혼했다. 이혼이 아직 스캔들이 되던 시대이다. 52년에 유방암으로 왼
쪽 유방을 절제하고 다음해 전이에 의해 오른쪽 유방도 절제했다. 이
러한 인생의 불행을 뒤엎을 듯이 노래했으나 31살로 사망했다.

센세이셔널한 등장

우타는 도쿄 유학 중에 시작하여 25살에 고향의 결사 '신간新墾'에
입회했다. 본격적으로 짓게 되는 것은 부부간에 불화가 생긴 20대 후
반부터로 이른 만년에는 가단적인 활동의 장을 찾아서 『여인단가』와
『조음』에도 소속했지만 눈에 띄는 가인은 아니었다. 주목을 끈 것은
『단가연구』가 모집한 제1회 50음수영에 특선이 되어 1954년 4월호
의 『단가연구』에 작품이 게재되고 나서이다. '입술에 눌러지는 유방
열에 들떠 암은 조롱하듯 조용히 자란다' '나를 닮은 한 여인 불륜에
유방 잘리는 형벌에 처한 고대에는'과 같은 우타가 찬비贊否의 비판을
불러일으켰다. 몸짓이 심한 연기성과 우타로 소재에 너무 치우쳐 있

---

194) 나카조 후미코中城ふみ子 : 1922~54년, 홋카이도北海道 출생.

다는 비판을 받았지만 표현의 새로움과 깨끗하게 끝나지 않는 인간을 규명한다는 평가의 목소리도 있었다.

대체로 남성가인이 엄격했다. 모리오카 사다카는 '여인 종래의 모럴을 파산시킬 듯한 돌진'이라고 썼다. 당시 대학생 가인이었던 시노히로시는 뒤에 '너무나도 성을 다이렉트하게 노래한 조카女歌의 연기성과 장식성에 대해서 그 격렬함에 당황했다.'고 썼다. 유방에 입맞춤을 받고 뜨겁게 반응하는 여성의 관능과 스스로 불륜을 암시하는 듯한 노래를 부르는 것은 전대미문의 일이었다. 나카조 우타의 신선함은 여성에게 바라던 정숙함, 순종적, 조신함이라고 하는 낡은 도덕을 불치의 병으로 죽을 날을 선고받고서 필사적으로 사는 여성의 내적인 필연으로 돌파하여 두려움 없이 자아를 주장한 것에 있다. 정직하게 자신이 부르고 싶은 진실을 노래한 그 움직임은 이후 여성가인이 활약하는 돌파구를 열었다.

『유방상실』

衆視のなかはばかりもなく嗚咽して君の妻が不幸をみせびらかせり

◇현대어 역
모두가 보고 있는데도 거리낌 없이 격하게 우는 당신의 아내는 남편과 사별한 불행을 모두에게 과시하는 것이다.

◇주석 및 감상
'중시衆視'는 중인환시의 의미이고 '당신君'은 후미코의 연인이었던 사람으로 그 사람의 장례식 장면이다. 결혼 제도에 의해 지켜지고 있는 아내가 남편의 죽음을 슬퍼하는 것에 대해 누구도 따지지 않으며 아내도 남편은 자신의 것이기에 라고 생각하고 있다. 그러나 후미코는 '과시하다'라는 말로 그러한 행위에 대한 반발과 냉정한 시선을 보였다. 연인인 나에게는 울 권리도 없다고 한탄하는 노래 같지만 그 바닥에는 결혼 제도에 대한 반항과 의문이 있다.

幼らに気づかれまじき目の隅よすでに聖母の時代は過ぎて

◇현대어 역
놀기만 하다 지쳐서 눈 밑에 기미가 생긴 것을 나의 어린 아이들이 눈치 채게 해서는 안 된다. 아이들은 엄마의 마음이 자신들로부터 떨어져나간다고 슬퍼하겠지. 하지만 나에게는 이제 성모와 같이 단지 청순한 어머니였던 시대는 지나버렸던 것이다.

◇주석 및 감상
'まじき'는 지우다의 의지를 나타내는 조동사로 'まじ'의 연체형이다. 어머니 역할에 만족하지 않는 후미코의 마음의 목마름이 보인다. 그녀는 실제로 댄스홀에 자주 춤추러 갔다고 한다.

그림 5-9
구즈하라 다에코

◆ 구즈하라 다에코葛原妙子[195]

외로운 원풍경原風景

외과의사인 아버지, 하이쿠 가인인 어머니의 장녀로 태어났지만 3살 때 어머니가 집을 나가 혼자서 후쿠이시福井市의 큰아버지 집에 맡겨져 12살 때까지 거기서 자랐다. 허약한 아이로 설국의 닫힌 생활 속에서 공상에 빠

---

195) 구즈하라 다에코葛原妙子 : 1907~85년, 도쿄東京 출생.

지는 경우가 많았던 체험이 '환시자幻視者'라고 불리는 뒤의 작풍에 영향을 주었다. 또 어머니의 애정을 받지 못하고 타인인 큰어머니들에게서 엄하게 자라났던 것은 자신의 내적인 모성을 죄 많은 것으로 느끼게 하는 감수성을 키우는 이유가 되었다. 19살 때 결혼하여 3녀 1남을 얻었다. 다에코 20대 말에는 남편이 외과의원을 개원한다. 외과의와 외과의원은 종종 우타의 모티브가 된다.

우타와 관계를 맺은 것은 늦어서『조음』에 입사하는 32살 때이다. 『조음』은 '일본적 상징주의'를 내건 반아라라기反アララギ적인 결사였다. 1944년, 어린 세 아이를 데리고 신슈로 피난 가서 고생한 경험이 우타를 짓는 것의 전환이 된다. 제1가집『등황橙黃』(1950년)의 후기에 "현재의 나는 감각을 통하지 않은 시에는 그다지 관심을 갖지 않고 있다."라고 쓰고 있듯이 감각파로서 새로운 방향을 찾았고 우타는 당초의 현실적인 알기 쉬운 것에서 감각적인 화려한 것이 되어 '난해파'라고 하는 비판에 처해졌다.『여인단가회』의 주요 멤버 중 한 사람으로 만년에는 주재지『오가타마をがたま』를 가졌다.

『등황』

奔馬ひとつ冬のかすみの奥に消ゆわれのみが粼々と子をもてりけり

◇현대어 역
힘차게 달리는 한 마리 말. 겨울이 구석 저편으로 사라져 갔다. 아아, 나만이 여기에 묶여 있고 차례차례로 아이를 갖는 것이다.

◇주석 및 감상
'けり'는 영탄의 조동사이다. 'けり'와 'のみ'라는 강조와 '粼々と'라는 과장된

말투에 자신은 어머니로서 아이에게 정신을 뺏겨서 여기에서 끝나는 것인가 하는 개탄스러움이 보인다. '분마奔馬'는 실제의 말일지도 모르지만 작자 속에서는 뭔가의 동경으로서 파악하고 있다. 문학으로의 동경과 초조가 엿보이는 우타이다.

다에코의 장녀로 아동문학자인 이노쿠마 요코猪熊葉子는『아동문학 최종 강의』에서 다에코가 '언어의 고치를 만들어 그 속에 들어가서' 아내, 어머니의 역할을 소홀히 하여 부부싸움이 끊이지 않았던 가정을 이야기했다. 시인의 혼을 받아서 쓰고 읽는 다에코와 어릴 때의 가정체험을 '그 때문에', "우리들은 모두 괴로웠습니다."라고 고백하는 딸. 장녀 요코는 양친의 갈등에 괴로웠다고 한다. 다에코에게도 죄책감은 있었다. '부드럽게 아이를 되돌리는 내 얼굴의 경련을 보지 말아줘요' '잠자코 사람은 보고 있네 먹는 시간 자는 시간이 맞지 않는 나를'이라고 쓰며 '나'와 아내, 어머니 역할과의 갈등을 노래했다. 여기서 '사람'은 남편이다.『등황』은 여인단가 총서로서 간행되었다.

『원우原牛』

風媒のたまものとしてマリヤは蛹のごとき嬰児を抱きぬ

◇현대어 역
풍매의 결과로 태어난 번데기와 같은 젖먹이 아이를 성모마리아는 안았다.

◇주석 및 감상
이상한 성모상이다. 처녀수태로 태어났을 예수를 식물의 수분과 같이 풍매에 의해 태어났다고 폄하하고 있다. '번데기'는 천으로 단단히 싸인 영아의 형태에서 발상된 단어일 것이다. 번데기는 성충이 될 때까지 아무것도 먹지 않기 때문에 반사의 상태이다. '풍매' '번데기'라고 하는 단어의 선택이 매우 특이해 이 성모자상은 뭔가 상징적이고 기분 나쁜 인상을 준다. 이상한 것을 안지 않으면 안 되는 저 주받은 모성의 불안과 슬픔이 느껴진다. 작가에게 있어서 모성은 죄 깊은 것이었다.『원우』도 여인단가 총서에서 간행되었다.

그림 5-10
바바 아키코

◈ 바바 아키코馬場あき子196)

남성 가인과 나란히

생모가 결핵이어서 8살 때까지 외조모 밑에서 자라났다. 이후에는 아버지와 계모와 함께 생활하지만 그 사이 5살에 어머니와 사별한다. '어머니에 대한 그리움'은 바바의 테마 중 하나의 기둥이 된다.

우타는 1940년 고등여학교 입학 때부터 지었고 고킨슈를 시작으로 고전을 애독했다. 1947년 19살로 『마히루야まひる野』에 입회했다. 같은 해 기타류喜多流 종가에 입문하여 우타와 무용을 배우기 시작한다. 고전의 소양과 노能에서의 섭취는 바바의 단가를 키우고 자연스럽게 다른 것과 섞이지 않는 독자적인 작품세계를 만들어낸다.

『마히루야』는 1946년 구보타 우쓰보를 주재로 해서 와세다대학 국문과 학생을 중심으로 창간된 결사로서 제2예술론에 부응하는 민중시로 단가를 표방했다. 민중의 생활 실감에 선 사회적 응시가 요구되어 바바의 초기 가집도 사회성이 짙은 것이었다. 1948년 쇼와여자대학 졸업 후 교직에 임한다. 1977년 문필에 전념하기 위해 퇴직한다. 『마히루야』에서 퇴회하고 다음해 50세의 나이로 주재지 『가린か りん』을 창간한다. 그 사이 24살로 『마히루야』의 가인 이와타 다다시岩田正와 결혼한다. 1956년 오카이 다카시, 쓰카모토 구니오 등 유망한 젊은이가 집결한 초결사 「청년가인회의青年歌人会議」에 가담하여

---

196) 바바 아키코馬場あき子 : 1928년~, 도쿄東京 출생.

남성가인과 나란히 활동했다. 『여인단가회』에 관해서 뒷날 여성만의 모임에 의미를 느끼지 못했다고 썼는데, 남성가인과 나란히 사색하는 지성과 행동하는 행동력을 가진 세대가 나타난 것이다. 바바는 이후 전위단가의 다양한 운동 공동 제작 등에도 가담하여 사색을 깊게 해 갔다.

좌절 경험을 발판으로 해서

60년의 안보 투쟁에 교원이었던 바바는 '슈프레히콜 목소리 쉬어 여름 거리 가며 어깨 걸고 서로 믿는 수밖에 없어'(『무한화서無限花序』)라고 노래하며 주체적으로 가담했지만 투쟁은 패배했다. 투쟁의 과정에서 맛본 좌절 체험을 '물 밑바닥에 봄의 기포는 생기고 나는 귀 없어 좌절의 여자가면'(동일)이라고 노의 여자 가면에 '나'를 겹쳐서 노래한 바바는 몸에 익힌 고전을 근거로 전위 단가의 방법론에 영향을 받으면서 여자의 정념에서 발상된 남자의 논리와는 다른 사색성을 획득하는 방향으로 나아간다. 평론도 많았고 특히 체제 밖에서 억압당하고 분노를 발하는 사람들의 계보를 찾은 『귀신의 연구鬼の研究』(1971년)는 좌절 체험에서 나온 것으로 『민중의 발견』으로 큰 반향을 불렀다. 같은 해에 쓰인 『조카의 향방女歌のゆくえ』에서는 조쿠의 조카론을 풀어서 '조카女歌'를 기법, 문체의 문제로서 파악했다. 결국 남성가인도 '조카'를 읽을 수 있다는 것이었다. '조카'를 여자의 생리와 감성에서 해방시킨 논은 획기적인 것이었다.

『하야후에 早笛』

再軍備めぐりて父と争へば母はかなしき目してうそたふ

◇현대어 역
재군비再軍備의 잘잘못을 둘러싸고 의견이 다른 아버지와 내가 싸우고 있으면 아버지와 딸의 불화를 슬퍼하면서도 아무 말도 할 수 없는 어머니는 슬픈 눈을 하고 허둥댈 뿐이다.

◇주석 및 감상
패전으로 일본에는 군대가 없어졌지만 1950년의 한국전쟁 발발 후 미국에게 재군비를 요구받았다. 일본 교사 조합은 '제자를 전장으로 보내지 마라.'라고 이것에 반대했고 작자도 중학교 교사로서 반대의 입장에 있었다. 아버지에게 말대꾸할 수 없는 옛날 여성인 어머니와 신시대의 '나'. 주체적인 자신의 의견을 가진 여성상이 나타나 있다.

『비화초 飛花沙』

わが背なに幾重ゆれおるかげろうの秋の家霊のみなおんななる

◇현대어 역
가을 대기 속에서 나의 등 뒤에 살짝살짝 햇볕이 서 있다. 그 햇볕과 같이 몇 겹이 겹쳐서 흔들리고 있는 것은 이 집에서 살다 죽어 간 사람들의 영혼으로 그 영혼은 아아, 모두 여자다.

◇주석 및 감상
영혼은 물론 실제로 보인 것은 아니다. 햇볕이 살짝살짝 거리는 것을 뒤돌아보고 문득 집의 혼령을 생각하고 그것은 여자라고 직관적으로 생각한 것이다. 그 여계女系의 말단에 이어져 '나'가 있다. 남자와는 달리 눈에 띄지 않는 그림자와 같이 살다 죽은 여자들을 생각하는 감정이 이 우타에 흐르고 있다. 『벚꽃전승桜花伝承』
(1977년)에서는 '푸른 잎줄기 오월은 애처로운 여자 손에 없어져 간 것 아직 없어'
라고 여자로서의 자부를 노래했다. 여자 손으로 없어져 간 것은 아무것도 없다,
없애는 것은 언제나 남자라고 하는 것이다.

(구로키 미치요黒木三千代)

4. 하이쿠俳句

시대 배경

현재 소설, 시, 단가를 비롯한 이 나라의 문학·문예 중 가장 많은 애호가를 가지고 왕성해 있는 것은 아마도 하이쿠일 것이다. 홋카이도에서 오키나와까지 일본의 어디를 가도 반드시 하이쿠를 만드는 사람이 있고 하이쿠를 즐기고 있는 그룹이 있다. 그 그룹이 제각각 기능하고 있는 것은 그룹 제각각에 상응한 지도자적 입장의 사람이 있고 구회句숲라고 하는 장소에서의 교류를 통해서 작품을 이야기하고 담소하고 각자의 위치를 정해가는 합리적인 시스템이 철저하게 되어 있기 때문이다.

그런 방법에서 이 나라의 세부에까지 뿌리를 내려온 하이쿠는 마사오카 시키 이후 다카하마 교시와 같은 강대한 리더의 역할과는 별도의 곳에서 항상 작자 겸 독자라는 애호가에 의해 지탱되어 긴 세월을 헤쳐온 문예였다고 말해도 좋을 것이다. '표현의 자유'를 획득한 전후는 이제까지 표현을 막고 있었던 부자유스런 시대의 반동처럼 각각이 자신 속에서의 하이쿠를 밖으로 꺼내서 그때까지 없던 활기를 발휘해 가던 시대였다. 뒷날 하이쿠 역사에 '전후 하이쿠'라고 하는 매듭으로 총괄되게 된 하나의 시대이다. 이 '전후'의 두 자에는 패전 뒤의 시간이라고 하는 의미보다 종전일을 경계로 일변한 가치관과 시대 감정과 같은 것이 가지는 내실이 보다 강하게 묻어 있다.

전쟁 중 문학으로 국위 고양에 가세하려고 하는 문학보국회가 생겼을 때 다른 문학 저널의 사람들을 제쳐두고 하이진197)의 다수가 이것에 참가하여 빈축을 샀지만 이것도 소설가와 시인들처럼 혼자서 행동하지 않고 항상 구회 속에서 작품을 향수한 동지 의식과 같은 것이 아마도 작용했기 때문일 것이다.

하지만 문학보국회의 취지에 반대한 사람들, 특히 신흥 하이쿠라고 하는 진취적인 하이쿠에 뛰어든 사람들은 당시 위력을 갖고 있던 치안유지법의 위반자로서 탄압을 받고 검거되는 등 이해 안 되는 일을 겪었다. '전후 하이쿠'란 단순하게 전후에 만들어진 하이쿠가 아니며 전후에 일어난 일과 풍경을 쓴 하이쿠도 아니다. 적어도 하이쿠를 만들어서 관헌에 잡혀가는 이해 안 되는 일로부터 해방되어 표현의 자유를 탈환한 시대의 도래였다. '전후'가 특별한 의미를 갖는 것은 우선 '전중'의 하이쿠는 어떤 것인가를 아는 것에서 출발한다.

제2예술

하이쿠를 배우는 사람이라면 피해서 갈 수 없는 것이 패전 후의 하이진에게 강렬한 자극을 준 구와바라 다케오의 평론『제2예술』론 (『세계』 1946년 11월)이다. 전후 하이쿠는 여기서부터 시작되었다고 해도 과언이 아니다. 그 논지는 '하이쿠는 중세 직인 조합中世職人組合적인 당파를 짜고 지금은 형식화되어 있는 사비さび[198], 시오리しおり[199]를 설명하고 있다. 작자의 이름을 지우면 작품은 우열도 개별 인식도 할 수 없다. 하이쿠에 근대화되어가는 인생을 넣으려고 하고 있지만

197) 하이쿠를 짓는 사람을 일컫는 말.
198) 바쇼芭蕉의 하이카이俳諧의 근본이념의 하나. 예스럽고 차분한 아취가 있음. 한적한 미가 세련된 순예술화된 것을 의미.
199) 바쇼芭蕉의 하이카이俳諧의 근본이념의 하나. 대상에 대한 작자의 섬세한 감정이 저절로 여정餘情으로서 시구詩句에 나타난 것.

하이쿠에는 들어갈 수 없다. 이것에 덤비는 자는 한가한 늙은이의 국화 만들기와 같은 소일거리에 지나지 않고 이것을 예술이라고는 할 수 없다. 굳이 하자면 〈제2예술〉로서 다른 것과 구별해야 할 것이다.'라고 하는 철저한 하이쿠 부정론이다.

구와바라 다케오의 지적에 있는 중세직인조합적 당파란 일본의 구석구석에 정착해 있던 '모두의 하이쿠' 시스템이고 노인이라고 하는 신분에 대표되는 것은 거기서 하이쿠를 즐기고 있는 많은 하이쿠 애호가가 된다. 나아가 작품의 우열과 개별 인식을 흐리게 한 것은 이른바 하나의 형식을 공유할 때에 생기는 보편성이었다고 말할 수 있을지 모른다. 구와바라 다케오가 부정한 것은 어쨌든 하이쿠라고 하는 문예를 지탱해 온 중대한 요소뿐이었다.

스스로 의지하고 있는 하이쿠가 모멸적인 취급을 받은 것에 대한 흥분은 패전으로 궤멸되어 극한 피로함과 곤궁한 당시의 작가가 하이쿠를 향해서 일어나려고 하는 계기가 되었다. 당시 40대였던 이시다 하쿄石田波郷, 야마구치 세이시, 나카무라 구사타오中村草田男, 가토 슈손加藤楸邨 등이 각각 반론을 전개하고 젊은 하이쿠 가인들이 이 시대의 리더들로 연동해 갔다. 단지 다카하마 교시만 "하이쿠도 예술이 되었습니까."라고 아무렇지도 않게 있었다. 하이쿠의 물을 꽤나 마셔 왔던 다카하마 교시에게 있어서는 외부의 지식인들로부터의 지탄은 아무 것도 아니었던 것이다. 어른이라고 할까, 하이쿠에 대한 자신감이라고 할까, 참으로 다카하마 교시답다고 생각되는 부분이다.

여성 하이진俳人

메이지 이후 전전, 전중에 하이쿠에 관련된 여성은 적었고, 하이쿠 가인은 거의 남성이었다. 여성이 없었던 것은 아니지만 하이쿠라고 하는 형식이 '자르다切る'라고 하는 정신으로 지탱되어 있고 여성에게는 맞지 않다고 해서 하이쿠를 짓는 여성의 수가 절대적으로 적었던 것이다. 그런 남성 주도의 하이쿠 문단에 있어서 역사에 이름을 남긴 여성은 극히 적은 사람들이었다. 이 사람들은 항상 '여류'라고 하는 신분으로 그 이름이 불려져 '하이진'이라고 불리는 일은 없었다. 메이지부터 전중에 걸쳐서 아직 일반에게 여자가 남성이라고 하는 성과 동등한 선상에서 여성이라고 불릴 정도의 입장이 아니었던 시대, 다이쇼에서 쇼와 초기에 싹터온 여성 하이진들은 적어도 남성에게 예속되지 않으면 안 된다고 하는 '시대의 노고'를 공유하고 있었다. 여성 하이진들의 스승은 뛰어난 남성 하이진이었는데, 모두 그 밑에 있어야만 일어설 수 있는 과정을 따르고 있으며 일단 그 밑에서 탈락하면 이제 설 곳을 잃는다고 하는 운명의 안쪽으로 있을 곳을 정하고 있었던 것이다.

전후파 하이진

'제2예술'로의 반발을 발판으로 해서 탄생한 것이 야마구치 세이시가 이끄는 『시리우스』이다. 전후 하이쿠 기지의 하나로서 그 후 하이쿠에 큰 조류를 만들어 전후 하이쿠의 추진모체가 되었다. 여기에 관계된 사이토 산키, 히라하타 세이토, 아키모토 후시오秋元不死男, 미타니 아키라三谷昭, 다카야 소슈高屋窓秋 등은 모두 쇼와의 하이쿠를 추

440

진해 갔던 하이진이다. 『시리우스』도 남성 주도의 집단이었다.

그 아래에 있으면서 새로운 시대의 하이진으로서 대두해 온 사람들의 한 무리가 있었다. 전후파 하이진이라고 불리는 사람들이다. 전후파 하이진이란 전후에 청춘시대를 보낸 세대로 쇼와 후반의 리더가 된 하이진들을 묶어서 말하는 경우의 편의적인 호칭으로, 전전에 하이쿠로 입문한 여성들의 몇 명인가가 여기에 이름을 나란히 했다. 당시의 작품 발표장에 겨우 자신들이 있을 곳을 얻어서 활동하기 시작했던 것이다. 여성 하이진 중에서 파란 없는 생애를 보낸 여성도 없지는 않지만 웬일인지 남편과의 사별, 병고, 생애 독신 등 당시 세간의 눈으로는 불행으로 보이는 경우를 어쩔 수 없이 산 사람이 많았다. 그래서 하이쿠에 원하는 것이 컸던 것 같다.

이제 전후가 아니라고 말하기 시작한 쇼와 30년대 당시의 하이쿠 문단을 흔들어놓은 것은 '사회성 하이쿠'라고 불리는 근본 방침을 내건 하이쿠였다. 사회인으로서의 의식을 작품화해 가려고 하는 하이쿠로 전후파 하이진들에 의해서 여러 가지 실천이 행해졌다.

하이쿠가 친숙하게 다루었던 자연 묘사와 시로서의 서정성보다 철철 흐르는 사회의 움직임, 사회 속에 살고 있는 인간, 일하는 현장, 그와 같은 테마를 하이쿠 축으로 하려고 하는 지향이다.

아직 사회적인 입장이 확실하지 않았던 여성에게 이 사회성이라고 하는 테마는 너무나 멀어서 활동한 것은 남성들이고 이것에 맞는 작품을 써낸 여성은 없었다. 나아가 이것에 이어서 '전위 하이쿠'의 파도가 일어났다. 여기서도 여성들은 범위 외에 놓인 형태가 되었다. 사회성 하이쿠는 전후의 일본인의 감정을 흔들었고 전위 하이쿠는 길게 이어져온 전통적인 하이쿠의 방법론을 뒤흔들었다. 전쟁의 그림자가 엷어지고 생활이 안정되기 시작하면서 이와 같은 하이쿠는 적어져 갔지만 지금 전후의 하이쿠를 뒤돌아볼 때 나의 뇌리에 가장 강렬하게 남아 있는 것은 쇼와 30년대에 분 이런 사회성 하이쿠, 전위 하이쿠의 작품군과 에너지, 그런 것들을 둘러싼 하이진들의 논의 논쟁이다. 그 현장에 여성이 없었던 것은 안타깝게 생각되지만 사회성, 전위라고 하는 목소리 속에서 쓰인 남성들의 하이쿠는 이 시대밖에 쓸 수 없는 에너지로 넘쳐 있었다. 이 시대의 하이쿠에 짐을 더하려고도 목소리를 크게 긍정하려고도 생각하지는 않지만 그 후 오늘날에 이르기까지 두 번 다시 그 같은 열기의 시대를 만난 적이 없었다는 것을 생각하니 하이진이 젊었듯이 시대도 젊었다며 그리워지는 것이다.

전후란 여성이 처음으로 참정권을 갖고 일본인이 민주주의라고 하는 말을 대면한 시대였다. 그런 전후란 긴 남성 우위라고 하는 기풍이 넘쳤던 하이쿠 세계에 드디어 여성 하이쿠 애호가가 참가하기 시작한 시대이기도 했던 것이다.

그림 5-11
호소미 아야코

◆ 호소미 아야코細見綾子[200]

단바丹波의 풍토

효고현兵庫県 히카미군氷上郡 아오가키초青垣町는 현재도 단바丹波라고 하는 구국명旧国名으로 부르고 싶을 정도로 조용한 산골 마을

---

[200] 호소미 아야코細見綾子 : 1907~97년, 효고兵庫 출생, 본명 : 사와키 아야코沢木綾子.

이다. 고향 가시와라柏原의 여학교를 졸업한 후 일본여자대학교 국문과에서 공부한다. 그 후 가슴을 앓아 요양하던 중에 마쓰세 세이세이松瀬青々가 주재하고 있던 하이쿠 잡지『겐초倦鳥』에 투고를 개시한다. 세이세이의 대담한 작풍을 만나 호소다 아야코의 소박한 자질은 날로 개화해 갔고 이 시기에 빠르게도 '달팽이가 뽕나무에서 부는 가을바람' '평상복으로 평상의 마음 복숭아 꽃' 등 생애의 대표구가 된 구를 만들었다(구집句集『복숭아는 여덟 겹』수록). 그 뒤 결혼하여 가나자와, 도쿄로 옮겨가 살았지만 호소다 아야코의 하이쿠의 기조와 그 모양새에는 고향 단바의 소박한 자연, 단바 목면의 바람이 감돌고 있어서 일생 그것이 퇴색되는 일은 없었다.

하이쿠 잡지『가제風』창간

패전의 다음해, 전지에서 귀환해 온 사와키 긴이치沢木欣一와 결혼, 하이쿠 문단의 사이좋은 부부로 알려지게 된다. 사와키 긴이치는 패전 후 재빨리 하이쿠 잡지『가제』를 창간, 호소미 아야코도 여기에 동인으로서 참가, 일생 여기를 작품 발표의 장으로 했다. 사회성 하이쿠의 거점이 되었던『가제』는 전후를 대표하는 하이쿠 잡지의 하나로서 많은 남성을 옹호하고 하이쿠 문단에 새바람을 불어넣어 많은 작가를 배출했다. 호소미 아야코는 소수의 여성으로서 여기에 참가했지만 평이한 언어로 대상을 면밀히 응시하는 자신의 작풍을 무너뜨리지는 않았다. 1946년에는 사와키 긴이치와 함께 야마구치 세이시의『시리우스』에 동인으로서 참가한다. 구집『겨울장미冬薔薇』에서 제2회 보사상(현재 현대하이쿠협회상)을 수상, 뒤에 예술선장문부대신상, 제13회 다코쓰상 등을 수상한다. 1956년부터 도쿄 무사시노시武蔵野市에 거주한다. 아직 여성의 하이진이 적었던 쇼와 초기에 그 선구로서 또 하이쿠 문단의 중진으로서 많은 후진의 신뢰를 모으고 향년 90세로 사망했다.

대범한 작풍

호소미 아야코의 작풍을 한마디로 말하자면 '대범한 긴장'이다. 누구나가 알고 있는 평범한 단어를 사용해서 자연스럽게 표현한 구가 사실은 한 발도 양보하지 않는다고 하는 강고한 의사를 갖고 서 있는 것이다. 대표구가 된 '맨드라미에서 삼 척 떨어져 생각한다'(구집『겨울장미』수록)를 보더라도 맨드라미라고 하는 꽃이 어떤 형태인가, 어떠한 색인가를 알기 위해 삼 척, 즉 일 미터라고 하는 거리가 그것을 보기에 알맞은 거리라고 하는 것을 납득시킨다. 오로지 단순화를 겨냥하는 호소미 아야코의 독특한 대상 파악법과 표현이다. 인간, 자연에게 안부를 묻는 것이 하이쿠의 가장 중요한 점이라는 의사는 최후까지 변하지 않았다.

① そら豆はまことに青き味したり

누에콩의 순은 만춘이다. 누에고치의 형태를 한 파릇파릇한 누에콩을 삶아서 혀에 올린다. 입 안 가득 퍼지는 순의 맛을 '푸른 맛青き味'이라고 하는 시각을 선행하는 신선한 구이다.

② つばめつばめ泥の好きなる燕かな

제비는 부리로 진흙을 옮겨 둥지 틀기를 한다. 그 단순한 진흙 옮기기의 반복행위를 '제비제비つばめつばめ'라고 굳이 파조破調[201]로 호소하여 제비를 향한 소중한 마음을 표현했다.

③ くれなゐの色を見てゐる寒さかな

작자는 '주홍을 보고 있으면 차가움이 아름답다고 생각한다. 주홍은 한결같은 정열, 타오르는 생명력에 다름 아니다'라고 주석을 붙이고 있다. '주홍'은 가시적으로는 타오르는 불일 것이다. 차가움 속의 불빛이 만상의 생명력을 상징하는 색으로 보였는지도 모른다.

④寒卵二つ置きたり相寄らず

보통 달걀에 계절을 느끼는 일은 없지만 속세에서 겨울의 달걀은 자양이 풍부하다고 불리어 소중하게 여겨져 왔다. 그 찬 달걀이 두 개 놓여 있다. 고만고만한 거리를 두고 놓여져 있는 달걀은 사람 손이 더해지지 않는 한 결코 서로 다가갈 수 없다. 하나하나가 자기를 주장하고 서 있는 의지를 가진 것으로 보였던 것이다.

⑤ 蕗の薹喰べる空気を汚さずに

이른 봄들에서 머위의 대를 발견한 작자는 뭉클하게 쓴 봄의 맛을 견뎌냈다. 그 하루, 맑게 살았다고 하는 사소한 감개를 '공기를 더럽

---

201) 자수가 맞지 않는 하이쿠.

히지 않고'라고 이해하며 마음속의 기쁨을 대범하게 표현한 구이다.

⑥ 女身仏に春剥落のつづきをり

아름다운 것으로 알려진 아키시노데라秋篠寺[202]의 기예천을 만났다. 몇 백 년이나 전부터 여기에 이렇게 서 있었던 이 여불女仏의 몸은 세월 속에 색도 벗겨져 나무 피부를 보이고 있다. 때는 봄, 이 한 순간 한 순간에도 그 어렴풋이 남은 색은 벗겨지고 있다. 불상에서 사라져가는 시간을 본 구이다.

◇주
① 구집『복숭아는 여덟 겹』에서. 계어 '잠두콩そら豆'에서 봄. ② 구집『복숭아는 여덟 겹』에서. 계어 '제비燕'에서 봄. ③ 구집『겨울장미』에서. 계어 '추위寒さ'에서 겨울.④ 구집『겨울장미』에서. 계어 '한란寒卵'에서 겨울.⑤ 구집『와어和語』에서. 계어 '머위의 대蕗の薹'에서 봄. ⑥ 구집『기예천技芸天』에서. 계어 '봄'에서 봄.

그림 5-12
가쓰라 노부코

◆ 가쓰라 노부코桂信子[203]

초기의 에로티시즘

어떠한 때에도 여성은 몸을 조신하게 해야 한다는 것이 이전의 여성이 갖추어야 할 모습이었다. 결혼 후 겨우 2년 만에 남편과 사

---

[202] 나라奈良시 아키시노마치에 있는 종교법인. 본당은 국보로 지정되어 있고, 기예천 등 고불상이 많다.
[203] 가쓰라 노부코桂信子 : 1914년~, 오사카大阪 출생, 본명 : 니와 노부코丹羽信子.

별한 가쓰라 노부코는 그 후 자활을 계속하면서 하이쿠를 반려로서 조신하게 살아왔다. 그 마음속의 울적한 젊은 에너지는 오로지 작품 상으로 발휘되어 간다. '기러기 우는 밤마다 서늘한 무릎관절' '누굴 위해서 사는 세월인가 종소리 울려'(구집『월광초月光沙』수록) 등 혼자 의 적막감에 가득 찬 작품과 '가슴팍에 유방 있어 우울함 장마 길어' '목욕 후 손가락 부드러운 양말 속'(구집『여신女身』수록) 등 젊은 여성 의 육체를 방불케 하는 작품은 하이쿠란 자연을 영탄하는 것이라고 알고 있던 독자를 놀라게 했다. 여성에 의한 에로티시즘의 표출, 이 것은 이제까지의 하이쿠 세계에서 표현된 적이 없었던 세계였다.

다이쇼 모더니즘을 기조로

가쓰라 노부코는 1938년에 하이쿠에 입문했다. 당시 신흥 하이쿠 기수로서 하이쿠의 구태를 타파하려고 하는 시도를 전개했던 히노 소조日野草城에게 사사받았다. 신흥 하이쿠란 다수의 제약에서 하이쿠 를 해방한 시도로 1932년부터 41년 사이에 하이쿠 문단을 흔들었던 문예 운동이다. 처음으로 연을 맺은 곳이 그 신흥 하이쿠를 추진한 잡지였기도 해서 가쓰라 노부코는 소수의 신흥 하이쿠 출신 여성으 로서 활약하게 된다. 전후 사회성 하이쿠가 유행했을 때도 어디까지 나 사적인 성질에 집착하여 결국 사회 속의 한 사람이라는 의식으로 작품을 만드는 일은 없었다.

『초원草苑』창간

1970년에는 주재지『초원』을 창간하고 다이쇼 시대에 배양된 모던함으로 자유스런 근대적인 감각을 작품의 기조로 해서 자신의 하이쿠를 넓혀간다. 60세를 넘겼을 때부터는 그때까지의 사적인 성질의 집착이 엷어져서 담담한 경지가 구의 중심이 되어왔다. '밥알 잘 씹고 있으니 벚꽃 핀다' '눈 위에 눈썹이 있어 꽃눈'(구집 『초수草樹』 수록) 등 자유로운 구의 경지 속에 딴청을 부리는 맛이 감돈다.

왕성한 비평정신

다이쇼 시대부터 쇼와 10년대에 인간 형성을 하고 일찍 남편과 사별하여 뜻하지 않은 전쟁 중을 보내고, 전후부터 고도성장기 그리고 현재까지 이 긴 시대를 살았던 한 여성의 눈이 보아왔던 그때그때의 확실한 비평정신은 지금 더욱 하이쿠 문단의 지표로서 많은 신뢰를 받고 있다.

① ひとづまにゑんどうやはらかく煮えぬ

한 사람의 아내였던 시대의 구이다. 완두ゑんどう라고 하는 콩이 가진 서정적인 분위기와 신혼 시절 새색시의 신선함이 너무나도 신흥 하이쿠를 싹트게 했던 시대의 구라는 설득력을 가진다. 보잘 것 없는 생활의 한때에서 당시 그윽한 유부녀의 표정을 보인 구이다. 뒤에 과부가 되고 나서의 구로는 '완두 벗기는 아내의 희비 지금은 없어'가 있다. 작자에게 있어서 '완두'가 자기 처지를 표현하는 키워드가 되고 있음이 엿보인다.

② ゆるやかに着てひととあふ蛍の夜

유카타를 느슨하게 입은 모습이 보인다. '사람ひと'이 누구인지는 쓰여 있지 않지만 아리따운 분위기로 봐서는 연인일거라고 상상된다. 하이쿠를 실록으로 엮는 것도 하나의 방법이지만 허구를 쓰는 것도 방법의 하나이다. 또 독자가 일방적으로 제시된 작품의 세계를 넓히는 것도 가능하다. 여러 가지 장면을 상상하게 하는 구이다.

③ 窓の雪女体にて湯をあふれしむ

작자가 30세 때 지은 구이다. 욕조에 가라앉아가는 풍만한 여체와 욕조물이 넘쳐 나오는 소리가 들려온다. 창밖에는 눈이 내리고 있다. 무음의 한때이다. 자애로 가득 찬 구이다.

④ 一本の白髪おそろし冬の鴨

늙음은 생각지 않은 곳에서 온다. 백발이 되어버린 때의 늙음 이상으로 흰머리 하나를 발견한 때가 강렬한 늙음의 자각을 심화시킨다.

⑤ 母のせて舟萍のなかへ入る

실제의 경치라고 하기보다 작은 배에 타고 다른 세계로 가는 어머니를 본다고 하는 환상일 것이다. 부평초의 이쪽에 있는 작자의 눈에 이 어머니는 정말로 아름답게 보인다.

⑥ たてよこに富士伸びてゐる夏野かな

눈앞에 후지산과 여름 들의 큰 경치가 펼쳐져온다. 자그마한 것과 인간의 감정을 모두 없애고, 단지 후지산의 완만한 곡선만을 말하고 있는 구이다. 정말 여름의 후지는 이러한 것일 거라고 누구나가 납득하게 된다.

◇주
①구집『월광초』에서. 계어 '완두ゑんどう'에서 여름. ②구집『월광초』에서. 계어 '반딧불蛍'에서 여름. ③구집『여신』에서. 계어 '눈雪'에서 겨울. ④구집『晩春』에서. 계어 '겨울 때까치冬の鵙'에서 겨울. ⑤구집『녹야緑夜』에서. 계어 '부평초 萍'에서 여름. ⑥구집『나무그림자樹影』에서. 계어 '여름들夏野'에서 여름.

(우다 기요코)

5. 시詩

패전과 '여성시인'

전후 전지에서 돌아온 남성 시인들은 전쟁 체험을 쓰기 시작했다. 작가, 시인은 남성이고 '여성작가' '여성시인'은 예외적 존재였지만 '여성시인'들도 전쟁 체험을 언어화해 갔다. 전후의 남성 시인들에게는 전쟁에 협력했던 시인들의 반성으로서 『사계四季』파와 같은 전통적 서정의 비판과 언어의 의미 회복이 요구되었다. 한편 여성에게 있어서의 패전은 남녀평등, 이에家 제도의 해체, 부인 참정권 등을 가져왔다. 1945년 10월에 기본적 인권, 남녀동권, 교육의 자유주의화 지령이 나오고, 12월 회의에서는 부인선거권, 피선거권이 인정되었다. 여성은 처음으로 권리를 남자와 평등하게 법 위에서 보장받고 인간으로서의 출발점에 섰다.

피폭

1947년 냉전이 시작되고 1950년 한국전쟁으로 인해 일본은 특수경기를 맞으며 1953년 텔레비전 방송 개시, 70년대 초까지 고도경제 성장이 계속된다. 그런 속에서 전후 제1세대의 여성시인들은 상실과 전쟁 기억의 표현을 모색했다. 감수성의 시대로 불려 전전 시 잡지의 복간이 행해졌다. 전전에는 애국시를 썼던 나가세 기요코, 후카오 스마코는 전후에는 평화, 부인 운동의 테마로 옮겨서 왕성한 시작을 계속했다. 또 전쟁 협력시를 쓰지 않고 종전까지 침묵했던 시인도 쓰기 시작했다. 구리하라 사다코는 히로시마에서의 피폭을 배경으로 시가

집 『검은 알』(1946년) 『나는 히로시마를 증언한다わたしは広島を証言する』
(1959년) 『히로시마·미래 풍경ヒロシマ·未来風景』(1974년) 등을 출판했
다. 1977년에는 '가상의 반영을 벗겨내면/히로시마의 마을은 지금도/
쓰레기 더미 속 묘비의 거리/~'(「묘비의 거리에서」)라고 기록했다.

『여성시인』의 활약

1947년에는 우치야마 도미코内山登美子, 다키구치 마사코滝口雅子 등
여성시인에 의한 동인 시지 『여신女神』이 창간되었다. 또 같은 해에
상업 시지 『시학詩学』이 창간되고 49년에는 투고란이 생겨 여기에서
그 후 많은 시인이 배출되었다. 이후 1956년에 『유레카ユリイカ』,
1959년에 『현대시 수첩現代詩手帖』, 1972년에 『시와 사상詩と思想』이
간행되어 시는 시장성도 갖추며 보다 많은 저자와 독자를 획득해 간
다. 1950년대 중반부터 여성의 시집 출판도 늘어갔다. 여성의 시집
출판은 1953년에는 신카와 가즈에新川和江 등 5편이었지만 1954년에
는 11책이 출판되었다(「자료 여성 전후시」『라·메르ラ·メール』 1991년
1월). 여성들은 동인지에서도 활약했다. 1947년 창간된 『일본 미래파
』에는 다카다 도시코高田敏子, 나가세 기요코, 제4차 『역정歴程』에 모
리타 다마, 마부치 미에코馬淵美恵子 등, 뒤에 신도 지에新藤知恵, 이시가
키 린, 요시하라 사치코, 신도 료코, 야마모토 미치코, 요시유키 리에
吉行理恵, 다카라베 도리코財部鳥子 등 현대시를 열어갔던 여성시인들이
모였다. 1950년 제3차 『지구地球』에는 사카모토 아키코 등이 참가한
뒤에 신카와 가즈에, 다카다 도시코, 다카라베 도리코 등이 참가했
다. 전후의 여성시의 저자와 독자는 해마다 터전을 넓혀갔다.

여자의 시점

이즈음 명료하고 생생한 언어로 등장한 것이 가와사키 히로시川崎
洋와 시지『노櫂』를 창간한 이바라기 노리코茨木のり子였다. 19살로 패
전을 맞은 이바라기 노리코(1926년 오사카 출생)는 한 여성의 전쟁 체
험을 여자의 시점으로 노래했다. '~내가 제일 아름다웠던 때/아무도
상냥하게 선물을 주지는 않았다/남자들은 거수의 예의밖에 몰라서/
아름다운 시선만을 남기고 모두 떠나갔다//~'(「내가 제일 아름다웠던
때」,『보이지 않는 배달부見えない配達夫』1958년)에는 초토에서 일어나
살려고 하는 젊은 여성들의 생명력, 지식욕 등으로 넘치는 신선한 힘
이 감도는 언어가 있다.

변경에서의 목소리

한국전쟁이 시작되고 레드 퍼지[204] 속에서 다양한 정치시가 써졌
다. 그때 모리사키 가즈에(1927년, 한국 경상북도 출생)는 규슈·지쿠
호筑豊에서 1947년에 마루야마 유타카丸山豊, 다니가와 간谷川雁 등과
시지『모음母音』을 창간했다. 모리사키 가즈에는 이전 식민지 조선의
경상북도 대구부에서 재선일계 2세로 태어났다. 귀국 후 저서로는
『암흑—여광부에게 듣고 기록하다まっくら—女坑夫からの聞き書き』『나락
의 신들—탄광 노동 정신사奈落の神々—炭鉱労働精神史』『가라유키산からゆ
きさん』[205] 등이 있다. 여광부와 가라유키산 등은 저변의 여자들에게

---

204) 적색분자 추방. 일본에서는 쇼와 25년, 연합국총사령부의 명령으로 공직 및 민간 기
    업에서 공산당원과 그 동조자가 추방되었다.

205) 에도 시대부터 제2차 세계대전에 걸쳐서 일본에서 남방 등 외지로 돈벌이를 간 여성
    을 칭한 말.

다가가서 듣고 기록했다. 일본에서는 1958년에 매춘금지법이 성립되고 340년간의 유곽, 매춘 문화가 끝나게 되었다. 그러나 근대 국민 국가의 폭력 문제는 미해결인 채였다. 모리사키는 조선의 어머니들에게 있어서 두 번 다시 건널 수 없는 해협에 대한 생각을 가해자 쪽인 일본인으로서 이중의 고통으로 썼다. '~/늙어가는 어머니들의 거의는/선조가 잠든 산으로 돌아갈 수가 없습니다/또 그 어머니들이 전했다/그 날개옷의 춤도 축제도/일본 출생의 아이와 손자에게 전할 도리가 없습니다//~'(「풀 위의 무답草の上の舞踏」『일본현대시문고 모리사키 가즈에 시집』1984년).

재선일계在鮮日系 2세 여성들의 전후

여자들은 다양한 땅에서 종전을 맞았는데 재선일계 2세 여성들의 경험은 고향 상실과 가해 민족으로서의 고통을 껴안고 있다. 조선 함경북도에서 태어난 다키구치 마사코(1918~2003년)는 어릴 때 부모, 양부모와 사별하고 20살 때 혼자 해협을 건넜는데 '현해탄/그 앞에 뒤에/고향은 없었다/'(「회상의 현해탄回想の玄界灘」『빨간기와 집赤いレンガの家』1981년)라고 기록했다. 시집으로는 『강철의 발鋼鉄の足』(제1회 무로우 사이세이상室生犀星賞 수상 1960년) 등이 있다.

구만주에서 귀국

구만주에서 자라 귀국한 여성들도 그 상처를 써갔다. 다카라베 도리코(1933년 니가타 출생)는 구만주에서 자라 1946년 일본으로 돌아온다. 귀국 길에 죽은 여동생에 대해 '돌아갈 수 없어 울음소리 남는 꿈

속에서/나는 총성을 한 발 듣고 싶지 않아//'('언제나 보는 죽음—피난민으로서 죽은 작은 여동생에게いつも見る死—避難民として死んだ小さい妹に'『내가 어린이였을 때わたしが子供だったころ』1965년)라고 기억을 기록했다. 1932년, 가고시마현 출생의 신도 료코는 구만주에서 자라나 몽고에서 아버지를 잃고 귀국한다. '몸의 특징은 뭔가 없습니까 예를 들면 상처…….'(「잔류하는 나残留するわたし」시집『빛의 장미ひかりの薔薇』1974년)라며 귀국 후 30년 뒤에도 잔류한 사람들 속에서 자신을 보았다.

전후 제1세대

1958년에 도미오카 다에코는 시집『반례返礼』로 여성으로서는 처음으로 H씨상 수상자가 되었다. 그 후 H씨상의 여성 수상자는 이시카와 이쓰코(『늑대・우리들狼・私たち』1961년), 고라 루미코高良留美子(『장소場所』1963년), 이시가키 린(『표찰 등表札など』1969년)으로 이어지고, 무로우 사이세이상 수상은 다키구치 마사코(『강철의 발』1960년), 도미오카 다에코(『이야기의 다음날物語の明くる日に』1961년), 아이다 지에코会田千衣子(『새의 마을鳥の町』1963년), 신카와 가즈에(『로마의 가을/그 외ローマの秋/その他』1965년), 다카다 도시코(『등나무藤』1967년) 등으로 전후 제1세대를 대표하는 시인으로서 활약했다.

근대어를 넘어서

1955년에는 일본 주택 공단(현 주택도시정비공단)이 발족되어 집합 주택과 단지 건설이 번성하게 된다. 이때는 가정의 전기화 시대로 세탁기, 전기냉장고, 텔레비전은 '3종의 신기三種の神器'로 불렸다. 1956

년 7월의『경제백서』는 '이제는 전후가 아니다'라고 선언했다. 이러한 속에서 사람들의 생활도 변화해 갔지만 전근대적 습관이 바뀌는 데는 긴 시간이 걸렸다. 전통과 습관이 남은 마을 오사카시 니시요도가와구西淀川区(현재의 고노하나구此花区)에서 태어난 도미오카 다에코(1935년~)는 오사카 서민의 일상어, 때로는 다변체로 풍자, 유머를 섞어서 말한다. '아버지도 어머니도/산파도/예언자라는 예언자도/모두 남자아이라고 했기에/아무리 해도 여자아이로서 태의를 찢었다//그러자 모두 안타까워했기에/남자아이가 되어주었다/그러자/모두가 칭찬해주었기에/여자아이가 되어주었다/'(「신상 이야기身上話」『반례返札』)

시에서 소설로

소설로 옮긴 시인은 그 밖에『역정』『흉흉凶凶』동인의 야마모토 미치코(1936년 도쿄 출생), 가나이 미에코 등이 있다. 야마모토 미치코의「물고기가 울 때魚が啼くとき」(시집『장식하다飾る』1962년)에서는 '하나의 혼이 도착하면 반드시 방이 폭풍의 바다가 되어 나를 흰 파도가 희게 장식한다 공격한다'라고, 뒤에 소설 형식에 의해 표현을 전개시키는 이야기 형식 속의 환상이 보인다.

고도 경제 성장과 시

1960년대 일본 경제는 고도성장으로 달려간다. 1964년에는 신칸센이 개통되고 도쿄 올림픽이 개최되었고 그것은 공해와 자연 파괴를 가져 왔다. 그러한 도시화가 진행되는 시대에 니시오카 스미코西岡

寿美子(1928년 고치高知 출생)는 가난한 마을의 나무들과 대지의 이동과 변화까지 자애로움으로 그려냈다. 니시오카는 「괭이鍬」에서 어머니로부터 딸로 전해져온 농부로서 대지에 뿌리내려 밭을 가는 자의 모습을 깊고 강하게 노래했다. '~한 자루 집에서 만든 흰 떡갈나무 무늬에 의지하여/과부의 어머니는 반 미친 사람처럼 밭을 가는 것이겠지/~그리고 언제부터인가/나는 어머니의 괭이를 쓰게 되었다/'(「삼나무 마을의 이야기杉の村の物語」 1974년 제7회 오구마 히데오小熊秀雄상 수상)

지도리가후치千鳥ヶ淵와 여성

1960년 5월의 안보 투쟁에서는 연일 국회 주위가 수만 명의 데모로 메워져서 일본 사상 최대의 대중 운동이 되었다. 고라 루미코를 시작으로 간바 미치코의 죽음에 충격을 받아 시를 쓴 '여성시인'은 많았다. 매년 8월 15일 전후로 '지도리가후치로 갔습니까'라고 하는 낭독회를 행한 이시가와 이쓰코(1933년 도쿄 출생)는 인간의 폭력성과 권력 비판을 일관된 시의 핵으로 해서 계속 써나갔다. 우화적으로 생생하게 묘사할 때 가해/피해가 반전되고 항상 가장 약한 것의 위치에 시점이 놓여진다. '늑대가 입을 피범벅으로 해서 토끼를 먹고 있다/원으로 진을 치고 잠든 우리들)/'(「늑대·우리들」『늑대·우리들』)

시에 산문성을

베트남전쟁 격화 속 1960년부터 70년대 초두까지는 대항 문화(카운터 컬처)의 지하 연극 등이 있었고 1968, 69년에는 학생 분쟁 등으

로 기성 가치로의 비판이 행해졌다. 동인지, 시지에서도 '여성시인' 들의 활약이 눈에 띄었고 독자의 시 세계를 만들어갔다. 그때 가나이 미에코金井美惠子(1947년 군마群馬 출생)는 시에 팝 컬처의 언어와 일상 어도 도입하면서 근대 '순수시'의 개념에 산문성을 넣었다. '~성처녀 잔느 풍으로 머리를 자르고/도행도 혼자 여행 홋, 금욕의 도행/모래 이거나 바다이거나 허리를 흔들고 걸어가는 나/눈 안에 없어/~'(「여 행하는 마음 · 천우학旅する心 · 千羽鶴」 『마담 주주의 집マダム · ジュジュの家』 1971년).

소수자인 여성

1970년부터 여성 해방 운동 속에서 여성 차별이 언어화되어 여성 의 주체성을 외쳐가고 다양한 피억압자의 각성이 넓어져 갔다. 그때 까지 재일코리언이며 여자인 것은 이중의 억압을 업은 것이었다. 종 추월宗秋月(1944년 사가 출생)의 제1시집 『종추월 시집』(1971년)의 구석 에는 국적의 나라 주소(전라남도 제주도 안덕면 화순리), 번호(제416535 호)가 있다. 이 제1시집이 출판된 1971년에는 아직 외국인 등록증 휴 대 의무와 지문 날인 제도가 있었다. 권두시로 「김치」가 있다. '~입 을 헹구는 아들에게/추잉검을 씹는 딸에게/식탁 위의 김치는/그래도 /검지를 세워서/위장까지를/새빨간/얼얼 얼얼하게 물들여간다/여자 의 손가락도/새빨개/~'. 1999년 『TAIWAN』으로 제50회 H씨상을 수 상한 류 히데미龍秀美(1948년 사가 출생)는 '열 개의 손가락 전부 찍는 다/~이것이 전부다 라고/일본(속국)에 내민다//'라고 지문 날인에 관 해서 기록했다.

그림 5-13
이시가키 린

◈ 이시가키 린石垣りん[206]

일과 가사와

이시가키 린은 고등소학교를 나와서 15세 부터 정년인 55세까지 일본흥업은행에 재직 했다. 4명의 아내를 두었던 아버지와 남동생 을 떠안고 일가의 경제를 지탱해 가며 또 가 사 노동도 했다. 그러한 쇼와 초기의 '직업부 인'이란 무거운 곳에서 시의 언어가 나오고 있다. 시집으로는『내 앞 에 있는 냄비와 솥과 타오르는 불과私の前にある鍋とお釜と燃える火と』(유레 카, 1959년)『표찰 등』(제19회 H씨상 수상 사조사, 1968년)이『이시가키 린 시집』(다무라 도시코상 수상 사조사, 1971년)에 수록되었다. 그 후 시 집으로는『약력略歷』(화신사花神社, 1979년)『부드러운 말やさしい言葉』 (화신사, 1984년) 등이 있다.

제1시집에 수록된「내 앞에 있는 냄비와 솥과 타오르는 불과」에서 는 여성 역할(젠더)로서 제도 안에 갇혀왔던 일을 주체적으로 긍정하 고 생명적인 것으로서 그 가치를 탈환했다. 이것은 야마모토 겐키치 山本健吉가 나카무라 데이조와 호시노 다쓰코와 같은 여성 하이진을 가리켜 '부엌 하이쿠台所俳句'(『현대하이쿠現代俳句』)라고 부른 신변 우 타와는 다르다. 이시가키 린은 자작시에 관하여『시를 쓰는 것과, 사 는 것詩を書くことと、生きること』(『이시가키 린 시집』)에 다음과 같이 썼 다. '지금까지의 부당한 차별은 꼭 철회하지 않으면 안 되지만 남자

---

206) 이시가키 린石垣りん : 1920~2004년, 도쿄東京 출생.

들이 이미 가진 것은 정말로 부러워 마지않는 것일까. 여자가 해 온 일은 그런 보잘 것 없는 것이었나 라고 하는 의문을 갖게 되었다.'라고. 그녀는 「내 앞에 있는~」에서 부엌을 다음과 같이 노래했다.

그것은 긴 세월/우리들 여자 앞에/언제나 놓여져 있었던 것/자신의 힘에 맞을/정도 고만한 크기의 냄비와/쌀이 부글부글 부풀어져/윤기를 내기에 좋은 솥과/아주 먼 옛날부터 전해져온 달아오른 불 앞에는/어머니와 할머니와 또 그 어머니들이 언제나 있었다.//그 사람들은/어느 만큼의 사랑과 성실의 분량을/그 용기에 쏟아 넣었던 것일까/어떤 때는 그것이 붉게 물들었거나/검은 다시마였거나/다져서 납작하게 된 생선이었거나//부엌에서는/언제나 정확하게 아침 점심 저녁의 준비가 이루어져/준비 앞에는 언제나 몇 개의/따뜻한 무릎과 손이 나란히 놓였다/아아 그 있어야 할 몇 명의 사람이 없어서/어째서 여자가 바쁘게 취사 등을/반복하는 것인가?/그것은 해이해지지 않는 사랑/무의식적으로 일상화된 봉사의 모습//취사가 기이하게도 분담되었다/여자의 역할이었던 것은/불행한 일이라고는 생각하지 않는다/그 때문에 지식과 세간에서의 지위가/늦어졌다고 하더라도/늦지는 않다/우리들 앞에 있는 것은/냄비와 솥과, 타오르는 불과//그 그리운 용기 앞에서/감자와 고기를 요리하듯이/깊은 생각을 담아서/정치와 경제와 문학도 공부하자/그것은 사치와 영달 때문이 아니고/전부가/인간을 위해서 준비된/전부가 애정의 대상이어서 격려되도록.//(『내 앞에 있는~』)

이에家 제도의 썩은 악취

이시가키는 같은 시집 『부부』 등에서 이에 제도의 썩은 악취를 그렸다. 계속 일하는 '나'를 지탱해야 할 가족은 '낡은 일본의 집집에 있다/악취 풀풀 나는 변소'(「집」)의 집이다. '그런 집에 지탱되어/60을 넘긴 아버지와 계모와/화목하게 살고 있다/~내가 건네는 궁핍한 금액에서/자신들의 생애의 안정에 관해서 서로 계산하고 있다//그런 집에 저녁 시간/나는 국철 고탄다五反田역에서 전차에서 내린다/~여기는 어딘가?/나의 집이야/집이란, 뭐야?'라고 하는 질문을 반복하고 있다. 거기에는 '사랑이란 것/뭐랄, 예를 들 수도 없는 악취'(「부부」)를 보이는 아버지와 계모가 있다. 아버지는 '질질 질질 끄는 조리 소리'를 내며 '질질, 이라며 땅을 잡아끄는 듯한/땅에 미끄러져 들어갈 듯한/저 아버지의 조리 소리/그 불가해한 생으로의 집착/그 집착 속에서 나는 태어났던 것인가//'라고 자신의 소원한 거울상을 본다. 다음으로 내딛은 발을 멈추지 않는 '조리 소리', 그것은 '나'의 끊을 수 없는 일상과 생활의 습관 속에서 하루하루가 '질질' 지나가는 조급함이기도 하다. 또 「월급봉투」에서는 '세로 20센티/가로 14센티/다갈색의 봉투는 한 달에 한 번 월급날에 받는다./ (중략) 거기에는 파손된 다다미가 12장 깔려/늙은 부모와 남동생들이 종이봉투 입으로/자, 내일도 또 일하러 가줘/라고 말 건다./~'라고 리얼하게 노래했다.

미래의 아이에게

독자는 이시가키 린 시의 '나'가 있는 장소에 서 있음으로 생의 근원적인 전체성을 느끼게 된다. 그 원추형의 바닥과 같은 곳에 서는 것은 무겁고 큰 것을 지탱하는 것이지만 거기에서 보이는 세계야말로 살아가는 한 인간의 장소라고 알게 된다. 이시가키 린은 '여성시인'에게 기대되는 연애시도 쓰지 않고 아이도 갖지 않았다. 무거운 가족의 흐름을 받아들이고 자신의 가족과 아이도 아니지만 아이에 대한 미래로의 연속성을 '하늘을 업고'에 썼다. '어깨는/목의 뿌리부터/둥글게 자라서/어깨는/지평선과 같이/이어지고/사람은 모두 하늘을 업고/어제부터 오늘로/아이야/너의 그 어깨에/어른들은/오늘부터 내일을 옮긴다/이 무거움을/이 빛과 어둠을/너무나도 작은 그 어깨에/조금씩/조금씩/'(『약력』)

그림 5-14
신카와 가즈에

◈ 신카와 가즈에新川和江207)

여자의 일상과 자유

시모다테마치下館町에 피난해 있던 사이조 야소西条八十에게 15살 때 사사받는다. 1948년 이바라기현립 유키고등여학교茨城県立結城高等女学校 졸업 후 19살에 도쿄로 이주, 경제적 자립을 생각하며 소녀 잡지와 학습 잡지에 이야기와 아이들을 위한 시를 쓰기 시작한다. 1953년, 새로운 서정시의 확립을 목표로 하는 『지구』의 동인이 된다. 시집으로는 『잠드는 의자眠り椅子』(프레이어드 발행소プレイアド発行所, 1953년) 『그림책 「영원」絵本「永遠」』(지구사, 1959년) 『로마의 가을·그 외』(제5회 무로우 사이세이상 수상 사조사思潮社, 1965년) 『비유가 아니고比喩でなく』(지구사, 1968년) 『으름덩굴의 일기つるのアケビの日記』(시학사, 1971년) 『흙에게의 오드13土へのオード13』(산리오출판サンリオ出版, 1974년) 『불에게의 오드火へのオード』(자양사紫陽社, 1977년) 『꿈의 안팎夢のうちそと』(화신사, 1979년) 『물에게의 오드16水へのオード16』(화신사, 1980년) 『신선·신카와 가즈에 시집新選·新川和江詩集』(사조사, 1983년) 『바닷물의 정원에서潮の庭から』(제39회

---

207) 신카와 가즈에新川和江 : 1929년~, 이바라기茨城 출생.

마루야마 유타카 기념 현대시상 수상, 1994년)『신카와 가즈에전 시집』
(화신사, 2000년)『팔락팔락 페이지가 넘어가고……はたはたと頁がめく
れ……』(제37회 후지무라기념역정藤村記念歷程상 수상), 라 메르 북스『여자
들의 명시집女たちの名詩選』(사조사, 1986년)『속·여자들의 명시집』(사
조사, 1992년) 등이 있다.

1983년부터 93년까지의 10년간 요시하라 사치코와 함께 계간시지
『라·메르ラ·メ—ル』의 편집, 간행을 행하여 많은 여성시인을 키웠다.

신카와 가즈에는 여성으로서 아내로서 어머니로서의 일상을 살아
가면서 거기서 자유를 찾아서 언어를 엮어왔다.

일본의 근대시는 서구 문화의 영향으로 문어정형시로부터 구어자
유시를 탄생시켰고 현대시는 전통적 단가적 서정 비판에서 출발했
다. 신카와 가즈에는 야마토 언어大和言葉[208]의 히라가나가 가진 미야
비雅[209]의 부분, 전통적 서정도 현대시 속에 살리면서 시정의 쇄신함
과 다양한 사회 규범에서의 자유를 찾았다. 그 평명하고 대범한 스타
일은 폭넓게 많은 독자에게 침투해 갔다.「나를 묶지 말아줘わたしを束
ねないで」는 잘 알려진 시이다.

나를 묶지 말아줘/자라난화紫羅欄花[210]라는 꽃처럼/흰 파처럼/묶지 말아주세요
나는 벼이삭/가을 대지가 가슴을 태우고/둘러보는 금색의 벼이삭//나를 고정시
키지 말아줘/표본상자의 곤충처럼/고원에서 온 그림엽서처럼/고정시키지 말아
주세요/나는 날갯짓하며/잠시의 멈춤도 없이 넓은 하늘을 뒤지고 있다/눈에는

---

208) 일본 특유의 사물에 붙는 말. 고유의 말.
209) 궁정풍이며 도회풍인 것을 가리키는 말로, 우아한 미로 고급스러움을 뜻함. 한편, 세
    련된 감각으로 연애의 정취나 인정 등에도 통한다.
210) 아브라나과의 다년초로 원예상으로는 일년초. 남유럽이 원산지로, 50~80센티미터의
    높이. 스톡(stock)의 일본명.

보이지 않는 날개 소리/ (중략) 나를 이름붙이지 말아줘/딸이라는 이름 아내라는 이름/무거운 어머니라는 이름으로 장식된 자리에/앉아 있게만 하지 말아주세요 나는 바람/사과나무와/샘물의 장소를 알고 있는 바람/(『비유가 아니고』 1965년).

모음과 신체의 울림

프랑스 상징파 시인 아르튀르 랭보(1854~91년)에 「모음」이라고 하는 유명한 시가 있다. 이 시는 알파벳의 모음을 색의 이미지로 표현했다.

일본어의 다섯 개의 모음은 자음과 달리 곧게 숨을 내뱉고 성대를 그대로 떨리게 하는 누긋한 소리로, 그것만으로 의미를 갖고 부드러운 울림을 남긴다. 신카와 가즈에는 현대시에 원초原初 목소리의 울림을 넣었다.

—어떤 외로운 날 나에게 주고//믿고 있어라/너의 목과 입술의 따뜻함을/네가 〈아〉라고 할 때/어딘가의 어두운 늪가의/발 사이에서/고인 물이/〈아〉/만년에 단 한 번의 물거품을 일으켜 혼잣말을 한다고//믿고 있어라/부드러운 죽음이 오늘밤도 너를 안으러 온다고/네가 〈이〉라고 중얼거릴 때/마른 강의/도리의/썩은 쐐기의 근처에서/〈이〉/미리 짠 것 같이 잠시 멈추는 바람이 있다고/~믿고 있어라/노래하는 것은 결코 허무한 것이 아니라고/네가 〈오〉라고 할 때/푸른 풀이/소가/보이지 않는 것의 그림자가/〈오〉/벌떡 일어나 너와 함께 걸어간다고//(「모음」『비유가 아니고』).

신카와는 근대적 지식을 통해 온 현대시의 비평적 언어로 표현하면서 일본어의 운율과 음악성을 소중하게 노래해 왔다. 10살 때부터

'소학생 전집 동요책(기타하라 하쿠슈, 사이조 야소, 미키 로후 등)의 포로가 되었다.'고 기록했다. 일찍부터 현실에서 언어를 만났던 것일까. 「비유가 아니고」에서는 언어 이전의 것을 직접 만지고 싶은, 보는 것 만지는 것에 언어를 개입하지 않고 만지고 싶다고 하는 시인의 소망이 표현되었다.

수밀도가 익어 떨어진다 사랑처럼/강변 창고에 붙은 불이 꺼진다 사랑처럼/7월의 아침이 쇠잔해진다 사랑처럼/가난한 소작인 집의 돼지가 야윈다 사랑처럼//오오/비유가 아니고/나는 사랑을/사랑 그것을 찾고 있었던 것이지만//사랑과 같은 것을 몇 번 만났지만/나는 잡을 수 없었다/바다에 떠다니는 볏짚 정도도 이 손바닥에//나는 이렇게 대답했다/하지만 역시 여기서도 사랑은 비유였다//사랑은 수밀도에서 떨어지는 달콤한 물방울/사랑은 강변 창고의 불 폭발하는 화약/바로 선 불길/사랑은 빛나는 7월의 아침/사랑은 동글동글 살찐 돼지……// (후략) (『비유가 아니고』)

(와타나베 미에코渡辺みえこ)

6. 평론評論

남녀공학의 성립

일본은 1945(쇼와20)년 8월15일 패전 후 미국의 주도 아래 다수의 개혁을 단기간에 행했다. 우선 여성의 정치 활동의 자유를 전면적으로 되찾은 전후 첫 총선거(1946년)에서는 39명의 여성 의원이 당선되었다. 그중에서도 획기적이었던 것은 남녀공학제도의 실현이었다(47년, 교육기본법 공포). 이제까지 지배적이었던 남녀별학교육男女別学教育은 여성의 지적 수준을 열위에 놓고 성역할 분업을 유지, 강화하는 것밖에 없었다. 그 후 남녀동일노동 동일관금의 원칙 확립(노동기준법, 4월 7일 공포), 12월 27일의 민법 개정에서는 아내의 무능력에 관한 규정이 제외되고 결혼 및 이혼의 자유와 평등, 재산 균등 상속, 배우자 상속권 등이 인정되어 법적으로는 가족 제도가 폐지되었다. 이러한 정치, 교육, 노동, 가정 등등 다수의 제도 개혁이 처음으로 개인으로서의 자유 자립을 추구하는 많은 여성에게 열려져 갔던 것이다.

그러나 문학 평론 장르에서 여성이 활약을 시작하기에는 아직 시간이 필요했다. 작가가 본업이 아니고 독립한 평론가로서 전전에서 활약하고 있었던 것은 이타가키 나오코이다. 그녀는 일본여자대학교 영문과를 졸업한 후 모교의 추천으로 1921년에 도쿄제국대학 제1회 여자 청강생이 되어 미학, 철학을 청강한 학력을 갖고 있다. 그녀는 온몸으로 남녀평등 교육의 필요성을 확신했던 것이다.

이타가키가 '요즘 부인들 중에 대학 교육을 받는 자가 늘었다. 때문에 앞으로 나오는 부인평론가는 질도 향상해 갈 것이다. 사회 시평과 부인 평론뿐 아니라 전문을 기본으로 해서 평론가가 되는 사람들도 늘어갈 것이다. 현재도 아동심리학을 공부한 하타노 이소코波多野勤子가 청소년의 문제에 관해서 때때로 시평적인 발언을 하고 있는데 그런 행보야말로 바람직하다.'라고 쓴 것은 새로운 교육제도가 시행되고 10년 후인 1951년의 일이다(「근대의 여류평론가」『국문학 해석과 교재의 연구』7월호, 학등사).

문예 평론과 젠더

이타가키가 전술한 논에서 전후 활약한 여성 평론가로서 든 것은 마루오카 히테코円岡秀子, 하니 세쓰코羽仁説子, 마쓰오카 요코, 쓰루미 가즈코鶴見和子, 다케다 기요코武田清子, 미야케 쓰야코三宅艶子, 다나카 스미코田中寿美子 등이다. 여기에 문예평론가는 한 사람도 없다. 예를 들면 마루오카가 나라여자고등사범奈良女子高等師範(현재 나라여자대학)을 졸업한 후 결혼한 상대 마루야마 시게타카丸山重堯는 아내에게 사회과학을 배우도록 한 개명적인 남편이었다. 그러나 3년 뒤 급사, 그후 딸 아키코를 키우면서 한때는 요미우리신문에서 문필 활동을 했다. 주로 농촌 부인의 향상과 복지의 문제에 초점을 맞춘『일본 농촌 부인 문제日本農村婦人問題』(1937년)는 농촌 문제 연구의 창시적인 노작이다. 또『세이토』의 사람들과도 교류가 있었고,『한 갈래 길ひとすじの道』(1971년)『다무라 도시코와 나田村とし子とわたし』(1973년) 등 다수의 저서로 뒤에『마루오카 히테코 평론집』4권(1979년)에 정리되었다.

다나카 스미코는 쓰다영학숙을 졸업한 후 1948년 노동성 부인소년

国婦人少年局에 들어가 그 5년 뒤에는 부인과장이 된다. 주로 매춘 문제를 다루었고 1955년에 퇴직한다. 1965년에 참의원 전국구 첫 당선 이후(사회당), 18년간 국회 활동을 한다. 주된 저서로는『젊은 여성의 생활 방식若い女性の生き方』(1959년)『새로운 가정의 창조新しい家庭の創造』(1964년)『파라슈트와 모계제パラシュートと母系制』(1986년) 등 다수가 있다. 역서로는 마가렛 미드『남성과 여성 상·하』(1961년) 등이 있다. 전후의 부인 해방 운동의 올림픽 리더 중 한 사람이다. 또『야마가와 기쿠에 전집山川菊榮全集』(1981~82년)의 편집에도 가담했다.

해외로

일본의 남성 문예 평론가도 메이지 이후 외국 문학과 사상에 큰 영향을 받아왔다. 다이쇼 말기부터 쇼와에 걸쳐 마르크스주의의 문예 사상에 지대한 영향을 미친 프롤레타리아 문학의 진영에 있는 사람들(아오노 스에키치, 히라바야시 하쓰노스케平林初之輔, 구라하라 고레히토 등)을 시작으로 프랑스 문학에 영향을 받은 고바야시 히데오小林秀雄, 조이스와 프루스트에 촉발된 이토 세이 등의 신심리주의 문학론, 독일 낭만파의 영향을 받은 야스다 요주로保田与重郎 등 셀 수 없이 많다. 쇼와 이후 이러한 문학 세계는 구미와 거의 동시적으로 문제가 제기된 문학 평론의 시대가 되었다. 종전 직후, 여성들 중에서도 유학 경험을 가지고 외국어에 능하며 국제적인 시야를 가진 사람들이 등장한다.

마쓰오카 요코는 자유학원自由学園의 창립자 하니 모토코羽仁もと子가 큰어머니이고 미국 스왈스모어컬리지 정치학과에 유학(1939년)했다. 전후, 어학력을 높이 사서 리더즈 다이제스트 일본 지국에서 일했다. 1946년 3월에 아카마쓰 쓰네코赤松常子, 사타 이네코, 하니 세쓰코 등과 부인 민주 클럽을 결성, 초대 위원장을 맡고 이 클럽을 모태로 해서 창간된『부인민주신문婦人民主新聞』의 편집장이 되었다. 1949년 다시 도미하여 3년간의 유학 뒤 유럽, 인도를 거쳐 귀국했다. 1956년에는 일본 펜클럽 사무국장에 취임했다. 일본에 처음으로 열린 국제 펜클럽 대회에서 회장 가와바타 야스나리를 보좌하여 성공시켰다. 그러나 1970년 서울에서의 국제 펜클럽 대회, 타이베이에서의 아시아 작가 회의 참가에 반대하여 일본 펜클럽에서 탈퇴했다. 저서로는 영문의 자전『태평양의 딸太平洋の娘』『에드가와・스노エドガ—・スノ—』『베트남・아메리카・안보ベトナム・アメリカ・安保』등 다수가 있고 스노의『중국의 빨간 별中国の赤い星』도 번역했다. 중일 우호 협회 본부 상임이사 등도 맡은 국제적인 활동가였다.

그 외 양친과 함께 크리스천이었던 홋카이도 오타루 출생의 사카니시 시오坂西志保는 유아 때부터 아버지에게 영어를 배우고 1918년에 요코하마소신여학교横浜痩真女学校를 졸업한 후 영어 교원을 거쳐 미국 휴튼대학, 미시건대학대학원에 유학하여 같은 대학 철학박사를 취득했다. 주립대학에 1년, 미의회도서관 오리엔탈리어 부문에 일본부 자료 책임자가 되어 12년간 봉직한다. 그러나 1942년 미일 개전으로 귀국한다. 시, 그림, 음악에도 조예가 깊어『중국 고대 미술론支那古代美術論』(1937년)과『광언의 연구狂言の研究』(1938년)『시간의 발소리時の足音』(1970년) 등 다수의 저서를 냈다. 이시카와 다쿠보쿠『한줌의 모래一握の砂』(1934년)와 요사노 아키코『헝클어진 머리』(1935년), 이토 사치오伊藤左千夫『소치는 사람의 노래牛飼の歌』(1936년) 등도 영어로 번역

469

했다.

또 이누카이 쓰요시犬養毅(총리)를 할아버지로 둔 이누카이 미치코犬養道子도 쓰다에이가쿠주쿠를 중퇴한 후 레지컬리지(보스턴), 가톨릭대학(파리)에서 공부, 1965년에는 하버드대학에 유학한다. 구미 각국을 돈 체험기『아가씨 방랑기お嬢さん放浪記』(1958년)로 주목을 받았다. 1965년, 하버드대학 연구원이 된다. 『구역성서 이야기旧訳聖書物語』(1969년)『꽃들과 별들花々と星々と』(1970년)과『어느 역사의 딸ある歴史の娘』(1980년) 등 다수의 저서를 냈다. 유년 시기부터 배양된 풍부한 국제 감각을 갖고 현재도 난민 문제 등에 깊은 관심을 나타내며 정력적으로 발언을 계속하고 있다.

가이노크리티시즘[211)]으로의 관점

이렇게 보았을 때 교육, 정치, 여성 문제 등에서는 많은 뛰어난 평론가가 배출되었지만 문예 평론은 압도적으로 적다. 작가로서도 활약한 미야케 쓰야코는 연애와 일상생활에 관한 스스럼없는 평론은 많지만 문학 평론은 없는 것과 같다. 왜 이렇게 여성 문예 평론가는 적은 것일까. 요는 간단하다. 문예 평론에는 내외 문학에 관한 막대한 지식과 충분한 조예가 필요하기 때문이다. 안타깝게도 여성에게는 그런 훈련을 받을 기회가 너무나도 적었다. 학문을 계속하기에는 여성은 남성보다 훨씬 장애가 많아서 '문예 평론가'는 나오기 어려운 것이다. 물론 여성 문예 평론가가 나오기 위해서는 어느 정도의 시간

---

211) 애렌 쇼월터가 이름 붙인 문학비평 방법. 여성이 문학 속의 여성에 대한 표현이나 포르노그래피의 생성 과정을 추적하거나 하는 것으로 페미니스트 분석의 대상이 되기도 한다.

(역사)이 필요한 것은 말할 것도 없다. 때문에 이타가키는 우선 스스로 공학의 고등 교육을 받고 대학에서 일을 하는 여성교원에게 기대를 한 것이다. 그러나 그녀들도 좀처럼 평론가로서 독립적인 위치를 점할 수 없었다. 이것에 관해서 이타가키는 앞서 실은 논문에서 다음과 같은 재미있는 견해를 적었다.

'여자 대학교수들은 대학에서 일을 하려면 사무적인 일과 강의에 쫓겨 빨리 돌아가는 현대문학을 읽기 어렵게 된다. 또 학자라고 하는 자부심 때문에 시류의 붓을 쥐려고 하지 않는 자도 중에는 있다. 또 연구와 강의는 할 수 있지만 붓을 쥐지 않는 자가 있을지도 모른다. 저널리즘으로 향하는 것도 특정의 재능이 필요하다.' 이 발언에서는 '연구 논문'과 '평론'의 차이가 현재보다도 미분화된 상황도 엿볼 수가 있다.

또 이타가키는 여기서, 도쿄여자대학의 마쓰무라 미도리松村緑, 교토여자대학京都女子大学의 쓰카다 미쓰에塚田滿江, 도요대학東洋大学의 노미조 나오코野溝七生子, 일본여자대학의 가미무라 에쓰코上村悦子, 아오키 다카코青木生子, 오이 미노부大井ミノブ, 이노우에 유리코井上百合子, 구마사카 아쓰코熊坂敦子 등의 이름을 들고 있다. 여성이 여성의 텍스트를 재평가하는 가이노크리티시즘의 시점이 이타가키에 의해 처음 도입되었던 것이다. 말할 필요도 없이 '문학사'는 하나의 창작(픽션)이다. 즉, 문학사에 무엇을 더하고 무엇을 잘라버릴지는 그 판단을 지탱하는 비평의 이데올로기에 의한다. 지금까지 편린으로 제쳐 있던 여성문학의 '다시 읽기'가 여성에 의해 겨우 시작된 것이다.

이타가키는 이때까지 연구되지 않았던 여성작가와 작품에 조명을 맞춘 『부인작가 평전』(1954년) 『하야시 후미코』 『히라바야시 다이코』

(1956년) 등을 정력적으로 발표했다. 또 '본서를 쓰는 것은 오래전부터 나의 바람이었다.'고 하며 한층 마음을 쓴『메이지 · 다이쇼 · 쇼와의 여류문학明治 · 大正 · 昭和の女流文学』(1967년)에는 '일본의 여류문학도 본서를 읽으면 알게 되고 개개의 여류작가를 남류와 비교하면 여류작가의 작품이 훨씬 개성적으로 뛰어나다.'고 '남류男流'라고 하는 조어를 처음으로 사용하는 등 그 선구적 의의는 실로 크다. 이 외에도 『소세키 문학의 배경漱石文学の背景』(1956년) 『문학개론文学概論』(1966년) 등이 있다.

전후의 출발

전후 가장 빨리 평론 활동을 개시한 작가의 필두로 미야모토 유리코를 들 수 있다. 그 큰 성과가『부인과 문학婦人と文学』이다. 쓰기 시작한 것은 1938(쇼와13)년 경부터이지만 한 권의 책으로 된 것은 1947년의 일이다. 이 책의 성립 과정 자체가 작가들이 탄압받은 전중의 역사를 상세하게 말해주고 있다.

최초의 발표는『중앙공론』(1939년 5월호), 이후『개조』(동년 7월호)로 이어지고 뒤에『문예』에 거의 매월 연재되어서 1940년 6월호까지 전 13장이다. 중앙공론사에서 출판이 정해지고 장정도 정했다고 했지만 전쟁 개시(1941년 12월 8일) 다음날 유리코는 관헌에 잡혀서 구금생활에 들어간다. 작품 발표 금지 탄압이 두 번에 걸쳐 가해졌지만 그 사이에도 유리코의 붓은 멈추지 않았다. 중앙공론사는 이 돌발적인 사건으로 출판을 중지했지만, 다행히도 원고는 전쟁의 불길 속에서도 잃어버리지 않았고 전후 '오늘날 독자에게 역사적인 문학 운동

의 성쇠가 이해되도록 다시 써서 마지막 1장도 더해'(저자 「들어가는 말まえがき」) 겨우 빛을 봤던 것이다.

우선, 미야케 가호의 『덤불의 휘파람새』를 들 수 있다. 이 작품이 탄생하는 경위에 대해서도 사회 환경이 어떠한 영향을 주었는지, 단순한 작가 열전이 아닌 일본 문학 전체도 시야에 넣어서 그 밀접한 관계 아래에 고찰되고 있다. 여기서 재미있는 것은 모두의 '『덤불의 휘파람새』라고 하는 소설이 메이지가 되고나서야 처음으로 부인 작가에 의해서 쓰인 소설다운 소설인 것을 얼마 전에야 알았다.'라고 하는 유리코의 술회이다.

유리코와 같은 박학다식한 지성인도 근대 여성작가의 작품 '시작'을 이렇게 의식한 적이 없었던 것이다. 그 일 자체가 여성작가가 이제까지 어떻게 취급되어 왔는가를 아는 에피소드가 되고 있다. 유리코는 이것을 계기로 해서 메이지 이후 여성작가를 대상으로 한 새로운 문학사를 '부인 개성과 재능의 발휘의 소망은 메이지 이후, 일본 문학 전통 속에서 곤란한 길을 거슬러왔다. 이치요의 발버둥, 다무라 도시코의 색채 진한 자아 주장, 라이초의 천재주의의 유치함조차도 여성 생활 확장 바람의 표출이었다. 그 의미에서는 부인작가의 여성스러움의 추종도 문학에 있어서의 타락조차도 일본 사회 부인의 투쟁과 그 승패의 모습이었다고 전한다.'고 통사적으로 재고하기 시작했던 것이다.

또 유리코는 전후, 전쟁이 가져다준 '국제결혼의 문제, 혼혈아의 문제'도 가장 빠르게 언급하며 국가 권력이 민중에게 떠넘긴 고난과 인간성의 파괴에서 눈을 돌리지 않고 사람들이 문학에서 찾는 것은 무엇인가 진지하게 묻는다. 그것은 '직접적인 해결이 아니기 때문에 수단을 뺀 진실을 문학에서 구하'는 것이고, '현실의 착잡함과 혼란을 우물쭈물 넘기지 않고 그곳을 통과하여 인간답게 살 수 있는 인간 진실의 현실을 문학에서 찾고 있다고 생각한다.'고 말한다.

'온갖 인민의 인간성을 발휘시키는 새로운 민주주의 문학의 중핵'은 '근로부인 중에서 그녀들의 문학이 창출되어올 때, 근대 일본의 부인작가의 고난에 가득한 역사는 실로 발전된 본질에 의해 그 새로운 페이지 위에 서게 된다.'고 쓸 때, 여기에는 '부인과 문학과의 과제'가 단순한 낡은 남녀 대립의 해방만이 아니고 '보다 넓은 사회적인 신생활 건설의 과제로서 이해'된 것이다. 1947년 7월 5일의 날짜를 가진 이 평론의 역사적 의의는 실로 크다.

> 가까운 장래에 일본 문학사는 반드시 새로운 사회의 역사 관점에서 다시 쓰일 것이다. 이 간단하게 스케치되었던 메이지 이후의 문학 역사는 그러한 업적이 나타났을 때 보족되지 않으면 안 되는 몇 개의 부분을 가지고 있음에 틀림없다. 하지만 한 사람의 일본 부인작가가 일본의 야만스런 문화 억압의 시기 자신이 가장 쓰고 싶은 소설은 테마의 관계에서 작품화되지 않았던 기간에 근대 일본의 문학과 부인작가가 어떻게 살아왔던가 하는 것을 절실한 생각을 갖고 추구했던 일로서 주관적인 애착 외에 어떤 의미를 갖고 있을 거라고 생각한다.
>
> (『부인과 문학』)

'여류문학'의 종언

국문학 잡지 특집에 「현대 여류문학의 매력」이 1968년에 짜여졌다(『국문학 해석과 교재의 연구国文学解釈と教材の研究』 4월, 학등사学燈社). 거기서 '문체로 보는 여류문학'이란 테마를 받은 주가쿠 아키코寿岳章子는 머리말에서 '문체로 보는 여류문학'이란 제목은 실로 무슨 의미

474

가 있는 듯한 감이 있지만 '문체로 보는 남성문학'이란 타이틀을 가진 논은 우선 눈에 띄지 않고 그리고 '여류문학에는 반드시 여류적인 무언가가, 즉 역으로 말하면 고다 아야에게도 쓰나노 기쿠綱野菊에게도 미야모토 유리코에게도 세토우치 하루미에게도 모두 공통하는 무언가가, 예를 들면 스타일 면'인가, 그리고 그것은 과학적으로 입증할 수 있는 것인가 하고 재미있는 의문을 제시했다.

거기서 주가쿠는 하타노 간지가 이전 상당히 대대적으로 소설 문체에 관해서 조사하여 얻은 결론(「남자의 문장, 여자의 문장男の文章、女の文章」『언어의 심리言語の心理』)을 채용하면서 '여류작가의 작품 24에 관한 데이터'에 근거하여 차이는 없다고 결론을 맺었다. 같은 호에 교토여자대학에서 교편을 잡고 있던 쓰카다 미쓰에가 '현대 여류문학과 졸업논문'이란 테마를 받아 주가쿠와 마찬가지로 '인간의 가장 자연스런 내심과 그 표출은 여류에 한정되지 않고 남성작가에게도 공통하고 있다.'며 조바심을 내비추었다. 이어서 여자 학생의 졸업논문 대상이 히구치 이치요, 요사노 아키코, 다무라 도시코, 미야모토 유리코, 오카모토 가노코, 하야시 후미코 등이 다수인 것을 지적하고 여자대학이기 때문에 여자이기 때문에 '여류작가라도' '여자밖에 모른다.'고 한 부류의 '가당치 않은 졸업논문'과 역으로 그러한 압력에 반항정신을 드러낸 '여자 따위에 소중한 청춘을 바치는 것은 아깝다.' '위대한 남성이야말로 생애의 목표'라며 성전환을 했든지, 혹은 군국주의의 부활인지 착각하고 싶어지는 '빌린 과제'를 비판하고 있다.

조금 늦게 남성 측에서도 '그러나 원래 문학에 남류문학과 여류문학 등의 구별이 있을 리가 없고 문학은 문학으로서 존재하지 않으면 안 되는 것이다.'라고 '여류' 호칭의 부자연스러움에 대해 언급하기 시작했다(「근대 여류문학론近代女流文学論」『여류문예연구女流文芸研究』 1973년).

'여자다움'과 '여자의 시점'은 사회에 의해 구성된 여성의 입장에 놓여진 시점밖에 되지 않는다. 여성작가이건 남성작가이건 '여성'의 입장에 몸을 두었을 때 어떤 식으로 느끼는 것인가 무엇이 일어나는 것인가 하는 것을 어떤 사람에게도 구상할 수 있도록 '여성'을 쓰는 것이다. 1960년대 말이 되어서야 일관적인 여자의 본질 등이 존재하지 않는 것이 겨우 이해되기 시작했다. 그러나 이후, 1976년에도 『여류작가와 아이덴티티女流作家とアイデンティティ』(『국문학 해석과 감상国文学解釈と鑑賞』 지문당至文堂)라는 특집이 변함없이 구성되었다. 그 후 '여류문학'이라는 말의 이상함에 관해 논의가 본격화되기까지는 우에노 지즈코上野千鶴子와 오구라 지카코小倉千加子, 도미오카 다에코富岡多惠子의 간담집 『남류문학론男流文学論』의 간행(1992년)을 기다리지 않으면 안 되었다. '여류'라는 대칭어를 갖지 않는 말에 굳이 '남류'라고 하는 조어를 타이틀로 하여 그 부자연스러움을 강조했던 것이다.

아버지의 딸들 등장

1960년 전후에 걸쳐 아버지를 작가로 가진 많은 여성작가가 등장했다. 『아버지의 모자』(1957년)를 내고 작가가 된 모리 마리는 모리 오가이의 장녀다. 무로우 사이세이의 장녀 무로우 아사코도 『만년의 아버지 사이세이晩年の父犀星』(1962년)를 썼다. 고다 로한의 차녀 고다 아야는 이혼 후 다시 아버지에게 의존하며 생활했다. 로한은 일상 신변을 소설로 쓰지 않았지만 임종의 모습 등을 알고 싶어 하는 독자를 위해서, 아야는 노다 우타로野田宇太郎의 권유로 『아버지─그 죽음父─ その死』을 썼다. 하기와라 사쿠타로의 장녀 하기와라 요코도 『아버지·하기와라 사쿠타로父·萩原朔太郎』(1959년)란 회상기로 인정받아 작가가 된다.

그녀들의 대부분은 특별히 작가를 지망했던 것이 아니다. 그러나 유소년기에 '작가'를 가까이서 보아온 그녀들은 '쓴다'고 하는 것에 저항 없이, 일단 쓰기 시작하면서 자연스럽게 표현할 수 있게 되었다. 또 그녀들의 공통점은 이혼 후에 쓰기 시작했다는 것이다. '아버지'와 '남편'의 속박이 없어지고 나서 처음으로 자유스런 표현자가 될 수 있었는지도 모르겠다. 이러한 것에서 보더라도 이제까지의 많은 여성들이 배우고 생각하고 쓴다고 하는 환경에서 얼마만큼 멀리 떨어진 곳에 처해져 있었는지가 이해될 것이다.

(이와미 데루요岩見照代)

7. 희곡戯曲

리얼리즘 연극 전성기

패전 후 연극은 GHQ의 지도 아래에 있었다. 복수와 살인이 등장하는 가부키는 상연을 금지시켰다. 신극이야말로 현대의 연극으로서 환영받았고, 신극인의 미국 연극 연구와 상연이 칭송되었다. 한편 전전부터의 극작가들은 일본 정부의 검열 대신 GHQ의 검열을 두려워하지 않으면 안 되게 된다. 그런 중에 가장 빨리 등장한 것이 자립 연극의 극작가들로 열심히 일하는 일상 속에서 희곡이 나오게 되었다. 그러나 그것은 전전의 공산주의 사상을, 혹은 혁명을 수행하기 위한 선전극과는 다른 사회의 왜곡을 적나라하게 그려내는 사회파 리얼리즘 희곡이었다. 노동 운동과 연대하여 그녀들의 희곡—『좋은 인연良縁』『몰모트モルモット』—은 노동자들의 극단에서 상연되었다. 시대의 파도는 직업 극단이 야마다 도키코와 데라지마 아키코의 희곡을 다루는 상황을 만들어내고 『여자 기숙사 기록女子寮記』(민중예술극장 오카쿠라 시로岡倉士朗 연출 1949년) 『태양을 쬐는 여자들陽をあびる女たち』(신협극단新協劇団 마쓰오 데쓰지松尾哲次 연출 1948년)이 초연된다. 이것은 전후의 리얼리즘 연극 희곡의 등장이라고 해도 좋을 것이다.

1951년에 미일 안보 조약이 조인되어(발표는 다음해) 일본은 강화 후 체제 만들기에 바빠진다. 긴자銀座와 우에노의 노점은 정리되고 거리에는 아메리칸 재즈와 여검극(아사카 미쓰요朝香光代, 오에 미치코大江美智子), 파친코가 유행한다. 문학은 레지스탕스 문학이 주류를 점하고 연극은 노동조합 운동의 융성과 맞아떨어져 리얼리즘 연극이 중심이 된다. 각지에 라디오국도 개국된다. 실로 통일의 어수선한 전후 상황이 여기에는 있었다. 이러한 시대가 되어 극작가는 라디오 드라마와 유행하기 시작한 영화의 시나리오를 쓰게 된다. 즉 의미 있는 '드라마'를 쓰는 것으로 생계를 이어갈 수 있는 시대가 도래한 것이다.

강화 후 1953년 4월에 미국 연극 테네시 윌리엄스『욕망이라는 이름의 전차欲望という名の電車』가 문학좌에서 초연(스기무라 하루코杉村春子 주연)되었고, 지방에서는 전전부터의 작가 구보 사카에久保栄의 전쟁 책임을 다룬 『일본의 기상日本の気象』이 민예에 의해 초연되었다. 1954년에는 아서 밀러『세일즈맨의 죽음セールスマンの死』(다키자와 오사무滝沢修 주연)이 초연, 상징적인 공연이 계속되어 당시의 일본 현대 연극의 현상을 읽을 수가 있다. 즉 연극 상황은 리얼리즘 노선이었다는 것이다. 독립 프로덕션이 융성하고 그들의 영화와 사회파 리얼리즘이었던(『굴뚝이 보이는 장소煙突の見える場所』『축도縮図』『히로시마ひろしま』등) 독특한 '사실'을 주장하는 오쓰의 『도쿄 이야기東京物語』가 쇼치쿠松竹에서 공개된 것도 이해이다.

데라지마 아키코寺島あき子, 그리고 그 후 등장한 다나카 스미에, 다이 요코田井洋子, 아키모토 마쓰요秋元松代, 다무라 아키코, 미즈키 요코, 하야사카 히사코早坂久子 등은 희곡을 쓰는 것과 함께 라디오 대본과 영화 시나리오, 나아가 텔레비전 드라마의 대본을 쓰게 된다. 전전의 극작가와는 완전히 다른 시장이 그녀들의 앞에 개척된 것이다.

지방에서 기존의 배우좌俳優座, 민예民芸, 문학좌文学座의 3대 극단에 비판적인 젊은이들이 새로운 극단을 만들고 활동을 시작한 것도 54년이었다(사계, 나카마仲間, 신인회新人会, 세이하이青俳, 청년좌青年座 등).

그러나 그들이 창립 공연에서 고른 희곡은 번역물과 기존의 희곡으로 신작은 청년좌의 『제3의 증언第三の証言』(시나 린조椎名麟三 작) 뿐이었다. 극작가가, 그것도 리얼리즘 희곡을 파괴하는 작가가 등장하지 않았던 것이다. 아베 고보의 등장은 신선함과 참신함으로 새로운 시대의 도래를 예고했지만 여성극작가에게는 그와 같은 시점의 희곡은 아직 나오지 않았다. 아키모토 마쓰요가 60년대 후반이 되어 처음으로 미지의 세계의 문을 열었다. 마지막으로 마야마 미호真山美保와 상업연극을 썼던 아리요시 사와코에게 접근해보자.

마야마 미호는 마야마 세이카真山青果의 딸이다. 신극 대중화를 표방하고 신협극단, 신쓰키지극단 출신자와 신제작좌新制作座를 만들어 (50년) 전국 순연을 했다. 대도시에서 전국의 농촌, 공장을 돌며 지방 사람들에게 연극 공간을 제공했다. 여자배우 겸 극단 소속의 작가로서 『도로카부라どろかぶら』『파란 풀 보거나草青みたり』『이치가와 우마고로市川馬五郎』『아아 장미꽃은 어디에 피나ああバラの花は何処に咲く』『소리개의 둥지 쾌거록鳶の巣村快挙録』 등을 쓰고 상연했다. 그녀의 연극 행동이 전중에 성장한 소년소녀를 신극의 관객으로 키웠다고 해도 잘못된 것은 아닐 것이다. '어버이의 사랑'에 관해서 이런 것을 쓰고 있다. '역시 어머니의 애정에 견줄 만한 것은 없네요. 정말로 이 아이는 행복해요.' 나는 이 생각에 대해서 온몸으로 반항한다. 이 생각이야말로 실로 '어버이의 은혜'라고 하는 말이 되어 오래된 일본의 위정자에게 구실 좋은 도덕으로써 직결되는 것이다. (생략) 지금 사회는 아이를 가정의 책임으로써 강요하고 있기 때문에 실로 가난한 자는 희생이 크고 아이의 육성에 굉장한 고통을 감수하지 않으면 안 된다. 이것만으로 한 여자의 이마에 깊은 주름을 새기는 것이다(『일본 전체가 나의 극장日本中が私の劇場』). 마야마 미호의 연극 운동의 원점은 이 사상의 연장에 있다고 생각된다. 그녀는 전국 순연이라고 하는 운동을 통해서 연극은 도시의 것이라는 기존의 관점을 깰 수 있었던 것이다.

아리요시 사와코는 베스트셀러 소설작가이지만 『비단북綾の鼓』(56년) 『웃는 아카이코笑う赤猪子』(57년) 『땅의 노래』(57년) 『피리笛』(58년) 『나미노하나 돈팡浪花どんふぁん』(59년) 등을 신파, 가부키, 동보뮤지컬 등으로 썼고 1960년대 후반에는 히트작 『하나오카 세이슈의 아내』(각색·연출, 초출은 소설, 66년)가 첫 상연되게 된다. 이것은 문학좌와 동보東宝의 무대에서 경연되었던 작품으로 이미 신극, 상업연극의 구별이 명확치 않게 된 것을 입증했다. 마야마 미호의 연극 운동 시대와 달리 신극의 존재가치가 변용되었기 때문이다.

◆ 다나카 스미에田中澄江212)

도쿄여고사범학교東京女高師 출신의 극작가

그림 5-15
다나카 스미에

오카모토 기도의 『무대舞台』에서 떠난 한 사람이다. 여고사범학교 시절부터 극작을 시작했다. 지카오千禾夫와 결혼한다. 제2차 세계대전 중에는 돗토리의 피난 생활과 아들의 투병 생활을 도와야 했기 때문에 교토의 예능기자 시대 등을 거쳐 전후 본격적으로 쓰기 시작한다. 주로 자신의

---

212) 다나카 스미에田中澄江 : 1908~2000년, 도쿄東京 출생, 구성旧姓 : 쓰지무라辻村.

체험을 제재로 했지만, 이른바 자연주의적 사소설풍인 표현이 아니고 심리 드라마적 요소가 짙다. 『극작』파의 작가로 부르는 사람도 있다. 그것은 제2차 『극작』에 발표하거나 남편 지카오가 극작파의 중심인 것과 스케치극 풍이 많은 것에서 연유했겠지만 극작파보다 훨씬 심각하고 재미있다.

전전戰前의 문학좌 상연

『봄·가을はる·あき』(1939년 초연)은 스미에가 근무했던 성심여학원聖心女学院에서의 체험을 기초로 한 여성뿐인 교무실에서 펼쳐지는 드라마이다. 젊은 신임교사가 동료에게 괴롭힘을 당하고 생도에게는 존경받지만 결혼 후 퇴직한다고 하는 내용으로 자신이 모델이다.

지카오는 스미에의 작품에 대해 '단정하고 맑고 이상할 정도로 풍만한 애정을 아름답게 또는 엄격하게 만들어내고 싶은 작열하는 욕구 이외' 없다고 기록했지만 냉정한 세간을 보는 눈이 있다는 것을 잊어서는 안 될 것이다.

구가旧家213)의 아들에게 시집온 도쿄 출생의 아가씨가 피난으로 인해 시골에서 처음으로 살게 된다. 그런 스미에의 일상에서 탄생한 『악녀와 눈과 벽』(1948년, 다음해 초연)에서는 며느리를 괴롭히는 것과 그것을 보고도 못 본 척하는 남편, 밝고 현대적으로 남편에게 안절부절하는 마누라상이 생생하게 그려졌다.

심리극이라고 명확하게 불러도 좋은 것은 『교토의 무지개京都の虹』(1950년 초출, 57년 초연)일 것이다. 12년 만에 좋아했던 남자를 만나

---

213) 오래 이어져온 유서 있는 가문. 혹은 오래 그 땅에서 살아온 집.

러 온 여자가 정전으로 인해 하룻밤을 함께 보낸다. 그러나 두 사람에게는 아무 일도 일어나지 않는다. 일찍이 그랬던 것처럼. 이 시추에이션은 매우 탁월하다. 여자는 남자한테 달려가고 싶지만 그렇게 할 수 없다. 그런 슬픔이 끊임없이 계속되는 장황한 언어의 바다 속에서 떠오른다.

『천사 나는 말을 믿지 않는다天使わたしは言葉を信じない』(1952년 초연)는 리얼리즘 극이다. 말을 믿지 않는다고 부제를 붙인 것은 언어파라고 불리는 극작파에게 반기를 든 것 같아서 재미있다. 지금의 관점에서 보면 근대화 이전과 같은 개인병원의 일상과 전후의 아프레게르들이 생생하게 묘사되어 있다. 이 외에『가라시아·호소가와 부인がらしあ·細川夫人』『북치는 여자つづみの女』(모두 배우좌 초연) 등의 시대물도 있다.

『반딧불의 노래ほたるの歌』

막이 오르자 아무도 없다. (산키치さんきち가 부르는 허밍의 자장가―아이야 착한 아이야 자장자장 해야지―한참 들리고)
―다녀왔습니다.
(현관이 열리고 우산을 두는 소리) 스즈코すずこ가 목욕수건을 껴안고 들어온다. 흰 반팔 블라우스에 검은 바지가 피곤한 얼굴로 창을 연다. 바람이 부드럽게. 산키치가 감청색의 옷으로 살며시 들어온다.
산키치 : 어서 와……. 늦었네. 젖었지?
스즈코 : 엄청 비가 와서…… 혼마치 고개를 내려올 때 신발 끈이 끊어졌어……. 싼 것은 안 되겠어……. 이렇게 빨간 물이 들었어. 잠들었어? 아이들.
산키치 : 갓난쟁이는 지금 막.
스즈코 : (장지문을 열고 보러 간다) 아직 젖을 떼는 것은 불쌍하지만.

산키치 : (그 뒷모습에) 금방 잠들었으니까 가만 둬. (창 쪽에서 성냥을 그어 담 뱃불을 붙인다) (스즈코가 부르는 자장가) 자장자장 어서 자장…… 자장자장 지 킴이는 어디에 갔나……. 저 산 넘어서…….

(시계가 9시를 알린다)

산키치 : 기둥 아래의 약통이 걸린 전열기에 스위치를 켠다.

스즈코가 들어온다. 노래하면서.

<u>스즈코</u> : 아아 너무 피곤해.

그림 5-16
아키모토 마쓰요

◈ 아키모토 마쓰요秋元松代[214]

극작가 데뷔

『예복礼服』(『제작制作』 1949년 6월)이 배우 좌에서 초연된 것은 1949년 9월이었다. 이때 아키모토는 '나는 극작가로서 자립할 수 있 을지도 모른다.'고 하는 '예상'을 가졌다고 한다. 아키모토의 자신과 희망을 나타낸 말 이다. 『예복』은 어머니의 장례식에 모인 아이들이 제각각의 마음속 에 살아 있는 어머니상을 이야기하는 드라마로 '인간의 드라마를 쫓 아가는' 것이 희곡을 쓰는 첫 번째 의의라는 아키모토다운 데뷔작이 다. 이후『전언ことづけ』『혼기婚期』『나날의 적日々の敵』이 문화좌(50 년), 배우좌(51년)에서 초연되고 라디오 드라마『금과 은金と銀』이 NHK에서 방송되어(51년) 극작가의 길을 걷기 시작한다.

---

214) 아키모토 마쓰요秋元松代 : 1911~2001년, 도쿄東京 출생.

라디오 드라마 제작

『타인의 손他人の手』『투구 아래かぶとの下』란 라디오용 드라마를 발표, 그 후 희곡으로 고쳐 써서 무대에 올리는 새로운 체험을 한다. 1952년에 시작된 NHK라디오 『너의 이름은君の名は』이 대히트하며 라디오 드라마의 전성기가 온다. 아키모토는 외국의 명작과 일본 고전을 라디오용으로 각색하거나, 인신매매 문제를 테마로 한 다큐멘터리를 쓰거나 해서 활약의 장이 넓어진다. 그 경험이 희곡『말하지 않는 여자들もの云わぬ女たち』(민예 55년 초연)에서 결실을 맺는다.

패전 후 10년이 지난 도쿄에서 하숙인에게 매춘을 시키고 있는 여자 시마, 그녀는 순사에게 추궁을 받자 "이렇게 젊고 예쁜 독신의 여자들이 약혼자나 남자 친구가 없다면 오히려 더 이상하지. (웃는다) 애인이라면 방문하기도 하고 묵었다고 해서 그다지……. (웃는다) 이러한 문제는 개인의 자유로 자신들 각자의 생각이고 책임도 자각하고 행동하고 있어요."라고 대답한다. 50년 후인 현재도 매춘＝남녀교제와 닮은 언설이 쏟아지고 있기에 남녀의 자유연애는 젠더 프리가 되지 않는 한 매춘과 종이 한 장 차이를 벗어날 수 없을 것이다. 라디오 드라마는 이 뒤에도 계속 써 간다.

명작의 드라마화와 전승의 세계로

엔치 후미코의 『여자고개』를 라디오 드라마로 각색하고 『여무女舞』도 각색한다. 1960년 희곡 『무라오카 이헤지전村岡伊平治伝』을 극단 나카마劇団仲間가 초연, 예술제 장려상을 수상한다. 시대는 텔레비전 시대로 이행하고 아키모토도 텔레비전 드라마를 쓰기 시작하여 이후 라디오와 텔레비전의 무대가 활약 장소가 된다. 『히타치보카이손常陸坊海尊』을 무명의 연극좌가 초연(67년)하고 참신한 무대를 전개, 호평을 얻은 극작가 아키모토 마쓰요의 이름은 연극계에 널리 알려지게 된다.

상업연극으로의 진출

『히타치보카이손』(다무라 도시코상) 이후, 발표하는 희곡과 라디오 드라마로 예술제 우수상, 마이니치 예술상, 기노쿠니야 연극상紀伊国屋演劇賞, 요미우리 문학상 등 다수의 상을 수상한다. 『히타치보카이손』과 『가사부타시키부코かさぶた式部考』는 방언과 전설을 이용하여 시공간으로의 초월을 이루었고 이제까지의 리얼리즘 희곡의 영역을 넘은 새로운 세계를 구축했다. 애愛, 성性, 성聖, 속俗, 남男, 여女에게 사회라는 테를 끼워서 거기서 어떻게 도망칠 것인가, 혹은 거기서 어떻게 살려고 하는가, 아키모토의 희곡은 그런 질문을 던지고 있는 것 같다. 그것이 지카마쓰近松[215)]의 신주모노心中物[216)]를 저술하게 한 것이다. 『지카마쓰 신주모노가타리近松心中物語』(『비극희극悲劇喜劇』 79년 3월)는 우메가와梅川, 주베에忠兵衛와 오카메お亀, 요헤에与兵衛의 이야기로 되어 있다. 사랑과 죽음을 노래하는 이 드라마는 니나가와 유키오蜷河幸雄 연출의 멜로드라마로서 초연되어 현재까지 재연은 1000회를 넘었다. 패전 후 등장한 극작가 아키모토 마쓰요의 발자국은 일본

---

215) 지카마쓰 몬자에몬近松門左衛門. 에도 중기의 조루리浄瑠璃, 가부키 각본 작가. 교겐狂言 20여 편, 조루리 100여 곡을 만들었다고 전해진다. 특히 일본인의 정서에 부합된 의리와 인정의 갈등을 소재로 하여 인간의 아름다운 마음을 그렸다.

216) 남녀의 정사情死를 주제로 한 조루리나 가부키 교겐.

의 고도성장기의 걸음과 궤도를 같이 하고 있는 듯이 매우 흥미롭다.

『히타치보카이손』

남자들 사라져가면서, 앗차카! 곳차카! 라며 웃는다.

도센보登仙坊 : 그런 말 하지 않았어요! 당신이란 사람은ㅡ. 시절이 좋지 않으니까, 마을의 무리들에게는 머리를 낮추어요.

오바바おばば : 도센보야.

도센보 : 왜요.

오바바 : 나는 마음이 바뀌었어. 미이라가 되는 것은 그만두자.

도센보 : 생각을 고쳤어요! 어머 축하할 일이에요!

오바바 : 목숨이 아까워서 그런 건 아니야. 내가 만나고 싶은 사람이 있어. 난 그 사람이 사랑스러워서 어쩔 수가 없어.

도센보 : 에에?ㅡ 그럼 남자인가요?

오바바 : 훗후후…….

도센보 : (갑자기) 몇 살이에요. 어떤 남자예요.

오바바 : 젊은 사람이야. 좋은 남자지. 내가 미이라가 된다면 게타啓太가 한탄할 거야. 그것이 안타까워서 나는 미이라는 되지 않을 거야. (꽃이 핀 정원나무 사이를 즐겁게 걷는다)

도센보 : 에에! 당신이란 여자는…… 그 생각하는 듯한 들뜬 얼굴…… 그만큼 당신, 그 젊은 남자가 사랑스럽군요!

오바바 : 그렇고 말고. 게타가 3일 안 보이면 죽어.

도센보 : 그건 너무나 가혹하네요. (눈물) 너무 사랑스러워!

오바바 : 포기하게 할 거야. 사랑스러운 마음은 분별이 없는 것이라서.

(이노우에 리에)

제6장

쇼와 50년대부터
현재까지의 **여성문학**

1. 시대 배경

우먼 리브에서 페미니즘으로

이 시기의 여성문학을 개관하려면 조금 거슬러 올라가 1970(쇼와 45)년 경부터의 시대 배경을 보고 갈 필요가 있을 것이다. 그것은 이 2년 전부터 1년 전에 걸쳐서 피크를 맞이하는 전국적 대학투쟁, 전공투全共鬪 운동 속에서 생겨난 여성문학의 흥성과도 관련된 여성 해방 우먼 리브 운동217)의 대두가 1970년이기 때문이다.

70년 이후부터 현대까지의 도정은 일본의 자본주의 사회에 있어서 고도성장의 최전성기부터 쇼와 말기의 버블 붕괴를 경계로 불경기로 돌입하는 헤이세이 시대, 실로 포스트모던으로의 이행기이기도 하다. 세계적으로 보면 미국에 의한 베트남 침략전쟁이 겨우 종반을 맞이한 때부터 소비에트의 붕괴에 의한 미소 냉전 구조의 종결을 거쳐 제국 미국에 의한 아프가니스탄ㆍ이라크 침략전쟁이 개시되는 21세기 초두까지의 역사이다.

전후, 여자의 해방에 있어서 혁명적인 변혁을 가져다준 것이라고 하면 그것은 뭐니 뭐니 해도 전쟁 직후에 성립하여 남녀평등을 노래했던 일본국 헌법이고, 1970년대부터 80년대에 걸친 우먼 리브에서 페미니즘 운동으로의 전개

그림 6-1
『자료 일본 우먼ㆍ리브사Ⅱ』

---

217) Women's Liberation. 1960년대 후반에 미국에서 일어나 그 후 세계적으로 퍼진 여성 해방운동을 일컫는다.

이고, 그것을 받은 남녀공동참획 사회기본법의 시행일 것이다. 우먼 리브에서 페미니즘으로(사회에서 문화로)의 전개는 위에서의 개혁이 아니라 일본 여자들 스스로가 세계의 여성들과 연동하면서 수행한 변혁 운동이었다. 성의 이중 규범이 모든 문화, 사회의 구조 자체 속에 얼마나 들어와 있는가를 명확히 해 갔던 운동이었다.

그러면 70년대부터 80년대의 여성들의 동향을 쫓아가보면 일본의 리브가 처음 가두데모를 행하고 최초의 대회를 열어 '성차별의 고발'을 행했던 것은 1970년쯤이다. 그 이후 '낳고 낳지 않고는 여자의 자유' 등의 주장을 내걸고 '모성 환상'을 깨면서 성적 자기결정권을 얻는 투쟁을 전개해 가는 것이다. 또 남성에 의한 여성 지배 하의 사회를 고찰한 케이트 미렛의 『성의 정치학』이 미국에서 출판되어 남녀의 성적인 장소에서조차 존재하는 권력을 지적하고 정치적인 것이 관통하고 있다는 것을 분석한 것도 이해이다. 다음해에는 '미혼의 어머니'를 선언한 여성도 등장, 결혼 제도를 비판하며 혼외 출산을 가치화하는 '비혼非婚의 어머니'라는 말도 쓰기 시작한다. 72년에는 '리브센터'가 개설되어 73년에는 극화 '동거시대'를 계기로 혼인 의지가 없는 공동생활 '동거'가 주목된다. 이혼과 미혼의 어머니와 아이의 리브 그룹도 설립되어 74년에는 15년 후에 소중고교 학습 지도 요령을 개정하게 되는 '가정과의 남녀공동수업을 권유하는 회'가 결성되었다.

여성학의 탄생

1975(쇼와50)년에는 국제부인의 해 세계회의가 멕시코시티에서 개

최되어 그것을 이어서 '국제 연합 부인의 10년'이 정해지게 된다. 미국의 우먼즈 스터디즈에 촉발되어 일본의 여성학이 출발했던 것도 이해이다. 싱글의 문제도 부상하여 76년에는 『경찰백서警察白書』에서 처음으로 주부의 증발이 다루어지고 77년에 번역되어 일본의 여자들에게 널리 읽힌 여성의 손이 되는 여성 자신의 성지식 · 성행동의 보고 『하이트 · 리포트』가 미국에서 간행된다. 77년에는 『사상과 과학』에서 '여성과 천황제'가 연재되고 여자들 사이에 천황제를 문제로 하는 움직임이 번성하게 된다. 또 여성 그룹에서의 '온나노 가케코미데라女の駆け込み寺'[218])로의 강한 요망에 의해 도쿄도 부인상담센터가 개설되어 자립으로의 길을 함께 생각하고 원조한다. 국제 여성학회가 설립되어 다음해에는 여성학 연구회가 발족된다. 80년 코펜하겐에서 개최되었던 국제 연합 부인의 10년 세계회의에서는 사회와 가정에 있어서의 전통적인 성별 역할 분업과 차별적 습관의 재고가 외쳐졌다. 그리고 83년에는 여성의 성에 관한 앙케트 조사 보고 『모어 리포트』가 간행된다. 84년 『이혼백서離婚白書』에 의하면 이혼이 68년 이후 16년 연속 최고 기록을 갱신하며 기혼 여성 중에 맞벌이 여성이 가사 전업자를 상회함과 동시에 고용 노동과 가사 노동의 이중 부담을 과중하게 떠안고 있는 사실이 문제화되었다.

85년 남녀 고용 기회 균등법이 성립, 다양한 폐해를 남기면서도 성별 분담을 기초로 한 결혼관, 가정관을 뒤엎는 계기가 되어 여성 차별 철폐 조약이 비준된다. 아내의 고소에 의해 부부간의 강간으로 남편에게 유죄 판결이 나온 사건도 발생한다. 87년에는 부인 문제 기획

---

218) 바람난 남편이나 강제 결혼에 시달린 끝에 도망쳐 나온 여자를 도와 안전하게 숨겨주는 특권을 가졌던 절. 같은 의미로 엔키리데라緣切寺가 있다.

추진 본부에서 '남녀 공동 참획형 사회男女共同参画型社会'가 테마가 되었다. 다음해 최고재판에 의한 87년의 이혼 조정 신청 상황 발표로 아내로부터의 신청이 7할을 점하고 후생성의 '독신자의 결혼관에 관한 전국 조사'로 만혼화 희망의 여성이 88.5%나 된다. 89년에는 상사로부터 성적인 중상을 받아서 퇴직으로 몰린 여성이 후쿠오카 지방재판소에 제소, 일본에서 최초의 섹슈얼 하라스먼트(성적 괴롭힘) 재판이 일어났다. 또 이해의 단기대학을 포함한 대학 진학률은 여자가 처음으로 남자를 상회한다.

남녀 공동 참획 사회 기본법의 성립

여자의 시대라고 불리는 1980년대부터 90년대에 들어오자 페미니즘에서 젠더 비평으로 발전하여 성차의 문제에 남성도 참가하게 되고 대학, 대학원에서의 여성학 개강도 진전한다. 1990(헤이세이2)년에는 여성 고용자 수도 15세 이상의 여성 인구의 34%가 되고 여학생은 100만 명을 돌파한다. 91년에는 부인 문제 기획 추진본부에서 '남녀 공동 참획형 사회'를 제창, 대졸 여성의 취업률이 처음으로 남성을 상회하고 한국 '전 종군위안부'와 유족이 일본 정부의 사죄와 보상을 요구하며 도쿄 지방 재판소에 제소한다. 93년, 국제연합 세계 인권 회의에서는 여성의 권리는 인권인 것을 제창하고 국제연합에서는 '여성에 대한 폭력 철폐에 관한 선언'을 채택한다. '싱글 성 조사'에서는 결혼 후에도 자유, 자립, 혹은 싱글 지향의 증가를 지적한다.

94년에는 젊은이의 '무성화無性化'가 지적되어 부부 별성 도입을 희망하는 사람이 27%에 달한다. 95년, DV[219)]의 조사에서 피해자가 8

할에나 달하고 있는 것이 판명된다. 이해는 또 최고재판에서 혼외자 상속 차별 합헌이 결정되고 제4회 세계 여성 회의가 북경에서 개최된다. 96년, 1980년대보다 점점 현재화되어 온 부부 별성, 사실혼의 선택, 혼외자의 평등화 요구 등 가족의 다양화 추세를 이은 민법 개정은 필요했지만 자민당 법무부회에서는 민법 개정안의 국회 상정을 보류한다. 97년, 아사히신문 국민 의식 조사에서 '일은 남자, 가사 육아는 여자'라는 역할 분담에 관해서 처음으로 반대가 찬성을 상회한다. 99년, 전년부터 검토되어 모든 분야에서 성역할 분업의 폐지, 즉, 성의 이중 규범의 철폐를 기본이념으로 한 남녀 공동 참획 사회 기본법이 어렵사리 성립, 시행된다. 전후 공포된 남녀평등 일본국 헌법의 참된 실질화이고 우먼 리브 이후 여성 운동의 성과, 아니 메이지 이후 1세기에 걸쳐서 진행된 여성들의 투쟁의 결정체이다. 20세기의 끝인 2000년에는 '일본군 성노예제를 재판하는 여성 국제 전범 법정'이 열렸다.

이상, 우먼 리브에서 남녀 공동 참획 사회 기본법의 성립까지 여성들의 움직임을 보아왔다. 그리고 21세기에 들어와 2001(헤이세이13)년 이후, 성역할 폐지와 DV · 섹슈얼 하라스먼트 대책 등등 성차별을 없애고 남녀 공동 참획 사회 실현을 향한 노력은 드디어 나라를 걸고 전국적 규모로 행해지게 되었다. 따라서 성역할 분업, 현모양처를 지주로 여성들을 가정에 넣어왔던 근대혼, 근대 가족도 종언을 맞이하게 되었고 성의 이중 규범에 구속되지 않는 여자들의 다양한 삶도 가능하게 되었다. 하지만 아직 기본법의 현실화와는 멀고 그뿐 아니라 신세기와 함께 시작된 미국에 의한 전쟁의 연쇄는 일본 국내에 있어

---

219) Domestic Violence. 가정 내 폭력.

서의 유사입법의 법제화, 이라크 자위대 파병에 이어지는 다국적군으로의 참가, 헌법 개악의 준비로 연동하여 모처럼의 기본법도 일찍이 국가 총동원법으로 바뀔지도 모르는 걱정도 있다. 겨우 획득한 이 기본법을 어떻게 지키고 추진 발전시켜 가는가가 일본 여성들의 이제부터의 과제라고 말할 수 있겠다.

〈칼럼〉 여성작가의 신동향

L문학과 최근의 아쿠타가와상 작가

L문학이란, 레디, 러브, 리브 등의 의미가 포함된 것으로 지금 인기를 얻고 있는 사이토 미나코斎藤美奈子가 명명한 것이다. 공통적인 것은 '여성 독자에게 힘을 주는 것'으로 작자의 생각과 독자의 수요가 몇 겹이나 덧쌓여져서 자연발생적으로 탄생한 소설 장르이다. 싹이 튼 것은 1980년대에 이미 인정되어 90년대에 개화한 '여자의 문학'에서 L이란 포스트 리브, 의식하고 하지 않고에 상관없이 우먼 리브를 통과한 후의 감각이라고 한다.

하야시 마리코林真理子와 야마다 에이미山田詠美, 다와라 마치俵万智와 요시모토 바나나吉本ばなな 등이 80년대에 있어서 'L문학 시조'이고 데뷔작이 공전의 베스트셀러가 되어 '보통의 여자'가 하룻밤 사이에 '매스컴의 총아'가 되는 출현으로 모두 하나의 '사건'이 되었다. 시노다 세쓰코篠田節子, 야마모토 후미오山本文緒, 유이가와 게이唯川恵, 미야베 미유키宮部みゆき 등이 지금 활약 중인 L문학이다. 이들 L문학의 테마는 한마디로 하면 '자기 찾기', 아이덴티티 크라이시스라고 한다.

그렇다면 2004년, 두 사람 모두 최연소 아쿠타가와상(130회) 작가로서 매우 떠들썩했던 와타야 리사綿矢りさ와 가네하라 히토미金原ひとみ도 이 계통에 들어가는 것은 아닐까. 둘 다 주인공이 자신의 아이덴티티와 타자와의 관계를 모색하려고 했기 때문이다.

그러나 와타야의 『차고 싶은 등蹴りたい背中』에서도, 가네하라의 『뱀에게 피어스蛇にピアス』에서도 드디어 남녀 관계가 전도되어 있어서 통쾌하다. 와타야는 마음에 드는 남자를 '사랑스럽다기보다도, 괴롭히고 싶은 것보다도 더욱 난폭'하게 등을 차 버리고 싶은 여자 고교생의 마음을 그려서 이제까지의 남녀 의식을 역전시킨다. 가네하라는 알지 못했다고 해도 호모 섹슈얼의 남자 두 사람과 관계를 갖고 젊은 남자를 농락하여 결국 죽음으로 내몰아버

리는, 피해자가 아닌 가해자가 되어버린 10대의 '여자'를 그리고 있는 것이다.

가네하라 자신도 소학교 때부터 등교 거부로 집에 돌아가지 않고 방황했다고 한다. 작품 세계에서도 학교에 가지 않고 환락가에 목적도 없이 부유, 생식하는 젊은이들을 그려내고(환락가를 부유하는 주인공이 여성인 것에 새로움을 느끼게 한다) 저만큼 떨어지지 않으면 모든 제도를 내릴 수도 거부할 수도 없는 것이라고, 현대 사회 제도에의 저항, 반역의 모습을 새삼 알렸다. 근대 학교 제도도 뿌리부터 다시 되짚어오지 않으면 안 되는 시기에 와 있는 것인가. 가네하라는 이와 같은 형태로 이제까지의 근대 패러다임을 해체하고 있는 것이다.

(하세가와 게이長谷川啓)

2. 소설小説

'늦게 온 남성'들의 반역

전후 제1차세대의 여성문학은 딸, 아내, 어머니, 연애, 결혼, 모성이란 이제까지의 여성성에 관계되는 문화에서 탈출하여 오히려 남성문화에 접근한다. 이제는 성적 역할에 지배된 연애와 결혼에 대해서 단순하게는 환상을 품을 수 없게 되었을 뿐 아니라 성적 역할의 근간인 모성 환상의 파괴, 결국엔 여성성으로의 회의, 거부조차 생기고 문학은 거기서 출발하는 것이다.

미국 점령군의 전후 정책이라고 하더라도 남녀평등을 노래한 신헌법의 시행과 여성 선거권 획득은 여성의 의식을 크게 변용시켰다. 여성도 처음으로 남성과 책상을 나란히 하고 대학에서 공부할 수 있는 시대에 들어가 이 시기에 청춘기를 맞은 세대의 작가 중에는 고학력을 가진 사람이 많다. 그녀들은 안보 반대 운동이 전국적 규모로 퍼진 1960년 이후에 작가 활동을 개시했다. 남성과 같은 교육을 받고 남성을 쫓아서 추월하며 달리는 이른바 '늦게 온 남성'의 세대이다. 따라서 남성문화에 대한 동경의 마음이 강하고 그 결과 지성과 정신과는 대치되는 것(자연)으로서의 여성과 모성을 혐오하며 여성성을 거부하는 경향조차 엿보인다. 그러나 그것도 크게는 남성이 요구하는 제도 속의 '여자'와 '모성'으로의 반역 의식으로 이어지고 있었다. 여성의 삶을 길게 성적 역할 속에 가두어 온 가부장제 사회에서의 초조함, 반역 의식은 결혼 환상으로의 회의, 때로는 모성 환상의 파괴 희망을 낳고 무의식 하에서 남성에 대한 증오를 키운다.

예를 들면 남성문화의 아성이었던 교토대학에 들어가서 대학원에까지 진학한 다카하시 다카코에게서 그 전형을 볼 수 있을 것이다. 1970년대부터 정력적으로 작가 활동을 전개하며『뼈의 성骨の城』에서는 여자인 자신의 몸을 롤러로 뭉개서 여성성을 버리고 남자들의 뼈와 눈에서 만들어지는 환상의 성, 관념의 아성=남성문화를 동경하는 여자를 그렸다. 에세이『여자 혐오女嫌い』를 쓰고 제도 속의 '모성'에 반역하며 마성의 여자를 추구해 가는 것이다. 이와 같이 간세이가쿠인대학関西学院大学의 대학원에 진학하여 철학까지 공부한 사에구사 가즈코는 불교 철학을 통해서 근대적 주체의 해체, 탈중심화라는 관념에 이르러 '늦게 온 남성'을 스스로 인정할 정도로 남성문화를 쫓아서 온 것을 자각하게 된다. 그리고 더욱 과격하게 페미니즘에 접근, 근대주의, 남성 원리를 넘는 것으로서의 여성 원리에, 그것에 뿌리를 내린 '여자' 사상의 입장에서 1980년대에는 소설과 평론을 계속해서 발표한다. 에세이『잘 가거라 남자의 시대さよなら男の時代』남자 제도로서의 '가족'과 '사유'에 대한 부정적 존재로서 미혼모를 지향하는『붕괴고지崩壊告知』, 모권제 사회가 부권제 사회로 이행하는 전환기의 이야기로서 그리스 비극을 해독한 연작, 일본 고전의 여작가와 가인에 관한 연작 등을 쓰기에 이른다. 그녀들보다 젊은 세대인 도미오카 다에코는 1970년대 후반에 이르러서 페미니즘의 시점에서 가족과 남녀의 관계를 쓰게 된다.『백광白光』에서 포스트 패밀리의 시도를,『쇼구豺狗』에서는 젊은 남자를 계속 유혹하고 남자를 성욕의 대상으로밖에 생각하지 않는 여자를, 나아가『파도치는 토지波うつ土地』에서는 남성의 문화를 패러디화하여 남성을 인격이 아닌 성의 도구로 보는 '여자 아닌 여자'의 이야기를 전개한다. 남성의 존재를 '보

여지는 존재'로서 철저하게 반전시켰다. 사에구사와 도미오카는 이 시대의 전위적인 페미니즘 문학의 쌍벽이라고 할 수 있다.

그 외에 낳는 성, 그러기에 민감하게 자연 파괴, 지구 파괴로의 경종을 누구보다 빨리 울려온 작가가 있다. 공해 문제, 미나마타병을 고발하고 인간이 자연과 공생하는 민속학적 세계, 전근대의 입장에서 근대 문명을 총체로서 비판하려고 시도하는『고계정토―나의 미나마타병苦海浄土―わが水俣病』의 이시무레 미치코이다. 마찬가지로 나가사키에서의 피폭 체험을『축제의 장祭の場』을 시작으로 다수의 작품에 그리며 원폭을 계속 고발하여 결국에는 지구상에서 최초의 핵실험을 행한 미국의 트리니티로 가서 지구 파괴의 근간을 여성의 입장에서 질문한『긴 시간이 걸린 인간의 경험長い時間をかけた人間の経験』의 하야시 교코가 있다. 나아가 만년이 가까워져서 인간 구제로서의 종교를 다룬 오하라 도미에大原富枝의『아브라함의 막사アブラハムの幕舎』『지상을 여행하는 자地上を旅する者』등 종교물, 일찍이 일본 침략의 땅 '만주' 체험에 집착해 온 가토 유키코加藤幸子의『꿈의 벽夢の壁』『장강長江』등이 근대를 계속 조명한다.

근대 가족의 흔들림, 해체

이와 같이 우먼 리브에서 페미니즘으로의 전개는 여성문학의 활기에 큰 영향을 주었다. 80년대에 들어와서부터는 가족론이 급속하게 본격화될 정도로 가족의 변용도 생기기 시작했지만 그 근저에는 근대혼, 근대 가족의 흔들림이 있었을 것이다. 전후, 신헌법에서는 남녀평등이 외쳐지고 여성도 선거권을 획득하며 전후 민주주의로 바뀌기기는 했으나 내실은 가부장제가 잔존하고 성별 역할 분업과 현모 양처의 규범이 존재하는 근대 가족은 새로운 민주적인 장식의 근원에 속행하고 있었다. 하지만 이 우먼 리브에서 페미니즘으로의 전개, 페미니즘 전성기는 여성의 동향에 큰 변화를 가져 왔고 소설이라는 미디어에서는 근대 가족의 결정적인 지각 변동을 표현하기에 이른다. 그 표현 주체는 지각 변동의 실질적인 담당자로 근대혼의 환멸에 빠진 60년대 안보 세대의 여성작가로 70년 전공투, 리브세대의 여성 작가들이었다. 전후 민주주의 교육을 받아 유년기부터 남녀공학에서 자랐기 때문에 남녀 동권 의식을 가지고 있으며 실사회에서의 성차별에 대한 강한 이의를 품고 있고 정치 운동과 학생 운동도 경험하여 권리 의식을 강하게 갖고 있는 세대이기도 했기 때문이다. 그들은 아내들의 출분, 정사, 자립이라고 하는 게릴라전과 닮은 반란을 그려내며 남자 사회가 만들어낸 제도와 습관에 반격의 봉화를 올렸던 것이다.

60년 안보세대의 모리 요코森搖子와 히카리 아가타干刈あがた야말로 페미니즘 시대의 가장 빛나는 시기에 돌연 작가로서 탄생하여 생명을 다한 이 시대가 낳은 존재라고 말할 수 있다. 모리는 일을 가진 아내의 '불륜'에 의한 근대 가족의 흔들림을, 히카리는 반대로 남편의 '불륜'을 계기로 전업주부가 이혼으로 떠나는 근대 가족의 붕괴를 표현화했다. 모리 요코는 『정사情事』에서 관능에 눈뜬 아내를 대담하게 표현하고 정사라고 하는 형태로 분출되는 아내의 자기표현 욕구를 충격적으로 묘사했다. 『밤마다 흔들 바구니, 배, 혹은 전쟁터夜ごとの揺り籠、舟、あるいは戦場』에서는 부부의 성문제를 정면에서 다룬다. 작가인 아내와 여성 차별 의식을 지울 수 없는 남편과의 갈등, 일과 가

정의 양립의 곤란함까지 그려내어 외관상의 전후 민주주의와 내부로서의 가부장제를 지탱하는 분업적 성제도의 이중구조를 꿰뚫어보았다. 나아가 『가족의 초상』에서는 '가족이란 이름의 감옥' '사랑이란 이름의 환상'이 응시되고 이미 근대적 가족상은 아내에게 있어서 속박에 불과하며 붕괴가 시작된 것을 전했다.

히카리 아가타는 반대로 집에 돌아오지 않는 일벌레 남편을 기다리며 불안과 고독에 몸을 맡긴 전업주부를 『나무 아래의 가족樹下の家族』에서, 그리고 『플라네타리움プラネタリウム』에서는 가정은 결코 '불침의 항공모함'이 아닌 것, 가정도 아이도 잡용으로서 버리고 틀어박혀 일하는 남자의 '큰 가람'은 사실은 텅 빈 곳에 지나지 않는 것을 아내에게 이야기했다. 그리고 『우훗호 탐험대ウホッホ探檢隊』에서는 남편의 정사를 원인으로 가정 붕괴에 직면한 아내가 피해자적 입장에서 다시 일어나 아이들과 협력하여 상쾌하게 이혼을 결심하고 어머니와 아이의 새로운 공동가정을 이루어 근대혼, 근대 가족에서의 탈출을 도모했다. 또 부가하면, 페미니스트 오치아이 게이코는 『우연의 가족』에서 포스트 패밀리를, 『당신의 정원에서는 놀지 않는다あなたの庭では遊ばない』에서 '사생아'인 딸과 그 어머니의 이야기를 엮어서 다음 세대로 이어주는 다리가 되었다.

60년 안보 세대의 여성작가가 아직 근대 가족에 집착하고 있는 것에 반해서 전공투 세대의 작가에게는 성역할에서 이루어지는 근대 가족의 아버지, 어머니, 아이라는 삼각형 구도가 희박할 뿐만 아니라 오히려 반역을 시도하고 있다고 할 수 있다. 커플 환상에서도 빠져나와 있고 남자의 존재는 무게를 가지지 않게 되었다. 그 최선단의 작가가 근대 소설이 아닌 '모노가타리物語'의 복권과 모성이 아닌 '낳는

성産む性'의 복권을 시도한 작가는 쓰시마 유코津島佑子일 것이다. 『빙원氷原』 『빛의 영역光の領分』에서도 어머니와 딸(유아)의 광경만이 선명하고 아버지의 존재는 딸에 있어서는 아버지이더라도 아내에게 있어서는 단순한 남자밖에 아니며 허위의 동거자로 생각되게 하는 것이다. 에코로지 소설 『산을 달리는 여자山を走る女』에서는 모성신화가 아닌 원초적 의미에서의 '낳는 성'에 뿌리내려서 사회의 규범에 묶이지 않고 '사생아'를 낳아 기르는 '아이를 가진 산노파'와 같이 야생적이며 '자연에 적응한 늠름한' 싱글맘을 묘사했다. 나아가 『불 강의 근처에서火の河のほとりで』에서는 '사생아', 근친상간, 일부일처제의 붕괴와 철저하게 근대적인 인간관계에서는 금기시되어 있는 영역에 들어가 아나키즘으로 원초적인 성 에너지를 묘출함으로 근대를 넘는 원리를 모색했다.

'낳는 성'을 무기로 하고 있는 쓰시마에 비해서 마스다 미즈코增田みず子는 자의식의 아성에 틀어박혀 자폐하는 것으로 여자에게 관계된 종래의 고정관념에 파상 공격을 가하고 결혼과 수험제도를 시작으로 남성이 만든 제도의 현대 질서 사회에 쐐기를 박았다. 과거를 버리고 자유의 획득과 꿈의 실현을 위해서는 굳이 '아내'가 아니고 '첩'과 '창녀'의 길을 선택하는 『도화의 계절道化の季節』 『작은 창녀小さな娼婦』의 딸들, 업적과 제도 만들기에 바쁜 남성 중심의 사회에 결별하는 『독신병独身病』의 여자, 교사에게 반란하고 학교에서도 가족에게서도 도망, 방랑하는 『자유시간自由時間』의 여성 등 여자의 반질서 감각을 그린다.

그런데 마스다 미즈코의 싱글 감각, 성차 희박한 중성 감각이야말로 이제까지의 여성작가와는 결정적으로 다른 것이다. 성차 희박이

라고 하면 성차 초월, 즉 '여자도 남자도 아닌 이른바 에크리튀르에 의한 성차의 영도零度'를 구상하는 작가로 가나이 미에코도 들지 않으면 안 될 것이다. 전후 제1차세대와는 달리 수험 공부에 소비하는 시간의 낭비를 생각하여 대학으로는 진학하지 않고 60년대 후반부터 시인으로 작가 활동을 개시했다. 『토끼』는 아버지와의 누에고치 같은 에로스적 밀월, 위선적이고 너무 재미없는 세상의 논리와는 다른 쾌락과 기호에 탐닉하며 살아온 시대를 자유로운 소녀의 감성과 창조력에 의해 이야기한다. 『플라톤적 연애プラトン的恋愛』『다마야タマや』『연애태평기恋愛太平記』 등 문학의 전위성을 나타낸다. 그리고 잊어서는 안 되는 것이 재일작가인 이양지李良枝이다. 『유희由熙』로 한국에도 일본에도 귀속할 수 없는 재일여성의 공중에 뜬 듯한 고뇌를 표출했다. 사춘기 여성의 심신의 혼돈을 〈바다〉에 비유한 『바다를 느낄 때海を感じる時』의 작자 나카자와 게이中沢けい도 있다.

성차 없는 포스트모던으로의 비상

이제까지의 여성작가들은 자유와 자립과 지성 획득을 위해서 가족과 부부라는 남녀 관계성을 해체하고 때로는 '낳는 성'조차 부정하고 니힐리즘에 빠지기도 했다. 그러나 이미 쓰시마 유코에게서 '낳는 성'의 복권이 보인 것처럼 80년대 후반에 등장한 야마다 에이미 『베드타임 아이즈ベッドタイムアイズ』 속에도 같은 해체에서 출발하면서 성애를 통한 남녀의 관계성을 재건하는 조짐이 보인다. 다른 동물과 같은 생물로서의 남녀의 영위, 섹스를 통해서의 재건이다. 그것은 거의 연애가 아닌 여성에 있어서의 혁명적이기까지 한 성애의 획득이라고

해도 좋을 것이다. 그것을 위해서는 야생의 빛남을 가진 흑인 남성을 선택하지 않으면 안 되었기도 하고 대환상이 아닌 새로운 형태의 여자와 남자의 자유롭고 자연스런 관계성으로 생각된다. 오히려 야마다의 작품은 지력 우선의 문명사회로의 안티 테제이고 포스트모던 시대에 어울리는 작품이라고 말할 수 있다.

여자들이 자유와 독립을 위해서 여자를 가둬두는 것에서의 탈출을 시도하며 버리고 온 장소, 즉 부엌을 기점으로서 작품화하고 있는 것이 요시모토 바나나의 『키친キッチン』이다. 키친에 있으면 마음이 안정되는 '먹을 것食'에 관한 일을 지망하는 양친도 대리모의 할머니도 죽어서 가족을 잃은 딸이다. 여장을 하고 어머니를 연기하는 아버지와 사는 남자친구의 집에 기거하며 치유의 장소가 되는 포스트 패밀리를 일시적으로 형성한다. 근대가족의 부재, 고아 감각, 양성구유의 여자가 아닌 어머니, 살아가는 원점 '먹을 것'으로의 시선 등 실로 포스트모던적 감성을 상징적으로 말하는 작품이다.

90년대에 들어오자 아내의 반란, 근대가족의 붕괴 현상을 그린 표현자의 딸들의 세대가 표현자가 되고 요시모토에 이은 가족의 부재와 어머니의 부재가 그려진다. 오기노 안나荻野アンナ의 『물행상背負い水』에서는 양친의 이혼에 의해 가족이 붕괴된다. 어머니가 아버지로부터 자립하고 애인을 만들어 집을 나간 뒤 어머니가 없는 황폐한 집에 남겨진 아버지와 자신의 연인과의 사이를 우왕좌왕하는 불안정한 딸의 의식을 해학적으로 그렸다. 마쓰모토 유코松本侑子의 『거식증의 밝아오지 않는 새벽拒食症の明けない夜明け』은 어머니가 유아기에 가출한 것이 마음에 깊은 어둠을 품게 하여 성장하면서 더욱 치유하기 어려운 사랑의 기아감에서 과식증으로 빠지는 딸을 그리며 어머니와 딸의 이야기를 엮어 간다. 오가와 요코小川洋子의 『임신 카렌더妊娠カレンダー』도 양친이 사망하여 언니 부부와 사는 딸의 이야기로 되어 있다. 남성문학 중심의 근, 현대문학에서는 그다지 제재화되지 않았던 임신에서 출산까지를 다루며 입덧으로 인해서 '먹을 것'을 중심으로 심신에 일어나는 이상하기까지 한 언니의 변화에 불쾌감을 가지면서도 보살피는 여동생의 눈을 통해서 기록되고 있다.

자연의 대지에서 떨어진 이런 현대 감각에 대해서 거기서부터의 탈출, 혹은 근현대가 보지 못했던 것을 원하듯이 민속학적인 세계를 표출한 것이 무라다 기요코村田喜代子의 『냄비 속鍋の中』과 다와다 요코多和田葉子의 『개 데릴사위犬婿入り』이다. 전자는 마을의 혼령과 같은 할머니를 이야기하는 부분으로 가족과 가계의 비밀이 그 역사와 전통과 이야기가 섞여 있는 듯한 '냄비 속'을 상징으로 하여 명확하게 그려진다. 후자는 공부방을 경영하는 독신 여성의 집으로 돌연 '견남犬男'이 들어와 동거하며 개와 같은 성교를 반복하는 이야기로 인간이 동물과 교합하는 민화를 넣은 작품이다.

그리고 여자의 창조력이 어렵사리 다양하고 자유롭게 끝없이 비상하기 시작한 것을 고하고 있는 것이 마쓰우라 리에코松浦理英子의 『엄지손가락 P의 수업시대親指P修業時代』와 쇼노 요리코笙野頼子의 『타임슬립 콤비나트タイムスリップコンビナート』 『200회기二百回忌』 『도취되는 꿈의 물シビレル夢ノ水』이다. 마쓰우라는 다카기 노부코高樹のぶ子 『빛 안은 친구여光抱く友よ』의 '여자의 우정'을 한층 넘어서서 『내추럴 우먼ナチュラルウーマン』으로 레즈비언 러브를 그렸고, 『엄지손가락 P』의 초월의 방법은 굉장하여 어느 날 돌연 엄지발가락이 페니스가 된 여자가 이성애와 동성애를 함께 경험해 가는 모험 이야기이다. 이 소설의

새로움은 바이 섹슈얼을 다루고 있는 것, 자폐적이었던 현대 소설의 주인공을 부단하게 타자와 관련시켜가면서 성장시키고 있는 것, 게다가 성에 관한 기관이 평범하지 않은, 사회에서 소외된 구경거리의 사람들과 교우시켜 건강한 남자보다도 눈이 보이지 않는 남성 피아니스트에게 마음이 끌리도록 한 것이다. 그리고 무엇보다도 엄지발가락이 페니스가 되었다는 기상천외한 발상에 의해 페니스 중심의 성의식이 철저하게 전환되어져 있는 것이다. 다양한 성의 양태가 제시되어져 첨예한 페미니즘 소설이 되었다.

기상천외라고 하면 쇼노 요리코의 자유로운 망상의 모습에는 여자의 창조력도 결국 여기까지 날갯짓하게 되었는가 하고 감개를 느끼게 되는 것이 있다. 이제까지의 여자의 망상이라고 하면 질투를 핵으로 한, 사랑하는 남자와 연적의 여자에 대한 끝없는 의혹과 원한이었다. 그러나 쇼노의 경우는 그러한 두려움에서 해방되어 있다. 성차 희박한 다양한 세계에서 예를 들면 여자의 고독한 시간에 엄습해 오는 망상은 참치에게 거는 꿈이거나 산 사람과 죽은 사람이 한 곳에 만나는 선조의 200회기거나 한다. 결국엔 고양이의 벼룩이 번식해서 맨션의 방도 자신의 몸도 빼앗기게 되는 벼룩지옥이기도 한 것이다. 현실은 완전히 버려지게 되고 문학이란 망상과 노는 것이라고 하는 즐거움조차 있다. 그것은 세기말적인 영위 그것이고, 어머니 죽이기에서 어머니 찾기에 이르는 『어머니의 발달母の発達』 등등, 호러 소설적인 경향으로 나아간다. 마쓰우라도 쇼노도 실로 비상하는 성차 없는 상상력이라고 말할 수 있다.

여자를 구속하는 다양한 환상이 해체된 뒤의 폐허 속에서 새로운 창조의 싹을 틔우기 시작한 한 사람이 재일한국 여성인 유미리柳美里

이다. 『풀하우스フルハウス』『가족시네마家族シネマ』에서는 재일가족의 붕괴를 통해서 현대 가족의 해체 광경을 딸의 냉정한 시점으로 바라보았다. 재일문제 등으로 깊은 트라우마를 업은 이야기이기도 하지만『팔월의 끝八月の果て』에서는 그 근원에까지 거슬러 올라 총체적으로 꿰뚫어보았다. 가와카미 히로미川上弘美는『뱀을 밟다蛇を踏む』에서 여성의 어둠과 에로스를 뱀으로 비유하고『빠지다溺れる』에서는 도피와 오아시스로 변모한 성애를 그린다. 모리 요코, 야마다 에이미, 마쓰우라 리에코의 변혁의 의미를 가진 성애 환상은 완전히 지워졌다. 유미리의『돌에 헤엄치는 물고기石に泳ぐ魚』에 나타나는 여자의 공격적인 섹스도 극히 즉물적이어서 환상적이지 않고, 다이도 다마키大道珠貴의『짠 드라이브しょっぱいドライブ』도 단순한 성교에 지나지 않아 남자를 멸시하는 장치로 변해 있을 정도다.

남성문화 중심주의, 인간 중심주의에서 지구 파괴에 이른 근대의 함정을 엿보고 있는 포스트모던의 현재, 미래로 향해 개척해 가는 더욱 더 나은 여성문학의 탄생을 기대하고 싶다.

그림 6-2
다카하시 다카코

◆ **다카하시 다카코**高橋たか子[220]

교토의 거리와
다카하시 가즈미高橋和巳**와의 결혼 생활**

　다카하시 다카코는 공중에 뜬 것 같은 여자의 생존 감각을 광기와 악의와 자기분열,

---

[220] 다카하시 다카코高橋たか子 : 1932년~, 교토京都 출생, 본명 : 가즈코和子.

혹은 괴로울 정도의 갈망이란 형태로 표현해 온 작가이다. 왜 그러한 소설을 산출했던 것일까. 그것은 그녀가 태어나고 자란 교토의 여성에게 억압적인 상황과 다카하시 가즈미와의 결혼(1954년) 생활에 기인하고 있다. 야마우치 유키히토山內由紀人는『신과 만나다神と出会う』속에서 다카코가 남존여비의 뿌리 깊은 마을 사회적인 교토를 기피하고 거절한 고향상실자인 것, 이것을 시야에 넣지 않으면 그 실존주의적인 문학도 가톨릭 세례(75년)도 관상觀想 수도 생활도 말할 수 없다고 지적했다. 노이로제에 빠져 있으면서도 마을 사회에 가담하고 자아를 누르며 소설가 남편의 내조에 힘써 지친 결과이다. 가즈미와의 생활 체험이야말로 다카코를 신에 가까이 다가가게 하여 노이로제가 다카코의 문학적 출발의 방향을 결정지었던 것 같다.

여자의 생존으로서의 불안과 광기, 마성魔性의 여자 추구

자의식에 갇힌 여성작가의 계보로서 다카하시 다카코를 자리매김할 수 있다. 이 계보의 작가들은 제도로서의 '모성'에 반역한 결과 여성성으로부터 도망하고 여성문화에서의 탈출 희망과 남성문화로의 강한 동경이 있었다. 하지만 가부장제에 있어서 여성 차별의 현실에 눈을 떴을 때 어느 쪽에도 귀속할 수 없는 공중에 뜬 상태, 갈라진 자기를 감싸 안게 된다. 초기 작품인『눈眼』(67년)『뼈의 성』(69년)은 그러한 내적 구조를 상징적으로 나타냈다. 전자는 보는 눈을 소유하고 있기 때문에 겪는 고통, 보는 눈에 끝없이 쫓기는 여자를 그린다. 도플갱어의 세계이기도 한 전자는 보는 자신과 보이는 자신으로 갈라져 자기 분열이란 마음의 병에 쫓겨 가는 여자의 생의 불안과 광기를

표출한다. 후자는 여자의 '육체의 멸망'과 그 대신으로 남성문화의 상징인 환영의 '뼈의 성'을 볼 수 있는 여성을 그린다. 『옛날 거리昔の街』(74년)에서는 자신의 아이를 안고 있으면서 어머니의 성에 행복한 일체감을 갖지 못한, 오래된 거리의 역사와 억압을 짊어지고 '자신을 내부로 끌어들이고 있는' 교토의 여자를 그려냈다.

그런데 『성─여자에게 있어서 마성과 모성性─女における魔性と母性』에서 모성은 질서, 도덕의 편에 있고 마성은 반질서, 반도덕의 편에 있다고 명언한다. 자각한 여자가 마성의 여자이고 자각하지 않은 대다수의 여자는 마성의 부분을 생매장시키고 있을 뿐으로 보통 여자의 내부에 숨어 있는 또 한 사람의 여자가 마성의 여자라며 남성 사회에서 만들어진 여성 이미지에 반격했다. 『살의의 문학殺意の文学』에서 단독범은 인간 고독의 극한을 사는 정신의 모험자라고 말하듯이 범죄란 질서를 일탈하는 광기이고 범죄자도 또 마성의 여자로서 그려진다. 이 둘의 에세이를 과격하게 체현하고 있는 것이 『하늘 끝까지空の果てまで』(73년 다무라 도시코상)로 전쟁 속에 남편과 아이를 불태워 죽이고 친구의 아이를 훔치는 여자를 그린다. 『유혹자誘惑者』에서는 '자신의 내부만을 보고 있는 눈'의 소유자, 고독한 자살 방조자를 그린다. 연작집 『론리 우먼ロンリー・ウーマン』(77년 여류문학상)에서는 일상생활에 숨은 광기, 고독자 혹은 일탈자의 광기를, 『황야荒野』(80년)에서는 대도시의 황야에 있어서의 고독과 광기와 마음의 병, 헤매는 사람들과 삶의 증거를 찾는 사람들을 그리는 등 종교를 가진 후에는 점점 인간의 깊고 어두운 내부를 응시해 간다.

그리고 『장식하라, 나의 영혼이여裝いせよ、わが魂よ』(82년)에서는 파리를 무대로 혼의 방황에서 도표로서의 '신'에게 다가가기까지를 그

510

려낸다. 『분노의 아이怒りの子』(85년 요미우리문학상)에서는 교토를 무대로 사랑의 광기에 농락당하여 친구를 살해하기에 이르는 젊은 여자 마음의 심층에 들어간다. 이미 여기에서는 여성문화 탈출 희망과 남성문화로의 동경은 보이지 않는다. 지성으로는 파악할 수 없는 인간 존재의 규명을 향해서 새롭게 출발했다. 그 외에 『그리워하다恋う』(84년 가와바타 야스나리문학상) 등 다수가 있다.

『유혹자』

자살방조를 다룬 소설이다. 1933년에 도쿄에서 실제로 일어난 사건을 소재로 시대와 장소를 패전 직후의 혼란기의 교토로 옮겨와 쓴 것이다. 다카하시는 이 미하라산三原山 자살방조 사건을 65년에 알고 강한 충격과 일체감 아래 장편소설을 쓰기로 결심했다. 75년부터 쓰기 시작하여 다음해 6월에 고단샤에서 간행, 이즈미 교카상泉鏡花賞을 수상했다.

자살 방조자 도리이 데쓰요鳥居哲代는 교토대학京都大学 학생이고 자살지원자 오다 가오루織田薫는 도시샤대학同志社大学의 학생, 또 한 명의 지원자 스나가와 미야코砂川宮子는 도시샤여전同志社女専 졸업 후 결혼을 강요당하는 것이 두려워 지방에 있는 본가로 귀성하지 않은 채 있는 인물이다. 세 명은 도시샤여전 시절부터 친구 관계로 패전 직후의 남존여비가 강한 교토의 한 마을에서 살고 있다. 이 세 명의 죽음으로의 도정은 삶의 의의를 상실하여 어디에도 있을 곳이 없는 어두운 청춘을 살아가는 여자들이 엮어내는 죽음의 공동 환상이라고 할 수 있을까. 불안한 생존감각을 껴안은 여자들이 죽음에서 구제를 찾고 공의존성 속에서 자살이라는 광기에 사로잡혀간다. 여성을 성역할과 규범에 가둬두는 결혼과 모성을 거부하는 여자들이 공의존적 관계에 의해 죽음이라는 어두운 공동 환상을 엮어가는 것으로 젠더 사회에서의 일탈, 탈출, 초월을 시도한 이야기라고 할 수 있다. 다음 장면은 내부의 바다, 즉 무의식 아래에 잠재해 있는 미지의 자신으로 데쓰요를 자살방조로 몰아가는 것이다. 데쓰요 안의 '또 다른 자신'의 일어남으로 내부의 마성의 발생, 광기에 다름 아니다.

그것은 예를 들어 말하면, 어둡고 무거운 파도가 반복해서 물가를 향해 들어오는 것 같은 기분이었다. 하늘이 흐려졌을 때 바다는 끝을 알 수 없는 공포를 나타냈다. 그런 공포와 같은 것이 어둡고 무거운 파장이 되어 저편에서 자신의 가슴을 향해 밀려온다. 자신이라고 하는 하나의 존재를 둘러싸고 있는 끝없는 것이 자신을 향해서 눈사태처럼 덮쳐오는 두려움인 것일까. 그 끝없는 것은 외계가 아니고 자신의 내부에 있는 듯이 생각된다. 두려워하고 있는 것은 밖이 아니고 속에 있는 듯이 느껴진다. (생략)

그림 6-3
도미오카 다에코

◆ 도미오카 다에코富岡多惠子[221]

가족의 트라우마, 간사이関西 문화

간사이 일본 문화로부터의 탈출을 시도하려고 한 다카하시 다카코와는 달리 도미오카 다에코는 간사이의 문화, 말, 서민의 심층을 표현화한 작가이다. 간사이 여성작가의 굳건함을 가지고 이제까지 여성작가의 어딘가에

221) 도미오카 다에코富岡多惠子 : 1935년~, 오사카大阪 출생.

어른거리고 있었던 남성문화에 대한 아양과 추종의 그림자로부터 해방된 곳에서 여자의 삶과 성을 바라보았다고 말할 수 있을 것이다.

장사꾼인 아버지와 예능에 일가견을 가진 어머니 사이에서 자라며 '철들었을 때부터 책 한 권도 없이' 다에코를 사랑했던 아버지는 중학 시절에는 집을 나가서 '오사카의 암시장 근처에서 애인과 사는' 가정환경이었다. 1954년에 오사카여자대학 영문과에 들어가 오노 도자부로에게 사사하여 57년에 제1시집 『반례返禮』를 자비 출반하고 H씨상 수상, 시인으로서 출발한다. 졸업 후에는 사립 남학교에 영어교사로서 근무했지만 1년 반 만에 그만두고 상경, 화가 이케다 마스오池田満寿夫와 7년간 같이 산다. 61년에 제3시집 『이야기의 다음날』을 자비 출판하여 무로우 사이세이상을 수상한다. 68년에는 처음으로 영화 시나리오 『신쥬텐노아미지마心中天網島』를 시노다 마사히로篠田正浩, 다케미쓰 도오루武満徹와 공동 집필하여 71년에 시나리오상 수작상을 수상한다. 67년에 스가기 시오菅木志雄와 결혼한다. 다음해에는 '일상의 말보다도 개념어가 신분은 높다.'라고 하는 '말의 계급의식'을 해체하는 '시를 쓰기 위해서만 있는 듯이 사용되고 있는 언어를 인간에게 돌려주기' 위해서 산문으로 바꾼다. 71년에 소설 제1작 『언덕을 향해서 사람은 줄선다丘に向ってひとは並ぶ』를 간행하고 73년에는 『식물제』(다무라 도시코상)를 간행한다. 74년 『명도의 가족冥途の家族』에서 여류문학상을 수상하는데, 오사카 사투리를 훌륭하게 구사하며 자신의 부모와 이전의 동거자와의 생활을 그려 그야말로 '가족의 어둠' 트라우마와 간사이 생활 문화를 표현화했던 것이다. 『고츄안이몬壺中庵異聞』(74년) 『당세범인전当世凡人伝』(77년, 수록의 『다치기레立切れ』에 의해 가와바타 야스나리문학상을 수상) 『반묘班猫』(79년) 등 다수의 수작이 있다.

페미니즘 문학의 전위

70년대 후반에 이르러 페미니즘의 시점에서 가족과 남녀관계를 표현화하게 되고 80년대에는 페미니즘 문학의 전위로서 질주한다. 『쇼구』 『삼천세계에 매화 꽃三千世界に梅の花』(80년) 『파도치는 토지』(83년) 『백광』(88년) 『신가족新家族』 『역발逆髪』(90년) 등등의 작품이 있다. 미즈타 노리코水田宗子 『페미니즘 문학의 전위—도미오카 다에코 「쇼구」와 섹슈얼리티의 해체フェミニズム文学の前衛—富岡多惠子「夠狗」とセクシュアリティ』에 의하면 『쇼구』에는 성교에서 생기는 어떤 가능성에도 관심을 가지지 않는 여자를 등장시켜 '성욕과 성행위의 분리'를 꾀하고 '성에 의거하는 젠더 문화의 섹슈얼리티, 성욕의 구조 해체라고 하는 여자의 테러 행위'를 나타내며 테러리스트에서 성의 도망자가 되어 '망명지의 아직 보이지 않는 젠더 문화의 외부로 여자는 이미 한 발을 내딛고 있다. 거기에 『쇼구』의 더 나은 전위성이 있는' 것이다. 미즈타의 말을 빌리자면 도미오카는 이 작품 이후 가족을 성립시켜온 것의 해체를 행한 후에 어떠한 관계와 인연, 성행위가 가능한가 하는 물음을 소설화해감과 동시에 가부장제 아래에 있는 이성애의 섹슈얼리티 구조를 명확하게 밝혀가는 것이다.

『모래에 바람砂に風』

지력知力 우선의 현대 사회에 대한 풍자, 해학을 특색으로 한 작품으로 1981년에 문예춘추사에서 간행되었다. 도미오카 다에코는 여성

작가에게는 드물게 자기 상대화의 눈과 비평의 예리하고 건조한 문체를 가진 작가이지만 여기서는 한층 더 '가벼움'의 필치로 여자대학을 막 나온 '여자선생' 행장기, 현대 여성판『봇짱坊ちゃん』222)을 전개했다. 삼류 남자고교의 홍일점으로서 '무모한 힘의 냄새'를 발산시키는 '젊은 수컷'들에게 영어를 가르치며 자신도 또 '발정기의 성'을 가지며 부모에게 반란을 시도하는 22살의 여선생이다. 수업료의 재촉에는 고리대금업자와 같은 기분을 맛보고 고교 수험생 획득을 위해서는 작부로까지 변모하지 않으면 안 된다고 하는 사립교 교사로서의 경험을 쌓아가지만, 독자는 가끔 포복절도하면서 '「학교」라는 장치의 근간에 관해서 생각할 것을 부드럽게 촉구하고'(이노우에 히사시 井上ひさし 평) 있는 것이다.

여선생이 근무하는 학교는 규칙이 엄한 것이 세일즈 포인트인 '돈벌이 조직'이다. 작가의 풍자가 눈에 띄게 빛나는 것은 기업주인 교장의 조례 때의 '어지테이션(선동)'이다. 인용문과 같이 이것에 대해서 여선생은 젊은 수컷들의 그녀에게의 모든 공격 방법이 머리가 나쁜 인간의 '행동'으로는 생각할 수 없을 뿐 아니라, 언젠간 반드시 그들은 학교에 '복수'를 할 것임에 틀림없다고 생각하는 것이다. 그리고 결국 '인사'는 실행된다. 졸업식 다음날 물이 없는 수영장에서 '규칙의 갑옷인 제복'이 몇 벌이나 불에 태워진 사태가 일어난 것이다.

작가는 자신의 교사 체험을 바탕으로 1957년부터 59년에 걸친 사립고교의 실체를 통쾌하게 파헤치면서 사실은 현대의 폭력 학생의

---

222) 나쓰메 소세키夏目漱石의 대표작 중 하나로, 1906년에 발표된 중편소설. 작자의 마쓰야마松山에서의 교사 체험을 밑바탕으로 하여 정의감에 불타는 교사의 활약상을 그리고 있다.

당연한 출현에 관해서 언급하고 있는 것이다. 작품 집필의 80년대로 돌아와서 오토바이를 타거나 제복의 규칙을 어기고 퇴학 처분을 받는 고교생의 다큐멘터리를 텔레비전에서 보면서 현대 교육의 모순을 지적하지 않을 수 없다. 또 이 작품에는 청춘기의 연애와 사랑이 환상을 벗고 '발정기의 성'으로 유머러스하게 그려졌다.

생도들이여, 너희들은 바보다, 라고 그는 우선 선동했다. 너희들은 머리가 나쁜 인간이기에 공립학교와 일류학교에는 갈 수 없었던 것이다, 고 연설은 계속된다. 머리가 나쁜 바보스런 인간도 살아가지 않으면 안 된다. 세상으로 나온 머리가 나쁜 인간은 머리가 좋은 인간에게 사랑받는 것이 중요하다. 머리가 나쁜 인간은 머리가 좋은 인간이 하는 말을 예예 하면서 기분 좋게 듣지 않으면 안 된다. 그러기 위해서는 이 학교에 있는 동안에 선생님의 말을 잘 듣고 그런 인간으로 훈련될 필요가 있다.

◆ 쓰시마 유코津島佑子[223)]

아버지의 부재

작가 다자이 오사무太宰治太宰治[224)]가 아버지이다. 1살 때에 아버지가 애인과 동반자살을 해서 사망한다. 13살 때 어린 시절을 공유하며 가장 친했던 다운증후군 오빠가 폐렴으로 사망한다. 이후 어머니와 언니와 그 속에서 자란다. 아버지의 부재와 오빠에 대한 기억은 쓰시

---

223) 쓰시마 유코津島佑子 : 1947년~, 도쿄東京 출생, 본명 : 사토코里子.

224) 다자이 오사무(1909년 6월 19일~1948년 6월 13일) : 본명은 쓰시마 슈지津島修治. 일본 근대작가로, 학생 시절부터 작가를 희망하는 한편, 자살 미수를 거듭. 1948년, 결국 다마가와조스이玉川上水에서 여자와 몸을 던져 자살. 대표작으로는 『사양』『인간 실격』 등 다수.

마의 원체험이 되고 그녀의 문학에 깊은 영향을 끼친다. 1965년에 시라유리여자대학白合女子大学 영문학과에 진학하며 다다음해 『문예수도』에 『어떤 탄생ある誕生』을 발표한다. 69년, 메이지대학 대학원 문학연구과에 들어가지만 학원 분쟁 등으로 통학하지 않고 2년 후 제적, 그 사이 방송프로그램 센터에 근무하지만 퇴직하여 72년에 장녀를 출산한

그림 6-4
쓰시마 유코

다. 76년에는 장남도 출산하지만 9년 후에 사망, 그 타격은 작품에까지 영향을 미친다.

싱글맘 '낳는 성'의 언설

71년에 제1작품집 『사육제謝肉祭』를, 다음해 『여우를 품다狐を孕む』를 간행한다. 76년에는 『덩굴풀 어머니葎の母』로 다무라 도시코상을 수상한다. 77년 『풀의 누운 곳草の臥所』으로 이즈미 교카상을 수상, 다음해에는 상상임신을 그린 『총아寵児』로 여류문학상을 수상한다. 그리고 79년에 간행한 『빙원』과 『빛의 영역』(노마문예신인상)을 시작으로 82년 『수부水府』 『복희伏姫』, 84년 『묵시黙市』(가와바타 야스나리문학상) 등등 싱글맘을 쓰기 시작했다. 근대가족의 삼각형 구도는 해체되고 어머니와 아이의 구도로 되는 가족은 이혼 후 혹은 처음부터 형성되었다. 남성은 여성에게 있어서 아이를 낳기 위한 혹은 성욕을 만족시키고 갈증을 해소하기 위한 존재이고 아이의 아버지도 여자의 파트너가 아니다. 아이를 낳아 기르는 여자의 상은 결코 현모도 성모

도 자모조차도 아니며 때로는 아이를 귀찮게도 생각하여 말살하고 싶다는 마음이 몰려오는, 게다가 아이의 아버지가 아닌 남자와 관계하는 삶 그대로의 여자다. 이러한 여성상의 조형에는 모성 아닌 '낳는 성'의 언설이 들어가 있다.

이 '낳는 성'의 언설은 근대 부권제로의 질문과 초근대 지향, 즉 근대적인 연애, 결혼, 가족, 모성이라고 하는 것으로의 환상을 해체한 곳에서 발상되었다고 말할 수 있을까. 가끔 장애자를 등장시키고 있음에도 '지知'의 제도에 발 묶여 있는 현대인으로의 질문이 포함되었다. 물론 그것은 다른 여성과 동반 자살한 다자이 오사무를 아버지로 한 어머니의 비극과 그러한 아버지를 1살에 잃고 게다가 요절한 다운증후군의 오빠를 가진 가족 체험과 두 아이를 두고 이혼한 자신의 여자로서의 체험에 뿌리를 둔 발상의 지평인 것은 말할 필요도 없다. 쓰시마가 경험한 가족 체험은 근대가족의 이상형에 반하는 것이었다. 또 쓰시마의 문학세계에는 '산産'과 함께 '성性'의 언설을 볼 수 있는데『산을 달리는 여자』(80년)에서도 근대적인 '사랑愛'의 환상은 벗겨져 여자의 성욕을 식욕과 같이 자연스런 행위로서 다루었다. 특히『불 강의 근처에서』(83년)에서는 원시 생명이 약동하고 있는 듯한 정념으로 살아가는 여자들을 등장시켜 초근대를 모색했다.

나아가『마귀를 만난 이야기逢魔物語』(84년)를 거쳐 장남의 죽음에 조우한 쓰시마는 그 괴로움과 슬픔을 이야기한『밤의 빛에 쫓겨서夜の光に追われて』(86년, 요미우리문학상)와『한낮으로真昼へ』(88년, 히라바야시 다이코상)를 간행한다. 모노가타리 세계『밤의 빛에 쫓겨서』에서는 '낳는 성'을 여성 전체의 문제로서 파악하여 어머니와의 화해와 딸, 어머니, 할머니라는 모계 가족의 구도가 보이기 시작한다.『바람

이여, 하늘 달리는 바람이여風よ、空駆ける風よ』에 이르면 딸에 의한 어
머니로부터의 도망, 탈출과 어머니의 인생을 이해하고 받아들이는
어머니로의 회귀의 이야기를 엮어낸다. 그리고 쓰시마는 어머니의
사후, 어머니의 생애 그것을 추구한 대작『불의 산―산원기火の山―三
猿記』(98년, 다니자키상)에 도달, 어머니와 만나는 여행으로 어머니와
의 관계에 있어서의 트라우마를 치유하는 여행을 완료한다.

『불의 강 근처에서』

정념의 강, 즉 강의 흐름과 같이 굽이치는 여자와 남자의 성의 만
다라라고 말할 수 있는 모노가타리 세계이다. 이곳에는 야성적인 여
성들이 등장한다. 아버지와의 근친상간 소문과 여동생 남편과의 불
륜이란 금기의 삶을 업은 언니(마키牧)와 '사생아'이기에 사회의 규범
을 무시하고 살아갈 수 있는 젊은 딸(루리코瑠璃子)이 양식양속良識良俗
사회에 들어가 있는 지적 도시 생활자의 여동생 부부(유리와 신이치百
合と慎一)의 가족을 붕괴시켜간다. 마키의 섹슈얼리티와 루리코의 분
방함에 의해서이다. 작가는 스스로의 체험을 바탕으로 하여 세상으
로부터는 물론 육친으로부터도 멀어져 근대의 패러다임에서 말하면
아웃사이더로 차별되는 쪽에 서서 차별자인 그 양식양속의 세계를
향해서 근대가족을 영위하는 사람들에게 강렬한 반격의 펀치를 가하
고 있다. 루리코는 양식과 양속의 위선을 알아채고 '사생아'이기에
가족과 세상을 끊고 살아갈 수 있는, 마치 자유의 상징과 같은 존재
로서 그려진다. 거기엔 작가의 꿈이 반영되었다.

그러나 이 이야기의 핵이 되는 것은 소녀 시대의 죄의식을 공유하

는 자매로, 언니는 아버지가 부임한 곳에서 살고 여동생은 도쿄에 남은 어머니와 생활하는 별거 가족을 형성했다. 그리고 언니와 여동생, 두 사람과 관계를 가지는 남자에게서도 아버지가 애인을 만들어 이혼한 후 어머니와 두 사람의 생활 속에서 자라는 것에서도 일부일처제라는 근대가족을 붕괴, 해체시키고 있는 것이다. 신이치와 아내 유리, 성애의 상대 마키, 연애의 상대로서의 루리코. 한 남자를 둘러싼 세 명의 여자 이야기이기도 하지만 결국 신이치는 유리에게서 자립하고 마키는 한층 더 성의 쾌락을 추구하게 되며 가장 사랑하는 루리코에게도 버림받아 여자들에게 버려지는 형태가 되는 히카루 겐지光源氏[225]를 패러디한 페미니즘 소설이라고 할 수 있다.

저무는 해의 기억으로 시작되는 이 이야기는 근대가족 해체의 이야기이기도 하지만 그것을 상징적으로 나타내는 신이치의 말과 금기와 자유의 상징으로 환상의 꽃 같은 자운영이 군생하는 장면을 인용해둔다.

○결혼이라든가, 사람과 만난다든가, 자신이 태어난 것이든 뭐든, 사고라고 하면 사고다. 액시던트다. 자매, 형제도, 액시던트지 않은가. (중략) 부모도, 인간이 아니고, 단지 환경이기 때문에.
○자운영도 여름 꽃이겠지, 라고 신이치는 말했다. 루도 아직 보지 않았기에 환상의 꽃이다. 나도 보고 싶지만. 마키는 자운영 꽃의 무리를 어두운 숲 속에 폭신한 엷은 핑크색 구름이 내린 듯한 느낌으로, 가까이 가면 아무렇지도 않지만 본 순간에는 꿈속에서 몸이 어떤 저항도 없이 떨어져가는 듯한 그런 기분이 든다고 설명했다.

---

[225] 무라사키 시키부紫式部의 『겐지모노가타리源氏物語』의 주인공으로, 여성편력자의 대명사로 사용되기도 한다.

그림 6-5
마스다 미즈코

◈ **마스다 미즈코**増田みず子226)

'여자' '가족' '학교'로부터의 도주

마스다에게는 『여자로부터의 도주女からの 逃走』(1986년)라는 에세이집이 있다. 이 표제 에는 이제까지 고정관념으로 덧칠되어 있던 '여자'로부터의 도주, 젠더 사회로부터의 탈 출 희망이 포함되어 있다. 그뿐만이 아니다. 마스다에게는 가족, 학교, 사회로부터 도망가고 싶은 소망이 일찍부 터 있었다. 지식인 가정에서 자랐지만 가정이라는 것이 껴안고 있는 '신분제도'에 익숙하지 않아 16살 때에 자취를 시도했다. 또 레벨 높 은 도립고교에 들어가면서 진학교의 교풍에 반발하여 중퇴, 정시제 고교에 다시 들어간다. 인구 과밀로 과격한 생존을 강요당한 단카이 団塊227) 세대의 운명에 대한 저항인가, 오히려 '경쟁'과 '비교' 사회에 서의 탈출을 지향, 자유 희망이 매우 강하다. 도쿄농공대학에 들어가 서 전공투와 리브의 시대에 학생 생활을 보내고 대학과 근무처, 일본 의과대학에서 생물학과 생화학을 연구한 것과도 관계가 있겠지만 지 력 우선의 근대사회로의 논(NON), 휴머니즘으로의 회의감 등 포스트 모던적인 발상이 뿌리 깊게 있는 것 같다. 근대 환상을 벗고 제도권 의 질서 사회에 반격의 봉화를 들었다고 할 수 있다.

---

226) 마스다 미즈코増田みず子 : 1948년~, 도쿄東京 출생.

227) 제2차 세계대전 직후 1947년부터 1949년(1952년, 혹은 1955년 출생까지 포함하는 경 우도 있음)에 걸쳐서 제1차 베이비붐으로 태어난 세대를 말한다.

싱글 세일

첫 소설『사후의 관계死後の関係』(77년)를 시작으로『개실의 열쇠個室の鍵』(78년)『위령제까지慰霊祭まで』(79년) 등 초기 작품에는 시니컬한 시선이 공격적일 정도로 나타났다. 다카하시 다카코의 영향도 받아서『자살 지원自殺志願』(82년)에서는 자살 지원자를 방조하는 역할의 여성을 그리기에 이른다. 또『작은 창부』(81년)에서는 꿈의 실현을 위한 자금을 벌기 위해 '무상의 사랑'이란 연애의 속임수보다도 '유상의 연애'라고 하는 금전 계약에 의한 남자와의 관계를 선택하는 16살의 창부를 묘사했다. 자유만을 최고로 여겨 그것을 위해서는 '첩'도 마다하지 않는 여자의 반질서 감각을 표현한『도화의 계절』은 그 전형이라고 할 수 있다. 연애, 결혼, 환상의 해체이다.

이와 같이 마스다는 기성의 모럴에 이의를 느끼기 시작한 여자들의 단독 반란과 살아 있는 증거를 찾는 여행과 고독한 미로 감각에 닫힌 마음을 그려냈다.『당신에게ぁなたへ』(81년)에서는 경쟁용 로봇에게서 떨어져 나와 처음으로 세상이 눈에 보인 고교생의 각성을 그린다. 그리고『보리피리麦笛』(81년)에서는 학생 운동에서 좌절한 여성이 지적 장애자 시설에서 가르치면서 '지성'도 '능력'도 폭력인 것, 이제까지 '소외된 쪽'이라고 여겨왔던 그들이야말로 본래의 의미에서 풍요한 생명의 형태가 있다는 것을 알게 되어가는 이야기이다. 나아가『자유 시간』(85년, 노마문예신인상)에서는 지식인 가정에서 자라 명문고교에 들어가서 교사에게 단지 홀로 반란을 일으킨 뒤 가출을 하여 과거를 지우고 영원한 방랑으로 떠나는 여성을 그리며 자유와 단독자의 삶을 세트로 표현했다. 이 단독자의 삶의 언설, 이것이야말

로 마스다 문학의 특색이라고 할 수 있다.

예를 들면, 『나 홀로 가족－人家族』(87년)에는 '나는 나에게 사랑받고 나를 사랑하고 나와 단단한 끈으로 묶여져' 있고 무너질 걱정도 트러블도 없는 '나'만의 가족을 살아가는 여자의 주장을 그렸다. 근대 가족에 대한 반역에 다름없다. 『나 홀로 살이－人暮し』(81년)에서도 누구의 아내도 어머니도 할머니도 아니었던 노파의 나 홀로 살이에 집착하는 삶이 표출되었다. 『독신병』(83년)에 이르러서는 승진과 업적, 제도 만들기에 아득바득하며 결혼을 여자의 축복이라고밖에 생각하지 않는 동료 남성 사회를 향해서 단독자로서 살아가는 여자의 결별 메시지를 내보냈다. 대표작 『싱글 세일シングル・セル』(86년, 이즈미 교카문학상)에서는 '고세포孤細胞'와 같이 살아가는 인간의 이성과의 공생과 이별을 통해서 자신이 돌봐야 할 사람들과 관계를 끊고 살아가는 단독자의 사상을 선명히 했다. 이 '고孤'의 추구의 정점은 마스다 자신의 결혼과 함께 전환을 가져와서 자의식 아성의 붕괴로부터 뿌리 찾기가 개시되어 『집의 냄새家の匂い』 『아이의 집子供の家』(85년)에서 집대성 『귀신 나무鬼の木』(88년)로 이른다. 작풍도 일변하여 현대의 고독함이 엮어내는 환영을 환상적으로 묘출한 『금지공간禁止空間』(88년) 『꿈벌레夢虫』(90년, 예술선장 문부대신신인상)가 있다. 그리고 현대 사회의 알 수 없는 모습을 표출한 『수경水鏡』(97년)에서는 한층 더 나은 신경지로 도달이 보인다.

『사후의 관계』

초기의 작품에서는 자기 내부에 자폐, 틀어박혀 나오지 않고 학생

운동과 여자기숙사의 공동체, 혹은 남자와의 관계 등 끊임없이 침식해 오는 타자, 외부의 세계를 거절하는 여주인공의 고독한 생을 각인시킨다. 여자 주인공의 예민한 자의식의 거울이 공동체와 우정과 연애의 위선을 느끼고 환상의 베일을 벗겨간다. 『사후의 관계』도 그렇지만, 동거하고 있던 남자의 자살에 입회한 일로 동반자살에서 살아남아서인지 남자가 죽어가는 것을 보고만 있었던 여자라는 소문이 나서 그것에 악의로 저항하듯이 아르바이트하는 곳의 점주를 상대로 섹스 제공과 교환 조건으로 생활비를 요구하는 여학생을 그린다. 연애 환상은 완전히 벗겨져 초목이 마르고 황폐한 잡목림에 우주의 정화를 느끼는 여자의, 자살 방조자의 입장에 서서 남자의 사후에 생긴 농밀한 관계를 거부하는 속내를 표출한다. 다음의 장면은 남자에게 안긴 후 마른 겨울의 잡목림에서 정화淨化를 얻으려고 하는 광경이지만 이 이상으로 이 마른 겨울의 황량한 광경은 여주인공의 마음의 풍경이라고 할 수 있다.

게이코恵子는 남자의 팔 안에서 자신의 몸에 한 겹씩 덧칠해 가는 싼 페인트 냄새를 맡은 것 같은 기분이 든다. (중략) 남자의 두꺼운 팔에 안겨도 게이코는 취하지 않았고 빨리 겨울이 되어 마른 잡목림을 보고 싶다고, 완전히 다른 것을 생각하고 있었다. 어릴 때의 공간이란 공간을 꿰찌르는 듯한 시골 수목의 풍경. 올려다보는 시야를 아낌없이 조각내어 망막을 덮는 겨울 잡목림의 살아 있는 가는 가지. 빛도 바람도 그 그물망을 빠져나가지 않으면 인간에게 닿지 않는다. 우주의 그을음이 거기서 완전히 정화되는 듯한 기분이 어린 게이코에게는 들었다.
지금은 싸라기눈과 같이 울퉁불퉁한 여러 가지 것이 몸에 직접 부딪혀온다.
겨울의 황폐한 잡목림이 보고 싶다고 생각했다.

그림 6-6
야마다 에이미

◈ 야마다 에이미山田詠美228)

전교생이기에 생긴 형안炯眼

아버지의 전근을 따라서 중학교 때까지 삿포로札幌, 가나자와, 시즈오카静岡로 전전하며 고교 때부터 우쓰노미야宇都宮로 옮긴다. 때때로 전학으로 인해 집단 따돌림을 당한 일도 있었지만 그러한 경험이 어릴 때부터 사람의 마음을 꿰뚫어보는 형안의 주인으로 되게 한 것 같다. 고교 시절에는 문예부에 들어가 사강, 볼드윈 등의 외국 문학을 애독한다. 1977년에 메이지대학 문학부 일본문학과에 입학하지만 81년에 중퇴한다. 재학 중에는 만화연구회에 들어가 대학 3학년 때『만화 에로제니카漫画エロジェニカ』에『홍수洪水』를 발표하는 등 만화가로서 데뷔하여『슈가 바シュガー・バー』『미스 돌ミス・ドール』등을 출판한다.

혁명적인 성애 묘사의 획득

85년에『베드타임 아이즈』(『문예文藝』2월)로 소설가로서 문단에 등장하여 쇼와60년도 문예상과 62년도 나오키상을 수상, 아쿠타가와상芥川賞 후보도 되어 작품이 영화화되기까지 한다. 그리고 89년 12월에는 흑인 남성과 결혼한다.

작품을 크게 구별해보면 이 데뷔작을 시작으로 남녀의 성애를 중심으로 묘출한 것과 소녀 혹은 소년의 섬세하고 복잡한 마음의 움직

---

228) 야마다 에이미山田詠美 : 1959년~, 도쿄東京 출생, 본명 : 후타바双葉.

임을 응시한 것이 있다. 예를 들면 전자에는 서로 원하면서 서로 상처 입히는 남녀를 그린『손가락의 유희指の戲れ』(86년), 최초의 장편 『할렘월드ハーレムワールド』(87년), 나오키상 수상의 단편집『소울 뮤직 러버즈 온리ソウル · ミュージックラバーズ · オンリー』『캔버스의 관カンヴァス の柩』(동년)『후릭 쇼フリーク · ショウ』(89년) 등이 있다. 후자에는 남자가 데려온 아이와의 사랑과 갈등을 그린『제시의 등뼈ジェシーの背骨』(86년), 소녀에서 여자로 날갯짓해 가는 계절을 그려 일본문예대상 여류문학상을 수상한 『나비들의 전족蝶々の纏足』(87년), 집단 따돌림을 당한 전학생이 다시 일어나기까지의 심리를 쫓아 히라바야시 다이코 상을 수상한『풍장의 교실風葬の教室』(88년) 등이 있다. 이 외에 반자전적 장편『무릎 꿇고 발을 핥아라ひざまずいて足を舐め』(88년), 단편집『방과 후의 음표放課後の音符』(89년), 에세이집『나는 변온동물私は変温動物』(88년)『열혈 폰짱이 간다!熱血ポンちゃんが行く!』(90년) 등이 있다. 또 역작 장편으로 여류문학상과 이즈미 교카상을 각각 수상한『트래쉬ト ラッシュ』(91년)와 '자유롭게 되지 않는 상황을 내적 외적으로 찾'은 『애니멀 로직アニマル · ロジック』(96년)이 있다. 『만년의 아이晩年の子供』(91년)『나는 공부를 못한다ぼくは勉強ができない』(93년) 등등 아쿠타가와 상 선고 위원도 담당하며 현재 가장 활약 중인 작가이다.

『베드타임 아이즈』

미주둔군 상대의 클럽에서 가수를 하고 있는 일본 여성과 탈주 중인 흑인 병사와의 성애에서부터 영혼의 사랑으로 변할 때까지를 그린다. 여성이 남녀의 성애를 대담하게 그려냈다고 하는 의미로 일본

의 근, 현대문학에 있어서는 혁명적이라고도 말할 수 있지만 가와무라 미나토川村湊는 더 깊이 '이제까지 '정신' 쪽에 속해 있다고 생각되어져 있었던 것을 '육체' 쪽의 언어로 번역해보인, 그렇게 해서 '정신'과 '육체' '마음'과 '몸'의 관계를 역전시켜보려고 했다.'고 하고 '마음'과 '정신'이라는 애매하고 다루기 어려운 것보다 '몸'의 관계, 서로 원하는 육체의 욕망끼리의 관계 쪽이 한층 더 청결하고 순결한 것이다. 그녀의 소설을 읽으면 그러한 주장이 들려올 것 같다. '마음'이라고 하는 부자유스러우며 욕심쟁이이며 질투 많은 것, 그런 귀찮은 것을 내던져버리고 '몸' 속에서 '좋아한다'라든가 '사랑하고 있다'라고 하는 말이 나온다고 하면 이 세상의 여자와 남자의 관계는 더욱 심플하고 아름다운 것이 될 것이다. 야마다 에이미의 작품의 근저에 흐르고 있는 것은 그런 남녀관계에 관한 '사상'인 것이다.'(「"영혼"으로서의 등뼈"魂"としての背骨」)라고 지적했다. 이 '몸' 속에서 '좋아한다'라든가 '사랑하고 있다'라는 말이 나오는 관계야말로 야마다 에이미가 의도하든 하지 않든 관계없이 현대로 향한 메시지가 있다고 할 수 있다.

여자가 그리는 성애에 관해서 국제화 시대의 도래를 고하는 것이지만 모리 요코가 그리는 백인 남성과의 모던하고 지적이며 세련된 성애와는 달리 흑인 남성과의 핥으며 먹는 등의 촉감적이고 야성적인 성애를 표현하며 너무나도 포스트모던적이다. 인용 부분은 충격적인 모두 장면으로 갑자기 동거 중인 남자와의 성애부터 그려졌다.

스푼은 나를 예뻐하는 것에 매우 능하다. 그것은 단지 나의 몸을 말하는 것이고 마음은 결코 아니다. 나도 스푼에게 안기는 일은 할 수 있지만 안아주는 일은 할 수 없다. 몇 번이나 시도해봤음에도 불구하고. 다른 사람은 어떻게 해서 이 빈틈을 메우고 있는 것일까 나는 알고 싶었다. 마리아 언니에게 물어도 구체적으로는 가르쳐주지 않는다. 오히려 이렇게 하라고 누군가에게 명령받는 편이 좋겠다. 의지를 가지지 않는 조종되는 인형이 표시된 처방전을 읽듯이 나는 스푼의 아픈 곳을 핥고 싶다. 그것이 그의 페니스를 핥는 것보다 훨씬 어려운 일인 것을 알기까지는 시간이 너무 걸렸다. 왜 더 일찍부터 연습해두지 않았던 것인가, 하고 생각한다.

(하세가와 게이)

3. 단가短歌

여성 시대의 개막

1977년 신인의 등용문인 가도카와 단가상角川短歌賞을 22살의 마쓰다이라 메이코松平盟子가 대담한 관능성과 능동성이 눈에 띄는 작품으로 수상한 것을 시작으로, 쇼와 50년대에는 신인 여성가인이 배출되었다. 이쓰지 아케미井辻朱美, 아키쓰 에이阿木津英, 곤노 스미今野寿美, 미치우라 모토코道浦母都子, 오키 나나모沖ななも 등 20대부터 30대까지의 여성이 매년같이 상을 받고 등장했다. 전후에 태어난 톱 런너로서 먼저 출발했던 가와노 유코는 이때 이미 바바 아키코馬場あき子, 야마나카 지에코山中智惠子 등의 선행 세대와 나란히 현대 단가 여류상을 받았다. 마쓰다이라에 앞선 1975년, 같은 상의 차석을 받은 구리키 교코栗木京子와 이미 10대에 구가집을 출판한 나가이 요코永井陽子, 1960년대 끝의 전공투 운동을 배경으로 한 우타로 주목받은 하나야마 다카코花山多佳子 등 현재 단가를 지탱하는 가인이 배출되었다.

ぎこちなく撓ひ靡けり満腔の帆を張る父のやうに抱けば
어색하게 휘어서 펄럭이니 만공의 돛을 펴는 아버지와 같이 품어라
마쓰다이라 메이코松平盟子

しかたなく洗面器に水をはりている今日もむごたらしき青天なれば
하릴없이 세면기에 물을 채우고 있는 오늘도 끔찍할 정도로 푸른 하늘이 되어
하나야마 다카코花山多佳子

唇をよせて言葉を放てどもわたしとあなたはわたしとあなた

입술을 모아서 말을 해도 나와 당신은 나와 당신

아키쓰 에이阿木津英

催涙ガス避けんと密かに持ち来たるレモンが胸で不意に匂えり
최루가스를 피하려고 몰래 가져온 레몬이 가슴에서 불현듯 풍긴다

미치우라 모토코道浦母都子

空壜をかたっぱしから積みあげる男をみている口紅ひきながら
빈병을 한 구석에서부터 쌓아올리고 있는 남자를 보고 있네 입술을 바르면서

오키 나나모沖ななも

負けたくはなしなけれども樹に登りこの世見おろしたることもなし
지고 싶지는 않지만 나무에 올라 이 세상을 내려다본 적도 없네

곤노 스미今野寿美

半開きのド゙アのむかうにいま一つ鎖されし扉あり夫と暮らせり
반쯤 열린 문의 저편에 지금 자물쇠 채워진 문이 있어 남편과 살고 있나니

구리키 교코栗木京子

べくべからべくべかりべしべきべければすずかけ並木来る鼓笛隊
베쿠베쿠카라베쿠베카리베시베키베케레 플라타너스 가로수 걸어오는 고적대

나가이 요코永井陽子

아키쓰 에이는 종래의 여성단가(모성적인, 또는 무녀적인)에 의문을 제시하고 종래의 현실 질서를 긍정하지 않는 여자, 개인에서 출발한 도발적으로도 보이는 논문과 작품으로 이 시대의 논의의 표적이 되었다. 미치우라 모토코는 전공투 운동의 와중에 있었던 체험을 직재적인 문체로 노래하여 동세대의 큰 공감을 불렀다. 오키 나나모의 남

성을 물건과 같이 보고 있는 대담한 시선과 구리키 교코의 남편과 아내의 미묘한 거리감을 건져 올리는 감수성은 신선했다. 곤노 스미는 바바 아키코가 말한 '조카女歌'의 이해 위에 탄력 있는 문체로 부드럽게, 그러나 사실은 강하게 남성에게 저항했다. '조카'로서 구별되고 싶지 않다고 명언하는 나가이는 독자의 시적 세계를 만들어냈다. 제각각 개성적인 자신의 세계를 가진 가인들이다.

전공투 운동을 노래하다

1975년, 결사 '미래'의 동세대 동료와의 합동 가집에 미치우라 모토코는 '우리들이 나로 돌아간다'를 발표했다. 70년 안보를 지켜본 1960년대 말의 대학 투쟁을 노래한 노래이다. 이 작품은 곧 요미우리 신문의 시평에 게재되어 좌절한 전공투 세대의 뜨거운 공감을 모았다. 이들의 작품을 포함한 가집 『무원의 서정無援の抒情』이 간행된 것은 80년이다. 운동의 고양, 좌절, 인생의 재출발이 사랑의 파탄과 함께 노래 불렸다. 미치우라는 1947년 출생했다. 고교 시절 때 아사히 가단에 투고한 것으로 우타를 시작하여 와세다대학 재학 중에 곤도 요시미 주재의 '미래'에 입회한다. 그때까지 여자가 주체적 중심적으로 노래한 적이 없었던 학생 투쟁을 노래하고 아키쓰 에이와 함께 종래 여자의 우타女歌가 아닌 조카女歌로 이름 지었다.

'今日生きねば明日生きられぬ'という言葉想いて激しきジグザグにいる
淡あげ地に舞い落ちる赤旗にわが青春の落日を見る
今だれしも俯くひとりひとりなれわれらがわれに還りゆく秋
'오늘 살지 않으면 내일도 살 수 없다'는 말을 생각하며 지그재그로 산다

불꽃을 피우며 땅으로 떨어지는 붉은 깃발에 내 청춘의 지는 해를 본다
지금 누구나가 한 사람 한 사람이 되어 우리들이 나로 돌아가는 가을

2수 째는 도쿄대 야스다安田강당의 봉쇄가 무너진 날의 우타이다. 그 사이 운동은 진정화로 향하고 3수 째와 같이 좌절하고 연대를 푼 한 사람 한 사람이 남았다. 이 우타는 그러한 시대를 상징하고 있다. 전공투 운동은 수업료 인상 반대 등 학내의 문제를 둘러싸고 시작되어 베트남전쟁의 격화와 함께 반전의 투쟁이 되었다. 미치우라道浦가 노래한 것은 이 단계이다. 남성가인으로는 후쿠시마 야스키, 사이구사 다카유키 등이 학원 투쟁을 노래했다. 돌아보니 60년 안보에서는 국학원대학생이었던 기시가미 다이사쿠岸上大作가 '피와 비에 와이셔츠 젖어 있는 무원 한 사람으로의 사랑 아름답게 한다'고 6월15일의 투쟁을 노래하여 시대를 대표하는 가인이 되었다. 70년 안보가 남성 가인이 아니고 여성인 미치우라가 대표가 된 것은 특필된다.

남성가인으로는 또 76년부터 시작된 처녀가집 시리즈『신예가인총서新人歌人叢書』로 등장한 다카노 기미히코高野公彦, 고나카 히데유키小中英之 등 '내향파内向派'로 불리는 가인들이 주목되었다. 개인의 내면에 침잠하는 듯한 섬세한 작풍이다.

여성가인에 의한 심포지엄

1983, 84, 85년에는 여성의 우타를 둘러싸고 뜨거운 심포지엄이 계속되었다. 1983년, '여자·단가·여자'로 명명된 회는 가와노, 나가이, 아키쓰, 미치우라가 패널리스트였다. 여성만의 패널리스트는 처음이었다. 이때부터 30대 여성가인이 작품에 있어서도 이론에 있어

서도 활약했고 가단에도 활기를 가져 왔다. 이 심포지엄에서는 가와노가 뒤에 '배설과 출산을 동렬에 논하고 있는 그 정당함에 있어서 미치우라 모토코'로 노래했듯이 낳는 성으로서의 여자의 특수성을 강조하는 가와노에게 비판이 모아지고, 제각각 의견은 다르나 종래의 여성 역할에 갇히지 않는 새로운 여성단가가 모색되었다.

84년에는 앞선 4명이 기획, 주최한 심포지엄 '노래한다면, 지금'이 열려 아키쓰, 곤노, 오키, 마쓰다이라를 패널리스트로 문제의 젠더와 '여자'인 것은 어떤 것인가라는 주제의 문제가 논의되었지만 복잡하게 뒤얽힌 채로 끝났다. 그러나 거기서 명확하게 된 것은 현재 여성의 의식과 표현의 어긋남이고 작품 해석에서의(주로 남성의) 선입관이었다. 여성의 의식은 새롭게 되었지만 여성에 대한 기성의 개념에서 우타가 해석되어버린다. 예를 들면 '자장가 노래하며 끝나버리는 일생은 거의 지났다고 생각하고(하나야마 다카코)'에서처럼 모성에 자족하지 못하는 상실감과 실망이 모성신화의 주입으로 인해 해석에서 빠지는 문제이다. 여성들은 논의가 있었던 문제점을 해결해야 했고 의식적으로 노래 만들기를 계속해 갔다. 이들 심포지엄에서 말과 더불어 사회적으로 '여자'에게 부여된 것을 지우고 '여자'를 근본적으로 되물으려고 하는 아키쓰의 존재는 컸지만 1987년 다와라 마치의 『샐러드 기념일』이 간행되어 그 경쾌함으로 여자인 것에 어떤 무게감도 없는 우타가 널리 받아들여지자 30대 여류는 초월했다. 페미니즘은 이제 끝났다고 하는 논의가 일어났다.

1989년에는 '미래' 주최로 단가의 모임으로서는 처음 페미니즘을 표방한 에하라 유미코江原由美子, 오다 모토코織田元子 씨를 초청하여 '쓰는 여자들을 위해서'라는 제목의 심포지엄을 열었다. 여기서는 여성의 우타는 여성이 읽고 비평해 가야 한다는 필요성이 지적되었지만 많은 가인들에게 있어서 페미니즘 이론과 단가 표현의 문제는 직접적으로 연결되는 것이 아니라 주의(이즘)와 표현은 다르다는 당혹감이 많았다.

그러나 페미니즘은 이들의 심포지엄을 통해서 침투했고 모성 의식의 변화와 여성 신체로의 집착이 없는 것을 노래하게 되었다. '양해 없이 기생하여 그리고 비대한 에이리언이 된 태아라는 것은(마쓰다이라 메이코)' '아이는 하늘에서 주신 사람일까 가을의 빛은 사금과 같이 황금색 국화를 비춘다(요네카와 지카코米川千嘉子)' '파란 샌들을 밟고 서는 나 은하수를 낳은 듯이 서늘하다(오타키 가즈코大滝和子)' '젖가슴이 닿지 않도록 빠져나오는 혼잡 뒤돌아보면 가을의 반짝임(우메나이 미카코梅內美華子)'. 우메나이의 우타에서 젖가슴은 어떤 생각도 없는 단지 인체의 돌기가 된 것이다. 나카조 후미코가 노래한 '젖가슴(유방)'에서 멀어진 의식일 것이다.

라이트 벌스(오락적인 시)의 시대

1980년, '브랜드 상품의 캐달로그 집성'으로 비평받은 다나카 야스오의 『어쩐지, 크리스탈なんとなく、クリスタル』이 출판되었다. 이토이 시게사토糸井重里의 '맛있는 생활'이라는 카피가 쓰인 것은 82년이다. 밝고 공허한 소비사회가 실현되어 있었다. 이러한 시대를 배경으로 다와라 마치의 우타가 받아들여지고 그 저항감 없는 경쾌한 우타는 같은 시대에 출발한 하야시 아마리林あまり의 '오늘 처음 만나서 키스는 빠르지 않아? 야요이·도쿄 봄꽃 피고'와 가토 지로加藤治郎의 '짐

수레에 봄 양파 튀어 오른다 미국을 보고 싶어 하는 눈이네'와 같은 우타와 함께 라이트 벌스(Light Verse)로 불렸다. 구어회화문체로 시대풍속이 다루어지는 일이 많았다.

1990년 이후 구어 단가는 더욱 세련되어져 호무라 히로시穂村弘가 "'취했니? 내가 누군지 알겠어?", "부－후－우－의 우－가 아닐까'"라는 우타로 등장하여, 종래의 단가와 동떨어진 문체와 서정은 오기하라 히로유키荻原裕幸와 가토의 기호를 받아들인 우타 「언어는 아니다!!!!!!!!!!!!!!!!!!!!!! 런!」 등과 함께 뉴 웨이브로 이름 붙여졌다. 여성 가인들은 방법적으로 돌출되는 일은 없었지만 풍요한 시대의 컬쳐 붐에서 중장년 여성이 많이 단가에 참여했고 전문가인과 함께 단가를 지지했다.

◈ 가와노 유코河野裕子[229]

성적 신체의 긍정

고교 3학년 때 결사 '코스모스'에 입회했다. 교토여자대학 재학 중이던 69년, 상을 받기 시작한 이후 젊은 나이에 가도카와 단가상을 수상하며 당시 20대 전반의 여성가인이 거의 없었던 가단에 등장했다. 사랑의 우타를 중심으로 한 작품의 청신함은 여성단가의 새로운 바람으로 여겨져 주목을 모았다. 제1가집 『숲과 같이 짐승과 같이』에 수록된 '블라

---

229) 가와노 유코河野裕子 : 1946년~, 구마모토熊本 출생.

우스 속까지 훤히 초여름의 햇살에 비친 듯 내 젖가슴' 과 '지금 벤 아침 풀과 같은 냄새 풍겨올 때에 젖가슴 서니' 등 종래 굴절되어 노래 불리는 경향이 있었던 여성의 성적인 신체를 밝게 긍정적으로 노래했다. 특히 후자는 막 베어 온 아침 풀과 같은 젊은 남자의 냄새로 가까이 다가오는 연인에게 젖가슴이 성적으로 반응하여 섰다고 노래했다. 여자의 성적 신체로의 불필요한 수치도 억압도 반대에 도발도 없는 자연스럽고 건강한 모습이 새로웠다.

'낳는 성'의 주제화

바바 아키코 등이 선행하던 세대가 독신이었거나 결혼해도 아이를 갖지 않고 남성과 경쟁하며 노래해 왔던 것에 비해서 가와노는 자신의 임신, 출산을 계기로 작품의 중심 테마로서 '모성'을 제출했다. 이것은 바바 등의 행적을 역행시키는 듯한 것으로 받아들여져 80년대 여성들의 심포지엄에서는 다른 여성가인들의 비판의 표적이 되었다.

79년에 발표된 평론 『목숨을 응시하고 ─ 모성을 중심으로 하여』는 남자의 성의 일회성에 대해서 낳아서 이어가는 여자 생명의 무한성의 자각 아래 남자와는 다른 생명의 시점을 주장했다. 시대와 종류와 개인을 넘어서 생명을 세로로 가로로 이어진 것으로서 보는 시점이다. 이러한 사상은 '생명체 나에게 두 아이 있어 작은 도마뱀 보고도 안타까워지네'와 같이 우타로 결실을 맺었다. 이 평론을 예를 들면 아키쓰 에이는 '낳는다'라고 하는 것에 무게를 너무 두고 있다고 비판적으로 보았다.

가와노는 또 '꼭꼭 밥을 먹여 볕에 쐬이며 포대기에 싸서 재우는

행복' '좋은 아내가 왜 나쁜가 양지의 갓난아기 끌어당기며 걷는다'
고 88년에 일부러 아내 역할을 긍정적으로 노래하며 우타는 이데올
로기에서 부르는 것도 아니다라고 주장했다. 그 후에도 작가로서의
자유스런 실감을 소중하게 여기며 전력질주를 계속하고 있다.

『숲과 같이 짐승과 같이森のやうに獣のやうに』

逆立ちしておまへがおれを眺めてた　たつた一度きりのあの夏のこと

◇현대어 역

물구나무서서 너는 나를 쳐다보고 있었던가. 그 여름. 그 여름은 단 한 번뿐이었
다. 그 여름의 눈부심.

◇주석 및 감상

여성이 '나おれ'라고 자칭하고 연인을 '너おまえ'라고 부르고 있다. 젊은 감정의 눈
부심을 표현하기 위해서 선택된 오로지 한 번뿐인 호칭으로, 가와노의 다른 우타
에도 동시대의 다른 가인에게도 이러한 예는 없다. 남성에게도 여성에게도 '성性'
이 의식되는 사춘기의 자신이 자신을 어쩔 수 없는 감각이 이 난폭한 호칭의 역전
으로 읽혀져서 신선하다.

『메꽃ひるがほ』

胎児つつむ袋となりきり眠るとき雨夜のめぐり海のごとしも

◇현대어 역

임신한 내가 태아를 감싼 봉지가 된 듯 잠들어 있으면 밤비가 내리고 있는 나의
주위는 마치 바다와 같이 생각되는 것이다.

◇주석 및 감상

'めぐり'는 주위라는 뜻이고 'も'는 종조사로 영탄의 의미를 나타낸다. '봉지가 된袋となりきり'에 임신한 여자의 이상한 신체 감각이 있다. 태아를 양수에 감싸 나도 역시 원초의 생명 탄생의 때와 같이 해수에 싸여서 부유하고 있는 느낌이 '밤비가 바다와 같이雨夜のめぐり海のごとしも'란 표현에도 읽혀진다. 넉넉하게 자족하는 모성이 느껴진다.

『벚나무 숲桜森』

たつぷりと真水を抱きてしづもれる昏き器を近江と言へり

◇현대어 역

듬뿍 진수를 채워서 조용해진 그릇을 비와호수라고 하는 것이다.

◇주석 및 감상

'しづもれる'는 'しづもる'라고 하는 동사로, 완료, 존속을 나타내는 조동사 'り'의 연체형 'る'가 붙은 것이다. '조용하다'는 의미가 된다. '오우미近江'는 '담해'(담수의 바다)로 비와호수琵琶湖이고 오우미의 도시(지금의 시가현滋賀県)를 가리키기도 한다. 이 우타에서는 비와호수를 가리킨다. 물을 싸고 있는 그릇에는 태아를 감싼 모체의 이미지가 있다.

◈ 아키쓰 에이阿木津英[230]

새로운 여성단가

74년, 규슈에서 '아牙'를 주재하는 이시다 히로시를 만나 단가를 시

---

[230] 아키쓰 에이阿木津英 : 1950년~, 후쿠오카福岡 출생, 본명 : 스에나가 에미코末永英美子.

작했다. 78년에는 이시다도 소속된 '미래'에 입회한다. 85년에는 단신으로 도쿄에 이주하고 뒤에 '미래'를 퇴회, 단가연구지『아마다무あまだむ』를 창간한다. 이러는 사이에 '낳는다면 세계를 낳아라 사물의 싹이 솟아나오는 숲의 푸르름 속'이란 대표가를 포함한 30수로 단가연구 신인상을 수상하고, 제1가집『자목련까지 · 풍설紫木蓮まで · 風舌』, 제2가집『하늘의 아편天の鴉片』에 의해 주목을 모았다. '무엇 때문에 있는 젖가슴인가 낮의 한기 마을에 와서 이쑤시개를 산다'라고 하는 '여자'를 몰아붙이는 아키쓰의 우타는『무원의 서정』의 미치우라 모토코와 함께 새로운 여성단가의 등장을 알리는 것이었다.

페미니즘 단가라고 하는 호칭

아키쓰 우타의 신선함은 종래의 간드러진 여자의 우타와는 다른 직선적이고 감상적이지 않은 문체와 난소, 자궁 등 도발적으로도 보이는 성적 용어의 사용과 여자의 우타에 관련되기 쉬운 나르시시즘을 떨쳐버린 것이다. 그러나 무엇보다 가단에 충격을 안겨준 것은 뒤에 페미니즘 단가로 불리게 되는 급진적이고 투쟁적인 우타였다. '부부는 동거하고 성교해야 한다는 것은 어느 바보가 정한 것인가夫婦は同居すべしまぐわいなすべしといずれの莫迦が掟てたりけむ' '손수건 희게 쥐고 앉아 있는 임부의 배의 불쾌함일까' 등 제도로서의 결혼을 통렬하게 비판하고 여자에게 강요된, 그 위에서 찬미되는 모성을 부정하고 그것

에 의문을 느끼는 일 없이 어리광 부리고 있는 동성에 대한 혐오를 노래했다. 이것은 여자인 것의 아픔에서 발상되어 남자 중심의 사회를 되짚어 묻는 사상적인 우타이다. 이때의 일을 에세이에 '그때의 나는 여자로서의 원통한 일을 어떻게 우타에 표현하면 좋을지 감당하지 못하고 있었다.' '나의 평등욕은 질투와 원한을 지옥의 열기와 같이 분출하고 가끔 우타의 모습을 엉망으로 했다.'고 썼다.

아키쓰는 여자에게 강요된 사회적 규범을 의심하고 그것에 익숙하지 않은 아픔과 위화감을 추궁하며 여자라는 성에서 사회를 떼어놓으려고 했다. 페미니즘 사상이 아직 거의 유통되지 않았던 때 자기의 필연에 의해서 페미니즘 사상을 끌어당겼던 것이다. 이러한 우타는 찬반의 여론을 불러일으키면서 동세대와 후속의 여성가인들에게 많은 영향을 주었다.

『자목련까지 · 풍설』

産むならば世界を産めよものの芽の湧き立つ森のさみどりのなか

◇현대어 역
초목의 싹이 무성하게 나오고 숲이 젊은 녹색으로 가득한 이 계절의 여자들이여, 낳는다면 '내 자식'이라는 좁은 의식으로 낳을 것이 아니라 '세계'를 낳는 것이 낫다. 그런 기개를 가지지 않겠나.

◇주석 및 감상
여자에게의 선동이다. 싹이 한창 트는 숲과 같이 여자도 원래 싱싱한 생명력이 넘치는 존재이니 강요된 좁은 모성에 안주해서는 안 된다고 독려하는 것이다.

『하늘의 아편』

ぎしぎしの赤錆びて立つこの暑さ「家族」とはつね歪めるものを

◇현대어 역

여름, 잡초 꽃은 한창 피어 붉은 녹과 같은 색이 된다. 이 무더운 성가심. 그것과 같이 '가족'이란 존재양식도 성가시다. 제도로서 인위적으로 만들어진 '가족'은 항상 어딘가 일그러진 것이다.

◇주석 및 감상

'ぎしぎし'는 들과 길가에 자생하는 잡초이다. 붉은 녹이 선 것은 거친 느낌이 든다. 그 느낌이 일그러질 수밖에 없는 '가족'이란 것의 느낌으로 이어지고 있다고 하는 것이다. '가족'이란 일그러진 것이라고 하는 인식은 가족 속에서 억압받기 쉬운 여성이기 때문에 알게 된 것이리라.

그림 6-9
다와라 마치

◆ 다와라 마치俵万智231)

밀리언셀러

87년에 출판된 제1가집 『샐러드 기념일』은 260만 부라는 밀리언셀러가 되었다. 현대를 살아가는 젊은 여성의 연애를 중심으로 한 생활 감정을 구어의 회화체를 도입해서 읊은 우타는 알기 쉽고 신선하여 넓은 범위의 독자에게 공감을 얻으며 받아들여졌다. "'이 맛이 괜찮네'라고 당신이 말했기에 7월 6일은 샐러드 기념일'이라는 우타는 가장 많이 사

---

231) 다와라 마치俵万智 : 1962년~, 오사카大阪 출생.

람들에게 회자되어 '××기념일'이라는 패러디가 많이 생겨났다. 현실 긍정적이고 얽매이지 않는 그 서정은 시대의 공기와 밀착하는 것이 지상 명령인 카피의 감각과 닮았다. '크면 드디어 풍요로워지는 기분 도큐핸즈의 쇼핑백' 등 그대로 카피로서 통용하는 우타를 다와라는 많이 읊었다. 또 '몇 겹이나 당신의 사랑에 감싸여 애플파이의 사과가 되자'와 같은 수동적인 여성상에 저항감이 없는 것은 페미니즘의 사조를 받으면서 여자의 우타를 생각해 온 선행 세대에게는 받아들이기 어려운 것이었다. 그러나 '남자라는 술병 보존 기간이 지나니 오늘은 쾌청'과 같은 강한 우타도 적지 않기에 페미니즘이 가볍게 침투한 것이다 라고 하는 평가도 있다.

여성 언어의 도입

80년대, 여성가인들이 '나僕[232]'라는 일인칭을 사용하여 중성적 문체로 노래하기 시작했다. 예를 들면 '하시모토는 거식증이라고 말했지만 정말일까 하고 말하는 우리들의 회화'의 작가 하야사카 루이는 젊은 여성이다. 단가에서 성차를 읽는 것이 어렵게 된 것은 이때부터이다. 다와라는 반대로 '애인으로도 괜찮아요いいの 라고 노래하는 가수가 있어서 그렇게 말해주지 않느냐ないの고 생각한다'와 같은 여자 언어를 단가에 가져 왔다. 동시에 '"너おまえ와는 결혼할 수 없어"라고 듣고도 여전히 먹고 있는 아침밥'에서처럼 남자 언어도 도입했다. 문체로서 회화체를 채용하여 남녀 언어의 현재를 자연스럽게 묘사한

232) 남자가 자기 자신을 가리킬 때 쓰는 말. 지금은 주로 성인 이전의 남자가 동등 이하의 상대에게 사용한다.

것이라고 말할 수 있지만 언어의 성차와 거기에 있는 함의를 문제시 하지 않는 감수성이 눈에 띈다. 54년생인 마쓰다이라 메이코의 '남편에게 함부로 불리는 것은 싫어요 〈어이ぉぃ〉라든가 〈너ぉまへ〉라든가 등'을 포함하는 가집 『슈가シュガー』가 나온 것도 동시대(89년)이다.

『샐러드 기념일』

「嫁さんになれよ」だなんてカンチューハイ二本で言ってしまっていいの
"시집 와"라고 고작 캔 추하이[233] 2병에 말해버려도 괜찮은 거니

◇주석 및 감상

'嫁さん'이란 일부러 낡은 언어를 써서 난폭하게 명령형으로 'なれよ'라고 말하는 것은 남자가 부끄러워하는 것이리라. 캔 추하이 2병은 절묘한 주량으로, 만취해서 말한 것은 아니다. 여자는 캔 추하이 2병 정도의 가벼움으로 그런 중요한 말을 해도 되는 거야? 번복할 수 없어. 라고 남자를 놀리는 듯한 기분이다. 여유가 있는 것이다.

『초콜렛 혁명チョコレート革命』

家族にはアルバムがあるということのだからなんなのと言えない重み
가족에게는 앨범이 있다 그래서 어떻다는 거냐고 말할 수 없는 무게

◇주석 및 감상

불륜을 노래하고 있다. 앨범은 가족이 쌓아온 시간의 기록이다. 불륜 상대의 남자가 아내와 아이와 함께 해 온 시간 속에 '나'는 없다. 남자가 쌓아온 시간을 백지로 돌릴 수는 없다. '그래서 어떻다는 거냐だからなんなの'라고 하는 반항적인 여자의 말은 이 여자의 외롭고 괴로운 마음을 잘 나타내고 있다. '"사랑은 이긴다"라

---

233) 소주 하이볼의 약어. 소주를 탄산수로 희석시킨 것.

고 노래하는 청년, 사랑과 사랑이 싸울 때는 어떻게 되는 걸까' '아내라고 하는 쉬운 질투 봄날 예를 들면 성묘에 동반하는 일'이라는 우타도 있다. 나카조 후미코에게 있었던 불륜의 죄악감과 결혼 제도로의 의문과 반항은 여기에는 없다. 결혼을 선택하는 일도 선택하지 않는 일도 자유, 다양한 삶을 허용하는 시대가 되었다고 하는 것이리라.

(구로키 미치요)

4. 하이쿠俳句

여성의 향학심

'이제 더 이상 전후는 아니다.'라는 그런 시대 인식이 정착한 것은 쇼와 30년대의 끝자락이었을 것이다. 초토에서 일어선 사람들의 부흥으로의 노력이 결실을 맺고 가족이 모여서 먹고 살아갈 수 있게 되어 밖으로는 '전후'는 사라졌다고 생각되는 날들이 도래했다. 40년대가 되자 세탁기, 밥솥, 청소기 등 가정 전기제품이 각 가정에 보급된다. 농촌에서는 소와 말이 밭을 가는 풍경이 사라지고 농작업의 대부분이 기계화되어 오랫동안 일본을 지탱해 온 삶의 근간이 크게 변모를 이루었다. 기업 전사라고 불리어 고도 성장기를 지탱해 온 남성들의 분투와 그때까지의 가사노동에서 해방된 여성들의 사회 진출이 눈에 띄는 시대이다. 그런 풍조 속에서 전중에서 패전 후의 시대 혼란 속에서 공부하는 것을 막고 있었던 사람들이 약간의 여유를 얻어서 '뭔가를 하고 싶다.' '할 수 없었던 공부를 다시 하고 싶다.'라고 생각하기 시작했다. 그 사람들을 대상으로 해서 설립된 것이 기업과 자치체가 경영하는 컬쳐교실이었다. 특히 하이쿠는 컬쳐교실의 인기 강좌가 되어 많은 애호가들이 여기를 학습의 장으로 했다.

1970년에 오사카 센리大阪千里의 구릉지대를 회장으로서 개최된 만국박람회는 고도성장시대를 상징하는 축제였다. 컬쳐교실의 설립과 함께 전후파로 불리던 하이진이 모여서 하이지(하이쿠 잡지)를 창간하고 일제히 지도적 입장으로 선 것도 이 시기였다. 후지타 쇼코藤田湘子의 『다카鷹』, 가쓰라 노부코桂信子의 『초원草苑』, 노자와 세쓰코野沢

節子의 『난蘭』, 스즈키 무리오鈴木六林男의 『화요花曜』, 노무라 도시로能村登四郎의 『오키沖』, 모리 스미오森澄雄의 『스기杉』 등이 마침 그때 향학심에 불탄 여성을 받아들이는 장으로서 출발했다. 하이쿠 붐으로 불린 시대의 도래이다. 이 붐을 만든 것은 당시 40대였던 쇼와 한 자릿수에 태어난 여성들로 창간된 하이지의 구성 멤버의 반수 이상을 점하는 성황을 보였다. 현재 활약하고 있는 여성들에게 '언제쯤부터 하이쿠를 시작했는가.'라고 물으면 그 7할 정도가 '쇼와 50년 전후'라고 대답한다.

여성의 풀 네임

이 사람들의 강점은 향학심이 있고 근면한 것, 기초적인 국어력이 갖춰져 있는 것, 하이쿠의 계어 세계와 무연은 아닌 전통적인 일본의 풍경과 생활을 알고 있는 것 등 하이쿠의 지식이 몸에 붙으면 스스로 자신의 하이쿠를 만들 만큼의 힘을 갖게 되는 것이었다. 이것은 하이쿠를 짓는 데 큰 무기가 된다.

인수의 증가는 곧 질의 저하라고 한탄하는 쪽도 있었지만 이른바 보통의 주부로 보였던 여성들이 모여서 하이쿠라는 문예를 갖고 자기표현을 하고 동호의 친구들과 하이쿠를 축으로 이야기를 하는, 즉 집이라는 울타리에서 밖으로 나와 자신의 세계를 갖게 되었다고 하는 것이 어느 정도로 굉장한 일인지 과거의 여성들의 생애를 생각해 보면 명확할 것이다. 겨우 하이쿠인가 하고 웃을지도 모르지만 나는 이것을 일본 여성사 위에 특필하여도 좋을 일이 아닌가하고 생각하고 있다.

오래 알고 지내면서도 결국 옆집 부인의 풀 네임을 모른 채 생애를 보냈다든가, 가끔 만날 기회가 있었던 동료의 부인 이름을 모르는 채 퇴사했다던가, 흔히 있는 일이다. 자신의 이름을 일부러 말하지 않고서도 살아갈 수 있는 것이 일반적인 여성의 입장이었다. 누구누구의 부인, 누구누구 아이의 엄마, 어디어디의 아줌마, 그렇게 불려왔던 것이다. 고문서와 오래된 묘비에 이름을 새기는 일도 없이 단지 '여자'란 것만 새겨진 여성들과 크게 다르지 않다.

하지만 하이쿠를 한 구 만든다고 하는 것은 그 구를 만든 것은 누군가라고 하는 것을 밝히는 일이다. 작가의 이름을 명기하고 때로는 큰 소리로 이름을 말하지 않으면 안 되는 것이 발표의 장에서는 당연한 일이다. 동료들과 함께 하이쿠를 연마하는 장에서 해 온 여성들이 제일 먼저 당혹했던 것이 자신의 풀 네임을 말하는 것이었다. 그런 습관이 없고 훈련되어 있지 않은 여성들에게 있어서 자신의 이름을 그곳에 있는 모두에게 고한다고 하는 것은 실로 아무 것도 아닌 것이지만 얼마나 부끄러운 일이었던가, 당시의 추억 속에 확실히 남아 있는 광경이다. 공식적인 장소에서 부끄러워하며 이름을 말하고 지도자에게 "큰 소리로 말하세요."라는 주의를 받고 얼굴이 빨개진 여성을 얼마나 많이 보아왔던 것인지. 자신의 서재는커녕 자신의 책상조차 가진 적이 없는 여성들이 가족에게 방해를 받지 않는 시간에 사전과 세시기歲時記, 자신의 이름이 기입된 노트를 식탁에 펼쳐놓고 학습하고 하이쿠를 짓고 하는 풍요로운 시간을 가졌던 것이다. 메모지와 연필만 있으면 부엌의 구석, 사람을 기다리는 시간, 산책의 도중에도 충분히 지을 수 있는 하이쿠 형식의 특성도 여성들에게는 좋은 조건이었다.

여성의 진출

하이쿠의 세계를 오랫동안 지배했던 것은 '하이쿠는 남성의 문예'라고 하는 인식이었다. 하이쿠의 '기레切れ'라고 하는 최대의 대사가 사소한 것에 고집하는 습성을 가진 여성에게는 맞지 않다고 생각되어왔기 때문이다. '기루切る'라고 하는 것은 길게 이야기하는 것을 잘라버리고 과묵하게 하는 것이다. 여성은 수다를 좋아하기에 우타를 짓는 것이 어렵다고 경원되어 온 이유 중 하나이기도 했다. 그러나 무리 속에서 절차탁마하고 있는 사이에 어느덧 하이쿠란 어떤 것인가를 이해하게 된 여성들은 점점 하이쿠를 깊이 이해하게 되어 어느덧 결사를 대표하는 작가가 되거나 하이단에 몇 개 있는 상을 획득하거나 각 처에서 눈부신 활약을 나타내게 되었던 것이다.

특히 입문해서 10년, 20년을 지낸 여성들이 제각각 구집을 갖기 시작한 것 등 아마 그들 중 아무도 예상하지 못했던 일이었다고 생각한다. 아이도 성인이 되고 생활이 풍요롭게 된 일반의 여성들에게 조금의 사치가 허용되어 일찍이 갖고 싶었던 옷을 산다든가 해외여행을 떠난다든가 하는 일이 가능하게 된 시기이다. 약간의 비용을 들여서 자신의 구집을 출판하려고 하는 기운이 높아지고 어느 정도의 실적을 손안에 넣은 여성들이 모여서 자작을 하나로 모으게 되는 자기집성을 하게 되었던 것이다. 하이쿠 붐 뒤의 구집句集 붐의 도래인 것이다.

실제로 그 구집을 넘기면 어떤 사람의 어떤 구집에라도 읽기에 충분한 뛰어난 하이쿠가 보여 이것 또한 굉장한 일이라고 감복하게 된다. 주부와 일을 가진 보통의 여성이 자신의 저서를 갖고 있는 나라,

이런 나라가 일본 말고 세계 어디에 있을까. 낮에는 땀 흘리며 논에서 일하고 있던 농촌의 아낙이 잠시의 휴식에 한 구를 짓고 그것을 활자로 한다. 상점의 아주머니가 앞치마 주머니의 메모용지에 한 구를 적어둔다. 일본에서는 어찌하여 시인도 아닌 보통의 사람들이 이처럼 시를 짓는 것일까 하고 외국인이 종종 이상하게 여기는 것은 이런 사람들의 하이쿠를 말하는 것이다.

하이쿠의 행방

일찍이 남자의 것이라고 여겨져 왔던 하이쿠에 이처럼 많은 여성이 참가하고 있는 것 등은 50년 전에는 생각해보지도 못했던 것이었다. 지금은 여성이 없는 하이단은 생각할 수도 없다. 전후파 하이진이 고령화되고 헤이세이가 되어 10여 년이 지난 지금, 차세대를 짊어진 젊은 여성들이 기운차게 활약하고 있다.

단, 현재의 2, 30대 사람들을 상대로 이야기를 하면서 당혹스런 것은 세시기의 내용과 현재의 생활이 잘 맞지 않다는 것이다. 세시기 속의 '생활'부의 많은 의식주는 쇼와 30년대까지의 일본 계절에 따른 생활의 세시에서 성립되어 있다. 예를 들면 방 칸막이로 장지가 사용되던 때, 가을의 '장지 씻기障子洗う' '장지 붙이기障子貼る'가 겨울에는 '장지障子'가 되고 봄이 되면 밝은 볕의 '봄장지春障子'로, 여름이 되면 '장지 떼내기障子外す'로 '여름 객실夏座敷'이 되는 이러한 변화가 지금은 무슨 뜻인지 이해되지 않게 되어버렸다. 계어의 말이 실제의 작품에 어울리지 않게 된 것이다. 생활양식의 변화가 급속하게 진전되고 있는데도 세시기 속의 계어는 그대로로 변화하지 않는다. 현행의 세

시기를 곁에 두고 하이쿠를 짓는 지금까지의 하이쿠 작법을 어떻게 할 것인가. 또 문어, 역사적 가나 사용으로 쓰이는 일이 많은 하이쿠를 이대로 유지할 것인가. 정보를 인터넷으로 주고받는 시대에 소수의 작가에 의해서 성립되고 있던 하이쿠의 장은 어떻게 되어가는 것인가. 젊은 세대들의 하이쿠 현장에는 생각하지 않으면 안 되는 과제가 산적해 있다. 덧붙여 하이쿠의 국제화라는 문제까지 일본 하이쿠에 자극을 주고 있는 것이다. 그런 지금, 남성이니 여성이니 하는 것은 그다지 문제가 되지 않게 되었다. 21세기의 하이쿠를 생각하고 실험해 가는 지금부터의 사람들에게는 부디 멋진 하이쿠라는 형식시를 좋은 방향으로 가져가주길 바랄 뿐이다. 그리고 여명기에서 패전 후에 걸쳐서 여성들이 남성 주도의 하이쿠의 세계에 어떤 발자국을 남겨왔던가, 그 검증도 시야에 넣어서 진행해 가길 바란다.

그림 6-10
이지마 하루코

◆ 이지마 하루코飯島晴子[234]

하이쿠와의 관계

이지마 하루코는 결혼하기까지 교토에서 보냈다. 특히 하이쿠 짓는 활동에 교토다움을 느끼게 하지는 않았지만 만년에는 '겨울 맑은 날 마이코[235]의 큰 키寒晴やあはれ舞妓の背の高き'(구집 『한청寒晴』 수록), '천둥번개 길이 있다든가 동쪽에는雷のみちがあるとか東には'(구집 『보보儍々』 수록) 등 교

---

234) 이지마 하루코飯島晴子 : 1921~2000년, 교토京都 출생.
235) 춤을 추어서 연회의 흥을 돋우는 소녀.

토를 잘 알고 있기 때문에 나올 수 있었던 작품을 발표했다.

이지마 하루코가 하이쿠에 입문한 것은 연령적으로는 늦은 30대도 반 정도 지났을 때의 일이다. 미즈하라 슈오코水原秋櫻子로 이어지는 『마취목』에 투고하는 것으로 출발하여 뒤에 후지타 쇼코가 주재하는 하이지俳誌 『다카』에 참가한다. 일생을 여기의 동인으로 보낸 한편으로 하이단의 동세대 하이쿠에 자극을 주는 발언을 계속했다.

평론 활동

이지마 하루코는 하이쿠를 짓는 것과 나란히 본격적인 평론 분야를 개척해 갔던 선구적인 여성이기도 하다. 오랫동안 남성들이 쓰고 있던 평론의 장르로 나온 이론적인 여성평론가이다. 생애를 통해서 쓰기 시작한 평론에서는 주로 현대 하이쿠에 관한 문제를 제시하며 그 명석한 논지, 활달한 문장은 하이단의 좋은 지침으로서 항상 후진들의 눈길을 사로잡았다.

독자적인 작풍

만년에는 건강이 나빠져 집에 있는 시간이 많았지만 건강했던 때의 이지마 하루코는 자주 산과 들 교외를 걸었다. 거기서 보고 들은 것을 구의 소재로 하는 예가 많았고 그것을 그대로 실록으로서 두는 것이 아니라 언어로써 그 풍경과 일의 모습을 끄집어내는 방법을 자신의 것으로 했다. 따라서 결과인 작품에 원경이 그대로의 모습을 보이지는 않고 글로 쓰인 구 속에 보이고 있는 풍경은 어디까지나 언어가 낳은 새로운 풍경이 되는 것이다.

작품상에 그 경향이 가장 강하게 나오고 있는 것은 제2구집『주전朱田』으로 이지마 하루코가 50대일 때이다. '우리 막내가 선 겨울 아름다운 그리스시장わが末子立つ冬麗のギリシャの市場'이라고 하는 파조破調의 한 구도 '시장'이라는 말에서 나온 것으로 실제로는 자식이 한 명뿐으로 막내라고 할 수 있는 아이가 있을 리가 없고 그리스에 갔던 적도 없다. '시장'이란 말이 맑은 겨울날에 나간 시장과 거기서 팔리고 있는 지중해의 산물을 떠올리게 한, 그런 계기로부터 구성된 구였다고도 상상되는 것이다. 흔들림 없는 현실을 바탕으로 한 비약이 독자 속에서 독자 측의 현실로 환원되는 재미, 이것이 이지마 작품의 매력이라고도 말할 수 있을 것이다.

구집『보보』로 제31회 다코쓰상(1997년)을 수상했다. 2000년 6월 6일에 사망했다. 근면하고 성실하게 열심히 살면서 하이쿠를 계속 지었던 이지마 하루코는 그런 여성이다.

① 泉の底に一本の匙夏了る

'마취목'의 밝음을 떠올리게 하는 초기의 구로 늦여름 물의 투명함을 보이고 있는 구이다. 물이 고인 곳에 콜라병의 왕관이 잠겨가는 실경에서 나왔다고 하는 이지마 하루코의 방법을 남김없이 표출한 구이다.

② 孔子一行衣服で赭い梨を拭き

중국의 지도를 들여다보면 지도 위에 제자를 데리고 제공의 곳을 순례하고 있던 공자 일행이 보였다. 이 일행이 휴식의 한때에 대륙이 되는 붉은 배를 옷자락으로 닦고 있다. 스케일이 큰 구다.

③ 男らの汚れるまへの祭足袋

남자들은 축제날을 양말 차림으로 보낸다. 막 신었을 때에는 새하얗던 양말도 얼마 안 있어 진흙투성이가 되어버린다. 어지간히 축제를 기다리고 있는 남자의 모습이 생생하게 그려져 있다.

④初夢のなかをどんなに走つたやら

원하는 것은 전조가 좋은 새해 아침 꿈을 꾸는 것이라고 생각한다. 그런데 무엇 때문인지 오로지 달리지 않으면 안 되는 꿈을 꾸는 것이다. 깨어도 달리고 있는 감각이 사라지지 않는 그런 꿈이다.

⑤ 白髪の乾く早さよ小鳥来る

66세 때에 '반딧불 밤 늙어갈 대로 늙어간다蛍の夜老い放題に老いんとす'를 발표하고 그 각오만큼 놀랐지만 이 구의 '늙음老い'은 오히려 담백하고 진실로 밝다. 희게 되어 가볍게 된 머리카락으로의 애착과 가을이 되어 건너온 작은새를 '작은새 오다小鳥来る'라고 한 것이 잘 맞다.

⑥ さつきから夕立の端にゐるらしき

여름 소낙비는 지역을 한정해서 내린다. 소낙비 속에 있어서 아무래도 자신이 있는 곳은 이 소낙비의 끝일 거라고 가볍게 중얼거리고 있는 구이다. '조금 전부터さつきから'라고 하는 일상 회화를 연상시키

는 언어가 자연스럽게 사용되고 있는 구이다.

◇주

① 구집『와라비데蕨手』에서. 계어 '여름 끝나다夏了る'에서 여름. ② 구집『주전』
에서. 계어 '배梨'에서 가을. ③ 구집『한청』에서. 계어 '축제祭'(祭足袋)에서 여
름. ④ 구집『보보』에서. 계어 '새해 첫 꿈初夢'에서 신년. ⑤ 구집『보보』에서. 계
어 '작은새 오다小鳥来る'에서 가을. ⑥ 구집『보보』에서. 계어 '소나기夕立'에서
여름.

그림 6-11
오카모토 히토미

◆ 오카모토 히토미岡本眸[236)

일상이라는 시점

오카모토 히토미만큼 '일상'이라는 말이
어울리는 하이진은 없다. 일상의 섬세하게
빛나는 것을 자신의 감성으로 받아들여간다
는 것은 쉬운 것 같지만 매우 어렵다. 그렇지
않으면 일상의 보고서가 되어버리기 때문이
다. 접시를 씻고 있을 때에 갑자기 느껴지는 기쁨과 허전함, 역으로
서둘러 가는 길에서 본 계절의 꽃, 그런 누구나의 일상에도 있는 사
물을 아무렇지도 않게 적어 간다. 오카모토 히토미의 구에는 일상에
서 파생하는 그런 잠시의 애환과 사소한 일에서 생활하고 있는 인간
이 껴안고 있는 '살고 있다'라고 하는 실감이 솟아올라오는 힘이 있
다. 그 작품을 읽고 있으면 그대로 작자 그 사람에게 대면하고 있는
듯한 기분이 된다.

---

236) 오카모토 히토미岡本眸 : 1928년~, 도쿄東京 출생, 본명 : 소네 아사코曾根朝子.

호탕한 자질

여성의 하이쿠에 독자의 계보가 있다고 한다면 그 근간을 지탱하
는 것은 모성일 것이다. 자격으로서의 어머니가 아니고 항상 진심으
로 모든 일에 마주하는 강함이다. 초기의 나카무라 데이조, 호시노
다쓰코로 이어지는 계보라고도 할 수 있을까. 자신이 있는 곳에서 하
이쿠를 만들어가는 반문학주의적인 방법이다. 오카모토 히토미는 이
계보를 이어 간다. 근무처의 동호회에서 하이쿠를 만나 도미야스 후
세이의 지도를 받은 것은 행운이었다. 타고난 호탕한 자질을 개화시
켜간다. 남편과 사별 후 하이지『아침朝』을 주재하고 현재도 많은 회
원을 지도하고 있다.

섬세한 정감

뇌일혈로 급사한 남편의 죽음 직후에는 '상주라는 아내의 마지막
자리 가을겹옷喪主といふ妻の終の座秋袷' '남는 건가 남겨진 건가 봄오리残
りしか残されゐしか春の鴨' '겨울에 난 계란 훼치지도 못한 채 아침이 오네
寒玉子狂ひもせずに朝が来て'라고, 나아가 사망 후 23회기에는 '정말은 버
려진 거야 라며 묘지 닦는다本当は捨てられしやと墓洗ふ'라고 혼자가 된 기
분을 읊고 있다. '참아야 하는데 머리를 감는 손가락에 힘이 들어가堪
ふるべし髪洗ふ指強めつつ'에는 '생각대로 안 되는 일이 많다. 어쨌든 오늘
은 견뎌보려고 생각한다. 그렇게 생각하는 것이 의지가 되는 한 때'
라는 주석이 있다. 머리를 감을 때의 손가락 힘의 강약 등 누구나가
무의식적으로 체험하는 일이지만 그것을 인내하는 행위로 의식하고
있는 것에 이 구가 성립된다. 그날그날의 일기를 쓰는 것과 같이 구

를 적어가는 것은 어지간한 자제심과 시심이 없으면 맞지 않는다. 작위가 보이면 곧 일상 보고의 레벨로 떨어져버린다. 오카모토 히토미의 하이쿠는 일상을 쓰면서도 일상 보고로 떨어지지 않고 일상을 섬세한 정감으로 시로 승화시키는 힘을 발휘한다.

① 膝さむく母へよきことのみ話す

일을 하면서 하이쿠를 공부하고 있는 자신에게 좋은 일, 나쁜 일이 교대로 밀려온다. 정말 누군가에게 허심탄회하게 말하고 싶은 것은 나쁜 일이지만 왜인지 어머니에게는 좋은 일만 말한다. 어머니는 딸이 감추고 있는 나쁜 일은 알아채고 있는 것이다.

② 初ざくら誰へともなき夜の言葉

조용한 밤. 특별히 누구에게도 말하지 않고 문득 혼자서 스러진다. 당연히 답은 돌아오지 않는다.

③ わが十指われにかしづく寒の入

가사, 하이쿠 만들기, 문하생의 지도, 그 외 모두. 곰곰이 나의 열 손가락은 나를 위해서 열심히 일해 준다고 생각한다. 오늘, 겨울로 들어가니 추위가 몸에 스민다.

④ 雲の峰一人の家を一人発ち

'구름 봉오리雲の峰'는 여름의 적란운을 말한다. 혼자 사는 작가는 집을 나올 때도 돌아올 때도 혼자이다. 그런 여성 혼자의 의젓함을 전하는 것이 '구름 봉오리雲の峰'라고 하는 계어이다. 계어의 힘을 살린 구이다.

⑤ 戦争中はと話し出す草の餅

1928(쇼와3)년 출생의 오카모토 히토미는 이른바 전중파이다. 자택은 공습에 의해 소실되었다. 오빠는 학도 출진으로 전사, 자신도 근로 동원에 밤낮으로 매일을 보낸다. 풀떡을 먹으면서 이야기는 전쟁 중의 일에 이른다. 도리에 맞지 않는 전쟁 중의 이것저것을 묻고 있는 것은 전쟁을 모르는 친한 사람들이다.

⑥ 生きものに眠るあはれや龍の玉

인간만이 아니고 생명 있는 것은 반드시 잠든다. 잠들지 않으면 살아갈 수 없는 것이 생명 있는 것의 숙명이다. 어쩌면 깊은 잠에 빠져 있는 것처럼 잎의 바닥에 용의 구슬이 잠겨 있다.

⑦ 父も母も家にて死にき吊忍

당시 집에서 죽는 일은 드물었다. 대개는 병원에서 죽게 된다. 언제부터 사람은 집에서 죽을 수 없게 된 걸까. 생각하면 아버지도 어머니도 가족에 둘러싸여 집에서 숨을 거두었다. 그런 부모의 시대로 생각을 걸어둔다고 쓰고 있다.

◇주

①구집『아침朝』에서. 계어 '추위寒さ'에서 겨울. ②구집「겨울冬」에서. 계어 '첫벚꽃初桜'에서 봄. ③구집『두 사람』에서 계어. '추위의 입구寒の入'에서 겨울. ④구집『모계母系』에서. 계어 '구름 봉오리雲の峰'에서 여름. ⑤구집『손이 꽃에게手が花に』에서. 계어 '풀떡草餅'에서 봄. ⑥구집『화살편지矢文』에서. 계어 '용의 구슬龍の玉'에서 겨울. ⑦ 구집『지기知己』에서. 계어 '조인弔忍'에서 여름.

(우다 기요코)

5. 시詩

60년대 여성시

60년대 후반, 베트남전쟁은 수렁으로 향하고 경제 발전은 공해와 환경 파괴를 낳았다. 시인들은 위기감을 가졌고 많은 동인시지가 생겨나고 여성시인의 활약도 눈에 띄었다. 1971년에 H씨상을 수상한 시로이시 가즈코白石かずこ(1931년 캐나다 출생)는 『오늘밤은 궂을 모양今晩は荒れ模様』(1968년)의 '남근'으로 반향을 불러일으켰다. '신은 없어도 있다/또 그는 유머러스하기 때문에/어떤 종류의 인간을 닮았다//일전에는/거대한 남근을 데리고 나의 꿈 지평선/위를/피크닉에 온 것이다/~'(「남근(penis)」). 60년대 미국 문화를 몸에 익힌 시로이시는 서구 문화의 원죄 이전, 젠더 이전의 무구한 인간의 몸을 대범하게 자유자재로 언어화하고 있다.

우먼 리브

70년대 우먼 리브 운동과 그 후의 페미니즘 이론은 많은 여성시인들에게 영향을 주고 시의 여성 독자층도 넓어져서 목소리의 회복을 목표로 한 낭독회도 활발하게 행해졌다. 이즈음 호리바 기요코堀場清子는 바지의 권위성을 고찰한 제3시집 『바지에 관한 긴 이야기ズボンにかんする長い物語』(소림사昭林社, 1971년)를, 1974년에는 다카무라 고타로와 니시와키 준자부로西脇順三郎 등을 냉소한 『아저씨백태じじい百態』(국문사国文社) 등을 출판했다. 또 시마·요코しま·ようこ(1934년 나가사키 출생)는 1970년 교육연구소 카운슬러의 일을 미취학아 교육의 관

리 강화에 항의하면서 퇴직하여 1977년 『페미니스트』의 편집위원에
가담한다. 부부 별성의 문제에 대해서 '여자의 이름을 돌려줘! 라고
외치고/접한 나무를 벗은 여자들과 차안 좌석에서 이야기하며/이름
을 강요하는 지배의 손에 단호하게 전한다/"나는 나의 이름으로 산
다"라고/~'(「이름의 무게名前の重み」『북의 방위北の方位』1998년, 『신・일
본현대시문고25 시마 요코시집新・日本現代詩文庫二五しま・ようこ詩集』토요미
술사, 2003년 수록)라고 적었다.

1977년 8월 15일에는 시인이며 영문학자인 아쓰미 이쿠코渥美育子
가 편집 책임자가 되어 창설 위원 미즈타 노리코, 시마 요코 등의 페
미니스트에 의한 『페미니스트 JAPAN 새로운 세이토フェミニストJAPAN
新しい青鞜』가 창간되었다. 다양한 분야에서 활약하는 페미니스트들이
논을 모아서 또 해외 페미니즘 이론의 번역도 실으면서 격월로 1980
년까지 계속되었다.

여성시 붐

70년대는 시의 붐으로 일컬어지며 80년대는 여성시 붐이라고 불리
었다. 사조사에서 『쌍서 여성시의 현재双書　女性詩の現在』가 시리즈로
출판되고 『현대시 수첩』에서는 여성시 특집을 냈다. 고라 루미코, 시
마 요코, 시미즈 가즈코淸水和子, 아소 나오코麻生直子 등이 『시와 사상』
의 편집위원이 되어 1985년에서 88년까지 성과 젠더의 특집이 만들
어져서 여성시인의 시와 평론이 많이 다루어졌다. 1982년부터는 월
간 「토요 포엠나이트」가 3년간 개최되어 많은 '여성시인들'의 낭독
등이 행해졌다.

신가와 가즈에, 요시하라 사치코吉原幸子 편집에 의한 여성시인을 위한 시지 『현대시 라 메르現代詩ラ・メール』(사조사, 1988년부터 서사수족관간행書肆水族館刊)가 1983년에 창간, 1993년 4월까지 40호가 간행되어 많은 여성시인들을 배출했다. 제1회 라 메르 신인상에 스즈키 유리이카鈴木ユリイカ(1984년), 그 후 나카모토 미치요中本道代, 구니미네 데루코国峰照子, 고이케 마사요小池昌代 등 열 명이 수상했다.

70년대 후반에는 많은 여성시인들 중에서 그녀들이 처해 있는 구조와 역사적 자리매김 등이 의식화되어갔다. 오사카 주재의 시마다 요코島田陽子(1929년 도쿄 출생)는 '예를 들면 당신은 아이누가 아니다/예를 들면 당신은 인디언이 아니다/하지만 당신은 소수민족/집이라는 이름의 보류지에 떠밀려 들어와/원탁회의에 앉을 장소를 잃어/아이를 낳는 도구가 되어 사육되어왔다//~'(「예를 들면 당신은たとえばあなたは」『북섭의 노래北摂のうた』1978년)라고 불렀다. 또 시마다는 오사카 사투리를 히라가나로 써서 생생한 생활감과 믿음직함을 표현했다. 표준어라는 국가의 인공 언어에 의해 주변화되어 온 방언, 그것을 계속 써온 시인들은 그 속에 삶의 약동을 표현해 왔다. '~힘 세고/배짱 있고/스릴을 좋아하는 가시내다/내 꿈은 레인저/재해가 일어나면 도와주러 갈끼다/가시내도 할 수 있지/그래도 전쟁 싫다하니까/군인은 되지 않을 거니까//'(『진짜루진짜ほんまにほんま』제11회 일본동요상, 1981년).

히라가나 생명의 연속

한자는 여자에게는 개방되지 않았던 문자이지만 가나문자에 의해

서 야마토 언어의 소리 울림에 마술적인 주술성을 넣은 시인들이 있다. 왕조적 정서를 그린 미쓰이 요코三井葉子(1936년 오사카 출생)의 「밀회あいびき」(『부주浮舟』 1976년), 오가와 안나小川アンナ(1919년 시즈오카 출생)의 「뇨닌라이하이にょにんらいはい」(『뇨닌라이하이』 1970년), 신카와 가즈에의 「겨울 벚꽃ふゆのさくら」 등이 있다.

보는 여자

90년대에 등장한 아라이 도요미新井豊美(1935년 히로시마 출생)는 회화와 풍경을 언어화할 때 그것은 관상에 가깝다고 했다. 보는 것은 그리스 이후 아는 것(테오리아237))이고 사람(남자)의 힘이었다. 여자의 관상에는 그것에 반항하는 굴절이 있다. 「밤의 과일」에는 깨어서 '보는' 여성의 고통과 즐거움이 표현되었다. '밤이여/텅 빈, 휑뎅그렁한/~괴롭게, 괴로웁게/아름답다/꼬여서 잠들지 못하는 사람과 같이/잠들지 못하는 사람이/보는 환상과 같이//~'(『밤의 과일』 다카미 준상 수상, 1992년). 시론 『'여성시' 사정』(1994년)『근대 여성시를 읽다近代女性詩を読む』(2000년), 평론집 『고해정토의 세계苦海浄土の世界』 등이 있다.

80년대의 여성시와 성 표현

1980년 여자 차별 철폐 조약에 일본은 비준했다. 80년대 후반에는 일본 기업의 글로벌화가 시작되어 버블경제, 고도소비사회에서 도시

---

237) theoria. 관상觀想을 의미하는 그리스어. 일반적으로 감각된다는 것은 '보는 것'을 의미하나 철학적으로는 포착할 수 없는 진리의 '관상'이란 의미로 쓰인다.

적 가벼운 컬쳐가 성행하게 된다. 1990년 버블경제가 붕괴, 냉전 하의 평화가 종언되고 헤이세이의 불황으로 여학생은 취직난을 겪게된다. 1990년대에 문학은 대문자의 자기와 자기주장이 아닌 J문학이된다. 여성 해방 운동의 선구자 다나카 미쓰는 여자의 성의 상태로「변소에서의 해방便所からの解放」(『목숨의 여자들에게 어지러운 우먼 리브론いのちの女たちへ とり乱しウーマン・リブ論』다하타서점田畑書店, 1972년)을 외쳤다. 80년대에 등장한 이토 히로미伊藤比呂美는 「당신은 변기인가あなたは便器か」(「틀림없이 변기일 것이다きっと便器なのだろう」『이토 히로미 시집』사조사, 1980년)로 은폐되면서 외설화되어 온 여성의 성을 백일하에 드러냄으로써 외설성을 무력화했다. 또 쇼와의 여자들이 경험해온 모성의 국가 관리와 성화를 희화화해서 보인다. 성의 속어를 다용하고 일찍이 성과 자기의 신체조차 무지의 상태에 놓여져 다른 이름이 붙여져서 음란한 것이 되어 온 여성의 신체 언어를 여자 쪽에서일어나 탈환하고 비속함을 지워갔다.

근경의 고도에서

북해도의 '고도孤島' 오쿠시리도奧尻島에서 태어난 아소 나오코(1941년~)는 고교 졸업 후 단신으로 도쿄로 나와서 시작詩作을 했다. 시집에 『오쿠시리도 단장奧尻島斷章』외 시론에 『현대 여성시인론』『여성들의 현대시』(오동서원梧桐書院, 2004년) 등이 있다. 「밤배夜の船」에서는태어나고 자란 북해도의 험한 자연 속에서 살아가는 사람들의 강인함을 그렸다. '험한 파도에 떠 있는 눈의 섬에는/어선을 타는 여자들의 모습이 있다/밤 앞바다의 어둠으로 둔다/집어등을 흔들어/남자들

과 남자 대신의 여자들이 고기를 했다//~'(『페데스트리언 덱의 아침ペデ
ストリアン・デッキの朝』조류출판사潮流出版社, 1987년).

부엌, 여자의 장소에서 탈출

이시가키 린의 「내 앞에 있는 냄비와 솥과 타는 불과」(1959년)는
여자의 폐역이었던 부엌을 여자 쪽에서 긍정하려는 시도였다. 고타
키 고나미こたきこなみ(1936년 홋카이도 출생)는 여자의 재생산 무상노동
의 무거움과 거기서 계속 살고 있는 자신을 거리를 두고 바라보며 사
람의 삶과 죽음과 먹을 것과 늙음 등의 잔혹한 드라마를 쓴 유머를
건조한 문체로 이야기한다. '텔레비전 요리는 바비큐/어린 딸이 묻는
다/"엄마 식인종도 이렇게 해서 사람을 먹어?ママ　人食い人種もこうやって
人を食べるの?"//~/그 대신에 사람은 살면서 사람에게 먹히고 있다/달
리면 달린 만큼 다가오는 거대한 악어 입/~'(「불고기焼肉」『키친 스캔
들キッチン・スキャンダル』1982년). 21세기가 되자 여자의 부엌은 야마자
키 루리코(1949년 나가사키 출생)의 「부엌」 등과 같이 섭식 장애와 키
친 드링커, 등교 거부아의 장소가 된다(『부엌だいどころ』 사조사, 2001
년, 제18회 현대시화춘상現代詩花椿賞).

풍경

80년대 후반에서 90년대의 버블기에 걸쳐서는 전후 제1세대와
같은 사상과 의미가 아닌 도시적 가벼움을 가진 시가 많이 나왔다.
『GIGI』(1982년, 제33회 H씨상 수상)를 출판한 이사카 요코(1949년 도쿄
출생)는 관리사회 익명의 사람들의 풍경을 묘사한다. '~경적이 분노

를 깔고 가듯이/지친 몸이 울고 있다/차장에는 목이 없는 생체가 흔들린다/(한 번이라도 떠올려두지 않으면/두 번 다시 떠오르지 않는 것뿐이다)/~'(「생체生体」『남자의 검은 옷男の黒い服』1981년).

'나병 예방법癩予防法'의 100년

1996년에는 '나병예방법'이 폐지되었다. 1907년부터 약 100년에 걸쳐서 나라에 의한 강제적 격리 정책이 행해져 왔다. 1947년, 기본적 인권이 명시된 일본국 헌법이 제정되었고 차별을 고정화하는 신 '나병 예방법'이 제정되었다. 이와 같은 한센씨병에 대한 오랜 동안의 편견과 격리에 의해서 빼앗긴 세월은 돌아오지 않았다. 도 가즈코塔和子(1929년 에히메 출생)는 15살에 발병, 국립요양소에 입원했다. '반세기를 넘는 나의 요양소 생활 속에서 단지 하나의 즐거움은 시를 만드는 일이었다.'고 적었다. 시집은 『기억의 강에서記憶の川で』(1999년, 제19회 다카미 준상高見順賞 수상) 외 18권 정도를 출판했다. 도 가즈코의 문장은 가혹한 운명 속에서도 사람으로의 신뢰와 희망을 놓치지 않는다. '풍요롭게 아이를 가진' 자기를 기시보진鬼子母神[238]에 비유하여 먹는 것, 자는 것 등의 사람이 사는 데 기본적인 행위로의 감사를 읊었다. '~/나는 추醜를 저작하기 때문에/누구보다도/풍요롭게 아이를 가진/기시보진//'(『희망의 불을希望の火を』2002년).

---

[238] 귀자모신鬼子母神. 불교 여신의 하나로 순산, 육아와 부부 화목의 소원을 이루게 해준다고 한다.

작은 일상의 감수성

전후 시적 비유는 끝났다고 말해져 왔다. '시인'의 큰 이야기와 체험, 시적 감수성 등이 끝났다고 여겨지는 시대의 상대화된 사소한 체험을 다카하시 준코高橋順子(1944년 지바千葉 출생)는 쓴다. '시 따위는 쓰지 않아도 좋아/라고 생각하면 그것이/작은 물고기의 뼈와 같이 목에 걸려 있다고 생각하면/내가 뼈로/부드러운 목에 전신으로 걸려 있는 듯이 생각되어져온다/어딘가의 지구의 부드러운 목을/붓게 하고 있는 것은 아닌가 하고//'(「시」『나기凪』1981년)

21세기 대도시의 어느 날

21세기 일본 도시에도 '사회'가 있다. 히라다 도시코平田俊子(1955년 출생)와 고이케 마사요(1959년 도쿄 출생)는 21세기 도쿄의 도시 생활자인 여자와 남자의 어떤 날 아무 것도 아닌 일을 오려낸다. 히라다는 '이혼한 여자를 모두 보러 온다/이혼한 여자 따윈 지금은 드물지도 않다고 생각하지만/몇 번 보더라도 좋다고 한다/~'(「천객만래」『터미널ターミナル』1997년)라고 쓴다. 섹스는 엣치(H)로 이혼은 바쓰이치239)로 불리어 가볍게 되었다. 그러나 여자의 바쓰이치에는 '표찰'이 걸린다고 히라다는 괴로움을 가볍게 말한다. 고이케 마사요는 그것을 어둠에서 손으로 만져지는 듯한 말로 기록한다. '포도를 손에 들면 과일의 무게는 손바닥에서 드디어 젖가슴으로 닿는다/가을, 여자들이 포도에 특별히 친한 것은/어느 쪽으로도 흔들리는 수분과 찢

---

239) 이혼을 했다는 표시로 ×가 붙어서 이혼을 한 번한 사람은 ×(바쓰) 하나(이치)가 된다.

어지기 쉬운 막을 갖고 있기 때문이다/~'(『가장 관능적인 방もっとも官能
的な部屋』서시야마다書肆山田, 1999년, 다카미 준상 수상)

◈ 요시하라 사치코吉原幸子[240]

사랑의 상극에 피를 흘리는 작가

그림 6-12
요시하라 사치코

1944년 12살 때 야마가타현으로 피난한
다. 1945년 아버지가 사망한다. 1952년 도쿄
대학 불문과를 졸업하는 해에 극단『사계』
의 『사랑의 조건愛の条件』에서 주연인 유리데
스를 연기한다. 시집으로는 『유년연도幼年連
祷』(역정사歷程社, 1964년 제4회 무로우 사이세이상 수상) 및 『여름의 묘지
夏の墓』(사조사)『온디누ォンディーヌ』(사조사, 1972년 제4회 다카미 준상
수상) 『메꽃昼顔』(산리오출판, 1973년) 『물고기들·개들·소녀들魚た
ち·犬たち·少女たち』(산리오출판, 1975년) 등이 있다. 그 외 에세이집, 무
대 대본 등이 다수 있다. 1968년 무용가 야마다 나나코山田奈々子와 만
나 제1회 댄스 리사이틀을 위해 낭독시를 쓴다. 그 후 정력적으로 야
마다 나나코의 무용을 위해 대본을 쓰고 공연했다. 『메꽃』(1972년)
『지루사쿠라히메의 문신血桜姫刺青』(1975년) 『춘금몽환春琴夢幻』(1979
년)『환상의 벚꽃幻櫻』(1990년)『화염-여우 마쓰이 스마코花炎-女優松
井須磨子』(1992년) 등이 있다. 사랑의 상극에 피를 흘리는 언어는 많은
여성들의 공감을 불러 영향을 주었다.

---

240) 요시하라 사치코吉原幸子 : 1932~2002년, 도쿄東京 출생.

1983년부터 92년까지 신카와 가즈에와 함께 여성시인을 위한 계간시지『현대시 · 라 메르』를 40호 간행하여 많은 여성시인에게 지면을 제공하고 키웠다. 그녀는 아들 'J에게'를 부르는 형식으로 스스로 유년의 눈부신 세계와 작은 것으로의 공감, 상처 등을 생각하게 하는 시를 썼다.

너에게 줄게/용서해줘 이렇게 아픈 생명을/그래도 너에게 주고 싶어/생명의 멋진 아픔을//줄 수 있는 것은 그것뿐/아파할 수 있는 것뿐/하지만 용서해줘/그것을 소중하게 여겨줘/견뎌내줘/가난한 내가/이 부유함에 견뎌냈듯이-/처음에 오는 것이란다/아프지 않아 빛나는 한때도/하지만 알고 나서/그 한때를 뒤돌아본다 이중의 고통이야말로/참된 생명의 증거인 것이야//들쑥날쑥이 되면 될수록/너는 살아있는 것이다/나는 견뎌야지 너의 고통을 낳기 위해서/너도 견뎌내줘 나의 고통을 보아서라도//(「새로운 생명에게あたらしいいのちに」『유년연도』)

'순수함'을 쫓았던 요시하라는 쓰는 '내'가 '생명'과 '순수함'에 죄의 용서를 구하고도 있다.

그리고 그녀는 그 시 속에서 자기 명명을 한다. '귀아鬼餓' '귀鬼' '수인囚人' '죄인罪人' 등 선량한 사람들이 단죄하고 추방하는 모든 이름을 받아들인다. 그 근대인의 주체화를 위해서 의학과 도덕이 배제시킨 것, 광기, 죄인, 범죄자의 이름을 다른 사람에게서 이름이 지명되기 전에 받아들이며 그럼으로 인해 시적 가치 전복을 해보였다. 그러나 그래도 몇 개 말하지 않은, 혹은 말할 수 없는 이름이 있다. 함부로 나의 이름을 불러서는 안 된다고 한 '큰 이름', 신에게 반역하기 위해서 단죄된 곳에서 부르는 이름, '굳이 그 이름을 고하지 않는 사랑'(마르셀 프루스트『잃어버린 시간을 찾아서』)의 이름 등이 그것이다.

이원의 극으로 나누어진 것의 언어는 그 이름이 모두에게 불려졌을 때 빛을 잃는다. 그리고 사랑의 순수에 관해서 온디누[241]에게 말하게 한다.

물/내 속에 언제나 흐르는 차가운 당신/순수란 이 세상에서는 하나의 병입니다./사랑을 일으키고 그것은 무거워진다/그렇기에/당신은 이제 한 사람의 당신을/병이 든 온디누를 찾았으면 좋았다//한스들은 당신을 안으면서/언제나 곁눈질을 한다/용서하지 않는 것이 당신의 순수/더욱 자상하게 되어서/용서하려고 했지만/당신의 타락/당신의 사랑//사랑은 타락인 걸까 언제나/물 속의 물과 같이 충분히 채워져/투명한 조용한 생명이었던 것이/더럽혀져 어지러워져 탁해진다/그것이 인간 드라마의 시작//파국을 향해서의 출발이었습니다 (후략) (「온디누」『온디누』)

그녀는 에세이에서 다음과 같이 기록했다. '아누이극[242]의 영향도 받고 조금 관념적이기는 했지만 나는 어떤 종류의 '순수병'의 병인을 유년과 연결시켜 해부해보려고 생각했다'(「내 속의 유년わたしの中の幼年」 『인형을 싫어함人形嫌い』1971년). 요시하라는 시 속에서 순수라고 하는 도달 불가능한 난제를 찾을 수 있었던 최후의 근대적 '여성시인'일지도 모른다. '절대평가할 수 없는 존재일까. 적어도 인간의 마음은 상대평가하지 않고 절대평가하고 싶다고, "사랑"만이 그것일 수 있다고, 나는 언제나 생각하고 있지만'(『유레카』1973년 2월호). 그것은 보들레르가 '나는 때리는 뺨이며 맞는 뺨이다'(「나와 내가 몸을 벌하는 자

---

241) Undine. 정령의 이름으로 주로 호수나 개울 등 물가에 살며, 성별은 없지만 대부분 아름다운 여성의 모습으로 그려진다. 사람과의 슬픈 사랑이야기가 많이 전해지고 있다.

242) 프랑스 극작가 장 아누이(1910~1987). 아누이는 오이디푸스왕과 관련된 그리스 전설을 실마리로 그의 사후 상황을 비장감 넘치게 그린 '앙티곤'(1944)이 유명하며, 그의 연극의 요체는 근원적 비관주의라는 평가를 받고 있다.

我と我が身を罰する者」『악의 꽃悪の華』1857년)라고 읊은 것 같은 희생과 일락의 수고와 광기의 열정과 닮았다. 1994년부터 파킨슨 증후군으로 요양한다.

그림 6-13
호리바 기요코

◆ 호리바 기요코堀場清子[243]

반전과 그 증언

육군 군인이었던 아버지의 전근에 의해 도쿄로 이전하나 1944년 14살 때 어머니와 남동생 3명이서 히로시마로 피난하여 다음해 피폭 당했다. 그 체험을 시집『공空』(동지서방冬至書房, 1962년)에 기록했다. 와세다대학 국문과를 졸업한 후 교도통신사에 근무했다. 다음해 26살로 제1시집 『여우의 눈狐の眸』(소림사, 1956년)을 출판, 다음해 가노 마사나오鹿野政直(뒤에 와세다대학 문학부교원 일본근대사)와 결혼한다.

시집『바지에 관한 긴 이야기』(소림사, 1971년)에서는 바지를 여성에게 금한 역사를 통해서 부권 사회를 풍자, 비판했다. '주름과 레이스와 리본과 자수 테두리를 장식하여/묵직하게 오는 천 다발 속에서/여자의 양발은 발버둥치며 살았다/바지는 스커트를 향락하고/지배했다/'라고. 그 외 시집으로는『아저씨 백태』(국문사, 1974년)『이집트 송가エジプト誦歌』『연년延年』(이슈타루사, 2003년) 등이 있다. 1982년에 시와 여성학, 에세이의 개인지『이슈타루いしゅたる』를 창간한다.

---

243) 호리바 기요코堀場清子 : 1930년~, 히로시마広島 출생.

특집에서는 '여자에게 있어서 전후란?' '우리들은 핵에 반대한다' '원폭의 가인 쇼다 시노에' 등 반전과 그 증언을 추구해 가고 있다. 또 여성사의 연구로는 가노 마사나오와의 공저『다카무레 이쓰에』 (아사히신문사, 1977년), 또『여자들 창조자들』(미래사, 1986년)『세이토의 시대青鞜の時代』(이와나미신서岩波新書, 1988년)『이나구야 나나바치 イナグヤ ナナバチ』(도메스출판ドメス出版, 1990년 제5회 아오야마 나오상青山なを賞 수상) 등이 있다.

히로시마현립 제일여고第一高女의 15살 소녀가 체험한 8월 6일 아침 8시에 본 하늘의 체험은 17년 뒤 시집이 되었다. 연시「그 하늘이….」는 증언 불가능한 것을 시의 형태로 정리했다. '모든 사람에게 전하고 싶다//백만의 눈이 비를 맞고 햇빛에 타며/어슴푸레 쳐다보고 있었다/그 하늘이 얼마나 파랬던가를//죽어버린 태아들의 망막에/한순간 영원의 깊이로 타버렸다/지옥보다도 심한 지옥 불타버린 대지의 신음소리를/침묵으로 덮고 있다/그 하늘이 얼마나 파랬던가를//~'(『하늘』). 또「그림자」에서는 가해자 측에 서지 않으면 안 되는 자기를 응시하고 있다.

하늘의 푸르름 풀냄새가 번져오는 때/땀과 같이 번지는 추억이 있다//13년 전의 히로시마…… 저주의 액자에 넣어진 여름/중증 환자가 아우성치는 병원의 대합실에서/가는 손이 뻗쳐나와서 나의 몸빼바지의 옷자락을 잡았다//'일으켜 줘…… 일으켜줘 몸이 아파'/폭풍을 맞은 소녀의 머리는 자갈과 피로 굳어져/피의 흔적이 그을려 탄 전라의 육체를 채색하고 있었다/'일으켜줘'/시력이 다한 눈을 크게 뜨고 움직이지 않는 나를 올려다보며/슬픈 지금의 힘을 넣는다/일찍이 인간이었던 이상한 것/거친 숨을 쉬고 있는 무참한 생물이/얼마나 비참했는지/얼마나 비참했는지//엉켜 붙은 손가락을 잘라낸/내 마음의 잔혹함//추억이 갈라진 곳에서 회한이 흐르고/대합실의 침대에 검게 들러붙은 채로/13년이 지난 지금도 계속 몸서리를 친다//'일으켜줘⋯⋯ 일으켜줘'/가느다란 목소리가 피부에 번진다/하늘의 푸르름 풀냄새가 무더워져오는 계절마다에//(『하늘』)

이 나라에서 시를 쓰는 사람에게 있어서 시단과 권위 있는 예술가의 이름을 가리키며 비판하는 것은 용기 있는 것인데 그것을 호리바 기요코는 『아저씨 백태』(국문사, 1974년)에서 행했다. 「사이조 야소」에서는 '남자가 있네/시류 위에 곡예를 하고/많은 헛된 이름을 흘렸나니//~어디까지라도 미망과 끊어도 끊어지지 않는 서정의 사람/사이조 야소男ありけり/時流の上に玉乗りなし/あまた浮名をながしける//~どこどこまでも迷妄ときってもきれない抒情のひと/西条八十'라고, '하니 고로羽仁五郎'는 '꾸물거리는 약소한 자들을 모멸한다' 등 니시와키 준사부로西脇順三朗, 무라노 시로村野四郎, 구사노 신페이 등이 도마 위에 올라왔다. 다카무라 고타로에 관해서는 지에코智惠子가 결혼한 후 정신병자가 되어 처음으로 기리에切り絵[244] 등에 의해서 창조의 자유를 얻은 것을 고마샤쿠 기미가 검증했지만(『마녀의 논리 에로스로의 갈망魔女の論理 エロスへの渇望』에포나 출판エポナ出版, 1978년) 호리바 기요코는 고타로를 다음과 같이 썼다. '사추로스[245]는 자신의 아이를 먹었다/고타로는 지에코를 먹었다/ (중략) ⋯희생이 되어야만/지에코는 영원의 두 눈을 가지고 장식되었다/53살에 미쳐서 그 10년 뒤까지도/무뢰한 남자의 구원주로 칭송되었다/ (중략) 그만큼 영혼의 해방을 동경하면서/『천황 아야후시天皇あやふし』의 종소리 웅웅거리며 울릴 때까지/엎드린 기회

[244] 종이를 오려서 사람이나 사물의 모양을 만든 것.
[245] 그리스 신화에 나오는 정령으로, 뿔과 꼬리가 있으며 염소의 다리를 가진 반인반수半人半獸의 모습으로 표현되는 일이 많다.

를 찾고 있었다/ (중략) 일본의 남자라고 하는 남자 중에서/가장 성실하고 융통성이 없는 남자가 나타나//'(『아저씨 백태』). 또 「이자나미ィザナミ」에서는 원초의 여자의 건강한 욕망과 남녀의 상극을 보고 있다. '이자나미는 유혹하는 여자/미호토美蕃登가 나타남에/낭랑하게 러브콜한다/그 목소리는 바람이 되고/하늘과 땅을 깨운다/창세의 여명에/가여운 남자 이자나기의 알몸이 눈부시다/이자나미는 눈짓의 여자/해와 달을 천공 높이 낳아 놓는다/ (중략) 이자나미는 원시/……그렇기에 종말을 약속한다/이자나미는 대지 거대한 어머니/……그렇기에 죽음을 잉태한다/ (중략) 양의 창자처럼 구불구불한 요모쓰히라사카ヨモツヒラサカ[246]/영겁의 와기나ワギナ를/이자나기는 도망간다 도망간다/모든 정신이 서고 숨이 끊어지고 공포에 얼어붙으면서/수천년이 지난 지금도 오로지 도망으로 도망을 계속하고 있다//'

◆ 고라 루미코高良留美子[247]

시대와 마주한 작가

정신과 의사인 아버지와 심리학자로 참의원 의원이었던 어머니 고라 도미의 차녀로 태어났다. 고라 루미코는 문학 운동과 쓰는 일(시, 소설, 평론, 번역 등)의 두 가지 일을 행하면서 사고思考해 갔다. 도쿄예술대학 미술

그림 6-14
고라 루미코

학부 예술학과에서 게이오대학慶應大学 법학부 법률학과로 전학, 이때

---

246) 黄泉平坂. 현세와 황천과의 경계에 있다고 하는 고개.
247) 고라 루미코高良留美子 : 1932년~, 도쿄東京 출생.

부터 시를 쓰기 시작한다. 학생 운동지 『희망(에스포와르)希望(エスポワール)』에 참가한다. 1957년 국립 근대 미술관 사업과 조사실에 근무한다. 하나다 에이조花田英三, 다케우치 야스히로竹内泰宏 등과 잡지 『남방南方』을 창간, 1959년에는 작가 다케우치 야스히로와 결혼해 딸을 출산한다. 1958년, 제1시집 『생도와 새生徒と鳥』를 출판한다. 60년 안보 후 『장소』(사조사, 1961년 제13회 H씨상 수상)를 출판한다. 『장소』는 '〈죽은 소녀〉를 애도하는 형식으로' 쓰여 '서사시적인 요소를 다분히 포함한 작품'이다. 그 후 『가면의 목소리仮面の声』(도요미술사, 1987년 제6회 현대시인상 수상)까지 6권이 『현대시문고 43 고라 루미코』(사조사) 『일본현대시문고 34 고라 루미코 시집』(도요미술사)에 3권씩 수록되었다. 그 후 『바람의 밤風の夜』(사조사, 1999년 마루야마 가오루상 수상)이 있다. 소설 분야에서는 『시간의 미로·바다는 묻는다時の迷路·海は問いかける』 『떠날 때는 지금発つ時はいま』 『이지메의 은세계いじめの銀世界』, 장편 『백 년의 발소리百年の跫音』(오차노미즈쇼보お茶の水書房, 2004년) 등이 있다.

　『백 년의 발소리』는 부모와 자식 6대에 걸친 시대와 마주하면서 진지하게 살며 갈등하는 인간상을 그렸다. 시론은 프란시스 퐁쥬론, 전후시론 「여성의 언어에 관해서」 등을 시작으로 실제 작가로서 언어와 작품에 상관하면서 탄생한 논이 전개되었다(백선평론집 전6권 『고라 루미코의 사상세계』 오차노미즈쇼보). 또 주변화된 문화의 지원, 연구에 힘을 기울여왔다. 1974년부터 부락 해방 문학상의 심사를 맡는다. 아시아, 아프리카 작가 운동에 1970년 이후 참가하여 활동했고 저서에는 『아시아 아프리카 문학 입문』, 편역서 『아시아 아프리카 시집』이 있다. 1997년에는 여성문화상 창설, 또 『시와 사상』과 『신일본 문학』등의 편집에 관여하면서 여성작가를 다루어왔다. 전후 12년간 참의원 위원을 지낸 어머니 고라 도미의 미발표 원고를 저작집 전8권『고라 도미의 생과 저작』(도메스 출판, 2002년)에 모았다.

영아의 사체를 코인 락커에 버린 사건이 오일쇼크 뒤 1973년에는 전국에서 46건이 일어났다. 동거와 프리섹스의 유행, 핵가족화 등이 원인으로 보도되었다. 그녀는 갓난아이에게 말을 거는 것을 통해서 우리들 사회의 어둠을 고발해 가려고 「코인 락커의 어둠コインロッカーの闇」(1973년)이라고 하는 시를 발표했다.

코인 락커에 가두어져 버려진 갓난아이야/너의 배내옷/첫 너의 철로 된 배내옷은/너무 부드러운 너의 피부에/차가웠던가 따뜻했던가/제복을 입은 남자들이/너를 밖으로 꺼냈을 때/창공의 눈동자는/너에게 다정했던가//코인 락커 속에서/코인 락커 주위에서/우리들의 어둠은 깊어만 갈 뿐이다/코인 락커 속에서/코인 락커 주위에서/우리들의 황폐는 깊어만 간다/그래서 너를 도울 자는 아무도 없었다/백 엔 동전과 교환되었다/너의 생명은 영원히 돌아오지 않는다//그래서 너는 용서하지 않아도 좋다/괴로워하며 너를 낳은 한 사람의 여자를/한 마리의 정자에 지나지 않았던 한 사람의 남자를/너는 용서하지 않아도 좋다/우리들 한 사람 한 사람을—/너를 거부한 모든 다정함의 이름에 있어서/너는 우리들을 계속 고발하여라//우리들의 어둠이 바닥을 칠 때까지/너는 거기에 계속 남아 있어라/그 어두운 철로 된 배내옷 속/그 차가운 너의 묘지구멍 속에/어둠을 불러 모은 어둠이 되어/보이지 않는 핵이 되어/우리들의 문명이 파멸할 때까지//(일연 반복) (『바람의 밤』)

여기서 그녀는 가장 약한 자에게 다가가서 살해한 자의 목소리를 들으려고 하고 시대를 짊어지고 있는 자의 한 사람으로서 '우리들의 황폐'를 '계속 고발하여라'라고 말한다.

부권적 여성 혐오 사회 속에서 여성인 자기를 긍정해 가는 일은 쉽지 않고 자기를 들여다보면 우물의 밑바닥 같은 것이 보인다. 고라 루미코는 '여자'라고 하는 시로 다음과 같이 썼다. '그것은 어딘가 우물을 닮은 존재로/사람이 두레박을 내리자/깊은 불안한 물이 있는 것을 안다.//물은 어둡고 부드러워져 있고/그녀에게는 경계가 없다./그녀는 거기에 자신을 접목한다.//하지만 그녀가 그녀인 것은 물이 물인 것보다도 어렵다/물이 물을 넘어서는 것이 어렵듯이.//나와 그녀와는/일찍이 서로 등을 돌린 서로 사랑한 친구/서로 비추었던 두 개의 거울이다//(후략)' (『현대시문고43 고라 루미코 시집』). 분열하는 '나'와 '그녀'의 갈등 속에서 그 어느 쪽을 받아들이려고 했다. 고라 루미코는 오노 도자부로론 속에서 「서정의 변혁」(『쇼와문학연구』 41집, 2000년 9월)에 관하여 '역사적 현실을 산 인간의 서정'을 '역사적 서정'이란 말로 분석했다. 거기에는 '역사적 현실을 제대로 살아서' 마주 본다는 자세가 담겨져 있다. 자폐로 향하는 시 상황 속에서 문학운동, 대화, 타자를 소중하게 하는 것을 목표로 하는 그녀의 존재는 중요한 위치를 나타내고 있다.

(와타나베 미에코)

6. 평론評論

페미니즘 비평의 등장

현대 여성 문학 평론을 말하기에 있어서 가장 큰 조류가 된 것은 페미니즘 비평이다. 우선 그 출발점을 생각해보자. 1975(쇼와50)년은 국제부인의 해로, 다음해의 '국제 연합 여성의 10년'으로 이어져 여성 문제의 해결이 세계적인 정치 과제로 된 기념해야 할 해이다. 마침 그때 글로벌리제이션의 파도 속 여성 억압과 차별에 관한 문제도 겨우 세계적 규모로 생각되어진다. 이때부터 여성 운동도 이제까지의 여권론, 부권론婦權論, 남녀동권론, 여성 해방 운동이라는 제각각의 시대를 반영한 호칭으로 바뀌어 '페미니즘'이란 명칭이 일반화해 가게 된다.

페미니즘 비평의 바이블적 존재로 된 케이트 밀렛『성의 정치학』의 간행은 1970년(일본어 번역 '후지에다 미오코藤枝澪子 외 역' 간행은 1973년)이다. 이것은 D. H. 로렌스와 헨리 밀러, 노먼 메이러라는 '거장'들의 작품군이 얼마나 철저한 여성 혐오로부터 성립되었는가를 논하고 부권제(남성 우위 여성 멸시)의 개념을 사용하여 '정치적 문화적 구조의 바닥에 있는 사회적 심리적 현실을 폭로하고 이것을 없애는 것'('저자후기')을 시도한 것이다. 부권제가 체제로서도 이데올로기로서도 어떻게 침투해 있는가를 신화·종교·법학·생물학·사회학·심리학·문학이라는 모든 측면에서 분석하고 종래의 남성문학을 '해체'하는 기원이 되었다. 또 이 서적은 여성학의 성립을 촉구하는 중요한 계기의 하나가 되었다.

여성학은 '여성의 시점'을 도입함으로 인해 기존의 학문 가치 기준 및 이것에 기초한 기술을 재점검하고 새로운 학문을 구축하는 것을 목표로 하는 학제적인 시도이다. 이러한 여성학을 둘러싼 국제적 조류 속에서 일본에서도 여성학으로의 기대와 관심이 다양한 학문 분야에서 넓어져 갔다. 1980년의 여성학을 둘러싼 심포지엄 개최를 계기로 '여성사, 경제학, 심리학, 문화인류학, 교육, 문학 연구, 사회학, 법학의 각 학문 영역에 있어서 여성학이 무엇을 제기해 왔던가를 각 학문 영역에 입각해서 구체적으로 기술했다'('서두')『강좌 여성학』 전4권이 10년의 세월에 걸쳐서 간행되었다.

일본 문학에서는 아직 '여성의 시점'을 도입한 구체적인 실천예가 적었는데, 자기 체험 속에서 독자로서 고찰을 거듭해 온 고마샤쿠 기미의 획기적인 평론『마녀의 논리魔女の論理』가 간행되었다(1978년). 이어서 미즈타 무네코의『히로인에서 히어로로』(1982년)도 '여성의 자아와의 갈등'에 초점을 맞춰서 여성 원리(히로인)를 넘어서는 '자아를 가진 개인'(히어로)으로서의 여성을 고찰한 선명한 논고이다.

고라 루미코의 일

신인작가이기도 한 고라 루미코는 학제적인 평론 활동을 일찍부터 개시했다. 그 스타트는『사물의 언어物の言葉』(1968년)이고 그 후 35년간에 걸쳐 쓰인 다양한 평론, 에세이는『고라 루미코 자선 평론집』 전6권(1993년)에 수록되었다. 그 문제 영역은 존재와 문학, 사상, 문명, 아시아·아프리카와 유럽·일본, 자연과 사회, 여성과 남성 등 현대문명의 근저를 가르는 분열—이항 대립을 드러냈다. 또 창작자로

서의 의식에서 인간에게 있어서 언어란 무엇인가를 묻고 '창작하는 것'의 근간에 관련된 논고도 많다.

그 외 아시아·아랍, 아프리카의 문학을 논하는 등 '발로 걸으면서 쓰인 평론은 '시점을 조감적인 높은 곳에 올라가지 않고 몸과 뇌수를 가진 자신에게 밀착한 지점에 둔 것, 자신을 타자의 눈으로 바라보고 타인과 관련되어가는 것을 통해서 자신이란 것을 이른바 방법화하고 운동화해 가려고 한 것.'과 '개체성에 깊게 뿌리내리면서도 외계와 역사에 열린 존재로서 자신이란 것을 끊임없이 검증하면서 시점을 풍부하게 하고 혹은 예리하게 해서' 자신의 '체험'을 통한 말로서 이야기하려고 한 것이다.

또 고라에게는 다카무레 이쓰에, 보봐르, 요사노 아키코 등 다양한 분야의 여성론이 있다. '여자라고 하는 문제는 나의 인생 최대의 강박관념이고 모순의 집약점이고 모든 문제의식'이라고 하는 고라는 여성 신화와 출산과 육아라고 하는 문화와 성차의 기원에 개입해 간다. 이러한 문제의식으로 짜여진 평론집은 '현대문명과 거기서 살아가는 인간을 근저에서 가르는 이극 분열(필자 주, 자본과 노동, 선진국과 개발도상국, 도시와 농촌, 남과 여 등)'의 양상을 선명하게 그려내어 고라가 소망하는 '자유와 자치와 우애의 미래 문명'을 향해서 우리들은 무엇을 계속 생각해 가야 하는 것인지 실로 많은 문제를 환기했다.

솟아나는 페미니즘 비평

1987년 1월, 학회지에 '페미니즘'을 명기한 특집호가 처음으로 꾸며졌다(「페미니즘 비평의 가능성」『일본문학』일본문학협회). 이때 다루

어진 시대는 중고에서 근대까지 또 대상도 '조카女歌'에서 '가타리모노語り物', 여성 표상과 폭넓은 논고가 나열되었다. 학회 레벨에 페미니즘 비평의 '가능성'이 가까스로 의문시되게 된 것이다. 일본 최초의 페미니즘 비평 이론서『페미니즘 비평−이론화를 목표로 해서フェミニズム批評─理論化をめざして』(1988년)도 영문학 연구자인 오다 모토코에 의해 쓰였다. 가까스로 이타가키 나오코 세대가 소망했던 여성 연구자 층도 넓어져 착실하게 문학사의 교대 작업이 계속되어진다.

이때 여성작가들도 자기와 창작 활동의 관계를 페미니즘 비평을 통해서 재고하게 된다. 빠르게는 도미오카 다에코의『등나무 옷에 삼베 이불藤の衣に麻の衾』(1984년)이 있다. 여기에서 주목해야 할 것은 이제 비로소 페미니즘 비평의 과제가 되고 있는 '언어와 성'의 문제를 제기한 것이다. 그 후의 평론 활동은『도미오카 다에코의 발언』으로서 전4권에 수록되었다(1995년). 또 사에구사 가즈코도『잘 가거라 남자의 시대』(1984년)로 정력적인 평론 활동을 개시했다.

1980년대의 사상 상황 속에서 눈에 띈 것은 사회학자 우에노 지즈코의 등장이다. 우에노의 이론적인 주장과 논쟁은 페미니즘의 사상적 권위를 획득하는 것이었다. 또 정신분석의 영역에서는 오구라 지카코가『섹스신화 해체신서セックス神話解体新書』(1998년)로 '성욕'조차도 '본능'이 아닌 만들어진 것이라고 논해 파문을 일으켰다. 도미오카 다에코는 이 두 사람의 제안으로 간담집『남류문학론』(1992년)을 발표했다. 요시유키 준노스케吉行淳之介, 시마오 도시오島尾敏雄, 고지마 노부오小島信夫 등 6명의 남성작가의 간담이라는 자유스런 이야기 스타일로 그 남근중심주의를 단죄했던 것이다.

'문학'은 어디로 가는 건가

일찍이 그 존재 이유가 의문시되지도 않았던 '문학'이 현재 크게 흔들리고 있다. 도미오카 다에코는 앞선 『남류문학론』의 후기에서 소설은 점점 양산되어지고 있지만 '10년 정도 전부터 불신, 불만, 경멸, 야유의 목소리까지도 듣게 되고 그것이 무슨 일인지를 생각하지 않으면 안 되게 되었다.'고 한다. 문학의 술어만으로는 그 '쇠퇴'를 분석하고 설명하지는 못하기에 '문학' 전문이 아닌 '문학'을 휘젓는 공동연구와 같은 형태를 취해서 전공을 달리하는 기탄없는 간담을 시도한 것이다. 이 도미오카의 술회로부터 어느덧 20년, 문학 비평은 언어학, 역사학, 사회학, 문화인류학, 기호학, 정신분석 등이 교차하는 국제적인 비평의 장이 되었지만 '문학' 그 자체의 존재 이유는 희박화하는 경향으로 책에서 멀어지는 추세가 놀라울 정도로 빨리 진행되었다.

이러한 혼미를 깊게 하는 문학 상황에서 '순문학/대중문학'의 틀을 뛰어넘어 만화와 영화 등 다양한 장르의 것을 동시에 다루고 독서하는 즐거움을 젊은 세대에게 전할 수 있는 평론가 사이토 미나코가 등장했다. 사이토의 데뷔작은 『임신소설姙娠小説』(1994년)이다. 이는 완전히 새로운 스타일로 페미니즘 용어와는 관계없는 '임신'이라는 생물학적 성차의 근본에 발을 담그고 남성 지배의 장치를 고발했던 것이다. 모리 오가이의 『무희』와 시마자키 도손의 『신생新生』을 각각 임신문학의 아버지, 어머니로 하고 『태양의 계절』과 『미덕의 비틀거림美徳のよろめき』, 무라카미 하루키村上春樹의 『바람의 노래를 들어라風の歌の聴け』와 무라카미 류村上龍 『테니스 보이의 우울テニスボーイの憂鬱』

등을 어깨에 힘주지 않고서 선명하게 읽어냈다.

이어서 『홍일점론 애니메이션·특촬·전기의 히로인상紅一点論 ア
ニメ·特撮·伝記のヒロイン像』(1998년)에서는 '사회의 상층부는 "남자만"
의 세계는 아니다, 정확하게는 "많은 남성"과 적은 여성으로 구성되
어져 있다.'라고, 일상적으로 짜여진 성 지배를 적확하게 그려냈다.
『독자는 춤춘다読者は踊る』(2001년) 『문단 아이돌론文壇アイドル論』(2002
년) 등 왕성한 사이토의 평론 활동을 상징하는 것이 『문장독본 씨에
게文章読本さん江』(같은 해)로 제2회 고바야시 히데오상을 수상했다. 이
상은 '자유로운 정신과 유연한 지성에 기초하고 새로운 세계상을 제
시한 작품 한 편에 수여하는' 것으로 사이토의 수상 이유는 '대담하
고 유머가 넘치는 필치, 시야와 재료의 광대함으로 근대 일본어 표현
의 역사에 독특한 시도를 행했다.'는 것이었다. 덧붙이자면 동시 수
상은 하시모토 오사무로 둘 다 참신한 일본어 스타일이 높이 평가되
었다.

그림 6-15
고마샤쿠 기미

◆ 고마샤쿠 기미駒尺喜美[248)

페미니즘 비평의 선구자

호세대학法政大学을 졸업한 후 호세대학 교
수가 된 고마샤쿠 기미는 페미니즘 비평의
선구자이다. 고마샤쿠는 『마녀의 논리』(1978
년)로 이제까지 문학의 대부분은 남성에 의

---

248) 고마샤쿠 기미駒尺喜美 : 1925년~, 오사카大阪 출생.

해서 생산되어 가치가 정해져온 것을 '여자의 시점'을 도입하여 처음으로 밝혔다. 이 시도는 무의식의 성 지배 구조에 메스를 대고 이제까지 의심된 적도 없었던 문학의 가치 기준을 흔드는 것이었다. 예를 들면 '『지에코쇼智惠子抄』는 고타로의 속죄의 노래'에서는 '고타로는 여자가 결혼하는 것은 몸을 파는 것, 혼자만의 세계를 잃는 것, 자신의 세계를 잃어버리는 것, 남자에게 무의미해지는 것이라고 단언하고 있다. 이것을 돌려 말하면 명확하게 고타로가 결혼이란 것의 실체를 확실히 파악하고 있었기에 나온 말이라고 생각한다.'고 하여 이 시가 많은 여성팬을 획득한 것은 인정한다. 그러나 고마샤쿠의 본령은 여기에서 발휘된다.

고타로의 시는 '순간 보면 우리 두 사람이 높게 높게 어디까지 뻗어나가 깊어지자.'고 말하고 있는 듯이 보이지만 '당신은 나를 부탁하고 당신은 나에게 산다.' 이어서 '나는 절대로 당신에게 살지 않는다. (중략)' 물론 고타로는 무의식으로 읊고 있고 우리들도 쓰윽 읽을 때는 알아채지 못하지만 여자의 눈을 열고 다시 읽어보면 '이런 곳에서도 역시 남자가 주체일 수밖에 없다. 서로라든가, 우리들이란 말이 평등한 입장이라고 생각해보지만 사실은 그렇지는 않고 남자가 주체인 것이 확실하게 드러나고 있다.'고 여성이 한 번도 주체가 된 적이 없었던 것을 명확히 했던 것이다.

나가누마 지에코長沼智惠子는 잡지『세이토』의 표지 그림을 그린 신진 화가로 지에코와 고타로는 말 그대로 '새로운' 남자와 여자의 결혼으로서 생활의 스타트를 끊었을 것이다. 그러나 지에코도 고타로도 가사는 여성이 하는 것이란 것을 어떤 의심도 없이 '자연'스런 것으로서 받아들이고 있었다. 지에코는 가사의 모든 것을 받아들였지만 그 결과 예술과 사색에 할애할 시간이 모자라게 되고 지에코 스스로 자신의 예술로의 욕구와 창조성을 막아버렸다. 그리고 결국에는 광기의 길을 걷게 되어버렸던 것이다.

이어서 『마녀적 문학론魔女的文学論』(1982년)에서 고마샤쿠는 시마자키 도손이 『와카나슈』 권두에 둔 연애시 '6인의 처녀'가 왜 거의 여자 이야기인가 의문을 가진다. 남성이 연애를 노래하는 것 자체가 당시로서는 파격이었지만 이것은 '사랑과 정면에서 마주한 것은 남자가 아니고 여자란 의식이 무의식중에 움직이고 있기' 때문이라고 생각한다. '남자의 인생은 나라, 사회, 동료, 일, 놀이, 집, 아내, 사랑으로 넓게 열려 있다. 하지만 여자는 그 남자에게 키워져 살아가도록 되어 집 안에 갇혀 있다. 여자는 그렇게 폐쇄적인 정황에 놓여 있기에 여자의 정열, 생명력은 단지 한 사람의 남자에게 향해서만 뿜어지'기에 '여자 이야기'인 것이라고. 또 이 '남자와 여자의 관계구조의 부당함'을 눈치 채고 있는 사람은 그렇게 많지는 않다고 내면화된 무의식의 성 지배를 예리하게 짚어냈다.

그러나 고마샤쿠가 남성작가를 일방적으로 폄하하고 있는 것은 아니다. 예를 들면 나쓰메 소세키의 『그리고 나서それから』와 『행인行人』의 분석에서는 나쓰메는 여자와 남자의 관계 구조의 왜곡을 알아채고 남성 원리의 부정에 도달한 작가라는 새로운 시점을 제출했다. 고마샤쿠는 그 후에도 연속해서 『다카무라 고타로』(1980년) 『소세키라고 하는 사람漱石という人』(1987년) 『무라사키 시키부의 메시지紫式部のメッセージ』(1991년) 『다카무라 고타로의 페미니즘高村光太郎のフェミニズム』(1992년) 등으로 세상을 향해 질문하며 현재도 고령자 문제에 관심을 갖는 등 시대를 리드하는 발언을 계속하고 있다.

그림 6-16
미즈타 노리코

◆ 미즈타 노리코水田宗子[249]

여성이 쓴다는 것

도쿄여자대학 영문학과 졸업 후 예일대학 대학원에서 비교문학 박사학위를 취득했다. 남캘리포니아 대학에서 근무 중에 만난 실비아 프라스의 시편을 번역하고 평론을 쓴 이후(『거울 속의 착란鏡の中の錯乱』 1981년) '여성의 상상력 해방의 드라마'를 스스로의 내면 문제로서 되묻고 귀국 후 『히로인에서 히어로로』(증보판 91년)를 발표했다. 이 책에서 '비교문학 분야에 있어서의 새로운 중심적인 이론과 과제가 그대로 자신과 아메리카와의 관계의 과제로서 직접적으로 느껴졌다.'고 말한다. 또 '〈외국인〉이란 메타포가 〈여성〉이다.'라는 것을 알아채고 여성 내면과 표면의 치열한 관계가 문학 표현이 된 근대 여성문학으로 향하게 되었던 동기라고 말한다. 이 논문집은 고타로, 소세키, 오가이, 도손, 다니자키谷崎, 가와바타川端, 미시마三島 등 남성작가와 일본과 영미의 여성작가를 주요한 분석의 대상으로 두고 여/남의 문화와 표현의 구조를 처음으로 포괄적으로 다룬 것이 되었다. 제인 오스틴과 노가미 야에코, 보봐르와 미야모토 유리코, 도리즈 렉싱과 오바 미나코, 실비아 프라스와 가와노 다에코 등 이제까지 비교해서 논해지지 않았던 동서의 작가를 자유자재로 왕래하며 '제도의 문제로서 〈여성의 원리〉를 봐 간다.'라는 선명한 어조로 여성을 재고하고 있는 것이다.

---

[249] 미즈타 노리코水田宗子 : 1937년~, 도쿄東京 출생.

여성과 '광기'

이어서 『페미니즘의 저편フェミニズムの彼方』(1991년)에서는 여성의 자아 추구와 자아 초월 희구의 표현을 '광기'와 '침묵'의 중요한 개념으로서 해명하고 성차의 문화 구조 심층을 밝혀냈다. 여성의 성적 체험과 대상과의 관계 파탄에서 생기는 광기의 상은 부권적 문화의 구조에 메스를 넣은 것으로 그것은 성과 가족의 신화 해체의 계기를 품은 표현으로 앞의 책과 같이 동서의 문학, 문화를 자유자재로 비교하면서 그려냈다. 에드가 앨런 포, 포크너, 샤롯 브론테, 메리 세리 등 남성작가도 포함한 '광기'의 다양한 상을 두루 보며 '광기의 이야기'를 훌륭하게 부각시켰다.

미즈타는 페미니즘 후기의 특징을 '여성의 본질을 강조하고 남성과의 성적 차이를 확대하여 남자와 그 성을 무시한(경시한) 여성문화를 만들려고 하는 사고'로 정리했다. 그리고 '이 여성문화의 중심에 모성이 있다.'고 모성이데올로기의 고찰에 뛰어들어 '20세기의 여성문학과 사상은 자유스런 개인의 생의 추구와 공동환상으로서의 모성 찬양이란 대극적이면서 항상 상호교환이 가능한 분신적인 양극의 축을 가지고 서로 상대를 삼키려고 하는 우로보로스ゥロボロス250)와 같이 둥글어져 왔다.'며 큰 지도를 제출했다. 또 이 모성의 강조는 전근대적인 공동체의 여성문화의 재평가로 이어지는 것으로 여성의 무녀적 예언력과 구제력을 마야 안젤로, 코니 모리슨, 앨리스 워커라고 하는 미국의 흑인 여성작가들을 논하면서 서구 근대 이성주의 문명

---

250) 우로보로스(ouroboros, uroboros)는 고대 상징의 하나로, 자신의 꼬리를 물어서 원으로 된 뱀, 혹은 용을 도식화한 것. 원어는 그리스어로, '꼬리를 문 뱀'의 의미. 오늘날의 무한대 기호 '∞'의 모델이 된다.

으로부터의 탈출 방법으로서 고찰했다.

일본 여성문학에서는 다무라 도시코, 마스다 미즈코, 엔치 후미코, 다카하시 다카코, 쓰시마 유코, 고노 다에코, 오바 미나코 등으로 폭넓게 언급하면서 '불완전연소의 자기회구, 성적 충족으로의 갈망, 남자의 자아로 향한 원한, 자기애와 자기증오, 인간애를 향한 혐오라는 황량한 내적인 풍경에 다양한 여성의 구제 탐구'라는 생의 양상을 다면적으로 논했다.

◆ 사에구사 가즈코三枝和子[251]

소설론으로서의 소설

1945(쇼와10)년 3월 효고현 사범학교본과에 입학, 재학 중에 패전을 맞았다. 간세이가쿠인대학 문학부 철학과에 입학하여 1950년 대학원에 진학, 헤겔과 니체를 배운다. 이때부터 시와 소설의 창작을 시작하고 문학 서

그림 6-17
사에구사 가즈코

클과 철학 연구회에 참가한다. 승적을 가진 평론가 모리카와 다쓰야森川達也와 알게 되어 1951년 결혼하여 대학원을 중퇴한다. 두 사람 모두 교토에서 중학교 교사를 하면서 동인지를 무대로서 창작 활동을 계속한다. 모리카와를 편집인으로 하는 문예지『심미審美』의 편집에도 관여하고 거기서 발표한 작품『처형이 행해지고 있다処刑が行われている』(1969년)로 제10회 다무라 도시코상을 수상한다. 사에구사는 인

---

251) 사에구사 가즈코三枝和子 : 1929~2003년, 효고현兵庫県 출생.

간 존재의 부조리와 이 세계의 성립 기원의 근본적인 테마를 소설의 형식으로 표현할 수 있는 방법을 모색하면서 안티 로망풍의 실험소설을 차례차례로 써 간다. 『생각하지 못한 바람의 나비思いがけず風の蝶』(1980년)는 그 집대성적 작품이 되었다. 이후 많은 소설을 써 가지만 철학도답게 사에구사의 본령은 평론에서 한층 더 발휘되었다.

'여자의 철학'

1976년부터 모리카와로 불리기 시작한 『대승기신론大乘起信論』은 대승불교의 중심교의를 이성과 실천의 양면에서 요약한 것으로 사에구사가 이제까지 거쳐온 근대적 지성을 근본부터 의심케 하는 계기가 되었다. 그리고 '자신이 얼마나 남자의 발상, 남자의 가치관에 맞춰서 살아왔던가.'(『잘 가거라 남자 시대』 1984년)를 느끼고 자신의 사고 방법에 분열이 일어나 불협화음이 울리기 시작했다고 한다. 또 한편, 오랜 시간 가까이했던 그리스 신화를 통해서 남성적 사고 방법의 최초 형태가 그리스 문화에 있는 것을 알아낸 사에구사는 그리스 신화를 철저하게 다시 읽기 위해서 그리스어를 배우고 그리스에 방을 빌려 전설의 땅을 걷는다. 그리하여 쓰인 것이 『남자들의 그리스비극男たちのギリシア悲劇』(1990년)이다. 여기에서는 '모성 원리'의 사회가 남성 우위의 사회로 변해 가는 양상이 선명하게 이야기되었다.

사에구사는 일본 고대 문화에도 눈길을 주어 일본의 모권제 사회를 소설 형식의 『여왕 히미코女王卑弥呼』(1991년)로 그려냈다. 이와 같이 도아미모道網母, 이즈미 시키부和泉式部, 무라사키 시키부紫式部, 오노노 코마치小野小町 등의 헤이안기의 여성작가들을 다루고 통혼252)의 형태를 부각시켜 남근중심주의로 형성되어 온 문화 구조를 다시 읽어내려고 시도했다.

한편, 큰 반향을 부른 평론 『연애소설의 함정恋愛小說の陷穽』(91년)에서는 대표적인 남성작가의 '연애소설'이 어떠한 '성의 정치'로 일관하고 있는가, 남성작가에 내재하는 여성 멸시를 멋지게 파헤쳤다. 그 후에도 정력적으로 『히카루 겐지와 금지된 사랑光源氏と禁じられた恋』(94년) 『여성을 위한 그리스 신화女性のためのギリシア神話』(95년) 『여자의 철학 입문女の哲学ことはじめ』(96년) 『그리스 신화의 악녀들ギリシア神話の悪女たち』(2001년) 등 소설의 스타일을 취하면서 성차의 연원을 그리스 신화와 일본 고전에서 찾아 어떻게 '남자'가 '문화'를 만들어왔던가에 대해 '여자'의 시점으로 철저하게 읽고 해석한 작품을 많이 발표했다.

(이와미 데루요)

---

252) 가요이콘通い婚 : 결혼 후에도 부부가 동거하지 않고, 밤에 남편 혹은 아내가 상대의 집으로 다니는 혼인 형태.

7. 희곡戲曲

두 번째의 연극 혁명

1960년대 중반부터 70년대에 걸쳐서 항상 시대를 비추고 시대에 즉응하려고 하는 연극은 사상 두 번째의 혁명적이라고도 할 수 있는 변혁을 경험했다. 최초의 변혁은 물론 메이지 중엽부터 후기에 걸쳐서이다. 서구의 새로운 사조에 자극을 받은 젊은 사람들이 좌에 소속된 작가에 의해서 배우의 연기를 살리는 것을 첫째로 하고, 봉건시대의 의리와 은혜의 사상을 의심하지 않았던 가부키에 대해서 그것과는 전혀 다른 메이지라는 새로운 시대에 사는 자신의 사상과 감성을 희곡이란 형태로 표현하기 시작했던 때이다.

그리고 나서 현재까지 거의 1세기, 그 전반에 일본은 서구를 쫓아 추월한 근대화, 산업화 정책에 의해서 점점 자본주의화되고 결국엔 식민지 분할 경쟁에 돌입하여 그 침략전쟁에 패한 역사를 체험한다. 그것에 대응하여 각각의 시대를 비추는 많은 희곡이 생겨나고 다양한 시행을 경험하면서 결국 근대 '리얼리즘 극'-가부키의 구극에 의해서 '신극'이라고 불렀다-을 확립하기에 이르렀다.

그러나 이 새로운 극은 그렇게 언제까지나 시대의 거울로서의 역할을 짊어질 수는 없었다. 확실히 '신극'은 전전, 예를 들면 프롤레타리아 연극의 탄압에는 대동단결하거나 태평양전쟁의 돌입 전야에는 통일전선을 조직하거나 소설과 그림, 음악 등 다른 예술 분야와 비교해서 마지막까지 국가의 진로에 저항하는 큰 사회적 역할을 담당했다. 그리고 그렇기 때문에 패전 후 '자유, 민주주의'의 시대를 맞이하여 일하는 사람들과 학생층의 절대적인 지지를 얻어서 융성의 한 길을 걷게 되지만 그것은 1960년대를 최고의 전성기로 세기의 후반에 들어가면 서서히 그 기능을 잃게 된다. 대사 중심, 작가, 작품 중시, 창작에 의해 번역극에 의존하기 십상이었던 '신극'은 수법, 주제와 함께 전국적 규모로 넓어져 성행해 가는 안보반대투쟁과 학원투쟁의 시대에 즉응할 수 없었기 때문이다.

60년대 중반에 이른바 경직화된 '신극'에 반항하는 듯한 형태로 생겨난 것이 '언그라'(Underground Theater의 약자) 연극이었다. 근대에 들어와서 일어난 두 번째의 연극혁명이란 이것이었다. 뒤에 '소극장 연극'이라고 불리게 된다. 80~90년대에 걸쳐서 '신극'의 그림자는 더욱 엷어지게 되고 대신하여 이 '소극장 연극'이 동시대 연극의 압력도 받지 않는 주류가 되어서 단순하게 연극이라고 말하면 '소극장 연극'을 가르칠 정도가 되었다.

조금 보충하면 '소극장 연극'이란 작은 극장에서 상연되는 극이란 의미가 아니다. 물론 경제적인 이유와 표현상의 요구로 작은 극장에서 상연하는 일이 많았지만 그 외 공터와 공원, 빌딩과 사원의 일각, 창고 그 외 '신극'의 액자무대와는 동떨어진 극장이라고는 생각할 수 없는 공간에서 상연되는 일도 가끔 있었다. 미국에서 1900년 초두에 상업연극에 대해서 생겨난 비영리적인 연극을 Little Theater이라고 하고 그 상연 활동을 Little Theater Movement라고 부른 것에서 붙여진 호칭으로 그때까지의 이것이 연극이라고 생각되어 온 상식에 의의를 주장하거나 뒤엎거나 하는 실험적인 연극이란 의미이다. 현재 동아시아와 동남아시아에서는 리틀 시어터라고 하는 말을 사용하여 구미에서는 오프 오프(Off off Theater), 프린지 시어터(Fringe Theater),

프리바트 테어터(Private Theater) 등으로 불리고 있다.

소극장 연극의 특색

그 '언그라/소극장 연극'도 다양한 변화가 있었지만 종래의 대사극의 말이 의미를 전하거나 커뮤니케이션을 의도하거나 하는 일이 주였던 것에 대하여 그 말에서 의미를 박탈하거나 의미만이 아니고 음音과 그 양量과 말하지 않으면 안 되는 상황에 주의를 기울이게 되고 때로는 말이 통하지 않는 것을 표현하기 위해서 말을 사용하거나 결국 말의 기능에 대해서 매우 의식적, 회의적이 되었던 것이다. 종래 시스템의 극작가 혹은 희곡을 가장 상위에 둔 표현에 있어서 이른바 계층제를 뒤집어버리고 배우를 중시하게 된 것이 크다. 필연적으로 음악과 댄스 그 외의 신체 표현이 많이 사용되게 되었다. 내용적으로 말하자면 그때까지의 '신극'이 기본적으로 구체적인 생활과 인간 역사의 변증법 등 현실을 기초에 두고 있었는데 반해서 허구를 모으는 것을 두려워하지 않고 형이상학과 꿈과 망상, 상상 등 리얼하지 않은 사고도 거침없이 그리게 되었다. 한마디로 하면 현실과 객관을 존중하는 리얼리즘 연극에서 주관을 강하게 표출하는 리얼하지 않은 연극으로의 변화라고 말할 수 있을 것이다.

중에서도 눈에 띄는 변화는 연극 표현이란 것에 대한 생각이고 그 시스템이었다. '소극장 연극'에서는 그때까지 특권적인 지위에 있었던 작가가 없어지고 바뀌어서 배우이고 연출가이고 표현하고 싶은 것이 자신을 위한 것, 혹은 자신들의 집단을 위해서 쓰고 혹은 대본을 구성하여 연출하는 것이 당연하게 되어 온 것이다. 작가가 무대에

나온다고 할까 배우가 자신을 위해 쓴다고 할까, '소극장 연극'에서
는 요컨대 표현하고 싶은 것을 가진 자가 그 연극 표현/집단의 주체
가 된 것이었다.

물론 이것은 단순한 실험을 위한 실험은 아니었다. 안보에서 학원
투쟁에 걸쳐서 후퇴에 후퇴를 어김없이 겪어왔던 사람들의, 이제 종
래의 작품 주제를 주로 한 '신극'에서는 세상을 변하게 할 수 없다는
절망에서 생겨나온 필연이었다. 시시각각 죄어오는 시대의 부조리적
인 힘에 대해서 그것은 자신의 주관을 강하게 표출하는 고함이었다
고 해도 좋다. 이성에 호소하기에는 어떤 식으로도 막을 수 없는 시
대의 흐름을 감수성에 충격을 주는 것에 의해서 바꿀 수는 없는가 하
는 도전이었다고도 할 수 있다.

사람들의 연극상식, 연극적 감수성을 전복시키려고 하는 이러한
움직임은 일본만이 아니라 60년대에 세계 동시다발적으로 일어난 것
이었다.

여성 창조자들

이러한 '언그라/소극장 연극'은 60년대의 중반을 지나자 마치 말
을 맞춘 듯 각처에서 배출되었지만 그중에서 여성은 처음에는 그만
큼 주도적인 역할을 다하지는 못했다. 예를 들면 가라 주로唐十郎의
붉은 텐트 '상황극장'에 있어서의 이례선李礼仙, 스즈키 다다시鈴木忠志
의 '와세다 소극장'의 시로이시 가요코白石加代子, 사토 신佐藤信의 흑색
텐트 「연극 센터－68/71」의 아라이 준新井純, 조금 시대를 내려와서
이쿠다 요로즈生田萬 '철판의 자발단ブリキの自発団'의 긴푼초銀粉蝶 등 각

극단의 스타적 존재로 '언그라' 상연사에 확실한 발자국을 남긴 여배우는 결코 적지 않았고 또 그 여배우의 개성이 역으로 작가 내지는 작품 구성자를 촉발하여 새로운 작품을 만들어가는 원동력이 되는 관계에 있었다. 하지만 아직 그것은 예를 들면 시마무라 호게쓰가 마쓰이 스마코를 위한 노라와 바다의 부인과 카추샤를 선택하여 연기시킨 것과 그만큼 큰 격차가 있는 것은 아니었다.

여성이 남성 주도 아래에서 그 표현의 주요한 역할을 짊어진 것은 아니고 자신 속에 표현하지 않으면 견딜 수 없는 것을 갖고 작품을 만들어 배우가 되는, 결국 여성이 연극 표현의 주체가 되어가는 것은 아마도 '극단 파랑새劇団青い鳥'의 이치도 레이市堂令, '극단 300'의 와타나베 에리코渡辺えり子, 'NOISE'의 기사라기 고하루如月小春 이후의 일이라고 말해도 좋을 것이다. 그녀들 이전에 데라야마 슈지의 조수적 존재에서 출발하여 결국엔 자신의 극단을 갖고 작품을 쓰고 연출을 해 가는 기시다 리오岸田理生가 있지만 작가로서의 자세를 지키려고 한 점, 종래 문학에 자주 있는 성에 구속된 여자와 남자의 눈에서 본 여성의 에로스를 그리려고 하고 있었던 점 등으로 아직 과도기적이었다고 말할 수 있을 것이다.

이제까지 물론 '여류'라고 가끔 예의에 벗어난 형용사를 붙여가면서 여성극작가는 활약해 왔다. 하지만 소설과 희곡을 쓴다고 하는 일은 대단한 일에는 틀림없지만 쓰면 그것으로 끝난다. 하지만 그때부터 협력자를 모아서 상연 장소를 정하고 연습장을 확보하고 이 개월 삼 개월 연습을 거듭하면서 장치, 의상을 만들고 소도구를 모아 음악, 조명을 계획하고 포스터, 전단지, 티켓을 만들어 열심히 걸어서 티켓을 팔고…… 상연은 단순하게 희곡을 쓰는 일보다 몇 배의 에너지를 요구하는 가혹한 일이다. 그렇게 해서 처음으로 연극 표현은 완결되는 것이었다. 여성이 남성과 같이 이러한 표현 활동을 하게 되었던 것은 겨우 70년대 중반부터 80년대에 걸쳐서이다.

'파랑새'의 출현

그중에서도 가장 빨리 출발하고 개개인 제각각 표현하고 싶은 것을 가진 여성들이 모여 연습을 거듭하여 공동창작을 한다는 특이한 형태를 취한 것이 '극단 파랑새'(1974년 창립)였다. 근대 연극사의 획기적인 출현이라고 말할 수 있을 것이다. 창립 멤버는 기노 하나木野花, 세리가와 아이芹川藍, 덴코 마유미天光真弓, 가사이 사키葛西佐紀 등 여성 6인이다. 제각각 자신의 지금 관심을 서로 이야기하고 그것을 실제로 즉흥극 식으로 움직여보고 재밌는 장면과 좋은 장면을 남겨서 그것을 기초로 무대를 만들어가는 방법이었다. 작품은 모두 전원 출연, 전원 공동연출로 작자명 이치도 레이라고 하는 것은 상연이 끝나고 마지막 커텐 콜로 전원이 '이치도 레이!(전원 인사)'로 머리를 숙이는 것에서 붙여진 이름이었다. 조금 늦게 아마기 오리메天衣織女가 가담했다. 뒤에 첫 리더격이었던 기노 하나가 빠지고 세리가와 아이가 중심이 되어 이토 마키伊藤磨紀가 가담하고 나아가 새 멤버의 가입과 또 1993년에 활동의 한 획을 그은 이후, 부활 후에는 한 사람이 희곡을 쓰게 되었다. 하지만 자신의 지금 현재의 관심에서 출발하여 그것을 표현하기 위해서 누습을 채택하지 않고 아주 잠깐의 생각지도 않은 여러 가지 수법을 궁리한 것은 실로 '소극장 연극'다웠다. 여성 관객들이 남성이 본 여성이 아니고 또 사랑과 남녀관계에 얽힌 여자

도 아니고 인간으로서 느끼는 대로의 여성이 거기에 당당히 있음을 느낄 수 있었던 것은 아마도 '파랑새'의 무대가 처음이었지 않을까. 대표작으로는 「신데렐라」(82년 초연) 「여름의 추억」(83년) 등이 있고 2004년 4월에는 극단 창립 30주년을 기념해서 다큐멘터리 비디오 『그래서, 파랑새는 어떻게 날았나それから、青い鳥はどう飛んだ』(아마기 오리메 감독)도 발매되었다.

사회적 인지

이 '파랑새'와 '극단3○○' 'NOISE'가 등장하기 시작한 70년대 중반부터 80년대에 걸쳐서는 연극사적으로도 사회사적으로도 마침 하나의 큰 전기였다. 노동조합운동이 억압되어져 시민운동이 퇴조하고 마지막 보루였던 학생운동도 '요도호 하이잭 사건'(1970년)[253]과 아사마 산장 사건(72년)[254]이 일어나서 사람들은 급속하게 정치를 떠나가고 그것을 대신하여 GNP(국민총생산)는 급속하게 늘어 오로지 고도경제성장을 향해서 달리기 시작한 시대였다. 그때까지 사회의 이물異物과 같이 생각되어 온 '언그라/소극장 연극'이 급속하게 사회에 인식되었고, 그것 뿐 아니라 갑자기 생겨난 극단 중에서도 소수의 인기 극단은 기업과 자치체로부터 젊은이를 불러 모으는 형태의 특별 상품으로서 사람들을 끌어당기는 역할을 하게 되었다. '언그라'라고 하는 말도 더 이상 사용되지 않았고 '소극장 연극'이라는 말이 흔해

---

253) 1970년 3월 31일에 공산주의자 동맹적군파가 일으킨 일본항공기 하이잭 사건. 일본에서 있은 최초의 하이잭 사건. 요도호よど号란 하이잭된 보잉727형기의 애칭이다.

254) 1972년 2월 19에 시작된 나가노현 가루이자와長野県軽井沢町에 있는 「아사마산장浅間山荘」에서 연합적군이 일으킨 사건이다.

졌다. 뒤따라온 여성 표현자와 그 극단이 점점 나타나게 된 것은 80년대에 들어오고 나서였다.

그리고 80년대의 백화료란百花繚乱, 이른바 소극장붐의 시대를 지나 드디어 90년대가 되었다. 고도경제성장이 파탄되고 버블경제가 사라지자 일단 대사 중심의 '리얼리즘극' 풍의 시대가 다시 찾아온다. 이른바 '조용한 극'의 성행이다. 그리고 예를 들면 '청춘오월당青春五月党'을 주재하며 여동생과 함께 상연 활동을 하고 있었던 유미리와 '이토사二兎社'를 주재하고 작품을 만들어 연출뿐만 아니라 주연도 하고 있었던 나가이 아이永井愛 등이 그 전형적인 예이지만, 우선 극단 활동으로 주목을 모으고 결국엔 많은 상을 수상, '인기인'이 되어가는 현상도 보이게 되었다.

그리고 21세기에 들어선 현재, '조용한 극'은 ―그것도 세세한 일상을 단지 비출 뿐인 것은― 차례로 식상해져서 같은 대사극이라도 거기에 연극적인 재미를 넣을 수는 없을까 하는 시도와 연극과 미술, 연극과 음악, 연극과 영상, 연극과 만화 등 예술의 경계를 다시 묻는 시도와 이제까지 연극에서는 그려지지 않았던 대상, 사용되었던 적이 없는 수법을 짜내려고 하는 시도와 그 외 다양한 연극 실험이 모색되게 되었다. 남성과 함께 여성들이 그 패권을 경쟁하는 것은 말할 필요도 없다. 그것이 지금까지 주류를 이루어왔던 남성주재의 극단과 다른 시선, 느끼는 방법을 제출하고 남성이 주가 되어 만들어왔던 연극적 감수성을 뿌리 밑바닥에서부터 뒤엎어버릴 정도의 힘을 갖고 있는가 어떤가는 뒤의 연극사적 평가를 기다리지 않으면 안 된다.

그림 6-18
기시다 리오

◈ 기시다 리오岸田理生255)

데라야마 슈지寺山修司로부터의 출발

쥬오대학中央大学 법학부를 졸업했다. 1973
년 데라야마 슈지와 만나 다음해 그가 주재
하는 '연극 실험실 · 덴죠자지키演劇実験室 · 天
井桟敷'에 입단한다. 이후 데라야마를 보좌하
고 대본과 영화 시나리오의 공동 집필도 하
게 된다. 극작가의 한 사람으로 집필한 것은 76년의 『잠든 남자眠る男』
가 최초이다. 79년 '우타노 게키조哥以劇場'를 창립하고 좌소속의 작가
가 되지만 극단은 81년에 해산, 다음해에 '기시다 사무소'를 창설한
다. 데라야마는 83년에 사망하지만 같은 해에 사망한 와다 요시오和
田喜夫 주재의 '라쿠텐단楽天団'과 합병하여 '기시다사무소+라쿠텐단'
이 된다. 작품은 기시다가 쓰고 연출은 와다和田가 담당하는 공동 주
재로 기시다는 무대에는 나오지 않았지만 조명을 담당한 것이 이채
롭다.

『실지옥糸地獄』(1984년)에서 기시다 구니오 희곡상을 수상한다. 같
은 해부터 다음해에 걸쳐서 '연희단 거리패(부산)+타이니앨리스'의
이윤택 연출에 의한 「세월이 좋다」가 도쿄, 뉴욕, 샌프란시스코, 서
울 공연을 한 것을 계기로 '기시다 구니오, 국경을 넘는 시리즈'를 시
작한다. 97년, 국제 교류 기금의 프로방스 공연에 작품 『리어』를 제
공, 싱가포르의 온 켄센가 연출, 아시아 각국의 배우들이 출연하여

---

255) 기시다 리오岸田理生 : 1946~2003년, 나가노長野 출생, 본명 : 하야시 히로미林寛美.

각국을 순연하는 큰일을 했다.

아버지 찾기

기시다의 연극 에세이집 『환상유희幻想遊戱』(이립서방而立書房, 1987
년) 서문의 머리말에 스승 데라야마 슈지가 기시다의 초기 작품『버
린 아이 이야기捨子物語』(1979년)의 한 구절을 인용하면서 '이 '두 팔을
졸라매어 당하는' 이미지는 기시다 구니오의 초기 영화론에도 가끔
그려지는데 '얼굴 없는 남자에게 당한' 소녀의 과거와 기시다 구니오
의 희곡 및 단편을 관통하는 '아버지 찾기'의 주제와는 어딘가 깊은
곳에서 통하고 있는 것은 아닌가.'하고 날카로운 지적을 했다. 또 그
소녀는 '입을 줄이기 위해서 죽음을' 당한 '죽은 아이'이고 '그 죽은
아이를 위해서 아버지를 찾아 여행을 떠나는 것이 기시다 구니오의
영원한 주제가 되어 있지만 웬일인지 아버지는 어느 새인가 신농도神
農道=천황제로 환유되어'있었다고도 하고 '그녀의 작품에 흐르고 있
는 피의 보복으로의 의지가 항상 권력 갈앙으로 되어왔다.'고도 지적
했다. 후에 사망한 기사라키 고하루의 유지를 이은 형태로 아시아 여
성 극작가 회의의 조직 만들기에 진력하여 2001년 도쿄에서 열린 회
의 실행 부위원장을 역임했기에 페미니즘의 작가로 생각되기 쉽지만
아버지를 사랑하여 복수하려고 하는 무서운 주제에 관해서는 『실지
옥』에서 『겨우살이·임시 숙소冬の栖·仮の宿』(1988년, 기노구니야 연극
상), 「으스름 달밤」과 만년『리어リア』에 이르기까지 변하지는 않았
다고 해도 좋을 것이다.

다음에 초록한 『신도쿠마루身毒丸』(1995년)는 데라야마 슈지의 '설

교조의 주제가 되는 흥행 오페라 신도쿠마루'(78년)를 기초로 하여 기시다가 다시 쓴 것이다. 함께 뇌병에 걸려 집에서 쫓겨나 사천왕사 경내에서 구걸을 한다고 하는 도쿠마루전설俊德丸伝説에서 나온 것이지만, 기시다는 그것을 '새로운' '연애 이야기로 하고 싶다.'고 말하고 '어떤 집에 팔려간 한 여자 〈나데코撫子〉가 죽은 어머니에게만 집착하는 소년 〈신도쿠마루〉를 후계자가 아닌 남자로서 생각하게 되고, 한편 신도쿠마루도 또한 그녀를 서먹한 계모가 아닌 한 사람의 여자로서 보게 된다.'는 이야기로 했다(『신도쿠마루』를 일컬음). 소녀와 아버지의 관계가 어머니와 아들로 바뀌어는 있지만 기시다의 테마, 근친상간적인 애증은 변함이 없다.

『신도쿠마루』

(독창으로,)
흘러가는
강의 법칙 구시마키256)
빗의 높이의
아이젠257)평야
(갑자기 30와트의 마쓰다램프가 켜지자 폐허가 된 집에서는 나데코의 옷을 입은 신도쿠마루가 가족 모임의 표찰을 손에 갖고 있다.)

(생략)

신도쿠마루 : 아버지, 이에오모리가의 어머니를 주세요. 센사쿠, 가네노나리요 시가의 어머니를 주세요. 어머니, 구니오마모루가의 어머니를 주세요……. (중

---

256) 일본식 머리의 하나로, 머리를 빗으로 감아서 올린 여자의 머리 형태.
257) 불교에서 말하는 세 눈 여섯 팔을 갖고 있다는 분노의 상을 나타내며 애욕을 지배한다
는 신. 번뇌를 의미하기도 한다.

얼거리고 있다.)

어디에도 모유가 없다. (들어오는 나데코.)

나데코 : 그 표찰이라면 내가 가지고 있어요. 자 봐요, 전부, 모유. (흩뿌린다)

신도쿠마루 : 당신은?

나데코 : 나데코.

신도쿠마루 : 대낮에는 사람 눈을 피하면서.

나데코 : 저주로 살해한 신도쿠를.

신도쿠마루 : 때로는 그렇게 생각이 나서.

나데코 : 양산으로 얼굴을 가리면서.

신도쿠마루 : 묘지에 핀 엉겅퀴를 따러 간다.

나데코 : 빨갛게 핀 귀신 엉겅퀴.

신도쿠마루 : 정은 뜨겁게 타오르는구나.

(독창으로)

둘이서 노래 부르지 못하는 한 구절의

중간 부정을 떨치는 주문

나데코 : (갑자기 젊은 여자와 같이 사랑에 흔들려) 아아. 신도쿠, 용서해줘. 이 집에 팔려 와서는 나는 너에게…….

신도쿠마루 : (씌워진 것이 떨어진 것 같이) 하지만, 나는 어른이 되는 것이 너무 늦었어.

나데코 : 자장가를 불러주기에는 이미 어른.

신도쿠마루 : 껴안고 자기에는 아직 아이.

나데코 : 80, 90, 100까지 함께하고.

신도쿠마루 : 죽어서 헤어진다 해도.

나데코 : 꽃잎에 이슬.

두 사람 : 신도 용서하지 않을 어미와 아들의.

신도쿠마루 : (갑자기 어머니의 옷을 벗기고) 어머니! 다시 한 번 나를 임신해주세요.

나데코 : (신도쿠마루를 껴안고) 다시 한 번, 다시 두 번, 다시 세 번, 할 수 있다면 너를 낳고 싶다. 너를 임신하고 싶다.

신도쿠마루 : 나에게는 보여. 어둠은 연꽃이 한창이고, 관음보살의 젖은 불상. 몽중유행의 흰 잠자리에 당신과 나의 연꽃 배.

나데코 : 귀에는 웅웅거리는 이명. 몸 중심의 황혼의 어둠에 불꽃. 그 색은 조급해 해도 한층 화려한 취기를 남기는 남자…….

신도쿠마루 : 당신은 나데코.

나데코 : 당신은 신도쿠.

두 사람 : 집은 이제 사라졌다.

나데코 : 달도 달이 선 달마다, 쌓이는 죄는 밤안개. 미래의 죄를 다할 때까지.

신도쿠마루 : 안아주세요, 안아주세요. 사랑은 수라, 목숨은 불꽃, 저 멀리 바다에 떨어뜨려주세요.

나데코 : 밝은 눈의 어둠. 문을 닫고 세상은 보지 말고 듣지 말고 말하지 말고. 잊어버리면 되요. 자 봐요. 여기는 따뜻한 낮. 햇살이 내리고 또 넘쳐요. 하늘을 지나는 아지랑이와 같이, 계곡을 건너는 바람과 같이, 자 안아요. 나의 몸을.

(두 사람, 서로 껴안는다)

마치 어두운 밤의 묘지 배. 언젠가, 언제입니까, 어젯밤인가, 오늘 밤인가, 전세인가요, 우리들만이 돛도 삿대도 없는 배를 타고서 파도에 휩쓸렸습니다. 사람의 바다로 표류했습니다. 세상이라는 이름의 연화등총.

신도쿠마루 : 자, 갑시다. 얼굴을 잃어버리고, 이름을 잃어버리고, 잊어버리기 위해서 떠나는 것입니다.

◆ 나가이 아이永井愛258)

두 마리二匹의 토끼兎

이토사 주재, 도호학원대학桐朋学園大学 단기대학부 연극전공과를

---

258) 나가이 아이永井愛 : 1951년~, 도쿄東京 출생.

그림 6-19
나가이 아이

졸업했다. 아키하마 사토시秋浜悟史, 오카무라 하루히코岡村春彦 주재의 '춘추단春秋団'의 연구생이 되지만 '배우로서 자신을 살릴' 길을 찾아서 같은 연구생인 오이시 시즈카大石静와 1981년 '이토사'를 창립한다. 두 사람 모두 토끼띠였기 때문에 지어진 이름으로 서로 희곡을 쓰며 출연하는 방법으로 평판이 났다. 두 사람이 공동집필할 때는 아키모토 잇페秋本一坪라는 필명을 사용했다. 91년, 오이시가 각본에 전념하기 위해서 퇴단한다. 이후 '이토사'는 나가이의 작품, 연출 작품을 상연하는 프로듀스 극단으로서 활동을 계속했다.

작품은 사회성이 있는 웰 메이드 플레이로서 깊이 철저히 파헤치기에는 모자랐지만 오히려 넓은 관객층의 지지를 얻게 되었다. 교묘한 대사, 인간의 표현 방법과 스토리의 진행 방법의 능숙함에는 정평이 나 있다. 상복이 많다고 불릴 정도의 수상력으로 기노쿠니야 연극상 개인상(96년『나의 도쿄 일기僕の東京日記』), 쓰루야 난보쿠鶴屋南北 희곡상(97년『らが 빠진 살의ら抜きの殺意』), 예술선장 문부대신 신인상(97년『보라, 비행기가 높게 나는 것을見よ、飛行機が高く飛べるを』『らが 빠진 살의』), 기시다 구니오 희곡상(99년『형 돌아가다兄帰る』), 요미우리 문학상(시나리오 희곡상), 요리우리 연극대상 우수 연출가상(2000년『하기가의 세 자매萩家の三姉妹』), 아사히무대 예술상/하기모토 마쓰요상(2001년『안녕, 어머니こんにちは、母さん』『히구레마치풍토기日暮町風土記』) 등 연극에 관한 상은 모두 섭렵한 느낌이다. 대표작은 도쿄의 제각각 다른 서민의 일가를 무대로 한「전후 생활 사극 삼부작」으로『시간의 창고時間

の物置』(94년 요미우리 연극 대상 우수작품상)에서는 안보 반대 투쟁 뒤 소득 증가와 고도성장으로 향하는 1961년이,『나의 도쿄 일기』(96년)에서는 학생운동이 종언을 맞이한 1971년이,『아빠의 데모크라시パパのデモクラシー』(95년 문화청예술대상)에서는 군국주의에서 민주주의로 180도 바뀐 패전 직후의 1946년이 다루어졌고 사회의 변화를 개인 생활의 장에서 보려고 한 시점이 높이 평가되었다.

언어로 향한 관심

발췌한『らが 빠진 살의』(97년)는 집의 융자금에 힘들어 야간 아르바이트를 찾고 있던 에비나가 주인공이다. 건강기구, 건강식품의 통신 판매 회사에 취직하지만 거기에는 사장의 유치한 여고생 같은 말투, 그의 아내 겸 부사장 겸 경리 겸 청소부인 야에코의 남자 같은 말투, 여사원 우도와 '슈퍼 바이저' 도모의 연인 도베의 뒤죽박죽 경어 등등이 범람한다. 그는 원래 직업이 국어교사로 어지러운 일본어를 바르게 하려고 하지만 좀처럼 뜻대로 되지 않는다. 특히 '見れる' '出れる' '来れる' 등 'ら가 빠진 말'을 사용하는 것에는 참을 수 없어서 두 사람은 서로 살의를 느낀다. 그러나…… 라고 하는 희극이다. 나가이의 연출에 의해 '시어터 에코'에서 초연된다.

『らが 빠진 살의』

도베遠部, 가방에서 휴대폰을 꺼내 건다.

도베 : ……우도字藤? 좀 너, 왜 없는 거야! 라고 할까, 나, 지금 와 있어. 도모伴와 약속했어. 오랜만에 저녁이라도 할까 하고서. 그것이 갑자기 전화당번이 되

었다고 할까, 놀리지 말어. 니가 해야 될 거 아니니!

야에코八重子, 대걸레와 물통을 들고 들어온다.

도베 : ……뭐랄까, 모두 나갔다니까. 도모도 베게 들고 달렸다니까. 이거 비상 사태인 거 같은데!

가방 속에서 또 다른 휴대폰 벨이 울린다.

도베 : 아, 시끄런 벨, 시끄런 벨, 끊지 말고 기다려.

지금 들고 있는 것을 두고 가방에서 다른 하나의 휴대폰을 꺼낸다.

도베 : (사업상 목소리로) 오래 기다리셨습니다. 도베입니다. 예, 지금 웰네스 호리타 씨가 있는 곳입니다. 저기, 말씀드렸듯이 삼백초 신차新茶에 관해서 회의 가 있어서…… 예, 물론 맞출 수 있도록 하겠습니다. 그럼 실례하겠습니다.

끊고 거기에 놓고 우도의 전화로 돌아온다.

그림 6-20
와타나베 에리코

◈ 와타나베 에리코渡辺えり子[259]

고향과의 끈

야마가타의 다이지무라 기사와산노大字村木沢山王에서 출생하여 야마가타 니시고교西高를 졸업한 후 상경한다. 남동생 마키오真紀夫도 이윽고 상경하여 대학에 다닌다. 야마가타의 산촌에서 나고 자라서 상경 후에도 항상 고향을 생각하며 끈을 놓지 않았던 것이 와타나베 작품에 큰 특색이 되어 나타난다. 도쿄 이케부쿠로池袋의 무대예술학원을 76년에 졸업, 다음해 동료와 '극단 니쥬마루劇団2〇〇'를 결성하여 『모스라モスラ』로 시작한다. 80년 '극단 산쥬마루劇団3〇〇'로 개명하여 이케부쿠로의

---

259) 와타나베 에리코渡辺えり子 : 1955년~, 야마가타山形 출생.

소극장 시어터 그린에서 공연한 『개정판 타임改訂版タ·イ·ム』(80년)과 『유메사카를 내려오니 비가 내린다─가오편夢坂下って雨が降る─化生篇』(81년)이 같은 극장상을 연속 수상하여 곧 주목을 받았다. 『게게게의 게ゲゲゲのゲ』(83년)로 기시다 희곡상, 『눈꺼풀 여자瞼の女』(87년)로 기노쿠니야 연극상을 수상한다. 나아가 NHK드라마 「음 조용한 바다에 잠들어音·静かの海に眠れ」(91년)로 프라하 국제 텔레비전제 그랑프리, 후카사쿠 긴지深作欣二 감독의 영화 「쥬신구라 외전 요쓰야괴담忠臣蔵外伝四谷怪談」(94년)으로 일본 아카데미상 우수 조연여우상, 스오 마사유키周防正之 감독 「Shall We 댄스?」로 호치 영화 조연 여우상, 일본 아카데미상 최우수 조연 여우상을 수상한다. 단순하게 극단의 작품을 연출하는 것만이 아니라 무대에 출연하는 것은 물론이고 가끔 극중에서 마이크를 잡고 노래를 독창하는 등 근본부터 배우였다. 1998년, 20년에 걸친 '극단산쥬마루'를 해산, 2001년 다시 '우주당宇宙堂'을 결성하여 활동을 재개했다.

꿈의 구조

작품은 현실과 환상이 혼합되어 있는 것이 특색이고 시각으로 말하면 낮도 아니고 밤도 아닌, 이른바 '오마가도키逢魔が時260)'를 가장 잘 썼다. 1980년대는 소극장연극 붐이라 하여 그 이전의 '신극' 현실을 객관적으로 그리는 이른바 '리얼리즘극'과 전혀 다른 꿈인지 상상인지 자유롭게 써도 되는 시대로 다양한 작가가 다양한 실험을 했지만 중에서도 와타나베는 그런 '꿈의 구조'에 있어서도 가장 걸출한

---

260) 어스름한 땅거미 질 때의 의미. 재앙이 일어나는 시간의 뜻으로 전해져 쓰이는 말.

작가였다고 할 수 있을 것이다.

다음『게게게의 게』에서 인용한 구절은 소년 마키오マキオ가 벽시계가 울리는 동안 갑자기 죽은 쌍둥이 누나 이치요를 만나는 장면인데 이 희곡 전체는 고향에서 식물인간과 같이 오로지 잠들어만 있는 소녀 이치요―지금은 노파가 되었다―가 보고 있는 꿈으로 동시에 그것은 도회의 샐러리맨 생활에 지친 중년의 마키오가 공원의 그네를 타면서 생각도 없이 떠오르는 망상이기도 하다는 복잡한 관계로 되어 있다. 이 작품에 관해서는『현대일본희곡대계現代日本戯曲大系』제12권(삼일서방, 1988년)의 '월보'에 작가의 상세한 주석이 있다. 거기에는 '집단 따돌림을 당한 마키오는' '나의 친동생 마키오가 모델'이고 '마키오의 쌍둥이 누나 이치요와의 관계는 우리 오누이 관계의 보이지 않는 부분을 증폭시켰다.' '나도 남동생도 집단 따돌림을 당한 아이였다.'라고 되어 있다. 제목은 물론 미즈키 시게루水木しげる의 만화「게게게의 기타로」에서 갖고 온 것으로 인용부분에는 없지만 주목할 만한 기타로는 곳곳에 나와서 마키오에게 살아갈 힘을 찾아주려고 한다.

『게게게의 게』

마키오 : 엄마, 배고파.
어머니 : 어머, 벌써 시간이, 금방 준비할게. 뭐로 할까?
마키오 : 카레라이스!
어머니 : 알았어! 기다려. (부엌으로 사라진다)

해질 무렵, 시계가 울린다.

그러자, 목소리가 들린다.

목소리 : 여보세요, 여보세요.

마키오 : ……. (텔레비전을 끄고 주위를 둘러본다)

부엌에서 감자를 깎는 소리가 난다. 그러자 목소리 벽장 속에서.

목소리 : 여보세요, 여보세요.

마키오, 확 하고 벽장을 연다. 몸에 빛이 나는 그물을 두른 마른 여자아이가 떨면서 서 있다. 마키오, 놀라서 부엌으로 가려고 하지만 몸이 움직여지지 않는다.

목소리 : 여보세요, 들어가도 괜찮습니까?

마키오 : 드, 들어와 있잖아 너, 너는 벌써 거기에 있잖아.

여자아이 : 아니오, 아직 저는 이쪽 편으로 가는 입구에서, 봐요 저는 단정하게 발을 모으고 기다리고 있잖아요? 당신에게 거절당하면 저는 돌아가 버릴지도 몰라요.

마키오 : 벽장 속이 그렇게 넓어?

여자아이 : 후후후, 우주는 넓어요. 당신의 그 손보다도, 그 가슴보다도.

마키오 : 너는 누구야?

여자아이 : (틈을 두지 않고) 누굴까요.

마키오 : 누구냐니까.

여자아이 : 누굴까요. (틈을 두지 않고)

마키오, 가까이 가서 본다. 벽장 안, 밝아진다.

여자아이의 아름다운 얼굴을 비춘다. 그 아이는 병든 노파이다. 저 추한 노파가 이 정도로 미녀였다니, 무대는 왜 이리 멋진 거야! 하하하.

◆ 기사라기 고하루如月小春[261]

도시의 고독

스기나미구杉並区 출생의 도시 아이이다. 도쿄여자대학 재학 중에 도쿄대학 연극 서클과 합동으로 극단 '기키綺畸'를 결성한다. 1979년 도쿄대학 고마바東大駒場에서 『로미오와 프리지아가 있는 식탁ロミオとフリージアのある食卓』을 만들어 연출해서 일거에 주목을 받았다. 나카노구中野区에 사는 중상층 일가에 택배로 방문한 미쓰코시三越라는 배달원을 무리하게 로미오로 만들어 가기까지를 그린 작품으로 결국 '도시'를 문제로 하는 기사라기의 출발점이 되었다. 같은 도쿄라고 해도 나카노는 긴자와 신주쿠와 롯뽄기 등 유명한 번화가가 있는 구와 관공청이 있는 구 등과는 달라서 좋게 말하면 베드타운, 나쁘게 말하면 변두리이다. 그 선택이 미묘하고 능숙하다. 대사에 종종 도시의 소비생활을 나타내는 구체적인 상품명이 나오는 것도 특징 중 하나이다.

80년대에 문화 저널리즘 속에서 도시론이 유행하여 논의되는데 그에 한 발 앞선 현상이었다고 말할 수 있을 것이다. '기키'시대의 대표작에는 『집, 이 세상 끝의……家、世の果ての……』(80년) 『공장이야기工場物語』(82년) 등이 있다.

그림 6-21
기사라기 고하루

[261) 기사라기 고하루如月小春 : 1956~2000년, 도쿄東京 출생, 본명 : 가지야 마사코梶屋正子.

다양한 실험

83년 퍼포먼스집단 「NOISE」를 결성, 『빛의 시대光の時代』(83년), 『MORAL』(83년~3회 개정) 『ISLAND』(85년) 『NIPPON-CHA!CHA!CHA!』 (88년) 『밤의 학교夜の学校』(92년) 등 도시의 소리와 영상에 의한 멀티미디어 수법, 해체된 언어와 그 신체 표현 등 다양한 실험에 도전했다. NHK텔레비전 '주간 북 리뷰'의 사회에 등용되는 등 매스컴에 각광을 받고 강연과 에세이, 평론으로 활약한다.

88년 미국에서 열린 제1회 국제여성 극작가 대회에서 '여성으로서 연극에 관한 것'을 의식하기 시작하여 서로 알게 된 아시아 여성 극작가들과 92년 제1회를 개최, 그 실행위원장을 맡았다. 초중고생을 지도하는 워크숍도 많이 개최하고 연극교육상특별상을 수상(98년)한다. 사카모토 류이치坂本龍一, 다카하시 유지高橋悠治 등과 민속 악기를 사용한 레코드(95년 오토하, 킹레코드)도 냈다. 만년, 아쿠타가와 류노스케와 마사오카 시키라고 하는 근대 문학 작가를 소재로 한 평전극의 시리즈도 시작하고 일본 최초의 여성 극작가 하세가와 시구레의 집필도 기획하고 있었지만 실현하지 못한 채 사망했다. 도호학원단기대학 강사였다. 립쿄대학의 강의 직전에 지주막하출혈로 쓰러졌다고 보도되었다. 사망 후, 멀티재원으로 불린 그녀에게 어울리는 『기사라기 고하루는 광장이었다如月小春は広場だった』(신주쿠쇼보, 2001년)가 출판되었다.

시대를 잡는 안테나

'NOISE'를 새로 일으킨 『DOLL』(1983년)은 간사이에서 여고생이 집단 자살한 신문기사를 보고 쓴 작품으로 그 후 도쿄의 다카지마다이라단지高島平団地에서 투신자살이 유행하는 등 차례로 자살이 보도되어 시대를 잡는 안테나로 발군이었다. 『DOLL』(신주쿠쇼보)의 후기에 '생활환경의 도시화, 근대화에 동반되는 커뮤니케이션 부재는 확실히 80년대부터 심각한 문제로 다루어지게 되었다.' '내가 쓰고 싶었던 것은 죽음에 관한 것이 아니다. 아마도 그런 무수한 가여운 아이들은 죽음에 관해서는 그다지 알지 못한 채 있었다고 생각한다. 오히려 죽음이라는 궁극적인 상황에 있어서 겨우 커뮤니케이션이 이루어지는, 그것이 기뻤다고 생각한다.'라고 되어 있다. 여고생이 실제 세 명에서 다섯 명으로 되어 있고 초점이 자살의 동기를 찾는 것이 아니고 입수 직전의 커뮤니케이션, 그 감정의 고양이 놓여 있는 곳에 기사라기가 있다.

『DOLL』

바다의 새하얀 파도가 칠 때를 향해서 다섯 명을 선두로 한 소녀들이 나아간다.
소녀들의 수는 늘어가는 듯하다. 그녀들의 표정은 웬일인지 밝다.
게이코惠子 : 나아가자! 나아가자! 나아가자!
울다 잠든 소녀들이여.
지금이야말로 우리는 너희들에게 고한다.
때가 왔다.
당장 슬픈 차가운 벽을 깨부수고 우리들과 함께 진군하라.
모든 간난신고를 넘어서 무슨 일이 있더라도 살려고 하지 말고
결코 살려고 하지 말고
우리들과 함께 나아가자! 나아가자! 나아가자!
마리麻里 : 짐은 필요 없어, 말도 필요 없어!

아무것도 필요 없어. 우리들은 단지 너희들의 뜨거운 마음과 마음의 찬동을 원한다.

때는 지금 1983년 3월 26일 오전 4시.

가마쿠라의 우리들의 바닷가로 결집하라.

이즈미いづみ : 우측전방 주의 세계의 큰 난간 있으니 무시하라.

좌측전방 주의 지상의 큰 병 있으니 무시하라.

후방 매우 주의 하계의 큰 거짓 있으니 무시하라.

우리들은 지금 지금 지금이야말로 여기에 있으니.

교코京子 : 봐라, 우리들이 파도의 나라. 이제 나누어질 일 없는 우리들의 나라가 흐려 보인다.

회개하라, 회개하라, 울다 잠든 소녀들.

엉터리 옷을 벗어 버리고

길을 만들어 날개를 갖고 달려라!

곧바로 곧바로 단지 곧바로 진군하라.

미도리みどり : 그 나라는 조용하고 그 나라는 상냥하다.

그 나라는 부드럽고 그 나라는 희다.

희고 희고 흰 빛의 나라.

서로 살갑게 다가앉으며 하나로 녹아 가는 우리들의 나라.

그림 6-22
유미리

◈ 유미리柳美里[262]

다자이 오사무에 심취

요코하마공립학원 고등학부를 1학년 때 중퇴당하고 1985년, 극단 '도쿄 키드브라더즈'에 입단했다. 여배우로서 출연하거나 주재자 히가시 유타카東由多加의 연출조수를 담

---

262) 유 미 리柳美里 : 1968년~, 가나가와神奈川 출생.

당하기도 했다. 3살 어린 여동생 에리愛里도 언니의 뒤를 따라 입단,「먼 나라의 폴카」(87년) 등에 출연, 92년까지 재적했다. 1988년 유미리는 극단 '청춘오월당'을 결성하고 작가, 연출의『물 속의 친구水の中の友』로 데뷔한다. 여동생도 제2회 공연『바늘을 잃어버린 시계棘を失くした時計』에서 주역으로 연기하고 차츰 영화배우로의 길을 걸어가게된다. '청춘오월당'은『봄의 소식春の消息』(91년) 외 연 2회의 간격으로항상 유미리의 작품, 연출에 의한 신작을 공연했고 유미리가 다자이오사무를 흠모하여 연출의 이름은 쓰시마 게이지津島圭治로 했다. 극단명도 다자이 젊은 날의 '청춘오월당'에서 유래된 것이다. 『해바라기관向日葵の柩』(91년)은 재일한국인 김수진이 연출했다. 김수진이 주재하는 극단 '신쥬쿠양산박'에 의해 상연되어 화제를 불렀다. 93년『물고기의 축제魚の祭』로 기시다희곡상을 수상하고 24살, 사상 최연소로선전되었다.

히가시 유타카東由多加와의 만남

미리가 자라난 가정환경과 부모와의 관계, 학교에서의 따돌림과비행 등 그녀가 그때까지 마이너스라고 생각하고 있었던 것은 '표현자로서 모두 플러스가 된다.'고 '도쿄 키드브라더즈'의 히가시 유타카로부터 격려 받았던 것이 작가로서의 출발이었다는 일화는 너무나유명하다. 그 때문에 그녀의 작품에는 초기부터 그녀 자신의 체험이짙게 묻어나 있다. 특히『해바라기 관』『물고기의 축제』에는 그 사생활이 자연주의적이라고 할 정도로 적나라하게 그려져 있다. 당시에는 이러한 말로 평가되지 않았지만 90년대에 유행하는 '조용한 연극'

의 시작이라고 해도 좋을 것이다.

유미리도 김수진과 같은 재일한국인이지만 희곡으로서는 그것보다 붕괴가정에서 자라 비행을 일삼고 자살미수를 하거나 하는 소녀의 죽음을 생각하는 내심과 부모에 대한 애증이 그 주요한 테마가 되고 있다.

소설가로 전신

이후는 소설에 주력을 두게 되고 1996년 자신의 아버지를 그린 소설『풀하우스』로 이즈미 교카문학상과 노마문예신인상을 수상한다. 『가족시네마』(97년)는 제116회 아쿠타가와상(박철수 감독에 의해 98년 영화화),『골드러쉬ゴールドラッシュ』(99년)는 기야마 쇼헤木山捷兵문학상과 거듭되는 수상에 빛났다. 그러는 중에 우익으로부터의 협박에 의해 사인회가 중지되거나 처음 쓴 소설『돌에 헤엄치는 물고기』(94년)가 주인공 친구의 모델이 된 재일한국인 여성으로부터 '프라이버시 침해'로서 제소당하고 최고재판소까지 가서 패소, 전후 최초의 출판 정지의 판결을 받기도 해 사회적으로도 여러 가지 화제를 제공했다. 그중에서도 유미리를 부동의 유명작가로 만든 것은 소설『목숨命』(소학관, 2000년)의 대히트였다. 이것은 유미리가 실제로 처자가 있는 남자와의 불륜에 의해 임신하고 출산하기까지, 그리고 다시 해후해서 동거한 일찍이 스승이었던 히가시 유타카가 암 선고를 받고 함께 병과 마주하려고 한 250일간을 그린 사소설로(시노하라 데쓰오 감독에 의해 영화화), 그 속편『혼魂』『생生』(01년)과 함께 '통곡의 3부작'으로 불리어 밀리언셀러가 되었다. 나아가 히가시 사후 7개월간을 기록한

『목소리声』(02년)도 계속해서 출판되었다. 2002년 4월부터 일단 중단을 하고 있는 현재, 아사히신문 석간과 한국동아일보에 장편소설 『8월의 끝8月の果て』을 동시 연재(신조사 간행)했다.

사희곡私戱曲『물고기의 축제』

『물고기의 축제』는 유미리의 실제 가정, 그 뿔뿔이 흩어진 가족을 방불케 하는 희곡으로 막내 남동생이 건설현장에서 추락사한 것을 계기로 가족이 재회하고 장례를 지낸다고 하는 것이 주 구성이다. 인용은 남동생의 죽음을 계기로 큰오빠가 14년 만에 귀가하여 어머니와 함께 재회하는 세 번째 장면의 일부이지만 남동생의 일기를 읽는 것이 언니 유리였던 것에서 추측되듯이 일기 중의 기술은 거의 유미리 자신의 내면이었다고 말해도 좋을 것이다.

『물고기의 축제』

유리結里는 후유오冬逢의 방으로 간다.
단 한 사람, 마루에 남은 사다코貞子는 관을 훔쳐본다.
그리고 후유오의 굳어진 손을 만진다.

사다코 : 손톱이 길어졌어.

사다코는 손톱깎이를 찾아서 후유오의 손톱을 자르고 하나하나 곱게 줄질을 한다.

후유오의 졸업앨범과 한 권의 노트를 손에 들고 온 유리는 관에 들어갈듯 죽은 자의 손톱을 자르고 있는 어머니를 보고 움찔한다.

유리 : 뭘 하고 있어요?

후유오의 노트에 끼워져 있던 사진의 파편이 바닥에 흩어진다.

사다코 : 손톱이 길게 자라 있어서…….

유리 : …….

유리는 갈기갈기 찢겨진 사진을 하나하나 주워 모아 책상 위에서 맞춰 붙인다.

갈색으로 변색된 16년 전의 가족사진.

사다코는 후유오의 손톱을 손바닥에 모아 손수건으로 싸서 손톱깎이와 함께 보관한다.

유리 : 후유오의 얼굴 부분만 없어…….

사다코는 그 사진의 퍼즐을 쳐다본다.

사다코 : 아, 옛날 사진이네. 여름, 가족 모두 바다에 놀러 갔을 때 너희 아버지가 찍었지…….

유리 : 후유오, 분명히 앨범에서 꺼냈어……. 집을 나갈 때…….

아버지가 바다에서 찍은 아직 젊은 어머니와 학교 수영복 차림의 형제 4명이 손을 잡고 있는 사진. 유리는 추억에 마음 바닥까지 어지럽혀져 풀썩 주저앉아 버린다. 그 여름 바다의 광경을 너무나도 잘 기억하고 있기에 그 시간에 빨려들 것 같기 때문이다.

(니시무라 히로코西村博子)